HEYNE <

MORTEN VITTRUP

Das Hotel am Meer

ROMAN

Aus dem Dänischen übersetzt
von Frank Zuber

WILHELM HEYNE VERLAG
MÜNCHEN

Die dänische Originalausgabe
Argentineren der kom sejlende på en cedertræsplanke
erschien 2018 bei Gyldendal.

FSC
www.fsc.org
MIX
Papier aus verantwortungsvollen Quellen
FSC® C014496

Verlagsgruppe Random House FSC® N001967

Vollständige deutsche Erstausgabe 07/2020

Printed in Germany
Redaktion: Maike Dörries
Umschlaggestaltung: ZERO Werbeagentur, München, unter
Verwendung von Motiven von Getty Images/Simon Watson,
Trevillion/Nikaa, Finepic
Satz: Vornehm Mediengestaltung GmbH, München
Druck und Bindung: GGP Media GmbH, Pößneck
ISBN 978-3-453-42445-6
www.heyne.de

Inhalt

Für die wirkliche Sofía,
die viel zu diesem Roman beigetragen hat.

Prolog

Sie saßen eng umschlungen im Dunkeln, und sie fühlte sich vierzig Jahre jünger. Die Haut seines Handrückens war glatt und jugendlich, als sie mit dem Finger darüber strich. Die Illusion der Erinnerung, die Macht der Erzählung. In Wirklichkeit waren beide alt und ihre Haut schlaff und rau. Bald würden sie sterben. Jedenfalls einer von ihnen.

Sie küsste ihn auf die Wange, kroch zurück ins Bett und zog die Decke über die Schultern.

»Du schuldest mir noch eine Geschichte«, sagte sie. »Die würde ich jetzt gerne hören.«

»Niemand hat sie je gehört. Zumindest nicht die ganze.«

»Dann erzähl sie mir.«

Er legte sich zu ihr. Sie rutschte an die Wand, damit er sich an sie schmiegen konnte. Sie spürte seinen Atem an ihrem Ohrläppchen.

»Eine Geschichte von Walfängern?«, fragte sie leise.

»Ja. Von Pottwalen, Albatrossen und dem Wahnsinn am Ende der Welt«, flüsterte der Mann, dessen Stimme ihr trotz der langen Jahre noch immer zu Herzen ging.

»Aber vor allem ist es die Geschichte, wie ich einen Menschen getötet habe.«

Málaga, 1954

Die Entscheidung

In dem Augenblick, als die Eier ins kochende Wasser plumpsten, begann Sofía mit dem Glaubensbekenntnis.

»Ich glaube an Gott, den Vater, den Allmächtigen, den Schöpfer des Himmels und der Erde, und an Jesus Christus, seinen eingeborenen Sohn, unsern Herrn, empfangen durch den Heiligen Geist, geboren von der Jungfrau Maria, gelitten unter Pontius Pilatus, gekreuzigt, gestorben und begraben, hinabgestiegen in das Reich des Todes, am dritten Tage auferstanden von den Toten, aufgefahren in den Himmel; er sitzt zur Rechten Gottes, des allmächtigen Vaters; von dort wird er kommen, zu richten die Lebenden und die Toten. Ich glaube an den Heiligen Geist, die heilige katholische Kirche, Gemeinschaft der Heiligen, Vergebung der Sünden, Auferstehung der Toten und das ewige Leben. Amen.«

Sie nahm eine Keramikschüssel aus dem riesigen Küchenregal, wischte sie sauber und stellte sie auf die Ablage neben dem Herd. Dabei warf sie einen Blick aus dem Fenster. Ein sanfter Frühjahrsregen fiel auf die Lavendelbüsche im Klostergarten, leichter Morgennebel umhüllte die Stämme der Obstbäume.

Als sie mit dem Glaubensbekenntnis fertig war, kamen die Vaterunser an die Reihe. Mitten im zweiten Vaterunser betrat Schwester María Ángeles die Küche und begrüßte Sofía mit einem Nicken. Sie störte ihr Gebet nicht, sondern öffnete wortlos die Ofenklappe und warf ein paar Holzscheite in das flammende Inferno. Wollten die guten Schwestern von San Luis eine Ermahnung, was sie in der Hölle erwartete, mussten sie bloß in den Küchenherd schauen.

In der Küche war es unerträglich heiß, besonders an warmen Tagen wie diesem. Ostern war spät dieses Jahr, es war schon April.

Nachdem Sofía fünf Vaterunser aufgesagt hatte, fischte sie ein Ei nach dem anderen mit einem Holzlöffel aus dem Topf und legte sie vorsichtig in die Schüssel. Ein Glaubensbekenntnis und fünf Vaterunser machten perfekte Eier und sorgten nebenbei für Seelenfrieden, hatte ihre Mutter ihr eingeprägt.

Sie trug die Schüssel durch den Speisesaal in den Ostflügel. Dort lagen die Sterbenden, die unheilbar Kranken und die Dementen. Die anderen Patienten, mit Typhus, leichter Bronchitis, Polio oder Lungenentzündung, lagen im ersten Stock. Sie konnten noch selbst Treppen steigen.

Die Decke im Schlafsaal war niedrig mit dicken Balken. Bis auf die bronzenen Kreuze, die über jedem Bett wachten, waren die Wände nackt und voller Stockflecken. Das einzige Licht kam von einer nackten Glühbirne und der großen, halbrunden Sprossentür am Ende des Saales. Die kleinen Fenster an den Seitenwänden waren meist verriegelt, um die schlimmste Hitze draußen zu halten.

Die Äbtissin hatte einen Handwerker mit langem Sündenregister überredet, ein einfaches Waschbecken neben der Tür zu installieren, damit man wenigstens Wunden und Verbände vor Ort auswaschen konnte. Sofía stellte die Schüssel mit den Eiern auf die Ablage, wo die Schwestern Bettpfannen, Baumwollwindeln und Nachttöpfe aufbewahrten. Opiate und andere Medikamente waren in einer Kammer im Erdgeschoss weggeschlossen.

Es war keineswegs üblich, die Patienten in San Luis mit Frühstückseiern zu verwöhnen, aber die Äbtissin hatte es Sofía erlaubt. Schließlich war Ostern, und auch ein Sterbender hatte ein Recht auf ein einfaches Osterei, hatte Sofía argumentiert.

Der erste Patient, der eines bekam, war Pablo Herrera, ein frommer, alter Gießereiarbeiter, dessen Körper sich nicht entscheiden konnte, was ihm den Garaus machen sollte, die Demenz oder die Bronchitis. Sofía tupfte ihm den Schweiß von der Stirn, nahm das Tuch mit dem ausgehusteten Schleim von seiner Brust, wischte ihm das Kinn ab und legte ein frisches Tuch auf den Nachttisch. Dann half sie ihm in einen Rollstuhl und schob ihn vor die Sprossentür. Sie führte zur Loggia des Klostergartens, aber wegen des Regens ließ Sofía sie geschlossen.

»Möchten Sie ein Osterei?« Ohne auf Antwort zu warten, öffnete Sofía die geballte Hand des alten Mannes und legte das Ei hinein, als wäre es ein Rosenkranz.

Sofía machte eine schnelle Runde. Die Betten, neun Stück auf jeder Seite, waren von unterschiedlichster Herkunft. Manche waren hoch, andere niedrig. Manche waren aus Holz, andere aus rostigem Metall. Manche waren am Boden verschraubt, andere ließen sich nach Belieben umstellen. Nur das vergilbte Leinen und die Nachttische waren bei allen gleich.

Sie legte den Patienten die Hand auf die Stirn, um ihre Temperatur zu prüfen, und hob kurz die Decken an, um zu riechen, ob Windeln oder Hosen gewechselt werden mussten. Alle wachen Patienten bekamen ein Lächeln und ein »Guten Morgen«, begleitet von einem Osterei. Viel mehr konnte sie nicht tun. Nicht dass die Schwestern ihre Patienten nicht retten wollten – die Dementen, die Verdammten, die Ausgestoßenen, die Unglücklichen –, aber die von der Kirche bewilligten Mittel deckten kaum den Bedarf. Penizillin, Antibiotika, Morphin und Kodein waren seltene Luxusgüter. Außerdem fehlte den Schwestern die grundlegende medizinische Kenntnis. Sie waren Kinder des Glaubens, nicht der Wissenschaft.

Sofía und die acht Nonnen konnten in der Regel nicht mehr tun, als für die Patienten zu beten und ihnen Rosenkränze in die Hand zu drücken. Sie rieben ihnen selbst gemachte Mentholsalbe unter die Nase oder betupften ihre Gesichter mit Rosenwasser, damit der Gestank ungepflegter Bettnachbarn oder der Latrinen im hinteren Klostergarten ihren Todeskampf nicht allzu sehr störte.

Dort lagen sie im Halbdunkel und warteten, bis Alter, Typhus, Tuberkulose, Scharlachfieber, Polio, Unterernährung, Schwermut und andere in Spanien verbreitete Plagen sie von ihrem Elend erlösten und ins Reich des Himmlischen Vaters erhoben.

Die medizinische Expertise von San Luis lag in der Hand eines einzigen Arztes, eines älteren Mannes, der Gerüchten zufolge einmal ein vielversprechender Chirurg gewesen war, bis ein früher Anfall von Tremor seine Karriere beendete. Alle wussten, dass er dem Alkohol zusprach, um seine Hände zu beruhigen; mehr als einmal hatten die Schwestern ihn am frühen Morgen bewusstlos in den Lavendelbeeten des Klostergartens gefunden, aber sie sahen darüber hinweg. Keine Gewohnheit war so sündig, dass sie nicht mit einem oder zwei Ave Maria gesühnt werden konnte, und wo ließ sich eine verlorene Seele besser an der kurzen Leine halten als in einem Kloster?

Als Sofía zu Pablo Herrera zurückkam, war sein Kinn auf die Brust gesunken. Er schlief. Sofía schob den Rollstuhl wieder ans Bett und half ihm hinein. Sie schloss mit einem Gebet für seine Seele ab.

Sofía verließ die Unheilbaren im Ostflügel und ging zurück in die Küche. Im Speisesaal begrüßte sie die Äbtissin und Schwester Agneta, die den Tisch für das Mittagessen deckten. Die Übertragung der Morgenmesse aus Madrid war vorbei, und das Radio spielte spanische Volksmusik.

»Guten Morgen, Fräulein Baéz«, grüßte die Äbtissin, ohne mit der Arbeit innezuhalten. Sie lächelte Sofía an. »Wie haben die Patienten ihre Geste aufgenommen?«

»Manche besser als andere. Ich hätte ihnen ebenso gut einen Edelstein geben können, sie hätten es kaum bemerkt.«

Die Äbtissin und Schwester Agneta tauschten vielsagende Blicke aus. »Ihre Aufopferung für die Patienten ist einmalig. Mein Respekt«, sagte die Äbtissin zwischen scheppernden Blechtellern und den munteren Tönen einer andalusischen Copla.

»Danke, Schwester Maribel.«

Das Lob der Äbtissin klang einsilbig wie ein Telegramm, und doch fühlte sich Sofía, der es momentan an Anerkennung fehlte, geschmeichelt.

»Haben Sie schon näher über unser Angebot nachgedacht?«

Sofía schüttelte den Kopf. »Ich hatte noch nicht genug Zeit. Ich hoffe, Sie verstehen.«

»Natürlich. Am wichtigsten ist, dass Sie sich selbst fragen, ob Ihre Hingabe zu unserem Herrn ebenso groß ist wie die zu den Patienten.« Sie richtete eine Gabel. »Wir alle schätzen Ihr Engagement sehr, Fräulein Baéz, aber dem Herrn zu dienen ist nicht dasselbe, wie den Patienten zu dienen. Und selbst, wenn Sie jetzt den Ruf verspüren, ist es noch ein weiter Weg bis zum ewigen Gelübde.«

»Würden Sie mich einen Moment entschuldigen? Ich komme gleich zurück.«

Sofía ging rückwärts aus dem Speisesaal hinaus. Sie wollte noch rasch in die Kapelle und rannte am Operationszimmer vorbei durch die Loggia, die am Rand des Klostergartens verlief. Hier lagen die Zellen der Schwestern, die mit einem Kreuz über jeder Tür markiert waren. Früher hatte es einen großen Schlafsaal über der Kapelle gegeben, um das Stundengebet zu erleichtern, aber die Äbtissin hatte es für vernünftig befunden, die Schwestern näher zu den Patienten im Ostflügel unterzubringen.

Sofía Baéz war keine Nonne. Sie überlegte, das Gelübde abzulegen, konnte sich aber nicht entscheiden, weshalb sie bis auf Weiteres nur freiwillige Helferin im Kloster war. Mit ihren zweiundzwanzig Jahren war sie die Jüngste unter den neun Schwestern von San Luis. Und die Einzige, die nicht permanent im Kloster wohnte.

San Luis war viele Jahre lang ein Kloster des St. Elisabeth-Ordens gewesen, bis die Äbtissin eines Tages im Frühjahr 1944 einen Spaziergang durch die Wirklichkeit machte, wie die Schwestern erzählten. Als sie zurückkam, war sie völlig überrumpelt von der Einsicht, in welch trauriger Verfassung ihr Land war. Unzählige amputierte Veteranen, gefolterte Partisanen, unterernährte Kinder, exkommunizierte Intellektuelle und Eltern, die ihre Kinder verloren hatten, brauchten ein Krankenbett und warme Mahlzeiten.

Schwester Maribel bat den Orden und den zuständigen Bischof um Mittel, und seitdem diente San Luis als Hospital und geistiges Refugium für die Bedürftigen. Jede Schwester, die ins Kloster eintreten wollte, musste auch als Krankenpflegerin und Seelsorgerin arbeiten. Alle bekamen das Recht, im

Notfall das Sakrament der Buße zu spenden und die letzte Ölung durchzuführen.

Im Klostergarten regnete es noch immer, aber in den Säulengängen der Loggia war es trocken. Auf drei Seiten rahmten sie den Innenhof ein, in dessen Mitte ein Marmorbrunnen thronte, der seit der Zeit Alfons' VIII. keinen Tropfen Wasser mehr abgegeben hatte. Daneben reckte sich eine steinerne Statue der heiligen Elisabeth gen Himmel und konkurrierte mit den kleinen Obstbäumen darum, wer dem Herren näher kam. Rund um den Brunnen waren geflieste Gehwege angelegt, gesäumt von Haselbüschen, Stockrosen, Oleander und dem Lavendel, dessen Duft Sofía immer intensiver verabscheute.

Der Klostergarten, die sonnengelbe Fassade und der Vorgarten, wo Bougainvilleen am schmiedeeisernen Zaun rankten, rückten San Luis in ein besseres Licht, als es verdiente. Denn hinter dem Weinlaub blätterte die Farbe großflächig ab, und je näher man der Kapelle und der hinteren Mauer kam, desto beißender wurde der Gestank der Latrinen, besonders an warmen Sommertagen.

Sofía betrat die Kapelle. Sie lag wie üblich im Halbdunkel, beleuchtet nur vom ewigen Schein der Kerzen und dem spärlichen Sonnenlicht, das die Mosaikfenster durchließen. Sie kniete vor der Jungfrau Maria am Altar nieder, faltete die Hände und überlegte kurz, für wen sie alles beten sollte.

Es war die übliche Reihe. Sebastián. Ihn durfte sie auf keinen Fall vergessen, sein Name kam immer zuerst. Und immer, wenn sie ihn flüsterte, wurde sie von Sinneseindrücken überwältigt. Sein weicher, pubertärer Bart, der sie an der Wange kitzelte und nach frischem Schweiß roch. Sie malte sich aus, wie er als Erwachsener mit Vollbart aussah. In einem grünen

Pyrenäental saß er an einen Baumstumpf gelehnt, kaute ein Stück Käse und hütete seine Schafe.

Auch für das Wohl ihrer Eltern betete sie. Ihre Mutter würde zweifelsohne ins Himmelreich eingehen, aber Sofía wünschte von ganzem Herzen, dass ihr Weg dorthin mit mehr Lebensfreude gesegnet wäre. Ihr Vater legte deutlich weniger Leidenschaft für sein Seelenheil an den Tag. Roberto Baéz hatte seinen Glauben vor langer Zeit verloren, weshalb sie umso mehr für ihn betete.

Schließlich betete Sofía noch für sich selbst. Dabei warf sie einen Blick nach links, wo St. Elisabeth sie aus einem Fresko heraus ansah. Die Heilige stand vor einem Rosengarten und zog einen Strauß Rosen aus ihrem Mantel. Im Hintergrund stand eine Kirche, in himmlisches Licht getaucht.

Die Legende besagte, dass Elisabeth von Thüringen Brot für die armen Bewohner Eisenachs aus der Burg geschmuggelt hatte, was der Hof missbilligte. Als man sie anhielt und fragte, was sie unter ihrem Mantel verberge, hatte sich das Brot in Rosen verwandelt. Eine Heilige war geboren.

»Bitte, gib mir ein Zeichen!«, flüsterte Sofía, aber die Antwort blieb aus.

*

Nach getaner Arbeit ging Sofía heim. Ihr Zuhause lag nur wenige Blocks entfernt. Die Sonne hatte die Schauer des Vormittags verjagt, und der geschäftige Lärm des späten Nachmittags erfüllte die Stadt.

Es war mitten in der Osterwoche. Von fern schallten die Trompeten und Trommeln eines der vielen Umzüge. Der Duft von brennenden Kerzen und Weihrauch hing in der Luft, am Straßenrand lagen Blumen.

Sie ging an der Bäckerei des Viertels vorbei und unterdrückte das Verlangen nach einer süßen *Napolitana* mit Schokoladenfüllung.

Die Familie Baéz aß früh zu Abend. Sofías Vater besaß eine Bar, *El Zepelín,* die im Erdgeschoss unter der Familienwohnung lag, weshalb sie aßen, ehe die Siesta vorbei war und Roberto oder Sofías Bruder Tristán wieder hinunter in die Bar musste.

Das Haus lag zwischen Málagas Hafen und der Altstadt im Viertel Ensanche Centro. Das Erdgeschoss und der erste Stock gehörten der Familie Baéz, während die Wohnung im zweiten Stock einer alten Dame, Esperanza Vargas, gehörte. Im Hinterhof gab es eine gemeinsame Toilette für alle Bewohner. Sofía hatte gehört, dass immer mehr Wohnungen in Spaniens Großstädten eine eigene Toilette hatten, aber nicht ihre in der Calle Tomás Heredia in Málaga.

Das Heim ihrer Kindheit war eine Eckwohnung, die sich wie ein Trichter zum Rest der Welt hin öffnete. Der Eingang und die lange, fensterlose Diele lagen im Dunkeln, nur vom Wohnzimmer am hinteren Ende schien etwas Tageslicht herein. Sofía wohnte am dunklen Ende. Als jüngste der Geschwister war es ihr Los, im Zimmer neben ihren Eltern zu wohnen, das über dem Eingang zur Bar lag. Wenn sie aus dem Fenster sah, schaute sie direkt auf die rote Markise.

Ihre zwei älteren Brüder, Jaime und Tristán, bewohnten weiter hinten im Gang jeder ein Zimmer. Früher hatten sie ein Zimmer teilen müssen, aber bald würde es noch mehr Platz geben. Jaime war sechsundzwanzig, gelernter Schneider und auf dem Weg ins eigene Leben. Er traf sich heimlich mit einer Kollegin und hatte Sofía verraten, dass er sie heiraten wollte, aber bis auf Weiteres war dies noch ein Geheimnis.

Sie aßen wie immer schweigend, Sofía, Beatriz, Roberto, und Tristán. Jaime war noch auf der Arbeit. Beatriz hatte die Läden geschlossen, um die Hitze draußen zu halten, nur ein paar Lichtstreifen drangen durch die Ritzen.

Sofía versuchte, das Thema San Luis zu vermeiden. Seit sie vor drei Monaten offenbart hatte, dass sie von nun an Schwester auf Probe im Kloster sei, war dies ein Streitpunkt gewesen, sowohl in der Familie als auch in ihrem Gemüt. Das Angebot der Äbtissin hatte die Sache nicht leichter gemacht. Es gab zu viele ungeduldige Seelen, die Sofías Entscheidung erwarteten. Schwester Maribel. Die heilige Elisabeth. Ihre Eltern.

»Und, weißt du schon, ob du es annimmst?«, fragte Beatriz, als Sofía schon gehofft hatte, ein Abendessen ohne Diskussionen zu erleben.

Ihre Mutter hatte die Kichererbsensuppe schon ausgelöffelt. Es war beinahe unnatürlich, wie rasch ihr kleiner Mund mit den schmalen Lippen einen Teller Suppe leeren konnte. Ihre Mutter hatte sich schon immer hauptsächlich durch geistige Nahrung am Leben erhalten.

Im Augenwinkel beobachtete Sofía ihren Vater. Er sah nicht einmal auf, saß im Halbdunkel und wischte den Teller mit einem Stück Brot sauber. Tristán schwieg.

»Was?«, fragte Sofía.

»Das Angebot der Äbtissin. Ich finde, es klingt wunderbar. Wenn du in deinem Glauben sicher bist, solltest du in Erwägung ziehen, es anzunehmen.«

Roberto machte sich bemerkbar. Ein Schnalzen mit der Zunge und ein tiefes Brummen. Langsam legte er den Löffel von sich.

»Beatriz, du weißt genau, dass wir in dieser Sache nicht einer Meinung sind.« Er richtete den Zeigefinger auf Sofía.

»Sag der Äbtissin, sie kann sich ihr Angebot sonst wohin stecken, wo Gott es nicht sieht. Das ist das Beste, was du tun kannst. Wenn du dich nicht traust, tue ich es liebend gern für dich.«

Sofía seufzte. »Ich habe noch nichts entschieden. Und ihr macht es mir auch nicht leichter.«

»Deutlicher kann ich wohl kaum werden«, sagte ihr Vater.

»Vielleicht braucht sie keine Meinungen, sondern Ratschläge«, warf Beatriz ein.

Roberto rollte mit den Augen und stand hastig auf. »Ich gehe runter.« Er verließ das Zimmer. »Weiber«, hörte Sofía ihn in der Diele brummeln, ehe die Tür zufiel.

Tristán hatte offenbar nicht vor, sich in das Gespräch einzumischen. Sein Löffel klirrte auf das Porzellan, als er ihn ablegte. »Danke fürs Essen«, murmelte er, wischte sich den Mund mit der Serviette ab und verließ ebenfalls das Zimmer.

*

Die Bar *El Zepelín* hatte Robertos Vater gehört. Sie war auf den Ruinen des Lebenswerkes eines anderen Mannes errichtet, ein bisexueller Friseur, dessen Salon kurz nach der Jahrhundertwende Konkurs gegangen war, nachdem seine sexuellen Neigungen an die Öffentlichkeit geraten waren. Gerüchten zufolge hatte er einen Ozeandampfer nach Südamerika bestiegen. Robertos Vater hatte das Lokal für einen Apfel und ein Ei erworben und es in eine Bar verwandelt, die Barbierstühle und Spiegel mit Goldrahmen verkauft, die geschmacklosen Fresken an der Wand übermalt, Wein- und Schnapsfässer an den Wänden aufgereiht und mit roter Kreide gekennzeichnet.

1934 kippte er im Lagerraum tot um, und die Bar ging an

seinen ältesten Sohn Roberto. Er führte das Etablissement im Geiste seines Vaters weiter, wozu auch gehörte, dass die Familie mithalf. Tristán war Barkeeper und Kellner, Beatriz bereitete die Tapas zu, und Sofía scheuerte den Boden und half ihrer Mutter beim Kartoffelschälen am Morgen. Roberto hatte sie nie dazu gezwungen, aber ihrerseits hatte sie nicht das Gefühl, je eine Wahl gehabt zu haben.

Dennoch hatte er ihr nicht verboten, sich freiwillig im Kloster zu melden. Obwohl es für einen Mann wie ihn eine schwere Niederlage sein musste, dass seine einzige Tochter dem Familienbetrieb den Rücken kehrte, noch dazu, um Nonne zu werden.

Aber konnte ihr Vater es sich überhaupt leisten, ihr Vorwürfe zu machen, dachte Sofía, als sie am Abend vorm Spiegel saß und sich zum Schlafen fertig machte. In Gedanken zählte sie nach. Inzwischen dürften es fünf sein. Fünf von zweiundzwanzig Mädchen aus der Mittelschule, die das ewige Gelübde abgelegt hatten.

Guadalupe de la Fuente und Marisol Duarte, beide Benediktinerinnen in Madrid. Piedad Andreu, ihre gute Freundin, die von ihren Eltern in ein Bergkloster nördlich von Barcelona geschickt worden war, weil nur dort die katalanische Sprache am Leben gehalten wurde. Und die Schwestern Milagro, deren Suche nach einem Wunder sie bis in ein italienisches Benediktinerkloster an der Amalfiküste geführt hatte.

Alle fünf, nahm Sofía an, lebten ein genügsames Klosterleben, aber wenigstens kein Leben in Armut, wie so viele andere.

Waren sie nicht alle hungrig in die Schule gegangen? Und wenn ihre Mägen noch so laut unter der Schuluniform knurrten, die Nonnen zwangen sie, *Arriba España* zu singen, dass es von den Wänden widerhallte. Sie hatten einander insgeheim in die Augen geschaut, um die darin verborgenen Tragödien zu lesen – ein vermisster Vater, Bruder, Onkel, Cousin oder Gemeindepriester. Gemeuchelt, in den Tod getrieben, lebendig verbrannt, gehängt, kastriert oder spurlos im Bürgerkrieg verschwunden.

Ebenso gut konnten sie ihr Leben mit halbwegs vollem Magen hinter den Mauern der Kirche verbringen. Dort hatten sie wenigstens Zeit zum Trauern.

Was hatte ihr Vater ihr schon zu bieten, einer unverheirateten Frau in ihrem Alter? Er konnte es sich nicht leisten, sie nach La Granja in der Sierra Guadarrama bei Madrid zu schicken, wo die königliche Familie ihre Sommerresidenz hatte und die Oberklasse ihre ledigen Töchter hinschickte, um Ehemänner zu finden. Auch Sommerferien im teuren San Sebastián an der Biskaya, wo man Diplomatensöhne und reiche Franzosen traf, waren ausgeschlossen.

Ihre Mutter hatte Sofía zu etlichen Treffen mit potenziellen Freiern aus der Nachbarschaft geschleppt, aber keiner von ihnen hatte sie beeindruckt. Egal, wie präsentabel sie in ihren Anzügen mit Nelke im Knopfloch und Manschettenknöpfen aussahen, sobald sie den Mund öffneten, rochen sie nach Knoblauch und gaben nichts als Banalitäten von sich. Das einzige Gefühl, das sie in Sofía auslösten, war die Angst, fünfzig Jahre mit einem Mann zu verbringen, den sie im Laufe der Zeit vielleicht zu schätzen lernte, aber niemals lieben würde. Fünfzig Jahre in einer Wohnung wie dieser, wo man nur auf den Tag wartete, an dem man nicht mehr im Hof zur Toilette gehen musste. Ein halbes Jahrhundert Ehe, die keinen Deut besser als die ihrer Eltern wäre.

Ihre Dickköpfigkeit bedeutete jedoch auch, dass ihre Chancen schrumpften. Wenn sie ihrer Familie nicht zur Last fallen wollte, war das Kloster bald die einzige Möglichkeit.

Sofía musterte sich im Spiegel. Die kastanienbraunen Locken, ihre jüdische Hakennase, die sie nie gemocht hatte, die glatte Haut und das spitze Kinn.

Ein Barkeeper ihres Vaters, in den sie kurze Zeit verschossen war, hatte gesagt, sie sehe wie Antoñita Moreno aus, die berühmte Copla-Sängerin aus Sevilla. Sofía habe die gleichen Augen und sogar die gleiche Nase, und es fehlten nur Rosen im Haar und große Ohrringe, um die Illusion perfekt zu machen.

Wenn sie sich im Spiegel betrachtete, sah sie zwar keine Antoñita Moreno, aber sie war mehr oder weniger zufrieden. Alles, was sie vermisste, war der unerschütterliche Blick einer Gläubigen, der Blick einer zukünftigen Nonne, die mit ihrem Schicksal im Reinen war. Doch aus dem Spiegel blickte sie nur die übliche, unsichere Sofía an, und die hatte viele Gesichter - eines für jede ihrer vielen Persönlichkeiten. Es war wie ein Foto, das sich ständig veränderte.

Eines der Bilder stellte ein junges Mädchen dar, eine Ballerina in New York. New York, weil es Amerika war und ganz anders als die Calle Tomás Heredia in Málaga; Ballerina, weil das in ihrer Vorstellung war, was junge Mädchen in dieser Stadt machten. Die Ballerina war berühmt und hatte einen berühmten Mann an ihrer Seite. Das Traumpaar der Illustrierten, die neuen Manolo Caracol und Lola Flores.

Das Foto verblich, die Ballerina wurde zur Oberklassefrau in Madrid, die Ehefrau eines Konzertpianisten oder Stierkämpfers, eine gebildete Frau mit breiten Hüften, die den Teint der Mittelklasse unter teuren Kleidern und echten Perlenketten versteckte.

Das Motiv hielt nicht lange und wich einer älteren Version, der selbstaufopfernden Sofía, die mit leerem Blick auf der Bettkante ihres sterbenden Vaters saß und dessen Nachttopf leerte. Das Foto wurde zum Schmalfilm, und sie sah sich in die Küche gehen, um das Frühstück für den Rest der Familie zu bereiten; die gewissenhafte jüngste Tochter, das Glanzbild aller anderen Versionen, die anstelle des Klosters ein anderes Gefängnis gefunden hatte, um ihre besten Jahre zu vergeuden.

Plötzlich blieb der Zelluloidstreifen hängen, und sie sah nichts als die verwirrte Sofía der Gegenwart.

Der Mann vom Ende der Welt

Er kam am ersten Freitag nach Ostern, das würde Sofía nie vergessen.

Zwei Fischer schleppten ihn am Vormittag an. Er hing an ihren Schultern wie Christus am Kreuz, mit tangverfilzten Haaren, Vollbart und hängendem Kopf.

Die Fischer brachten ihn herein und erzählten, dass sie ihn nach ihrer Morgentour an der Küste südlich der Stadt entdeckt hatten. Er hatte auf einem Stück Treibholz gesessen, erzählte der eine. Sie hatten gesehen, wie er an den Strand gespült wurde und ihn in der Brandung aufgelesen, fügte der andere hinzu.

Sofía schob die Nase dicht an den Körper des Mannes. Er roch nach Salz und Meer. Was einmal eine dunkle Hose und ein roter Pullover gewesen sein mochten, war von Sonne und Salzwasser ausgebleicht und zerschlissen. Seine Haut hatte die Farbe heller Bronze, aber das Gesicht sah aus, als hätte er lange Zeit in Ammoniak gelegen. Die Haut schälte sich, nur sein Vollbart hatte ihm einen gewissen Schutz geboten.

Er war bei Bewusstsein, wie die Nonnen bemerkten.

»Wer sind Sie? Woher kommen Sie?«, fragte eine der älteren Schwestern, als ihnen peinlich bewusst wurde, dass alle im Kreis um den Mann herumstanden und ihn anstarrten.

»Víctor de la Vega«, antwortete er mit schwacher Stimme. »Ich komme vom Ende der Welt.«

Die Äbtissin brachte den Patienten ohne Papiere im Erdgeschoss des Ostflügels unter, im Bett neben Pablo Herrera, der im Sterben lag, aber glaubte, er befände sich mit seiner verstorbenen Frau auf Hochzeitsreise in Portugal. Es war das einzige freie Bett.

Sofía bekam die Aufgabe, sich um den Mann zu kümmern. Mit Schwester María Ángeles' Hilfe zog sie ihm die zerfetzten Kleider aus, wusch ihn mit Lavendelseife, schmierte Salbe auf die Verbrennungen im Gesicht und legte ihm ein sauberes Gewand an. Dann schnitten sie ihm die Haare und den Bart und gaben ihm eine Bettpfanne.

Sofía schätzte ihn auf Mitte zwanzig, doch sein Zustand ließ kein genaueres Urteil zu. Vielleicht war er älter, vielleicht jünger.

In den ersten Stunden sagte er nicht besonders viel. Eine Schwester weckte den Arzt aus dem Mittagsschlaf; er war großzügig gestimmt und verordnete sogleich eine Dosis Morphin, was die Äbtissin nicht guthieß, wie Sofía bemerkte. Die Droge versetzte den Patienten in einen Zustand zwischen Schlaf und Bewusstlosigkeit, und als der Arzt ausgeschlafen hatte, verordnete er eine weitere Dosis.

»Seltsam«, sagte er, als er sich über das Bett beugte und den Mann ungeniert in mehrere Körperteile kniff. »Da studiert man Fachliteratur und medizinisches Wissen vieler Jahrhunderte, das Tausende von Krankheiten beschreibt, und doch kommen einem immer wieder Patienten unter, auf die keine Diagnose zutrifft. Möchte mal wissen, was dem hier zugestoßen ist.« Er sah Sofía an, die einen Hocker ans Krankenbett gebracht hatte. »Passen Sie gut auf ihn auf, Schwester. Oder muss ich noch Fräulein sagen? Egal«, sagte der Arzt und hob den Zeigefinger. »Hauptsache, Sie tun Ihre Arbeit. Der Herrgott wird sich schon um die richtige Anrede kümmern.« Mit diesen Worten verließ er den Saal.

Sofía blieb eine Weile sitzen und betrachtete den Patienten. Die Sonne hatte sein Haar gebleicht, das sicher einmal kaffeebraun gewesen war. Er hatte schmale Augen und hohe Wangen, was man mit gestutztem Bart viel besser erkannte. Und eine ungewöhnlich breite, platte Nase, die wie eine Sphinx aus seinem Gesicht ragte und mindestens so auffällig wie Sofías Judennase war.

Als sie später erneut in den Saal kam, hatte María Ángeles den Hocker am Krankenbett eingenommen.

»Er sieht so friedlich aus«, flüsterte sie. »Wie ein kleiner Junge, der tief schläft.«

Sofía holte einen zweiten Hocker und setzte sich an die andere Seite. Sie beteten ein Vaterunser und ein Ave Maria und rieben ihm etwas Mentholsalbe unter die Nase. Einer der anderen Patienten stank fürchterlich. Eine von ihnen musste aufstehen und seine Windel wechseln, dachte Sofía, aber die Schwester machte keinerlei Anstalten.

Wie gut, dass María Ángeles und ich keine Gedanken lesen können, dachte Sofía, als sie schweigend sitzen blieben. Ein einziges Mal schauten sie einander verlegen über das Bett an und senkten sofort wieder den Blick.

Da setzte der schlafende Mann sich ganz plötzlich auf und schrie. Sofía sah in ein Paar weit aufgerissene, völlig unzugängliche Augen, die sich sofort wieder schlossen, ehe der schlaffe Kopf ohne ein Wort wieder aufs Kissen plumpste.

»Meine Güte«, murmelte María Ángeles und schlug ein Kreuz.

Sofía faltete die Hände und nahm den Mann vom Ende der Welt in die Liste der Personen auf, die einen festen Platz in ihren Gebeten hatten.

*

Mit fünf Jahren hatte Sofía die Kraft des Gebetes entdeckt. Natürlich hatte Beatriz ihrer Tochter längst beigebracht, wie man die Hände faltete, aber bis zu jenem Sommertag im Jahr 1937, an dem Sebastián aus ihrem Leben verschwand, hatte sie sich nie sonderlich angestrengt.

Sie erinnerte sich mehr an die bittere Stimmung als an die vielen Worte, die Sebastián und ihr Vater sich an den Kopf warfen. Am Anfang waren es kurze Salven mit Versöhnungspausen, später wütende Bombardements. Die kleine Sofía wurde im Schlafzimmer ihrer Eltern eingesperrt, und als die Tür wieder aufging, war es an der Zeit, ihrem großen Bruder Lebewohl zu sagen. In olivgrüner Uniform und blitzblanken Stiefeln stand er da und sah aus wie ein erwachsener Mann.

Sofía wusste, dass es etwas gab, das Krieg hieß, und dass Spanien sich in einem solchen befand, aber sie wusste nicht, warum, und verstand nicht, warum ausgerechnet ihr großer Bruder daran teilnehmen musste. Er küsste sie auf die Wange, seine Bartstoppeln kratzten auf ihrer Haut, und dann war er weg.

Jeden Abend stellte die Familie Baéz eine Kerze ans Fenster und betete für Sebastiáns Leben. Als der Krieg vorbei war und das frohe Lachen heimkehrender Söhne und Väter viele andere Häuser im Viertel erfüllte, beteten sie zweimal am Tag, extra lang.

»Wir müssen an ein Wunder glauben«, schärfte ihr Beatriz im flackernden Kerzenlicht ein und umklammerte den Rosenkranz so fest, dass ihre Adern wie Schlangen unter der dünnen Haut hervorquollen. Mit jedem Tag, an dem Sebastián nicht heimkam, fühlte Sofía, dass sie noch fester in ihrem Glauben werden musste. Nicht zuletzt, um den Glauben zu kompensieren, der von Tag zu Tag aus den Stimmen ihres Vaters und ihrer Brüder schwand.

Die Wartezeit zehrte an allen, besonders an ihren Eltern. Im Grunde waren sie wie Tag und Nacht, Roberto war rund und kräftig, Beatriz klein und schmächtig wie ein Afghanischer Windhund, aber irgendwie hatten sie trotz aller charakterlicher Unterschiede einander gefunden. Roberto war besonders in jungen Jahren viel extrovertierter als seine Frau, die trocken wie das verschlissene Leder eines Bibeleinbandes sein konnte. Trotzdem wusste Sofía, dass sie einmal glücklich miteinander gewesen waren. Sie hatten sich angelächelt und liebkost, daran erinnerte sie sich deutlich.

Aber dann verschwand Sebastián, und seitdem war nichts mehr wie vorher. Zwar waren ihre Eltern in Trauer vereint, wie man sagte, aber die Trauer hatte sie auch voneinander entfernt. Die Traurigkeit klebte an ihnen. In Beatriz' schwarzen Kleidern, im ewigen, stillen Halbdunkel der Wohnung, in Robertos Blick, wenn er die Hosenträger spannte und sich hinunter in die Bar schleppte, in eine andere Welt, die ihm nichts mehr bedeutete.

Mit den Jahren musste Sofía sich eingestehen, dass die Kraft auch aus ihrer Stimme schwand. Obwohl sie nie mit Gewissheit erfahren hatten, ob Sebastián gefallen oder noch am Leben war. Roberto hatte Sofía erzählt, dass ihr Bruder vielleicht nach Norden geflüchtet war und sich in irgendeinem grünen Tal der Pyrenäen versteckte. Aber sie wussten es nicht.

*

Der Mann war Argentinier, wie sich am Samstag herausstellte, als er zu Bewusstsein kam.

Er hatte zwei Wochen auf dem Meer überlebt, berichtete er in einem merkwürdigen, melodiösen Dialekt, der in Sofías Ohren wie Italienisch klang. Er war auf einem französischen Frachtschiff aus Südgeorgien gekommen, einer Insel im Südlichen Eismeer, von der Sofía nie gehört hatte. Kurz hinter der Straße von Gibraltar war er bei einem Sturm über Bord gegangen. Durch einen glücklichen Zufall hatte er ein Stück Treibholz gefunden, an dem er sich festklammern konnte. Er war sich sicher, dass es argentinisches Zedernholz war, auf dem er sich zwei Wochen lang am Leben hielt, bis er an Land gespült wurde.

Die Äbtissin war in Gesellschaft mehrerer älterer Schwestern in den Saal gekommen, um den Bericht des Mannes niederzuschreiben. Hinterher schauten sie sich fragend an. Sofía sah, dass sie nicht recht wussten, was sie von der Geschichte halten sollten. Ein schiffbrüchiger Seemann? Der auf einem Stück Treibholz in der Morgensonne angespült wurde?

»Es klingt wie ein Wunder«, sagte María Ángeles schließlich. Die Äbtissin warf ihr einen skeptischen Blick zu, aber die anderen Nonnen nickten stumm.

»Ein Wunder ist, was man daraus macht«, sagte der Mann nur.

Er war anders als die anderen Patienten. Nicht dement, nicht schwächlich, nicht sterbend, nicht fromm. Sofía sah ihn nie die Hände falten, und der Rosenkranz fand nie den Weg vom Nachttisch in seine Hand, obwohl es nicht an Ermunterungen fehlte.

Wenn er von den fliegenden Fischen berichtete, die ihn am

Leben gehalten hatten, oder den Strichen, die er in das alte Holz geritzt hatte, um die Tage zu zählen, erwies er sich als fantastischer Erzähler. An anderen Tagen lag er nur stumm und verschlossen im Bett. Wenn Sofía am Morgen zur Arbeit kam, berichtete María Ángeles oft, wie der Argentinier den ganzen Ostflügel mit seinen Schreien geweckt hatte.

»Ich träume vom Meer. Dass es mich auf den tiefschwarzen Grund zieht«, antwortete er, als Sofía fragte, ob er sich an seine Albträume erinnere. Er faltete die Hände über der Brust und schaute an die Decke, während Sofía seinen Verband wechselte.

»Wussten Sie, dass Ihre Landsleute droben an der Biskaya die Ersten waren, die Walfang betrieben haben? Schon vor fünfhundert Jahren.«

»Über Walfang weiß ich nicht viel. Wie kommen Sie denn da drauf?«, fragte sie.

»Weil ich selbst Walfänger war. In einem anderen Leben.« Sofía bemerkte ein Lächeln in seinen Mundwinkeln. »Im Südlichen Eismeer, am Ende der Welt. Ich habe Blauwale, Finnwale und Pottwale gejagt. Die größten Geschöpfe unserer Erde.«

»Das müssen sie mir eines Tages ausführlich erzählen.«

Sofía befestigte den Verband und wollte gerade gehen, als er ihren Arm ergriff.

»Sind Sie überhaupt eine fromme Schwester wie die anderen?«

Sie zögerte kurz. »Nein. Noch nicht. Vielleicht irgendwann.«

Sofía nahm an, dass ihre Kleidung sie verraten hatte. Sie war die Einzige, die nicht in dem wollenen Habit und der grauen Haube herumlief. Sie hatte sich geweigert. Stattdessen trug sie ihre Alltagskleidung mit einer Schürze. Schließlich war sie noch keine Nonne. Aber hatte der Mann vielleicht noch mehr bemerkt?

Er lehnte sich zu ihr, ohne ihren Arm loszulassen. »In dem Fall ...«, flüsterte er. »Wenn ich Ihnen verspreche, eine wahre Geschichte vom Ende der Welt zu erzählen, würden Sie mir dafür vielleicht ein frisches Buttercroissant mitbringen? Oder etwas Ähnliches? Ich bin sicher, dass es Wunder zu meiner Heilung täte. Das Essen hier bringt die Leute eher ins Grab als aus dem Bett.«

Nach wenigen Tagen in San Luis hatte sich Víctor de la Vega so weit erholt, dass er mit einem Stock im Klostergarten spazieren gehen konnte.

Sofía beschloss, das Wunder zu feiern. Am folgenden Freitag, genau eine Woche nach seiner Ankunft, machte sie auf dem Weg zur Arbeit einen Umweg und ging zum Bäcker. Mit ernster Miene fragte sie die Verkäuferin, ob sie vielleicht eine *Napolitana* für einen sterbenden Patienten im Kloster entbehren könnte, dessen letzter Wunsch es sei, ein solches Backwerk zu genießen. Der Orden sei arm, fügte sie hinzu, aber die Schwestern würden für ihr Seelenheil beten. Sie verließ den Laden mit einem knusprigen, in Papier gewickelten Schokoladencroissant und nahm sich fest vor, bei nächster Gelegenheit zu beichten.

Sie fand ihn im Klostergarten. Er saß auf dem trockenen Brunnen und las ein Buch, das dicker als die Bibel war. Eine der Schwestern hatte ihn bei seinem Raubzug in der Klosterbibliothek im ersten Stock des Westflügels ertappt.

»Was haben Sie gefunden?«, fragte sie und setzte sich neben ihn.

Er schaute auf und zeigte ihr das Buch. »Cervantes' *Don Quijote,* haben Sie den gelesen?«

Sofía hatte in ihrem Leben nur wenige Bücher gelesen, die meisten davon in der Schule. *Don Quijote* mit seinen Hunderten, dicht beschriebenen Seiten gehörte nicht dazu. Sie schüttelte den Kopf.

»Dann sind Sie kein Bücherwurm? Daran ist nichts verkehrt«, fügte er rasch hinzu. Er legte das Buch auf den Marmor, der Stock lag quer über seinen Beinen. Sofía wusste nicht, ob er ihn überhaupt noch brauchte.

»Ich bin selbst erst spät auf die Literatur gekommen«, fuhr er fort. »Und es war keine Liebe auf den ersten Blick. Aber dann traf ich Borges. Kennen Sie ihn?« Er sah sie fragend an, sie schüttelte wieder den Kopf. Sie war keine Männer gewohnt, die so viele Fragen stellten. »Nein, wohl kaum. Jorge Luis Borges ist einer der wichtigsten Schriftsteller meines Landes. Heute ist er fast blind. Ich traf ihn vor vielen Jahren im Café Tortoni in Buenos Aires. Ich war noch ein kleiner Junge und mit meinem Vater dort. Vater traf sich regelmäßig mit Borges und seinen Freunden. Es war ein geschlossener Club, der jeden Freitagvormittag im Keller des Cafés Kunst, Politik und alles Mögliche andere diskutierte. Ich war ein wahrer Lausejunge und hatte keine Lust auf Bücher. Mein Vater bat Borges, von der fantastischen Bibliothek seines Vaters zu erzählen, in der über tausend Bücher standen. Eines Tages würde die Fantasie mein Leben retten, sagte der Schriftsteller, wie sie sein eigenes gerettet habe.«

»Und, war das so?«

»Sie hat auf jeden Fall mehr für mich getan als die Wirklichkeit.«

»Ich habe etwas für Sie. Aber die Äbtissin darf es nicht sehen. Geben Sie mir das Buch.«

Sofía hielt das Buch, als würde sie es lesen, und zog die *Napolitana* aus der Schürze. Dann gab sie ihm das Buch zurück und versteckte das Gebäck dahinter. Zusätzlich versicherte sie sich, dass niemand sie ausspionierte.

»Essen Sie sie später. Wenn keiner Sie sieht. Sie schmeckt mindestens so gut wie ein Croissant.«

Ein Krümel war auf ihr Kleid gefallen. Sie befeuchtete den Zeigefinger und entfernte alle Spuren.

Der Argentinier faltete das Papier auf. Er schien beeindruckt.

»Meinen Sie nicht, dass Sie der Welt von größerem Nutzen sein könnten, wenn Sie etwas anderes als Nonne werden?«

*

Sie gewöhnten sich an, mindestens einmal am Tag im Klostergarten spazieren zu gehen.

Er erzählte von seiner Kindheit in Argentinien, von den Jacarandabäumen, die im Frühling die Parks und Straßen von Buenos Aires in violette Blütenpracht tauchen, vom Río de la Plata, der schlammig wie eine Pfütze, aber breit wie ein Meer war, von den Morgenbädern in Belgrano und den Kinos und Theatern der Avenida Corrientes. Und vom berühmten Tango seines Landes, an den er jedes Mal dachte, wenn er eine andalusische Copla hörte.

Er berichtete auch von seinen Erlebnissen als Walfänger am Ende der Welt, wie er zwischen Eisbergen hindurchgefahren war, vom Geruch des ranzigen Walspecks und vom Anblick der Walfangschiffe, die Seite an Seite in Südgeorgiens Cumberland East Bay lagen. An Heiligabend spielten sie füreinander Weihnachtslieder, um das Heimweh der Walfänger zu lindern.

Sofía verschlang seine Geschichten. Sie war nie weiter fort als Granada oder Antequera gewesen. Im Gegenzug erzählte sie ihm von Málaga und Spanien, von *El Caudillo* Francisco Franco, vom Kloster und der Entscheidung, die vor ihr lag. So ungewöhnlich es war, sich einem Fremden anzuvertrauen, noch dazu einem Mann, es kam ihr völlig natürlich vor.

Auch María Ángeles hatte offenbar Sinn für die positiven Eigenschaften des Argentiniers.

»Er ist ein fantastischer Zuhörer«, bekannte sie an einem warmen Nachmittag, als Sofía und sie mit jeweils einem Patienten im Schatten des Säulengangs saßen. »Mit ihm fühlt man sich, als wäre man der einzige Mensch auf der ganzen Welt.«

Sie betrachteten Víctor de la Vega, der ein paar rührige Patienten für eine improvisierte Partie Pétanque um sich geschart hatte. Das Schweinchen war aus zusammengerollten Binden, die Kugeln waren unreife Zitronen.

Sofía und María Ángeles wetteiferten immer mehr um die Gunst des argentinischen Patienten, jede wollte sich besser um ihn kümmern. Mehr als einmal geschah es, dass María Ángeles schon auf dem Hocker an seinem Bett saß, als Sofía zur Arbeit kam.

Sofía verspürte einen leichten Stich. María Ángeles war rundlich und herzensgut. Sie war einige Jahre älter als Sofía und erst vor Kurzem in den Orden eingetreten. Warum hatte sie dann das Bedürfnis, ihre Gefühle mit einem fremden Mann zu teilen?

»Könnten wir vielleicht einen kleinen Pastis zu unserem Spiel bekommen?«, scherzte Víctor de la Vega.

Er trug eine ausgebeulte Leinenhose und ein viel zu weites Hemd, beide von einem kürzlich verstorbenen Patienten.

Schwester Isabel hatte bei der letzten Ölung deutlich gehört, dass er sie Víctor de la Vega vermachen wollte. Auf dem Kopf trug er einen grauen Filzhut, den er von Pablo Herrera ausgeliehen hatte.

Er hob ein imaginäres Glas und prostete den Frauen zu. Sie schüttelten den Kopf, aber Sofía war sich sicher, dass María Ángeles insgeheim ebenso lächelte wie sie.

Der Argentinier war großzügig mit seinen Geschichten, seine Abenteuer aus der Neuen Welt waren nicht allein Sofía vergönnt. An manchen Vormittagen versammelten sich ein Dutzend Zuhörer unter den Apfelsinenbäumen des Klostergartens um den Mann und ließen sich von ihrem Elend unter dem Caudillo ablenken.

Manchmal saß Sofía auf dem Brunnenrand und hörte zu. Er hatte im Pantanal, dem riesigen Feuchtgebiet zwischen Brasilien und Bolivien, Rinder gehütet, erzählte er, wo Würgeschlangen in den Sümpfen lauerten, die dick wie die Wurzeln des Trompetenbaums waren. Die bolivianische Hochebene hatte er auf einem Planwagen durchquert. Nachts hatte er unter einer Ladung Lamafelle gelegen und die Sterne am Himmel geküsst. Er erzählte von Schwadronen von Glühwürmchen, deren grünliches Licht wie Gespenster aussah, von den Regenwäldern im Norden Argentiniens, wo er auf einer Mate-Plantage gearbeitet hatte, und von den Laternen in Lima und La Paz, die wie Lichterschlangen aus den Straßen ragen, den Anden entgegen.

Nicht alle waren von dem argentinischen Patienten und seinen Geschichten begeistert. Eines Morgens hörte Sofía Bruchstücke eines Gesprächs zwischen der Äbtissin und einer älteren Schwester.

»Ich sage nur: Wenn er wirklich zwei Wochen auf dem Meer getrieben wäre, wäre er viel schwächer gewesen. Der Arzt stimmt mir zu. Sein Magen wäre völlig durcheinander und sein Sonnenbrand viel schlimmer gewesen, das hat der Arzt bestätigt«, hörte Sofía durch die halb offene Tür, an die sie erst hinterher klopfte.

Als die Äbtissin das Klopfen hörte, verstummte sie sofort, und die beiden Nonnen sahen Sofía misstrauisch an.

Sofía musste zugeben, dass die Äbtissin recht hatte. Sie wusste selbst nicht, ob sie seine Geschichten glauben sollte oder nicht. Aber das war ihr egal.

Denn wenn sie am Abend vor ihrem Spiegel saß, sah sie ein neues Bild der Sofía Baéz. Noch immer der verunsicherte Blick über der Judennase, eingerahmt von dunklen Locken, aber sie hatte die strenge Tracht der Ordensfrauen durch ein rotes Kleid ausgetauscht, dessen Pailletten die Lichter der Großstadt reflektierten. Diese Version von Sofía Baéz tanzte fröhlich durch die Nacht, von Kontinent zu Kontinent, in Gesellschaft eines heimlichen Liebhabers, dessen Name vielleicht mit V begann und der sie nach Paris, Lima und Buenos Aires mitnahm.

Orte, die sie nie sehen würde, wenn sie das ewige Gelübde ablegte.

Als Sofía Baéz in die Fußspuren der heiligen Elisabeth trat

»Täusche ich mich, oder verbringst du immer mehr Zeit im Kloster?«

Beatriz sprach den Satz so monoton aus, dass Sofía nicht wusste, ob es eine Frage oder eine Feststellung war. Auf dem Heimweg von der Abendmesse hatte sie sich bei Sofía eingehakt.

»Ja, vielleicht«, murmelte Sofía und fragte sich, ob dies ein Versuch war, ihr ein schlechtes Gewissen einzureden. In letzter Zeit hatte sie deutlich weniger im *El Zepelín* mitgeholfen.

»Dafür musst du dich nicht schämen. Es ist sehr lobenswert, dass dein Glaube so fest ist.«

»Da bin ich mir nicht so sicher.«

Sofía hatte Beatriz immer um *ihren* Glauben beneidet. Jetzt, als Erwachsene, verband sie ihre Mutter eher mit Willensstärke als mit Fürsorge, mit kräftigen Händen anstelle sanfter Worte. Schmale aber kräftige Finger, die alles Unreine aus der dünnen Suppe der Kindheit abschäumten, das Haar ihrer Tochter richteten und sie unter der Wolldecke wärmten, wenn an kalten Winterabenden die Glut der Bettpfanne nicht ausreichte. Verhärtete Haut ohne Duft. Bei ihr hielt das Flakon mit Billigparfüm wesentlich länger, als die bescheidene Menge ätherischer Öle es zuließ, und doch verpassten diese

Hände Jaime eine Ohrfeige, als er es zerbrach. Starke Hände, die Sofía ins Schlafzimmer schoben und die Tür hinter ihr schlossen, ehe sie Roberto vom Boden aufhoben, wenn er zu viel Feigenschnaps getrunken hatte. Während Sofía durch den Türschlitz zuschaute. Hände, die vom ständigen Gebrauch des Rosenkranzes trainiert waren. Der alte Rosenkranz mit den patinierten Bronzeperlen, den Beatriz von ihrer Mutter geerbt hatte.

»Dein Glaube kann jederzeit wachsen«, sagte Beatriz und tätschelte Sofías Oberarm.

»Und wenn nicht?«

»Dann findet man sich damit ab. Oder entscheidet sich für einen anderen Lebensweg.«

»Hast du das getan?«

»Wie meinst du das?«

»Als du Vater geheiratet hast.«

»Das ist kein Vergleich, Sofía. Das war keine Frage der Entscheidung. Das waren andere Zeiten, wir hatten nicht die gleichen Möglichkeiten wie ihr heute.«

Diese Antwort half Sofía nicht im Geringsten. Wie konnte ihre Mutter, die anscheinend nichts als Sorgen hatte, sie über freie Entscheidungen belehren?

Sie hatte große Lust, Beatriz zu fragen, ob sie eigentlich glücklich sei, ob ihr Leben so verlaufen war, wie sie erhofft hatte. Aber sie brachte es nicht übers Herz, und so blieb es auf beiden Seiten bei Vermutungen.

Tristán hatte begonnen zu husten. Das war an sich nicht ungewöhnlich, er war immer schwächlich gewesen. Ein chronisch kranker Junge, meist erkältet, oft mit Nebenhöhlenentzündung, Fieber oder irgendwelchen Allergien im Bett. Beatriz meinte, es läge daran, dass Tristán per Steißgeburt zur

Welt gekommen war. Roberto meinte, er habe nur mehr Schaden am Bürgerkrieg genommen als seine Geschwister. Aber dieser Husten war hartnäckiger. Länger und rasselnd. Vielleicht hustete Tristán die Gespenster der Vergangenheit aus.

Am nächsten Tag wurde es noch schlimmer. Tristán stand nicht mehr aus dem Bett auf.

»Jetzt hat sie uns wieder eingeholt«, murmelte Roberto, der in der Tür stand, während Sofía ihrem Bruder einen kalten Umschlag auf die Stirn legte und Beatriz am Fenster Kerzen anzündete.

»Sei still!«, zischte Beatriz und warf ihn hinaus.

Sofía bemerkte, dass ihre Mutter um ein Wunder flehte. Nach der Messe waren sie besonders lang in der Kirche geblieben. Sie hatten Kerzen angezündet und mehr Ave Maria gebetet, als Sofía zählen konnte. Beatriz hatte ihren Rosenkranz umklammert und immer wieder Tristáns Namen geflüstert.

Doch Gebete allein konnten nichts ändern.

»Wir haben einen neuen Patienten bekommen«, sagte Sofía beim Mittagessen. Sie war nach Hause gekommen, um mitzuhelfen. Auch Jaime war gekommen, um nach seinem Bruder zu sehen. »Mit einer schier unglaublichen Geschichte.«

Sofía versicherte sich, dass alle zuhörten, bevor sie die Geschichte von Víctor de la Vega aus Buenos Aires erzählte, der auf einer Planke aus argentinischem Zedernholz übers Meer gekommen war, fest entschlossen, ihrer Familie den Glauben an Wunder zurückzugeben.

Den ganzen Tag hatte sie geübt, die gleichen Stilmittel wie Victor einzusetzen: keine unnötigen Füllwörter, kein Ringen nach Worten, nur der wohldosierte Gebrauch des Wortes *Wunder.*

»Kein Mensch überlebt mehr als ein paar Tage auf einem Stück Treibholz auf offener See«, brummte Roberto mit seiner tiefen Bassstimme. »Ein paar Wellen, und schon ist Schluss mit so einer Planke. Wie ein Stück Furnier, das man übers Knie bricht.«

»Aber trotzdem ist er bei uns an Land gespült worden. Und nun liest er *Don Quijote* und arrangiert Pétanque-Turniere im Klostergarten.«

Die erwünschte Wirkung ihrer Worte blieb aus. Keiner sagte etwas, alle starrten wortlos in ihre Suppenschalen.

»Er erinnert mich an Onkel Félix«, sagte Sofía schließlich.

Roberto und Jaime hoben den Blick von ihren Tellern und sahen sie an. Sofías Vater zog eine Grimasse. Onkel Félix war das verstorbene Enfant terrible der Familie, der kleine Bruder von Robertos Vater, der Ende des vorigen Jahrhunderts als junger Maurergeselle auf die Walz gegangen war und die entlegensten Länder des europäischen Kontinents besucht hatte.

Als Félix Jahre später nach Málaga zurückkehrte, war er nicht nur mit einem neumodischen Werkzeug namens Wasserwaage vertraut, sondern sprach auch Deutsch und Flämisch. Außerdem hatte er auf der Reise von Hamburg nach Berlin ein Zugabteil mit einem gewissen Wladimir Iljitsch Lenin geteilt und am Bodensee mit Ferdinand Graf von Zeppelin Tee getrunken, der gerade eine Erfindung testete, mit der er später Weltruhm erlangen sollte.

Onkel Félix ließ keine Gelegenheit aus zu betonen, wie dankbar der Ingenieur für seine Konstruktionstipps gewesen sei, und dass er ihn später zum ersten Linienflug eines Zeppelins eingeladen habe. Félix hatte jedoch abgelehnt, offiziell wegen Flugangst, inoffiziell, weil seine eigenen Berechnungen zeigten, dass der Zeppelin zur Passagierluftfahrt völlig ungeeignet war und früher oder später ein Unglück geschehen würde.

Niemand hatte je einen Brief des großen Erfinders gesehen, aber Roberto Baéz senior war so hingerissen von den Geschichten seines Bruders, dass er seine Bar nach dem Luftschiff benannte, das im Ersten Weltkrieg über dem deutschen Luftraum patrouillierte.

Als 1937, wenige Jahre nach Félix allzu zeitigem Tod, die Hindenburg bei der Landung in Amerika explodierte, betrachtete die Familie dies als Beweis dafür, dass Onkel Félix trotz allem recht gehabt hatte. Obwohl er nicht einmal das erste Semester seines Ingenieursstudiums vollendet hatte.

»Klingt unterhaltsam«, sagte Roberto nur.

Sofía sah Jaime an. Sie hatte gehofft, er würde sie unterstützen, aber er schwieg. Sie machte ihm keine Vorwürfe, denn sie wusste, dass er andere Probleme hatte. Jaime wartete sehnsüchtig darauf, um die Hand einer Kollegin anzuhalten. Den Verlobungsring hatte er schon in der Tasche; Sofía hatte geholfen, ihn beim Goldschmied auszusuchen. Aber er konnte sich nicht verloben, bevor es Tristán wieder besser ging.

Im Grunde war es töricht, dass ein Husten eine Verlobung verhinderte, aber alle hatten Angst vor den Zeichen. Die Geschichte war nicht auf ihrer Seite.

*

Am nächsten Morgen erzählte Sofía ihrem argentinischen Patienten vom Fluch der Familie Baéz. Die Tuberkulose.

In jeder Generation suchte sie mindestens ein Familienmitglied heim. Robertos Urgroßmutter war daran gestorben, ebenso seine Großmutter und sein Onkel. Auch seinen Cousin hatte es erwischt, aber er hatte überlebt. Und nun saß der Teufel in Tristáns Lungen. Roberto war sich sicher, obwohl noch kein Arzt die Diagnose gestellt hatte.

»Glauben Sie wirklich an Flüche?«, fragte Víctor de la Vega. Sie saßen auf der Bank unter der Magnolie ganz hinten im Klostergarten.

»Die Wege des Herrn sind unergründlich, daran glaube ich. Er stellt uns immer wieder auf die Probe.«

»Dann glauben Sie auch an das Schicksal? Dass Sie hier in diesem Kloster sitzen, weil es Ihnen vorherbestimmt ist?«

»Auf jeden Fall glaube ich, dass Gott unsere Wege bestimmt. Und wenn er bestimmt, dass dies mein Weg ist, wird er mir ein Zeichen geben.«

Víctor schnaubte. »Lassen Sie mich raten: Er hat noch kein Zeichen geschickt?«

Sofía schüttelte den Kopf.

»Ich sage Ihnen, woran die norwegischen Walfänger am Ende der Welt glauben«, sagte er. »Das sind einfache Leute, die ihr Dasein mit zwei simplen Begriffen zusammenfassen: Glück und Unglück. An manchen Tagen fängt man seinen Wal, an anderen nicht. Es hilft nichts, darüber nachzugrübeln oder ein paar Gebete extra in den Himmel zu schicken, denn die Jagd ist letztendlich Glückssache. So ist es auch im Leben, wenn Sie mich fragen. An manchen Tagen hat man Glück, an anderen nicht. Ihr Bruder scheint im Moment kein Glück zu haben. Das kann sich wieder ändern, vielleicht auch nicht. Aber das Schlimmste, was man tun kann, ist sein Schicksal in Gottes Hand zu legen und sich darauf zu verlassen, dass er es schon regeln wird. In meinen Augen ist es die größte Sünde von allen, die Verantwortung von sich zu schieben.«

»Aber liegt das Glück nicht ebenso wenig in unserer Hand wie das Schicksal?« Sofía verstand den Unterschied nicht, oder sie wollte ihn nicht verstehen.

»Nein. Weil man das Glück suchen muss. Oder selbst erschaffen. Nicht das Schicksal hat meine Zedernholzplanke an die Küste gespült, sondern das Glück. Und mein Überlebenswille.« Er stieß Sofía sanft mit dem Ellbogen und zeigte mit dem Kopf nach vorne. Die Äbtissin kam auf sie zu. »Hören Sie auf, Ihre Zeit zu verschwenden und auf ein Zeichen zu warten, das nie kommt. Überlegen Sie lieber, was *Sie* aus Ihrem Leben machen wollen«, flüsterte er rasch.

Als Sofía aufsah, stand die Äbtissin schon vor ihnen.

»Ich hoffe, ich störe nicht?«

»Wir betreiben nur etwas Seelsorge«, antwortete er.

»Hat man dafür nicht einen Beichtvater?«

Ob die Äbtissin damit Sofía oder Víctor meinte, war unklar. Sie sah die beiden abwechselnd an.

»Sie können später weitermachen«, sagte sie. »Wie schreitet Ihre Genesung voran?«

»Meinem Kopf geht es gut, der Körper lahmt noch ein wenig.«

»Wie ich höre, machen Sie große Fortschritte. Eine der Schwestern hat Sie sogar bei einem Sprint beobachtet, als Sie Pétanque spielten. Unser Arzt ist tief beeindruckt. Er meint, es trotze sämtlichen Naturgesetzen, dass ein Mensch sich nach zwei Wochen als Schiffbrüchiger auf See so rasch erholt. Sie sagten doch, dass es zwei Wochen waren, nicht wahr?«

»Dreizehn Tage, soweit ich mich erinnere.«

»Hm. Trotzdem beeindruckend, wie sie so lange dort draußen treiben konnten. Die Schiffsrouten liegen ja ziemlich dicht an der Küste.«

»Ich bin wohl im Kreis getrieben. Der Wind dreht dauernd da draußen.«

Die Äbtissin nickte nachdenklich. »Wie auch immer, unsere Wohltätigkeit ist nicht ewig. Kranke und Verletzte sind in San Luis immer willkommen, aber wenn ein Patient sprintet und zwei Portionen Frühstück verspeist, kommt er auch ohne unsere Hilfe zurecht, und wir können ihn der Obhut des Herrn empfehlen.«

Victor senkte den Blick, und die Äbtissin wendete sich Sofía zu.

»Fräulein Baéz, wollen Sie mir nicht Gesellschaft leisten?«

Sofía nickte, und die Äbtissin entfernte sich. Als sie außer Hörweite war, packte Víctor de la Vega Sofías Arm.

»Darf ich Ihnen einen Rat geben? Stellen Sie sich folgende Frage beim Gespräch mit der Äbtissin: Sind Sie wirklich sicher, dass Sie ein glücklicher Mensch wären, wenn Sie den Rest Ihres Lebens hinter diesen Mauern mit dieser Frau verbringen?«

Sofía hatte keine Chance zu antworten, denn die Äbtissin drehte sich noch einmal um und rief:

»Übrigens. Wie hieß Ihr Schiff eigentlich?«

»Wie bitte?«

»Ihr Schiff. Von dem Sie über Bord gefallen sind. Welchen Namen trug es?«

»María. Wie in María Immaculata.«

Sofía lief der Äbtissin hinterher.

»Ich will Sie nicht unter Druck setzen«, sagte die Äbtissin freundlich. »Aber sind Sie inzwischen zu einer Entscheidung gelangt?«

»Sehr bald, Schwester Maribel. Das verspreche ich Ihnen.«

Die Äbtissin blieb stehen und lächelte.

»Das klingt gut. Und dürfte ich Ihnen vorschlagen, dass Sie Ihre Zeit vernünftig nutzen, anstatt Ihren Kopf mit allen möglichen anderen Dingen zu füllen?« Fast unmerklich warf sie einen Blick in Víctor de la Vegas Richtung. »Sie sollten sich mehr um Pablo Herrera kümmern. Der Arme kann jede Fürsorge gebrauchen.«

Damit traf die Äbtissin Sofías schlechtes Gewissen. Seit Tagen hatte sie sich nicht um Pablo Herrera gekümmert, sondern ihn anderen überlassen. Dabei hatte er nicht mehr lange zu leben. Die Bronchitis schnürte ihm die Luft ab, er röchelte immer mehr, und seine Lippen wurden langsam blau.

Die Äbtissin nickte zum Abschied und verschwand in den Speisesaal. Sofía setzte sich auf die Treppe und schaute in den Klostergarten. Am anderen Ende jagte eine Schwester einen alten Mann, der barfuß im schmutzigen Nachthemd herumlief. Er war dement und versuchte mindestens einmal täglich, über die Mauer zu klettern. Unter den Apfelsinenbäumen saßen drei Patienten und stierten mit leerem Blick vor sich hin. Alle drei hielten einen Rosenkranz in der Hand, es sah aus, als wäre die Zeit beim Beten zum Stillstand gekommen.

*

Am nächsten Morgen waren rote Flecken auf Tristáns Kissen. Beatriz rief sofort den Arzt, aber Sofía sah nur ihren Vater an und wusste, dass sie keinen Fachmann für die Diagnose brauchten.

Sie verließ das Haus, ehe der Arzt kam. Bis dahin hatte sie mit einer Waschschüssel im Schoß auf der Bettkante ihres Bruders gesessen. Die Läden waren noch geschlossen, Tristáns Füße ragten wie tote Steine unter der Bettdecke hervor.

Es roch nach Schweiß, Seife und Krankheit. Ihre Mutter hatte auf der anderen Seite gesessen und die Stirn des Sohnes mit kaltem Wasser betupft. Plötzlich hatte Sofía das dringende Bedürfnis verspürt, die Wohnung zu verlassen.

San Luis war der einzige Ort, an den sie sich zurückziehen konnte. Im Schlafsaal des Ostflügels traf sie auf María Ángeles, die Äbtissin und zwei weitere Schwestern, die um Pablo Herreras Bett standen.

»Ich sage euch: Heute Nacht war ein Priester bei mir. Er kam zu mir und setzte sich neben mich, damit ich beichten konnte. Glaubt ihr etwa, ich würde das erfinden?«, sagte Herrera.

»Was ist hier los?«, flüsterte Sofía zu María Ángeles.

»Jemand hat ihm die Beichte abgenommen und die letzte Ölung gegeben«, antwortete María Ángeles mit der Hand vorm Mund. »Wir wissen nicht, wer es war. Er glaubte, er würde sterben. Und er besteht darauf, dass ein Priester bei ihm gewesen sei, aber das kann nicht sein.«

»Noch einmal bitte, Herr Herrera. Erzählen Sie uns, was geschehen ist«, forderte die Äbtissin ihn auf.

Er hustete, und seine blauen Lippen versuchten, die Worte zu artikulieren. Er habe im Dunkeln gelegen und gespürt, dass das Ende nahte. Da habe er nach einer Schwester gerufen, er könne doch nicht diese Welt verlassen, ohne zu beichten und die letzte Ölung zu empfangen, aber keiner habe ihn gehört. Bis plötzlich eine Gestalt am Bett gestanden und sich über ihn gebeugt habe. »Genau wie Sie jetzt, Schwester Maribel«, fügte er hinzu.

Die Gestalt habe seine Hand gehalten und ihn gebeten, seine Sünden zu bekennen. Eine fremde und doch irgendwie vertraute Stimme im Dunkeln. Die Gestalt habe seine Stirn und Hände gesalbt und die Worte gesagt, die er auf dem Weg in den Tod erwartet habe: Durch diese heilige Salbung helfe dir der Herr in seinem reichen Erbarmen, er stehe dir bei mit der Kraft des Heiligen Geistes: Der Herr, der dich von Sünden befreit, rette dich, in seiner Gnade richte er dich auf.

»Dann verschwand er wieder, und ich dachte, ich könne in Frieden sterben.«

»Haben Sie sein Gesicht gesehen?«, fragte die Äbtissin.

Der alte Mann schüttelte den Kopf.

»Aber seine Stimme kam Ihnen vertraut vor? Inwiefern?«

»Der Dialekt«, murmelte er nach einer längeren Pause. Sofía wusste nicht, ob es die Lunge oder das Gedächtnis war, das den alten Mann im Stich ließ. »Er klang seltsam. Fast wie ein Italiener. Und dann forderte er mich auf, meine irdischen Güter einem Bedürftigen zu schenken, zum Beispiel meinem Freund neben mir, damit sie nicht auf dem Misthaufen landen«, schloss er ab und drehte den Kopf zu Víctor de la Vegas Bett.

Die Äbtissin nickte zufrieden und drückte seine Hand.

»Ruhen Sie sich aus, Herr Herrera«, sagte sie und drehte sich zu Víctor de la Vegas Bett um. Alle Augen folgten ihr.

»Señor Vega, ich will Ihnen eine Chance geben zu erklären – nicht zu entschuldigen –, warum Sie das getan haben.«

»Aber ich habe doch gar nichts getan.«

»Sie sind nicht bemächtigt, die heiligen Sakramente auszuteilen. Wie konnten Sie es wagen, den Namen des Herrn in diesem Haus zu beschmutzen?«

Er seufzte tief. »Ach, wenn Sie nur ...«

»Sie werden das Hospital umgehend verlassen. Nicht genug, dass Sie sich als Gottesdiener ausgeben, nein, Sie haben uns alle belogen. Ich habe mit der Küstenwacht und den Hafenbehörden gesprochen, niemand hat eine Meldung bekommen, dass ein französisches Frachtschiff einen Mann verloren hat. Um ganz sicherzugehen, habe ich auch das französische Konsulat angerufen, und dort wussten sie nichts von einem französischen Schiff namens María, das in den letzten sechs Monaten Marseille angelaufen hätte.«

»Habe ich französisch gesagt? Ich meinte italienisch.«

»Das stimmt«, beeilte sich María Ángeles. »Er hat mir erzählt, es sei ein italienisches Schiff gewesen, da bin ich mir ganz sicher ...«

Der Blick der Äbtissin brachte sie zum Schweigen.

»Leben Sie wohl, Víctor de la Vega – wenn das Ihr richtiger Name ist. Wer den Namen des Herrn missbraucht, hat auch vor seinem eigenen keinen Respekt.« Die Äbtissin war bereits auf dem Weg aus dem Schlafsaal, die zwei Nonnen folgten ihr auf dem Fuß. »Ich wünsche Ihnen alles Gute und hoffe, dass wir uns nie wiedersehen.«

Sofía und María Ángeles blieben am Bett stehen. Eine Träne kullerte die Wange der Schwester hinab.

»Wir werden schon eine Lösung finden«, schluchzte María Ángeles und ergriff – völlig unangemessen, wie Sofía fand – Víctors Hand.

Sofía kämpfte mit ihren Gefühlen. Die eine Sofía forderte sie auf, sich zusammenzureißen, die andere fragte sich, ob sie wirklich ihren Lieblingspatienten verlieren wollte, noch dazu vielleicht am selben Tag wie ihren Bruder.

Sie wartete, bis sie sicher war, im Speisesaal nicht der Äbtissin zu begegnen. Dann verließ sie ruhig den Saal und ging durch das Hauptgebäude und den Westflügel zur Kapelle.

Am Altar kniete sie vor der Heiligen Jungfrau Maria nieder und faltete die Hände zum Gebet. Ohne die Worte auszusprechen, bat sie um Vergebung für das, was sie nun tun würde. Von links sah Elisabeth von Thüringen sie an. Sofía spürte eine Art geheimes Band zwischen sich und der Heiligen, die Brot aus dem Schloss geschmuggelt und an die Armen verteilt hatte. Beide waren Wohltäterinnen, verstießen im Dienst einer guten Sache gegen die Regeln und wurden von ihrer Umwelt missverstanden. Der Unterschied war nur, dass Elisabeth den Herrn im Rücken hatte.

Sofía durchdachte noch einmal ihre Beweggründe. Waren sie stark genug, um ihre Handlung zu rechtfertigen? Ja, die heilige Elisabeth würde ihr zustimmen. Sofía betete drei Ave Maria und bekreuzigte sich. Dann schaute sie Elisabeth an. Es war das letzte Mal, dass sie sie sah.

»Ich soll was tun?«

»Sie sollen ihre Sachen packen, sofern Sie welche haben, und mit mir kommen«, kommandierte Sofía. Sie stand mit verschränkten Armen und flackerndem Blick vor Víctor de la Vega. Sie hatte hinter der Tür gewartet, bis María Ángeles in den Klostergarten verschwunden war.

»Sie können vorläufig ein Bett bei uns bekommen. Vorläufig«, betonte sie.

»Das klingt auf jeden Fall besser, als bei dieser alten Vogelscheuche zu bleiben.«

Sofía hoffte insgeheim, dass er María Ángeles meinte, obwohl sie wusste, dass dem nicht so war. Die sündige Schwester konnte jeden Augenblick wieder auftauchen, bereit, ihn zu entführen.

Aber María Ángeles tauchte erst wieder auf, als sie schon auf halbem Weg durch den Vorgarten waren. Bis dahin hatte Sofía die missbilligenden Blicke der anderen Schwestern ignoriert, aber dem Heulen, das nun hinter ihnen erklang, konnte sie die Ohren nicht verschließen.

Sie drehten sich um und sahen María Ángeles aus dem Haupteingang stürmen. Sie bahnte sich einen Weg zwischen den gaffenden Nonnen und Patienten hindurch, die auf der Eingangstreppe Aufstellung genommen hatten.

»Was macht sie? Wo bringt sie ihn hin?«, rief María Ángeles. Sie sah aus wie ein Tiger, bereit zum Angriff, aber die schwere Ordenstracht schränkte sie ein, und dann packte die Äbtissin sie auch schon an der Schulter und hielt sie zurück.

Sofía warf einen letzten Blick auf die sonnengelbe Fassade. Dann drehte sie sich um und lief, um mit ihrem ehemaligen Patienten Schritt zu halten. Er hatte den Stock am Bett gelassen und ging lässig voraus, ohne das Bein nachzuziehen. Auf dem Kopf trug er Pablo Herreras grauen Filzhut. Als sie ein Stück die Straße hinab gekommen waren, wurde er langsamer, damit Sofía aufholen konnte. Er blieb stehen, nahm ihre Hand und sagte ruhig:

»Er hat mich angebettelt, wollte unbedingt beichten. Wie konnte ich einem alten Mann, der im Sterben liegt, diese Bitte verweigern? Kann denn keine gute Tat die Sünde aufwiegen?«

Doch, hoffentlich, dachte Sofía. Sie bedeutete ihm weiterzugehen. Hinter der ersten Straßenecke konnte sie die Frage nicht mehr zurückhalten.

»Was haben Sie eigentlich als heiliges Öl benutzt?«

Er lächelte schelmisch. »Speiseöl aus der Küche. Geweiht von der Heiligen Jungfrau in der Kapelle.«

Poröse Knochen

An Sofías Fenster wurde es eng, wenn ihre Abendgebete den Weg zu unserem Herrn finden sollten.

Im Sommer 1954 betete sie für so viele Seelen, dass sie alle Namen mit bunter Kreide auf eine Schiefertafel schreiben musste, die sie in einer Schublade versteckte, um keinen zu vergessen.

An erster Stelle kam Tristán, der in das Tuberkulosesanatorium Hospital Marítimo in Torremolinos eingeliefert worden war. Die Röntgenbilder hatten Robertos Befürchtung bestätigt. Tristán sollte den ganzen Sommer mit punktierter Lunge in einem nach Süden gerichteten Zimmer am Meer liegen und so viel Sonne wie möglich bekommen, was ihn jedoch nicht vor der Dunkelheit der Nacht rettete.

Auch Sebastián, den sie immer mal wieder vergaß, hatte unter allen Umständen ein Gebet verdient. Und ihre Mutter und ihr Vater, der offenbar wie sein jüngster Sohn den Glauben verloren hatte, obwohl Sofía ein Wunder in Fleisch und Blut in ihr Haus gebracht hatte.

Und natürlich das Wunder selbst, das auf Sofías Vorschlag Tristáns Platz an der Bar eingenommen hatte, und zwar am selben Tag, an dem der Krankenwagen ihren Bruder abgeholt hatte. Víctor de la Vega trug sogar Tristáns Uniform. Nach der Flucht aus dem Kloster hatte Sofía ihn direkt in die Bar gezogen und ihrem Vater versprochen, nie wieder einen Fuß ins Kloster zu setzen, wenn er ihren Ex-Patienten als Vertretung für Tristán im *El Zepelín* einstellte.

Roberto hatte sofort zugestimmt. Ihre Mutter war etwas schwieriger zu überzeugen, aber schließlich fügte sie sich Sofías Wunsch.

Schon nach wenigen Wochen kam es ihnen vor, als wäre Víctor de la Vega seit Jahrzehnten ein Teil ihres Daseins.

»Sancho Panza zu Ihren Diensten, ehrwürdiger Ritter«, hatte er Roberto am ersten Morgen begrüßt. Sofía wusste, dass dies vergebliche Liebesmüh war, denn ihr Vater hatte mit Sicherheit nie Cervantes gelesen. Trotzdem machte Víctor den Satz zum Ritual, später fügte er sogar einen selbst erfundenen Rittergruß hinzu.

Roberto und Sofía brauchten nicht lange, um ihn in die Routine einzuführen: die Abrechnung machen, den Unterschied zwischen süßem und trockenem Sherry erkennen, das Bier so zapfen, dass der Schaum genau bis zum Glasrand reichte, den teuren Schinken hauchdünn schneiden und anständigen Kaffee kochen. Víctor de la Vega war kein geborener Barkeeper, doch das kompensierte er durch die meisterliche Fähigkeit, Kunden in die Bar zu locken und bei der Stange zu halten.

Vor langer Zeit sei er einmal *Runner* für eine Hafenkneipe in Montevideo gewesen, erzählte er. Er sei zwischen Ozeandampfern und Frachtschiffen herumgelaufen und habe neu angekommene Seeleute in eben diese Kneipe gelockt.

Nach nur einer Woche zog er auf Robertos Betreiben von der Pritsche im Lagerraum in eine nahe gelegene Pension in Perchel, wo er ein Zimmer im ersten Stock bekam. Ein furchtbarer Ort, meinte Sofía, ein ehemaliges Gefängnis, in dem die schlimmsten Verbrecher der Provinz Málaga eingesessen hatten. Zur Zeit der Zweiten Republik hatte der verstorbene Mann der Wirtin die Ruine in ein Gästehaus umgebaut. Die Fenster waren vergittert, die Wände dünsteten Feuchtigkeit aus. Im Hinterhof roch es nach Katzenpisse, im Erdgeschoss nach Ruß und Kohle, und im Keller stand ein alter Ofen, dessen Schlacke die männlichen Bewohner laut Mietvertrag regelmäßig leeren mussten.

Víctor aber war zufrieden und beschwerte sich nicht. Sofía bemerkte, dass er dort sogar einen Freund gefunden hatte, den einzigen Menschen in Málaga außerhalb der Familie Baéz, zu dem er eine Beziehung hatte. Es war der Bruder der Wirtin, ein Mathematiklehrer mittleren Alters mit einer Frisur wie Albert Einstein und traurigen Augen unter buschigen Brauen.

»Ich heiße Martín, aber Sie können mich *Maestro* nennen. Heutzutage ist der Beruf eines Menschen ja fast wichtiger als sein Name«, sagte er, als Víctor ihn eines Tages Sofía vorstellte.

Sofía reagierte mit einem zurückhaltenden Lächeln und einem Händedruck auf den seltsamen, wenngleich freundlichen Mann. Wenn sie einen fremden Menschen aus der Generation ihrer Eltern traf, stellte sich ihr unweigerlich die Frage, auf welcher Seite er im Bürgerkrieg gestanden hatte. Für wen hatte er gekämpft? Hatte er Menschen getötet oder dies anderen überlassen und nur zugesehen?

Der Mathematiklehrer mit den traurigen, aber entschlossenen Augen und der freundlichen Stimme war ein solcher Fall.

Seit Sofía das Kloster verlassen hatte, half sie meist ihrem Vater in der Bar. Sie putzte, machte die Abrechnungen, briet

Kartoffeln und Paprika und filetierte Anchovis für Tapas. Darüber hinaus betrieb sie eine gänzlich andere Art der Wohltätigkeit als hinter den Mauern von San Luis. Ihre neueste Aufgabe bestand darin, Víctor zu nationalisieren, mit dem sie die meisten Nachmittage im *El Zepelín* verbrachte.

»Du kannst nicht hier leben und wie ein Italiener Spanisch sprechen«, leitete sie ihren selbst erdachten Lehrplan für Víctor ein. Und so wurden die Fliesentische zur Schultafel, wenn keine oder nur wenig Gäste anwesend waren. Sofía trieb ihm den Dialekt seines Heimatlandes mit der Rute aus, sie herrschte ihn an, wenn er südamerikanische Wörter oder Formen benutzte, und brachte ihm bei, wie ein echter Andalusier zu reden. »Du musst die Zunge weiter aus dem Mund strecken«, sagte sie, wenn er c und z wieder einmal zu trocken aussprach.

Dabei hatte Víctor nie gesagt, dass er für immer in Málaga bleiben und seine Tage als Barkeeper beenden wollte. Sofía ging einfach davon aus.

Sie erklärte ihm das Straßenbahnnetz, damit er bequem von einem Ende der Stadt ans andere gelangen konnte, und nannte ihm die Bäckereien mit den besten *Napolitanas.* Und sie empfahl ihm einen Buchhändler, der im Hinterzimmer schwer erhältliche Romane englischer und amerikanischer Schriftsteller verkaufte, weil Víctor ihr gesagt hatte, wie sehr er die angelsächsische Literatur schätzte.

Am liebsten hätte sie ihm alles persönlich gezeigt, aber Beatriz hatte ihr verboten, ihn auf seinen Vormittagstouren zu begleiten. Es ziemte sich nicht für unverheiratete Frauen, ohne Aufsicht mit jungen Männern durch die Stadt zu spazieren.

Ihr Vater hatte Víctor längst aufgenommen, aber Beatriz

blieb reserviert. Sie behandelte ihn freundlich, geradezu nachsichtig, aber nie herzlich. Sofía wusste nicht, ob ihre Mutter ihn einfach nicht mochte, oder ob sie nur ihre Tochter dafür strafen wollte, dass sie einen Schiffbrüchigen ohne Papiere in die Familie eingeschleppt hatte.

Im Lauf des brütend heißen Sommers erzählte Sofía Víctor von Sebastián, vom Bürgerkrieg und von der Hungersnot. Víctor belohnte sie mit mehr Geschichten aus der Neuen Welt und von den Weltmeeren. Unter anderem erzählte er von Argentiniens Präsident Perón, der in Sofías Augen ein ebenso großer Bandit wie El Caudillo war.

Nach und nach gab er auch mehr von sich preis. Zumindest Bruchstücke. Er war in einem Dorf in der Mitte von Nirgendwo aufgewachsen, dessen Daseinsberechtigung einzig aus der Kreuzung zweier Hauptstraßen der Provinz Buenos Aires bestand. Dort, unter dem Himmel der Pampa, hatte Víctor die ersten zwanzig Jahre seines Lebens verbracht, zwischen Tamarisken, Rindern, Eukalyptusbäumen und Gürteltieren. Eines Tages hatte er die Nase voll gehabt und war abgehauen. Ein durchreisender Lederhändler hatte ihn von der Hauptstraße nach Buenos Aires mitgenommen, von wo aus er nach Norden weiterreiste.

»Viele Tage später wurde ich dann an einem Strand in Spanien an Land gespült«, sagte er eines Nachmittags, als sie unter der Markise des *El Zepelín* saßen und eine Pause machten.

»Hast du kein Bedürfnis zurückzukehren?«

»Wenn man die ganze Zeit über die Schulter schaut, wird einem schwindlig. Jede Reise hat einen Anfangs- und Endpunkt, aber von mir aus müssen die beiden nicht identisch sein.«

Mehr hatte er zu dem Thema nicht zu sagen. So wenig wie zum Vorwurf der Äbtissin, er habe einen falschen Schiffsnamen angegeben.

Víctors Rätselhaftigkeit faszinierte und frustrierte sie gleichermaßen. Er sprach viel in Bildern und Gleichnissen, was sie bisweilen auf die Palme brachte. Dann trieb er mit seinen Rätseln auf einer Zedernholzplanke weit aufs Meer hinaus, außerhalb ihrer Reichweite. Oft jedoch ertappte sie sich selbst bei dem Wunsch, ihr Wunder in Fleisch und Blut möge den Endpunkt seiner Reise in der Calle Tomás Heredia finden.

Bald schon mochte sie nicht mehr an die Zeit zurückzudenken, als Víctor de la Vega noch nicht Teil ihres Lebens gewesen war. Sie gestand sich ein, dass die Freude über den schiffbrüchigen Argentinier allmählich die Trauer um ihren großen Bruder verdrängte. Mit dunklem Gewissen schrieb sie ihren eigenen Namen auf die Schiefertafel und betete für ihr Seelenheil, denn es war verwerflich, Víctor und ihren vermissten Bruder gegeneinander aufzuwiegen.

*

Nach den Sommerferien kehrte Tristán humpelnd in den Alltag der Familie zurück.

Er war viel zu klein geworden für den Anzug, den er auf seinem Willkommensfest trug. Das dumpfe Klacken des Stocks, auf den er sich stützte, verriet seine Ankunft, lange bevor man ihn sah.

Die Ärzte hatten ihn mit der Bemerkung entlassen, dass seine Lunge kuriert sei. Inzwischen hatte der Tuberkelbazillus jedoch seine Wirbelsäule befallen. Seine Knochen waren zerbrechlich wie Kreide. Einige Wirbel waren bereits in sich zusammengesackt und hatten Tristán mit einem Buckel versehen, der sich unter der Jacke wölbte und seinen Oberkörper krümmte.

Roberto hatte Familienmitglieder von nah und fern eingeladen. Auch Jaimes Verlobte Carmen, eine hübsche, füllige Frau, war dabei. Die beiden hatten ihre Verlobung vor Kurzem bekannt gegeben, Sofía sah sie erst zum zweiten Mal. Die Hochzeit sollte Ende des Jahres stattfinden.

Beatriz und Sofía servierten Kabeljau mit Spinat und Kichererbsen, gefüllte Eier und russischen Salat, Kuchen mit Honigglasur und teures Konfekt aus Toledo. Víctor war ebenfalls eingeladen, und Roberto überredete ihn, noch einmal die Geschichte seiner gefährlichen Irrfahrt auf der Zedernholzplanke zu erzählen.

Das tat er so kurzweilig, dass alle außer Sofía den eigentlichen Ehrengast vergaßen, der mit einem Kissen unter dem Buckel neben Beatriz' verkalkter Tante auf dem Sofa lag.

Sofía setzte sich zu ihm, nahm seine Hand und fragte, ob er sich amüsiere. Er lächelte gequält und nickte. Drüben am Tisch unterhielt der neue Barkeeper noch immer den Rest der Gesellschaft.

Sie hatte Mitleid mit ihrem Bruder. So viel war geschehen, während er fort gewesen war. Sein großer Bruder hatte sich verlobt, und seine kleine Schwester hatte sich verliebt. Jedenfalls glaubte sie das. Tristan war die Zeit davongelaufen, er würde sie nie wieder einholen. Doch damit nicht genug: Ein anderer hatte seinen Platz eingenommen.

Sofía schämte sich, weil ihr das nichts ausmachte. Im Gegenteil, sie war so glücklich wie nie zuvor.

In den letzten Wochen im Kloster hatte sie des Öfteren vorm Altar gekniet und die Heilige Jungfrau gebeten, sie mit runden Hüften und wogenden Brüsten wie María Ángeles auszurüsten. Sie fand sich mager wie ein ausgehungertes Maultier, aber Víctor schien das egal zu sein. Sie bemerkte, dass er bei jeder Gelegenheit diskret ihre Schulter oder ihren Rücken berührte. Er brachte ihr Pralinen mit und flirtete mit ihr, wenn sie alleine waren.

Inzwischen war sie sicher, dass seine Ankunft in San Luis vom Schicksal vorherbestimmt war. Jemand hatte ihn geschickt, um sie vor dem ewigen Gelübde zu bewahren. Er war das Zeichen, auf das sie gewartete hatte.

Wenn sie nun abends vorm Spiegel saß, sah sie nicht mehr ein Dutzend verschiedener Spiegelbilder. Es gab nur noch eine Sofía, die sie immer gewesen war, mit braunen Locken und Judennase, aber selbstbewusster. Es war die Sofía der Zukunft mit fülligen Wangen, die sich nicht mehr auf dem Altar der Selbstaufopferung kasteite oder geheime Briefe an imaginäre Liebhaber schrieb, deren Name vielleicht mit V begann.

Es war die Hausfrau und Mutter Sofía, die sie aus dem Spiegel anblickte. Hinter ihrem Spiegelbild sah sie die Silhouette ihres Mannes, der sich über sie beugte und ihr süße Worte ins Ohr flüsterte. Der Name dieses Mannes begann ganz sicher mit V.

Er musste sie nicht mehr nach Madrid, New York, Buenos Aires oder in andere Großstädte entführen. Sie war zufrieden, wenn er nur blieb, wo er war.

*

An einem seiner freien Abende im Oktober überredete Víctor Sofía, sie ins Kino einzuladen. Wenige Tage zuvor war sie zufällig am Kino vorbeigekommen und hatte gesehen, dass ein ganz besonderer Film dort lief. Den Titel und die Handlung verriet sie ihm nicht.

Beatriz erlaubte es unter der Bedingung, dass Tristán sie begleitete. Was für Spaziergänge in der Stadt galt, galt erst recht im dunklen Kino.

Die Leuchtreklame des Kinos hieß die Zuschauer blinkend willkommen. Víctor und Sofía setzten sich in die Mitte des fast leeren Saals, Tristán in die Reihe hinter ihnen. Víctor trug ein Hemd mit Weste und Pablo Herreras Filzhut, den er auf den Sitz neben sich legte. Sofía trug eine helle Bluse und einen grauen Rock. Ihre Mutter hatte darauf bestanden, dass man sich fürs Kino nicht fein machen musste.

Zuerst kam die obligatorische staatliche Wochenschau, ehe der bekannte Löwenkopf sie mit einem Brüllen begrüßte. Angekündigt wurden verschiedene Schwarz-Weiß-Filme aus den Hauptstädten der Welt mit Aufnahmen aus den Zwanzigerjahren. Der Kommentator sprach Englisch, aber Sofía brauchte keine Erzählstimme, die Bilder sprachen für sich. Sie entführten sie nach Paris, London und Hanoi, zum Eiffelturm, in das englische Königsschloss und Indochinas Pagoden und Tempel. Verzaubert sank sie dahin, während die Welt an ihr vorbeiflimmerte.

Plötzlich waren sie in Buenos Aires. *Romantic Argentinia* verkündete der Titel zu lebhafter Streichermusik. Sofía sah Víctor an und genoss es, wie seine Augenbrauen nach oben schossen.

»Dann wollen wir doch mal sehen, ob die Wirklichkeit in Buenos Aires mit deinen Beschreibungen mitkommt«, flüsterte sie ihm ins Ohr.

Sie schielte zwischen den Sitzen nach hinten. Hoffentlich genoss Tristán es auch, einmal von zu Hause wegzukommen. Seit er aus dem Sanatorium zurück war, verbrachte er die meiste Zeit im Bett oder in Robertos altem Lehnstuhl im Wohnzimmer, mit schmerzenden Gliedern, begleitet von Musik aus dem Radio und dem gedämpften Kneipenlärm aus dem Erdgeschoss. Das *El Zepelín* hatte den Namen Tristán Baez längst vergessen.

Buenos Aires sah genau so aus, wie Sofía es sich vorgestellt hatte. Plaza de Mayo, Río de la Plata, Calle Florida. Auf der Leinwand erwachten Víctors Beschreibungen zum Leben. Als sie den Kopf drehte, um seine Reaktion zu sehen, hätte sie schwören können, dass eine Träne seine Wangen hinabkullerte. Was sie etwas verwunderte, wo er doch stets so gleichgültig über Argentinien sprach?

Weiter konnte Sofía nicht denken. Víctors halb offener Mund schluckte die Träne, wenn sie je da gewesen war, und er griff nach ihrer Hand. Seine Finger strichen über ihren Handrücken, und mit größter Selbstverständlichkeit verschränkten sich ihre Finger. Er ließ sie nicht los, ehe der Film vorbei war, und sie hatte nichts dagegen. Obwohl sie es nicht mehr wagte, sich zu Tristán umzudrehen, aus Furcht davor, dass er sich im Geiste jedes Detail für ihre Mutter notierte.

Sie verließ das Kino mit dem seligen Gefühl, ein wenig klüger aus Víctor de la Vegas Wesen geworden zu sein, obwohl sie keinen Deut klüger über seine Geschichte war.

Sofía fühlte sich ihm näher als je zuvor.

*

Carmen Arenas, Jaimes Verlobte, kam aus einem Bergdorf westlich von Málaga, von dem keiner in der Familie Baéz je gehört hatte. Dort sollte die Hochzeit am letzten Wochenende im November stattfinden.

Der alte, geliehene Lastwagen ratterte die Berge hinauf. Eine andere Art des Transports konnten sie sich nicht leisten. Víctor und Tristán saßen auf der Ladefläche, umgeben von säuberlich eingepackten Geschenken, Sofía saß mit ihren Eltern im Führerhaus. Sie drehte sich oft nach den beiden Männern um, die kaum miteinander redeten.

Im Grunde war sie überrascht gewesen, dass Víctor überhaupt eingeladen wurde, aber Roberto hatte darauf bestanden. »Natürlich kommst du mit«, hatte er gesagt. »Oder glaubst du, ich würde dir meine Bar ein ganzes Wochenende lang überlassen? Überschätze dich nicht.«

Das Dorf lag auf einem kleinen Plateau, umgeben von sanft abfallenden Olivenhainen und Obstgärten. Auf der Rückseite jedoch stürzte das Plateau in einer senkrechten Klippe ab. In den Tälern der Umgebung leuchteten die Kastanienbäume gelb und rot, das Dorf glich einer weißen Insel in einem rotbraunen Ozean.

Die schmalen Straßen mündeten auf einem von Orangenbäumen gesäumten Platz. Es gab keine Elektrizität, die Wege wurden mit Petroleumlampen beleuchtet. Ältere Menschen mit Backpflaumenhaut in dicken Winterjacken liefen umher, manche zogen einen Esel oder ein Maultier hinter sich her.

Seit dem Ersten Weltkrieg sei dort nicht ein Mandelbaum gefällt worden, behauptete Carmens Vater Fernando Antonio Arenas, als er sie empfing, tadellos in einen schwarzen Anzug gekleidet, aus dessen Brusttaschen ein Taschentuch und eine goldene Uhrkette ragten. Er war 1919 als Arzt aus Madrid dorthin gezogen, und versicherte ihnen, dass sich seitdem nichts verändert habe. Die tiefen Schluchten und Wälder hätten die moderne Welt ferngehalten, erzählte Fernando Antonio Arenas mit einem Sinn für Dramatik, um den selbst Víctor ihn beneidete.

Weiß gekalkte Mauern mit abblätterndem Putz, gelb-rote Kaktusfeigen an knochentrockenen Hängen, wettergegerbte Gesichter mit schwarzen Löchern anstelle von Zähnen zwischen den Lippen und Ackerfurchen anstelle von Runzeln, eine Latrine hinter dem Schweinestall, wo man unter den Blicken großer, schwarzer Schweine in ein Erdloch schiss – Sofía fühlte sich mindestens zwanzig Jahre in der Zeit zurückversetzt.

*

Das Hochzeitsfest fand in Fernando Antonio Arenas Haus statt, das auf einem Felsvorsprung neben dem Kirchhof lag und als einziges so viele Gäste aufnehmen konnte. Das ganze Dorf war eingeladen, sogar Paco der Ziegenhirte, der die meiste Zeit des Jahres draußen bei seinen Tieren verbrachte, feierte mit. Er saß zwischen den anderen Bewohnern auf den Bänken, die man im Festsaal aufgestellt hatte, und ließ sich Truthahn, Fleischbällchen, Kaninchen und Reispudding schmecken, während ein Orchester aus dem Nachbardorf spielte. Sofía hatte die Trommeln schon von Weitem gehört.

Zu ihrem großen Verdruss saß Víctor am anderen Ende der langen Tafel, weit weg vom Familientisch. Wahrscheinlich hatte ihre Mutter die Finger bei der Platzverteilung im Spiel gehabt. Sofía tat ihr Bestes, um mit ihrem Tischherrn zu konversieren, einem entfernten Großcousin aus Antequera, von dem das Gerücht ging, er sei mit Syphilis aus dem Bürgerkrieg zurückgekehrt. Sofía wusste es nicht genau, und es war ihr auch egal. Sie folgte pflichtschuldig den Gesprächen, hob die Augenbrauen, wenn es angebracht war, lächelte ab und zu und spülte die Langeweile mit ein paar Gläsern Wein herunter. Zwischendurch warf sie diskrete Blicke ans ferne Ende der Tafel, wo Víctors Tischdame sich offensichtlich prächtig amüsierte.

Sofía gegenüber saß Tristán, der immer betrunkener wurde. In seiner braunen Weste, dem weißen Hemd und der grauen Anzugjacke sah er aus wie ein normaler, gesunder Mann im heiratsfähigen Alter. Den Stock hatte er unter dem Tisch versteckt, den Buckel unter der Jacke. Sein Haar war mit Wachs zurückgekämmt und glänzte wie ein frisch polierter Schuh. Die Schulterkissen, die Beatriz in seine Jacke genäht hatte, gaben ihm Statur. Seine Augen glänzten, was Sofía auf den Wein schob.

Tristán war der Erste gewesen, dem sie von ihrem argentinischen Patienten erzählt hatte. Sie hatte ihn auf einen Spaziergang zu dem Strand südlich der Stadt mitgenommen, wo er aufgelesen worden war. Nachdem sie minutenlang begeistert von der wunderlichen Seereise des Mannes erzählt hatte, hatte Tristán sie aufgezogen und gesagt, sie klinge total verliebt. Er war so guter Laune gewesen.

Seitdem hatte er sich sehr verändert. Sie dachte an die vielen Sonntage, an denen sie den Zug nach Torremolinos genommen und mit der Hand ihres Bruders in ihrer auf der Terrasse des Sanatoriums gesessen hatte. Sie hatten das Rauschen der Meeresbrise in den Palmwipfeln, die Schreie der Möwen und den Ausblick auf die Fischerboote genossen, aber sobald sie den neuen Barkeeper des *El Zepelín* nur erwähnte, kippte die Stimmung. Dummerweise hatte sie auch erzählt, dass Tristáns Uniform ihm wie angegossen passte.

»Nur gut, dass ihr ohne mich zurechtkommt.«

Sein Kommentar hatte wie eine hängende Grammofonplatte geklungen.

Später hatte er mehrmals behauptet, Víctor bringe Unheil. Er habe den Fluch der Familie wieder in ihr Leben gebracht. Der arme Tristán wusste ja nicht, was er da redete, es war die Dunkelheit, die aus ihm sprach.

Sofía warf viele neugierige Blicke in Víctors Richtung, und nach dem Essen stand er plötzlich hinter ihr und fragte flüsternd, ob sie mit ihm tanzen wolle. Die Sitzordnung hatte sich aufgelöst, ein Teil der Gäste tanzte, andere rauchten Zigarillos oder betranken sich mit Fernando Antonio Arenas teurem Branntwein.

»Ein faszinierender Ort. Ich habe mehr Esel als Menschen gezählt, glaube ich«, sagte Víctor, als sie auf der Tanzfläche waren. Er schwang sie im Kreis und zog sie dicht an sich. Sie spürte, wie seine Hand ihre Hüfte berührte.

»Erinnerst du dich an den Mathematiklehrer aus meiner Pension? Er hat erzählt, dass die kommunistischen Partisanen sich früher hier oben in den Bergen versteckt haben. Vor ein paar Jahren wurde eine ganze Gruppe entdeckt. Sie haben sie hinunter in die Stadt gebracht und auf dem Platz vor dem Bischofspalast hingerichtet. Wer weiß, ob wir heute Abend nicht mit dem einen oder anderen Partisanen am Tisch sitzen?«, flüsterte er.

Sofía schüttelte den Kopf. Ihr Vater hatte ihr von ganzen Bergdörfern erzählt, die zu Geisterdörfern wurden, weil El Caudillo in seiner paranoiden Angst vor Kommunisten und anderen Staatsfeinden alle Einwohner zwangsumgesiedelt oder nächtliche Ausgangssperren verhängt hatte.

»Ich glaube, da kommst du zehn Jahre zu spät.«

Sofía hatte keine Lust, über Politik zu reden. Wieder schwang er sie im Kreis, wieder landete seine Hand auf ihrer

Hüfte. Sie hatte Lust, sich an ihn zu schmiegen, beherrschte sich aber. Sie schielte hinüber zum Tisch, von wo Tristán sie argwöhnisch beobachtete.

Als der Tanz vorüber war, gingen sie hinaus auf die Veranda. Eine frische Brise wehte zwischen den Häusern hindurch. Ein paar Petroleumlampen leuchteten in der Dunkelheit. Irgendwo unter ihnen begannen die Olivenhaine, ganz unten lagen die dunklen Täler. Außer der Copla des Orchesters und den Regentropfen, die auf die Dächer trommelten, war kein Laut zu hören.

»Wie würdest du eigentlich eine Frau beeindrucken?«, fragte sie.

Die Frage überraschte ihn, er sah sie an und lächelte.

»Wie *ich* eine Frau beeindrucken würde?«

»Ja. Du hast doch mitbekommen, wie schwer es meinem Bruder gefallen ist, sich Carmen zu offenbaren. Glaubst du, du könntest das besser?«

»Ich würde ein Musikstück für sie spielen, glaube ich. Keinen Tango und auch keine Copla, sondern das schönste Stück, das ich kenne. Eine Melodie, die mein Vater in seiner Jugend komponiert und mir auf der Geige beigebracht hat.« Seine Stimme umgarnte sie im Dunkeln. »Mein Vater war ein guter Geiger. Er saß oft allein in seinem Arbeitszimmer und spielte oder komponierte. Das Stück, das ich meine, hatte er wegen einer unglücklichen Liebe geschrieben. Er hat mir nie die Geschichte erzählt, aber ich musste ihm versprechen, es später meiner Auserwählten vorzuspielen, damit sein Liebeskummer vielleicht irgendwann zum Liebesglück eines anderen Paares beitrug. Es ist die schönste Melodie, die du jemals hören wirst, Sofía. Ich habe sie oft bei der Waljagd auf dem Eismeer gespielt. Unser Harpunier meinte, sie bringe Glück.«

Sofía drehte den Kopf. Die Konturen seines Gesichtes schälten sich aus dem Dunkeln hervor, aber sie konnte seine Augen nicht sehen.

»Willst du behaupten, du könntest Geige spielen? Soll ich das glauben, oder ist das wieder eine deiner Geschichten?«

Er verzog keine Miene. »Gib mir eine Geige, und ich werde es dir mit Freuden zeigen. Glaubst du etwa, ich kann den Unterschied zwischen Dur und Moll nicht erkennen?«

»*Ich* glaube das.«

Die Stimme kam von hinten. Tristán stand auf seinen Stock gestützt in der Tür. Wie lange er sie schon belauscht hatte, wussten sie nicht. Er ging auf sie zu. Es hatte etwas Tragikomisches, dass ein junger Körper sich so ruckartig bewegte. Er blieb hinter ihnen stehen, und Sofía war überzeugt, dass er sich am liebsten zwischen sie gedrängt hätte.

»So so. Unser Víctor ist also auch ein großer Violinist? Ich muss schon sagen, du hast wirklich viele Talente«, sagte er. Sein Atem roch nach Alkohol.

»Das habe ich nicht gesagt«, murmelte Víctor.

»Tristán, solltest du nicht ...«

»Schweig, Schwester. Du hast für heute genug geredet. Ich will lieber etwas Musik hören. Willst du uns nicht einen Tango spielen, Víctor, mit viel Schmelz? Das würde ich verdammt gerne hören.«

»Dann ist es ja gut, dass da drinnen ein ganzes Orchester spielt«, sagte Víctor und ging hinein.

Tristán lehnte sich an eine Säule. Er sah aus, als könne er sich nicht mehr gerade halten. Sofía nahm seine Hand und wollte einen Arm um seinen Rücken legen, aber ihre Hand berührte den Buckel, und sie zuckte zurück. Hoffentlich hatte Tristán nichts bemerkt.

Sie lehnte den Kopf an seine Schulter und hörte ihn schwer atmen. Sein Kragen roch nach Schweiß.

»Warum bist du heute Abend so schlecht gelaunt?« Sie berührte sein Ohrläppchen mit dem Zeigefinger. »Es ist die Hochzeit unseres Bruders, lass es uns genießen.«

Tristan schob ihre Hand beiseite. »Der Mann ist ein durchtriebener Lügner, siehst du das denn nicht? Ich will dich doch nur beschützen.«

»Das brauchst du nicht. Ich komme schon zurecht.«

Sie küsste ihn auf die Wange und ließ ihn auf der Veranda stehen. Víctor saß wieder an seinem Platz, sie setzte sich zu ihm, schenkte sich ein Glas Wein ein, lächelte und versuchte, ihr Gespräch wieder aufzunehmen. Sie konnten jedoch nicht viele Worte wechseln, bis jemand zweimal an sein Glas schlug und die gesamte Gesellschaft verstummte.

Eigentlich waren die Redner längst fertig, Sofía hatte keine Lust mehr. Sie drehte sich um und sah, wie Tristán mit einem Löffel in der Hand aufstand.

»Liebe Hochzeitsgesellschaft«, hob Tristán an und spielte verlegen mit dem Löffel. »Als Bruder des Bräutigams ist es wohl nur natürlich, dass ich ein paar Worte sage. Ich hätte es vielleicht früher tun sollen, aber wer mich kennt, weiß, dass ich besser rede, wenn der Wein meine Zunge ein bisschen gelöst hat.«

Die Gäste schmunzelten zustimmend.

»Zuallererst möchte ich Señor Fernando Antonio Arenas meinen demütigsten Dank für dieses wunderbare Fest aussprechen. Und selbstverständlich will ich meinem Bruder und seiner schönen Braut aufs Herzlichste gratulieren. Möge er dich genau so glücklich machen, wie du ihn schon gemacht hast.« Tristán hob sein Glas in Richtung des Brautpaars.

Dann schwieg er einen Augenblick. Er stützte sich auf die Tischplatte und blinzelte.

»Und nun zum eigentlichen Zweck dieser Rede. Manch einer befürchtet vielleicht die traditionelle Hochzeitsrede eines Bruders. Aber in solchen Dingen bin ich nicht gut, mit oder ohne Rotwein. Stattdessen habe ich mich mit einem guten Freund der Familie zusammengetan, der diesen Augenblick sicher viel unvergesslicher machen kann als ich.«

Er ließ die Tischkante los und ergriff seinen Stock. Dann stapfte er mit unsicheren Schritten zu Víctors Tisch.

»Es verhält sich nämlich so, dass wir heute Abend viele musikalische Talente unter uns haben. Das Orchester natürlich, das uns bis jetzt wunderbar aufgespielt hat, aber sie sind nicht die einzigen. Wir haben auch einen argentinischen Geigenvirtuosen unter den Gästen. Einen Mann, der ebenso tüchtig auf der Violine ist, wie darin, dem Tod auf den sieben Weltmeeren zu entkommen.«

Er blieb hinter Víctor stehen und legte ihm die Hand auf die Schulter. »Die meisten von Ihnen werden Víctor nicht kennen. Aber glauben Sie mir, er würde ohne Zweifel eine viel bessere Rede halten als ich. Und ich denke, dass wir ein bisschen was fürs Gefühl brauchen. Deshalb: Víctor, würdest du uns vielleicht mit deinem Geigenspiel beglücken, von dem wir so viel gehört haben?«

»Hört, hört«, erklang eine unbekannte Stimme aus der Menge.

»Spiel uns eine argentinische Liebesserenade zu Ehren des Brautpaars. Du kannst sicher eine Geige aus dem Orchester leihen.«

»Ich kann nur ein paar Melodien«, sagte Víctor. »Ehrlich gesagt glaube ich nicht, dass sie für Hochzeiten geeignet sind.«

»Natürlich sind sie das. Du musst einfach das Tempo etwas drosseln. Mehr *lento,* sagt man das nicht so? Bitte, für das Brautpaar.«

»Ja, für das Brautpaar«, rief Jaime fröhlich beschwipst vom anderen Ende der Tafel.

Bald klopfte die gesamte Hochzeitsgesellschaft erwartungsvoll auf die Tische, selbst Fernando Antonio Arenas stimmte mit rhythmischem Klatschen ein. Sofía sah Víctor an. Tristan hatte noch immer die Hand auf seiner Schulter, es sah aus, als würde er ihn immer tiefer auf den Stuhl drücken.

Sie sah, wie Tristan sich zu Víctor beugte und ihm etwas ins Ohr flüsterte. Sein Buckel überragte seinen Nacken. Derweil klatschten Hunderte von Handflächen auf die Tische, bis die Gläser und Teller klirrten. Schließlich stand Víctor auf.

»Nun denn, Spielmann!« Tristán grinste.

Víctor glättete seinen Anzug und schaute sich im Saal um. Dann zwinkerte er Sofía zu und bestieg die Bühne. Er nahm die Geige und hob sie an die linke Schulter, bis der Kinnhalter passte. Er warf Tristán einen Blick zu, dann wanderten seine Augen zu Sofía und sahen sie über die Stimmwirbel hinweg an. Der Bogen blieb lange über den Saiten.

»Meine Damen und Herren, ich will versuchen, die schönste Melodie zu spielen, die ich kenne. Sie stammt von der Person, die mir beigebracht hat, dieses Instrument zu spielen: mein Vater.«

Der Bogen streichelte eine Saite, was die Geige mit einem tiefen Ton quittierte. Er klang aus und hinterließ ein Vakuum, das gefüllt werden wollte. Das tat er mit einem weiteren Ton, und noch einem. Sie flossen ineinander und formten eine Melodie, einen Fluss aus Tönen. Sofía schloss die Augen und ließ sich auf ihm treiben. Draußen war ferner Donner zu hören, und der Regen trommelte auf die Dächer, aber vor allem hörte sie die Musik. Die Melodie war noch schöner, als er versprochen hatte.

Als sie die Augen wieder öffnete und erneut seinem Blick begegnete, war Sofía sich ganz sicher, dass er diese Melodie nur für sie allein spielte.

Als Víctor de la Vega die Zeit stillstehen ließ

Zwei Adler schwebten im Aufwind über dem Bergkamm, als Sofía am nächsten Morgen über das Tal blickte. Sie war früh aufgestanden und zu einer kleinen Kapelle mit braunem Ziegeldach spaziert.

Eine bleigraue Wolke nach der anderen trieb über den Bergkamm hinter ihr. Weiter draußen, hinter den Gipfeln auf der anderen Talseite, schien das Licht der Küste, aber die Westhänge lagen noch im Morgenschatten, eingehüllt in Nebelfetzen. Ein Maultier brüllte einen Gutenmorgengruß.

Sofía dachte an Víctor. Und ein wenig an Tristán. Der arme, verkrüppelte Tristán, den das Schicksal so hart beutelte. Sofía ließ die Ereignisse der letzten Nacht Revue passieren. Kurz nach Víctors Auftritt kam ein Dorfbewohner in den Festsaal gerannt und verkündete lauthals, der Ziegenhirte Paco sei in seinem Suff in die Jauchegrube bei der Latrine gefallen.

Sofort wurde ein Rettungskommando auf die Beine gestellt, und viele kamen aus purer Neugier mit. Sofía schloss sich ihnen an, doch unterwegs verlor sie die anderen und fand sich in einer dunklen Gasse unweit von Fernando Antonio Arenas Haus wieder. Dort hörte sie plötzlich eine vertraute Bassstimme knurren:

»Ich habe ja schon viel erlebt, aber das war bisher das Peinlichste!«

Sofía presste sich an die Wand und schaute vorsichtig um die Ecke. Gerade rechtzeitig, um zu sehen, wie ihr Vater Tristán eine Ohrfeige verpasste.

»Du hast dich vor aller Augen zum Gespött gemacht. Was hast du dir dabei gedacht?«

»Entschuldige, Vater«, wimmerte Tristan. »Ich wollte doch nur ...«

»Du wolltest ihn demütigen, *das* wolltest du. Ich weiß nicht, wie du auf die wahnwitzige Idee gekommen bist, aber so etwas will ich nie wieder erleben, verstanden?«

»Es wird nicht wieder geschehen, Vater. Es tut mir leid. Ich weiß nicht, was mich geritten hat.«

»Von jetzt an behandelst du Víctor anständig, ist das klar? Schon möglich, dass du etwas gegen ihn hast, aber er hat mir sehr geholfen. Er hat *uns* sehr geholfen.«

Tristán nickte stumm, fasste sich ans Bein und stieß einen Seufzer aus, dann humpelte er Roberto hinterher. Sofía versteckte sich in einem Eingang, bis sie verschwunden waren.

Nun kniete sie in der Kapelle vor der Heiligen Jungfrau und versuchte, sich an alle Namen zu erinnern, die daheim auf ihrer Schiefertafel standen. Ihr brummte der Kopf vom Wein, hoffentlich vergaß sie keinen.

Nach dem Gebet ging sie ins Dorf zurück. Alle schliefen noch. Dachte sie. Auf der Plaza traf sie eine Schar Dorfbewohner in zerschlissenen Anzügen, die alle zum Kirchturm hinaufstarrten.

»Was ist da los?«, fragte Sofía. Keiner würdigte sie eines Blickes, alle schauten weiter nach oben.

»Die Uhr ist stehen geblieben«, sagte einer.

»Um zwanzig nach elf gestern Abend«, sagte ein anderer.

»Das war der Geiger«, murmelte ein dritter. »Der Argentinier hat mit seiner Geige die Zeit angehalten.«

»Ja, das war genau um die Zeit«, sagte der Erste.

Sofía schaute auf die Uhr. Víctor de la Vega, ihr Wunder in Fleisch und Blut, hatte tatsächlich die Zeit stillstehen lassen.

*

Als Víctor kurz danach von einem Tag zum anderen aus ihrem Leben verschwand, redete Sofía sich mit aller Willsenskraft ein, dass dies nicht noch ein Zeichen war. In diesem Fall ein äußerst schlechtes.

In den Monaten nach Jaimes Hochzeit planten sie ihre eigene, ihre und Víctors. So oft wie möglich stahlen sie sich Zeit, um Hand in Hand zu spazieren oder für flüchtige Küsse auf Parkbänken am anderen Ende der Stadt oder auf dem Monte Gibralfaro.

Erst als Víctor vergeblich bei Roberto um die Hand seiner Tochter anhielt, wurde ihnen klar, dass sie noch gründlicher hätten planen müssen. Es war seine Idee gewesen, beim Sonntagsfrühstück in seinem besten Anzug mit einem Blumenstrauß in der Hand aufzuwarten. Eine ziemlich naive Idee, wie Sofía nun wusste.

Roberto sagte jedenfalls Nein. Mit großem Bedauern, das musste Sofía ihrem Vater lassen, aber die Antwort war trotzdem ein Nein.

Sie erinnerte sich deutlicher an Robertos Fragen als an die schwachen Antworten ihres Auserwählten: *Wie willst du meine Tochter versorgen? Wo wollt ihr wohnen? Hast du inzwischen ordentliche Papiere, oder müssen wir jederzeit damit rechnen, dass die Guardia Civil dich ins Gefängnis steckt oder aus dem Land wirft?* Klare Fragen, auf die es leider keine klaren Antworten gab. Da konnte man die Frage ihres Vaters fast verstehen, wie er erwarten könne, dass er ihm seine einzige Tochter zur Frau gebe, wenn er nicht einmal diese drei Fragen beantworten konnte.

Die Bemerkung machte Víctor so wütend, wie Sofía ihn noch nie gesehen hatte. Mit hochrotem Kopf schlug er die Faust auf den Tisch, kündigte seinen Job und schwor, nie wieder einen Fuß in die Wohnung der Familie Baéz zu setzen.

Am folgenden Morgen, es war noch dunkel, wachte Sofía auf, weil jemand Steine an ihr Fenster warf. Víctor stand auf der Straße und gab bekannt, dass er Lebewohl sagen wollte.

Er kletterte auf die Markise, kauerte dort wie ein Schimpanse und schwor Sofía, dass er es nur für sie tue. Er wolle ein respektabler Mann werden, den ihr Vater nicht ablehnen konnte. Seine Finger ließen die Fensterbank los, um ihr Gesicht zu streicheln, und er bat sie inständig, auf ihn zu warten. Dann drückte er einen rauen Kuss auf ihre Lippen, verlor die Balance und brach den Zauber, indem er mit einem Schrei auf die Straße purzelte.

Im nächsten Augenblick war er verschwunden. Stunden später klopfte Roberto an ihre Tür, um auszurichten, was Víctors Wirtin am Telefon gesagt hatte. Ihr argentinischer Gast sei mitten in der Nacht ohne ein Wort abgereist. Da hatte Sofía sich bereits an den Gedanken gewöhnt, dass Víctor so schnell nicht wiederkommen würde.

In den folgenden Tagen spukten die Fragen ihres Vaters in Sofías Kopf herum und schufen weitere Fragen. Woher kam Víctor wirklich? War er tatsächlich von einem französischen Frachter gefallen? War er nun Argentinier oder irgendetwas anderes? Vielleicht ein entflohener Sträfling oder ein kommunistischer Partisan?

Erst jetzt, wo er fort war, sah Sofía ein, dass ihr seine Geheimnisse weniger egal waren, als sie dachte. Sie hatte einen Anspruch darauf, mehr zu erfahren, viel mehr. Doch fürs Erste konnte sie nichts anderes tun, als die Schiefertafel aus der Kommode zu holen, alle anderen Namen auszuwischen und dafür zu beten, dass er bald zurückkehrte.

Heimkehr

Fast zwei Jahre später kehrte Víctor de la Vega ebenso plötzlich in das Leben der Familie Baéz zurück, wie er daraus verschwunden war.

Es gab keine Vorwarnung, kein Zeichen. Sofía spürte seine Rückkehr nicht im Bauch, wie sie es sich vorgestellt hatte. Eines Nachmittags im November 1956 stand er einfach im Treppenhaus und lud sich selbst ein. Noch dazu mit einem Jungen im Schlepptau, der kaum älter als sechzehn Jahre war.

Víctor war ganz der Alte und sah trotzdem anders aus. Die kantigen Gesichtszüge waren wie früher, konstatierte Sofía, als er eineinhalb Meter von ihr entfernt auf dem Sofa saß, als wäre er nie fort gewesen. Auch seine Augen waren noch immer dunkel und seine Nase noch immer außergewöhnlich platt. Aber sein Gesicht hatte mehr Fülle, seine Haut war reiner, und er steckte in einem cremefarbenen Anzug, der sich ohne eine Falte um seinen früher so mageren Körper schmiegte. Sein Haar war sauber zurückgekämmt und glänzte vor Pomade.

Ihr wurde schlagartig bewusst, wie hässlich alltäglich sie in ihrem grauen Rock und der Wollbluse aussah. Aber was erwartete er, wenn er nach zwei Jahren urplötzlich unangemeldet vor der Tür stand? Ohne einen Anruf, Brief oder wenigstens ein Telegramm.

Er erzählte, er habe in Paris gelebt und sich als Geiger eines

Nachtcluborchesters am Montmartre durchgeschlagen. Dort hatte er auch den Jungen, der Alexander hieß, kennengelernt.

Alexander trug ebenfalls einen Anzug, den sein dürrer Körper nicht ausfüllte, die Kleider waren mindestens eine Nummer zu groß für ihn. Seine Hände waren rau und schorfig, seine Gesichtszüge auffallend kindlich.

Víctor berichtete von den Pariser Cafés, von Notre Dame, französischen Frauen, die mit hohen Absätzen und nackten Schultern herumliefen, von Theatern und dem geliebten Cabaret der Franzosen sowie von amerikanischem Rock'n'Roll, den es dort auf Platten zu kaufen gab. Mit jedem Satz klopfte er an ihre Brust und versuchte, den Weg in ihr Herz wiederzufinden. Aber sie ließ ihn nicht ganz herein. Auch wenn er mehrfach betonte, er sei *heim* nach Málaga gekommen, für immer.

Denn obwohl sie zugeben musste, dass sie ihn attraktiver als je zuvor fand, wie er da im Wohnzimmer ihrer Eltern saß, Zigaretten rauchte, den Staub von seinem teuren Jackett klopfte und ihr verstohlene Blicke zuwarf, sobald Beatriz wegschaute - so einfach wollte sie ihn nicht davonkommen lassen.

Im Lauf des Nachmittags informierte Víctor Roberto über die Veränderungen, die nun bevorstanden. Er wollte sich als gleichwertiger Partner in das *El Zepelín* einkaufen. Alexander sollte Teil dieser Abmachung sein; wie genau, sagte er nicht. Wenn Roberto zustimmte, würden bald weitere Veränderungen folgen. Víctor hatte sich von den Pariser Cafés inspirieren lassen und hegte große Pläne für das *El Zepelín*.

Die dritte Veränderung, kündete er mit einem nonchalanten Zug an der Zigarette an, würde übrigens darin bestehen, dass er Sofía heiratete. Erst da meldete Sofía sich zu Wort.

Roberto hatte die ganze Zeit geschwiegen und keine Reaktion erkennen lassen. Víctor legte seine Hand auf Sofías, aber sie zog sie zurück.

»Ich schlage vor, dass ...«

»Entschuldigung, war das alles?« Sofía sprang auf und sah beide Männer an. »Dann ist es also beschlossene Sache?«

»Nichts ist beschlossen«, murmelte Roberto.

»Liebe Sofía, hör zu ...«, versuchte Víctor, aber sie fiel ihm erneut ins Wort.

»Vater, Víctor und ich machen jetzt einen Spaziergang.«

Roberto warf einen Blick auf die geschlossene Küchentür.

»Ich weiß nicht, ob das eine gute Idee ist.«

»Jetzt hör aber auf! Habt ihr wirklich Angst, dass ich mit ihm durchbrenne?«

Sofía schüttelte den Kopf und bedeutete Víctor, ihr zu folgen. Sie gingen nach draußen, und sie führte ihn durch das alte Perchel-Viertel in Richtung Küste. Die Sonne stand tief über den Hausdächern und funkelte golden in den Gassen, die nach Westen verliefen. Das Leben in den Straßen kehrte gerade aus der Siesta zurück.

Selbstverständlich war sie glücklich, dass er zurückgekommen war. Aber sie kannte ihn ja überhaupt nicht. Nicht viel besser als in der ersten Nacht im Kloster, als sie an seinem Bett gewacht und sich gefragt hatte, woher er kam. Was mit ihm geschehen war. Wer er war. Und zweieinhalb Jahre später saß er plötzlich wie ein anderer Mensch im feinen Anzug auf dem Sofa ihrer Eltern und wollte sie heiraten. Sofía war klar geworden, dass sie noch immer keine Ahnung hatte, wer sich hinter der platten Nase und der dunklen Haut verbarg.

Sie kamen an den Strand südlich der Stadt, wo kleine Fischerhütten und baufällige Häuser die Stadtvillen ablösten, wo Obdachlose Mülltonnen durchwühlten und die Morgenfischer sich die Zeit mit Kartenspiel vertrieben und auf improvisierten Kohleöfen Suppe kochten.

Sofía fand den Ort und setzte sich auf ein Boot, das kieloben auf dem Strand lag. Víctor setzte sich zu ihr. Sie saßen eine Weile schweigend dort, ihre Kleider und lose Locken flatterten in der Meeresbrise, über ihren Köpfen schrien die Möwen.

»Hast du diesmal wirklich vor, zu bleiben?«, fragte sie schließlich, ohne ihn anzusehen.

»Ja.«

»Ich habe oft hier gesessen und an dich gedacht. Ich habe mir vorgestellt, wie du auf deiner Zedernholzplanke angespült wurdest.« Sie sah ihm in die Augen »Und jetzt bist du hier.«

»Und jetzt bin ich hier.«

»Und wieder habe ich keine Ahnung, woher du kommst.«

»Ist das so wichtig? Reicht es nicht, dass ich hier bin?«

»Das habe ich am Anfang geglaubt. Aber du musst mir erzählen, woher du kommst. Wer du bist.«

»Das weißt du doch.«

»Nichts weiß ich.«

»Ich habe dir schon viel mehr anvertraut als irgendeinem anderen Menschen«, murmelte er.

»Aber nicht genug.«

Das Meer lag still vor ihnen, die kleinen Kräusel auf der Oberfläche blitzten in der Sonne. Sofía erwartete noch immer, irgendwo dort draußen Víctor auf seiner Planke zu entdecken. Seine Silhouette zeichnete sich weich in der einsetzenden Dämmerung ab.

»Ich glaube, dass alle Menschen einen inneren Kern haben, der nur ihnen allein gehört. Den man nicht mit anderen teilt.

Wenn ich meinen mit dir teile, musst du mir versprechen, es nicht weiterzuerzählen. Es ist *meine* Geschichte, und ich möchte sie mit niemand anderem als mit dir teilen.«

Sie schob ihre Hand in seine und drückte sie. Er starrte lange aufs Meer, ohne etwas zu sagen. Sie dachte schon, er würde nie beginnen, als er laut aufseufzte.

»Ich kam als unerwünschtes Kind zur Welt«, begann er.

Provinz Buenos Aires, 1926

(Wie Víctor de la Vega sich daran erinnert)

Übergriff

Das Folgende ist meine Geschichte, soweit es mir gelungen ist, sie zusammenzustückeln. Es ist nicht die ganze Geschichte, aber es ist meine Geschichte. So, wie ich finde, dass sie erzählt werden soll.

Ich, Víctor Zalazar, kam mitten in der argentinischen Pampa zur Welt, begleitet von den Gebeten meiner Großmutter und den Schreien meiner Mutter. Ich wurde reich geboren, und doch tat ich meine ersten Atemzüge in einer armseligen Hütte, zwischen dem gestampften Erdboden und dem Zinkdach, auf dem die Arbeiter im Sommer ihr flohverseuchtes Bettzeug zum Trocknen auslegten, damit die Hitze der Pampa das Ungeziefer verbrannte.

Ich hatte Glück, dass sie Elena, meine Mutter, überhaupt in die Hütte gebracht hatten. Sie hatte niemandem gesagt, dass die Wehen eingesetzt hatten. Erst als meine Großmutter sie zusammengekrümmt unter der Pergola im Blumengarten fand, riefen sie einen Arzt und schleppten sie ins Schlafzimmer der Hütte.

Normalerweise waren dort Saisonarbeiter untergebracht, die im Herbst zu Hunderten auf dem Gut meines Großvaters arbeiteten, aber die Familie hatte das Zimmer seit Wochen für diesen Tag frei gehalten. Keiner sollte etwas mitbekommen.

Die einzigen Zeugen waren der Arzt, Christus am Wandkruzifix und meine Großmutter, die mit einem Rosenkranz in der Hand und geschlossenen Augen am Fußende des Bettes stand.

Der Arzt tut mir heute noch leid. Der Schweiß tropfte ihm von der Stirn, vermischt mit dem Staub der Pampa. Er saß mit aufgerollten Ärmeln auf einem Schemel am Bett und redete mit Engelszungen auf meine Mutter ein, dass sie pressen solle.

Doch alles, was er von ihr bekam, war ein leerer Blick und immer wieder Bruchstücke desselben Satzes:

»Ich will nicht ... Ich will dieses Kind nicht.«

*

Unter den Johannisbrotbäumen hinter dem Stall, in dem die kostbaren Zuchtbullen meines Großvaters standen, war Elena neun Monate zuvor vergewaltigt worden.

Sie hatte sich gerade den neuesten Stier angesehen, als ein umherstreifender Indianer mit Maisschnaps in den Adern sich auf sie gestürzt, ihre Beinkleider aufgerissen hatte und in sie eingedrungen war. Seine schmutzigen Finger hatte er so tief in ihren Mund gesteckt, dass sie ihre Schreie erstickten. Danach lag sie bewusstlos im Staub, bis eine ihrer Schwestern sie fand.

Mein Großvater schwor, den Indianer noch vor dem Morgengrauen zu lynchen. Rubén Zalazar war für gewöhnlich ein stoischer und nobler Viehzüchter, einer der größten Grundbesitzer der Provinz, doch hinter dem Spitzbart und der Tweedjacke verbarg sich ein Temperament, das einen zu Tode erschrecken konnte. Kaum hatte er sich versichert, dass seine jüngste Tochter im Bett lag und ein Arzt unterwegs war, ritt er an der Spitze eines Trupps Feldarbeiter vom Hof, um den Vergewaltiger zu finden.

Sein Zorn war aus seinem schlechten Gewissen erwachsen. Hatte sein Verwalter ihn nicht gewarnt, dass die Feldarbeiter einen Indianer gesehen hätten, der zwischen den Ombubäumen hinter den Weizenfeldern herumlungerte? Und hatte er nicht geantwortet, dass sie ihn in Ruhe lassen sollten, weil er bestimmt harmlos sei, solange er einen Baum habe, unter dem er schlafen könne?

Nun hatte die Bestie seine Tochter den Geiern überlassen, nur wenige Meter von seinem Gut entfernt.

Ich weiß nicht, ob Elena mitbekam, dass ihr Vater sich auf den Weg machte. Ich weiß auch nicht, ob sie die Fackeln in der Dämmerung sah, die wie träge Glühwürmchen über die Felder streiften, oder ob sie die Schüsse hörte, als die Fackelträger gefunden hatten, was sie suchten.

Vielleicht hat sie die hervorquellenden Augen der Bestie gesehen, die am nächsten Morgen tot auf dem Hofplatz lag, bevor ihr Vater sie den Geiern vorwarf. Wahrscheinlich jedoch war das Einzige, was sie immer wieder vor Augen hatte, sein liderliches Grinsen, als er in sie eindrang.

Ich bilde mir ein, dass sie neun Monate lang nichts anderes sah als die schwarzen Zähne der Bestie und nichts anderes roch als seinen faulen Atem, wenn sie die Hand auf ihren runden Bauch legte. Ihre Scham muss so groß gewesen sein, dass sie die Schwangerschaft bis zuletzt leugnete. Sie verfluchte sie, versuchte, sie fortzureden, betete zu Gott, er möge sie beenden.

Jetzt lag sie in einer Hütte, vor ihrer Umwelt versteckt, die nicht wissen sollte, dass die Tochter des einflussreichsten Mannes der Gegend einen Bastard gebar. Sie muss das Blut und den Schweiß gefühlt haben, die ihr Nachthemd durchnässten, und die grenzenlose Scham, die wie Staub an ihr klebte, und deshalb, *nur* deshalb, kann ich verstehen, dass sie zwischen den Wehen, die sie von innen zerrissen, schrie: »Ich will dieses Kind nicht haben!«

Deshalb, und *nur* deshalb, kann ich damit leben, dass sie diese Worte pausenlos wiederholte.

*

Der schwarze Ford klapperte über die Eukalyptusallee, die vom Tor bis zum Haupteingang des Farmhauses verlief. Es war die einzige richtige Straße des mehrere Tausend Hektar großen Guts.

Auf dem Rücksitz saß mein Großvater, während der Chauffeur das Auto auf die Hauptstraße nach Buenos Aires steuerte. In seinen Armen lag ich, mit runzliger Haut und zusammengekniffenen Augen, eingehüllt in eine Wolldecke, nur wenige Stunden alt.

Der Arzt hatte mich schließlich herausgezerrt. Trotz der Proteste meiner Mutter. Per Kaiserschnitt, weil Elenas Blutungen stärker wurden und der Arzt die Konsequenzen fürchtete, wenn die Tochter des Viehzüchters in seiner Obhut verblutete.

Meine Mutter wusste nicht, dass sie sich die Gebete hätte sparen können, denn es war nie die Absicht meines Großvaters gewesen, dass seine unverheiratete Tochter mich, den Bastard, behalten sollte. Sofort nach meiner Geburt hatte der Gutsbesitzer in Buenos Aires angerufen und gesagt, das Kind sei zur Welt gekommen. Man solle sich bereithalten. Deshalb musste das Dienstmädchen mich schnellstens waschen, während meine Nabelschnur noch glänzend in einer Kalebasse lag.

Nach vier Stunden Fahrt rollten wir auf der Avenida 9 de Julio ein, vorbei an Straßenrestaurants und dem großen Obelisken, bis der Chauffeur nach Nordwesten abdrehte, ins Reichenviertel Recoleta, wo die Baumkronen der Platanen die Seitenstraßen der Boulevards beschatten. Als wir zu der vornehmen Art-Nouveau-Stadtvilla kamen, die Rubén gut kannte, stieg er mit mir im Arm aus dem Auto.

»Sie werden oben erwartet«, teilte der Pförtner mit.

Ein Dienstmädchen ließ meinen Großvater in die herrschaftliche Wohnung ein, ohne ihm die Jacke abzunehmen. Vor dem Flügel im Wohnzimmer standen ein Mann und eine Frau. Ein zweites Dienstmädchen kam mit ausgestreckten Armen auf Rubén Zalazar zu. Er überließ mich ihr, und sie trug mich die Treppe hinauf.

Das Paar schaute ihr hinterher. Erst als sie gegangen war, sahen sie meinen Großvater an.

»Man kann es nicht erkennen. Er ist ein bisschen dunkler als normal, und seine Nase ist ein bisschen groß. Aber nichts, was Aufsehen erregen würde.«

Er wog seine Worte sorgfältig ab. Meine Hautfarbe hätte den ganzen Plan verderben können, aber niemand würde unmittelbar erkennen, dass ich Halbindianer war. Meine Adoptiveltern hatten Glück gehabt.

Die Frau seufzte erleichtert auf, und ihr Mann ging zu Rubén Zalazar und umarmte ihn. Keine höfliche, distanzierte Umarmung, wie sie die zwei Brüder und Geschäftspartner gemeinhin austauschten, sondern eine lange, innige Umarmung.

»Er ist jetzt euer Sohn, Leopoldo. Passt gut auf ihn auf«, flüsterte mein Großvater.

Es wurde ein kurzer Besuch. Das wussten alle drei, auch

das Dienstmädchen, das ihm nicht die Jacke abgenommen hatte. So war es geplant. Mein Großvater hob den Hut zum Abschied und drehte sich um.

*

Dass ich meine Kindheit nicht in einem Kinderheim verbrachte, habe ich allein Silvina Zalazars Unfruchtbarkeit zu verdanken.

Eigentlich hatte mein Großvater geplant, das Baby sofort nach der Geburt in ein Heim zu stecken und fremde Hände jede Ähnlichkeit mit seinem Geschlecht abwaschen zu lassen. Ich sollte spurlos in der Meute eltern- und namenloser Kinder der Großstadt verschwinden. Doch eines Tages hatten Leopoldo und Silvina gefragt, ob sie nicht das Kind zu sich nehmen und als ihr eigenes aufziehen könnten.

Sie waren seit sechzehn Jahren verheiratet, aber Silvina wurde einfach nicht schwanger. Sie hatten die besten Ärzte Argentiniens konsultiert und einen Übersetzer für Englisch und Französisch beauftragt, alle internationalen Medizinzeitschriften nach einer Kur zu durchforsten, doch vergeblich. Darauf hatten sie der Wissenschaft den Rücken gekehrt und sich stattdessen an Gott gewandt. Sie hatten der Kirche ein Vermögen gestiftet und jeden Abend eine Kerze am Fenster angezündet, aber auch das hatte nicht geholfen. In ihrer Verzweiflung hatte Silvina schließlich nach der strengen Diät eines indianischen Quacksalbers aus dem Norden gelebt und sich ausschließlich von Spargelsuppe mit Lorbeer ernährt. Fünf Vollmonde hintereinander hatte das Ehepaar Geschlechtsverkehr in Stellungen praktiziert, die ihre physischen Fähigkeiten klar überstiegen, und danach

Bäder in Quellwasser mit einer ganzen Flasche Fischöl genommen.

Doch Silvina wurde nicht schwanger, sie stanken nur tagelang nach Fisch. Die einzig positive Nebenwirkung der Quacksalberkur waren die erotischen Stellungen, die Leopold in Buenos Aires' Bordellen weiter praktizierte, wo er ein häufiger Gast geworden war.

Nicht nur das Wohlbefinden seiner Frau, sondern auch die Zukunft ihrer Ehe stand auf dem Spiel, als Leopold Rubén seinen Plan eröffnete. Außer einem sehr kleinen Kreis brauche niemand die Wahrheit über die Herkunft des Kindes zu erfahren, argumentierte er.

Rubén Zalazar musste einräumen, dass die Idee gar nicht so schlecht war. Wer könnte die Zukunft seines Enkels besser sichern als sein kleiner Bruder, der in Buenos Aires großes Ansehen als Geschäftsmann genoss?

Meine Familie, das Geschlecht der Zalazar, hatte seit vielen Generationen Landgüter besessen, zuerst auf der kastilischen Hochebene und dann in der argentinischen Pampa. Um die Jahrhundertwende hatte mein Urgroßvater die Möglichkeiten erkannt, welche die Eisenbahn und transatlantische Dampfschiffe mit Kühlanlagen eröffneten. Durch die Kombination von Viehzucht mit dem Anbau von Weizen, Mais und Luzerne hatte er eines der größten Güter der Provinz Buenos Aires aufgebaut.

Rubén, der in Mar del Plata oder Punta del Este nie mit der restlichen Oberklasse zurechtgekommen war, durfte auf dem Gut wohnen und es betreiben. Leopoldo hingegen blieb lieber in der Stadt, wo er seine Geschäfte besser steuern konnte. Er exportierte Leder und Fleisch vom Vieh seines Bruders, und wenn dies nicht ausreichte, lebte er vom Vermögen der Familie. Dies ermöglichte ihm seine Theaterbesuche, die Trabrennbahn und die feinsten Logen der Hauptstadt. Das Gut besuchte er nur, wenn es absolut notwendig war, Elena würde mich höchstens zweimal im Jahr sehen.

Außerdem waren Leopoldo und Silvina noch im passenden Alter für ein Kind, keiner würde sich wundern. Rubén selbst war über fünfzig, aber sein Bruder war fast zehn Jahre jünger, und Silvina noch jünger.

Rubén musste zugeben, dass die Idee wirklich nicht schlecht war.

Wenige Tage nach meiner Geburt suchte er meine Mutter unter der Pergola im Blumengarten auf, wo sie sich ausruhte, und erzählte ihr, dass Leopoldo und Silvina mich zu sich genommen hatten.

»Es ist in Ordnung, Vater. Tun Sie, was Sie für gut befinden. Aber ich will ihn nicht sehen«, antwortete sie und wendete ihre Aufmerksamkeit wieder den Rosen zu.

Ich nehme an, dass ihre Zustimmung ein Versuch war, sich selbst zu schützen. Dass ich trotz allem einen kleinen, versteinerten Klumpen Sehnsucht in ihrer Brust hinterlassen hatte, der sich nur manchmal bemerkbar machte, vielleicht in den einsamen Nachtstunden. Aber ich weiß es nicht.

*

So verbrachte ich, Víctor, wie ich getauft wurde, meine ersten Jahre in Leopoldos und Silvinas herrschaftlicher Wohnung in der Avenida Alverar, einem architektonischen Monstrum mit Balustraden und Reliefs, Steinbalkonen und schmiedeeisernen Gittern.

Meine Wiege stand im Schlafzimmer, dessen Fenster nach Nordwesten zeigten. Von dort sah man den Friedhof La Recoleta, auf dem Argentiniens kulturelle Elite begraben lag, und wo Leopoldo Zalazar sich ebenfalls einen Platz erhoffte. Die Vormittage verbrachten wir oft auf der Dachterrasse, wo die Bediensteten schwarzen Kaffee, Honig aus Patagonien, Brioches, Croissants und Pfirsiche aus der Provinz Misiones servierten.

An kühlen Tagen wurde der Mittagsschlaf im Kinderwagen in den Wintergarten verlegt, den Silvina auf der Dachterrasse hatte bauen lassen. Dort wuchsen Tomaten, Jasmin und Zitrusfrüchte. An Buenos Aires' schwülen Sommertagen war es oben zu heiß, und der Kinderwagen wurde in die Bibliothek im zweiten Stock gestellt. Dort konnte ich an die Stuckdecke schauen und ruhig einschlafen, umgeben von einer beachtlichen Sammlung angelsächsischer Literatur, welche die Regale füllte, weil Leopoldo seine amerikanischen und englischen Geschäftspartner mit seinem Wissen über Shakespeare und Twain, Dickens und Locke beeindrucken wollte.

Zum Rest der Familie hatte ich am Anfang kaum Kontakt. Das war die einzige Bedingung meiner Mutter gewesen. Wenn die Familie auf dem Gut zusammenkam, blieb ich daheim bei den Kindermädchen.

Nur wenige Personen kannten die Wahrheit. Um Freunden und dem Rest der Familie die Gewichtsschwankungen und das vorübergehende Verschwinden ihrer Tochter zu erklären, hatten meine Großeltern die Geschichte eines langen Kuraufenthaltes in Viña del Mar in Chile erfunden. Leopoldo und Silvina hatten ihren Bekanntenkreis mit dem Märchen abgespeist, dass ich ein Findelkind sei und sie mich direkt von der Straße adoptiert hatten.

Als ich eineinhalb Jahre war, sah mich meine Mutter zum ersten Mal wieder. Rubén war der Meinung, es wäre zu auffällig, wenn ich allen Familienzusammenkünften fernblieb. Er bereitete Elena vor und stellte sie vor die Wahl, entweder teilzunehmen oder selbst fernzubleiben.

In der Zwischenzeit war aus mir ein stattliches Kleinkind mit runden Wangen und für meine Herkunft im Grunde viel zu hellen Locken geworden. Ich war wie immer von Kopf bis Fuß dunkel gekleidet. Silvina fand, dass mir eine dunkle Garderobe am besten stand. Leopold und sie befürchteten, dass weiße Kleidung meine dunkle Haut noch dunkler wirken ließ.

An jenem Sonntagnachmittag, als der Kinderwagen im Garten zwischen Stockrosen und Orchideen stand und ich meinen Mittagsschlaf machte, betrachtete Elena mich zum ersten Mal. In diesem Moment wurde Rubén klar, dass der Plan vielleicht doch gelingen könnte.

Ein Strich mit dem Finger über mein Kinn, mehr gab es nicht, bevor sie sich losriss und ihre Aufmerksamkeit anderen Dingen widmete. Mit derselben Leichtigkeit wie in der Zeit nach der Geburt, als sie rasch in ihr früheres Leben zurückfinden wollte. Wenn unter diesem Seidenkleid irgendwo ein kleines Klümpchen Sehnsucht steckte, verbarg sie es gut.

Untergang

An einem Donnerstag im Oktober, kurz vor meinem dritten Geburtstag und ungefähr zur gleichen Zeit, als meine blonden Kinderlocken zu dickem rabenschwarzem Haar wurden, erreichten die ersten Gerüchte Buenos Aires. An der Börse in New York fielen die Aktienkurse ins Bodenlose.

Silvina registrierte die Neuigkeit, schenkte ihr aber keine große Beachtung. Zwar hatten sie einen Teil des Familienvermögens in amerikanischen Aktien angelegt, aber Leopoldo zufolge war dieser verschwindend gering. Sie vergaß die Sache. Das Wochenende kam und ging wie üblich. Leopoldo schlief lange am Samstag – er und Silvina waren am Abend zuvor im Theater gewesen –, und sie verbrachten den größten Teil des Sonntags auf der Trabrennbahn in San Isidro.

Mit der neuen Woche mehrten sich die Gerüchte, Spekulationen und Hiobsbotschaften aus den USA. Der Markt sei eingebrochen, hieß es, und Silvina spürte die zunehmende Panik unter ihren Freundinnen und Bekannten. Doch sie konnten nichts tun, als sich auf die beruhigenden Worte ihrer Ehemänner zu verlassen.

»Das ist nur ein vorübergehendes Phänomen. Mein Revisor sagt, dass das nötig ist, um die Wirtschaft gesund zu halten. In ein paar Tagen ist alles wieder normal, dafür wird die amerikanische Regierung schon sorgen«, versicherte Leopoldo.

Aber sie spürte seine wachsende Besorgnis, als die zweite Woche sich dem Ende zuneigte und er immer später von der Arbeit heimkam. Leopoldo Zalazar hatte immer eine Tugend daraus gemacht, frühzeitig aus dem Büro zu kommen, um in Ruhe einen Nachmittagsdrink zu genießen, ehe Geschäfte oder das Gesellschaftsleben am Abend seine Aufmerksamkeit verlangten. Aber als immer mehr Katastrophenmeldungen von den Börsen der Welt eintickerten, schob er seinen Feierabend immer länger auf.

»Wie viel Geld haben wir eigentlich in Aktien investiert?«, erdreistete sich Silvina am Freitagabend zu fragen. Sie lagen nackt im Bett, nach einem missglückten Beischlafversuch, und lauschten dem Summen der Großstadt.

»Fast nichts«, versicherte Leopoldo und starrte an die Stuckdecke. »Ich habe meinen Revisor nachrechnen lassen. Es ist nur ein kleiner Teil unseres im Übrigen ziemlich großen Vermögens.«

Das war jedoch weit von der Wahrheit entfernt. Der Mann, der sich mein Vater nannte, war ein hervorragender Geschäftsmann, aber er war ein Geschäftsmann mit einer großen Schwäche. Er war nämlich anglophil.

Leopoldo hatte diese Schwäche zu seinem Vorteil gewendet, indem er betonte, dass kein anderer Geschäftsmann südlich des Panamakanals mehr Wissen über das angelsächsische Gesellschafts- und Kulturleben besaß. Er konnte mit seinen amerikanischen und englischen Kunden über alles von Autofabriken über englische Literatur bis zu Chicagos besten Restaurants reden, sogar in passablem Englisch, das er einer Internatsschule in New Hampshire verdankte.

Auch wenn er die amerikanischen Geschäftsleute nicht

immer ausreichend mit seinem Wissen beeindrucken konnte, kamen spätestens dann die Aufträge zustande, wenn Leopoldo diskret auf seine umfangreichen Aktieninvestitionen bei amerikanischen Firmen hinwies. Ein Stahlwerk in Pittsburgh. Eine Traktorenfabrik in Missouri. Ein paar Autofabriken in Detroit und mehrere Banken in New York.

Deshalb stürzte Leopoldo Zalazars Welt zusammen mit dem Aktienmarkt ein. Trotzdem glaubte er noch immer selbst an die Lügen, die er seiner Frau erzählte.

Selbst als sein Revisor ihm wenige Wochen später eröffnete, dass über achtzig Prozent des Privatvermögens des Ehepaars aufgrund der gefallenen Aktienkurse verloren war und dass sein Exportgeschäft wegen mangelnder Nachfrage vor dem Konkurs stand, ließ er keine Reaktion erkennen. Auch nicht, als der Revisor die beträchtlichen Verluste weiterer Investitionen aufzählte, zum Beispiel in der kubanischen Zuckerrohrplantage, nachdem die Zuckerpreise ins Bodenlose abgestürzt waren. Erst als der Revisor kurz vor Weihnachten mitteilte, dass die New Yorker Bank, der Leopoldo die gesamten Rentenersparnisse des Ehepaars anvertraut hatte, Konkurs gegangen und ihr Geld weg sei, verließ der letzte Rest Kampfgeist den Körper meines Reservevaters mit derselben Geschwindigkeit, mit der sein Vermögen geschrumpft war.

*

Am letzten Tag seines Lebens küsste Leopoldo, der Gewohnheit treu, morgens um halb acht Silvina und mich und versprach, spätestens um vier Uhr zurück zu sein.

Anstatt ins Büro zu gehen, nahm er ein Taxi zum Jockeyclub in der Calle Florida, Buenos Aires' feinstem Club. Dort konversierte er höflich mit dem Dirigenten des Teatro Colón, aß ein üppiges Frühstück in Gesellschaft der Goya-Gemälde im Speisesaal und trank einen Brandy in der Bibliothek.

Danach ging er ein paar Blöcke zur Kanzlei seines Anwalts. Dort hatte er einen Termin zu dem Zweck vereinbart, das Eigentumsrecht auf ihr Sommerhaus im Delta bei Tigre auf seine Frau zu übertragen. Das Haus hatte er vor wenigen Monaten auf Silvinas Wunsch gekauft, die meinte, dass ein Ehepaar ihres Standes eine Sommerresidenz brauche.

Seinem Anwalt erklärte er, die Übertragung sei rein symbolisch. Das Haus war ohnehin gekauft und bezahlt, und weil seine Frau sich immer einen Rückzugsort auf dem Lande gewünscht habe, sei es nur angemessen, dass es auf ihren Namen lief.

Gegen Mittag nahm er ein Taxi zur Hafenpromenade in Belgrano. Dort aß er für sein letztes Bargeld eine Portion gegrillten Fisch in einem Restaurant mit Aussicht über den Río de la Plata. Er aß in aller Ruhe, genoss jeden Bissen und stippte den letzten Rest Soße mit einem Stück Brot vom Teller. Kähne und Fähren fuhren auf dem schlammbraunen Fluss an ihm vorbei, der Hitzedunst spielte mit der uruguayischen Küstenlinie am Horizont Versteck. Er band seinen Schlips auf und legte ihn zu dem Panamahut auf den Stuhl neben sich. Beide ließ er liegen, als er das Restaurant verließ.

Mit den Händen in der Hosentasche und offenem Hemd spazierte Leopoldo durch die noblen Straßen und Parkanlagen des Viertels. An der Eisenbahnlinie stieg er über die Schranke und ging ein Stück die Schienen entlang, bis er hörte, dass der Küstenzug sich näherte. Leopoldo hatte diesen Ort bewusst ausgewählt. Er lag ein Stück hinter dem Bahnhof von Belgrano, der Zug würde in hohem Tempo ankommen.

Als er die Vorderlichter wenige Hundert Meter entfernt sah, stellte er sich mit dem Rücken ans Geländer, umgriff das Eisen mit beiden Händen und streckte sich nach vorn, bis die Armmuskeln gespannt waren. Er schloss die Augen, richtete das Gesicht gen Himmel, spürte die Streckung in der Brustmuskulatur und ließ das Geländer im dem Moment los, als der Zug hämmernd auf ihn zuraste.

*

Leopoldo Zalazars Tod ging nicht unbemerkt hin.

Rubén wollte seinen kleinen Bruder auf dem Gut begraben, aber Silvina widersetzte sich mit aller Macht. La Chacarita, der bevorzugte Friedhof der Oberklasse, sei passender für einen Mann von Leopoldo Zalazars Kaliber. Von Geburt her mochte er nicht fein genug sein für das ewige Leben in La Recoleta in Gesellschaft von Adligen, Generälen, Präsidenten und Bischöfen, aber die Bäuerlichkeit der Pampa hatte er seit vielen Jahren hinter sich gelassen.

So wurde es gemacht. Ruben spuckte eine ansehnliche Summe aus und kaufte ein Stück Erde in La Chacarita. Es wurde in aller Hast ein Familienmausoleum in Marmor und Speckstein errichtet, während der Bestatter Leopoldos auseinandergerissene Körperteile mit Stahldraht zusammenband, um die Leiche halbwegs präsentabel zu machen.

Die Totenwache zog vornehme Gesellschaft von nah und fern an. Hunderte von Kerzen projizierten ein Schattentheater an die Wände der herrschaftlichen Wohnung, und Seidenbänder schmückten Leopoldos Mahagonisarg. Mehrere Minister sowie der Dirigent des Teatro Colón erwiesen ihm die letzte Ehre, sogar einige seiner engsten Geschäftspartner aus Amerika waren gekommen. Der Erzbischof kam mit Messdienern in schweren Kleidern. Sie beteten auf Lateinisch für Leopoldo Zalazars Seele und malten mit ihren Weihrauchfässern duftende Muster in die Luft.

Niemand außer den engsten Familienmitgliedern wusste, dass der Verstorbene ein solches Begräbnis in Wirklichkeit nicht verdiente. Leopoldos Selbstmord wurde als Unglück eingestuft und der unglückliche Lokomotivführer mit einer Summe Bargeld und der Drohung auf Entlassung abgespeist, falls er jemals erzählte, was er gesehen hatte.

Eine Weile gelang es der Familie, das Geheimnis zu wahren und ihren Verlust öffentlich zu beweinen. Doch die Trauer verwandelte sich bald in Zorn, als die Gebete verklangen und das Ausmaß von Leopoldos Pleite bekannt wurde. Denn was würde nun aus Silvina und mir werden?

Rubén und Silvina mussten einsehen, dass Leopoldos Vermögen weggeschmolzen war. Ihr verstorbener Mann hatte sehr wenig reelle Werte besessen, wie Silvina nach langen Sitzungen mit dem Revisor herausfand. Der Großteil seines Vermögens hatte aus Papiergeld bestanden, das an Aktien und Obligationen gebunden war.

Bereits wenige Wochen nach der Beerdigung überstiegen die Schulden die Aktiva, und Silvina begann mit feuchten Augen, die persönliche Habe der Familie zu verkaufen: den antiken hölzernen Vogelkäfig aus Malaysia, die Daunendecken, die Truhe aus kubanischem Mahagoni, die einmal Präsident Mitre gehört hatte, den silbernen Kronleuchter, das Schachspiel aus Elfenbein und Ebenholz, die französischen Gemälde, den Flügel aus England, das Goldbesteck mit dem Monogramm eines europäischen Kaisers, ihr Hochzeitskleid, die Maßanfertigung eines brasilianischen Schneiders, die chinesischen Fächer aus Schildpatt und Perlmutt, für die Leopoldos Mutter einen Händler weit in die Nebenflüsse des Yangtse geschickt hatte, sowie einen Großteil der angelsächsischen Büchersammlung, obwohl dies am meisten schmerzte.

Alles fand einen Abnehmer, trotzdem waren die Einnahmen gerade hoch genug, um die Schulden zu decken. Die herrschaftliche Wohnung konnte sie nicht zu Geld machen, da sie dort zur Miete wohnten, die sie ebenfalls nicht mehr bezahlen konnte.

Am vierten Sonntag nach Leopoldos Tod versammelte sie ihre vier Dienstleute in der Küche und teilte ihnen mit, dass sie mit umgehender Wirkung entlassen seien. Einer nach dem anderen verließen sie die Wohnung mit ihrem letzten Lohn in einem Umschlag. Damit verschwand der letzte Rest von Erhabenheit aus der nun fast leeren Wohnung, wo die Erinnerungen an den Reichtum vergangener Zeiten gemeinsam mit den Spinnweben Staub ansammelten.

Wenige Wochen später wurde der Nachlass des Verstorbenen komplett aufgelöst. Gemeinsam mit dem Anwalt der Familie gelang es dem Revisor gerade so, die letzten Kreditoren zu bezahlen. Das Einzige, was Silvina blieb, waren eine Handvoll persönlicher Dinge, ein paar Hundert Pesos und das Sommerhaus in Tigre.

Kurz darauf verließ sie Buenos Aires. Mit dem Küstenzug reiste sie die dreißig Kilometer nach Norden bis ins Flussdelta, wo ein Witwendasein sie erwartete. Als der Zug durch Belgrano fuhr, drückte sie sich die Nase am Fenster platt, weil sie erwartete, dass Leopoldo dort am Geländer stünde und sie anlächelte.

Mit einem verwirrten Dreijährigen im Arm kam sie mit der Fähre auf der kleinen Insel an, der die Schwüle des Sommers jeden Glanz geraubt hatte. Das Haus war als amerikanisch inspiriertes Ferienhaus mit Veranda, Efeu und Steinmauern geplant gewesen, aber das Geld war ausgegangen, ehe die Handwerker mit der Arbeit fertig waren. Und so erwartete Silvina ein Haus mit nackten Balken und verstaubten Fenstern. Die Pfähle, auf denen das Haus wegen der häufigen Überschwemmungen stand, waren feucht, das Gras im Garten wuchs wild. Ein Frühjahrssturm hatte einen Birnbaum entwurzelt, der Teile des Blechdachs zerstört hatte.

Silvina blieb nichts anderes übrig, als mich von Kopf bis Fuß mit Mückenbalsam einzuschmieren, damit die Insekten des Deltas mich nicht auffraßen, und mich mit meinem Spielzeug hinter dem Mückennetz des Schlafzimmers einzusperren, wo die Mittagshitze weniger erstickend war. Sie packte ihr bescheidenes Hab und Gut aus und versuchte, den Ort zu ihrem Zuhause zu machen.

Am Anfang gelang es Silvina noch, ausreichend Kampfkraft zu mobilisieren. Sie kanalisierte allen Kummer und alle Bitterkeit in die Arbeit, um das Sommerhaus an der Flussmündung zu einem dauerhaften Heim zu machen, verdrängte ihr Leid durch Fleiß und hielt uns über Wasser, nicht zuletzt mithilfe von Rubéns monatlichem Beitrag. Doch die Einsamkeit, die Feuchtigkeit des Deltas und die Isolation der Insel machten ihr zu schaffen. Es gab keinen Strom und nur ein stinkendes Plumpsklo hinter dem Haus. Von Tag zu Tag wurde ihre Sehnsucht größer, dass die Fähre sie abholen und weit weg in ein anderes Leben bringen möge. Silvina kam zu der Erkenntnis, dass das Leben im Delta, immer eine Armlänge vom Armenhaus entfernt, für einen dreijährigen Jungen unwürdig war.

So jedenfalls rechtfertigte sie ihren Entschluss vor sich selbst. Dass sie an mein Wohl dachte und nicht an ihr eigenes. Dass sie mir eine ordentliche Schule und Freunde ermöglichen wollte. Dass ich meine Kindheit und Jugend in Gesellschaft Gleichgesinnter verbringen sollte anstatt mit den simplen Pelzjägern des Deltas.

Doch tief im Inneren musste sie zugeben, dass sie das Leben alleine nicht bewältigte. Nicht bewältigen *wollte.* Nicht unter diesen Umständen. Um ihren Entschluss weiter zu rechtfertigen, begann sie, mich zum Sündenbock für alles Unglück zu machen, das Leopoldo und sie getroffen hatte. Ich brachte Unglück.

Als der Winter mit seinen kalten Regentagen einsetzte, war die Entscheidung getroffen. In ihrem Leben war kein Platz mehr für ein kleines Kind.

*

»Davon will ich nichts hören«, antwortete mein Großvater zuerst verständnisvoll, dann abweisend und schließlich barsch. Silvina hatte mehrmals von einem Münztelefon in Tigre angerufen und vorgeschlagen, dass sie mich zurücknehmen sollten.

Rubén hatte ihre Anfrage falsch verstanden und den Betrag, den er ihr an jedem ersten Werktag im Monat persönlich am Fähranleger in Tigre überreichte, verdoppelt.

»Dieses Kind ist eure Verantwortung. *Deine* Verantwortung. Ihr habt mich angefleht, dass ihr es bekommt«, antwortete er, als sie ihn zum wiederholten Mal bat, mich mitzunehmen.

»Meine Verantwortung ist an dem Tag gestorben, als Leopoldo sich vor den Zug geworfen hat. Kannst du das nicht verstehen? Ich kann ihm nicht das Leben geben, das es verdient. Ich kann nicht mehr.«

Silvina verbarg das Gesicht in den Händen, was meinen Großvater nur wütender machte.

»Du bist jetzt Víctors Mutter, ob du es willst oder nicht, und du hast dich ordentlich um ihn zu kümmern!«, brüllte er, packte sie an den Schultern und schüttelte sie. Dann ließ er sie am Kai stehen und fuhr davon.

Im nächsten Monat hörte keiner in der Familie etwas von Silvina. Rubén deutete ihr Schweigen als Zeichen, dass sie zur Vernunft gekommen war. Bis zu dem Vormittag, als sie wieder im Gut anrief und ankündigte, sie würde sich und mich im Fluss ertränken, wenn Rubén nicht sofort käme und mich holte.

Rubén wagte nicht zu widersprechen und fuhr sofort nach Tigre. Am Anleger nahm er ein Taxiboot zur Insel, wo Silvina auf ihn wartete. Sie stand unter der Weide im Vorgarten, ruhig abwartend, und hielt mich im Arm.

Ohne ein Wort überreichte sie mich meinem Großvater.

Der Junge, der spät zum Leben erwachte

Ich erwachte spät zum Leben.

An die ersten Jahre meiner Kindheit kann ich mich kaum erinnern, nur in Bruchstücken, flüchtigen Bildern.

Wie der Anblick Dutzender Raubvögel, die an einem kalten Wintermorgen auf der halb gefrorenen Erde eines Ackers Nahrung suchten. Oder die Erinnerung an das sterbende Kalb, das nach einem Winterregen halb begraben im Schlamm der Pampa liegt. Die Aasgeier kreisten schon über ihm. Oder die leidenschaftlichen Tangos, die nach Carlos Gardels Tod eine Woche lang aus dem Radio strömten. Der Reporter berichtete von Abertausenden Menschen, die dem Sarg des geliebten Sängers vom Hafenkai in Buenos Aires, vorbei an den Theatern und Nachtclubs der Avenida Corrientes bis nach La Chacarita folgten.

An alles andere, das ich bisher berichtet habe, erinnere ich mich nicht selbst. Es sind Dinge, die ich später erzählt bekommen habe.

Eine der wenigen Szenen meiner Kindheit, die ich in deutlicher Erinnerung habe, spielte sich in einem dunklen Weinkeller ab, in dem es nach piemontesischen *Toscanos* und mit Portwein getränktem Eichenholz roch. Ich war zwölf und spürte noch heute die freundliche Hand, die mir über die Wange streichelte, während ich die Düfte einatmete.

Ich erinnere mich, dass ich auf einen roten Schlipsknoten unter einem beginnenden Doppelkinn starrte. Ich hob den Blick und fand freundliche Augen, die mich zusammengekniffen betrachteten. Mein zwölfjähriges Ich ahnte nicht, dass er schon damals langsam seine Sehkraft verlor.

Mein Vater hatte ihn mir als Herrn Borges vorgestellt. Jetzt hörte ich wieder Vaters Stimme hinter mir:

»Señor Borges, wären Sie so freundlich, meinem Jungen zu erklären, dass er die Bücher, die ich ihm gebe, auch lesen soll. Er will nicht auf mich hören.«

»Kann der Junge überhaupt lesen?«, grunzte der Mann, und ich hörte gedämpftes Lachen ringsum. Ich stand vor einem runden Tisch, um den Männer in dunklen Anzügen saßen. Borges ging vor mir in die Hocke.

»Natürlich kann er das.«

Die Finger streichelten wieder meine Wange. »Du musst auf deinen Vater hören, mein Kleiner. Die Fantasie kann dein Leben retten. Meines hat sie auf jeden Fall gerettet.« Er sah zu meinem Vater auf. »Habt ihr Bücher daheim?«

»Wir haben eine ganze Bibliothek.«

»In dem Fall«, sagte er und wendete sich wieder mir zu, »gibt es keine Entschuldigung. Dein Vater ist offenbar ein kultivierter Mann. Das wirst du später zu schätzen wissen. Mein Vater besaß eine Bibliothek mit mehr als tausend Büchern, alle auf Englisch. Reihe für Reihe, Regal für Regal, vom Boden bis zur Decke, mit eingebundenen Rücken. Manche davon rochen wie frisch gedruckt, andere nach altem Papier. Das war meine Welt. Wenn du ein bisschen Grips da drinnen hast, gib den Büchern und der Fantasie eine Chance. *De acuerdo*?«

Die Augen blinzelten mich an und das Gesicht verschwand aus meinem Blickfeld. Der Mann ging an seinen Platz am Tisch zurück und kehrte mir den Rücken zu.

»Vielen Dank«, sagte mein Vater. Ich spürte, wie seine Hand mich wegzog. »Ich schreibe selbst seit längerer Zeit an etwas. Es ist richtig gut geworden, wenn ich das sagen darf. Vielleicht möchten Sie ...«

»Würden Sie den Kellner bitte runter an unseren Tisch schicken? Das wäre sehr nett«, unterbrach ihn einer der anderen Männer, und mein Vater hielt inne. Wir blieben einen Augenblick stehen, dann zog er mich weg.

Als wir wieder im Freien standen, sagte er, dass wir gerade im *Café Tortoni* in der Avenida di Mayo gewesen seien, dem berühmtesten Café Argentiniens, vielleicht ganz Südamerikas. Der Mann, der meine Wange gestreichelt hatte, hieß Jorge Luis Borges und war auf dem Weg, einer der berühmtesten Schriftsteller des Landes zu werden. Und die Männer an seinem Tisch waren vom gleichen Kaliber: Maler, Musiker, Journalisten, Schriftsteller. Sie trafen sich jede Woche im Weinkeller unter dem Tortoni, um über Politik, Kunst und alles Mögliche zu diskutieren. Immer wenn wir in der Stadt waren, nahm mich mein Vater mit in das Café, um Churros mit heißer Schokolade zu essen, und ich nehme an, dass er irgendwann seinen Mut zusammengenommen hat, um in den Keller zu gehen und sich Borges und seinen Freunden vorzustellen.

Er machte sich Sorgen um mich. Wie die meisten anderen. Bis dahin war ich ein scheuer, verzagter Junge ohne besonderen Appetit aufs Leben gewesen. Es schien, als hätte mein Organismus erst mit acht Jahren meine Zunge mit der Fähigkeit ausgestattet, zusammenhängend zu reden, meine Augen mit der Fähigkeit zu strahlen und mein Gehirn mit der Fähigkeit der Erinnerung.

*

Ich wusste nicht, dass ich ein neues Elternpaar bekommen hatte. Dass meine Mutter Elena wenige Wochen, nachdem mein Großvater mich bei Silvina abgeholt hatte, ihn aufgesucht und darum gebeten hatte, mich zurückzubekommen.

In den dazwischenliegenden Jahren hatte sie Eduardo de la Vega geheiratet, einen Oberklassejungen aus Buenos Aires, und sie konnten keine Kinder bekommen. Etwas war bei meiner Geburt schiefgelaufen. Zwei Ärzte aus der Stadt hatten Elena unabhängig voneinander gesagt, dass ihre Chance, noch einmal schwanger zu werden, minimal sei. Ich war die beste Möglichkeit, ihrem Mann seinen größten Herzenswunsch zu erfüllen.

Schon am nächsten Tag holten Elena und Eduardo mich aus dem Zimmer des Dienstmädchens. Sie erzogen mich in dem Glauben, dass meine richtigen Eltern tot seien. Leopoldo sei bei einem Verkehrsunfall gestorben, Silvina an Typhus. Danach seien meine selbstaufopfernde Cousine und ihr Mann eingesprungen, um sich um ihren kleinen Cousin zu kümmern.

Aber ich war wütend auf mich selbst, weil ich mich nicht an meine richtigen Eltern erinnern konnte, und wütend auf alle anderen, weil sie immer verstummten, wenn ich sie bat, von Silvina und Leopoldo zu erzählen.

Vor allem war ich wütend auf Elena. Ich nannte sie Mutter und wollte sie gern als solche empfinden, aber ich hatte immer das Gefühl, dass sie mich nicht wirklich als ihren Sohn betrachtete. Sie war nie bösartig oder übermäßig streng, aber stets distanziert, gleichgültig.

Ich erinnere mich deutlich an zwei Episoden.

Rubén hatte mir ein Buch mit Tierbildern gekauft. Ich blätterte es durch und wollte wissen, was unter den Bildern stand. Ich bettelte Elena an, es mir vorzulesen, aber sie wies mich ab. Am Ende nahm sie das Buch und legte es so hoch ins Regal, dass ich es nicht mehr erreichen konnte.

Ein anderes Mal, als ich knapp zehn war, trat ich mit dem Fuß in eine Waschschüssel mit siedend heißem Wasser, die zum Abkühlen auf dem Hof stand. Trotz meines lauten Heulens dauerte es fast zehn Minuten, bis Elena aus der Küche kam, um nach mir zu sehen. Sie dachte, ich würde mich nur anstellen, um Aufmerksamkeit zu erheischen.

Dieselbe Gleichgültigkeit spürte ich bei den anderen Familienmitgliedern. Rubén und seine Frau, Elenas Geschwister und ihre Ehepartner und Kinder. Alle behandelten mich freundlich, aber lieblos. So jedenfalls empfinde ich es in meiner Erinnerung. Selbst Rubéns dunkelhäutige Landarbeiter, die ihre Hemden in der Sommerhitze auszogen, streng rochen und schmutzig sprachen, wollten nicht mit mir reden, wenn ich sie auf meinen Streifzügen durch die Felder ansprach.

Wenn ich zurückdenke, war Eduardo der Einzige in der Familie, der mir die Liebe und Fürsorge gab, die ich brauchte. Mein neuer Vater mit den zarten Gesichtszügen, den Seidenhemden und Manschettenknöpfen mit Familienmonogramm, dem großen Wissen und dem gestutzten Oberlippenbart, den er aus purer Eitelkeit mit Eau de Cologne beträufelte.

Eduardo brachte mir bei, wie man drei von sieben subtrahiert, lange bevor ich es in der Schule lernte. Er brachte mir bei, wie man Welse angelte und an klaren Abenden Gürteltiere jagte, wenn der Mond tief über der Pampa hing und ihre Löcher verriet. Er nahm mich auf den Schoß und las mir das Buch mit den Tierbildern vor, nachdem er Elena gerügt hatte, weil sie es mir weggenommen hatte.

Eduardo war der Einzige in der Familie, dessen Blut nicht in meinen Adern floss, aber er war es, der mir genug Liebe gab, damit meine Wut nie die Oberhand bekam.

Und er war es, der mir an jenem Vormittag im Café Tortoni gemeinsam mit Jorge Luis Borges den letzten Schubs ins Leben gab.

*

Mehr aus Pflichtgefühl denn aus Lust pflügte ich mich durch die Bücher in der Bibliothek meines Vaters, die auch sein Arbeitszimmer war. Elena und Eduardo hatten nach ihrer Hochzeit einen Flügel im Hauptgebäude des Guts bekommen, und er hatte sich eine frühere Dienstbotenwohnung nach seinem Geschmack eingerichtet. Dort standen Möbel und Regale aus Mahagoni, ein Diwan und ein Lehnstuhl mit gestreiftem Bezug, und durch das große Fenster vor dem Schreibtisch hatte er Aussicht auf den Blumengarten.

Eduardo de la Vega war ein Kind der Großstadt, aber das Landleben schätzte er ebenso. Er stammte aus einer Familie, die genauso wohlhabend und einflussreich wie die meines Vaters war, und genoss deshalb das Privileg, seinen Hobbys wie einem Beruf nachzugehen. Zu seiner Ehrenrettung möchte ich jedoch betonen, dass er seine Talente mit dem größten Fleiß einsetzte.

In jungen Jahren war er ein talentierter Polospieler gewesen. Als das Knie protestierte, hatte er sich auf die Musik gestürzt. Er lernte Geige zu spielen und zu komponieren. Er schickte stapelweise selbst komponierte Stücke an das Teatro Colón und nahm jede Ablehnung mit einem nachsichtigen Schulterzucken hin.

Besonders ein Stück sollte ich mein Leben lang mit Eduardo verbinden. Es war eine anfangs fröhliche, dann eher melancholische Sonate in drei Sätzen, deren Töne mir unter die Haut gingen. Er spielte sie oft an den Nachmittagen, die wir in seinem Gemach verbrachten, nur er und ich.

Als ich ihn fragte, wer die Melodie geschrieben habe, antwortete er mit einem beinahe verlegenen Lächeln, er habe sie selbst komponiert. Vor vielen Jahren, aus Anlass einer unglücklichen Liebe. Mehr wollte er nicht sagen, aber für mich war es genug. Ich nahm seine Geige aus dem Stativ und versuchte, den eleganten Tanz seiner Finger auf dem Griffbrett nachzuahmen. Anstatt mich auszuschimpfen, weil ich das teure Instrument angerührt hatte, bestellte er einen Geigenlehrer, der zweimal pro Woche den weiten Weg aus der nächstgelegenen Stadt kam, um Eduardos Stiefsohn im Geigenspiel zu unterrichten.

Vor allem liebte Eduardo das Schreiben. Ich erwachte zum Hämmern seiner Schreibmaschine allmählich zum Leben. Er schrieb etliche Kurzgeschichten im Lauf eines Jahres, aber weder Elena noch ich durften sie lesen. Er wolle ihre literarische Qualität zuerst von einem echten Kenner beurteilen lassen, sagte er. Wahrscheinlich hatte er sich deshalb an jenem Nachmittag im Café Tortoni so demütig aufgeführt.

Außerdem überredete er meine Mutter, ein Tagebuch zu führen. An manchen Nachmittagen sahen wir durchs Fenster des Arbeitszimmers Elena unter der Pergola sitzen und schreiben. Damals verstand ich nicht, wie ihr so viel zu schreiben einfallen konnte. Ich hatte sie nie etwas von Bedeutung tun sehen.

Die Literatur tat mir gut. Ich verschlang Jules Verne, erfreute mich an Dickens und gruselte mich vor Poe. Als ich alle Bücher gelesen hatte, die Eduardo mir empfohlen hatte, forderte er mich auf, eigene Geschichten zu erfinden.

»Du bist tüchtig mit Worten, Víctor. Du musst nur lernen, diese Fähigkeit auszunutzen.«

Er bat mich, auf seinem Stuhl am Schreibtisch Platz zu nehmen. Dort hatte ich noch nie gesessen. Er setzte sich mir gegenüber und stützte die Ellbogen auf den Tisch.

»Egal, ob du eine Geschichte mündlich oder schriftlich erzählst, die Technik ist die gleiche. Das Allerwichtigste ist die Glaubwürdigkeit. Die lieferst du über Details. Sinneseindrücke, Düfte, Gerüche, Personen, Jahreszahlen.«

Eduardo streckte die Hand aus und berührte sanft meine Wimpern.

»Schließ die Augen«, sagte er. »Beschreibe, wie ich aussehe.«

»Wie immer. Du trägst einen Anzug.«

»Das tun alle Männer in diesem Land. Du musst dichter ran. Ich habe übrigens die Jacke ausgezogen.«

Ich atmete tief ein, versuchte, mir die Gesichtszüge meines Vaters in Erinnerung zu rufen, seine Kleidung, seinen Körperbau. Es war, als würde ich ein Gemälde beschreiben, das man viele Male gesehen hat, dessen Details einem jedoch entgangen sind.

»Dein Hemd ist weiß, deine Hose ist grau, genau wie deine Jacke«, sagte ich und erwartete ein Kompliment. Es blieb jedoch aus. »Du trägst braune Schuhe, und wenn du keinen Schlips trägst, ist dein Hemd immer bis zum dritten Knopfloch aufgeknöpft, weil du sagst, dass du sonst erstickst.«

»Man könnte auch sagen, dass meine Jacke und meine Hose

koksgrau sind und mein Hemd eher weiß wie Elfenbein als weiß wie Porzellan. Was ist mit meinem Gesicht?«

»Es ist runder und nicht so kantig wie meins. Und deine Nase ist kleiner. Du hast braune Augen und schmale Augenbrauen, die wie die Flügel eines Storches aussehen.« Ich lachte. »Und dein Schnurrbart ist so gut gepflegt, dass er wie ein Hochbeet im Blumengarten aussieht. Mutter hasst ihn.«

»Ha, ha.«

Sein Lachen veranlasste mich, die Augen zu öffnen. Ich sah die Fusseln auf seinem Hemd im Licht der Nachmittagssonne, hinter ihm die Bücher in den Regalen mit ihren Rücken aus Kalbsleder, den Globus in mattgelben Farben, die Karaffen mit braunen und klaren Flüssigkeiten im Barschrank, die Zigarrenkiste mit dem Deckel aus Goldfiligran.

Er bat mich, noch einmal die Augen zu schließen.

»Denk an den Nachmittag mit Borges im Café Tortoni und erzähle mir, wie es dort aussah.«

»Es hingen viele Bilder und Gemälde an den Wänden und Kronleuchter an der Decke.«

»Wie sahen die Stühle aus?«

»Es waren wohl einfach nur Stühle?«

»Nein, es sind Stühle aus dunklem Holz mit rotem Bezug. Und die Tische sind aus Eichenholz, mit Platten aus Marmor. Was ist mit dem Schild über dem Eingang? Du warst schon so oft dort, dass du es wissen müsstest.«

Ich kniff die Augen fest zusammen. »Es ist rot und weiß.«

»Ja, aber die Buchstaben sind rot, und der Hintergrund ist weiß. Und die Kante ist ebenfalls rot und hat Fransen. Du musst mehr auf Details achten. Die Wände sind halb hoch mit dunklen Holzpaneelen verkleidet, die Kellner tragen weiße Hemden, schwarze Westen und eine schwarze Fliege.

Die Decke ist mit Stuck und Glasmosaiken verziert. Wie roch es unten im Keller?«

»Schlecht. Nach Kaffee und Zigarillos.«

»Nicht Zigarillos. Zigarren. Große *Toscanos.* Das ist ein Unterschied. Und Borges? Wie sah der aus?«

»Er trug einen roten Schlips, der so stramm gebunden war, dass sein beginnendes Doppelkinn über den Knoten quoll. Aber ich glaube, er ist gar nicht so dick, es war nur der Schlips. Seine Nase war eher klobig als kantig, genau wie sein Gesicht. Er hat mich irgendwie an einen Stier erinnert. Und er hatte Mundgeruch.«

»Hm, lass uns die letzte Observation für uns behalten.« Er streichelte mir über die Wange. »Mach es dir zur Gewohnheit, alle Eindrücke um dich herum aufzusaugen, Víctor. Details sind das A und O, wenn du eine Geschichte erzählst. Und denk an die Chronologie. Weißt du, was das ist?«

Ich nickte, obwohl ich keine Ahnung hatte.

»Chronologie ist ebenfalls wichtig. Jede Geschichte muss einen Anfang und ein Ende haben. Aber mach dich nicht zum Sklaven der Chronologie. Kenne deine Geschichte so gut, dass du mit der Chronologie und den Elementen deiner Geschichte spielen kannst. Vielleicht möchtest du mit dem Ende beginnen oder unterwegs einen Abstecher machen. Aber vergiss nicht, dass jeder Abstecher einem Ziel dienen soll. Übe dich«, mahnte er und kniff mir zärtlich in die Nase. »Wie Borges sagte: Die Fantasie kann einmal deine Rettung werden.«

*

Ich übte. Zuerst für mich alleine, dann auf dem Schulhof unter den Pappeln, wo meine Schulkameraden im Kreis um mich standen.

Ich erzählte eine Mischung aus Sagen, Märchen und Räubergeschichten, manche wahr, andere erfunden, wieder andere beides. Einige dichtete ich selbst, weitere stahl ich aus der Schatzkammer der Literatur und verwandelte sie in meine eigenen. Ich benutzte fiktive Figuren und Archetypen und ließ mich von wirklichen Personen aus unserem Dorf inspirieren. Es gab keine Grenzen.

Allmählich verfeinerte ich meine Technik und den Klang meiner Stimme, erweiterte meinen Wortschatz, indem ich noch mehr Romane und die Zeitschriften meiner Mutter las. Außerdem lernte ich, beim Erzählen Augenkontakt zu halten, die Körpersprache angemessen zu übertreiben und die Spannung durch Pausen zu steigern.

Ich wurde ein etwas zu guter Erzähler. Eduardo legte großen Wert darauf, dass Fiktion und Wirklichkeit zwei sehr verschiedene Dinge waren. Fiktion sei ein gefährlicher Tiger, den man gut einsperren müsse, denn wenn er einmal in die Wirklichkeit entkommen sei, könne man ihn nicht mehr einfangen.

Trotzdem ließ ich den Tiger frei. Ich genoss die Aufmerksamkeit und die Anerkennung, die ich mit meinen Geschichten erlangte. So war ich ein anderer als Plattnase, wie viele meiner Klassenkameraden mich nannten. An und für sich war ich ein völlig normal aussehender Junge mit dickem schwarzem Haar, hohen Wangen und markantem Kinn, aber meine Nase klebte wie ein Fremdkörper in meinem Gesicht und schrumpfte nur, wenn ich Geschichten erzählte.

Außerdem wurden sie nur besser, wenn sie ihr Blut mit der

Wirklichkeit mischten. Wie ich bald herausfinden sollte, war die Grenze zwischen Geschichten erzählen und Lügen fließend. Die Grundprämisse ist dieselbe: Überzeuge den Zuhörer von der Wahrhaftigkeit deiner Worte.

Jedoch war ich nicht immer erfolgreich. Völlig schief ging es, als ich die Kirche bestahl und gleichzeitig meine Mutter anlog. Zwei Todsünden auf einmal. In meiner Eigenschaft als Messdiener hatte ich mich erdreistet, eine Münze aus dem Opferstock in die eigene Tasche zu stecken – eine gerechte Belohnung dafür, dass ich an diesem Tag für extra viel Geld in der Blechdose gesorgt hatte, fand ich.

Ich erzählte meiner Mutter, der Priester habe mir die Münze als Belohnung gegeben, aber meine Lüge flog auf. Eduardo zog mich in sein Arbeitszimmer, wo er mich mit dem Gürtel versohlte.

»Man lügt nicht!«, schimpfte er, während er mir den Hintern gerbte. »Nicht vor der Kirche und erst recht nicht vor seiner Mutter.«

*

Als ich fünfzehn war, nahm mein Vater mich mit ins Bordell, *El Quilombo,* ein lang gestrecktes Steinhaus außerhalb des Dorfes, dessen Fensterläden immer zugeklappt waren. Es war Tradition, dass Väter eine Prostituierte dafür bezahlten, ihrem Sohn die Jungfräulichkeit zu nehmen.

Von meinen Klassenkameraden hatte ich fantastische Geschichten gehört, von Frauen mit Brüsten, zwischen denen man verschwinden konnte, von kleinen Zimmern, die nach Parfüm dufteten und nie verschlossen waren. Von Spirituskochern auf dem Nachttisch mit Töpfen voll siedender hellroter Desinfektionsflüssigkeit, mit der die Mädchen ihre eigenen und die Geschlechtsorgane ihrer Kunden wuschen, bevor diese sich zu ihnen legen durften.

Doch so weit kam ich nie. Eduardo hatte andere Pläne. Wir setzten uns an einen Tisch, bestellten ein paar Drinks und beobachteten die Mädchen, die mit tief dekolletierten, hauchdünnen Kleidern und Blumen im Haar die Gäste umgarnten und ihnen ins Ohr flüsterten. Doch als das Licht gedämpft und auf einer Leinwand ein Film mit nackten Menschen gezeigt wurde, zog mich Eduardo in die entgegengesetzte Richtung wie alle anderen Gäste, die einer nach dem anderen mit einem Mädchen im Arm in den Zimmern verschwanden.

»Ich habe keinen besonderen Respekt vor Männern, die ins Bordell gehen«, sagte Eduardo auf dem Heimweg, als unser Sulky über das Pflaster der Plaza ratterte. »Ich verstehe sie nicht. Es ist doch gar nicht so schwer, eine Frau zu verführen. Man muss nur der richtigen Frau zum richtigen Zeitpunkt die richtige Geschichte erzählen – und auf die richtige Art und Weise. Man muss Ton und Stil anpassen und entscheiden, ob man die Geschichte mit einem entschlossenen Ausrufezeichen oder einem zärtlichen Fragezeichen beendet.«

Auch dies übte ich. Zuerst mit Conchita Vásquez, die meine Annäherungsversuche abwies. Dann mit Esperanza Gutierrez und Ramona Steiger und Marisol de la Cruz. Alle drei gingen mit mir zu dem geheimen Ort, den ich auf dem Gut meines Großvaters gefunden hatte: eine Wassermühle in einem Akazienwäldchen, eine einsam gelegene Tränke für das Vieh, wo nur ich und ein paar wenige Feldarbeiter hinkamen.

Ich kutschierte die Mädchen in einem alten Sulky umher, den ich vom Gutsverwalter geliehen hatte. Er war nicht so schnell wie die Motorräder, die wir auf dem Gut als Transportmittel benutzten, aber die Mädchen waren ganz wild darauf. Besonders an schönen Tagen, wenn der kobaltblaue Himmel sich in den Pfützen des Frühjahrsregens spiegelte, die Frösche in den Wasserlöchern quakten und am Horizont nichts als weidende Rinder zu sehen waren.

Esperanza, mit den Augen, Brüsten und dem Verstand einer Färse, brauchte keine epische Erzählung. Ihr reichten Direktheit und Wiederholungen, sofern sie ihre Schönheit bestätigten. Ramona hingegen - und ich gebe zu, dass es lange dauerte, bis ich dies verstand - brauchte Ausrufezeichen, Kommandos, Befehle, bevor sie ihr Unterkleid auszog. Marisol fiel es schwer, sich in die Erzählung einzuleben, aber als ich auf die Idee kam, sie zur Co-Autorin zu machen, schnurrte sie wie eine Katze.

Marisol de la Cruz war das Juwel meiner Sammlung. Sie war nicht die Erste, die ich zur Wassermühle lockte, aber sie war die Schönste. Sie ließ mich auf Entdeckungsreise gehen, zwischen steifen Brustwarzen, Hautfalten, Haarbüscheln und feuchten Höhlen. Im Gegenzug nahm ich mir besonders viel Zeit, die Geschichte fertig zu erzählen, bis Marisol mich mit himmelgewandtem Blick entgegennahm.

Ich nahm sie alle drei auf derselben Decke unter den Akazien. Ich fühlte sowohl körperliche Befriedigung als auch Stolz über meine Fähigkeiten als Geschichtenerzähler, aber zu keinem Zeitpunkt konnte ich den Zorn in mir vertreiben. Wie das armdicke Unkraut der Pampa, *los brusquillos,* hatte er Wurzeln in mir geschlagen und wollte mich nicht loslassen.

Die Welt ruft

Juan Domingo Perón kam im Februar 1946 an die Macht, und das veränderte alles.

Schon während des Krieges hatte ich meinen Vater mehr und mehr an die Wirklichkeit verloren. Statt die Nachmittage vor seiner Schreibmaschine zu verbringen, saß er mit einem Glas Whisky und sorgenvollem Blick vor dem Radio.

Das Radio berichtete von den Schrecken in Frankreich, Neuguinea, Ägypten und Stalingrad. Ich hatte keine Lust, Partei zu ergreifen, aber ich sah, dass er nicht anders konnte.

Als Perón die Präsidentschaftswahl gewann und das Land sich in zwei Lager spaltete - für oder gegen -, ergab sich mein Vater endgültig der Wirklichkeit. Er streckte die Waffen, packte die Schreibmaschine und die Geige ein und entsagte dem schönen Leben.

An manchen Tagen war er noch immer der aufmerksame Vater, der streng Buch führte über alle Werke, die ich lesen sollte, sortiert nach Genre und Schwierigkeitsgrad, und der mich mit aufgesetzt bekümmerter Miene fragte, ob ich nicht bald etwas aus meinem Leben machen wolle. An anderen Tagen, die leider immer häufiger wurden, war er abwesend und wollte keine Gesellschaft.

Er las eine Zeitung nach der anderen und verbrachte immer mehr Zeit in Buenos Aires. Dort ging er in Debattierclubs, traf sich mit Journalisten, Redakteuren und Politikern, schrieb Leserbriefe und Leitartikel.

Am Anfang versuchte ich, uns beide abzulenken, indem ich ihm etwas anderes zu tun gab. Ich schrieb etliche Kurzgeschichten und bat ihn, ihre Qualität zu beurteilen. Dann bat ich ihn, die Noten seiner selbst komponierten Sonate aufzuschreiben, damit ich sie lernen konnte. Ich wollte ihn ehren, indem ich das Stück spielte, das mich auf die Musik gebracht hatte.

Ich brauchte mehrere Wochen zum Lernen der Noten und eine weitere Woche, um die Melodie auswendig zu lernen und so zu spielen, dass sie unter die Haut ging. Stolz kam ich in sein Arbeitszimmer und spielte ihm das Stück vor, während er mit geschlossenen Augen am Schreibtisch saß, die Hände im Nacken verschränkt. Als ich fertig war, stand er auf, nahm seine kostbare Geige aus dem Stativ und reichte sie mir.

»Die gehört jetzt dir. Pass gut auf sie auf. Es ist das Los eines jeden Mannes, dass sein Sohn ihn irgendwann übertrifft. Spiel es für eine Frau, die du liebst, damit ich weiß, dass meine Mühe nicht vergeblich war.«

Es war eine der letzten glücklichen Stunden, die wir in seinem Arbeitszimmer verbrachten. Als er mir das Instrument überreichte, weinte ich beinahe vor Stolz. Erst später wurde mir klar, was diese Geste wirklich bedeutete. Es war seine Art zu sagen, dass er Partei ergriffen hatte.

Ich war inzwischen zweiundzwanzig. Trotzdem hatte ich keine Ahnung, was ich aus meinem Leben machen sollte. Ich lief wie ein Reicher umher, aber ich fühlte mich nicht reich. Wenn ich in den Spiegel schaute, sah ich das Gesicht eines Landarbeiters mit platter Nase, nicht den Sohn aus einer der reichsten Familien Argentiniens. Perón und seiner Partei fühlte ich mich nicht verbunden, aber das Gleiche galt für die Opposition, mit der Eduardo und Rubén ihr Blut vermischt hatten.

Ich begann, Eduardo auf seinen Ausflügen nach Buenos Aires zu begleiten, doch dort hatte ich ihn nicht für mich. Sobald der Chauffeur uns vor seiner Wohnung in Recoleta abgesetzt hatte, verschwand er zu irgendwelchen Treffen. Ich ging ebenfalls in die Stadt, aber nicht um an Diskussionen teilzunehmen. Stattdessen erforschte ich Buenos Aires. Ich hatte den Punkt erreicht, an dem es mir nicht mehr ausreichte, durch die Ländereien des Gutes zu streifen. Die Großstadt lockte mit ihren Sinneseindrücken.

Meine Lieblingstour führte vom Obelisken die Avenida Corrientes entlang, vorbei an den großen Theatern mit ihren Säulen und Neonreklamen und den Käsegeschäften, wo Milchverkäufer mit ihren Kühen standen und Milch direkt aus dem Euter anboten. Dann tauchte ich zwischen Männern mit Schläfenlocken und schwarzen, breitkrempigen Hüten ins jüdische Viertel ein. Oft nahm ich aus purer Freude die U-Bahn unter der Avenida de Mayo. Ich liebte die hölzernen Wagen mit ihren Polstersitzen und das Quietschen der Bremsen.

Ich mochte den Platz vor der medizinischen Fakultät, wo alte Männer auf Steinbänken saßen und Schach oder Domino spielten, die Straßenverkäufer auf der Plaza de Mayo mit ihren gebrannten Mandeln und Erdnüssen, die Blumenhändler unter den Platanen der Avenida Santa Fe, die jedem Passanten Margeriten, Prärieenzian, Lilien oder eine Orchidee aufdrängen wollten, und die Fabrikläden der Calle Florida, die, je näher man dem Hafen kam, von ausländischen Banken, Reedereien und Getreidehändlern abgelöst wurden. Und ich mochte das ewige Menschengewühl der Bahnhöfe in Once und Retiro, den Duft der Rosen in den Parks von Palermo, den Geruch von Räucherstäbchen und verrottetem Abfall.

Mehrmals kam ich durch die Straße in Recoleta, in der das Haus meiner Kindheit stand. Hinter dem schmiedeeisernen Tor und der Marmortreppe sah es aus wie damals, aber obwohl ich lange Zeit auf der Bordsteinkante gegenüber saß und es anstarrte, blieb meine frühe Kindheit ein verschlossener Schrein, der keine Erinnerung preisgeben wollte.

Oft beendete ich die Tage bei den Docks am schlammbraunen Río de la Plata. Ich wanderte von Kai zu Kai und träumte mich weit weg, während die Hafenarbeiter zu den Schreien der Möwen und den Nebelhörnern einlaufender Schiffe Waren löschten.

Die Welt rief nach mir.

*

Perón schloss die Faust um das Volk und drückte zu. Zwischen seinen Fingern sickerten Gerüchte durch. Von Regimekritikern, die verhaftet, verhört und gefoltert wurden, als Abschreckung für andere.

Ich hatte Angst, dass dies auch meinem Vater passieren könnte. Zu diesem Zeitpunkt studierte ich englische Literatur an der Universität und war selten auf dem Gut, aber ich hörte Geschichten von Männern in Anzügen und Uniformen, die Eduardo besucht hatten. Ihre Autos und ihre Leibwache hätten den ganzen Hofplatz eingenommen, hieß es.

Zwar war ich noch immer ein weltfremder Vierundzwanzigjähriger, aber ich wusste genau, was hinter den geschlossenen

Türen vor sich gegangen war. Perón hatte der Elite nicht bloß viele Privilegien genommen, sondern sie weiter gedemütigt, indem er höhere Löhne und bezahlten Urlaub für die Arbeiter einführte. Er ließ Gewerkschaften zu und forderte sogar zu Streiks auf. Die Peronisten rissen die Kontrolle der Getreideproduktion an sich und schlossen die regierungskritischen Zeitungen, für die Eduardo Kolumnen geschrieben hatte.

Ich bat Elena, ihn zur Vernunft zu bringen, aber sie kümmerte sich nur um ihre Rosen, schrieb ihr Tagebuch und wollte sich nicht in seine Geschäfte einmischen. Deshalb stellte ich ihn eines Abends in der Wohnung in Recoleta selbst zur Rede.

Ich flehte ihn an, sich aus der Politik herauszuhalten. Dies sei die Sache des Militärs, der Politiker und der Journalisten, argumentierte ich. Er saß mit seinem koksgrauem Anzug und einem Longdrink im Lehnstuhl, wie daheim, und doch war er nicht der Eduardo de la Vega, den ich als meinen Vater kennengelernt hatte.

»Es gibt andere Wege, seinem Land zu dienen«, versuchte ich.

»Es geht nicht nur darum. Vielleicht geht es mindestens genauso um mich selbst.« Er trank aus und spielte mit seinem Glas. »Um meine Selbstrettung. Die Fantasie ist ein Fass ohne Boden, in dem ich mich viel zu lange verkrochen habe. Ich komme da nur wieder raus, wenn ich mich kopfüber in die Wirklichkeit stürze.«

Ich hörte ihn noch protestieren, aber da war ich schon auf dem Weg zur Tür. Im Zorn stürmte ich hinaus und schwor, nicht eher zurückzukehren, bis er zur Vernunft gekommen war.

Die Nacht verbrachte ich unter einer Brücke in Gesellschaft Obdachloser. Dort fühlte ich mich nicht mehr und nicht weniger zu Hause als an jedem beliebigen Ort. Am nächsten

Tag streifte ich ziellos durch die Stadt und landete schließlich in La Chacarita an Leopoldos Grab.

Dort war ich oft gewesen, immer allein, immer heimlich. Keiner wusste, dass ich viele Stunden vor dem kleinen Mausoleum verbracht und vergeblich versucht hatte, mir meine Kindheit in Erinnerung zu rufen. Die ersten Male brachte ich einen Blumenstrauß und Kerzen mit, doch bald sah ich, dass meistens schon Blumen auf dem Grab lagen. Soviel ich wusste, besuchte kein Familienglied außer mir Leopoldos Grab.

Im Westen stand die Sonne fahl am Himmel, die Schatten der Grabmale wurden länger. Als ich mich näherte, sah ich, dass eine Frau vor Leopoldos Mausoleum saß. Sie hielt eine Rose in der Hand, die sie küsste und auf die Stufen legte.

Sie war ganz in Schwarz gekleidet und saß mit dem Rücken zu mir. Als meine Schritte stoppten, sprang sie hastig auf, als wäre sie bei einem Verbrechen ertappt worden. Sie drehte sich um und ging rasch an mir vorbei. Obwohl ihre Wangen eingesunken und ihre Haut gelblich waren, zeigte ihr Gesicht einen gewissen aristokratischen Stolz. Ich war sicher, dass ich es kannte.

Ich versuchte, sie an der Schulter festzuhalten, aber sie schüttelte sich los. Dabei rutschte ihr der Schal vom Kopf, und kastanienbraunes Haar kam unter dem schwarzen Stoff zum Vorschein.

»Entschuldigung«, murmelte die Frau und trat ein paar Schritte zurück. Als sie sah, dass ich aufgab, drehte sie sich um und verschwand rasch zwischen den Grabmälern.

Am Abend streifte ich weiter durch die Stadt, aber im Gegensatz zu früher löste sich mein Zorn dabei nicht auf. Inzwischen kannte ich Buenos Aires so gut, dass ich es fast mein

Zuhause nennen konnte, aber diesmal stießen mich die Straßen, Gebäude und Menschen ab.

Perón überwachte jeden meiner Schritte. An jeder Hausmauer hingen Porträts von ihm und seiner Frau. Sie lächelten das Volk an, und blaue Lettern lobten ihre Verdienste. Unwillkürlich spuckte ich jedes Plakat im Vorbeigehen an, und wenn sie tief hingen, versetzte ich ihnen einen Tritt.

Nachdem ich mehrere Viertel auf diese Weise durchquert hatte, hörte ich plötzlich wütende Schreie hinter mir. Sie kümmerten mich nicht, weil ich meinen Zorn abreagieren musste. Ich machte weiter, bis ich um eine Ecke bog und in eine Falle lief. Ein Trupp wütender Peronisten stand dort bereit, um den Plakatschänder in Empfang zu nehmen. Ich schlug wild um mich, aber letztendlich blieb mir nichts anderes übrig, als mich am Boden zusammenzukrümmen und die Schläge, Tritte und Beschimpfungen einzustecken.

»Mit deiner Nase solltest du auf unserer Seite sein!«, hörte ich einen von ihnen rufen.

Sie ließen mich auf der Straße liegen, und ich schleppte mich zurück in die Wohnung. Eduardo half mir auf das Sofa und bat die Haushälterin, sich um mich zu kümmern. Während sie mir das Blut aus dem Gesicht tupfte und meine Wunden wusch, saß er auf einem Schemel und hielt meine Hand. Als ich wieder halbwegs ansehnlich war, nahm er den Waschlappen und bat die Haushälterin zu gehen.

»Du bist noch jung und verstehst vielleicht nicht, was ich jetzt sage«, sagte er und beugte sich zu mir hinab. »Aber in meinem Alter wacht man jeden Morgen auf und sieht ein, dass man einen Tag weniger zu leben hat. Da achtet man unweigerlich auf seinen Nachruhm. Ob man etwas Nützliches getan hat. Ob man als Held oder Feigling in Erinnerung bleiben will.«

»Du bist ein guter Vater. Und ein guter Mensch. Ist das nicht genug?«

Er tauchte den Lappen in die Waschschüssel, wrang ihn aus und legte ihn auf meine Stirn.

»So war das einmal. Aber inzwischen weiß ich, dass man einen Menschen nicht an der Summe seiner Fehler oder seiner guten Taten messen kann. In Wirklichkeit kommt es auf einzelne, entscheidende Situationen an, die es in jedem Leben gibt. Dann hast du die Wahl, entweder das Richtige zu tun oder fortzulaufen. Du selbst entscheidest, ob du als Held oder als Feigling in Erinnerung bleibst.«

Er betupfte mir ein letztes Mal die Stirn mit kaltem Wasser und befühlte die Beule vorsichtig. Dann legte er den Lappen in die Schüssel und sah mir in die Augen.

»Ich glaube, ich stehe nun vor einer solchen Entscheidung. Ich kann mich nicht länger hinter dem Schreibtisch verstecken und alberne Geschichten schreiben.«

*

Drei Monate später holten sie Eduardo und Elena ab.

Sechs bewaffnete Polizisten hätten sie verhaftet, erzählte meine Großmutter. »Subversive Tätigkeit«, lautete die Anklage, mehr wussten sie nicht. Der Anführer der Polizisten sei äußerst wortkarg gewesen.

Ich musste bis zum nächsten Tag warten, ehe ich Eduardo besuchen durfte. Wir bekamen zehn Minuten in seiner Zelle unter Aufsicht eines Wärters. Mein Vater trug dieselben Sachen wie bei seiner Verhaftung, aber das Hemd hing aus der Hose, und er war barfuß. Sein Gesicht war geschwollen, aber darüber wollte er nicht reden. Stattdessen legte er die Hand auf meinen Arm.

»Sie wollen uns den Attentatsversuch auf einen von Peróns Lakaien letzte Woche anhängen. Angeblich waren wir bei einem konspirativen Treffen in Villa Urquiza dabei, bei dem das Attentat geplant wurde. Aber sie haben keine Beweise. Es ist nur ein Vorwand, um uns einzusperren.« Er beugte sich dicht zu mir und flüsterte mir ins Ohr: »Du musst das Tagebuch deiner Mutter finden. Sie behaupten, das Treffen habe am achten Juni stattgefunden, aber aus dem Tagebuch geht hervor, dass wir an diesem Tag in Mar del Plata auf einer Hochzeit waren. Dafür gibt es Zeugen. Unser Anwalt braucht das Tagebuch. Kannst du es holen und ihm bringen?«

Eduardos Chauffeur fuhr mich auf das Gut. Ich fand das Tagebuch an dem Platz, den mir mein Vater genannt hatte. In einer verschlossenen Nachttischschublade, deren Schlüssel im Schmuckkästchen meiner Mutter lag. Alle ihre Tagebücher lagen dort sauber aufgestapelt.

Ich setzte mich aufs Bett und blätterte auf den letzten beschriebenen Seiten zum 8. Juni zurück.

Ein stiller Tag an der Küste im Zeichen der Hochzeit. Der Wind war kalt, bald kommt der Winter. Bei der Kälte ist Mar del Plata alles andere als ein behaglicher Aufenthaltsort. Trotzdem ein schöner Tag mit netter Gesellschaft. Patricia Delgada kam in der abscheulichsten Montur, die man sich nur vorstellen kann. Kein Wunder, dass ihr Mann sofort in die Bar ging und sich betrank.

Ich konnte mich nicht beherrschen und blätterte hastig durch die Seiten. Es gab nicht besonders viele Datumsangaben, und Elena geizte mit Worten. Vielleicht entdeckte ich deshalb so rasch meinen Namen auf einer der vorigen Seiten.

Gestern Abend kam Víctor grün und blau geschlagen in die Wohnung. Offenbar hat er sich auf offener Straße geprügelt. E macht sich große Sorgen um ihn. Víctor behauptet, er hätte an Leopoldos Grab eine Frau getroffen. Ob das wohl Silvina war?

Die Zeilen erschienen mir sinnlos. Ich blätterte den Rest des Tagebuchs durch, um zu sehen, ob Silvina noch einmal erwähnt war, aber vergeblich. Dafür tauchte mein Name des Öfteren auf. In einem anderen Band stand, wie sehr Elena Eduardo liebte, und jede Menge über die Triebe ihrer Rosen, die nicht ordentlich wuchsen. Einmal hatte es sie inmitten der Alltagsbanalitäten hingerissen, mein Geigenspiel zu loben.

Heute hatte Víctor wieder Geigenstunde. Das war natürlich E's Idee. Er ist überzeugt, dass Víctor mit musikalischem Talent gesegnet ist. Ich hatte Lust, ihn zu fragen, von wem er es geerbt haben sollte, aber ich muss zugeben, dass es wirklich sehr schön klingt, wenn er spielt. E weiß immer, was das Beste ist.

Ich zog einen weiteren Band aus der Schublade. Diesmal las ich alle Seiten. Es war ein älteres Tagebuch, ich stieß auf eine Geschichte, an die ich mich deutlich erinnerte.

Heute hat Víctor die Kirche bestohlen, wie schrecklich! Ich fand fünf Pesos in seiner Tasche, und er behauptete, er habe sie vom Priester zum Dank für seine Hilfe erhalten. Aber als ich sie heute Morgen zurückbringen wollte – wir brauchen keine Almosen von der Kirche –, sagte der Priester, dass Víctor sie aus dem Opferstock gestohlen haben muss.

Noch nie war mir etwas so peinlich. Mein eigener Sohn stiehlt von der Kirche! Die größte Scham lastet trotzdem auf mir.

E bestrafte Víctor, aber wahrscheinlich nur, weil er mir angesehen hat, dass ich viel härter zugeschlagen hätte. Manchmal habe ich große Lust dazu. Wenn ich seine große Nase sehe, bekomme ich Lust, sie blutig zu schlagen. Oder wenn er lächelt. Das ist schlimm, und ich schäme mich dafür, aber ich kann es nicht ändern. Selbst nach all den Jahren sehe ich immer noch sein Gesicht vor mir. Manchmal wünschte ich, ich hätte nie darum gebeten, Víctor zurückzubekommen.

Ich spürte, dass eine große Wahrheit vor meinen Augen aufgedeckt wurde, doch ich bekam sie nur häppchenweise und musste die Teile selbst zusammensetzen. In einem noch älteren Tagebuch fand ich folgenden Eintrag.

E macht sich Sorgen um Víctor, das hat er mir gestern Abend gesagt. Man könnte meinen, Víctor hätte den Verstand eines Sechsjährigen, nicht eines Zehnjährigen. Das hat E gesagt. Ich glaube, er war betrunken. Sonst benutzt er nicht so harte Worte. Er sagte, wir hätten Víctors Leben zerstört. Zwei Mütter zu haben, sei für keinen Jungen gut. Aber wie kann er das wissen? Wäre es ihm in einem Kinderheim etwa besser ergangen?

Auf einer Seite stand das Rezept für ein perfekt gegrilltes Stück Fleisch, sogar mit einer Zeichnung, auf der nächsten bezweifelte Elena die sozialen Fähigkeiten ihres Sohnes.

Ein schöner Tag auf der Trabrennbahn heute. Es ist immer schön, einen ganzen Tag in E's Gesellschaft zu verbringen. Víctor sagte wie immer kein Wort. Es ist unangenehm, wenn wir ihn Bekannten vorstellen, und er nichts als ein verzagtes »Guten Tag« hervorstammelt. Silvina und Leopoldo haben ihn offenbar nicht besonders gut erzogen. Ich hoffe, wir haben mehr Glück mit ihm.

Víctors Blick erschreckt mich manchmal. Es scheint, als blicke er direkt durch mich und unsere Lügen hindurch. Dabei kann er sich kaum an Leopoldo und Silvina erinnern, er fragt auf jeden Fall äußerst selten nach ihnen. Ich weiß, dass ich nicht so denken darf, und ich liebe ihn ja, aber manchmal frage ich mich, ob er vielleicht geistig minderbemittelt ist.

Das untere Tagebuch war offenbar das älteste. Es enthielt die kürzesten Texte, als hätte Elena sich erst ans Schreiben gewöhnen müssen. Ein Eintrag stammte vom 12. Dezember 1933.

Heute Abend war der Garten voller Glühwürmchen. Früher haben sie mich immer beruhigt, aber jetzt nicht mehr. Sie erinnern mich an die Fackeln im Dunkel jener Nacht, als sie ihn auf den Feldern jagten. Es ist so lange her, aber ich weiß noch genau, wie ich aufwachte und mir sicher war, dass er immer noch auf mir lag und in mir steckte. Der Geschmack seiner stinkenden Finger klebte in meinem Mund.

*

Als ich das unterste Buch durchgelesen hatte, war es längst dunkel. Ich lag im Bett meiner Eltern, die Tagebücher neben mir verstreut. Ich hatte keine Ahnung, wie lange ich darin gelesen hatte.

Meine Eltern.

Das Wort klang falsch. Als würde man einen Geiger, der gerade den Bogen zurechtgelegt hat, am Ellbogen schubsen.

Ich hasste Elena dafür, wie sie über ihren eigenen Sohn

dachte. Doch die Erinnerung an Eduardo und die vielen Nachmittage in seinem Arbeitszimmer dämpften meinen Zorn. War er etwa kein guter Vater gewesen?

Doch, sagte eine innere Stimme. Aber auch er hat dich angelogen. Zwanzig Jahre lang, jeden Tag. *Man lügt nicht! Man muss den Tiger im Käfig einsperren!*

Draußen schwärmten die Glühwürmchen in Massen. Winzige Sternschnuppen, die aus der Dunkelheit auftauchten, wieder verschwanden und wieder aufleuchteten, als hätte die Dunkelheit sie in ein Wurmloch gesaugt und an anderer Stelle wieder ausgespuckt.

Die Insel im Delta

Der Bug der Fähre teilte das schlammige Wasser und versuchte, den Morgennebel zu durchbrechen, der wie feuchte Zuckerwatte in den Bäumen und Büschen hing.

Irgendwo in den Baumwipfeln begrüßte ein Specht mit monotonem Hämmern den Morgen. Kormorane beobachteten träge den Kahn von ihrem Nachtquartier, den Anlegepollern am Ufer; hie und da sah man den Schwanz einer Bisamratte.

Ich saß an Deck und betrachtete die Pappeln, Kiefern, Hortensien und Weiden, die das Ufer säumten. In den schmalen Seitenarmen schlossen sich die Wipfel beider Seiten zu einem natürlichen Geflecht. Nur der stotternde Bootsmotor störte den schönen Frühjahrsmorgen.

Hinter uns lag die menschenleere Hafenpromenade von Tigre. Das Riesenrad des Vergnügungsparks stand still, die Morgenschwimmer in ihren Bademänteln und Pantoffeln hatten sich noch nicht eingefunden, selbst die Arbeiter der Sägewerke tranken noch Kaffee. In den vereinzelten Häusern am Ufer, manche baufällige Schuppen, andere mehrstöckige Palais, sah man kein Lebenszeichen. Es schien, als schliefe die ganze Welt und wolle nichts von mir wissen.

Ich ließ den vorigen Tag in Gedanken vorbeiziehen.

Am Morgen wachte ich in Eduardos und Elenas Bett auf,

wirr und benommen. Wie meistens brauchte der Zorn etwas länger, um wach zu werden, als der Rest von mir, aber er lauerte im Inneren. Ich spürte, wie er mir langsam die Brust zuschnürte.

Kurz bevor ich endlich eingeschlafen war, hatte ich mir geschworen, das Tagebuch nicht dem Anwalt zu bringen, sondern unter dem Johannisbrotbaum hinter den Ställen zu vergraben, wo es niemand finden würde. Ich wollte Eduardo und Elena ebenso viel Schmerz zufügen, wie sie mir zugefügt hatten.

Aber am Morgen brachte ich es nicht über mich. Ich sah Elena vor mir, wie sie mit geblümtem Kleid und Sonnenhut unter der Pergola saß, und ich sah Eduardo hinter seiner Schreibmaschine. Er stand auf und stieg auf einen Stuhl, um ein Buch für mich aus dem obersten Regal zu holen. Ich hörte ihn unbekannte Buchtitel aufzählen, hörte die Demütigung in seiner Stimme, als Borges und seine Freunde ihn an jenem Nachmittag im Café Tortoni abwiesen.

Ich konnte es nicht tun, wollte besser als sie sein.

Ich machte das Bett, schloss die Tagebücher in der Schublade ein und nahm nur den letzten Band. Dann erlaubte ich mir, ein paar Banknoten einzustecken, die ich in Eduardos Kommode gefunden hatte. Ich packte einige wenige Dinge in ein Bündel und ging ins Arbeitszimmer, um die Geige zu holen. Ein letztes Mal sah ich mich in dem Raum um, wo ich so viele schöne Stunden erlebt hatte.

Schließlich bat ich den Chauffeur, mich zum Anwalt meiner Eltern in Buenos Aires zu fahren. Wir fuhren mit offenen Fenstern durch die Allee, die Eukalyptusblätter raschelten im Wind Lebewohl. Ob ich je zurückkehren würde, wusste ich nicht.

Der Anwalt wusste, wer ich war. Er kenne mich schon sehr lange, ließ er mich verstehen, nachdem ich an seinem Schreibtisch Platz genommen hatte, denn er sei auch Leopoldos Anwalt gewesen und somit einer der Letzten, die ihn lebend gesehen hatten.

Ich sagte, dass ich ihm das Tagebuch nur geben würde, wenn er mir den Namen der Insel nannte, auf der Silvina lebte. Er willigte ein. Stellte keine Fragen, sondern schrieb den Namen ohne ein Wort auf einen Zettel, den er mir mit der rechten Hand reichte, während er mit der linken das Tagebuch entgegennahm.

Ein Tauschhandel. Wie ich selbst es gewesen war.

»Möchten Sie nicht wenigstens mitkommen und Ihre Eltern besuchen?«, fragte er, als ich aufstand.

Ich schüttelte den Kopf und schob einen zusammengefalteten Zettel über den Tisch. »Nein. Das würde alles nur schlimmer machen. Aber bitte geben Sie meinem Vater diesen Brief.«

Ich hatte ihn am Morgen geschrieben. Wir gaben uns die Hand, und ich eilte aus der Kanzlei.

»Das fällt Ihnen im Moment vielleicht schwer zu glauben, aber Eltern machen sich gewöhnlich Sorgen um ihre Kinder«, hörte ich, als ich schon in der Tür stand. »Wo kann man Sie finden?«

»Nirgendwo«, antwortete ich.

*

Die Fähre erreichte die Mole.

Ich stieg aus und ging zuerst über morsche Planken, dann durch taufrisches Gras. Obwohl ich den Ort hätte kennen sollen, fühlte ich nichts.

Das Holzhaus auf Pfählen. Die Wasserkanister und der Abfall, die unter der Veranda dümpelten. Der Birnbaum und die Weide, deren Äste bis zum Boden hingen. Nichts wirkte bekannt.

Silvina trat in die Tür, eingehüllt in einen Schal, das Haar noch immer lose über den Schultern. Ich hatte erwartet, dass sie mir entgegenlaufen und um den Hals fallen würde, doch stattdessen kam sie gemessenen Schrittes auf mich zu. Wir trafen uns auf halbem Weg unter der Weide.

Eine gefühlte Ewigkeit betrachteten wir einander, ohne ein Wort und ohne uns zu berühren. Ich stand mit meiner Ledertasche über der Schulter da und hoffte, die Frau würde nachgeben und mich umarmen, damit ich sie von mir stoßen und ihre Entschuldigung abweisen konnte. Doch sie begnügte sich damit, die Hand auf meine Wange zu legen. Zu meiner großen Überraschung ließ ich sie gewähren, bis sie sie selbst zurückzog.

»Komm rein«, sagte sie. »Das Wetter ist genauso schlecht wie an deinem letzten Tag hier.«

Der Morgenregen fiel wie nasser Staub. Wir gingen hinein.

Gerne würde ich sagen, dass wir einander an jenem Tag fanden. Dass wir uns kennenlernten, ehe wir erneut Lebewohl sagten.

Doch in meiner Erinnerung sieht es anders aus. Mehr wie ein Abschluss als ein Neuanfang. Es war der Abschluss, den ich brauchte. Silvina gab ihn mir. Ohne in Entschuldigungen zu schwelgen, die ich nicht gebrauchen konnte, fügte sie den vernebelten Erinnerungen an meine Kindheit Bilder, Gesichter und Sinneseindrücke hinzu, erweckte sie zum Leben und füllte die schwarzen Löcher, die Elenas Tagebücher hinterlassen hatten.

Sie erzählte von der Vergewaltigung, von unserem früheren Luxusleben in der herrschaftlichen Wohnung – ein Leben, das Welten entfernt lag, und von Armut, kalten und feuchten Nächten, dünner Suppe aus Hühnerfüßen und Einsamkeit abgelöst wurde, und schließlich vom Leben mit einem neuen Mann, der raue Hände und ein raues Gemüt hatte und sie nach wenigen Jahren verließ. Mithilfe der monatlichen Beträge von Rubén hatte sie überlebt. Der Preis dafür war, dass sie aus der Chronik der Familie Zalazar gestrichen wurde.

»Wo willst du eigentlich hin?«, fragte sie, als wir in den Korbstühlen auf der Veranda saßen und die Zikaden ihr Abendkonzert anstimmten.

»Ich weiß es nicht. Aber hier gibt es nichts für mich.«

»Ein Leben ist an diesem Fluss schon draufgegangen. Ich will nicht zusehen, wie noch eins verschwendet wird.« Zum ersten Mal ergriff sie meine Hand.

Sie stand auf und ging ins Haus zu einer dunkelbraunen Kommode, dem einzigen Möbelstück im Wohnzimmer. Dort zog sie ein Bündel Banknoten aus der oberen Schublade, kam zurück und drückte es mir in die Hand.

»Das kann ich nicht …«, versuchte ich, aber sie unterbrach mich.

»Natürlich kannst du das. Es ist das Geld deines Großvaters, und wenn es in dieser Welt einen Funken Gerechtigkeit gibt, sollst du es haben, nach allem, was wir dir angetan haben. Es ist nicht viel, aber besser als nichts.«

Mehr sprachen wir nicht an jenem Abend.

Als am nächsten Morgen die erste Fähre anlegte, stand ich unter der Weide bereit. Der Kahn sollte mich das Delta hinauf bringen, wo das Wasser klarer und der Fluss breiter wurde.

Dort gab es eine Kolonie von Pelzjägern, die Silvina von früher kannte. Sie konnten mich weiter nach Norden bringen, die schmalen Flüsse hinauf, die nur sie kannten.

Danach musste ich selbst zurechtkommen.

Wir nahmen Abschied voneinander, und ich stieg auf die Fähre. Der Schiffer stieß den Kahn von der Mole ab, und während derselbe Specht über unseren Köpfen auf einen Stamm loshämmerte und Silvina immer kleiner wurde, glitten wir langsam den Fluss hinauf.

Málaga, 1957

Veränderungen

Sofía und Víctor heirateten am Dreikönigstag, nur zwei Monate nach seiner Rückkehr. Während Blitze den Himmel über Málaga in Stücke rissen und der Donner fast die Kirchenglocken übertönte.

Robertos einzige Bedingung war gewesen, dass Víctor gültige Papiere und eine Einreisebewilligung vorwies. Victor hatte sie sofort aus der Jackentasche gezogen, sie waren nur wenige Tage zuvor in einem Grenzort in den Pyrenäen abgestempelt. Außerdem hatte Sofía dem Wohlwollen ihres Vaters nachgeholfen, indem sie drohte, auf der Stelle nach San Luis zu gehen und das ewige Gelübde abzulegen, wenn sie Víctor nicht heiraten dürfe.

Am Tag nach der Hochzeit fuhren sie für drei Tage an einen Kurort in Nerja, wo Víctor Sofía in die körperlichen Freuden der Ehe einführte. Das tat er so gut, dass sie mehr von ihrem Lehrer verlangte, als sein Körper leisten konnte. Am zweiten Tag musste er um eine Ruhepause bitten. Sofía akzeptierte, kroch unter die Decke, schloss die Augen, atmete die von Meer und Schweiß salzige Luft ein und wünschte, dass María Ángeles sie in diesem Augenblick sehen konnte.

Nach drei Tagen an Nerjas Steilküste ging es wieder heim nach Málaga. Schon vor der Hochzeit hatte Víctor sich in die

Bar eingekauft. Als Roberto ihn fragte, woher er das viele Geld habe, antwortete er nur, dass alles legal erworben sei. Es sei der gerechte Lohn für zwei Saisons als Talisman auf dem besten Walfänger des Südlichen Eismeeres.

»Aus nachvollziehbaren Gründen hatte ich das Geld nicht bei mir, als ich über Bord fiel. Deshalb musste ich nach Paris gehen und es aus der Bank der Reederei holen«, erklärte er.

Zu Sofías großer Überraschung fragte ihr Vater nicht weiter nach. Sie spürte, dass er mehr als dankbar dafür war, dass Víctor de la Vega zurück in ihr Leben gekommen war.

Sofía selbst ließ ihn jedoch nicht so leicht davonkommen.

»Was hast du eigentlich so lange in Paris getrieben?«, fragte sie ihn eines Abends, als sie im Bett lagen. Die Frage hatte ihr auf der Zunge gebrannt, seit er zurückgekommen war.

»Es dauert lange, nach Paris zu kommen, wenn man keinen Peso in der Tasche hat.«

»Trotzdem.«

»Ich gestehe, dass es da mehr gab, als dein Vater weiß. Aber das Geld ist vollkommen legitim.«

»Hat Alexander dabei eine Rolle gespielt?«

Víctor lächelte. »Lass uns sagen, dass er eine besonders wichtige Rolle gespielt hat. Ohne seine Hilfe hätte ich das Geld nie bekommen.«

Alexander, den alle nur beim Vornamen nannten, eroberte die Familie nicht im Sturm, wie Víctor es vor drei Jahren getan hatte. Er war viel zu zurückhaltend, und seine mangelhaften Spanischkenntnisse bremsten ihn aus.

Er hatte wildes schwarzes Haar, das aussah, als wäre es einmal viel länger gewesen, und eine Hautfarbe wie vom Regen verdunkeltes Ocker. Seine Augen waren freundlich, die Unterlippe breit und voll. Víctor schätzte ihn auf knapp achtzehn, aber niemand, nicht einmal Alexander selbst, wusste dies mit Sicherheit.

Von Alexanders Vergangenheit und Herkunft wusste Víctor nur, dass er Zigeuner und in Bessarabien geboren war, einem Niemandsland zwischen Rumänien und der Ukraine. Als der Weltkrieg die ukrainische Steppe erreichte, wurde Alexander aus seiner Familie gerissen. Er sah sie nie wieder, wahrscheinlich war er der einzige Überlebende.

Alexander verbrachte vier Jahre auf einem Heuboden mit Aussicht über goldene Felder. Nach dem Krieg landete er in Paris, nachdem er sich einer Zigeunergruppe auf dem Weg nach Westen angeschlossen hatte. Zehn Jahre später hatte Víctor ihn in einer Gasse in Montmartre aufgelesen und bei sich aufgenommen.

»Wie du es damals mit mir getan hast, Roberto«, sagte er, als sein Schwiegervater andeutete, dass es vielleicht nicht unproblematisch sei, einen Zigeuner in der Familie aufzunehmen. »Elternlose haben dasselbe Recht auf einen Platz in der Welt wie du und ich.«

Sofía freute sich im Stillen, dass sie als Einzige in der Familie wusste, was er damit meinte.

Vielleicht rührte die ablehnende Haltung ihrer Eltern daher, dass Alexander einen konservierten menschlichen Fötus im Koffer mitgeschleppt hatte. Er war kaum zehn Zentimeter groß und schwebte schwerelos in einem Glas Formalin, das Alexander kurz nach seiner Ankunft versehentlich auf Beatriz' Teppich hatte fallen lassen.

Es sei ein Erbstück, hatte Víctor sachlich erklärt, der Fötus sei Alexanders Schwester, die noch im Bauch der Mutter gestorben war. Als die deutschen Truppen in ihr Dorf einrückten, hatte Alexanders Vater seinem Sohn das Glas überreicht, bevor sie getrennt wurden.

Victors Schützling besaß noch zwei weitere Gläser, in denen ein dünnes Schlangentier und ein Vierbeiner unbekannter Art lagen. Beide hatte er selbst konserviert.

»Manche Leute erben Silberbesteck und Gemälde, Alexander hat einen konservierten Fötus geerbt. Können wir es nicht einfach dabei belassen?«, sagte Víctor, und so kam es.

Sofía genoss Alexanders Gesellschaft. Er war mit einer knabenhaften, hellen Singstimme gesegnet, mit der er oft traurige Lieder in der Küche vortrug. Sie stammten von den Ufern des Dnjestr, behauptete er. Alexander sang so schön, dass es Sofía und Beatriz nichts ausmachte, dass er völlig unbegabt in der Küche war und mehr Kartoffeln fallen ließ, als er schälte.

Später fand Sofía heraus, dass Alexander mit einem Zigeunerorchester im selben Nachtclub wie Víctor aufgetreten war.

»Er hat mir das Leben gerettet«, erzählte Alexander in gebrochenem Spanisch. »Dafür hat er sogar seine Geige geopfert. Ein Mann überfiel mich in der Gasse hinter dem Nachtclub, aber Víctor schlug ihn mit seiner Geige zu Boden. Das hat sie nicht überlebt, aber ich. Ich verdanke ihm mein Leben.«

*

Anderthalb Jahre nach der Hochzeit gebar Sofía ihr erstes Kind, ein Mädchen, das sie Laura tauften.

Inzwischen waren sie in eine Zweizimmerwohnung gezogen, die Víctor an der Ecke der Hauptstraße Alameda Principal über einer Bäckerei gefunden hatte. Sie war nicht besonders groß und nicht so weit weg von der Calle Tomás Heredia, wie Sofía es sich früher erträumt hatte, aber sie reichte für ihr bescheidenes Inventar, und außerdem roch es den ganzen Vormittag herrlich nach frisch gebackenem Brot. Keiner der beiden brachte viel Hausrat in die Ehe mit, und beide liebten die Stuckdecken und die großen Fenster.

Víctor war noch immer von Albträumen geplagt, dann wachte er mit einem Schrei schweißgebadet auf. Meistens konnte Sofía ihn beruhigen, indem sie sich fest an ihn schmiegte und ihm über die Haare streichelte.

Wenn sie dann eng umschlungen dalagen und sie ihn in den Schlaf lullte, fragte sie sich manchmal, wie gut sie ihren Mann kannte. Hatte er seinen inneren Kern wirklich mit ihr geteilt?

Wenige Tage nachdem Víctor ihr seine Geschichte am Strand erzählt hatte, hatte sie ohne zu fragen die Schreibmaschine ihres Vaters ausgeliehen, die er nie benutzte, und Víctors Geschichte Wort für Wort aus der Erinnerung aufgeschrieben. Als sie fertig war, legte sie die 22 Seiten in eine Mappe und versteckte sie am Boden ihres Kleiderschranks.

Erst hinterher waren ihr Zweifel gekommen, inwiefern sie ihn damit verraten hatte. Es war seine Geschichte, sie hatte versprochen, sie nicht weiterzuerzählen. Aber das hatte sie auch nicht vor, sie wollte bloß nichts vergessen.

In der untersten Nachttischschublade, unter Taschentüchern und einem vergilbten Foto von Sebastián als Fünfzehnjährigem, lag Sofías kleine Schiefertafel. Nun waren dort alle Geschichten aufgelistet, die Víctor ihr noch erzählen musste. Zum Beispiel, wie er es geschafft hatte, seinen Lohn für die Zeit auf dem Walfänger wiederzubekommen, und warum es anderthalb Jahre gedauert hatte, bis er zurückgekommen war. Oder warum er eigentlich auf dem französischen Schiff über Bord gegangen war. Wenn es überhaupt ein französisches war.

Aber das konnte warten. Sie hatten jede Menge Zeit. Wenn Sofía im Bett lag und die Konturen seines Körpers im Dunkeln sah, wenn sie die Nase in seinen dichten Haaren begrub und eine Hand zwischen seine Beine legte, um sein Geschlechtsteil zu liebkosen, das sich an manchen Stellen wie ein gerupfter Truthahn anfühlte, oder wenn sie den Kopf drehte und ihre Tochter sah, die im Gitterbettchen neben ihnen schlief, dann war Sofía dem Glück ziemlich nahe.

Er hätte jede beliebige Frau in dieser Welt bekommen, und trotzdem hatte er sich für sie entschieden. Sie hätte wie Piedad Andreu enden können, die wegen ihres immer größer werdenden Kugelbauchs in Schande aus dem katalanischen Kloster geworfen wurde. Aber sie war Sofía Baéz mit den schmalen Hüften und der Judennase, und sie war mit dem Mann zusammen, der sie vor einem Dasein hinter den Mauern von San Luis bewahrt hatte.

Und vor vielem anderen. Víctor war genau zum richtigen Zeitpunkt zurückgekehrt. Sofía hätte auch wie Lola Soler enden können, das schönste Mädchen der Schule, von dem die Jungen immer sagten, sie sei so schön, dass Priester und Mönche in ihrer Gegenwart extra weite Kutten tragen mussten, um ihre Erektionen zu verbergen.

Sofía hatte gehört, dass sie nun in einer luxuriösen Wohnung mit eigener Toilette im Limonar-Viertel wohnte. Das hatte sie allein dem verheirateten Besitzer einer Papierfabrik zu verdanken, dessen Freundschaft sie vor zwei Jahren angenommen hatte. Sie bekam ein Taschengeld, Geschenke aus der Calle Goya in Madrid sowie das Recht, mehr oder weniger frei über ihre Zeit zu verfügen. Im Gegenzug musste sie sich damit abfinden, dass er zu ihr ins Bett stieg, wann immer es ihm passte, und dass er sich bekreuzigte, wenn er ihr Schlafzimmer betrat oder verließ.

Es gab keine Alternative, die Sofía ernsthaft gefallen hätte. Mit einer bangen Vorahnung hatte sie wenige Monate vor Víctors Rückkehr einen Job angenommen. Sie führte die Buchhaltung für einen Konfektionshändler, der Stammgast im *El Zepelín* war.

Auf Probe, natürlich, aber mit Aussicht auf eine feste Anstellung, wenn beide Seiten mit dem Arrangement zufrieden wären, wie Señor Karanka es an ihrem ersten Arbeitstag ausgedrückt hatte.

Er war ein kleiner, adrett gekleideter Herr Mitte dreißig, der an manchen Tagen nach Sandelholz und an anderen nach Bergamotteöl roch. Nie nach Schweiß und feuchter Kleidung wie viele andere Männer. Karanka war weder anzüglich, noch kommandierte er sie herum. Meist war er freundlich und redselig, doch wenn sie zusammen die Buchhaltung durchgingen, hielt er den Kopf auffällig dicht an ihren oder legte ihr die Hand auf die Schulter.

Damit konnte sie leben, sie fühlte sich sogar geschmeichelt. Erst als Señor Karanka sie vor der Öffnungszeit die Treppe hinaufführte, um ihr seine Wohnung zu zeigen, wurde sie misstrauisch. Er zeigte ihr das Schlafzimmer und das Bad mit fließendem Wasser, und in dem großen, hellen Wohnzimmer legte er den Arm um sie und flüsterte ihr ins Ohr, dass die Wohnung ihr gehöre, wenn sie es nur wolle. Sofía riss sich los und lief hinaus. Sie schämte sich, dass sie nicht schon früher Lunte gerochen hatte.

Sie rannte nach Hause und sagte ihrem Vater, sie habe bei dem Konfektionshändler aufgehört, weil die Arbeit zu schwer sei. Zum Glück stellte Roberto keine weiteren Fragen. Sofía grämte sich zutiefst, dass sie dem Mann auf den Leim gegangen war; erst Víctors Rückkehr jagte die Erinnerung an Señor Karanka in die Flucht.

Dafür war sie ihm dankbar. Sie verzieh ihm sogar, dass er sie von einem Tag auf den anderen verlassen hatte und wie eine Windbö in ihrem Leben aus und ein ging. Denn wenn er dicht neben ihr lag, fühlte es sich an, als wäre es nie anders gewesen.

Sie schwor sich, an diesem Gefühl festzuhalten. Dem Gefühl der Dankbarkeit und der Liebe. Sie und Víctor sollten nie wie ihre Eltern enden, was auch geschah.

Das Einzige, was ihr ernsthaft zusetzte, war das schlechte Verhältnis zwischen Víctor und Tristán.

Ihr Bruder war in eine kleine Dachwohnung ein paar Viertel weiter gezogen, wo Sofía ihn oft besuchte, wenn sie Laura im Kinderwagen spazieren fuhr. Der Buckel drückte ihn, auch wenn er nie darüber redete. Sie hatte den Verdacht, dass ihr kleiner Bruder einen Großteil seiner Zeit damit verbrachte, dem Leben hinterherzutrauern, das schneller als der Kalk in seinen Knochen zerbröselt war.

Ihr war klar, dass ihr Mann und ihr Bruder keine warmen Gefühle füreinander hegten. Beide wichen dem Blick des anderen aus und bissen sich fast auf die Lippen, wenn sie einander begrüßten. Manchmal ertappte sie Tristán dabei, wie er Víctor aus dem Augenwinkel anstarrte.

Ihr Mann war in dieser Hinsicht nicht viel besser. Einmal schlug sie vor, Tristán könne doch in der Bar aushelfen, worauf Víctor ihr ins Wort fiel: »Was soll Alexander dann machen?« Wenn sie ihren Bruder besuchte, hatte Víctor immer eine Ausrede, um nicht mitkommen zu müssen. Sie wusste, dass es beiden mehr als genug war, wenn sie sich einmal pro Woche beim Familienessen trafen. Wenn Tristán die Einladung wegen schmerzender Beine oder fehlender Lust ausschlug, bekam ihr Mann schlagartig bessere Laune.

*

An einem der ersten Tage des neuen Jahrzehnts, ungefähr zum gleichen Zeitpunkt, als Sofía bekannt gab, dass sie ihr zweites Kind erwartete, begann die Veränderung Nummer drei. *El Zepelín* sollte von der Bar zum Hotel werden.

»Ich sage euch: Selbst das kleinste Kaff an der Küste wird in den nächsten Jahrzehnten riesengroß werden, wenn es nur eine Pissrinne von einem Strand hat. Vergesst die Obstplantagen, die Gemüsefelder und die Sardinenfischerei. Die Zukunft gehört dem Tourismus und allen, die daran verdienen.«

Sofía schielte zu ihrem Vater, der sich große Mühe gab, seinen Schwiegersohn zu ignorieren.

»Roberto, ich habe in die Zukunft geblickt«, fuhr Víctor fort. »Sie ist voller bleicher, nordeuropäischer Touristen, die Geld wie Heu haben.«

»Meinst du?«, murmelte Roberto und rührte in seiner Kaffeetasse.

»Schaut euch doch um, was diese Gegend zu bieten hat. Sandstrände, so glatt wie Babypopos, Palmen, Berge, gutes Klima, fast kein Regen. Und noch dazu billig. Wir haben alles!«

»Schön und gut. Mehr Touristen, mehr Menschen, mehr Badegäste. Was geht uns das an?«

Víctor warf seinem Schwiegervater einen Blick zu, der gleichzeitig Ungeduld und Sympathie signalisierte. Sofía konnte sich ein Lächeln nicht verkneifen.

»Vergiss einen Augenblick die Bar, Roberto, und hör zu. Wenn es irgendwo Geld zu verdienen gibt, dann im Hotelgewerbe.«

Er erzählte von den Luxushotels an der Küstenstraße bei Torremolinos. *Los Nidos, La Roca, Pez Espada.* Weiß gestrichene Betonbauten mit bis zu sieben Stockwerken, die den Fischerhütten und Palmen Gesellschaft leisteten. Bald würden sie sich über den Rest der Küste ausbreiten, meinte Víctor. Nach Málaga, Fuengirola und Benalmádena.

»Es wird die Riviera des kleinen Mannes.«

»Sollen wir Hotelbesitzer werden?«, seufzte Roberto.

»Ja, genau das. Aber wir werden keinen hässlichen Betonklotz am Strand bauen.«

»Schade.«

»Dafür haben wir weder die Fähigkeit noch das Geld. Aber wir haben etwas viel Besseres. Wir beide, Roberto, werden ein Stadthotel eröffnen. Wir bauen *El Zepelín* um und verdienen das Doppelte. Kannst du dir das vorstellen?«

Das konnte Roberto nicht. Er trank seinen Kaffee aus und weigerte sich, weiter über das Thema zu reden.

Doch so leicht gab Víctor nicht auf. In den folgenden Monaten hörte Sofía des Öfteren, wie er Roberto mit Statistiken überhäufte.

»Die Ausländer werden hierher pilgern wie Nonnen in den Petersdom. Und wie kommen sie nach Torremolinos oder Fuengirola? Über Málaga. Wir haben den einzigen Flughafen der Region und sind die einzige Großstadt. Noch dazu eine mit Sandstrand, Kultur, Nachtleben und allem Drum und Dran. Ich glaube, viele Touristen werden gar nicht weiter als Málaga kommen. Wir müssen nur bereitstehen und sie empfangen. Siehst du das nicht ein? Die Stadt wird Menschenströme wie nie zuvor erleben.«

Er war klug genug, auch Sofía für seine Idee zu begeistern. So konnte er Roberto vielleicht umstimmen. Sofía begann von Luxushotels zu träumen, die wie riesige Schlangen aus Beton aus dem Sand schossen. Sie sah die Strände von Torremolinos, überschwemmt von sonnenverbrannten, dicken Deutschen, und Flugzeuge, die weiße Streifen in den Himmel über Málaga malten, wie Pfeile, die in die Zukunft zeigten. Im Grunde klang Víctors Vorschlag vernünftig, wenn auch beschwerlich.

Roberto war noch nicht überzeugt. Doch als er seinen Schwiegersohn fragte, wie in aller Welt er eine kleine, bescheidene Bar zu einem Hotel mit vielen Zimmern, Foyer und Speisesaal umbauen wolle, spielte Víctor seinen Trumpf aus.

»Mithilfe der Witwe Vargas. Sie ist alt und krank und kann mit ihrer Gicht kaum noch die Treppe hinaufsteigen. Deshalb wird sie an ihren Geburtsort in den Alpujarras ziehen, um dort ihre letzten Lebensjahre zu genießen. Die Wohnung wird sie verkaufen oder ihrem einzigen Sohn vermachen. Der ist jedoch ein undankbarer Kerl, der sich nicht um sie kümmern will, obwohl er eine riesige Wohnung in Madrid hat, und sie höchstens einmal im Jahr besucht. Deshalb möchte Esperanza Vargas ihre Wohnung lieber dem netten argentinischen Barbetreiber von untendrunter verkaufen, der ihr seit Jahren Pralinen, Kuchen und Blumen bringt und immer ein offenes Ohr für ihre Sorgen hat.«

Sofía befand sich gerade in der Bar und sah, wie ihr Vater

den Kopf so langsam schüttelte, dass sie nicht wusste, ob er Respekt oder Missbilligung ausdrücken wollte.

*

Am Ende bekam Víctor seinen Willen, und Veränderung Nummer drei trat in Kraft.

Im nächsten Herbst konnte er eine Flasche Cava an der Fassade des Gebäudes zerschmettern und sich Hotelbesitzer nennen. Und frischgebackener Vater. Félix war drei Wochen zuvor zur Welt gekommen, ein kleiner Junge mit kastanienbraunem Haar, der sich bei seiner Geburt so gleichgültig zeigte und kaum zu einem Schrei zu verleiten war, dass seine Eltern sofort glaubten, er sei ein Träumer und für diese Welt verloren und ihn nach Robertos Onkel Félix benannten.

Die Handwerker waren den ganzen Sommer über beschäftigt gewesen. Sie hatten das Dachgeschoss zu einer Zweizimmerwohnung mit Bad und Toilette für Roberto und Beatriz umgebaut, sodass der erste Stock frei wurde. Esperanza Vargas war schon im Frühling ausgezogen, und ihre Wohnung im zweiten Stock wurde Sofías und Víctors neues Heim. Sie beanspruchten jedoch nur einen Flügel und ließen Platz für zwei weitere Doppelzimmer und ein Bad auf dem Gang. Im ersten Stock gab es sechs Doppelzimmer, und aus der Bar wurde das Foyer mit Speisesaal und Bar. Alexander bekam ein Zimmer am Ende des Korridors im ersten Stock.

Zuletzt hatten die Handwerker die Fassade aufgeputzt. Fensterläden und Balkongitter wurden frisch gestrichen, Beatriz suchte Topfpflanzen für alle Balkone aus, der Eingang wurde vergrößert und bekam eine neue rote Markise ohne Rost und ohne Löcher.

Der größte Streitpunkt blieb der Name.

Roberto hatte keine Einwände gegen die Einrichtung, aber als Víctor verkündete, er wolle dem Hotel einen neuen Namen geben, stellte er sich quer. Besonders als Víctor mit einem Zeitungsartikel ankam, ihnen ein Bild von Ernesto Che Guevara unter die Nase hielt und vorschlug, es *Hotel El Che* zu nennen.

»Er ist der berühmteste Argentinier unserer Zeit«, erklärte Víctor, während Sofía, Roberto und Beatriz den Artikel überflogen und kritisch den Revoluzzer beäugten, dessen langes, schwarzes Haar unter einem Barett hervorquoll. »Er ist der Held der kubanischen Revolution und Landwirtschaftsminister in Castros Regierung. Was meint ihr?«

»Ich meine, dass wir hier nicht in Kuba sind«, sagte Roberto. »Wir können das Hotel doch nicht nach einem Marxisten benennen, verdammt. Dann haben wir sofort die Geheimpolizei am Hals.«

»Dann sagen wir einfach, dass es eine Huldigung an Argentinien ist. Niemand muss wissen, wer gemeint ist.«

»Dieser Ort hat mein Leben lang *El Zepelín* geheißen. Mein Vater hat ihn vor fünfzig Jahren so benannt, und jetzt kommt ein argentinischer Revoluzzer daher und will ihn einfach ändern.«

Sofía war sich keineswegs sicher, welchen Argentinier Roberto nun meinte.

»Was hat es eigentlich auf sich mit diesem Che Guevara?«, fragte sie ihren Mann, als sie am Abend im Bett lagen.

Victor drehte den Kopf und sah ihr in die Augen. Eine Geschichte kündigte sich an.

»Ich bin ihm begegnet. Auf einem Flussdampfer in Peru. Vor einer halben Ewigkeit. Es war einer dieser Abende, an denen die Moskitos uns um den Verstand brachten. Erst der Sonnenuntergang über den Baumwipfeln gab ihn uns zurück«, flüsterte er im Halbdunkel, und seine Stimme traf Sofías Herz.

»Woher weißt du, dass es derselbe wie der in der Zeitung ist?«

»Der Name. Und seine Augen. Er forderte mich auf, mit ihm nach Norden zu gehen. Dem Kontinent stünden große Veränderungen bevor, sagte er, und bald würde die Erde unter unseren Füßen in Flammen stehen. Und ich habe ihm nicht geglaubt.«

»Mein Mann wäre also um ein Haar ein marxistischer Guerillero geworden?«

»Um ein Haar ist nicht ganz richtig. Ich hatte es nie wirklich vor, aber El Che war sich sicher, dass ich dem Marxismus gute Dienste leisten könnte. Ich hätte Potenzial, sagte er. Ob ich das gut finden soll, weiß ich bis heute nicht.«

Sofía schmiegte sich an ihn und führte die Hand auf die Innenseite seiner Schenkel. »Ich bin jedenfalls sicher, dass mein Don Quijote ein größeres Potenzial als Hotelbesitzer hat, und nicht als Revolutionär.«

Später im Leben, als alles anders gekommen war und keiner in der Familie es mehr wagte, den Namen Che Guevara in den Mund zu nehmen, sollte Sofía an diesen Abend als den Abend zurückdenken, an dem der Mythos von Víctor de la Vega und dem großen Ernesto Che Guevara geboren wurde.

Niemand weiß genau, wie es geschah, aber ohne dass Sofía sich noch einmal an die Schreibmaschine setzen musste, wanderte der Mythos aus ihrem Schlafzimmer heraus und begann ein Eigenleben. Er setzte sich in den Mauern des Hotels fest und flüsterte jedem Passanten seine Geschichte zu.

Laura und Félix bekamen ihn als Gutenachtgeschichte, und manch ausländischem Gast erzählte Víctor, das Hotel sei ein sozialistisches Experiment, bei dem alle Mitarbeiter Teilhaber waren, gleichen Lohn bekamen und unter demselben Dach wohnten. Am Anfang wollte Sofía ihn noch zurückhalten, aber dann gab sie es auf. Die Gäste hörten ihm gerne zu, es war eine gute Geschichte.

Ein paar Monate lang hieß das Hotel noch *El Zepelín,* aber Sofía sah, dass ihr Vater die Schlacht schon verloren hatte. Als ihn eines Morgens die karminroten Versalien des neuen Namensschildes, das sein Schwiegersohn über Nacht aufgehängt hatte, im *Hotel El Che* begrüßten, zuckte er bloß mit den Schultern und seufzte.

»Auf dein Risiko«, sagte er und trottete davon.

Hotel El Che

Víctor de la Vega steckte den Kopf ins Dunkle. Es roch nach Kiefernholz und ein wenig nach Feuchtigkeit.

Er fand sofort, was er suchte. Ein Klumpen am Boden des Kleiderschranks, unter einer Wolldecke. Unter dem Stoff zitterten Muskeln vor Spannung.

Er zog den Kopf wieder aus dem Schrank und warf dem holländischen Ehepaar einen entschuldigenden Blick zu.

»Einen Augenblick.« Víctor bückte sich wieder in den Schrank. Er versuchte, nicht daran zu denken, wie seltsam es in den Augen des Ehepaars aussah, wenn der Hotelbesitzer in Hemd und Weste vor ihnen auf dem Boden kniete und in ihrem Schrank wühlte.

»Gottes Gnade den kleinen Jungen, die es wagen, sich in der Höhle der Kannibalen zu verstecken«, brummte er mit tiefer Stimme. »Gottes Gnade ihnen, denn wenn sie gefangen werden, landen sie im Kochtopf!«

Er schlug die Decke auf, und Félix quiekte vor Freude. Weiße Milchzähne blitzten im Dunkeln auf, dann sprang der Junge auf die Füße und stürzte mit Kriegsgeheul aus dem Schrank. Auf dem Weg zur Tür stolperte er über einen Koffer, aber er richtete sich wieder auf und flitzte hinaus. Auf dem Korridor hörte man kleine Füße in Strümpfen trappeln.

»Tut mir wirklich leid«, beteuerte Víctor. »Ein drittes Mal wird es nicht vorkommen, das verspreche ich Ihnen.«

Er ging nach unten, wo Félix sich sicher hinter der Rezeption oder in der Küche versteckte. Zwar hatte Victor erwartet, dass er als Hotelbesitzer viele Aufgaben hätte, aber dass auch die Suche nach seinem fünfjährigen Sohn in den Kleiderschränken der Gäste dazu gehörte, hätte er kaum gedacht. Der Junge hatte das Talent, sich an den unmöglichsten Orten zu verstecken. Kein Schrank war sicher vor Félix de la Vega, und nachdem er alle Verstecke ihrer Wohnung ausprobiert hatte, ging er in den anderen Stockwerken auf Entdeckungsreise. Victor wusste sofort, was los war, als die Holländerin zur Rezeption kam und sagte, dass sich in ihrem Kleiderschrank etwas bewege.

Noch konnte er darüber lachen. Alle in der Familie Baéz sagten, der Junge erinnere sie an den seligen Onkel Félix, doch Víctor fand eher, dass er nach ihm selbst schlug. Er erwachte genauso spät zum Leben wie sein Vater. Víctor hatte sich bei der Wassermühle in der Pampa versteckt, sein Sohn bevorzugte offenbar Kleiderschränke.

Er fand Félix in der Küche. Sofía und Beatriz wuschen das Frühstücksgeschirr, im Hintergrund lief das Radio. Seine Frau zeigte unter den Küchentisch. Dort saß Félix hinter den Wasserrohren und beobachtete seinen Vater.

»Was habe ich über das Verstecken in den Kleiderschränken der Gäste gesagt, Félix?«

»Das sind Kannibalenhöhlen!«

»Schon möglich, aber von manchen Höhlen muss man sich fernhalten. Du darfst dich verstecken, wo du willst, aber nicht in den Gästezimmern, verstanden?«

Víctor zerzauste ihm das kastanienbraune Haar, das Félix von seiner Mutter geerbt hatte. Von wem er die Nase hatte, war unmöglich festzustellen. Weder er noch Laura hatten die Nasen ihrer Eltern. Zum Glück.

Er küsste seine Frau auf die Wange. Sie duftete nach Seife, wie immer beim morgendlichen Abwasch. Später, wenn sie die Zimmer sauber machte, roch sie nach Reinigungsmittel und Zitronen, und am Abend, wenn sie nach dem Bad zu ihm unter die Decke kroch, nach Mandelöl. Er liebte es, dass seine Frau im Lauf des Tages so unterschiedlich duftete. Die meisten spanischen Frauen rochen den ganzen Tag nach Lavendel, wie ihm aufgefallen war.

»Denkt ihr dran, Zimmer 7 und 8 bereit zu machen? Die Gäste kommen im Lauf des Nachmittags.«

»Natürlich«, antwortete Sofía. »Stets zu Diensten.«

Víctor ging in den Speisesaal und ins Foyer. Das Frühstück war vorbei, es waren keine Gäste mehr anwesend. Auch die Rezeption war unbesetzt. Meist übernahmen Roberto oder Sofía den Empfang, doch so früh am Vormittag kamen selten neue Gäste. Roberto war in der Stadt und machte Besorgungen.

So war die Arbeitsteilung. Víctor bestimmte und kümmerte sich um die Gäste, das hatte Roberto längst akzeptiert. Roberto sorgte dafür, dass alles lief, während Beatriz und Sofía in der Küche standen und putzten, oft mithilfe der Stubenmädchen, die Víctor hatte einstellen müssen. Dann gab es noch Alexander. Er ging bei allem Möglichen zur Hand und beschwerte sich nie. Im Gegenzug genoss er das Privileg, dass er kommen und gehen konnte, wann er wollte.

»Ich muss die Welt sehen, ich habe viel nachzuholen«, hatte er gesagt, als sie eines Wintermorgens durch den reifbedeckten Jardin du Luxembourg in Paris spaziert waren.

Wer war Víctor, ihm diesen Wunsch zu verwehren? Auch wenn er den Vergleich nicht mochte, manchmal kam Alexander ihm wie eine Promenadenmischung vor, die die Freiheit, welche sein Herrchen ihm ließ, mit grenzenloser Treue vergalt. Egal, ob er ein paar Tage freinahm, um in Sevilla oder den Höhlen bei Granada Zigeuner zu besuchen, oder ob er die Nächte in den Hügeln verbrachte, um tote Tiere für seine Einmachgläser zu finden, er kam immer ins *Hotel El Che* zurück, als wolle er nirgendwo anders in der Welt wohnen.

Víctor setzte sich im Innenhof auf einen Korbstuhl, um die Zeitung zu lesen. Die Sonne war noch nicht über die Dächer gestiegen, es war angenehm schattig. Das Wasser des Swimmingpools sah beinahe grau aus.

Manchmal musste er sich in Erinnerung rufen, dass dies alles sein Werk war. Von den weißen Fliesen des Innenhofs und den weiß gekalkten Wänden über die Apfelsinenbäume und Blumenkübel bis zu dem Weinstock, der die Wände hinauf rankte. Von den teuren Teakholzmöbeln im Speisesaal über die Wasserleitungen bis zu den Kleiderschränken aus Kiefernholz, in denen sein Sohn sich so gern versteckte.

Er war es, Plattnase, ein Bastard aus der Pampa, gezeugt unter einem raschelnden Johannisbrotbaum und den Tränen einer Zwanzigjährigen, der all dies erschaffen hatte.

Das *Hotel El Che* war ein so großer Erfolg, dass er schon nach wenigen Jahren zur Bank gehen und einen Kredit aufnehmen konnte, um das Nachbargebäude zu kaufen. Er kündigte den Mietvertrag des Nachbarn und renovierte das Haus, was die Anzahl der Hotelzimmer verdoppelte und einen schönen Innenhof zwischen den Gebäuden ermöglichte.

Er, Víctor de la Vega, hatte der Familie genug Geld verschafft, dass sie einen Fernseher und ein Auto kaufen konnte.

Im Grunde war er glücklich, konstatierte er, als er in dem Korbsessel saß und zusah, wie Málagas ewig aufdringliche

Sonne über das Dach stieg. Sogar mit dem Geruch von Katzenpisse, den blinden, laut rufenden Losverkäufern, die an jeder Ecke standen, und den Kakerlaken, die offenbar jede Küche dieses Landes okkupierten, konnte er leben. In Paris hatte er sogar die Bettwanzen vermisst, die ihn in der alten Pension in den Wahnsinn getrieben hatten. Das Jucken unter dem Hemd war das Gefühl von Málaga, von Zuhause.

*

Eines Abends trat ein alter Bekannter in das Foyer.

Víctor erkannte sofort seinen Freund wieder, obwohl er ihn seit zehn Jahren nicht gesehen hatte. Der buschige Schnurrbart, dicht wie ein Fuchsschwanz, war unverkennbar, ebenso die freundlichen Augen und die nach allen Seiten abstehende Haarpracht.

»Ich habe gehört, dass es hier ein neues Hotel gibt, und dass der Besitzer Argentinier ist. Da dachte ich, das könntest nur du sein«, sagte der Mann, den Víctor als *El Maestro* kennengelernt hatte, der Mathematiklehrer Martín.

Obwohl sie ein Jahr lang in derselben Pension gewohnt hatten, wusste Víctor nicht viel mehr über ihn, als dass er aus Salamanca stammte und die ersten zwölf Klaviersonaten von Beethoven auswendig spielen konnte. Sie hatten sich mehr über Musik als über Mathematik unterhalten. Víctor mochte den rätselhaften Mann, auch wenn er nur seinen Vornamen kannte. Wie konnte er auch das Recht beanspruchen, anderen Menschen Geheimnisse zu entlocken, wenn er seine eigenen wie seinen Augapfel hütete?

Víctor füllte zwei Gläser mit Manzanilla. Der Mathematiklehrer hatte sich deutlich weniger verändert als er. Die Zeit schien in seinem runden Gesicht stehen geblieben zu sein wie im ganzen Land. Doch ein unvorsichtiger Kommentar Víctors über die die besseren Zeiten trieb ihm Zornesröte auf die Wangen.

»Glaub bloß nicht, dass alles gut ist, bloß, weil es dir besser geht«, sagte der Mathematiklehrer. »Du hast ein feines Hotel, trägst einen feinen Schlips, und die Touristen kommen in Scharen, aber dieses Land ist verdorben wie eh und je.«

Er senkte automatisch die Stimme. Dann trank er aus und bedankte sich für den Manzanilla.

Am nächsten Abend kam er wieder. Setzte sich mit einer Flasche Wein an einen Tisch in der Ecke und wartete, bis Víctor Zeit hatte, ihm Gesellschaft zu leisten.

»Erzähl mir, wie du Che Guevara getroffen hast«, bat er und schenkte Wein für sie beide aus.

»Warum möchtest du das wissen?«

»Weil ich neugierig bin.«

Víctor erzählte ihm dieselbe Geschichte, die er Sofía erzählt hatte. Als er fertig war, füllte der Mathematiklehrer ihre Gläser erneut.

»Bereust du es, dass du nicht mit ihm gegangen bist?«

»Wie meine Frau sagt: Ich mache mich besser als Hotelier denn als Revolutionär.«

»Das war keine Antwort.«

»Bin ich denn gezwungen zu antworten?«

Víctor dachte an ihre Gespräche in der Pension zurück. Meistens war es um Politik gegangen. Der Maestro hatte eine andere Sicht auf die Dinge als Sofía. Sie hatte offenbar keine großen Erinnerungen an den Bürgerkrieg und die Hungersnot, der Mathematiklehrer hingegen legte die Verhältnisse in Francos Spanien schonungslos offen. Er hatte Víctor die Augen geöffnet für die vielen Bettler, Krüppel und Straßenkinder, die man noch immer überall sah.

»Ich zwinge dich zu gar nichts. Es war nur eine einfache Frage.«

»Wenn das so ist, bekommst du eine einfache Antwort: Nein, nicht mehr.«

Sie tranken schweigend aus. Als der Mathematiklehrer gegangen war, trank Víctor beim Aufräumen die Flasche leer, bevor er die Bar schloss.

Im Foyer begrüßte er Ernesto Che Guevara. Das jugendliche Gesicht mit den schwarzen Locken unter dem Barett betrachtete ihn aus den Bildern an der Wand: El Che im Kongo mit afrikanischen Guerillakriegern, El Che in Kuba, El Che mit einer Zigarre im Mundwinkel. Inzwischen schien er ebenso zur Erbmasse der Familie zu gehören wie Alexander.

War es der Wein oder das Gespräch mit dem Maestro? Auf jeden Fall kam es ihm plötzlich vor, als würde El Che ihn missbilligend ansehen. Der kritische Blick tat ihm gut. Er erinnerte ihn an alles, wovor er geflüchtet war. Wer er einmal gewesen war.

Víctor schlich in ihre Privatgemächer, zog sich aus und kroch zu Sofía unter die Decke. Sie war warm und roch nach Schlaf. Sie schmiegte sich an ihn.

Sofía und er überlegten seit Langem, ob sie noch ein Kind bekommen sollten. Sofía wünschte sich gleich zwei. Einen Jungen und ein Mädchen, insgesamt vier kleine Engel, die durchs Hotel tobten und es mit Leben füllten.

Víctor bekam Lust, sofort eines zu zeugen.

*

Wenige Tage später ging Víctor durch den Paseo del Parque. Er war auf der Bank gewesen, um den Umsatz der Woche einzuzahlen. Die Frühlingsluft verführte ihn zu einem kleinen Umweg durch den Park mit seinen Renaissancestatuen, Drachenbäumen, Silbereichen und kalifornischen Palmen.

Urplötzlich tauchte ein kleiner Mann aus dem Nichts auf und ging neben ihm. Víctor brauchte ein paar Sekunden, bis er ihn erkannte. Der Mann trug eine fusselige koksgraue Jacke mit Flicken auf den Ellbogen.

»Du hast mich erschreckt«, sagte Víctor, der seinen Ärger kaum verbergen konnte.

»Entschuldigung, das wollte ich nicht. Komm, setzen wir uns einen Augenblick in den Schatten.« Der Mathematiklehrer zog ihn zu einer Bank unter einer blühenden Orangenraute.

»Ich muss mit dir reden.« Er räusperte sich, bevor er weitersprach. »Glaubst du wirklich an die Sache des Marxismus, oder machst du das den Leuten nur vor?«

Der Mathematiklehrer sprach ungewöhnlich leise, was überhaupt nicht notwendig war. Der Verkehrslärm des Boulevards und die Schreie der Möwen übertönten alles.

Víctor wusste nicht, was er sagen sollte. Er hatte schon mehrmals bereut, dass er das *Hotel El Che* einmal als sozialistisches Experiment bezeichnet hatte. Es klang so schön und stimmte sogar, dass die Familie unter einem Dach wohnte und alle irgendwie beteiligt waren, aber mehr wollte er damit nicht sagen. Es war einfach eine schöne Geschichte. Aber es war unvorsichtig.

»Natürlich glaube ich daran«, hörte er sich schließlich sagen, genauso leise wie sein Nebenmann.

»Das freut mich zu hören«, seufzte der Mathematiklehrer. »Ich möchte dich nämlich um einen kleinen Gefallen bitten.«

»Sprich.«

»In meiner Freizeit bin ich der Vorsitzende eines kleinen Vereins. Eigentlich mehr ein Club. Ein Diskussionsclub, wenn man so will.«

»Aha.«

»Wir diskutieren verschiedene Themen. Kultur, Geschichte, aktuelle Begebenheiten. Ja, auch Politik. Hinter geschlossenen Türen, selbstverständlich.«

»Natürlich.«

»Das Interessante, oder vielleicht sollte ich sagen: das Problematische an unserem Club ist, dass wir diese Dinge von einem bestimmten politischen Standpunkt aus diskutieren. Falls du weißt, was ich meine.«

»Lass mich raten. Ihr sympathisiert mit der Sache unseres argentinischen Freundes?«

»So ist es. Wir sind eine kleine Gruppe Menschen, die fest daran glauben, dass es diesem Land besser ginge, wenn nicht dieser fette« – er lehnte sich dicht zu Víctor – »Tyrann von einem General und sein faschistischer Machtapparat Spanien an der Kandare hätten. Und wir sind immer auf der Suche nach Kameraden, die diese Auffassung teilen.«

Er sah Víctor in die Augen. »Wir sind ein reiner Diskussionskreis, keine Guerillagruppe. Wir organisieren keine Streiks und planen keine Sabotage. Du kannst uns mit einem Literaturclub vergleichen, bloß dass wir keine Literatur diskutieren, sondern Politik.«

Er machte eine Pause, als ein Straßenverkäufer mit einer Trage voll gebrannter Mandeln an ihnen vorbeiging. Erst als der Verkäufer weit genug entfernt war, fuhr er fort.

»Wir brauchen einen Treffpunkt. Nur ab und zu. Einen Ort, der nicht öffentlich ist. Meine alte Schwester in der Pension hat ein schwaches Herz, ich möchte ihr nicht unnötig Sorgen machen. Wir finden, dass wir nichts Schlimmes tun, und wir haben noch nie Schwierigkeiten gehabt, aber in diesem Land kann man ja nie wissen.«

Vielleicht war es die Frühlingssonne, vielleicht der Duft der Orangenraute. Vielleicht war es der sanfte, flehende Gesichtsausdruck des Mathematiklehrers oder das Bedürfnis eines reichen Mannes, Großmut zu zeigen. Vielleicht war es auch die Erinnerung an Señor Borges und seinen Club im Café Tortoni. Auf jeden Fall endete das Gespräch damit, dass Víctor zusagte, dass der Diskussionsclub seine Treffen im *Hotel El Che* abhalten dürfe. Wohlgemerkt nur, wenn es ein freies Zimmer gab. Und wohlgemerkt nur, wenn es nicht jede Woche sei. Das würde zu viel Aufmerksamkeit erregen.

Vielleicht einmal im Monat. Und nur probeweise.

*

Sie kamen schon in der darauffolgenden Woche. Am Mittwoch nach Sonnenuntergang.

Zuerst kam der Mathematiklehrer, dann die anderen. Insgesamt vier Personen, eine Frau und zwei jüngere Männer. Víctor konstatierte, dass sie nicht seinen Vorstellungen einer linksgerichteten Guerillagruppe entsprachen. Sie kamen in langweiligen Alltagsgewändern in Grau und Schwarz: Kleider, Tweedjacken, Hemden.

Es war ja auch nur ein Diskussionsclub.

Kurz davor hatte Víctor dem Mathematiklehrer diskret den Schlüssel für ein Doppelzimmer im zweiten Stock überreicht, was er im Lauf der folgenden Monate regelmäßig wiederholen sollte. Der Mathematiklehrer erwies sich als ziemlich aufdringlicher Gast, der offenbar nicht vorhatte, das Angebot seines Gastgebers nur einmal im Monat zu nutzen. Immerhin besaß er den Anstand, Víctor jeweils einen Tag vorher zu warnen.

Víctor verbrachte etliche schlaflose Stunden damit, sich über das Benehmen der Clubmitglieder zu wundern. Sie sahen aus wie gewöhnliche Leute, aber sie führten sich nicht so auf. Immer kamen sie einer nach dem anderen, mit mehreren Minuten Zwischenraum. Manchmal gönnte sich der eine oder andere von ihnen vor oder nach den Treffen ein Glas an der Bar, aber sie tranken stets rasch und gingen, sobald sie ausgetrunken hatten.

Außerdem hatte er bemerkt, dass die Frau oft ihre Haare färbte. Einmal kam sie kastanienbraun, ein anderes Mal schwarz wie die Nacht. Manchmal war ihr Haar hochgesteckt, manchmal fiel es in Dauerwellen über die Schulter.

Eines Abends schlich er sich in den zweiten Stock und stellte sich vor Zimmer 9. Er presste ein Ohr an die Tür in der Hoffnung, sie bei der Planung eines Attentats oder dem Bau einer Bombe zu ertappen. Vielleicht beschlossen sie gerade den Sturz des Caudillo oder besprachen zumindest irgendetwas, das ihm einen Grund geben würde, sie hinauszuwerfen.

Doch weder Konspiratives noch Kontroverses drang in sein Ohr. Allenfalls die gedämpfte Lautstärke des Gesprächs hätte Verdacht erregen können.

*

Am nächsten Sonntag bemerkte Víctor beim Familienessen den fragenden Blick seiner Tochter auf sich. Ihre Augen waren schlammbraun wie das Wasser des Río de la Plata.

»Was ist denn los, mein Schatz?«

»Vater, was ist ein Zündsatz?«

»Ein Zündsatz? Warum fragst du das?«

Laura leckte sich um den Mund. »Weil Félix sagt, dass die komischen Menschen in Zimmer 9 über Zündsätze geredet haben, als er da war.«

»Und was hat Félix in dem Zimmer gemacht, wenn ich fragen darf?«

»Er hat sich im Schrank versteckt.«

»Ich hab mich im Schrank versteckt!«, bestätigte Félix mit vollem Mund. Er lächelte zufrieden, obwohl Sofía ihn vorwurfsvoll ansah.

»Du darfst nicht in die Zimmer der Gäste, Félix, das weißt du genau«, sagte sie und zerzauste seine Haare.

»Nein, das darfst du nicht«, sagte Víctor und hoffte, die Diskussion wäre damit beendet. Unangenehme Gedanken schossen ihm durch den Kopf. »Tu das nie wieder.«

»Aber was ist es denn nun?«, fragte Laura.

Víctor spürte alle Augen auf sich ruhen.

»Das ist etwas, das man für Gewehre und Bomben braucht«, rief Jaimes und Carmens ältester Sohn.

»Das stimmt nicht ganz«, setzte Víctor an, doch da er keine alternative Erklärung parat hatte, hielt er den Mund.

»Erzähl deinem Großvater, was du gesehen hast, Félix«, brummte Roberto. »Was ist in dem Zimmer vor sich gegangen?«

»Das weiß ich nicht«, antwortete er. »Ich war im Schrank, und da kamen diese Menschen herein und redeten über alles Mögliche. Ich habe sie nicht gesehen. Aber sie redeten über Zeitpunkte und Adressen und so. Lauter Erwachsenendinge.«

»Du hast gesagt, dass sie auch über Zündsätze geredet haben. Das hast du mir erzählt!«, unterbrach ihn Laura.

»Schsch!«, zischte Víctor sie an.

»Wer sind diese Menschen eigentlich?« Sofía hatte das Wort ergriffen.

»Ja, das wüsste ich auch gern«, stimmte Roberto ein.

»Sie kommen und gehen ständig, aber sie stehen nie im Gästebuch. Die Zimmer sind nie für sie reserviert, das habe ich nachgeprüft«, sagte Sofía.

»Ich habe sie auch gesehen. Sie kommen immer, kurz bevor ich ins Bett muss«, warf Laura ein.

»Ja, also ... das ist nichts Besonderes.« Víctor wischte sich den Mund mit der Stoffserviette ab. »Mein alter Freund aus der Pension ist in einem Literaturclub, und ich habe ihm erlaubt, ab und zu ein Zimmer für ihre Treffen zu benutzen. Das ist alles.«

»Wohl kaum, wenn sie in unserem Hotel sitzen und über Zündsätze reden«, sagte Roberto mit finsterer Stimme.

»Die haben garantiert nur eines ihrer Bücher diskutiert. Es gibt so viele Kriegs- und Spionageromane, da ist es nichts Ungewöhnliches, wenn so ein Wort fällt.«

»Wie viele Literaturclubs kennst du, die sich zur Unzeit in einem Hotelzimmer treffen und nicht auf der Gästeliste stehen wollen? Und die immer dieselben Bücher unter dem Arm haben?«, antwortete Roberto. »Ich habe deinen Lehrerfreund oft genug gefragt, ob ich ihr nächstes Treffen reservieren soll, aber er hat jedes Mal Nein gesagt und mich angeschaut, als wollte ich ihm einen Sack über den Kopf stülpen und ihn aufs Schafott führen.«

»Wenn Víctor sagt, dass es ein Literaturclub ist, dann ist es wohl ein Literaturclub«, sagte Beatriz und schaute in die

Runde. »Wo kämen wir denn hin, wenn wir uns als Familie nicht mehr aufeinander verlassen könnten?«

Es wurde still. Beatriz machte sich selten bemerkbar, und dass sie nun das Wort ergriff, um ihren Schwiegersohn zu verteidigen, wunderte Víctor umso mehr. Er hätte ihr um den Hals fallen und sie küssen können, aber er widerstand der Versuchung. Ihre Worte zeigten Wirkung. Roberto sagte nichts mehr. Selbst Tristán, der am anderen Ende des Tisches saß, schlug den Blick nieder.

An diesem Abend bestand Víctor darauf, Laura und Félix ins Bett zu bringen. Nach der obligatorischen Gutenachtgeschichte lehnte er sich über das Bett seines Sohnes.

»Félix, du musst mir etwas verraten«, flüsterte er.

»Ja, Papa.«

»Diese Menschen in Zimmer 9, denen du zugehört hast. Haben sie dich gesehen?«

Félix schüttelte den Kopf. »Nein, ich habe mich doch im Schrank versteckt.«

»Ja, ja. Aber bist du irgendwann rausgekommen?«

»Nein.«

»Sie haben dich nicht gesehen?«

»Nein.«

Víctor streichelte ihm den Kopf und küsste ihn auf die Stirn. »Das ist gut, mein Junge. Schlaf jetzt.«

»Keine Gutenachtgeschichte mehr? Ich will noch den Schluss hören.«

Sie hatten eine Geschichte über die Kopfjäger in Venezuelas Nebelwald begonnen, die Leguaneier zum Frühstück und weiße Missionare zum Abendessen verspeisten. Völlig unpassend für einen Fünfjährigen, fand Sofía, aber Víctor sah dies nicht ein. Ein bisschen Fantasie habe noch keinem Kind geschadet, sagte er.

»Nicht heute Abend. Nächstes Mal.«

Als er das Licht schon ausgeschaltet hatte und gerade gehen wollte, fragte Laura leise, was denn nun ein Zündsatz sei. Sie fand, dass sie noch keine zufriedenstellende Antwort bekommen hatte. Víctor tat, als hätte er die Frage nicht mehr gehört, und schloss die Tür. Aber als er später zu Sofía ins Bett kam, gingen die Fragen weiter.

»Wer sind diese Menschen?«

»Ich weiß es nicht.«

»Dann musst du es herausfinden.« Sie drehte ihm den Rücken zu. »Dieser Mann kam mir schon immer seltsam vor.«

Víctor legte die Hand auf ihre Hüfte und tastete sich zögernd vor, bis sie zwischen ihren Beinen lag. Er brauchte Ablenkung.

Sofía schob seine Hand zur Seite und rutschte weiter weg.

In dieser Nacht schlief Víctor sehr schlecht. Am nächsten Morgen saß er in dem kleinen Büro, das er hinter der Rezeption eingerichtet hatte, als Roberto hereinstürmte und die Zeitung auf den Schreibtisch knallte, ehe er die Hände zurückziehen konnte.

»Eines sage ich dir«, zischte Roberto und zeigte anklagend auf ihn. »Ich lasse es nicht zu, dass Kommunisten unser Hotel, unser Heim, als Basis für ihren Krieg gegen Franco benutzen!«

Er tippte auf einen Artikel über ein missglücktes Attentat auf einen Fabrikbesitzer. Der »ehrenhafte Bürger« hatte mehrere Angestellte seiner Fabrik angezeigt, weil sie sich der illegalen Gewerkschaft der Arbeiterkomitees anschließen wollten. Der »Patriot« hatte das Attentat überlebt, und die schuldigen

»antidemokratischen und gewalttätigen Bolschewiken« würden sicher bald gefasst und vor Gericht gestellt werden.

»Dein sogenannter Literaturclub in Zimmer 9 hat wohl nichts damit zu tun, oder?«

Víctor wusste nicht, was er antworten sollte.

»Bist du denn völlig verrückt geworden? Oder bist du einfach nur dumm? Vielleicht war ich verrückt, weil ich dich in die Familie aufgenommen habe. Ich habe schon damals befürchtet, dass ich es einmal bereuen könnte. Wenn die Tuberkulose mein Geschlecht nicht ausrottet, erledigst du das!«

Roberto hielt ein. Er stützte sich mit beiden Händen auf den Schreibtisch und sah Víctor flehend an.

»Ich bitte dich, Víctor. Meinen Enkeln zuliebe. Sag deinem Freund mit dem Schnurrbart und seinen Kommunistenfreunden, sie sollen sich zum Teufel scheren. Wenn sie El Caudillo umbringen wollen, sollen sie das gefälligst in Madrid tun. Und du bete, dass seine Spione nicht schon entdeckt haben, was hier vor sich geht.«

Am Abend saß Víctor mit einer Flasche Wein im Innenhof und sah zu, wie die Sonne hinter den Dächern verschwand. Zum Glück hatte er den Hof für sich.

Erinnerungen suchten ihn heim. Er konnte die Gedanken an sein früheres Leben nicht verdrängen. An den Himmel über der Pampa, der sich in den Pfützen am Wegrand spiegelte. An Marisol de la Cruz, die ihm süße Worte ins Ohr flüsterte, während seine Finger unter ihrem Büstenhalter auf Entdeckungsreise gingen. An die Insel im Delta, wo Silvina auf ihn wartete. An Eduardo, der mit geschwollenem Gesicht in einer Gefängniszelle saß. An El Che, der ihn missbilligend ansah.

Es war lange her, in einem anderen Leben. Nun war seine

Geschichte umgeschrieben worden. Víctor Zalazar hatte er irgendwo zwischen den braunen Klippen des Eismeers und den Tiefen des Mittelmeers hinter sich gelassen. Víctor de la Vega war weitergekommen und hatte eine neue Familie gefunden.

Félix mit den blonden Haaren, den braunen Augen und der Stupsnase. Der Träumer, der angehende Fantast. Laura mit dem schwarzen Haar ihrer Eltern und der Schönheit, die immer mehr zur Geltung kam. Sie hatte seine hohen Wangen und den observierenden Blick ihrer Mutter, mit dem sie ihren Mitmenschen in die Seele schaute und ihre Geheimnisse aufdeckte, während sie ihre eigenen hinter schlammbraunen Augen verbarg.

Das war das Glück seines Lebens. Nie würde er etwas zwischen sich und seine Familie kommen lassen.

Ein dumpfes Klacken von Holz auf Holz kündigte Tristáns Ankunft an. Ohne ein Wort setzte er sich in den Korbstuhl neben Víctor und legte den Stock ab.

Die Resignation klebte wie immer an ihm. Er war unrasiert, sein ergrauendes Haar war fettig und brauchte einen Friseur. Inzwischen war er fast vierzig, aber er hatte nur das Leben eines Zwanzigjährigen gelebt.

Der Stock lag über Tristáns Schoß, sein Blick schweifte im Hof umher.

»Warum willst du so viel Unglück über uns bringen, Víctor?«

»Was zum Teufel meinst du damit?« Víctor sah ihn nicht einmal an.

»Zuerst nimmst du meinem Vater sein Lebenswerk aus den Händen, und nun bringst du uns alle in Gefahr, indem du einer Bande gemeiner Verbrecher Unterschlupf gewährst. Warum? Sieh mich an, wenn ich mit dir rede!«

Tristán sprach in arrhythmischen Stößen, genau wie er ging. Offenbar hatte er all seinen Mut zusammengerafft.

Víctor konnte sich nicht mehr erinnern, wann er zum letzten Mal Augenkontakt mit Tristán gehabt hatte. Sein Schwager lebte mit dem Blick auf den Boden. Im Gegensatz zu Sofía war Víctor nicht mehr imstande, Mitleid für ihn zu fühlen. Früher konnte er es, aber hatte Tristán ihm je etwas anderes als Feindschaft entgegengebracht?

»So, so, ich habe also Unglück gebracht? Habe ich deinen Vater etwa nicht zum Kompagnon eines der besten Hotels der Stadt gemacht? Ich habe euch mehr Geld eingebracht, als ihr je verdient hättet, und ich habe deinen Eltern zwei Enkel geschenkt. Nennst du das Unglück? Was hast *du* deinem Vater und deiner Mutter gegeben? Nichts!«

»Ich bin ihr Sohn, und das werde ich immer sein, daran ändert auch dein Geld nichts. Und als ihr Sohn bitte ich dich, von Mann zu Mann, zu handeln, bevor etwas geschieht.«

»Von Mann zu Mann?« Víctor umklammerte die Armlehne so fest, dass seine Unterarme zitterten.

Eine Parade von Flüchen war auf dem Weg aus seinem Mund, als zwei Hotelgäste, ein dänisches Paar, lächelnd Hand in Hand den Innenhof betraten. Víctor sprang auf, packte Tristán am Handgelenk und zog ihn in den privaten Flügel.

»Von mir aus kannst du zur Hölle hinken. Ich lasse mich nicht in meinem eigenen Haus schulmeistern!«, zischte er, als die Tür hinter ihnen ins Schloss gefallen war. »Und komm mir nicht mit ›Mann zu Mann‹, wo du nicht einmal weißt, was es heißt, ein Mann zu sein! Du bist ein Krüppel, ein armseliger Schmarotzer, der das Mitleid seiner Nächsten ausnutzt.«

Die Wut überkam ihn so heftig, dass er Tristán an die Wand

presste. Sein Schwager reckte den Hals vor Unbehagen, sodass die Halsmuskeln hervortraten wie bei einer mageren Kuh.

In diesem Moment ging die Tür zu Víctors und Sofías Wohnung auf, und Sofía kam heraus.

»Was ist hier los?«

»Wir reden nur ein bisschen. Von Mann zu Mann.«

Víctor ließ Tristán los, der sich kaum auf den Beinen halten konnte, weil sein Stock im Innenhof lag. Er zeigte mit dem Finger auf Víctor und sah Sofía an.

»Sag deinem Mann, er soll diese Marxisten vor die Tür setzen, bevor wir die Geheimpolizei auf dem Hals haben.«

Tristán rollte einmal den Nacken, dann humpelte er zurück in den Hof.

»Was macht ihr bloß?«, murmelte Sofía und legte eine Hand auf Víctors Arm.

»Er hat mich einen Unglücksvogel genannt. Ich bringe kein Unglück.«

*

Zwei Tage vergingen. Zwei Tage mit Gewissensbissen, Schlafmangel und vorwurfsvollen Blicken von Roberto, Sofía und Tristán, bis der Mathematiklehrer und sein Gefolge wieder auftauchten.

Víctor überreichte ihm wie immer den Schlüssel für Zimmer 9 und gab ihnen zehn Minuten Vorsprung. Dann folgte er Ihnen in den zweiten Stock.

In der einen Sekunde, die Víctor brauchte, um die Tür aufzuschließen und aufzustoßen, war der Mathematiklehrer schon fast bei ihm. Er hielt jäh ein, als er Víctor erkannte. Die drei anderen waren ebenfalls aufgesprungen und sahen ihn an wie Kleinkinder, die mit der Hand in der Keksdose erwischt worden waren. Auf dem Bett war eine topografische Karte ausgebreitet.

Víctor drückte sich an dem Mathematiklehrer vorbei, der die Tür hinter ihm schloss und ihm die Hand auf die Schulter legte.

»Víctor, darf ich dir Gabriela, Enzo und Álvaro vorstellen? Das sind nicht ihre richtigen Namen, aber wir wollen doch gute Manieren wahren, nicht wahr?«

Der Mathematiklehrer nickte in Richtung der anderen, die regungslos und schweigend dastanden.

»Verlasst sofort mein Hotel und lasst euch nie mehr hier blicken. Von nun an lasst ihr mich und meine Familie in Ruhe. Ihr wisst genau, dass ihr uns in große Gefahr gebracht habt«, sagte Víctor und versuchte, ruhig zu bleiben. Kein Gast sollte etwas mitbekommen.

»Víctor, wir ...«

»Wen wollt ihr als Nächstes in die Luft sprengen?« Er schüttelte die Hand des Mathematiklehrers ab und zeigte auf die Karte. »Den Erzbischof? Den Bürgermeister? Wer zum Teufel seid ihr eigentlich?«

Der Mathematiklehrer strich sich über den Schnurrbart. »Okay, ich werde dir *meinen* richtigen Vornamen sagen. Ich heiße Zacharias. Aber nur meine Nächsten nennen mich so, und davon gibt es nicht mehr viele. Ich habe den Namen nicht mehr benutzt, seit ich 1939 aus dem Gefängnis in Ocaña floh. Heute haben die Priester und Nonnen den Unterricht übernommen. Sie predigen Religion über Wissenschaft und Patriotismus über Rationalität. Selbst wenn ich eine Kutte tragen und mir ein Kruzifix in den Arsch stecken würde, würden sie mich an kein Lehrerpult mehr lassen. Aber ich war einmal Mathematiklehrer, von ganzem Herzen. Ich habe jahrelang Pythagoras und die

Gesetze der Physik unterrichtet und kenne das Periodensystem auswendig. Inzwischen habe ich seit gefühlten Jahrhunderten nicht mehr unterrichtet, aber gib mir drei Gläser Sherry, und ich zähle dir alle Elemente auf, ehe ich ausgetrunken habe.«

Wieder legte er die linke Hand auf Víctors Schulter, während er mit der rechten auf die Frau mit den vielen Haarfarben zeigte. Heute war es kastanienbraun.

»Gabriela ist die Witwe des früheren Vizevorsitzenden unserer Partei, der 1949 in Montjuïc hingerichtet wurde. Enzo und Álvaro sind Brüder und haben sich lange in den Bergen bei Ronda versteckt, ehe sie hierher kamen. Ebenso Gabriela. Wir haben eine Sache, für die wir kämpfen. Enzo und Álvaro – egal, wie sie wirklich heißen – mussten mit ansehen, wie ihre Eltern aus einer Scheune in den Bergen geholt und drei Stunden später auf der Plaza del Obispo gehängt wurden. Vielleicht erinnerst du dich, ich habe dir die Geschichte einmal erzählt. Wir gehören«, fuhr er ungehindert fort, »zu den letzten lebenden Exemplaren einer aussterbenden Rasse, die noch an die Sache des Kommunismus glaubt. Unsere Genossen sind entweder tot oder haben die Waffen gestreckt. Die Frau, die du als meine Schwester kennst, gehört auch zu uns. Die Pension war jahrelang unser bestes Versteck, aber in letzter Zeit haben wir zu viel Aufmerksamkeit erregt. Bevor du uns also verurteilst und davon redest, dass wir Familien in Gefahr bringen, freue dich, dass du noch eine hast. Ich habe meine Familie seit fast dreißig Jahren nicht gesehen, traue mich nicht, sie zu kontaktieren. Lieber würde ich weitere dreißig Jahre Feuchtigkeit von den Mauern in Ocaña lecken, als sie in Gefahr zu bringen.«

Er atmete tief ein. »So. Jetzt weißt du so viel von uns, dass du dieses Zimmer unmöglich lebend verlassen kannst.«

Zacharias, dessen Name noch immer fremd in Víctors Ohren klang, lächelte beruhigend.

»Entschuldige, schlechter Scherz. Wusstest du, dass die Gefängniswärter oft nur die Vornamen der zum Tode Verurteilten vorlasen? Stell dir vor, wie viele Juans oder Francescos nach dem Krieg hinter den Mauern von Ocaña oder Montjuïc saßen. Es heißt, dass Franco damals nach jeder Mahlzeit gemeinsam mit seinem persönlichen Priester die Todesurteile durchging. Wenn er die Exekution wünschte, schrieb er ein E hinter den Namen, B bedeutete Begnadigung. Wie viele Genossen endeten wohl in der Garrotte, weil *El Generalissímo* eine zähe Wachtel gegessen hatte?«

Die Frau, die sich Gabriela nannte, betrachtete Víctor mit vollkommen ausdruckslosen Augen, was sicher Absicht war. Die Macht der Gewohnheit nach fünfundzwanzig Jahren im Untergrund, dachte er und stellte sich die Frau als junge, hübsche Partisanin vor. Damals waren ihre Augen sicher voller Kampfgeist. Hatten sie 1939 Barcelona fallen sehen? Hatte sie vielleicht neben dem Mann gestanden, der sich Zacharias nannte, und gesehen, wie die Truppen der Nationalisten auf dem Kamm des Tibidabo zum Vorschein kamen?

Er hatte sich in Zacharias getäuscht. Er hatte den Ausdruck in seinem Gesicht für Resignation gehalten, aber das war nur eine Maske. Nun kam sein wahres Gesicht zum Vorschein, und es glühte.

»Wir könnten viele Geschichten aus unseren früheren Leben erzählen, genau wie du, aber je weniger du weißt, desto besser.« Er stellte sich vor Víctor. »Aber du weißt schon mehr, als gut ist. Gewissermaßen stehst du nun vor derselben Wahl wie Franco. Du hältst unser Leben in deinen Händen. Was schreibst du hinter unsere Namen, E oder B?«

»Ihr sollt einfach nur von hier verschwinden und nicht mehr wiederkommen.«

Der Mathematiklehrer zog eine Grimasse. Er faltete die Hände hinter dem Rücken, als wolle er eine Vorlesung über den Satz des Heron halten.

»Ich fürchte, das ist nicht so einfach. In Wirklichkeit können wir dir diese Entscheidung nicht überlassen. Das Attentat auf den Fabrikbesitzer hat die Lage verkompliziert, unsere Wohnungen sind nicht mehr sicher. Wir brauchen eine Basis, und wir wissen deine Gastfreundschaft zu schätzen, deshalb ...«

»Auf keinen Fall«, unterbrach ihn Víctor und wünschte, seine Stimme hätte mehr Autorität gehabt. »Ihr habt genug Probleme verursacht, verschwindet jetzt.«

Der Mathematiklehrer hob abwehrend beide Hände. »Du weißt es also nicht zu würdigen. Ich sehe es so, dass wir dir eine Chance geben, Versäumnisse aus deiner Vergangenheit wiedergutzumachen.«

»Was meinst du damit?«

»Ich rede von deiner Begegnung mit Che Guevara. Ich habe mir erlaubt, die Geschichte Gabriela und den Brüdern zu erzählen. Er hat dich auch vor die Entscheidung gestellt, das Richtige zu tun oder zu kneifen. Damals bist du abgehauen. Wir geben dir jetzt die Chance, das Richtige zu tun. Seiner und unserer Sache zu helfen.«

»Ich schulde weder euch noch eurer Sache irgendetwas.«

»Wie auch immer. Deine Situation ist kompliziert. Sowohl für dich als auch für uns.«

Im Gegensatz zu Víctor sprach der Mathematiklehrer mit großer Autorität. Seine Stimme klang scharf. »Wir sind gesuchte Landesverräter und du der sozialistische Hotelbesitzer, der uns mehrere Monate lang Unterschlupf gewährt hat. Wohl wissend von unseren Verbrechen. Das würden wir auf jeden Fall der Polizei sagen, falls jemand auf die Idee käme, uns zu denunzieren.«

Als Víctor das Zimmer 9 verließ, spielte sein Gehirn die letzte Minute wieder und wieder ab.

Hatte er das wirklich gerade getan? Waren es wirklich seine Nackenmuskeln gewesen, die zu den Worten des Mathematiklehrers genickt hatten? Seine Hände, die einen Zweitschlüssel für die Hintertür aus seiner Tasche gezogen und dem Mathematiklehrer überreicht hatten?

Nach einer gefühlten Ewigkeit erreichte er den privaten Flügel und schloss die Tür hinter sich. Aus der Küche hörte er Sofías Stimme.

»Ich glaube an den Heiligen Geist, die heilige katholische Kirche, Gemeinschaft der Heiligen, Vergebung der Sünden, Auferstehung der Toten und das ewige Leben. Amen.«

Sie lächelte, als er in die Küche kam und betete weiter, während sie die Eier im Topf beobachtete. Víctor wagte es nicht, sie zu unterbrechen. Er sank auf einen Stuhl und ließ die Gebete über sich ergehen, als würde er verprügelt. Noch vier Vaterunser, bis er endlich Frieden hatte.

Dann erzählte er seiner Frau alles.

Flammen

In den nächsten Tagen drohte Sofía mehrmals, zur Polizei zu gehen und alles zu erzählen, damit es so schnell wie möglich überstanden wäre. Víctor konnte sie mit Mühe davon abhalten. Damit würden sie alle in Verdacht geraten, argumentierte er.

Den wahren Grund behielt er für sich: dass er selbst es nicht über sich gebracht hatte.

Nachts träumte er von dem Feigling Víctor Zalazar und Ernesto Che Guevara, der an einem fernen Fluss unter einem Kapokbaum saß und ihn voller Verachtung ansah. Tagsüber flüsterte Eduardo ihm Weisheiten ein.

In Wirklichkeit kommt es auf einzelne, entscheidende Situationen an, die es in jedem Leben gibt. Dann hast du die Wahl, entweder das Richtige zu tun oder fortzulaufen. Du selbst entscheidest, ob du als Held oder als Feigling in Erinnerung bleibst.

Che Guevara hatte ihn vor eine solche Wahl gestellt, und er hatte seine Flucht fortgesetzt. So konnte es nicht ewig weitergehen. Sonst würden Tyrannen wie Perón und Franco am Ende gewinnen und die nächste Generation den Preis dafür zahlen. Das durfte nicht geschehen.

*

Sie kamen am folgenden Freitag.

»Die Polizei ist hier«, lauteten die Worte, die Víctor aus dem Mittagsschlaf rissen. Sofía beugte sich im Halbdunkeln über ihn.

Er wollte aufspringen, aber sie drückte ihn zurück aufs Bett.

»Hör zu«, sagte sie leise, aber bestimmt. »Sie sind gerade ins Foyer gestürmt, gleich kommen sie hoch. Wir wussten von nichts, verstanden? Wir haben das Zimmer an ein Ehepaar aus Zaragoza vermietet. So haben sie sich vorgestellt, und wir haben ihnen geglaubt. Sie haben das Zimmer für sieben Nächte gemietet und die letzten vier Nächte hier gewohnt. Hörst du?«

Víctor hörte nur Sofías Stimme. Keine Schreie, keine Schüsse, keinen Lärm. Trotzdem kamen ihre Worte nicht richtig an.

»Hörst du mich? Sie sind aus Zaragoza, wir haben für sieben Nächte an sie vermietet. Wiederhole!«

»Der Kalender«, stammelte er. »Sie werden im Kalender nachschauen und sehen, dass dort nichts steht.«

»Darum habe ich mich gekümmert. Ich habe sie unter dem Namen Paredes eingetragen. Paredes, nicht vergessen.«

Dessen war sich Víctor nicht sicher, als er wenige Augenblicke später mit ungekämmtem Haar und flatterndem Hemd durch den Innenhof ins Foyer lief. Er konnte gerade noch sehen, wie drei Gestalten die Treppe hinabgeführt wurden. Gabriela, Enzo und Álvaro, oder wie immer sie hießen, die Hände hinter dem Rücken in Handschellen gelegt. Polizisten in grünen Uniformen mit breiten Baretts hielten sie fest. Hinter ihnen kam die Nachhut, vier Beamten mit finsterem Blick und Gewehren vor der Brust. Am Eingang standen weitere Polizisten Wache.

Aber wo war Zacharias?

Immer mehr Menschen strömten am Fuß der Treppe zusammen. Alexander, ein englisches Ehepaar mitsamt Töchtern sowie einige andere Gäste. Alle beobachteten stumm die drei Personen, die durchs Foyer geführt wurden, auch Laura, die Víctor auf der anderen Seite des Raums erblickte. Er wollte sie wegschicken, aber bevor er einen Schritt tun konnte, versperrte ein bewaffneter Polizist ihm den Weg.

Sein Haar war sauber zurückgekämmt, an der Brust trug er mehrere Orden. Der Schweiß glänzte auf seiner Stirn wie Fettaugen auf einer Suppe.

»Nehmt den hier mit. Und die auch«, kommandierte er und zeigte auf Sofía, die hinter Víctor aufgetaucht war.

*

Direkt in die Mündung einer Pistole zu blicken blieb eine der wenigen konkreten Erinnerungen, die Víctor von den folgenden anderthalb Tagen behielt.

Der restliche Aufenthalt auf dem Polizeirevier war eine verschwommene Aneinanderreihung wiederholter Verhöre, der Hände verschiedener Beamter, die sich entweder verständnisvoll auf seine Schulter legten oder ihm ungeduldig die Wange tätschelten, dem Geruch von altem Schweiß und Zigaretten, der Verzweiflung, stundenlang eine dunkle Wand anzustarren, und der Kälte des Steinbodens, auf dem sie ihn am frühen Morgen ein paar Stunden schlafen ließen. Kurz bevor er einschlief, dachte er an Eduardo, der vor langer Zeit einmal wie er selbst am Boden einer Gefängniszelle gelegen hatte. Ob er seine Taten bereut hatte?

Zwei Polizisten weckten ihn und zogen ihn in ein Verhörzimmer. Steinerne Gesichter fragten ihn im Schein einer nackten Glühbirne über alles aus. Über die Gruppe, die Identität ihrer Mitglieder, ob er sie kenne und wie lange sie schon Gast in seinem Hotel seien. Ob er wisse, wer sie seien, und ob er wirklich keinen Verdacht geschöpft habe. Und ob es stimmte, dass er seit Jahren damit prahlte, dass sein Hotel ein sozialistisches Experiment sei und er den Marxistenteufel Guevara persönlich kenne? Die Steingesichter tauschten Blicke aus, machten Notizen, starrten ihn nieder und fragten ihn schließlich über seinen eigenen Hintergrund aus. Warum er überhaupt nach Spanien gekommen sei, ob seine Frau die Reservierungen mache, und ob er ihr Tun und Lassen dokumentieren könne.

Víctor hörte eine fremde Version seiner selbst mit heller Stimme bedenklich oft »Nein« antworten, er hörte den Fremden Daten und den Nachnamen stammeln, die er sich tatsächlich gemerkt hatte, und er hörte ihn Sofías Namen sagen, was seine Gedärme vor Scham zusammenschnürte.

Wo war sie überhaupt? Hatten sie sie freigelassen oder wurde sie auch verhört? Lag sie vielleicht in der Zelle nebenan auf dem Steinboden?

Am Ende ließen sie ihn gehen. Der Verhörleiter gab ihm seinen Ausweis und sagte mit beinahe bedauerndem Tonfall, dass er und seine Familie nicht mehr unter Verdacht stünden.

»Aber tun Sie sich selbst den Gefallen und reißen Sie diese schrecklichen Bilder von der Wand. Wir wollen nicht schon wieder bei Ihnen vorbeischauen müssen, wenn die Marxisten das nächste Mal etwas ausfressen. Mit solchen Bildern an der Wand machen Sie sich automatisch verdächtig.«

*

»Sie können Zacharias nicht geschnappt haben.«

Víctor saß in der Dachwohnung seiner Schwiegereltern am Esstisch und rieb sich die Hände. Zum ersten Mal, seit Sofía ihn vor zwei Tagen geweckt hatte, konnte er wieder klar denken.

»Wenn sie ihn geschnappt hätten, hätten sie auch den Schlüssel gefunden und wüssten, wie alles zusammenhängt. Er muss den Schlüssel bei sich getragen haben.«

Er sah die anderen fragend an. Steingesichter, ausdruckslos wie das des Verhörleiters, starrten zurück. Weder Roberto oder Beatriz noch Tristán oder Sofía sagten ein Wort. Sie hatten überhaupt nicht viel gesprochen, seit Víctor am Morgen freigelassen worden war. Sofía hatte vor dem Polizeirevier auf ihn gewartet. Sie konnte schon einen Tag früher gehen, nachdem auch sie vorübergehend auf dem Steinboden einer Zelle gelandet war.

»Bete du nur, dass deine Freunde nicht auspacken«, murmelte Roberto.

»Das wird schon gut gehen.« Sofías Stimme klang so kühl wie vor zwei Tagen im Schlafzimmer. Zu seinem Erstaunen stellte Víctor fest, dass sie ihn beruhigte. Er ergriff die Hand seiner Frau auf dem Tisch und drückte sie.

»Entschuldigung«, sagte er, und erst jetzt fiel ihm auf, dass dies überfällig war. »Es tut mir so leid.«

Sofía zog die Hand nicht zurück, aber sie erwiderte seine Geste nicht.

Von der anderen Seite des Tischs starrte sein Schwager ihn an. Seine Augen strahlten eine ungewöhnliche Selbstsicherheit aus, er suchte sogar Augenkontakt.

»Jemand muss der Polizei etwas gesagt haben«, fuhr Víctor fort. Sein Gehirn arbeitete auf Hochtouren. »Jemand muss verraten haben, dass sie sich hier versteckt hielten. Versteht ihr das nicht?« Sein suchender Blick und die Betonung des Wortes »jemand« ließen es wie eine Anklage klingen. In Tristáns Augen leuchtete ein Funke des Triumphs.

»Sicher ein Gast«, meinte Roberto.

»Jetzt hört schon auf. Glaubt ihr etwa, die Polizei und die Guardia Civil hätten diesen Ort nicht schon längst im Visier gehabt? Víctor prahlt mit Che Guevara und hängt sozialistische Ikonen an die Wand. Die Polizei wäre ziemlich schlampig, wenn sie uns nicht schon längst observiert hätte!«, sagte Tristán kampflustig.

»Natürlich nicht, sonst hätten sie sie schon längst verhaften können. Warum sollten sie so lange warten? Ich wiederhole: Jemand *hier* muss sie denunziert haben.« Víctor schlug mit der Faust auf den Tisch.

»Tristan hat recht. Die Polizei hat nur gewartet, bis sie sie für ein bestimmtes Verbrechen anklagen konnte, und jetzt haben sie das Attentat auf den Fabrikbesitzer verübt. Sie können froh sein, wenn sie nur erschossen werden«, sagte Sofía.

Dann zog sie die Hand zurück.

Víctor nahm die Bilder von Che Guevara von der Wand. Der Revolutionär sah ihn mit wilden Augen an, als er im Pappkarton verschwand. Geschieht mir recht, dachte Víctor, ging in sein Büro und überlegte, ob er das Hotel umbenennen sollte.

Zwei Wochen später stand in der Zeitung, dass die drei »Málaga-Marxisten« wegen Landesverrats und dem Mordanschlag auf einen »patriotischen Sohn der Nation« zum Tode verurteilt worden waren. Sie würden nach Madrid überführt werden. Der Artikel endete mit der Vermutung, dass ein viertes Mitglied der Bande weiterhin auf freiem Fuß sei.

Vor seinem inneren Auge sah Víctor, wie Gabriela und die

zwei Brüder in einem staubigen Gefängnishof auf der kastilischen Hochebene mit verbundenen Augen an die Wand gestellt wurden, während das Hinrichtungskommando die Gewehre entsicherte.

Víctor schob die Zeitung von sich und beschloss, sein Leben fortzuführen. Natürlich fragte er sich, was aus Zacharias geworden war, aber er verdrängte den Gedanken schnell wieder.

Einen großen Teil des Nachmittags verbrachten sie mit der Suche nach Félix. Der Junge hatte eine chronische Begeisterung für Schränke entwickelt und begnügte sich nicht mehr mit bloßem Versteckspiel. Er verbrachte Stunden in den Schränken. Niemand wusste, was er dort so lange tat, aber Laura hatte mehrfach erzählt, dass ihr Bruder sogar manchmal in den Schrank in ihrem Zimmer kroch, wenn sie schon im Bett lagen.

An diesem Nachmittag fand Víctor seinen Sohn im Kleiderschrank von Zimmer 6 im zweiten Stock.

»Lass mich in Ruhe!«, heulte Félix und stemmte die Füße gegen die Schrankwand.

»Félix, so kann das nicht weitergehen. Eines Tages werden wir dich nicht mehr finden, und du verhungerst.« Víctor sah resigniert zu Roberto hinüber, der in der Tür erschien.

»Aber ich *denke!*«

»Das kannst du überall. Raus mit dir!«

Víctor zog den Jungen aus dem Schrank. Félix riss sich los und lief zu seinem Großvater.

»Ich schlafe heute bei Oma und Opa!«, rief er trotzig. Das war seine übliche Strafaktion, wenn er seinen Willen nicht bekam.

»Dieser Junge.« Roberto schüttelte lächelnd den Kopf.

»Der macht Onkel Félix wahrlich alle Ehre. In einem Schrank sitzen und tagträumen! Ich kümmere mich schon um ihn, du hast sicher wie üblich viel zu tun.«

Es klang nicht wie ein Vorwurf. Víctor sah einen Hoffnungsschimmer. Alles war wieder beim Alten. Sein Sohn versteckte sich in Schränken, und Roberto überließ seinem Schwiegersohn die Geschäfte. Und Che Guevara sah ihn nicht mehr vorwurfsvoll an, weder auf den Bildern noch in seinen Träumen.

*

Der Rauch kam vor den Flammen, und die Angst vor der Gewissheit, auf jeden Fall in Víctors späteren Albträumen von der folgenden Nacht, in der Sofía ihn panisch weckte und er durchs Schlafzimmerfenster sah, dass seine Welt in Flammen stand.

Das Haupthaus brannte lichterloh. Gierige Flammen schlugen aus den zerbrochenen Fenstern im Erdgeschoss und verwandelten die Weinranken an der Wand in schwarze Spinnweben. Er hörte eine Frau schreien, aber die Flammen waren lauter.

»Wir müssen alle rausholen«, sagte er unter Schock und sprang in seine Hose. Er packte Sofía am Handgelenk und zog sie mit sich aus dem Zimmer. Sie zitterte. Im Kinderzimmer rüttelte er Laura wach, nahm sie auf die Arme und trug sie aus der Wohnung. Félix musste bei seinen Großeltern sein.

Die Flammen erleuchteten den Innenhof, aber der dichte Rauch machte es unmöglich, sich zu orientieren. Erst an der Tür zum Foyer wurde Víctor klar, dass sie auf diesem Weg nicht hineingelangen würden.

Der Haupteingang war der einzige Weg. Sie liefen durch das

schmiedeeiserne Tor auf die Straße, wo viele Leute standen. Eine Brandsirene heulte mit den Flammen um die Wette.

Víctor setzte Laura ab, die sich an ihre Mutter klammerte.

»Bleibt hier!«, befahl er und stürzte zum Haupteingang, der wie ein goldenes Tor aus Licht aussah. Ein paar Gäste stürzten mit Handtüchern vor den Gesichtern auf die Straße.

Die Hitze schlug ihm wie eine Ohrfeige entgegen. Der größte Teil des Foyers und des Restaurants stand in Flammen, die Treppe war noch ganz, obwohl das Geländer schon brannte. Lange würde sie nicht mehr halten. Er rannte hinauf, im ersten Stock kam ihm eine Gruppe entgegen. Beatriz lief voran, zuletzt kam Roberto.

»Das sind alle Gäste aus dem zweiten Stock, da ist keiner mehr«, rief Roberto und blieb stehen. Er atmete schwer. Beatriz lief mit dem Rest der Gruppe die Treppe hinab. »Bring sie raus!«, rief Roberto ihr hinterher.

»Wo ist Félix?«

»Ist er nicht bei euch? Er lag nicht auf dem Sofa. Ich dachte, er wäre zu euch gegangen?«

Roberto hatte kaum ausgeredet, da wusste Víctor, wo sein Sohn sein musste.

»Ich suche ihn!«

»Nein, warte!« Roberto hielt Víctor zurück. »Du musst dafür sorgen, dass alle Gäste rauskommen. Ich suche Félix, du holst alle anderen raus.« Roberto verschwand im Rauch.

Die Angst ließ Víctor fast ohnmächtig werden, er versuchte, das Knistern der Flammen und den Rauch, der ihm die Sicht nahm, zu ignorieren.

Er begann am Ende des Korridors, suchte hastig jedes Zimmer nach Lebenszeichen ab und trat geschlossene Türen ein. An einigen Stellen schlug das Feuer schon durch die Decke oder die offenen Fenster. Es fraß Gardinen, Teppiche, Betten. Nur in einem Zimmer war noch jemand. Eine ältere Dame im Nachthemd kauerte hinter dem Bett, Víctor entdeckte sie nur, weil sie laut schluchzte. Er zog sie aus dem Zimmer.

Inzwischen tanzten die Flammen alle Wände hinauf. Es war nur eine Frage der Zeit, bis das Dach einstürzen würde. Waren Roberto und Félix draußen? Víctor kämpfte gegen den Instinkt an, die alte Dame den Flammen zu überlassen und nach oben zu laufen, um seinen Sohn zu suchen.

Die Treppe hatte ebenfalls Feuer gefangen, es war ein Spießrutenlauf über verbrannte Stufen, die unter ihren Füßen zerbrachen. Er spürte, wie die Hitze seine Haare versengte, fühlte das Feuer auf der Haut. Am schlimmsten waren seine nackten Füße, die ihn vor Schmerz schreien ließen. Am Haupteingang wurden sie von Löschwasser gekühlt, und er stolperte auf die Straße.

Víctor ließ die Frau los. Vor ihm standen Feuerwehrmänner und spritzten Kaskaden von Wasser in das Gebäude. Aus allen Fenstern schlugen die Flammen, sein Lebenswerk war kurz vorm Einstürzen. Es gab keine Hoffnung.

Panisch sah er sich um. Félix und Roberto waren nirgendwo zu sehen. Eine Hand schüttelte ihn von hinten, und er hörte Sofía verzweifelt nach Félix rufen.

Sie waren noch drinnen.

Er musste wieder hinein. Víctor sprang auf das Flammentor zu, das einmal der Haupteingang gewesen war, aber ein Feuerwehrmann versperrte ihm den Weg. Starke Hände hielten ihn zurück. Er hörte den Feuerwehrmann rufen, dass sie ihn nicht ins Haus lassen sollten, und er hörte sich selbst den Namen seines Sohnes rufen, wieder und wieder, bis er ein Fremdwort ohne Sinn geworden war.

Die starken Hände zogen ihn zurück. Er sank auf der

Straße neben Sofía zusammen. Irgendwo weinte Laura, aber er sah nicht, wo. Eine gefühlte Ewigkeit sah er ausschließlich das Nichts im Tableau des Jüngsten Tags, das die Flammen an den Nachthimmel malten. Dort gab es nichts als Licht und Hitze. Keine Verzweiflung, keine Hoffnung.

Erst als er laute Rufe hörte, schaute er auf. In einem Fenster von Robertos und Beatriz' Wohnung zeichnete sich eine Silhouette vor dem Flammenmeer ab. Ein schwarzer Klecks, mit unstetem Pinsel gemalt, ein Tropfen - nein, zwei. Er wurde zu zwei Gesichtern, ein kleiner Arm streckte sich in die Höhe und winkte, und aus dem schwarzen Klecks trat Robertos Gestalt hervor, der Félix schützend im Arm hielt.

Sie standen lange am Fenster. Dann winkte Roberto mit einer Hand und drückte Félix mit der anderen fest an sich. Ihre Umrisse wurden wieder zu einem verwischten Klecks. Großvater und Enkel verschwanden im selben Moment unter der Fensterbank, als die ersten Flammen zwischen den Fenstersprossen durchschlugen.

*

Er wachte in der Dämmerung auf, blaue Streifen schimmerten durch die Lamellen der Fensterläden. Er lag in einem fremden Zimmer, zwischen Bettlaken, die er nicht kannte. Sein Kopf lag auf einem nassen Fleck auf dem Kissen.

Ein paar Sekunden vergingen, bis sein Gedächtnis die Schleusen öffnete. Das Feuer. Sofía, die mit glasigen Augen und Laura auf dem Schoß auf der Straße saß. Roberto und Félix, die in den Flammen verschwanden.

Nun erkannte er, wo er sich befand. In Jaimes und Carmens Wohnung, wo man sie in der Nacht hingefahren hatte, während die Feuerwehr weiterlöschte. Carmen hatte Suppe gekocht, und sie hatten geweint. Worte, bittere und tröstende, hatten sich aufgelöst, ehe sie über die Lippen gekommen waren, Beatriz hielt ihren Rosenkranz mit den patinierten Perlen umklammert, und ein Polizist hatte am Nachmittag mit der Mütze in der Hand angeklopft, um ihnen mitzuteilen, dass die Feuerwehr zwei Leichen unter dem Fenster im zweiten Stock gefunden hatte.

Eigentlich wäre Víctor gern liegen geblieben, aber sobald er die Augen schloss, kamen die schrecklichen Bilder. Er stand auf. Ob Sofía neben ihm geschlafen hatte, wusste er nicht, auf jeden Fall war sie weg.

Bisher hatten sie kein Wort miteinander gesprochen und sich kaum eines Blickes gewürdigt. Er wusste nicht, was er ihr sagen sollte, wollte einfach nur aus der Wohnung heraus. Jaime und Carmen saßen im Wohnzimmer und sprangen auf, als sie ihn sahen, aber er entschuldigte sich und sagte, er brauche ein wenig frische Luft. Er spürte ihre Blicke im Rücken, als er die Wohnung verließ.

Die Straßen waren voller Menschen auf dem Weg von der Arbeit oder in ein Restaurant. Geschäftsleute mit Hemd und Schlips, ältere Ehepaare in Anzügen und Ausgehkleidern, junge Paare, die lächelnd Hand in Hand gingen, Kinder, die die Beine ihre Eltern umkreisten oder Eis am Stil aßen. Víctor versuchte sich auf den Anblick vorzubereiten.

Trotzdem verschlug es ihm den Atem, als die Ruinen des Gebäudes, das einmal das *Hotel El Che* gewesen war, vor ihm auftauchten. Ein nacktes Skelett aus verrußten Fassadenresten und Mauerbrocken. Wo einmal Fenster gewesen waren, gab es nur klaffende Löcher. Die Hälfte des Gebäudes war eingestürzt wie ein falsch gebackenes Soufflé.

Besonders lange starrte er das eingestürzte Dachgeschoss an. Aus Robertos und Beatriz' Wohnung ragten noch einzelne, verkohlte Dachsparren. Nur mit großer Mühe konnte Víctor den Blick abwenden, die ganze Zeit sah er Félix unter dem Fenster verschwinden.

Die Feuerwehrleute waren noch bei der Arbeit. Einer der Männer, die zwischen den Mauerresten umherliefen, kam auf ihn zu, und er erkannte ein vertrautes Gesicht. Víctor kam in den Sinn, dass er Alexander in der Nacht zuvor nirgendwo gesehen hatte. Er wusste nicht einmal, ob Alexander auch bei Jaime und Carmen übernachtet hatte, oder ob er irgendwo auf der Straße geschlafen hatte.

Alexander blieb wenige Meter vor Víctor stehen, als wüsste er nicht, was er tun sollte. Er trug ein Jeanshemd und eine Tweedjacke, die mindestens zwei Nummern zu groß für ihn war. Sie machte ihn älter. Auf seiner Oberlippe wuchs ein Schnurrbart, er sah Víctor resolut an.

»Es gibt keinen Grund, da hineinzugehen. Du kannst nichts mehr ändern.«

»Lass mich«, sagte Víctor und trat einen Schritt vor. Alexander tat es ihm gleich und breitete die Arme aus, um ihn aufzuhalten.

»Ich meine es ernst. Ich habe mit den Feuerwehrleuten gesprochen. Das alte Gebäude hat es am schlimmsten getroffen, sagen sie. Eure Wohnung und die Zimmer im neuen Gebäude sind noch halbwegs intakt. Die meisten eurer Sachen sind unbeschädigt. Du darfst gerne nachsehen, aber nicht jetzt. Das würde dir nicht guttun.«

Er nahm Víctor in die Arme und küsste ihn auf die Wange. Víctor ließ es geschehen. Alexander flüsterte ihm etwas ins Ohr, aber er verstand nur »Vertrau mir«.

Alexander führte ihn zu einem Mauerrest, auf den sie sich setzten. Víctor nahm an, dass es die Reste der Trennwand zu seinem kleinen Büro waren. Hinter ihnen lagen rußgeschwärzte Ziegelsteine und verkohltes Holz. Die Arme eines Messingkandelabers ragten aus der Asche.

»Ich habe ein paar Sachen gefunden.« Alexander gab ihm eine Halskette und eine Taschenuhr. »Ich weiß nicht, ob sie uns gehören oder irgendwelchen Gästen.«

Víctor betrachtete die Halskette und ließ ihre Perlen zwischen den Fingern durchgleiten. Er fühlte nichts, war völlig leer. Als er aufschaute, sah er direkt in Alexanders braune Augen. Er wusste nicht, ob sie Mitleid, Enttäuschung oder Trauer ausdrückten. Alexanders Haar war gewachsen, es war fast so lang wie damals, als sie sich kennengelernt hatten.

»Wir werden auch das überstehen«, sagte Alexander nach einer Weile. Er legte eine Hand auf Víctor Schulter. »Ich bin hier. Immer.«

»Kann die Feuerwehr schon etwas zur Brandursache sagen?«

Alexander zog die Hand zurück. »Nein, nicht mit Sicherheit. Aber vieles deutet darauf hin, dass der Brand in der Küche ausgebrochen ist. Es könnte ebenso gut ein Unglück gewesen sein.«

Könnte, dachte Víctor, aber das war es nicht. Er schlug die Hände vors Gesicht und versuchte, die Erinnerungen aus seinem Gedächtnis zu reiben.

Alexander flüsterte wieder in sein Ohr. »Hast du gehört, was ich vorhin gesagt habe? Wir werden es überstehen. Niemand muss etwas wissen.«

Víctor hob den Kopf und sah ihn an.

»Was meinst du damit?«

»Wie ich schon sagte«, murmelte er. »Es könnte ebenso gut ein Unglück gewesen sein.«

»Aber?«

»Aber sie haben den hier an der Hintertür in der Küche gefunden.« Er zog einen Schlüssel aus der Tasche und gab ihn Víctor. Víctor erkannte ihn sofort. »Er lag auf dem Boden. Er passt ins Schloss. Ich nehme an, dass es ein Zweitschlüssel ist. Wenn du sagst, dass es Sofias oder Robertos ist, glaube ich dir. Versprich mir nur, dass du es hinter dir lässt. Deine Familie braucht dich.«

Víctor seufzte und wog den tonnenschweren Schlüssel in der Hand. Er brachte kein Wort über die Lippen. Stattdessen legte er die Hand auf Alexanders Schulter, drückte sie, und ging, ohne sich umzudrehen.

Seine Füße übernahmen das Kommando, sein Gehirn fühlte sich an, als würde es jeden Moment platzen, sein Magen war leer. Er zitterte am ganzen Körper und musste stehen bleiben. Er sah sich um und befürchtete, jemand würde ihn bemerken, aber alle waren in ihre eigenen Gedanken versunken.

Konnte er es ihnen gleichtun? Flüchten und die Ruinen hinter sich lassen, wie er es früher getan hatte? Es wäre das Einfachste, in der Menschenmenge unterzutauchen, zu verschwinden.

Die Welt rief nach ihm, aber seine Füße führten ihn zurück in Jaimes und Carmens Wohnung. Sie saßen noch immer im Wohnzimmer, als hätten sie sich nicht vom Fleck gerührt. Víctor ging zu ihnen, umarmte sie und bedankte sich für alles. Dann ging er in das Zimmer, von dem er annahm, dass Sofía dort auf ihn wartete.

Er klopfte an, bekam keine Antwort und öffnete die Tür. Sofía lag im Dunkeln im Bett. Sie drehte ihm den Rücken zu und hatte die Decke über die Schultern gezogen. Die Dielen knarrten, als Víctor zu ihr schlich. Er legte sich zu ihr und schmiegte sich an sie. Sie reagierte nicht, aber er hörte sie atmen.

»Ich habe versucht, ein guter Mensch zu sein, aber es ist nicht immer leicht«, flüsterte er und streichelte sanft ihren Rücken. Noch immer keine Reaktion.

»Erinnerst du dich, als wir am Strand auf dem Boot saßen und ich dir meine Geschichte erzählt habe? Jetzt bekommst du noch eine Geschichte. Die Geschichte eines Feiglings. Dann wirst du vielleicht verstehen, warum ich so gehandelt habe.«

Der Feigling

Dies ist die Geschichte des Namens, der mir vor langer Zeit auf einem Flussdampfer in Peru angehängt wurde. Ich musste bis ins Südliche Eismeer reisen, um ihn wieder loszuwerden.

Es war im Mai oder Juni 1952. Ich war bis Pucallpa am Río Ucayali gekommen, einem Quellfluss des Amazonas. Ich kam aus Lima, wo ich kein Glück gehabt hatte, und wusste nur, dass ich nach Norden wollte. Vielleicht würde das Karibische Meer der natürliche Endpunkt meiner Reise werden, vielleicht würde ich auch weiter nach Mexiko oder Kuba reisen zu Leopoldos Zuckerplantagen.

In diesem Augenblick wollte ich jedenfalls einfach nur nach Norden, und das Amazonasbecken durchquerte man besser auf dem Wasser- als auf dem Landweg.

Die Affen schrien in den Bäumen, als die *La Cenepa* kurz vor Sonnenuntergang aus Pucallpa ablegte. Ich konnte mir nur eine Fahrkarte für die zweite Klasse leisten und teilte eine Kajüte mit drei Fremden, die noch schlimmer stanken als ich, deshalb beschloss ich, so viel Zeit wie möglich an Deck zu verbringen.

Von dort hatte man eine schöne Aussicht über den Fluss, die zinnoberroten Ufer und den Dschungel, aber die Hitze und die Monotonie der Landschaft machten mich schnell müde. Es war Trockenzeit, und die Sonne verleidete jeden längeren Aufenthalt an Deck. In der Kajüte war es noch heißer, also gab es nur zwei Möglichkeiten: Entweder man fand eine kühle Holzbank unter dem Sonnensegel auf dem Mitteldeck oder man verzog sich in den Salon, wo es Glücksspiel, Drinks und Kaffee gab.

Dort sah ich ihn zum ersten Mal. Ich saß in meinem zerschlissenen Anzug – meinem einzigen Besitz – in einer Ecke und versuchte, einem jungen Mädchen zu imponieren, das sich neben mich gesetzt hatte. Vom Kartenspiel hielt ich mich fern, ich hatte sowieso kein Geld.

Sie erinnerte mich an Marisol de la Cruz. Dieselbe nougatfarbene Haut und dunkle Augen, eingehüllt in ein weißes Kleid, eine billige Perlenkette um den Hals. Ich erzählte ihr, dass ich ein Grundbesitzer aus Lima auf dem Weg nach Iquitos sei, um dort eine Gummiplantage zu kaufen. Leider sei ich bei der Ankunft in Pucallpa bestohlen worden und hätte keine Zeit gehabt, meiner Bank zu telegrafieren, deshalb die armselige Unterbringung in der zweiten Klasse.

»Dann sind Sie also völlig blank?«, flüsterte sie und strich mit einer Hand an der Innenseite meines Oberschenkels hinauf. Die Berührung allein verursachte mir Gänsehaut. »Wie schade. Auf Wiedersehen.«

Weg war sie und ließ mich mit meiner Scham zurück. Ich schaute ihr hinterher. Zuerst bezirzte sie vergeblich einen mittelalten Herrn, dann versuchte sie es am Spieltisch, wo zwei junge Männer gerade eine Glückssträhne hatten.

»Haben wir wirklich 80 Soles gewonnen, Ernesto?«, fragte der eine.

»Ja, Alberto«, lachte der andere. »80 Soles für einen Sol. Nicht schlecht, oder?«

Sie lachten einvernehmlich. Die anderen Männer am Tisch sahen alles andere als begeistert aus.

Die zwei Burschen sahen jünger aus als ich, jedoch nicht wesentlich. Sie waren etwas zerlumpt, hörten sich aber gebildet an. Sie hatten helle Haut, und je mehr ich ihnen zuhörte, desto sicherer war ich, dass sie Landsleute waren.

Mit breitem Grinsen verließen sie den Salon.

*

Normalerweise dauerte die Fahrt nach Iquitos vier Tage, aber an den ersten Tagen kamen wir nur langsam voran. Wegen niedrigen Wasserstandes musste das Schiff nachts ankern.

Es war ein göttliches Schauspiel, wenn die Sonne hinter den Baumwipfeln in ein Meer von Farben eintauchte. Fledermäuse flatterten durch die Dämmerung und kleine Papageien saßen in den Ästen und schimpften uns aus.

Gleichzeitig jedoch machten die Mücken die Abende zur Qual. Sie kamen zu Tausenden und schlüpften durch die kleinste Öffnung unter Hemden und Bettdecken. Selbst in der Kajüte war man nicht sicher vor ihnen.

Am zweiten Tag saß ich gedankenverloren auf dem Mitteldeck. Die grüne Wildnis an beiden Ufern ließ meine Gedanken zurück ins Delta von Tigre und zu Silvina wandern. Viele Gesichter hatte ich auf meiner Reise gesehen, aber Silvinas, Eduardos und Elenas tauchten an den unmöglichsten Stellen auf. Sie verfolgten mich, wollten mich nicht loslassen.

Plötzlich stand er neben mir.

»Darf ich?«

Mit einer Handbewegung lud ich ihn ein, sich zu mir zu setzen. Es war einer der beiden Argentinier aus dem Salon. Er hielt ein Notizbuch in der einen und eine Kalebasse mit einem Strohhalm aus Metall in der anderen Hand.

»Darf ich Ihnen einen Mate anbieten?«

Ich nahm dankend an.

»Ich wollte Tagebuch schreiben, aber bei diesen verdammten Moskitos ist es unmöglich, sich zu konzentrieren«, sagte er und reichte mir die Kalebasse.

»Reisen Sie in der zweiten Klasse wie ich?«

»Nein, in der ersten.« Das schien ihm unangenehm zu sein. »Eigentlich hatten wir nur Geld für eine Fahrkarte in der dritten Klasse, aber der Kapitän hat sich erbarmt.«

»Dann geht es Ihnen sicher besser als mir«, sagte ich lächelnd.

»Ich heiße Ernesto Guevara. Aber meine Freunde nennen mich Che.«

Ich drückte seine Hand. »Víctor de la Vega.«

Wir tranken abwechselnd Mate und plauderten. Zwischendurch hustete er fürchterlich und entschuldigte sich, er sei Asthmatiker und habe keine Medizin mehr. Er war groß und athletisch, mit schmalen Hüften. Sein Haar war dicht und schwarz und seine Nase genauso groß wie meine. Sein Alter war schwer zu bestimmen, er befand sich irgendwo zwischen Jugend und Erwachsenenleben. Sein Lächeln war knabenhaft, aber die kleinen Augen blickten melancholisch und ernst drein. Hemd und Hose waren von guter Qualität, auch wenn sie nach Schweiß rochen.

Sein Reisekamerad und er waren Medizinstudenten aus Buenos Aires. Sie reisten seit sechs Monaten quer durch Südamerika, von Argentinien über Chile bis Peru. Ihr Ziel war eine Leprakolonie in San Pablo weiter nördlich.

Ich sagte, ich sei aus Córdoba und ebenfalls auf der Reise, und dass ich eine Verlobte habe, die zu Hause auf mich warte. Nach meiner Heimkehr wollten wir heiraten.

Meine Rolle für diesen Tag war der verlobte Ingenieurssohn aus Córdoba. An anderen Tagen war ich Jurastudent aus Salta oder Apothekersohn aus Mendoza. Hin und wieder gab ich mich als Winzer aus Chile aus, wenn ich den Dialekt hinbekam. Es machte mir Spaß, immer neue Rollen zu erfinden und sie nach Lust und Laune zu verändern. Die meisten Menschen, die ich unterwegs traf, würde ich kaum wiedersehen, es war also eine gute Gelegenheit, viele Rollen auszuprobieren, bis ich die richtige fand.

Aber nie war ich der Sohn eines reichen Mannes aus Buenos Aires. Ich war nie Plattnase.

»Ich komme auch aus Córdoba«, sagte Ernesto. »Aus welchem Stadtteil stammen Sie?«

»Villa Carlos Paz.« Ich hatte einmal eine meiner Mütter über die Stadt reden hören. Darüber hinaus wusste ich nicht viel, außer dass es dort eine schöne Kathedrale gab.

Zum Glück war es ihm egal. Er erzählte lieber von den vielen armen Indianern, die er auf seiner Reise gesehen hatte, und über die Armut, die jede Stadt plagte, die er besucht hatte.

»Ich habe eingesehen, dass wir Südamerika als einen Kontinent begreifen müssen. Einen Kontinent mit derselben Identität, denselben Träumen und demselben Recht auf Freiheit.«

»Wie meinen Sie das?« Das Gespräch begann mich zu langweilen.

»Sehen Sie es nicht? Wie wir die Ärmsten der Gesellschaft ausbeuten, sie wie Putzlappen auswringen, um den letzten Tropfen Arbeitskraft aus ihnen herauszuholen und sie dann wegwerfen.« Ein Hustenanfall unterbrach ihn, er rang nach Luft. Es dauerte eine gute Minute, bis er weiterreden konnte. »Machen Sie einen Abstecher auf dem Heimweg und sehen Sie sich die Kupferminen der Anaconda Mining Company in

Chuquicamata an. Falls Sie im Glauben an das Gute im Menschen aufgewachsen sind, werden Sie diesen Glauben verlieren, wenn Sie sehen, wie die Arbeiter dort behandelt werden.«

Ich saugte einen Schluck aus der Kalebasse, die zum Glück fast leer war.

»Ich fürchte«, antwortete ich, »dass ich auf solche Dinge weniger achte. Offenbar suchen wir andere Dinge, wenn wir reisen.«

»Und was suchen Sie?«

»Das weiß ich noch nicht.« Meine Antwort war so dicht an der Wahrheit wie möglich.

Ernesto nickte. Er schüttelte die Kalebasse und stand auf. »Nun gut. Sollten wir uns nicht mehr sehen, hoffe ich, dass Sie finden, was Sie suchen. Ich will Sie nicht länger langweilen.« Er drückte meine Hand. »Aber vielleicht sehen wir uns ja einmal in Córdoba, ein Teil meiner Familie wohnt noch dort. Sie kennen bestimmt Alta Gracia? Nördlich der Stadt?«

»Natürlich.«

»Fragen Sie nach der Familie Guevara, wenn Sie einmal dort sind, wir laden Sie gerne auf einen Mate ein.«

*

Irgendetwas an diesem Ernesto reizte mich trotz allem, und ich bekam Lust, noch einmal mit ihm zu reden. Ich glaube, er trug einen ähnlichen Zorn wie ich in sich, der ihm ebenso rätselhaft war.

Auf meiner Reise hatte ich viele Menschen wie mich selbst getroffen. Wir schliefen in Straßengräben oder Hühnerställen, und wenn wir morgens aufwachten, präsentierten wir uns als Grafen, Direktoren, Adlige oder Abenteurer. An unseren Händen klebte der Schmutz von Monaten, trotzdem hatten diese Hände Berühmtheiten die Hand gedrückt und eine welthistorische Begebenheit nach der anderen mitgemacht.

Viele von uns wollten vergessen, wer sie wirklich waren. Aber nicht Ernesto Che Guevara. Er wollte herausfinden, wer er wirklich war.

Am nächsten Vormittag suchte ich ihn an Deck auf. Ich nahm an, dass sein Freund wie üblich im Salon saß und Karten spielte. Ernesto lag auf einer Bank und sonnte sich. Das Notizbuch lag auf seiner Brust. Er lächelte, wenn auch nicht besonders zuvorkommend, als ich mich zu ihm setzte.

»Sie haben mich gestern gefragt, was ich auf meiner Reise suche«, begann ich ohne weitere Höflichkeitsphrasen. »Ich glaube, die Antwort lautet, dass ich auf der Flucht bin.«

»Vor Ihrer Verlobten?«, fragte er, ohne die Augen zu öffnen.

»Eher vor der Wirklichkeit im Allgemeinen.«

Er knurrte. »Das habe ich auch einmal von mir selbst gedacht. Aber jetzt nicht mehr.« Er setzte sich und sah mich eindringlich an. »Hör zu, Víctor. Ich darf doch ›Du‹ sagen? Schließlich sind wir beide Argentinier.«

»Natürlich.«

»Wenn wir uns über die Wirklichkeit unterhalten, müssen wir zuerst ein Spiel spielen. Jeder stellt dem anderen eine Frage, die er beantworten *muss,* und zwar ehrlich. Einverstanden?«

Ich nickte.

»Du zuerst«, sagte Ernesto.

Mein Blick fiel auf das Notizbuch, das er auf die Bank gelegt hatte.

»Wie lautet die letzte Zeile, die du aufgeschrieben hast?«

Er musste nicht nachlesen. »Ist das hier wirklich die Mühe wert. Fragezeichen.«

»Und, ist es das?«

Er dachte nach und hustete.

»Es *wird* die Mühe wert sein. Jetzt bin ich dran. Warum hast du gelogen, dass du aus Córdoba kommst?«

»Wie meinst du das?«

»Alta Gracia liegt südlich von Córdoba, nicht nördlich. Das weiß jeder, der dort aufgewachsen ist.«

Es gab keinen Grund zu leugnen.

»Weil es keine Rolle spielt, woher ich komme.«

»Das spielt immer eine Rolle. Jede Reise braucht einen Anfang und ein Ende.«

»Mag sein, aber das Einzige, was für mich zählt, ist *wohin* ich gehe.«

»Ich dachte, das wüsstest du nicht.«

»Nein, aber ...«

»Du willst also so lange wie möglich vor der Wirklichkeit flüchten? Ist das dein Ziel?«

»Na und? Was ist schon dabei?« Ich schwitzte, fühlte mich unwohl. Mein Hemd klebte an meiner Haut.

»Nichts. Aber das bedeutet nicht, dass du einfach ignorieren kannst, was um dich herum geschieht. Du kannst nicht einfach die Augen vor den fürchterlichen Dingen verschließen, die du unterwegs siehst. Das ist feige, wenn du mich fragst.«

»Du hast ja keine Ahnung, wovor ich flüchte. Nur weil ich *nicht* unterwegs in eine Leprakolonie bin, um Kinder mit schwarzen Wunden auf der Stirn zu kurieren, macht dich das nicht heiliger als mich.«

»*Bueno*«, seufzte er. »Jetzt sage ich dir, was ich in dir sehe. Berichtige mich, falls ich mich irre. Ich sehe einen Mittelklassejungen, der unterwegs ist, um die Welt zu sehen, bevor er nach Hause geht und sich niederlässt. Ich sehe den Sohn eines Ingenieurs, der sich mit seiner feinen Sprache und seinen feinen Kleidern eigentlich die erste Klasse leisten könnte, aber lieber in der zweiten reist, weil er sich aus unerklärlichen Gründen von seinem sozialen Erbe befreien will.«

»Ist das schlechter, als mit der Gnade des Kapitäns erste Klasse zu reisen, obwohl man zutiefst mit den Menschen in der dritten Klasse sympathisiert? War es euer Status als Medizinstudenten, der euch hochgestuft hat? Das ist auch Heuchelei.«

Er hustete wieder und schlug sich auf die Brust. »Leute wie du sind genau das Problem«, sagte er und erhob die Stimme. »Leute wie wir. Die Mittelklasse!« Seine Augen glühten. »Wir sind so selbstzufrieden und arrogant, weil wir uns vom Boden der Gesellschaft hochgekämpft haben, dass wir einfach die Augen vor dem verschließen, was um uns herum geschieht. Wir wollen bei allem mitreden, aber aus unangenehmen Dingen halten wir uns raus. Wir glauben, wir hätten eine Lizenz zum Nichtstun.«

Ein erneuter Hustenanfall schüttelte Ernesto. Er beugte sich tief nach vorn und blieb lange so sitzen, ehe er sich keuchend auf den Rücken legte. Ich ging in die Hocke, setzte mich neben ihn und half ihm, die Arme stillzuhalten. So verbrachten wir ein paar Minuten, bis seine Brust sich wieder ruhiger hob und senkte. Dann beugte ich mich über ihn und flüsterte:

»Ich heiße Víctor de la Vega und wurde auf einem der größten Güter der Provinz Buenos Aires geboren. Ich bin das Produkt einer Vergewaltigung, meine Mutter gab mich weg, ohne mich auch nur eine Minute in den Armen zu halten. Mein neuer Vater warf sich vor einen Zug, als ich drei Jahre alt war, worauf meine neue Mutter mich nicht mehr behalten wollte. Meine leibliche Mutter nahm mich zurück, nicht aus Mutterliebe, sondern um ihrem Mann einen Sohn zu geben. Als Perón an die Macht kam, warf er sie beide ins Gefängnis, und vielleicht sitzen sie immer noch dort. Also komm du nicht und belehre mich, dass ich kein Recht hätte, vor der Wirklichkeit zu flüchten. Vielleicht würdest du an meiner Stelle ebenso handeln.«

Ich richtete mich auf. »Kommst du zurecht?«

Er nickte, keuchte aber noch immer angestrengt. »In dem Fall«, röchelte er, »ist dein Verbrechen umso größer. Du hast etwas gutzumachen.«

*

Der Dampfer setzte seine Fahrt auf dem schlammigen Strom fort, die Moskitos ihre Angriffe auf die Passagiere.

Ich tat mein Bestes, um Ernesto und seinem Freund aus dem Weg zu gehen. Als der Kapitän über Lautsprecher bekannt gab, dass der Ucayali nach wenigen Windungen mit dem Marañón im mächtigen Amazonas zusammenfließen würde, und die meisten Passagiere an Deck strömten, um die Wassermassen zu bewundern, blieb ich in der Kajüte und unterhielt mich mit dem Pelzjäger Manuel und dem Bauer Pedro. Letzterer war auf dem Weg nach Iquitos, um seine jüngste Tochter zu beerdigen. Obwohl die Fahrt nur wenige Tage dauerte, hatte er sie seit vielen Jahren nicht gesehen, weil er sich keine Fahrkarte leisten konnte.

Ernesto Guevaras Worte saßen noch in mir, und trotzdem fühlte ich nichts, als der Bauer seine Geschichte erzählte. Absolut nichts.

Erst am übernächsten Tag traf ich wieder auf Ernesto, genauer gesagt seinen Reisegefährten, Alberto. Er kam plötzlich aus einer Kajüte und rief mir hinterher:

»Hallo! Könnten Sie mir kurz helfen?«

Er winkte mich herbei und zog mich in die Kajüte, wo es genauso dunkel wie in der zweiten Klasse war. Alberto stand im verschwitzten Unterhemd vor mir.

»Würden Sie mir helfen, meinen Freund aufs Bett zu heben? Er ist hingefallen, und ich traue mich nicht, ihn alleine zu heben.«

Da lag er am Boden und starrte zu uns herauf, während er nach Luft rang. Seine Beine zitterten, seine Stirn glänzte. Die Augen schimmerten im Fieberwahn.

»Er leidet an Asthma«, erklärte Alberto, während wir Ernesto in das untere Bett hievten. »Aber er kommt zurecht.«

»Ich weiß«, murmelte ich.

Ernesto musste mich trotz des Asthmaanfalls erkannt haben. Er zeigte auf mich und bewegte den Mund.

»Du bist es«, keuchte er. »Hau ab. Ich brauche keine Hilfe von Feiglingen. Alberto, der Mann ist ein Feigling, er ...«

»Ist schon gut, Ernesto«, sagte Alberto und streckte seine Arme. »Bleib jetzt ganz ruhig.«

»Du bist ein Feigling. Feigling, Feigling, Feigling«, wiederholte Ernesto, während sein Brustkorb sich hob und senkte. »Wir sind alle Feiglinge.«

Ich sah Alberto resigniert an.

»Ich heiße Víctor«, stammelte ich schließlich.

Er sah mich an, und sein Blick drückte eher Mitleid als Verachtung aus.

»Ich weiß, wer Sie sind.«

»Feigling«, tönte es ein letztes Mal aus der Koje.

*

Endlich tauchten Iquitos' flache Häuser mit ihren rostigen Blechdächern am Flussufer auf. Ich packte schnell meine Sachen, um so rasch wie möglich von Bord zu kommen.

Bevor ich die Kajüte verließ, gab ich Pedro, mit dem ich sie sieben Tage lang geteilt hatte, 30 Soles. Es war so viel, wie ich meinte, entbehren zu können.

»Ich will Ihr Geld nicht haben.« Er stieß meine ausgestreckte Hand zur Seite. Ich taumelte schwitzend aus dem klaustrophobisch engen Raum und fühlte noch immer absolut nichts.

Bettelnde Kinder und Frauen überfielen mich mit ausgestreckten Handflächen und flehenden Blicken, als ich von Bord ging. Andere versuchten, den Passagieren Bananen, Zigaretten oder Perlen zu verkaufen. Ich sah einen Mann, der ein Ozelot an einem Strick herumführte und für 300 Soles feilbot. Ich bahnte mir einen Weg durch die Menge, ohne ihre Blicke zu erwidern.

Ein Stück vom Ufer entfernt entdeckte ich auf einem Schemel unter einem Kapokbaum vor einem blau gestrichenen Kiosk eine bekannte Gestalt. Er sah aus, als kämpfe er noch immer mit Asthma und Fieber, seine Arme hingen schlaff herab, und der Schweiß lief ihm übers Gesicht. Trotzdem bedachte er mich mit seinem knabenhaften Lächeln, während seine schmalen Augen mich durchbohrten.

»He!«, rief er. »Tut mir leid, dass ich dich einen Feigling genannt habe.«

Ich blieb stehen, antwortete aber nicht.

»Komm mit uns nach Norden«, fuhr er fort. »Zeig mir, dass ich mich in dir geirrt habe.« Er sprach abgehackt, als lauere hinter jeder Silbe ein neuer Hustenanfall. »Dieser Kontinent wird bald große Veränderungen erleben, das verspreche ich dir. Alles, was du hier siehst, wird in Flammen aufgehen. Früher oder später werden wir uns wiedersehen, und dann will ich dich gerne als Freund in Erinnerung haben. Als Held, nicht als Feigling. Was sagst du?«

Ich drehte ihm wortlos den Rücken zu und verschwand zwischen den Häusern.

Am nächsten Tag verließ ich Iquitos in Richtung Süden. Ich reiste, bis es nicht mehr weiter ging. Nach Südgeorgien, ans Ende der Welt.

Barcelona, 1981

Die neuen Zeiten

»Ich glaube an Gott, den Vater, den Allmächtigen, den Schöpfer des Himmels und der Erde ...«, murmelte Laura.

Nachdem sie die korrekte Anzahl Gebete hergesagt hatte, sang sie noch ein paar Strophen aus *Bette Davis' Eyes,* ehe sie die Eier aus dem Topf nahm. Sie stellte sie in die Eierbecher, füllte die Kaffeekanne, legte zwei Croissants auf das Tablett und trug es ins Schlafzimmer. Sie trug nur einen Slip und ein Top, niemand konnte sie hier sehen. Es gab nur zwei Fenster in diesem Teil der Wohnung, eins im Schlafzimmer und eins in der Küche, und das war aus mattem Glas, damit die Bewohner von Gegenüber, die nur drei Armlängen entfernt waren, nicht hineinschauen konnten.

Das große Schlafzimmerfenster zeigte nach Osten. Elias' Füße ragten unter der Decke hervor und sonnten sich. Offenbar war er wieder eingeschlafen. Laura stellte das Tablett auf den Nachttisch und öffnete das Fenster. Der Lärm der Straße strömte herein: Hundegebell, die Rufe der Zeitungsverkäufer, Motorroller und anderer Verkehrslärm.

Sie kroch unter die Decke. »Frühstück«, flüsterte sie ihm ins Ohr. Morgens war er empfindlich wie eine alte Gitarre, deren Saiten vorsichtig gestimmt werden mussten, damit sie nicht rissen. Er murmelte etwas, aber die Worte fanden nicht den Weg nach draußen.

Laura betrachtete Elias' Körper und sein Gesicht im Morgenlicht. Er war der Sohn einer schwedisch-jüdischen Mutter und eines brasilianischen Vaters, sie Sängerin, er Jazz-Saxofonist. Sie hatten sich 1957 bei einem Jazzfestival in den Stockholmer Schären kennengelernt.

Elias hatte das Beste von beiden Seiten mitbekommen. Er war groß und athletisch mit einer Hautfarbe wie dunkles Teakholz. Er trug einen Spitzbart, den er jeden Morgen stutzte, und schwarz glänzendes Haar, das er meist zu einem Pferdeschwanz band. Das einzig Disproportionale an Elias waren die zierlichen Hände mit den langen, knochigen Fingern, deren Spannweite weit mehr als eine Klavieroktave betrug, als wollte die Natur sich versichern, dass er sein Talent auf beste Weise ausüben konnte.

Sie frühstückten still, wie immer. Laura war noch nicht so oft neben Elias aufgewacht, trotzdem fühlte es sich an, als würden sie schon seit Jahrzehnten das Bett teilen.

Nach dem Frühstück duschte Laura rasch. Elias' Mitbewohner hatte sie eindringlich aufgefordert, den Wasserverbrauch zu drosseln. Sie packte ihre Sachen und küsste Elias, der noch immer im Bett lag.

»Sehen wir uns später?«

Sie küsste seine Nasenspitze. »Vielleicht.«

Im Bus überflog Laura das Pensum des Tages. Morgens dauerte es mindestens eine halbe Stunde, um von Elias' Wohnung in El Raval in ihr Wohnheim zu kommen. Es lag am anderen Ende von Barcelona in der Nähe der Universität. Eigentlich wäre es einfacher gewesen, direkt zum Konservatorium zu fahren, aber sie musste sich umziehen und ihr Cello holen. Die Extrawege waren der Preis, um ihrem klaustrophobisch engen Wohnheimzimmer zu entkommen und stattdessen in Elias' großer Wohnung zu schlafen.

Regel Nummer eins lautete, dass sie immer bei ihm waren. Laura teilte nämlich ein Zimmer mit einem Mädchen aus Valencia. Das Mädchenwohnheim war ein Kompromiss zwischen ihr und ihren Eltern. Als Laura ihnen eröffnet hatte, dass sie nach Barcelona ziehen wollte, um dort am Konservatorium zu studieren, hatte sie eigentlich geplant, eine eigene Wohnung oder wenigstens ein Zimmer in einer Wohngemeinschaft zu suchen. Die Ankündigung hatte sofort einen der vielen cholerischen Anfälle ihres Vaters ausgelöst. Wenn es nach ihm gegangen wäre, hätte sie Málaga nie verlassen, denn wie sollten sie das Hotel ohne ihre Hilfe betreiben?

Laura hatte sich den Kommentar verbissen, wie ungerecht es sei, ihr Leben auf die Frage der Rentabilität seines Geschäfts zu reduzieren. Stattdessen hatte sie ihn daran erinnert, dass die neuen Zeiten nun auch Spanien erreicht hätten, und in den neuen Zeiten sei es nicht verboten, dass junge, unverheiratete Frauen alleine wohnten. Ebenso könnten die Väter nicht mehr über das Leben ihrer Töchter bestimmen.

Sofía war wie üblich als Vermittlerin aufgetreten. Sie hatte eine alte Freundin aus der Schulzeit, Piedad Andreu, die eine kleine Pension in Barcelona betrieb. Dort könne Laura sicher ein Zimmer bekommen.

Jetzt stellte Laura sich quer. War Piedad Andreu nicht die gefallene Nonne, die schwanger aus dem Kloster geworfen wurde und über die Sofía so oft geredet hatte?

»Das ist bestimmt billig«, warf Víctor ein, worauf Sofía wutentbrannt aus dem Wohnzimmer stürmte. Sie war nicht nur wütend auf ihre Eltern, sondern auch auf sich selbst, weil sie ihr Temperament so schwer zügeln konnte. Einen solchen Abgang hätte sie eher von ihrem Vater erwartet.

Ein paar Tage später nahmen sie die Verhandlungen wieder auf. Diesmal schlug Laura ein Mädchenwohnheim vor. Ihre Eltern akzeptierten, auch wenn Víctor sich das Recht vorbehielt, den Ort vorher zu inspizieren. Laura hatte gewonnen.

Das Wohnheim war nicht optimal, aber es war notwendig. Laura war fast zwanzig Jahre alt und musste dringend aus Málaga weg, ehe der Geruch des Verfalls, der dem Haus ihrer Kindheit anhaftete, auch an ihr kleben würde. Tristán und Beatriz hatten längst die Flucht ergriffen, jetzt war sie an der Reihe.

Und ja, sie hatte ein schlechtes Gewissen. Sicher war es egoistisch, ihre Eltern alleine zurückzulassen, aber sie musste auf eigenen Beinen stehen. Wenn einer diesen Drang verstehen sollte, dann eigentlich ihr Vater.

Außerdem konnte sie sich des Gefühls nicht erwehren, dass Víctor sie nur zu halten versuchte, um nicht allein mit ihrer Mutter in einem Hotel mit leeren Zimmern und einer schrecklichen Erinnerung übrig zu bleiben, die alle guten Zeiten überschattete.

Laura beruhigte ihr schlechtes Gewissen mit dem Gedanken, dass Alexander noch immer dort wohnte. Er erfüllte die Rolle als Paartherapeut, Seelsorger, Vertrauter oder heimlicher Liebhaber – was immer benötigt wurde.

An einem Augustwochenende, an dem selbst die Stämme der Palmen im Paseo del Parque schwitzten, packte sie ihre Sachen in Kisten, lud ihre Freundinnen zum Abschiedsessen ein, schrieb einen Brief an ihren Vater und schob ihn unter den Türschlitz in sein Schlafzimmer, weil er sich weigerte, herauszukommen und Lebewohl zu sagen. Dann stand er plötzlich doch in der Lobby mit einem Blumenstrauß und einer Schachtel ihrer Lieblingsschokolade für die lange Zugfahrt. Laura umarmte ihre Eltern, nahm den Koffer und ging durch das schmiedeeiserne Tor des *Hotel El Che,* vorbei am Namensschild, das seit sieben Jahren schief hing.

Das war inzwischen zwei Jahre her.

*

Laura verbrachte den Rest des Tages am Konservatorium. Es war ein kurioses Bauwerk aus den Zwanzigerjahren, wie ein Schloss mit zwei Türmen und maurischen Bögen, gebaut von einem katalanischen Architekten, dessen Namen Laura immer vergaß.

Sie war im fünften Semester und hatte eingesehen, dass sie sich anstrengen musste, um den Ansprüchen am Konservatorium gerecht zu werden. Besonders an einem Montag wie diesem, wo sie übers Wochenende wieder einmal zu wenig geübt hatte.

Um ein Haar wäre sie gar nicht aufgenommen worden. Bei der Aufnahmeprüfung spielte sie Haydns Cellokonzert Nr. 2 in D-Dur, in das sie viel zu viel Pathos interpretierte, wie die Jury befand. Der Hang zum Dramatischen liege leider in der Familie, entschuldigte sich Laura und bat die Jury, dies als Erbschaden zu betrachten.

Laura hatte bewusst das Cello anstelle der Violine gewählt. Die Instrumente waren eng genug verwandt, dass ihr Vater sich noch als Vorbild verstehen konnte. Gleichzeitig waren sie verschieden genug, dass Laura die Wahl vor sich selbst als symbolischen Aufruhr rechtfertigen konnte.

Eine ihrer frühesten Kindheitserinnerungen war der Anblick ihres Vaters, der in Hemd und Weste im Aufenthaltsraum des Hotels saß und die Gäste mit seinem Geigenspiel unterhielt. Er spielte Sonaten der Wiener Klassik und argentinische Tangos, die er stets mit Anekdoten einführte. Später schrieb sie dies dem Bedürfnis ihres Vaters nach Selbstinszenierung zu, aber damals, als kleines Mädchen, war ihre Bewunderung grenzenlos gewesen.

In der unglücklichen Zeit nach dem Brand, als ihre Eltern einander kaum in die Augen schauten, schloss ihr Vater sich immer öfter stundenlang im renovierten Zimmer 9 ein und spielte Geige. Oft legte Laura sich vor die Tür und lauschte durch den Türspalt seinem Spiel. Einmal nahm sie ihren Mut zusammen, öffnete die Tür und schlich auf Strümpfen hinein, um ihn nicht zu stören. Ihr Vater stand mitten im Zimmer, die Geige am Kinn, und spielte mit geschlossenen Augen eine wunderschöne Melodie, von der Laura sicher war, dass sie sie schon einmal gehört hatte, obwohl sie nicht wusste, wo.

Als er fertig war, öffnete er die Augen und schenkte Laura ein Lächeln.

»Was spielst du?«

Er zögerte einen Augenblick. »Die Musik meiner Erinnerung.«

Seitdem tat Laura ihr Bestes, um so gut spielen zu lernen wie ihr Vater. Zuerst auf einer gebrauchten Geige, auf der er sie selbst unterrichtete, dann auf einem Cello, auf das sie mit dreizehn Jahren wechselte, als er ihr nichts mehr beibringen konnte. Der späte Wechsel beeinträchtigte sie noch zehn Jahre später. Was Technik und Präzision anging, lag sie hinter ihren Kommilitonen zurück.

»Hoch mit dem Ellbogen, Fräulein de la Vega«, sagte ihr Lehrer, als die Streicher ein Stück von Mendelssohn einstudierten. »Schon möglich, dass es Montagmorgen ist, aber das ist der Musik egal.«

Tagträumerei, ein weiterer Erbschaden. Laura entschuldigte sich, verdrängte die Erinnerung an die Geigenstunden in Zimmer 9 und kehrte zurück in die Gegenwart. Dort bedrückte sie vor allem die Aussicht auf die kommenden Tage. Am Wochenende hatte sie es verdrängt, aber nun erinnerte der Montag sie daran, dass es bald Zeit war.

Am Dienstag um 19:47 Uhr würden ihre Eltern in Barcelona ankommen, um drei Tage mit ihrer Tochter zu verbringen. Sie war nicht bereit. Sie hatte sich noch nicht entschieden.

*

Um sieben Uhr am selben Abend saß Laura in einem Straßencafé in Sants und nippte an ihrem Kaffee. Der Unterricht hatte um fünf geendet, und sie war nach Hause gelaufen, um das Cello und die Bücher abzulegen.

Ihre Laune wurde immer schlechter. Am Morgen hatte sie in einem der kleinen Innenhöfe des Konservatoriums eine Zigarette mit Elias geteilt. Sie hatten unter einem Orangenbaum gesessen, und Elias hatte mit dem Zeigefinger durch ihren Kleiderstoff Muster auf die Innenseite ihrer Schenkel gemalt.

Er hatte sie zu einem Konzert seiner Band am Mittwochabend eingeladen, dabei hatte sie ihm schon gesagt, dass ihre Eltern zu Besuch kämen. Sie war sauer, dass er es vergessen hatte, und er behauptete, sie hätte es ihm nie gesagt, und im Übrigen könne sie sich diese verwöhnte Attitüde sparen.

»Das kann ich überhaupt nicht leiden«, hatte er gesagt und war gegangen, ohne die Zigarette fertig zu rauchen.

So war es immer mit Elias. Auf und ab. Es waren keine ernsten Streitereien, eher wechselweise Sonnenschein und einzelne Gewitterböen, Schwanzwedeln und Zähnefletschen, wenn einer sein Territorium markieren wollte.

Am glücklichsten war sie mit Elias, wenn sie ihn für sich hatte. Wenn sein Mitbewohner nicht daheim war und die beiden sich in der großen Wohnung mit den Stuckdecken und französischen Balkonen vor dem Rest der Welt versteckten, Karamellpudding auf dem Sofa aßen und den ganzen Tag in Unterwäsche alte Filme schauten, anstatt in Vorlesungen zu gehen. Manchmal saßen sie zusammen am Schlafzimmerfenster, beobachteten die Huren auf der Straße und wetteten, welche die meisten Freier abschleppen würde. Oder sie liebten sich in der Duschkabine, während der Duschvorhang an ihrer Haut klebte.

Es hatte etwas gedauert, bis ihr klar wurde, an wen Elias sie erinnerte, doch nun ging es ihr nicht mehr aus dem Kopf. Jedes Mal, wenn sie ihn ansah, sah sie Che Guevara. Den Mythos, der sie viele Jahre lang von den Bildern im Hotelfoyer angestarrt hatte, und der noch immer in ihrem Kopf spukte. Die Räubergeschichten ihres Vaters hatten ihn unsterblich gemacht.

Laura trank den Kaffee aus. Wo blieb er denn, er war doch sonst pünktlich wie ein Uhrwerk?

Die Gehwege waren voller geschäftiger Menschen, die entweder auf dem Heimweg von der Arbeit waren oder schon wieder ausgingen. Hausfrauen mit Einkaufstaschen, aus denen lange Brote ragten, Geschäftsleute mit Regenschirmen in der Hand, Pförtner, die herumstanden oder die Bürgersteige abspritzten, ältere Ehepaare, die Arm in Arm spazieren gingen, und junge Männer mit aufgeknöpften Hemden, die sich nach Laura umdrehten.

Plötzlich stand er vor ihr und lächelte verlegen, ohne etwas zu sagen. Er konnte sich besonders gut anschleichen; Laura wusste nicht, ob sie das attraktiv oder erschreckend fand.

»Hallo, du«, sagte sie. Wie immer musste sie das Gespräch beginnen.

»Hallo.«

Er beugte sich zu ihr, küsste sie flüchtig auf den Mund und zog den Kopf wieder zurück. Wie ein Chorknabe, der heimlich vom Messwein kostete.

»Möchtest du etwas trinken?«

»Nein, danke. Können wir nicht einfach heimgehen? Ich brauche ein bisschen Sonnenschein.« Er ergriff ihre Hand und zog sie auf die Beine.

Esteban war Lauras Abendfreund. So hatte sie die beiden aufgeteilt. Elias war ihr Tagesfreund, Esteban ihr Abendfreund. Sie schlenderten zu Esteban. Er wohnte in einer winzigen Wohnung im vierten Stock, von der man den Gipfel des Montjuïc erahnen konnte, wenn man den Kopf in den Nacken legte, durchs Oberlicht in der Küche schaute und der Nachbar keine Wäsche auf der Leine hängen hatte.

»Hast du einen guten Tag gehabt?« Das fragte er immer, und obwohl es im Grunde banal war, fand Laura es charmant.

»Mein Lehrer hat wieder über meine Haltung gemeckert. Er scheint etwas gegen meinen Ellbogen zu haben.«

»Ist das nicht der mit dem schlechten Atem? Soll er sich doch lieber darum kümmern als um deinen Ellbogen. Ich finde deinen Ellbogen super.«

Hand in Hand spazierten sie zu ihm. Sie nahmen sich Zeit, gingen im Ameisenhaufen der Stadt auf. Wenn Tag und Abend sich begegneten, war am meisten Leben auf der Straße.

»Man könnte meinen, wir wären ein altes Ehepaar«, sagte Laura, »wie wir hier herumschlendern.«

»Ist daran etwa was falsch?« Esteban sah sie fragend an. Zuerst dachte Laura, er wäre ironisch, doch die Bemerkung war vollkommen ernst gemeint.

»Überhaupt nicht.« Laura lächelte und drückte seinen Arm.

Esteban bereitete das Abendessen zu. Er war ein guter Koch, konnte noch schneller Zwiebeln schneiden als sie und kombinierte verschiedene Zutaten intuitiv. Sie hatte ihn noch nie ein Kochbuch konsultieren sehen.

Laura betrachtete ihn im kalten Licht der Neonröhre. Esteban war keine klassische Schönheit wie Elias. Er war kleiner und bleicher und mager. Sein Haar war dunkel und wild gelockt, und von den Mundwinkeln bis zu den Ohren zog sich ein ebenso lockiger Bart. Laura fand, dass er dem Sänger von Fleetwood Mac ähnlich sah.

Esteban hatte leicht abstehende Ohren, die aussahen, als wären sie stets offen für die Welt. Doch sein Gehirn hielt nicht immer Schritt. Er war ein Sonderling, aber auf eine niedliche Art, wie Laura fand.

Vor einigen Wochen hatte er sie zum Sonntagsessen bei seinem Onkel und seiner Tante eingeladen. Zu dem Zeitpunkt hatten sie erst viermal miteinander geschlafen, und Laura hatte erst einmal bei ihm übernachtet. Trotzdem hatte sie die Einladung angenommen.

Sie hatte eine Katastrophe erwartet, aber es wurde ein schöner Abend. Estebans Onkel und Tante wohnten im Vorort Montsarell in einem Reihenhaus mit wild wachsendem Rhododendron im Vorgarten, in der Nähe der Seat-Fabrik, wo der Onkel arbeitete und auch für Esteban einen Job besorgt hatte. Sie tranken Cola mit Fernet Branca auf der Terrasse, der Onkel grillte Fleisch auf argentinische Art auf einem gemauerten Grill und erzählte, wie sie vor dreißig Jahren aus Argentinien ausgewandert waren.

Estebans Onkel und Tante waren alles, was Lauras Eltern nicht waren. Ruhige und freundliche Menschen, die liebevoll zueinander waren und in ihrer Jugend *nicht* Nonne und Walfänger gewesen waren. Und in deren Hinterhaus kein Hand lesender Zigeuner wohnte.

Die Tante, eine rundliche blonde Frau mit grellem Lippenstift, Silberohrringen in Form von Lamas und einem cremefarbenen BH, der weit aus ihrem Top herausragte, nahm Laura bei der ersten Gelegenheit zur Seite und entschuldigte sich, dass Esteban sie so Hals über Kopf nach Hause eingeladen hatte.

»Er weiß es nicht besser. Sein Vater hat ihm nicht beigebracht, was man tut und was nicht.«

Später erzählte sie, dass Esteban ein Waisenkind war. Seine Eltern waren Mitte der Siebzigerjahre von der argentinischen Junta umgebracht worden, er selbst war aus dem Land geschmuggelt und zu ihnen nach Barcelona gebracht worden.

»Ein paar Prozent seiner sozialen Intelligenz sind bei der Flucht draufgegangen«, wie es die Tante ausdrückte.

Laura konnte ihr nur recht geben. Als sie Esteban im Juli kennengelernt hatte, kam er mit einem Glas Fanta auf sie zu, noch dazu mit einem Strohhalm. Er sah so süß vertrottelt aus, dass Laura ihm sofort eine Chance gab. Dabei wollte sie es eigentlich belassen, aber dann sah er sie mit seinem typischen Lächeln an, dem Esteban- oder Du-glaubst-du-hast-mich-abgehakt-aber-das-hast-du-nicht-Lächeln.

Esteban hatte bemerkt, dass Laura ihn betrachtete. Auf jeden Fall hielt er beim Zwiebelschneiden inne und sah sie fragend an.

»Was ist los?«

»Nichts.« Zur Ablenkung zeigte Laura auf die getrockneten Vanillestangen, die an einer Schnur über dem Herd hingen. »Was willst du eigentlich mit so vielen Vanillestangen?«

Schon bei ihrem ersten Treffen hatte er erzählt, dass er eines Tages eine Vanilleplantage in Polynesien betreiben wolle.

»Nichts. Ich mag sie einfach«, antwortete er mit einem Schulterzucken und gab die Zwiebeln in die Pfanne.

»Aber warum hängen sie gerade dort?«

»Wegen des Duftes. Die Herdwärme verbreitet den Duft in der Wohnung.«

Laura atmete tief ein, aber sie roch nichts. Esteban sah sie erschrocken an.

»Magst du den Duft nicht? Soll ich sie wegtun?«

Sie schüttelte den Kopf und gab ihm einen Kuss. Er kochte das Essen fertig, verteilte es auf zwei Teller, und sie stiegen die Hintertreppe zum siebten Stock hinauf, von wo sie das Flachdach betreten konnten. Eigentlich war das verboten, aber Esteban hatte die Hintertür mit einer Haarnadel geöffnet.

»Ich kann nirgendwo wohnen, wo es keinen Fluchtweg gibt. Das hat mein Vater mir beigebracht«, hatte er Laura erklärt.

Das Dach war Estebans geheime Terrasse, auf der er Kräuter züchtete. Sie setzten sich auf zwei Plastikstühle und genossen die Aussicht über die Dächer, Schornsteine und Antennenwälder von Sants. Esteban nannte es seine *Million Dollar View.*

Irgendwo auf der anderen Seite des Montjuïc saß Lauras Tagesfreund und aß alleine zu Abend. Spiegeleier mit Brot, wie sie annahm. Vielleicht saß er mit nacktem Oberkörper auf dem Bett und übte Bossa-Nova-Griffe. Vielleicht saß ein Mädchen neben ihm, das am Mittwochabend gerne zu seinem Konzert kommen wollte.

Laura seufzte. Es war nicht leicht, einen Tages- und einen Abendfreund zu haben, aber sie hatte es ja nicht anders gewollt. Wenigstens hatte sie eine Wahl. Vor sechs Jahren, als das Volk auf der Plaza Oriente in Madrid dem halb toten Caudillo ein zehnfaches »Lang lebe der General!« zurief, hatte Laura die letzten Zuckungen des alten Regimes gefeiert, indem sie dem hübschen Guillermo aus der Jungenschule erlaubte, sie auf einer schimmeligen Matratze in einem Dachboden über der Autowerkstatt seines Bruders zu entjungfern.

Sie hatte Lust, sie zu feiern. Die neuen Zeiten. Sie waren nach Spanien gekommen, und niemand konnte ihr verbieten, allein in einer fremden Stadt zu wohnen und zwei Männer gleichzeitig zu haben. Andererseits würde ihr nun schon zwei Monate währendes Doppelleben vermutlich nicht ewig gut gehen.

Nicht nur, dass ihre Namen dieselben Initialen hatten, auch ihre Telefonnummern begannen mit denselben drei Ziffern. Mehr als einmal hatte sie beinahe Esteban anstatt Elias angerufen, mehr als einmal um ein Haar den falschen Namen gesagt, wenn sie mit einem der beiden im Bett war.

Lauras Leben war ein Chaos aus Busfahrplänen und Fahrten zwischen Raval, Sants, Les Corts und dem Konservatorium geworden. Sie musste stets für mehrere Tage vorausplanen und alles Nötige dabeihaben, und sie lebte in der ständigen Angst aufzufliegen.

Ihr schlechtes Gewissen beruhigte sie mit der Feststellung, dass es im Interesse beider Männer lag, dass sie keine überstürzte Entscheidung traf. Gleichzeitig jedoch wollte sie es hinter sich bringen. Offenbar war ihr Unterbewusstsein derselben Auffassung, denn vor einer Woche war ihr bei einem Telefongespräch mit ihrer Mutter herausgerutscht, dass es jemanden gebe, den sie gern ihren Eltern vorstellen würde.

Jetzt gab es keinen Weg zurück.

Die Entscheidung

Lauras eindringlichste Kindheitserinnerung war die, immer von Menschen umgeben zu sein. Nicht nur von ihrer Familie, sondern von einer bunten Mischung aus Hotelgästen mit ausländischen Gesichtern und Gewohnheiten, den Angestellten ihres Vaters und allen anderen Menschen, die im Haus ihrer Kindheit ein und aus gingen und ihr und Félix im Weg standen, wenn sie mit ihren Steckenpferden um die Wette rannten oder die Spielzeugeisenbahn auf den Hotelflur verlegten.

Ihr Großvater, den man meist auf der Treppe prusten hörte, bevor man ihn sah, obwohl sie extra für ihn einen Aufzug eingebaut hatten. Ihr Vater mit Filzhut und Anzug, der das Hotel mit jugendlichem Eifer und Intuition anstatt mit Geschäftssinn betrieb; seine cholerischen Anfälle, die im Alter immer häufiger wurden.

Ihre Mutter, deren wichtigster Beitrag nicht die vielen kleinen Aufgaben waren, die sie im Lauf des Tages erledigte, sondern dass sie alles zusammenhielt. Sie führte den Kalender, sorgte dafür, dass immer Seife auf den Zimmern war, nähte die Gardinen, kümmerte sich um die Kinder oder wies ihren sprunghaften Mann zurecht, wenn es nötig war.

Und Alexander. Und Beatriz. Und Tristán. Und Jaime und Carmen, die ihre Kinder oft mit Cousin und Cousine im Hotel spielen ließen.

Im Gegensatz zu ihrer Kindheit war das *Hotel El Che* ihrer Jugend eher eine leere Hülle der Vergangenheit, durch dessen undichte Fenster und Mauerrisse die Lebensfreude entwichen war.

Das Geräusch ihrer Jugend war die Stille. Sie wusste nicht, wie viele Morgen sie schweigend am Frühstückstisch gesessen hatten. Das Rascheln der Zeitung und der brodelnde Kaffee waren das Echo ungesagter Worte. Wenn sie dann endlich über etwas redeten, waren es Nebensächlichkeiten. Auch wenn es mit den Jahren etwas besser wurde, dominierte die Stille Lauras Erinnerung an die Jugendzeit.

Tristán war der Erste, der vor dem Verfall flüchtete. Er zog in die Berge, in das kleine Dorf, aus dem Tante Clara stammte, und wo Fernando Antonio Arenas dafür sorgte, dass er im Haus einer verstorbenen Witwe wohnen konnte. Ein Jahr später leistete ihm Beatriz Gesellschaft.

Erst viele Jahre später war Laura an der Reihe, die Beine in die Hand zu nehmen. Sie hatte geschworen, nie mehr zurückzukehren.

*

Laura hatte mit sich selbst gewettet, wer das Thema »Freund« wohl zuerst anschneiden würde, ihr Vater oder ihre Mutter.

»Wen möchtest du uns eigentlich vorstellen?« Sofía lächelte erwartungsvoll.

Es war Mittwochmittag. Laura nutzte die Pause, um mit ihren Eltern zu essen. Am Abend zuvor hatte sie sie am Bahnhof in Sants abgeholt, aber die Einladung zum Abendessen mit der Begründung, sie müsse noch üben, abgelehnt. Wenn sie ihre Eltern lange nicht gesehen hatte, musste sie sich in kleinen Dosen an ihre Gesellschaft gewöhnen.

»Ihr werdet ihn schon noch treffen«, antwortete Laura.

»Aber wer ist es denn?«

»Mutter, ihr werdet schon sehen.«

Die Wahrheit war, dass Laura noch immer keine Entscheidung getroffen hatte. Am Dienstagabend, kurz vorm Schlafengehen, war die Wahl auf Elias gefallen, aber am Mittwochmorgen war es wieder Esteban.

Ihre Mutter hatte es viel leichter gehabt. Sofía hatte ihr einmal erzählt, dass es nie jemand anderen als ihren Vater gegeben habe. Seit er als Schiffbrüchiger in das Kloster geschleppt wurde, in dem sie damals arbeitete, hatte sie keinen anderen Mann angeschaut.

»Er wurde einfach auf seiner Zedernholzplanke angeschwemmt. Das war Schicksal«, hatte sie auf für sie ungewöhnlich poetische Art gesagt.

Freilich hatte Víctor sie erst einmal verlassen, was natürlich ziemlich unverschämt war, aber als er fast zwei Jahre später mit einer Nelke im Knopfloch und einem Blumenstrauß in der Hand vor ihr stand, war jeder Zweifel verschwunden.

Wer weiß, ob sie noch immer so fühlte, dachte Laura, während sie ihre Mutter betrachtete. War es überhaupt möglich, den Rest seines Lebens mit ein und demselben Mann glücklich zu bleiben?

Sie waren einander ähnlich, Sofía und Laura. Jedenfalls äußerlich. Dasselbe schmale Gesicht und spitze Kinn, dieselben braunen Augen. Bloß hatte Laura eine wesentlich kleinere Nase zugeteilt bekommen, wofür sie sehr dankbar war. Außerdem trug sie ihr langes Haar lieber offen, während Sofía es immer zu einem Knoten hochsteckte.

»Aber seinen Namen kannst du uns doch sagen?«

»Mutter, hör schon auf. Ihr werdet es bald erfahren.«

»Hoffentlich, bevor du ihn uns vorstellst. Und wann werden wir ihn treffen?«

Laura kaute und schluckte. »Morgen Abend«, hörte sie sich selbst sagen.

»Lass sie jetzt in Ruhe, Sofía«, sagte ihr Vater sanft. »Wie läuft es mit der alten Schachtel? Hast du sie noch im Griff?«

Die alte Schachtel war ihr Kosename für das Cello, das ihre Eltern ihr zum achtzehnten Geburtstag geschenkt hatten. Sie hatte jahrelang um ein neues Cello gebettelt, und doch war sie erstaunt gewesen, als Víctor an ihrem Geburtstag mit einem teuren Cello aus Fichte und Ahorn ankam. Wie sie sich das hatten leisten können, war ihr ein Rätsel. Das Instrument war launischer als ihr altes, die neuen Saiten mussten dauernd gestimmt werden. Entsprechend hatte ihr Vater es getauft.

»Gut. Es ist eher mein schlaffer Ellbogen, den ich nicht im Griff habe.«

Laura war froh, dass ihr Vater am Dienstag den mystischen Freund nicht mehr erwähnte. Dafür weihte er sie am Abend in einem Restaurant in La Barceloneta bei einer Makrele in Salzkruste in seine neuesten Pläne ein.

Zusammen mit ein paar anderen visionären Bürgern Málagas, wie er es ausdrückte, wollte er einen Verein gründen, dessen Ziel es war, Zeppeline zu bauen, die Touristen über die Costa del Sol fliegen sollten. Die Pläne waren schon weit gediehen, und sie bemühten sich um die Unterstützung des Stadtrats. Der Verein hatte Víctor freie Hand gegeben, Onkel Félix' alte Konstruktionspläne zu benutzen, die Sofía in weiser Voraussicht im Bankschließfach der Familie aufbewahrt hatte.

»Es wird das neue Wahrzeichen der Costa del Sol. Stell dir vor, rund um Gibraltar zu fliegen, über die Jachthäfen von Marbella und Torremolinos und die Stierkampfarena von Málaga!«

Trotz der unerträglichen Spätsommerhitze war er wie immer tadellos gekleidet. Weißes Hemd, karierter Blazer und beige Leinenhosen, Sonnenbrille und ein Stecktuch in der Brusttasche. Sein Haar war zurückgekämmt, er sah aus wie ein sizilianischer Mafioso. An den Schläfen wurde er langsam grau, immerhin war er Mitte fünfzig.

Laura warf ihrer Mutter einen vielsagenden Blick zu, aber Sofía schwieg.

»Das klingt gefährlich. Was, wenn er ins Meer stürzt?«

»Wird er nicht. Deshalb benutzen wir Onkel Félix' Zeichnungen. Er hatte vorhergesehen, wie man die Bauweise optimieren könnte, damit die Konstruktion sicherer wird.«

»Dann lass es mich anders sagen: Das klingt teuer.«

»Natürlich stehen am Anfang einige Ausgaben für Aluminiumkonstruktionen, Ingenieure, Brennstoff und dergleichen an«, sagte er, während er seinen Fisch sezierte. »Aber nicht so hoch, dass man keinen Kredit nehmen könnte.«

Laura konnte sich kaum beherrschen. Ein Zeppelin im Jahr 1981? Für Touristen? Was in aller Welt hatte ihr Vater da vor?

»Entschuldige, aber wie willst du das abbezahlen? Gestern konnten wir uns nicht einmal ein Taxi zum Hotel leisten.«

Víctor sah sie verwundert an.

»Wo willst du das Geld herkriegen? Soll Mutter etwa noch mehr bei diesem Konfektionshändler arbeiten?«

Laura warf ihrem Vater vor, dass Sofía die Arbeit bei Señor Karanka wieder hatte aufnehmen müssen, damit das Geld ausreichte. Sie wusste, dass ihre Mutter schon einmal dort gearbeitet hatte und dass sie hasste, wie der Konfektionshändler sie behandelte. Er überhäufte sie mit Geschenken und machte ständig Andeutungen. Wieso ihr Vater sich damit abfand, war Laura ein Rätsel.

»Geld spielt keine wesentliche Rolle«, antwortete er. »Das Wichtigste ist, dass jemand groß denkt. Wie sonst ist diese Welt entstanden?«

Dieser Satz entschied alles. Das Glücksrad blieb auf Elias' Namen stehen.

Die Welt drehte sich um ihren Vater, so war es immer gewesen. Das Hotel, die Trüffelsafaris in den Bergen, die er für gutgläubige Gäste arrangierte, seine Geigenkonzerte in der Bar und der endlose Strom von Anekdoten, die er zu jedem Stück erzählte, die Kommunisten in Zimmer 9, der Brand – und jetzt also Zeppeline. Es war einfach zu viel.

Sie brauchte ein Gegengewicht, um die Balance zu halten. Keiner würde diese Rolle besser erfüllen als Elias. Außerdem bestand die Chance, dass ihr Vater nicht das Geringste für den selbstbewussten jungen Gitarristen mit den langen Haaren und dem Spitzbart übrig hatte. Wie zwei Pole würden sie einander abstoßen, hoffte sie.

Für den Rest des Tages war Laura sauer auf ihren Vater. Sie spazierten mit den Touristenmassen durchs gotische Viertel, und nachdem sie ihre Eltern in dem schmutzigen Hotel mit dem blinkenden Neonschild abgeliefert hatte, wo das Wasser mehrere Minuten laufen musste, ehe es warm wurde, ging sie zum Münztelefon im Erdgeschoss ihres Wohnheims und wählte seine Nummer.

»Hallo?«, erklang es nach etlichen Klingeltönen. Er brauchte immer lange, um ans Telefon zu gehen.

»Ich bin's. Ich weiß, dass es spät ist, aber könntest du dir vorstellen, morgen Abend mit mir und meinen Eltern essen zu gehen? Ich würde dich ihnen gern vorstellen.«

»Okay.«

»Komm einfach um acht ins Wohnheim. Dann siehst du auch mal mein Zimmer. Nummer 114.«

»Okay.«

»Danke«, murmelte Laura und vergaß völlig, sich zu verabschieden. Sie war müde und verwirrt. So war es immer, wenn sie zu viel Zeit am Stück mit ihren Eltern verbrachte. Kleinere Dosen, dachte sie.

*

Wo blieb er?

Laura hatte den ganzen Tag gute Laune gehabt, aber nun war es lange nach acht Uhr und nicht mehr lustig. Víctor und Sofía saßen auf ihrem Bett und starrten Löcher in die Luft. Ihr Vater zog demonstrativ die Taschenuhr aus der Jackentasche.

Laura hatte nicht bedacht, dass Elias selten Verabredungen einhielt, während Esteban der Pünktliche von beiden war. Gut, dass sie nie wieder befürchten musste, die beiden zu verwechseln. Am Wochenende oder spätestens Montag würde sie Esteban anrufen und Schluss machen.

Laura lächelte entschuldigend. »Er kommt bestimmt jeden Moment.«

Kurz darauf klopfte es an der Tür. Laura sprang auf und stürmte zur Tür. Dort drehte sie sich noch einmal kurz um und sah, dass ihre Eltern erwartungsvoll aufgestanden waren.

Laura öffnete und hätte die Tür fast wieder zugeknallt, als sie ihn dort stehen sah. Esteban, mit einem verlegenen

Lächeln und Augen, die jeden Moment aus den Augenhöhlen springen konnten. In der Hand hielt er einen Blumenstrauß. Laura wurde klar, dass sie etwas sagen musste.

»Ich hoffe, ich komme nicht allzu spät«, sagte er und knisterte mit dem Zellophan.

Laura musste jeden Gesichtsmuskel mobilisieren, um die Andeutung eines Lächelns hervorzuzwingen. Auch dies dauerte zu lange.

»Natürlich nicht. Komm rein«, stammelte sie endlich.

Während der Vorspeise ertrank Laura in Selbstmitleid und versuchte, das nervöse Zucken ihrer Unterlippe mit reichlich Cava zu beruhigen.

So blöd konnte doch kein Mensch sein. Wie konnte sie aus Versehen Estebans statt Elias' Nummer wählen und es nicht einmal bemerken? Warum war ihr nicht aufgefallen, dass Elias' Stimme viel heller als sonst war und er wie Esteban auf ihre Fragen geantwortet hatte, nämlich mit einem Minimum an Worten. Das konnte nur eine Stressreaktion auf den Besuch ihrer Eltern gewesen sein.

Während der Hauptspeise sah sie erstaunt, dass Esteban sich prächtig mit ihren Eltern unterhielt, während sie selbst schwieg. Er antwortete artikuliert auf Fragen und stellte selbst welche. Esteban hatte ein schickes, wenn auch zerknittertes Hemd angezogen und die wildesten Auswüchse seines Bartes gestutzt. Ob er daheim ein paar Bier getrunken hatte? So viel hatte sie ihn bisher nur reden hören, wenn er betrunken war. Im Grunde war es ihr egal. Sie fand Gefallen an dieser Version von Esteban. Vielleicht war es doch nicht das Schlechteste, wenn er und ihr Vater gemeinsame Themen hatten und sich verstanden. Vielleicht konnten sie einander ergänzen.

Nach dem Dessert, einem Glas Portwein und einem innigen Esteban-Lächeln befand sie, dass es vielleicht Bestimmung war. Nicht ihr Unterbewusstsein hatte die Wählscheibe gedreht, sondern der Zeigefinger des Schicksals.

Das Schicksal hatte eingegriffen und den richtigen Mann an Laura de la Vegas Türschwelle geschickt. Genau wie es vor vielen Jahren ihren Vater mit einer Nelke im Knopfloch und einem Blumenstrauß in der Hand vor die Tür ihrer Mutter zurückgebracht hatte.

Sie legte ihre Hand in Estebans, genoss den Rausch und ignorierte, dass die Bestimmung des Schicksals nicht automatisch hieß, dass alles glücklich enden würde.

Der Duft von Vanille

Kurz vor den Weihnachtsferien zog Laura aus dem Mädchenwohnheim in Estebans Wohnung. Das war vielleicht etwas übereilt, aber da ihre Eltern so begeistert von ihrem zukünftigen Schwiegersohn waren, war dies ihre letzte Chance für eine Art Aufruhr.

Ihre Eltern nahmen es gelassen auf, doch den Gerüchten aus den andalusischen Bergen zufolge war Beatriz zutiefst enttäuscht, dass ihre Enkelin in wilder Ehe lebte, noch dazu so weit entfernt, dass niemand auf sie aufpassen konnte. Vielleicht befürchtete sie auch nur, dass wieder ein Argentinier ankam und ein Familienmitglied stahl.

Den Verlust von Elias hatte sie rasch überwunden. Ein einfaches Telefongespräch, und die Sache war erledigt. Anderthalb Wochen später hatte sie ihn zufällig mit einem unbekannten Mädchen an der Hand auf der Rambla gesehen. Das hatte sie in ihrem Glauben bestärkt, dass das Schicksal die richtige Wahl getroffen hatte.

Laura und Esteban verbrachten Weihnachten in der Wohnung, unter Wolldecken zitternd und ohne Warmwasser, weil er vergessen hatte, Gasflaschen zu kaufen. Sie aßen Konfekt und schauten sich alte amerikanische Weihnachtsfilme an. Am Abend rief Sofía an und wünschte ihnen frohe Weihnachten, während Víctor die Gelegenheit nutzte, seiner Tochter wiederholt Vorwürfe zu machen, weil sie zu Weihnachten nicht nach Hause gekommen war.

»Ich habe sogar ein Los von der Blindenlotterie für dich gekauft«, sagte er.

»Dann bekommst du die Hälfte des Vermögens, wenn es gewinnt«, sagte Laura und unterdrückte ein Quietschen, weil Esteban unter der Decke auf Entdeckungsreise ging.

Sie legte schnell auf.

Am Neujahrstag gab Laura auf der Plaza de Catalunya ein Konzert mit Studenten ihres Jahrgangs. Es war eine Ehre, dafür ausgewählt zu werden, sie durfte nicht ablehnen, obwohl sie sich alles andere als sicher fühlte.

Esteban unterstützte sie und trichterte ihr Selbstvertrauen ein. Er stand in der ersten Reihe und lächelte sie während des gesamten Konzertes an, während sie vor Nervosität unter dem provisorischen Zeltdach zitterte, das man in aller Hast aufgespannt hatte, weil die schwarzen Wolken am Himmel sich nicht verziehen wollten. Obwohl sie einen kleinen Notenpatzer machte, hörte Esteban nicht auf zu lächeln, und niemand im Publikum war enttäuscht aufgestanden und gegangen, wie sie es befürchtet hatte.

Das Konzert nährte Träume von Auftritten in fernen Konzertsälen wie Lissabon, Stockholm oder Tokio, vielleicht sogar dem Teatro Colón in Buenos Aires. Als Mitglied eines Klavier- oder Streichtrios oder sogar als Solistin, die in den Feuilletons für ihre Interpretation der Bach-Suiten gelobt wurde. Sie beschloss, entschieden mehr zu üben.

»Wo könntest du dir eigentlich vorstellen zu leben?«, fragte sie Esteban eines Sonntagmorgens, als der Regen an die Scheiben klopfte und keiner von ihnen aufstehen wollte. Sie hoffte, er würde New York sagen. Sofía hatte Laura anvertraut, dass sie als Mädchen davon geträumt hatte, Ballerina in Manhattan zu werden.

»Für immer?«

»Nicht unbedingt. Eine Zeit lang.«

»Keine Ahnung. Darüber habe ich nie nachgedacht.« Er schaute an die Decke.

Typisch Esteban.

»Doch, bestimmt. Jeder hat irgendeinen Ort, von dem er träumt.«

»Du auch?«

»Ja. New York.«

»Gut, dann will ich auch in New York leben.«

»So leicht kommst du nicht davon.«

Er dachte lange nach.

»Dann Polynesien. Auf meiner eigenen Vanilleplantage.«

»Warum?« Laura legte den Kopf auf seine Brust. Wieder dauerte es lange, bis er antwortete.

»Meine Mutter liebte Vanille. Einmal sagte sie, sie wolle ihren Lebensabend auf einer polynesischen Vanilleplantage verbringen. Sie hat Vanille selbst gezüchtet, obwohl das sehr schwer ist. *Vanilla planifolia.* Es ist eine große Kunst, die Pflanzen zu bestäuben. Es klappt nur in den wenigen Stunden, in denen sie blühen. Sie stand in der Morgendämmerung auf, um bereit zu sein. Man muss die Pollen ganz vorsichtig mit einem Bambusstäbchen auf die Narbe bringen, damit die Blüte ganz bleibt. Wenn man Glück hat, wächst eine grüne Schote, wenn nicht, muss man auf die nächste Blüte warten. Meine Mutter hatte viele Pflanzen und Blumen, aber die Vanille-Orchideen waren ihre liebsten. Einmal weckte sie mich, um mir zu zeigen, wie man sie vermehrt, aber es ist mir nie geglückt. Wenn ich eine ganze Plantage zum Üben hätte, würde ich es bestimmt schaffen.«

Wieder wunderte sich Laura über Estebans Redefluss. Normal war er wie ein Kaffeeautomat; er gab nur kurze Sätze von sich, bis jemand ihn mit Münzen in Form von Fragen fütterte.

Mehr sagte er nicht. Nach mehreren Minuten Pause hob Laura den Kopf und sah ihn an. Er lag auf dem Bett und starrte die Decke an, als hätte er jeden Bezug zur Welt verloren.

»Was ist eigentlich mit deinen Eltern passiert?«

»Sie wurden erschossen.«

Esteban war wie kein anderer aus Lauras Bekanntenkreis. War Elias morgens eine Gitarre gewesen, die erst einmal gestimmt werden musste, war Esteban ein Saiteninstrument, das in einer ganz anderen Tonart als der Rest des Orchesters gestimmt war.

In manchen Dingen war er völlig ahnungslos. Zum Beispiel wusste er nicht, wer James Bond war, oder er hielt Margaret Thatcher für die Präsidentin der USA. Seine Wissenslücken wurden jedoch von einer ausgeprägten Intelligenz und der Lust am Lernen ausgeglichen.

Einmal hatte Laura vorgeschlagen, dass sie einander ihre Lieblingsmärchen aus der Kindheit erzählen sollten. Nachdem Laura ihres vorgetragen hatte, gab Esteban zu, dass er keine Märchen kannte. Wenige Tage später war der Boden der Wohnung mit Märchenbüchern bedeckt gewesen. Und in der Toilette standen die gesammelten Märchen der Brüder Grimm gegen die grässlichen Fliesen gelehnt. Esteban hatte in der Bibliothek alles ausgeliehen, was mit Märchen zu tun hatte.

So falsch gestimmt er auch sein mochte, so einfühlsam war er in anderen Momenten. Laura konnte stundenlang mit ihm reden, auch wenn er nicht viel sagte. Und er brachte sie zum Lachen, nicht nur mit ihm, sondern auch über ihn.

Schwieriger war es, wenn er sich vollkommen in sich zurückzog. Dann war er wie ein von einem schwarzen Loch verschluckter Stern. Zum Beispiel, wenn sie vorm Fernseher saßen und er mit leerem Blick auf den Bildschirm starrte. Oder wenn er am ersten Freitag jeden Monats mit drei Stangen feinster polynesischer Vanille heimkam und wortlos die gebündelten Schoten über dem Herd austauschte. Oder wenn sie ihn nach seiner Kindheit fragte und er sie mit knappen Antworten abspeiste, die eher zu einem Fünfjährigen passten.

Erst nach einigen Monaten wurde ihr klar, was Esteban so einzigartig machte. Er war wie eine weiße Leinwand, die noch keiner bemalt hatte. Alle anderen Bekannten Lauras waren ein Produkt ihrer Zeit, ihrer Familiengeschichte, ihres Milieus und ihrer Kultur. Nicht so Esteban. Es war, als hätte er einen Schutzwall um sich hochgezogen, an dem alle äußeren Einwirkungen abprallten.

*

Am meisten irritierte es Laura, wie gut Esteban mit ihren Eltern auskam. Insbesondere mit ihrem Vater. Am ersten Abend war es nett gewesen, danach ärgerte es sie zunehmend.

An Ostern reisten sie nach Málaga und verbrachten sechs Tage im Hotel. Sie badeten jeden Morgen im Meer, küssten sich unter der Silbereiche im Paseo del Parque, sahen den Osterprozessionen in der Stadt zu und besuchten Picassos Geburtshaus, aber vom dritten Tag an wollte Esteban lieber im *Hotel El Che* bleiben und mit ihrem Vater reden, als mit Laura Tourist zu spielen.

Sie unterhielten sich über Argentinien. Über Präsidenten, Traditionen, Städte, Ombubäume und den unendlichen Himmel über der Pampa.

»Worüber redet ihr eigentlich die ganze Zeit?«, knurrte sie, als Esteban am vierten Tag spät in der Nacht zu ihr ins Bett kroch.

»Nichts Besonderes. Über alles Mögliche.«

»Alles Mögliche?«

»Wir tauschen Erinnerungen aus. Können wir es nicht dabei belassen?«

»Ich dachte, du hättest keine mehr?« Laura ignorierte seine zärtlichen Annäherungsversuche.

Am nächsten Morgen machte sie es wieder gut, indem sie ihn in den Lagerraum zerrte und ihn hinter dem Regal mit den Reinigungsmitteln verführte. Schließlich war sie nicht auf ihn sauer, sondern auf ihren Vater. Insgeheim hoffte sie, ihr Vater würde hereinkommen, als Esteban sie von hinten nahm.

Aus reinem Trotz steckte Laura all ihre Kraft in den Frühjahrsputz des *El Che*. Es sollte ihr Geschenk für Víctor, Sofía und Alexander sein.

Sie wollte ihnen das Hotel ihrer Kindheit zurücklassen, wie sie sich daran erinnerte. Befreit von allen schlechten Erinnerungen und vom Verfall. Wenn sie fertig war, wollte sie ihre Eltern sich selbst überlassen, Esteban bei der Hand nehmen, ihn zur Hintertür hinausschmuggeln und nie wieder zurückkehren. Sie würden zurück nach Barcelona fahren, und vielleicht würde sie ihrer Mutter eines Tages eine Postkarte aus

Manhattan schicken, einen hastig geschriebenen Gruß vor ihrer Generalprobe in der Carnegie Hall.

Sie hatte den unaufhaltsamen Verfall des Hotels von innen miterlebt, und jedes Mal, wenn sie in Málaga war, sah sie, dass ihre Eltern nichts dagegen unternahmen.

Die Bettfedern quietschten beim geringsten Druck, weil sie für einen Spottpreis aus dem Inventar eines früheren Kinderheims gekauft worden waren. Die Teppiche unter den Waschbecken waren noch immer notwendig, um die Gäste vor Stromstößen zu bewahren, wenn sie auf dem Steinboden standen und das Wasser aufdrehten. Die Stockflecken in den Bädern einiger Zimmer hatten sich weiter ausgebreitet. Die Dichtungen leckten, und ein Stern auf dem Namensschild war übermalt, weil ihr Vater sich nicht mehr erlauben konnte, zwei Sterne zu tragen, ohne Ärger mit den Behörden zu bekommen.

Die Orangenbäume im Innenhof blühten, und in der Hofmitte hatte Víctor einen Feigenbaum zur Erinnerung an seinen Sohn gepflanzt, doch das war nicht genug, um vom Verfall abzulenken.

Die schlechte finanzielle Lage war ein Teil der Erklärung. Das *Hotel El Che* war nicht ausreichend versichert gewesen, und die Bank forderte einen Kredit zurück. Das meiste Geld war für schludrige Handwerker, schlechte Maurer und zweifelhafte Elektroinstallationen draufgegangen.

In erster Linie jedoch war der Verfall dem mangelnden Willen ihrer Eltern geschuldet, wie Laura fand. Sie hatten nicht die Kraft, sich selbst und das Hotel wiederaufzubauen. Ein Jahr nach dem Brand eröffneten sie das wieder hergerichtete *Hotel El Che,* aber es war nur ein schwacher Abglanz von dem, was es einmal gewesen war. Wie ein komatöser Patient, den man um jeden Preis am Leben erhielt, obwohl die Ärzte sagten, dass es keine Hoffnung mehr gebe.

Laura wanderte mit Eimer und Putzlappen von Zimmer zu Zimmer und versuchte, den Verfall aus dem *Hotel El Che* zu schrubben, doch nach nicht einmal der Hälfte musste sie einsehen, wie sinnlos es war. Jedes Mal, wenn sie ein neues Zimmer betrat, erwartete sie, das Félix aus dem Kleiderschrank springen würde. Sie hörte das Prusten ihres Großvaters auf der Treppe und das Geigenspiel ihres Vaters in Zimmer 9. Als sie sich vor das Bett legte, um darunter zu wischen, traute sie sich kaum zu schauen, weil sie befürchtete, einem verschreckten Kommunisten in die Augen zu sehen, der sich vielleicht seit fünf Jahren dort versteckte.

In einer verstopften Duschkabine im zweiten Stock kapitulierte sie. Sie setzte sich auf die nassen Fliesen und starrte ins Leere. Wie lange sie dort gesessen hatte, wusste sie nicht, aber plötzlich stand ihre Mutter in der Tür und lächelte.

»Ich verstehe nicht, wie ihr so leben könnt, Mutter. Ich verstehe es einfach nicht.«

Sofía sah sich um und zuckte mit den Schultern. »Findest du das so schlimm? Ich weiß wohl, dass es an manchen Stellen etwas feucht ist, aber das hier ist nun mal kein Königspalast.«

»Ich rede nicht von den Stockflecken. Ich rede von euch. Vater und du. Und Alexander. Ich verstehe nicht, wie ihr all die Jahre so leben konntet.«

Sofía ging in die Hocke und streichelte Lauras Haar.

»Was meinst du damit?«

»Was ich meine? Warum hast du dich all die Jahre mit so vielem abgefunden? Mit seinen endlosen Geschichten und seinem Gerede? Ich verstehe es nicht. Ich kann mich nicht mehr erinnern, wann ihr das letzte Mal liebevoll zueinander wart.«

»So oft bist du ja auch nicht hier«, sagte Sofía vorwurfsvoll. »Ich schätze deinen Vater sehr. Und was auch geschieht, seinen Mann verlässt man nicht einfach. Dein Vater hat seine Fehler, und es ist nicht immer leicht, mit ihm zusammenzuleben, aber das ist nun mal mein Los. Und er hat mir viele glückliche Stunden gegeben.«

»Trotzdem verstehe ich es nicht.«

»Vielleicht wirst du es einmal verstehen.« Sofía stand auf. »Soll ich dir helfen?«

»Nein, danke. Wenn du wirklich helfen willst, dann bitte Vater, Esteban in Ruhe zu lassen. Er ist immer noch *mein* Freund.«

Sofía lächelte. »Da drückt also der Schuh. Sei nicht so streng mit deinem Vater, Laura, er kann doch nichts dafür.«

»Das ist mir egal. Sag ihm einfach, er soll sich von ihm fernhalten.«

»Das musst du ihm schon selbst sagen. Da mische ich mich nicht ein.«

Das tat Laura am selben Abend, während Esteban im Bad war.

»Ich weiß wirklich nicht, wo das Problem liegt«, sagte Víctor, nachdem sie ihm erklärt hatte, dass Esteban und sie mehr Zeit für sich haben wollten.

»Das Problem ist, dass er mein Freund ist, und kein neuer Alexander. Oder ein neuer Félix.«

Den letzten Satz bereute sie sofort, aber er schien nicht verletzt zu sein.

»Ist es denn verkehrt, dass ich deinen Freund mag?«

»Nein. Es ist nur ...« Laura seufzte und rang nach Worten. »Es fällt mir einfach schwer zu akzeptieren, dass mein Freund und mein Vater, die sich gerade erst kennengelernt haben, bis spät in die Nacht zusammensitzen und über Gott und die Welt reden. Ist das so schwer zu verstehen?«

»Wenn es dich freut, werde ich mich zusammenreißen. Aber wenn er mit mir spricht, darf ich wohl antworten, oder?«

»Schon in Ordnung, Vater, danke«, sagte Laura und sah ein, dass sie die Schlacht verloren hatte. Sie stand auf, aber in der Tür drehte sie sich noch einmal um.

»Ich freue mich ja, dass du Esteban magst«, sagte sie und ging.

An diesem Abend, ihrem letzten in Málaga, gelang es Laura, Esteban früh ins Bett zu locken.

»Erzähl mir von deiner Kindheit. Ich möchte mehr über dich wissen. Sonst schneide ich deine Vanillestangen von der Leine und werfe sie ins Meer«, flüsterte sie, als sie im Dunkeln unter der Decke lagen. Die Bettfedern quietschten bei der kleinsten Bewegung.

Laura hatte jede Menge Fragen vorbereitet, sie hielt ein ganzes Arsenal an Münzen für den Kaffeeautomaten bereit. Irgendwie musste sie ihn ja zum Reden bewegen.

Er war in einem Eckhaus mit Aussicht auf staubige Straßen und Zuckerrohrfelder in Tucumán aufgewachsen, erzählte er. Im Garten standen Spaliere für die Blumen seiner Mutter und ein Lehmofen für Brot und Empanadas. Seine Eltern betrieben eine kleine Kantine, wo die Arbeiter des Viertels um Punkt ein Uhr zu Mittag aßen. Schnitzelbrötchen, Kürbisquiche, Fleischbällchen in Tomatensoße, einfache Gerichte.

Seine Eltern waren überzeugte Marxisten, doch das bemerkte Esteban in seiner frühen Kindheit kaum. Erst in den frühen Siebzigerjahren, als sein Vater von einem längeren Aufenthalt auf Kuba zurückkam, wurden sie plötzlich revolutionäre Marxisten. *Guevaristas.* Seine Mutter war nun Guerillakämpferin auf Teilzeit, sein Vater widmete sich voll und ganz dem Kampf. Das Haus füllte sich mit Menschen, die Esteban nicht kannte und mit denen er selten redete. Sein Vater verbrachte viel Zeit in der Garage mit anderen Männern, die – wie Esteban annahm – ebenfalls *Guevaristas* waren. Unter anderem ein Cousin seines Vaters, der immer merkwürdig beißend roch, obwohl er in einer Zuckerraffinerie arbeitete. An anderen Tagen saßen die Männer im Restaurant und taten, als wären sie Zufallsgäste.

Als Esteban elf Jahre alt war, nahm sein Vater ihn von der Schule mit der Begründung, dass die Lehrer ihn indoktrinierten. Sie brächten ihm die Geschichte so bei, wie das Regime es wünsche, mit Heimunterricht sei er besser bedient. Den erledigte sein Vater selbst, zumindest, wenn er Zeit hatte. Er erzählte Esteban die Weltgeschichte, wie *er* sie für richtig befand. Am meisten lernte Esteban über Kuba, die Sowjetunion und Che Guevara.

»Das meine ich, wenn ich sage, dass dein Vater und ich Erinnerungen austauschen. Wir füllen die schwarzen Löcher des anderen. Er erzählt mir von seiner Kindheit. Welche Autos sie fuhren, wer damals Präsident war, was sie aßen, wofür Perón stand. Alles, was ich als Kind nicht gelernt habe. Und ich erzähle ihm meine Version. Über das Heim meiner Kindheit, mein Viertel, Politik und solche Dinge. Alles, was er selbst nicht erleben durfte«, sagte Esteban.

»Ich habe dich auch nach dem Heim deiner Kindheit gefragt, und alles, was du sagtest, war, dass du in einem ganz normalen Haus gewohnt hast.«

»Es ist irgendwie leichter mit deinem Vater.« Er schielte sie an. »Entschuldigung, das war nicht so gemeint.«

»Schon okay. Erzähl mir mehr.«

Viel mehr gab es nicht zu erzählen. Der Konflikt zwischen der Revolutionären Volksarmee ERP und der Militärregierung eskalierte, die ERP begann ihren Guerillakrieg, zündete Bomben, tötete Polizisten und Militärs. Estebans Vater verschwand viele Tage lang in den Bergen Tucumáns. Als Esteban fünfzehn war, grillte seine Mutter zu Weihnachten Spanferkel für viele aus dem Viertel. Eine Bestellung kam vom Polizeichef persönlich. Estebans Vater und sein Cousin versteckten zwei Pistolen im Bauch des Ferkels und lieferten es persönlich. Sie erschossen den Polizeichef und drei Gäste, dann flüchteten sie.

Nach dieser Nacht sah Esteban das Haus seiner Kindheit nie wieder. Die Familie zog jede zweite oder dritte Woche in ein anderes Haus. Es war im Sommer 75, und die Regierung hatte der ERP in der Provinz Tucumán den Krieg erklärt. Immer wenn sie in ein neues Versteck umzogen, verbanden sie Esteban die Augen. Eines Abends nahm sein Vater Esteban in den Garten eines Hauses mit, wo sie ausnahmsweise länger als zwei Wochen geblieben waren. Er zeigte ihm den Eingang zu einem geheimen Kellerraum unter der Garage. Wenn irgendetwas geschehen sollte, müsse Esteban die Geheimtür öffnen und sich dort verstecken, schärfte er ihm ein.

Man müsse immer einen Fluchtweg haben, erklärte sein Vater.

Eine Woche später wurde Esteban von Rufen und Schreien geweckt. Seine Mutter stürmte mit einer Maschinenpistole in der Hand ins Zimmer und befahl ihm, sich in dem Keller unter der Garage zu verstecken. Sie hielt das Gewehr so selbstverständlich, als wäre es ein Küchenmesser. Als sie nach draußen liefen, hörte er Maschinenpistolensalven und Kommandos. Soldaten stürmten das Haus.

Der Eingang zu dem geheimen Keller war unter einem Regal mit Schmieröl und Benzin versteckt. Estebans Mutter schob es zur Seite, er öffnete die Abdeckung und sprang in den dunklen Schacht. Er streckte die Arme aus, um seine Mutter entgegenzunehmen, aber sie kam nie. Er sah nur ihren Mund, der ihm einen Abschiedskuss gab, als sie sich für einen Augenblick in den Schacht bückte, dann war sie weg. Die Abdeckung fiel zu, und er hörte das Scharren des Regals, das an seinen Platz geschoben wurde. Sie hatte nie vorgehabt, sich mit ihm zu verstecken.

Lange stand Esteban dort in der Dunkelheit. Er musste sich ducken, um nicht an die Decke zu stoßen. In der Ferne knallten viele Schüsse, dann war es still. Er hörte Stimmen und Schritte in der Garage, aber die Abdeckung blieb geschlossen. Erst da bemerkte er den Duft, der den ganzen Raum erfüllte. Der schwere, die Sinne überwältigende Duft von Vanille. Er tastete sich durch den Raum und fand schließlich eine Schachtel Streichhölzer neben dicken Kerzen. Er zündete sie an und sah zwischen den Stützsäulen und dem Isolierschaum bündelweise getrocknete Vanillestangen.

Und es gab Konservendosen. Kichererbsen, Bohnen und Fleisch. Sie hielten ihn mehrere Tage am Leben. Er verdrängte die Trauer mit der Überlegung, wie er je wieder aus dem Keller herauskommen sollte. Dann fielen ihm die Worte seines Vaters wieder ein: *Man muss immer einen Fluchtweg haben.* Esteban erinnerte sich, dass die Abdeckung aus dünnem grauem Plastik bestand. Er konnte sie aus eigener Kraft zur Seite schieben. Neben dem Schacht stand ein dicker, hölzerner Pfahl, der sicher einem Zweck diente. Auf jeden Fall war er dünn genug für den Schacht und dick genug, um das Regal umzustoßen. Er hörte die leeren Kanister auf den Boden kippen.

Über eine Leiter stieg er durch den Schacht in die dunkle Garage. Es war mitten in der Nacht, kein Laut war zu hören. Er kniete sich neben den Schacht und atmete ein letztes Mal den Duft der Vanille ein. Dann lief er hinaus in die Nacht, durch unbekannte Straßen, durch Zuckerrohrfelder, die ihn verbargen und in denen er sich verlief, bis er im Morgengrauen ein Viertel erreichte, das ihm vertraut war. Hier wohnte ein Teil der Familie seiner Mutter. Sie schmuggelten ihn aus dem Land und weiter nach Spanien, wo sein Onkel und seine Tante ihn aufnahmen.

»Ich gehe davon aus, dass meine Mutter gehofft hatte, sich auch dort zu verstecken. Es muss ewig gedauert haben, so viele Vanilleschoten zu sammeln.« Esteban lag auf dem Rücken und starrte an die Decke. »Der Duft von Vanille erinnert mich an sie.«

Kurz darauf schliefen sie ein. Als Laura ein paar Stunden später aufwachte, war er verschwunden. Im Nachthemd schlich sie durch die Gänge und suchte ihn. Als sie klein war, hatte sie sich immer gefürchtet, nachts dort herumzulaufen. So interessant das Hotel bei Tage war, so unheimlich waren ihr die Flure bei Nacht.

Schließlich fand sie ihn im Wohnzimmer ihrer Eltern. Víctor und Esteban saßen auf zwei Stühlen vor dem altmodischen Schwarz-Weiß-Fernseher. Esteban stützte das Kinn auf die Hand und hielt die Finger vor den Mund. Er trug nur Unterwäsche und Pantoffeln.

»Was ist los?«

Sie schauten beide auf.

»Argentinien hat die Falklandinseln eingenommen«, sagte ihr Vater. »Wir befinden uns im Krieg.«

Laura kannte diesen Ausdruck in Estebans Augen. In den nächsten Stunden war er für die Welt verloren.

Sie schlurfte zurück über den Hof, vorbei an dem Feigenbaum, der im Mondlicht stand. »Lasst ihn mir doch einmal für mich selbst«, murmelte sie.

Später wachte sie auf, weil Esteban sie schüttelte. Er lag dicht neben ihr und hielt sie im Arm. Sie spürte seinen Atem am Ohr.

»Laura?«

»Ja?«, murmelte sie.

»Ich weiß, dass ich kein guter Partner bin«, flüsterte er in ihr Ohr. »Manchmal benehm ich mich wie ein echter Vollidiot. Aber nicht absichtlich, das schwöre ich dir.«

»Okay.«

»Versprich mir nur, dass du kämpfen wirst, anstatt schreiend wegzulaufen. Ich kann es besser, das verspreche ich dir.«

Am nächsten Vormittag half Laura ihrer Mutter beim Einkaufen auf dem Markt, bevor Esteban und sie mit dem Zug zurück nach Barcelona fuhren. Auf dem Heimweg schlug Sofía einen Umweg ein, der an einem dreiflügeligen, gelb gestrichenen Gebäude vorbeiführte, das von einem schmiedeeisernen Zaun umgeben war.

Auf einem Schild über dem Eingang stand *San Luis.* Laura nahm an, dass es das berüchtigte Nonnenkloster aus der Jugend ihrer Mutter war. Sie blieben vor dem Tor stehen. Es stand offen. Sofía bedeutete Laura, ihr zu folgen.

»Was hast du vor?«

»Ich möchte nur rasch etwas nachsehen.«

Sie gingen durch das Tor, das auf beiden Seiten von Bougainvilleen überwachsen war. Ein verschlafener Pförtner empfing sie in der Eingangshalle, drückte ihnen eine Broschüre in die Hand und lud sie mit einem Nicken zur Besichtigung ein. Sie gingen von einem leeren Raum in den nächsten. Das einzig Interessante war eine lange Reihe Gemälde, deren gemeinsames Thema das Leiden war. Kreuzigung, Inquisition, Apokalypse. Sofías Blick wanderte von der Decke zum Boden, von Wand zu Wand.

»Das Kloster hat den Fall des alten Regimes nicht überlebt.« Sofía klang fast traurig. »Die Kommune hat das Gebäude vom Orden gekauft und zu einer Art Museum gemacht. Ich wollte schon lange mal wieder hierher.«

Sie traten in einen üppigen Hof mit Obstbäumen, gepflegten Beeten und Kieselsteinpfaden. Auf drei Seiten des Hofes gab es Säulengänge, an deren Wänden ebenfalls Bilder hingen. Neben einem Marmorspringbrunnen stellten sie die Körbe und Taschen ab und setzten sich auf eine Bank. Doch kaum hatten sie sich gesetzt, als Sofía wieder aufstand und zu dem Gebäude am hinteren Ende des Innenhofs ging, in dem Laura eine alte Kapelle vermutete. Ihre Mutter rüttelte an der abgeschlossenen Tür und zuckte mit den Schultern. Dann kam sie zurück und setzte sich wieder.

»Du hast mich neulich gefragt, warum dein Vater und ich noch immer zusammen sind. Das hier ist der Grund. Weil er mich vor einem Leben hinter diesen Mauern bewahrt hat. Ohne ihn würde ich vielleicht jetzt noch in einer Wollkutte vor der Heiligen Jungfrau knien«, sagte Sofía und zeigte auf die verschlossene Kapelle. »Er hat mir dich und Félix geschenkt. Wie kann ich dafür *nicht* ewig dankbar sein?«

Laura sah sich um. »Ist doch eigentlich ganz schön hier«, sagte sie.

»Es war schrecklich. Jedenfalls in meiner Erinnerung. Es

stank nach Salben und Tod. Und Lavendel. Aber wir hatten damals nicht so viele Möglichkeiten, Laura. Nicht wie du heute.« Sofía tätschelte Lauras Unterarm. »Versprich mir, dass du sie nutzt, statt dich zu sehr zu bekümmern.«

»Ich will es versuchen.«

Sie sonnten sich eine Weile, und Laura erzählte, was sie in der Nacht zuvor über Esteban erfahren hatte. Von seinem Vater, der ein Spanferkel mit Pistolen gefüllt hatte. Von dem fünfzehnjährigen Jungen, der in einer Februarnacht 1975 als Waise aus einem vanilleduftenden Bunker gekrochen war.

Sofía lächelte. »Das erklärt vieles.«

»Was?«

»Warum dein Vater und Esteban sich so gut verstehen.«

»Warum denn?«

Sofía erinnerte sich an das Versprechen, das sie Víctor vor langer Zeit gegeben hatte. Sie schüttelte den Kopf. »Egal. Die Geschichte kannst du ein anderes Mal hören. Sollen wir zurückgehen?«

Sie verließen das ehemalige Kloster und nickten dem Pförtner zum Abschied zu. Sofía sagte nichts mehr auf dem Heimweg.

Fluchtwege

Esteban und Laura heirateten am Dreikönigstag 1983. Nicht, weil sie es unbedingt wollten, sondern weil sie mussten.

Am selben Tag, an dem Laura zum zweiten Mal in Folge für das Neujahrskonzert ausgewählt wurde, fand sie heraus, dass sie schwanger war. Der blaue Strich auf dem Schwangerschaftstest überschattete die Freude über die Belohnung für ein Jahr harter Arbeit mit der alten Schachtel und ihrem schlaffen Ellbogen.

Alle Möglichkeiten, von denen ihre Mutter gesprochen hatte, schrumpften schlagartig.

Dafür hatte sie Esteban noch nie so glücklich gesehen. Sein Gesichtsausdruck, als er die Neuigkeit erfuhr, besänftigte sie. Vielleicht war es ja doch nicht so schlimm?

Er hatte eine billige Flasche Cava im Kiosk gekauft und mit Laura zwischen Sofa, Fernsehen und Plastikstuhl getanzt, während das Radio *Can't take my eyes off you* von Frankie Valli gespielt hatte.

»Sind wir zwei überhaupt in der Lage, ein Kind großzuziehen?«, hatte sie plötzlich gefragt.

»Wir können es lernen«, hatte er mit einem typischen Esteban-Lächeln geantwortet.

Was das Hochzeitsdatum anging, waren sie hin- und hergerissen. Es sollte weder gezwungen noch überstürzt wirken.

Der Dreikönigstag war auch der Hochzeitstag von Lauras Eltern und deshalb ein willkommenes Alibi.

Es wurde eine in jeder Hinsicht spartanische Hochzeit. Kurze Gästeliste, sparsames Budget, knapp gehaltene Reden. So viel gab es ohnehin nicht zu sagen. Sie feierten in Fernando Antonio Arenas Dorf in den Bergen, weil Laura die Atmosphäre dort so bezaubernd fand: die kleine Dorfkirche mit dem Turm, dessen Uhr am neunundzwanzigsten November 1954 um zwanzig Minuten nach elf stehen geblieben war, umgeben von Mandelbäumen und weiß gekalkten Häusern mit roten Ziegeldächern, die zur rotbraunen Erde der Oliven- und Obsthaine passte.

Tristán kam bei Beatriz untergehakt zur Hochzeit in einem zerschlissenen Anzug, der über Brust und Schultern Falten schlug. Seine Schultern waren eingefallen, sein Oberkörper neigte sich immer mehr dem Boden zu. Das dumpfe Klackern des Stocks auf dem Steinboden verriet seine Ankunft, lange bevor man ihn sah. Beatriz, über achtzig Jahre alt und seit über fünfzehn Jahren Witwe, schien in sehr viel besserer Verfassung als ihr Sohn.

Nach der Trauung wünschte er Laura und Esteban viel Glück. Er schien sich aufrichtig für sie zu freuen. Seine Wangen waren eingefallen, als saugte er die Luft ein, um sich aufzublasen, aber sein Händedruck war fest und sein Lächeln ehrlich.

Wenn Laura später an ihren Hochzeitstag dachte, erinnerte sie sich vor allem an den Panikanfall kurz vor der Trauung. Sie stand mit ihrem Vater vor der Kirche und wartete auf das Glockengeläut. Unter ihren Achseln bildeten sich Schweißflecken.

Sie ließ ihren Vater vor den Kirchenstufen stehen und lief hinter die Kirche, wo keiner sie sehen konnte, und setzte sich auf den kalten Granit einer Steinbank unter einem Mandelbaum. Sie wusste nicht, ob sie das alles durchstehen konnte. Eine gefühlte Ewigkeit saß sie dort und starrte über die Olivenhaine und die Kiefernwälder im Tal, während sie auf das Läuten der Glocken wartete.

Die Unsicherheit verschwand nicht. Oder war sie einfach nur erschöpft nach der harten Arbeit mit dem Neujahrskonzert? Sie hatten unter anderem Ravels *Bolero* gespielt. Laura spielte pizzicato, und als wäre sie nicht schon nervös genug gewesen, war der Dirigent nicht müde geworden zu betonen, dass die Pizzicato-Streicher das Fundament des fünfzehn Minuten langen Stücks seien. Wenn sie patzten, würde das ganze Orchester einstürzen.

Doch je mehr Laura übte, je näher sie den Konzertsälen in New York, Tokio und Buenos Aires hätte kommen sollen, desto weiter weg rückte sie die Morgenübelkeit.

Andere Fragen drängten sich auf. Wie sollte ein Mann wie Esteban mit seinem minimalen Verständnis für soziale Normen je ein Kind großziehen?

Jemand näherte sich. Als sie aufschaute, saß ihr Vater neben ihr und faltete die Hände auf dem Schoß.

»Ich weiß nicht, ob ich das schaffe.«

»Das solltest du rasch entscheiden.«

»Dann überrede mich, es durchzuziehen.«

»Dazu musst du mir erst sagen, was dich zurückhält.« Er lehnte sich zu ihr und nickte in Richtung Uhrturm. »Aber du musst dich beeilen.«

»Zum Beispiel du und Mutter. Ich kann mich nicht erinnern, wann ich euch zuletzt glücklich gesehen habe. So richtig, meine ich. Warum sollte es mir und Esteban besser gehen?«

»Warum glaubst du, dass wir nicht glücklich waren? Oder es noch sind?«

»Hör doch auf ...«

»In jeder Ehe gibt es Höhen und Tiefen, das weißt du hoffentlich. Das heißt nicht, dass deine Mutter und ich einander nicht schätzen. Aber lass mich den Spieß umdrehen: Warum sollte es mit dir und Esteban nicht gut gehen?«

Laura zuckte mit den Schultern. Der Wind fuhr in ihren Schleier, der ihre Wange kitzelte.

»Dafür gibt es eine Million Gründe. Mindestens«, sagte sie schließlich. »Ich habe mein Glück daran festgemacht, dass Esteban und ich füreinander bestimmt sind. Dass das Schicksal uns zusammengebracht hat und ich plötzlich ...« Sie verkniff sich den Rest.

Ihr Vater legte den Arm um sie. »Du klingst wie deine Mutter. Vor dreißig Jahren hatten wir in einem Klostergarten fast dasselbe Gespräch. Auch sie war ganz verblendet vom Schicksal. Und ich sagte damals dasselbe, was ich dir jetzt sage: Verlass dich niemals aufs Schicksal. Eine kluge Person hat mich einmal gelehrt, dass nichts in der Welt vom Schicksal bestimmt ist. Absolut nichts. Wir sind Herren über unser eigenes Schicksal, wir bestimmen selbst, wie unsere Geschichte geschrieben wird. Daran glaube ich, und das solltest du auch. Deine Mutter würde sicher etwas anderes sagen, aber ich bitte dich inständig, ein einziges Mal auf mich zu hören und nicht auf sie – aber sag ihr das nicht.«

Das Säuseln des Windes wurde von den Kirchenglocken übertönt.

»Was möchtest du am liebsten tun, wenn du diese Glocken hörst?«

»Davonlaufen, glaube ich.«

»Das ist das Dümmste, was du tun kannst. Wenn du an das Schicksal glaubst, hilft Davonlaufen überhaupt nichts. Früher oder später holt es dich ein.«

»Du bist selbst einmal davongelaufen.«

»Ja, und das habe ich mein Leben lang bereut.« Er küsste sie auf die Stirn. »Komm, bevor sie uns suchen.«

*

Knapp sieben Monate nach der Hochzeit kam Marco auf die Welt. Er hatte die helle Haut seines Vaters, die braunen Augen seiner Mutter und imposante Locken, die seine südamerikanischen Wurzeln verrieten.

Laura hoffte, dass niemand die Monate zählte, auch wenn sie sich keine Illusionen machte, ihre Eltern und Alexander narren zu können. Darum hatte sie kurz nach der Hochzeit verkündet, sie sollten nicht überrascht sein, wenn das Kind ein oder zwei Monate zu früh zur Welt käme.

Noch bevor Marco da war, schlug ihr Vater dem frisch verheirateten Paar vor, nach Málaga zu ziehen, damit Laura ihre Ausbildung beenden und Esteban arbeiten könnte, während Víctor und Sofía auf das Kind aufpassten. Später lockte er sogar mit einer festen Wohnung in einem der Hotelflügel.

Laura schlug jedes Mal aus, zuerst mit einem nachsichtigen Lachen, dann zunehmend barscher. Sie wollte nicht zurück nach Málaga, und weder sie noch ihr Mann oder ihr Kind sollten das Loch in der Ehe ihrer Eltern füllen. Laura hastete durch die Tage, um alles zu schaffen, und beendete sie oft auf der Dachterrasse, wo sie im Schein einer Stirnlampe ihre Noten lernte, um Marco nicht zu wecken.

Erst als Kind Nummer zwei sich ankündigte, begann Laura das Angebot ihres Vaters ernsthaft in Erwägung zu ziehen. Nicht zuletzt, weil Esteban offensichtlich eine Luftveränderung brauchte und einen Umzug befürwortete, und weil das zweite Kind nicht unbedingt geplant gewesen war, jedenfalls nicht von Laura.

Sie hatte die vergangenen Jahre gebraucht, um sich von Málaga zu lösen. Viele Stunden mit dem Cello zwischen den Beinen, die Hornhaut an den Fingerspitzen und die Gummihandschuhe, die sie beim Abwasch benutzte, um die Haut nicht zu sehr aufzuweichen, waren Teil ihrer Bestrebungen, weit genug wegzukommen. Nichtsdestotrotz musste sie Esteban und ihrem Vater recht geben, dass eine Rückkehr nach Málaga vielleicht nicht die schlechteste Idee war.

Ihr fehlte schlicht und ergreifend die Zeit, um mit den anderen Studenten ihres Jahrgangs auf einer Höhe zu bleiben. Echter Profi zu werden kostete viel mehr Zeit, als eine Mutter zweier Kleinkinder erübrigen konnte. Aber wenigstens das Abschlussexamen wollte sie schaffen.

Außerdem wurde ihr langsam aber sicher klar, dass Esteban keineswegs der geborene Ehemann und Vater war. So liebevoll und aufmerksam er auch war, er konnte von einem Augenblick auf den nächsten ebenso abwesend und zerstreut sein. An manchen Tagen kam er spät aus der Fabrik und roch nach Alkohol, sodass sie ihn auffordern musste, das Küchenmesser wegzulegen und sich auf dem Sofa auszuruhen, bevor er kochte. Eines Tages, als sie mit Marco im Kinderwagen einkaufen waren, merkte Laura plötzlich, dass Esteban nicht mehr neben ihr war. Sie hatte ihn unterwegs verloren. Erst nach langer Suche fand sie ihn in einem Geschäft, das mehrere Hundert Meter zurück lag. Er stand dort, drehte einen Globus, der im Sonderangebot war, und war vollkommen für die Welt verloren.

Trotzdem behandelte Laura ihn so nachsichtig wie immer. Es half überhaupt nichts, Esteban Vorwürfe zu machen.

*

Sie blieben für den Rest des Frühlings in Barcelona wohnen, damit Laura ihr Examen ablegen konnte. Ein paar Tage später hinterließen sie fast alle Möbel am Straßenrand vor der Wohnung, packten Kleider, Küchengeräte und Lauras Bücher in den Kofferraum von Estebans Onkel, zurrten Lauras Cellokasten auf dem Dachgepäckträger fest und ließen den Onkel die tausend Kilometer nach Süden ans andere Ende des Landes fahren, mit einer hochschwangeren, schwitzenden Laura auf dem Beifahrersitz, die nackten Füße auf dem Armaturenbrett und ein Bündel Vanilleschoten als Talisman am Rückspiegel.

Víctor und Sofía erwarteten sie mit einem fertig umgebauten Flügel im zweiten Stock des Hotels. Laura hatte lange darauf bestanden, sich mit Esteban eine eigene Wohnung zu suchen, aber sie konnten es sich nicht leisten. Und als ihr Vater anbot, Esteban zum Chefkoch des *Hotel El Che* zu machen, akzeptierte sie ihre Niederlage.

Sie selbst hatte zähneknirschend eine Teilzeitstelle an einer Musikschule in Málaga angenommen, wohl wissend, dass dies den Namen Laura de la Vega kaum in größere Konzerthäuser tragen würde. Sie gab sich damit zufrieden, ihr Talent aufrechtzuerhalten, anstatt es weiterzuentwickeln.

Woher ihre Eltern das Geld für den Umbau hatten, ahnte

Laura nicht. Sie hatten den Korridor zugemauert und die Wand zwischen zwei Zimmern aufgebrochen, damit der Familie drei Zimmer zur Verfügung standen. Der Notausgang am Ende des Korridors wurde zur Eingangstür, sodass sie die Wohnung direkt vom Innenhof betreten konnten. Eine eigene Küche hatten sie nicht, sie mussten in der Hotelküche oder in Víctors und Sofías Küche kochen. Dafür konnten sie ganze drei Badezimmer nutzen.

Der Umbau war nicht besonders schön, Laura vermutete, dass ihr Vater den billigsten Handwerker des Viertels angeheuert hatte, aber die Wohnung erfüllte ihren Zweck und war auf jeden Fall größer als Estebans enge Behausung in Barcelona.

»Ich habe das Geld vom Budget für den Zeppelin abgezogen«, sagte Víctor, als er ihnen die Wohnung zeigte.

In der ersten Zeit schlief Laura schlecht. Die Matratze war zu weich, die Bettfedern quietschten. Die Klimaanlage machte zu viel Lärm, aber wenn sie sie ausschaltete, schwitzte sie. Die Hitze feuerte die Gedanken an, die ihr durch den Kopf gingen. Eine Nacht ging sie hinunter in die Küche, um sich eine warme Milch zu machen, die andere in die Hotelbar, um einen Longdrink zu mischen. Oder zwei. Im Nachthemd setzte sie sich in den Innenhof und prostete dem Feigenbaum zu.

»Da bin ich wieder«, flüsterte sie.

*

Als Eddie zur Welt kam, hatte Esteban bereits die Kontrolle über die Küche des *Hotel El Che* übernommen. Als Erstes hängte er einen Bund Vanilleschoten unter die Decke, dann inspizierte er mit überraschender Routine die Küche und ihr Inventar.

Lauras anfängliche Skepsis war schnell verflogen. Esteban kaufte neue Töpfe und Pfannen, brachte neue Gerichte auf die Speisekarte, die seit Jahrzehnten gleich gewesen war, scheuerte Boden und Herd und gewöhnte sich das notwendige Timing an, um mehrere Tische gleichzeitig zu bedienen. Was nicht allzu schwer war, da selten mehr als zwei Tische auf einmal besetzt waren, sodass ihm viel Zeit blieb, um die Mahlzeiten der Familie abwechslungsreich zu bereiten.

Auch für andere Interessen blieb ihm Zeit, die nicht unbedingt Lauras Erwartungen an einen frischgebackenen Vater entsprachen. Wenn sie nach Feierabend heimkam, musste sie etwas zu häufig feststellen, dass er die erste Flasche Bier längst geöffnet hatte. Aber sie sagte nichts, auch wenn er etliche Flaschen später angetrunken und nach Bratöl stinkend ins Bett fiel.

Zwischendurch verschwand er einfach für längere Zeit. Laura und Sofía begaben sich auf die Suche und fanden ihn des Öfteren in einer Bar des Viertels über einem Bier oder einem Drink, schläfrig den Fernseher anstarrend. Eines Nachmittags nahm er ohne ein Wort das Auto und fuhr davon. Erst spät in der Nacht kam er zurück und taumelte halb betrunken ins Bett.

Begeistert erzählte er Laura, dass er den Abend mit einer Gruppe deutscher Hippies verbracht hatte, die sich in einem alten maurischen Dorf auf einer Bergkuppe verschanzt hatten. Esteban hatte mit Klaus und Erich, wie sie hießen, auf der alten Ringmauer gesessen und den Sonnenuntergang über den Korkeichen des Tals beobachtet. Sie hatten Störche auf Strommasten und kreisende Adler über dem Kirchturm gesehen, und Esteban hatte sich gewünscht, diesen Augenblick mit Laura zu teilen.

»Das ist nicht so einfach, wenn du mir nicht sagst, wo du hingehst«, unterbrach ihn Laura und vergaß fast, dass man Esteban mit Nachsicht behandeln musste. »Komm jetzt schlafen.«

»Ich sage dir, das war fantastisch«, fuhr Esteban fort und legte sich zu ihr. »Die Typen fahren in einem alten VW-Bus mit Matratzen durch die Gegend. Sie haben einen Plattenspieler dabei und einen Bierkasten voller Töpfe, in denen sie Kräuter züchten. Jedes dritte Wochenende fahren sie runter nach Algeciras und nehmen die Fähre nach Marokko. Wochenendtour in Afrika, klingt das nicht fett? Sie haben gesagt, ich könnte nächstes Mal mitkommen.«

»Esteban, lieber Schatz, das hört sich an, als würden deine sogenannten Freunde in ihrem Auto Marihuana züchten und Drogen aus Afrika einschmuggeln.«

Es klang herablassender als beabsichtigt. In Wirklichkeit hatte sie Mitleid mit dem armen Esteban. Sie wollte nicht, dass er statt als Vanillebaron auf Tahiti als Drogenschmuggler in einem Gefängnis in Tanger endete.

Seine unschuldige Naivität war süß, als sie ihn kennenlernte. Aber das war vier Jahre, eine Hochzeit und zwei Kinder her.

*

Das *Hotel El Che* war noch immer nur ein Schatten dessen, was es einmal gewesen war, doch es gab Augenblicke, in denen Laura sich an die glücklichen Zeiten ihrer Kindheit erinnert fühlte: wenn Marco und Eddie durch die Gänge tobten, wenn Esteban und Sofía einander in der Küche übertrumpften oder wenn Víctor und Alexander in der Lobby saßen und die wenigen Gäste mit Geigenspiel und Geschichten aus den alten Tagen unterhielten.

Laura verbuchte die Ehre für diesen Wandel bei sich. So war es etwas leichter, die Kröte zu schlucken, dass sie wieder zu ihren Eltern gezogen war. Außerdem schien ihr Vater das Zeppelin-Projekt begraben zu haben, eine seiner lächerlichsten Ideen, wie sie fand.

Die Freude war allerdings getrübt. Sie zweifelte immer mehr daran, dass Esteban sich mit der Zeit zu einem routinierten Vater entwickeln würde. Dass er nicht für die Rolle geboren war, hatte sie längst eingesehen, aber selbst nach mehreren Jahren folgte er nur seinem eigenen Rhythmus, ohne sich im Geringsten anzupassen.

In der Regel überließ er es Laura, Sofía oder Víctor, sich um die Kinder zu kümmern. Sie verbrachten viele Vormittage auf dem Schoß ihres Großvaters, auf seinem Stuhl unter dem Feigenbaum im Hof, wo er sie mit Geschichten über Nandus, Gauchos, Riesenschlangen in den Sümpfen Brasiliens oder Walfang im Eismeer begeisterte. Zuerst störte es Laura, dass ihr Vater wieder die Hauptrolle übernahm, und sie forderte Esteban auf, den Kindern *seine* Geschichte zu erzählen, aber womit konnte er sie schon unterhalten?

Außerdem war es ihr lieber, wenn die Kinder mit ihrem Großvater im Hof saßen, als wenn sie mit Alexander loszogen. Alexander liebte die Kinder und sie ihn, aber was half es, wenn er sie mitnahm, um am Seitenstreifen der Küstenstraße tote Tiere für seine Elixiere zu sammeln? Nach einem solchen Ausflug hatte Marco begeistert vom Tanz auf dem weißen Streifen und platt gefahrenen, eingetrockneten Katzen berichtet, worauf Sofía Alexander auf der Stelle die Babysitterlizenz entzog.

Wenn Esteban endlich einmal Zeit mit den Jungen verbrachte, sprach er meistens über das Kochen, insbesondere über Vanille, ihrem Duft, den Zuchtmethoden und den sagenumwobenen Plantagen in Polynesien. Ob es die Jungen interessierte, kümmerte ihn wenig.

Eines Nachmittags kam Laura heim und hörte, dass Esteban seinen Söhnen einschärfte, wie wichtig es sei, immer einen Fluchtweg zu haben.

»Wenn ihr einen Raum betretet, versichert euch immer, dass es einen Fluchtweg gibt.« Esteban stand mit dem Rücken zu Laura, Marco und Eddie saßen am Küchentisch. Auf dem Herd köchelte ein Eintopf, daneben stand eine halb volle Flasche Bier. Esteban trug seine lächerliche Kochmütze. »Sorgt dafür, dass ihr so schnell wie möglich rauskommt. Vergesst das nicht«, sagte er und zeigte auf die Küchentür, wo Laura stand. »Deshalb sitzt ihr immer nahe an der Tür. Falls der Herd Feuer fängt.«

»Ich würde einfach durchs Feuer laufen«, sagte Marco. »Wie Superman.«

»Das darfst du nicht. Dann verbrennst du und stirbst. Was glaubst du, warum so viele Menschen bei Bränden ums Leben kommen? Weil sie ganz hinten stehen und glauben, sie könnten einfach durch die Flammen laufen. Aber sie verbrennen mit Haut und Haar ...«

Laura räusperte sich laut. Esteban drehte sich um.

»Genug Horrorgeschichten für heute, meinst du nicht auch?«, sagte sie und konnte ihre Enttäuschung nicht verbergen. Wie konnte er einen Dreijährigen und einen Fünfjährigen so erschrecken?

Esteban nickte entschuldigend und drehte sich wieder um. »Ich versuche nur, ihnen klarzumachen, wie gefährlich

Feuer sein kann. Immer den Notausgang im Auge behalten. Mein Vater hat es mir damals beigebracht, und jetzt sage ich es euch. Habt ihr verstanden?«

*

Laura verbrachte immer mehr Abende in der Bar mit Alexander. Jedenfalls die Abende, an denen Esteban entweder geistig oder physisch abwesend war, und davon gab es immer mehr.

Oft schaffte er es gerade so, das Abendessen zu kochen und vielleicht noch die Kinder ins Bett zu bringen. Dann fiel er entweder mit einem Dosenbier ins Bett und schaute Quizshows oder Seifenopern, ging in die Bar oder saß mit Víctor im Hof und trank sein Bier dort. Die beiden verbrachten ganze Abende zusammen. Laura fühlte sich von ihrer Vertraulichkeit verhöhnt.

Deshalb ging sie in die Bar, die Alexander mit einem Stolz betrieb, der kaum durch die Anzahl der Gäste zu rechtfertigen war. Meist saßen dort nur ein paar mittelalte Ehepaare, die im Hotel übernachteten und wortlos ihren Gin Tonic tranken, oder sonnenverbrannte Touristen mit Gürteltaschen und Polohemden, die zufällig vorbeigekommen waren oder den dunkelhäutigen Barkeeper mochten, die farbenfrohen Drinks oder die gedämpfte Musik aus der Stereoanlage, die Alexander regelmäßig mit Kassetten fütterte.

Zum Glück war Alexander großzügig mit dem Alkohol. Und er hörte geduldig ihren Klagen zu, mit denen sie ihren Vater verschonte. Auch auf den Rat ihrer Mutter konnte sie verzichten, denn Sofía wiederholte immer nur dieselben Floskeln: dass es in einer Ehe nun mal auf und ab gehe und dass Laura im Gegensatz zu ihr alle Möglichkeiten der Welt habe.

Doch genau diese Möglichkeiten hatte Laura verpasst, und ihre Ehe ging in eine Richtung, nämlich den Bach hinunter. Laura wusste nicht, wie sie den Fall bremsen konnte, oder ob sie es überhaupt noch wollte.

In der Bar schaute sie Alexander bei seiner Paradenummer zu: Er sagte den Hotelgästen die Zukunft voraus. Deutsche, Skandinavier, Briten oder Schweizer, Männer oder Frauen, das machte keinen Unterschied. Alexander las ihnen sowohl die Vergangenheit als auch die Zukunft aus der Hand. Er ergriff ihr Handgelenk, folgte mit dem Zeigefinger den Linien auf ihrer Handfläche und sagte sämtliche Liebhaber, Kinder oder das Vermögen voraus, das sie erwartete. Seine Weissagungen waren fast immer positiv, wie Laura bemerkte, was sicher mehr Trinkgeld einbrachte.

Eines Abends, nachdem sie sich den vierten Drink gegönnt hatte und schon mehr als beschwipst war, belauschte sie wieder eine Séance. Die junge Frau, der Hautfarbe und Kleidung nach eine Britin, saß auf einem Sessel, Alexander kniete vor ihr und drehte ihre Hand.

»Du wirst ein langes, gutes Leben haben, Sarah«, sagte er schließlich. »Ein langes, gutes Leben mit vielen Kindern.«

Laura spuckte ein ausgelutschtes Stück Ananas zurück in ihr Glas. Sie stellte sich ihren Vater und Alexander als zwei Betrüger in Las Vegas vor. Das war vermutlich ihr Los im nächsten Leben. Seventies-Sonnenbrille, Krokodillederschuhe, breite Gürtel und weiße Paillettenanzüge, allzeit bereit, gutgläubige Idioten wie Esteban hereinzulegen.

»Sagst du ihnen nie etwas anderes als Kinder und Familie voraus?«, fragte sie Alexander, als er wieder hinter der Bar stand.

»Frauen wollen genau das hören.«

Laura saugte ihr Glas durch den Strohhalm leer. »Weil sie es nicht besser wissen. Die Familie ist ein weitaus überschätzter Rohstoff. Sie braucht furchtbar viel Bearbeitung.« Sie schob das Glas von sich. »Das sage ich natürlich als Hausfrau, nicht als Mutter.«

Alexander schenkte ihnen zwei Drinks ein, und sie stießen miteinander an.

Laura erinnerte sich noch an den jugendlichen Alexander. Inzwischen war er ein reifer Mann um die fünfzig, aber er war weder geschrumpft noch hatte er sichtbare Fettpolster. Die Jahre hatten seinen hageren Körper eher gleichmäßig ausgefüllt, und der neue Wohlstand der Costa del Sol hatte dem ehemaligen Zigeuner eine wohlproportioniertere Figur beschert. Seine Haut war noch immer wie goldfarbenes Karamell und sein Gesicht jugendlich. Auch seine Stimme war knabenhaft geblieben.

Laura hörte Esteban draußen im Hof lachen. Sie sah sich in der Bar um. Manchmal wünschte sie sich interessante Gäste, mit denen sie reden konnte. Ein Geschäftsmann, ein Theaterschauspieler auf Tournee, ein junger Student, über dessen Zukunftsträume sie lachen könnte. Früher, als Laura auf der alten Schachtel geübt hatte, bis ihr Handgelenk und ihr Unterarm nach einer Pause schrien und ihre Fingerspitzen rau wie die eines Fabrikarbeiters waren, hatte sie sich all die Hotelbars vorgestellt, die sie als gefeierte Solistin auf ihren Tourneen besuchen würde. All die spannenden Menschen, mit denen sie Anekdoten, Erinnerungen und Träume teilen und die sie am nächsten Tag vergessen würde.

Die tüchtigsten ihrer früheren Kommilitonen tourten bereits um die Welt. Eine überregionale Zeitung hatte Elias als den talentiertesten klassischen Gitarrenspieler seiner Generation bezeichnet. Sie hingegen saß in der heruntergekommenen Hotelbar ihrer Eltern und wurde von einem Zigeuner bedient, der die Cocktails nach Augenmaß mischte und die Hälfte seiner Zeit an der Stereoanlage verbrachte, weil die Kassetten Bandsalat produzierten.

Sie war das verdammte Klischee einer frustrierten Hausfrau und Mutter geworden, wie sie dort saß und ihren Drink rührte. Wahrscheinlich hatte sie schon eine Fahne. Wenigstens hatte sie keine Fingerspitzen wie ein Fabrikarbeiter mehr. Lange Bäder und wenig Kontakt mit Gummihandschuhen waren zwei Annehmlichkeiten, die Laura sich gönnte.

Als Alexander die Bar schloss, blieb sie sitzen. Er räumte ihr Glas weg und sagte: »Komm mit zu mir, ich möchte dir etwas zeigen.«

Sein Zimmer lag abseits von den anderen, sie gingen über den Korridor, der nur von einer flimmernden Glühbirne erleuchtet war. Laura war unsicher auf den Beinen und hoffte, Alexander würde es nicht bemerken.

In der Tür zu seinem Zimmer hing ein dicker Samtvorhang. Er winkte sie herein, und sie folgte ihm. Laura konnte sich nicht erinnern, je in Alexanders Zimmer gewesen zu sein.

Der Raum war spärlich beleuchtet. Es gab ein schmales Bett, einen Couchtisch, einen Schreibtisch, ein Regal und einen mottenzerfressenen Sessel mit gestreiftem Bezug. Am Fußende des Betts stand ein kleiner Fernseher auf einem Bierkasten, auf dem Couchtisch ein Silbertablett mit dicken Kerzen, und an einer Wand hing eine alte Europakarte. Überall lagen Kleidungsstücke, doch insgesamt war es erstaunlich ordentlich.

Alexander schaltete eine Lampe ein, die das Regal von oben beleuchtete. Es war voll mit Einmachgläsern, in denen kleine Tierkörper wie schwerelose Astronauten schwammen.

»Hier versteckst du sie also.« Laura konnte sich nicht entscheiden, ob sie beeindruckt oder angeekelt sein sollte.

Ein Schauder lief ihr den Rücken hinunter. Im letzten Glas der Reihe schwebte ein menschlicher Fötus. Laura konnte nicht sehen, ob es ein Mädchen oder ein Junge war. Der marzipanfarbene Fötus hatte einen riesigen Kopf und winzige Glieder, die Beine waren vor dem Bauch eingezogen, die Arme wie beschützend vor der Brust verschränkt.

»Das ist meine ungeborene Schwester«, sagte Alexander. »Jedenfalls wurde mir das gesagt.«

Plötzlich erinnerte sich Laura an die Geschichte von Onkel Alexanders konserviertem Fötus, die ihr Vater Félix und ihr erzählt hatte. Sie sah Alexander an.

»Was ist mit ihr geschehen?«

»Sie starb im Bauch meiner Mutter. Im Gegensatz zu vielen anderen in meiner Familie starb sie einen schmerzfreien Tod.«

Er trat ein paar Schritte vor und berührte das Glas mit den Fingerspitzen. »Es ist eine der wenigen Erinnerungen an meine Kindheit. Dass mein Vater mir dieses Glas in die Hand drückte. Es muss in unserem Heimatdorf gewesen sein. Es gab dort einen Fluss mit vielen Fischen und Pappeln am Ufer und gelbes Gras, das in den Fingern zerbrach, es muss also im Spätsommer gewesen sein. Die Deutschen kamen. Das ganze Dorf war in Panik, die Leute riefen und schrien durcheinander. Mein Vater gab mir das Glas, dann setzten sie mich auf ein Pferd und führten mich aus dem Dorf. Das Nächste, woran ich mich erinnere, ist, dass ich auf einem Heuboden aufwachte, von dem ich über endlose goldene Felder schaute. Ich habe keinen Einzigen aus meiner Familie wiedergesehen. Ich weiß nicht einmal, wie meine Eltern hießen.«

Alexander drehte sich zu ihr. Das Kerzenlicht ließ sein

Gesicht in allen Farben schimmern. »Wusstest du, dass Zigeuner drei Namen haben?«

Laura schüttelte den Kopf. Obwohl sie fünfundzwanzig Jahre mit einem Zigeuner im selben Haus gewohnt hatte, wusste sie so gut wie nichts über sein Volk.

»Wir haben einen heimlichen Namen, den unsere Mutter uns direkt nach der Geburt ins Ohr flüstert und den niemand außer ihr kennt. Dieser Name hält die bösen Geister fern. Dann bekommen wir einen traditionellen Zigeunernamen, den wir unter uns benutzen. Den dritten Namen schließlich benutzen wir Fremden gegenüber, je nachdem, in welchem Land wir uns aufhalten. Oleg, wenn man in Russland lebt, Andrei in Rumänien, Francisco in Spanien. Alexander ist kein Roma-Name. Ich habe ihn mir ausgesucht, als ich nach Paris kam.«

»Wie lauten deine anderen Namen?«

»Keine Ahnung. Den ersten würde ich sowieso nicht kennen, er ist wahrscheinlich mit meiner Mutter in der Gaskammer geblieben. Und mein Roma-Name starb an jenem Tag in der Steppe. Ich weiß nicht mehr, wie man mich nannte. An Alexander habe ich mich gewöhnt, aber der Name ist nicht Teil meiner Seele.«

Laura bückte sich und betrachtete den Fötus im Glas. Er schwebte in seiner Flüssigkeit und schien Zeit und Raum aufzuheben. Ihr wurde schwindlig. Alexander bückte sich ebenfalls, sie sah, wie sich sein Gesicht in dem Glas spiegelte.

»Weißt du, was aus deiner Familie geworden ist?«

»Nicht mit Sicherheit. Aber ich habe die Geschichtsbücher genau gelesen. Die Historiker schätzen, dass zweihunderttausend bis eine halbe Million Menschen meines Volkes während des Krieges ermordet wurden. Ich gehe davon aus, dass meine Familie ein Teil dieser Statistik ist. Ob ihr Leben in Dachau,

Bergen-Belsen oder Auschwitz endete oder ob ein paar von ihnen vielleicht überlebten, weiß ich nicht. Ich wüsste nicht, wo ich die Suche nach ihnen beginnen müsste. Die Roma, mit denen ich von Rumänien nach Paris gezogen bin, konnten mir auch nicht weiterhelfen. Sie tippten auf das Gebiet am Unterlauf des Dnjestr. Das alte Bessarabien, heute Moldawien, wo die eurasische Steppe beginnt. Das ist alles, was ich weiß.«

Laura spürte, dass Alexander ihr den Kopf streichelte. Das hatte er noch nie getan, obwohl sie wie Bruder und Schwester aufgewachsen waren.

»Was ich sagen will – und du darfst mich gern einen sentimentalen, alten Narren nennen –, ist, dass man eine Familie viel zu schnell als selbstverständlich hinnimmt. Du, Laura, hast großes Glück, dass du immer eine gehabt hast.«

Laura war noch immer schwindlig. Der Wodka war ihr zu Kopf gestiegen.

»Glück, was heißt das schon?«, murmelte sie. Trotzdem umarmte sie Alexander. »Du bist ein sentimentaler, alter Narr«, sagte sie und küsste ihn auf die Wange. Dann tanzte sie nach oben, widerstand der Versuchung, noch einmal in die Bar zu gehen, warf sich mit allen Kleidern aufs Bett und schlief ein. Kurz vorher schwor sie sich weiterzukämpfen.

Sie ließ es sogar zu, dass Esteban sie kurze Zeit später mit seiner Bierfahne weckte, ihr ins Ohrläppchen biss, die Hände unter ihren Pullover schob und ihre Brüste liebkoste. Für kurze Zeit vergaß sie ihren Zorn, riss ihm die Unterhose vom Leib und nahm ihn in den Mund, fast mit Gewalt. Sie ließ zu, dass er sie auf den Bauch rollte und sie ebenso hart von hinten nahm, während sie ins Kissen biss und nichts als Lust und den Geschmack nasser Baumwolle verspürte.

Am nächsten Tag kam Laura von der Musikschule zurück und fand Esteban auf Knien vor dem Feigenbaum mit einer Pflanzschaufel in der Hand. Er justierte eine grüne Schlingpflanze, die er um den unteren Stamm des Feigenbaums gewickelt hatte.

»Was tust du da?«, fragte Laura und ging neben ihm in die Hocke. Sie erschrak, weil er blitzschnell den Kopf drehte und sie begeistert anstarrte.

»Ich pflanze eine *Vanilla planifolia.*«

Der Schweiß tropfte ihm von der Stirn. Es war glühend heiß, wenn die Sonne auf die Fliesen des Innenhofs knallte.

»Sie war im Sonderangebot. Außerdem dachte ich, es wäre besser, sie jetzt zu pflanzen, damit sie im Sommer wachsen kann.« Esteban hatte den Blick schon wieder abgewendet. Er legte die Pflanzschaufel ab und strich mit einem Finger den dünnen grünen Stängel der Orchidee entlang.

Dann küsste er Laura auf die Stirn. Er lächelte noch immer, Schweißtropfen liefen ihm in die Augenbrauen.

»Meine Mutter hatte genau so eine in ihrem Garten. Ich will versuchen, sie zu bestäuben.«

*

In diesem Sommer wachte Laura oft in aller Frühe auf, weil Esteban sich aus dem Bett schlich. Meist kam er nach wenigen Minuten zurück und legte sich wieder zu ihr.

An einem Morgen konnte sie nicht wieder einschlafen. Sie drehte den Kopf und betrachtete Esteban, der steif auf dem Rücken lag und die Decke anstarrte. Obwohl sie unter sich waren, fühlte Laura, dass sie in diesem Moment niemals zu ihm durchdringen würde. Als sie ihn schließlich sanft am Arm berührte, zuckte er erschrocken zusammen.

»Ist sie aufgeblüht?«

»Nein, noch nicht.« Er sah sie nicht an. »Vielleicht bald.«

Am nächsten Morgen kam er nicht zurück. Sie schlurfte ans Fenster, wo ein rührender Anblick sie erwartete. Esteban kniete in Unterhose und Unterhemd vor dem Feigenbaum und hielt ein Bambusstäbchen in der Hand. Seine Nasenspitze berührte fast die blassgelbe Blüte, die sich im Lauf der Nacht geöffnet hatte. Mit zitternder Hand führte er das Bambusstäbchen dichter an den Blütenkelch. Laura spürte fast die Berührung des Staubblatts. Sie hielt die Luft an, als Esteban mit der anderen Hand vorsichtig den Blütenkelch zusammendrückte, damit das Staubblatt den Stempel berührte, und sie hörte das Echo des Klackens in ihrem Kopf, als die Blüte sich gegen den Übergriff wehrte und abbrach.

Fassungslos blieb Esteban vor der Pflanze sitzen, dann warf er das Bambusstöckchen auf den Boden und verfluchte die ganze Welt.

Laura trat vom Fenster weg. Sie konnte den Anblick nicht ertragen.

Am Nachmittag kam sie von der Arbeit und fragte sich, ob Esteban überhaupt von seiner *Vanilla planifolia* gewichen war. Er saß mit offenem Hemd im Hof und versteckte die Augen hinter einer Sonnenbrille, während Marco und Eddie zwischen den Tischen Fangen spielten. Es waren keine Gäste da, sie waren es gewohnt, Haus und Hof für sich zu haben.

Laura setzte sich neben Esteban und drückte seine Hand. Er erwiderte die Geste nicht, belohnte sie aber mit der Andeutung eines Lächelns. Sie hielt weiter seine Hand, hatte plötzlich keine Lust mehr, sie loszulassen.

Etwas stieß gegen ihr rechtes Bein. Es war Eddie mit seinem

Sonnenhut. Er war fast vier Jahre alt, aber manchmal noch unsicher auf den Beinen. Laura zauste ihm die Haare.

»Hast du einen schönen Tag gehabt?«

Eigentlich wollte sie Esteban trösten und sagen, dass eine abgebrochene Orchideenblüte nicht das Ende der Welt bedeutete, doch es war zu lächerlich, so mit einem erwachsenen Mann zu reden.

»Ja, sehr schön«, antwortete Eddie in einem Tonfall, der auf das genaue Gegenteil schließen ließ.

Laura hatte keine Lust auf ein weiteres Nicht-Gespräch mit Esteban, außerdem ertrug sie den Anblick der leeren Bierdosen, die neben seinem Stuhl lagen, nicht. Sie schloss die Augen, lehnte sich zurück und versuchte, an schöne Dinge zu denken.

Da hörte sie Eddie schreien. Sie öffnete die Augen und sah sofort die Katastrophe. Er war gestolpert und lag am Fuß des Feigenbaums. Ein Fuß steckte unter dem Stängel der *Vanilla planifolia*. Laura zählte die Sekunden, bis Eddie sah, was ihn zu Boden gerissen hatte, wie Minuten. Ein Ruck mit dem Fuß, und er war frei. Die *Vanilla planifolia* brach wie ein Grashalm, und die zwei Enden fielen zu Boden.

Laura hoffte, dass Esteban zu sehr mit sich selbst beschäftigt war, um zu bemerken, was geschehen war, aber er sprang wie von einer Tarantel gestochen auf.

»Nein! Nein! Nein!«, schrie er und schluchzte wie ein Dreijähriger. Eddie war schon wieder auf den Beinen, aber Esteban lief ihm hinterher, packte ihn am Handgelenk, hob ihn in die Luft und schüttelte ihn. »Was hast du getan?«, heulte er.

»Esteban, nein!« Laura sprang ebenfalls auf. Als sie die beiden erreichte, hatte Esteban seinen Sohn schon von sich gestoßen und kniete vor dem Feigenbaum.

Laura tröstete den weinenden Eddie, Marco schaute mit großen Augen zu. Sie legte die Hand auf Estebans Schulter, aber er drehte sich nicht um. Mit Eddie auf dem Arm ging sie in die Küche und ließ Esteban mit seiner zerstörten Vanillepflanze allein.

Am Abend schalt sie Esteban wie nie zuvor. Sie ignorierte seinen leeren Blick und schrie gegen die Chance an, zu ihm durchzudringen. Nie wieder sollte er auf diese Weise Hand an seine Kinder legen, und im Übrigen könne er sich seine *Vanilla planifolia* sonst wohin stecken.

Es gelang ihr nicht, irgendeine Reaktion aus ihrem Mann herauszubekommen. Er stand mit hängenden Armen da und steckte die Schelte ein. Laura setzte sich aufs Bett, nahm seine Hand und versuchte, ihn zu sich zu ziehen. Der unmittelbare Zorn war verschwunden.

»Ich verstehe dich nicht, Esteban. Hast du dir das hier nicht gewünscht? Eine Familie?«

Er ließ sich aufs Bett fallen, roch nach Bier. »Ja, das dachte ich auch.«

»Was zum Teufel drückt dich dann? Erklär es mir.«

Es dauerte lange, bis er antwortete.

»Ich dachte, ich würde das alles schaffen. Ich wollte endlich etwas finden, wofür ich gut bin. Deshalb habe ich Löcher reingestochen, ich war sicher, dass es das Richtige war. Du hast damals so viel über das Schicksal geredet, ich wollte es nur in die richtige Richtung lenken.«

»Hör auf mit dem Schicksal, Esteban. Es gibt kein Schicksal. Es gibt nur dich und mich. Du entscheidest selbst. Du musst selbst herausfinden, was du willst. Das Schicksal verteilt keine Wunder wirkenden Arschtritte, um dich zu leiten.«

Sie schwiegen kurz, was Laura Zeit zum Überlegen gab. Was hatte Esteban da gesagt?

»Was meinst du übrigens damit, dass du Löcher reingestochen hast?«

»Was?«

»Du hast gesagt, du hättest damals Löcher reingestochen. Wo rein?«

Esteban zögerte.

»In die Kondome. Ich habe Löcher in die Kondome gestochen, damit du schwanger wirst.«

»Du hast *was* getan?« Laura hob den Kopf. Der Zorn kam wieder hoch.

»Ich habe eine Stecknadel genommen, die Kondome aus der Packung geholt und durchlöchert. Dann habe ich sie wieder reingesteckt und die Päckchen zugeklebt. Sah aus wie neu.«

Offenbar hatte sie diesmal zu viele Münzen eingeworfen.

»Ich wollte unbedingt Vater werden. All die Dinge mit den Kindern machen, die mein Vater nicht mit mir getan hat. Aber ich weiß nicht, wie es geht.«

Der Zorn übermannte Laura. Diesmal jedoch war er eher gegen sie selbst und ihre Einbildung gerichtet. Bevor sie zurück nach Málaga gezogen waren, hatte sie sich geschworen, *ihre* Familie vor dem Verfall zu schützen, der dem Hotel anhaftete. Vielleicht hatte sie deshalb so lange die innere Stimme ignoriert, die ihr sagte, dass etwas nicht in Ordnung war. Dass Esteban nicht glücklich war und sie selbst auch nicht.

Vielleicht wäre es besser gewesen, wenn sie vor langer Zeit davongelaufen wäre. Schon als Esteban mit seiner Fanta in der Hand auf sie zukam, hätte sie die Signale erkennen und die Beine in die Hand nehmen sollen. Oder sie hätte ihn fortschicken sollen, als er an jenem Abend vor der Wohnheimtür stand.

Nun war es zu spät. Sie konnte nicht davonlaufen, und Esteban sollte es auch nicht dürfen. Das konnten sie den Kindern nicht antun.

»Du bist nicht dein Vater. Du musst es besser machen als er.«

»Ich weiß nicht, ob ich das kann.«

»Natürlich kannst du das. Sag mir wenigstens, warum. Sag mir endlich, was du fühlst.«

»Was ich fühle?«

»Ja.«

»Das weiß ich nicht«, seufzte er.

»Irgendetwas musst du doch fühlen.«

»Das ist es ja. Ich fühle *nichts*.«

Er stand auf und ging zur Tür hinaus. Laura hörte seine Schritte auf der Feuertreppe, eine Tür fiel zu, dann war es still. Nichts machte sie klaustrophobischer als die erdrückende Stille vom *Hotel El Che*.

Irgendwie gelang es ihr einzuschlafen, aber sie wachte wieder auf, als Esteban spät in der Nacht zu ihr unter die Decke kroch. Ein sanfter Regen klopfte ans Schlafzimmerfenster, und sie dachte an den faulen Sonntagmorgen, den sie vor vielen Jahren mit Esteban im Bett verbracht hatte, in einem Zimmer, das kleiner als dieses war und ihr doch viel größer vorgekommen war.

Sie legte die Hand auf seine Brust.

»Esteban?«

»Mm.«

»Einmal musste ich dir versprechen, dass ich kämpfen würde, erinnerst du dich?«

Obwohl es stockdunkel war, sah sie, dass er das Gesicht kurz zu ihr wendete.

»Jetzt musst du *mir* versprechen, dass du kämpfen wirst.«

Briefe

9. September 1989

Lieber Marco, lieber Eddie!
Ich hoffe, es geht euch gut. Wie Mutter euch sicher erzählt hat, war ich gezwungen, mich auf eine längere Reise zu begeben. Ich weiß nicht, wie lange sie dauern wird, aber hoffentlich nicht allzu lange.
Das hat nichts mit euch zu tun. Es liegt nur an eurem Vater, der ein wenig herauskommen und die Welt sehen muss. Bis jetzt habe ich es nicht weiter als Marokko geschafft, aber ich werde euch schreiben, wenn ich mehr von der Welt gesehen habe. Fürs Erste sollt ihr nur wissen, dass es mir gut geht. Bei Gelegenheit werde ich euch anrufen, damit wir ein wenig reden können.
Ich hoffe, euch bald wiederzusehen. Ich vermisse euch.

Liebe Grüße
Euer Vater

*

4. Oktober 1989

Lieber Marco, lieber Eddie!
Euer Vater ist Seemann geworden. Ich arbeite als Koch auf einem Frachtschiff, das zwischen Spanien und der nordafrikanischen Küste hin- und herfährt.
Das Seemannsleben ist weniger romantisch, als ich dachte. Vor allem ist es harte Arbeit, und alles, was wir sehen, sind dunstige Küstenlinien und Hafenanlagen. Manchmal jedoch sehe ich auch Delfine und große Wale. Vor ein paar Tagen sind wir in der Straße von Gibraltar einem riesigen Wal begegnet. Zum Glück hat uns das Echolot gewarnt. Es ist ein solides Schiff, und sicher wäre es für den Wal schlimmer ausgegangen, aber er war beeindruckend groß. Ich stand am Steven und habe seinen Rücken gesehen, als wir an ihm vorbeifuhren. Er hatte überall große Knubbel, wie riesige graue Pocken.
Ich habe mich wie ein Walfänger gefühlt. Wie euer Großvater.
Ich weiß, ich habe euch noch nicht angerufen. Das tut mir leid, aber wir haben immer so viel zu tun, und wenn ich mal an Land war, war das immer nach eurer Bettzeit. Aber bald rufe ich an, das verspreche ich.
Wenn ihr mir einen Brief oder Bilder schicken wollt, könnt ihr sie an die Reederei senden. Mutter hat die Adresse.

Liebe Grüße
Euer Vater

*

12. Dezember 1989

Lieber Marco, lieber Eddie!
Ich hoffe, dieser Brief erreicht euch noch vor Weihnachten. Wenn nicht, entschuldige ich mich schon jetzt vielmals. Ich sitze in meiner Kajüte und warte darauf, dass die Mannschaft die Ladung fertig löscht, damit wir weiterfahren können. Wir befinden uns in einem riesigen Hafen in Afrika.
Aber hoffentlich ist das Glück mit uns, und Mutter kann euch diesen Brief an Heiligabend vorlesen. Feiert ihr Weihnachten im Hotel mit Großvater und Großmutter?
Ich habe viel erlebt und freue mich darauf, euch viele Geschichten zu erzählen, aber leider komme ich vorläufig noch nicht nach Hause. Ich arbeite auf einem neuen Schiff, das längere Routen entlang der afrikanischen Küste fährt, und unserem Fahrplan zufolge werden wir Weihnachten in Durban, Südafrika, feiern. Das liegt auf der südlichen Halbkugel, es wird also Hochsommer sein, wenn wir dorthin kommen. Sehr merkwürdig.
Vielleicht dürfen wir ein ganzes Spanferkel grillen und auf Deck feiern. Wenn wir dann mit Champagner angestoßen und einander Frohe Weihnachten gewünscht haben, werde ich mich etwas abseits an Deck stellen, in den Nachthimmel schauen und an euch und Mutter denken. Versprecht mir, das Gleiche zu tun. Dann können wir unsere Gedanken in den Himmel schicken, damit sie sich auf halbem Weg treffen.

Liebe Grüße
Euer Vater

*

7. März 1990

Lieber Marco, lieber Eddie!
Ich hoffe, ihr seid gut in das neue Jahrzehnt gekommen. Hier auf dem Schiff haben wir viel zu tun.
Eddie, herzlichen Glückwunsch zum Geburtstag in ein paar Wochen. Ich werde mein Bestes tun, dich anzurufen, aber für alle Fälle bekommst du diesen Brief. Ich hoffe, er kommt rechtzeitig an.

Liebe Grüße
Euer Vater

*

18. August 1990

Lieber Marco, lieber Eddie!
Hoffe, es geht euch gut.
Marco, ganz herzlichen Glückwunsch zum Geburtstag. Ich kann kaum glauben, dass mein kleiner Junge schon sieben Jahre alt wird. Ich hoffe, du wurdest ordentlich gefeiert.

Liebe Grüße
Euer Vater

PS: Eddie, entschuldige, dass ich dich an deinem Geburtstag nicht angerufen habe. Wir waren weit auf dem offenen Meer, und der Kapitän hat mir nicht erlaubt, das Telefon zu benutzen. Die Reederei hat befohlen, dass wir an der Telefonrechnung sparen sollen.

*

12. März 1991

Lieber Marco, lieber Eddie!
Diese Zeilen schreibe ich in einer schäbigen Seemannsbar auf den Philippinen.
Wenn unser Schiff morgen abfährt, bleibe ich hier. Ich habe Urlaub genommen und plane ein kleines Abenteuer. Ich will hinunter nach Polynesien, um die Vanilleplantagen zu besuchen. Sie sind scheinbar so nah, aber doch noch weit weg. Wenn ich am Strand stehe und nach Südosten schaue, bilde ich mir ein, Polynesiens Sandstrände in der Ferne zu sehen, doch sind sie ein halbes Weltmeer entfernt.

Ich habe einen französischen Kapitän kennengelernt, der mich vielleicht mitnehmen kann. Wenn alles gut geht, fahren wir in ein paar Tagen Richtung Süden, vorbei an Neuguinea, wo Kopfjäger in den Nebelbergen leben. Der Kapitän kann mich bis nach Fidschi mitnehmen, dann muss ich alleine weiterkommen. Mal sehen, ob ich es schaffe.

Ihr feiert bestimmt wieder Weihnachten bei Großvater und Großmutter? Ich hoffe, es wird schön, mit vielen Geschenken und leckerem Essen.
Lasst es uns wie voriges Jahr machen. Ich stelle mich an die Reling oder an den Strand und schaue in den Sternenhimmel, und ihr macht es ebenso bei euch daheim, dann treffen sich unsere Gedanken auf halbem Weg. Versprecht ihr mir das? An Neujahr können wir das noch einmal wiederholen. Denkt nur daran, dass ihr viele Stunden in der Zeit zurück seid, ihr müsst es also am Weihnachtsmorgen tun.

Ich schreibe euch wieder, wenn ich meine Vanilleplantagen gefunden habe, von denen ich fast so oft träume wie von euch. Ich vermisse euch sehr.

Liebe Grüße
Euer Vater

Málaga, 1991

Plötzlich so wenig Zeit

Sofía faltete den Brief zusammen, steckte ihn in eine Plastikhülle und heftete ihn in dem Ordner ab, der schon die anderen Briefe enthielt. Dann stellte sie den Ordner an seinen Platz neben den Globus.

Post aus dem Jenseits, hatte Laura auf den Ordner schreiben wollen, denn so kam es ihnen vor. Esteban war wie ein Verstorbener. Aber schließlich hatte sie nachgegeben und einfach nur »Briefe von Vater« auf den Ordnerrücken geschrieben.

Der Brief war am Tag zuvor gekommen. Laura hatte ihn bereits vorgelesen, aber Marco hatte darauf bestanden, dass ihre Großmutter ihn noch einmal laut lesen sollte.

Es war Mitte Dezember und bald die dritte Weihnacht ohne ihren Vater. In eineinhalb Wochen, am frühen Morgen, würden Marco und Eddie es wie im vergangenen Jahr machen: in Hausschuhen und Pyjama auf die Terrasse gehen, Hand in Hand den Winterhimmel anschauen und an einen Vater denken, von dem Sofía nicht wusste, ob er in diesem Moment auch an sie dachte.

Sofía schob den Ordner ins Regal und schlurfte in die Küche. Marco saß am Küchentisch über seinen Zeichnungen, Eddie spielte mit Plastiktieren auf dem Boden. Ein harmonisches, normales Heim, auf jeden Fall so normal wie möglich.

Die Wohnung hatte Laura im Jahr zuvor gekauft. Sie lag

im dritten Stock eines der großen Wohnkomplexe nördlich der Universität, die in den letzten Jahrzehnten aus dem Boden geschossen waren und Sofía das Gefühl gaben, ihre Heimatstadt nicht mehr zu kennen.

Die Wohnung war nicht groß, aber sie hatte eine geflieste Terrasse mit Aussicht auf einen Park. Laura hatte sie kaufen können, weil sie nun genügend an der Musikschule verdiente. Dank EU-Mitteln zur Förderung des andalusischen Kulturlebens hatte sie eine Vollzeitstelle bekommen.

Sofía schälte die Kartoffeln, die Laura bereitgestellt hatte, würfelte sie und frittierte sie mit einer Zwiebel in einem gusseisernen Topf. Mit einem Schaumlöffel fischte sie die Würfel heraus und ließ sie gut abtropfen. Wenn Laura nach Hause kam, musste sie nur noch Eier hinzufügen, und fertig war die Tortilla. Ein Glaubensbekenntnis und fünf Vaterunser auf jeder Seite waren genug.

Wenn Laura samstags Unterricht hatte, passte Sofía auf die Jungen auf. Auch an Nachmittagen tat sie dies, wenn sie nicht gerade bei Señor Karanka arbeitete. Manchmal nahm sie Víctor mit, aber meistens kam sie allein. Sie genoss die Zeit mit den Jungen, die Ruhe, die sich in der Wohnung verbreitete, wenn sie in ihr Spiel vertieft waren, tat ihr gut.

Am Nachmittag kam Laura nach Hause. Sofía hörte, wie die Tür aufgerissen und wieder zugestoßen wurde. Laura hatte sich angewöhnt, ein Haus zu betreten wie eine Theaterdiva eine Bühne. Kraftvoll, beinahe pompös, stürmte ihre Tochter zur Tür hinein, ohne Zeit auf Jacke und Schuhe zu verschwenden.

Laura küsste sie auf die Wange, Sofía zeigte auf die vorgekochten Kartoffeln. Dann verabschiedete sie sich von Marco und Eddie. Die Brüder nahmen auf sehr unterschiedliche Art Abschied. Eddie fiel ihr um den Hals und küsste sie, Marco versteifte sich und sah ihr kaum in die Augen.

Es war klar, nach wem er schlug.

Sofía verließ die Wohnung, schwang die Handtasche über die Schulter und ging zur Bushaltestelle. Sie fuhr zum Busbahnhof, wo gerade noch Zeit blieb, eine *Napolitana* mit Schokoladenfüllung zu kaufen und sie am Bussteig Nummer 15 zu essen, ehe der Bus nach Estepona abfuhr. Er kroch langsam über die A7, vorbei am Flughafen, an Hochspannungsleitungen, trockenen Hügeln mit gelbem Gras, Hochhäusern, Tankstelle an Tankstelle, Reklametafeln, Grau in Grau mit vereinzelten grünen Oasen, Palmen, Föhren, Marbellas unnatürlich grünen Golfplätzen mit Regenbögen hinter klickenden Rasensprengern. Manchmal sah man links das Meer, auf der anderen Seite nur sonnenverbrannte Berghänge, an denen mehr Betonmauern und Appartements als Büsche und Bäume standen.

Ihre Gedanken wanderten vierzig Jahre zurück, auf die Terrasse des Sanatoriums, wo Tristán sich und seine kranke Lunge unter einer Decke verbarg. Damals hatten sie die Küste fast für sich gehabt.

Sofía und Víctor hatten mitgeholfen, das Monster zu erschaffen, sie hatten ebenfalls vom Tourismus gelebt. Was nicht bedeutete, dass sie die Costa del Sol mochte.

Das launische Dezemberwetter hieß den Bus in Estepona mit einem Schauer willkommen. Die vier Minuten bis zum nächsten Bus reichten gerade für den Kauf einer *Napolitana* – eine Jugendsünde, die Sofía sich im Alter wieder gönnte. Sie steckte sie in die Tasche, damit der Busfahrer sie nicht sah, und aß sie im Schutz der Rückenlehne vor ihr. Als sie fertig war, befeuchtete sie den Zeigefinger mit der Zunge und pickte die letzten Krümel aus dem Papier.

Während der Bus die Berge hinaufkurvte, dachte Sofía an ihre Tochter. Einerseits freute es sie, dass sie so nahe bei ihr wohnte, andererseits bedauerte sie, dass Laura nach Málaga zurückgekehrt war. Ihre hübsche, intelligente Tochter mit dem lockigen pechschwarzen Haar war eigentlich für viel mehr als eine pfirsichfarbene Dreizimmerwohnung an der Costa del Sol geschaffen.

Ob in Kunst, Wissenschaft oder Geschäftswelt war ihr im Grunde egal. Sie hatte einfach gehofft, Laura würde weit, weit weg ihr Leben leben und alle Möglichkeiten nutzen, die sie selbst nie gehabt hatte.

Und dann war Esteban gekommen und hatte alles zerstört.

Nach einer knappen Stunde Fahrt tauchte das Bergdorf aus dem Nebel auf. Im Herbst, wenn die Blätter der Kastanien gelb und feuerrot leuchteten, sah es aus wie eine weiße Insel in einem rotbraunen Ozean. Wie an dem Tag, als Sofía es zum ersten Mal gesehen hatte.

Sie stieg auf der Plaza vor der Kirche aus. Während sie zum Haus ging, hörte sie das Brummen des Busmotors bis zum Dorfrand. Es war der einzige Laut in den schmalen Gassen. Für Sofía war das Dorf der einzige Ort der Welt, an dem die Zeit wirklich stehen geblieben war und die Menschen freiwillig und ganz bewusst in ihrer kleinen Zeitblase blieben.

Zwanzig Minuten nach elf, am neunundzwanzigsten November 1954. Als ihr Mann die Naturgesetze außer Kraft gesetzt und die Zeit angehalten hatte.

Beatriz hatte erzählt, dass die Dorfbewohner oft darüber diskutiert hatten, die Uhr wieder aufzuziehen. Bis ein vorausschauender junger Praktikant im Tourismusbüro der Gemeinde vorschlug, die Uhr nie wieder aufzuziehen. Es sollte das Markenzeichen des Dorfes werden, dass dort die Zeit stillstand. In den Reiseführern wurde es fortan *Das zeitlose Dorf* genannt.

Tristán und Beatriz wohnten in einem kleinen milchweißen Haus, das zwischen zwei anderen Gebäuden eingeklemmt war. Die drei verschachtelten Etagen waren durch eine schmale und krumme Treppe ohne Geländer verbunden. Eigentlich war es völlig ungeeignet für Leute mit Gehbeschwerden, aber es war das Einzige, was Tristán damals bekommen konnte.

Er empfing sie in einem gelblich verwaschenen, karierten Hemd, das er oft trug.

»Wie geht es ihr?«

»Wie letzte Woche.«

Tristán begleitete sie in den zweiten Stock, wo das Schlafzimmer ihrer Mutter war. Er selbst schlief unter dem Dach. Beatriz' Zimmer war wie eine Klosterzelle. Das Bett, ein Nachttisch und eine Kommode waren die einzigen Möbel. Auf dem Nachttisch lag der unentbehrliche Rosenkranz mit den patinierten Perlen, der sie ihr Leben lang begleitet hatte. Auf der Kommode zwischen zwei Kerzen stand ein Bild von Roberto. An der Wand hing ein schlichtes Kreuz.

Beatriz lag im Bett und lächelte, als Sofía eintrat.

»Ich habe dich kommen hören«, sagte sie. Das Alter hatte ihr Gesicht zusammengepresst und noch schmaler als früher gemacht. Zwischen den eingefallenen Wangen war kaum noch Platz für ein Lächeln. Wenn sie es dennoch versuchte, kam eine Grimasse heraus, bei der sich die Oberlippe nach oben schob.

Sofía küsste ihre Mutter auf die Stirn und stellte die Tasche ab. Dann begann das übliche Ritual. Sie ging mit Tristán nach unten, holte die Waschschüssel und den Schwamm, stellte das Gas an und drehte den Wasserhahn in der Küche auf. Während das Wasser warm wurde, half sie Beatriz beim Ausziehen. Rock und Bluse faltete sie sauber zusammen und legte sie auf den Nachttisch. Einmal hatte sie sie nur auf den Boden geworfen, und Beatriz hatte sie ausgeschimpft. Dann ging Sofía wieder in die Küche, prüfte die Wassertemperatur, gab ein paar Tropfen Mandelseife in die Schüssel und stellte sie unter den Hahn. Mit der vollen Schüssel balancierte sie die Treppe hinauf, zog den Vorhang, der als Tür diente, hinter sich zu, stellte die Schüssel auf den Boden und setzte sich aufs Bett. Sie tauchte den Schwamm in das lauwarme Wasser, wrang ihn aus und tupfte Beatriz' Körper ab. Sie begann immer mit den Oberarmen, dann die Unterarme, Schultern, Brustkorb, Hüfte, Beine, Füße und am Ende die Bereiche um Bauchnabel und Schritt.

Manchmal plauderten sie während der Prozedur, manchmal war Beatriz zu müde zum Reden. Wie bei ihren Enkeln war Sofía dankbar für die Stille, für das Gefühl, dass sie einander nahe waren, ohne den Augenblick mit Gerede zu zerstören.

Das galt auch für Tristán. Wenn Sofía zu Besuch kam, um ihre Mutter zu waschen und zu pflegen, konnten sie sich stundenlang mit den Augen unterhalten, ohne viele Worte zu wechseln.

Nachdem sie Beatriz gewaschen hatte, machte sie einen Spaziergang, während Tristán das Abendessen zubereitete.

Sofía ging durch die Dämmerung ohne einen einzigen

Menschen zu treffen. Hinter der Kirche folgte sie einem kleinen Pfad, der bergab aus dem Dorf hinausführte. Das steil abfallende Plateau bildete die natürliche Grenze des Dorfes. Vor langer Zeit war dort ein stufiger Weg angelegt worden. Er kreuzte die asphaltierte Straße, die sich um den Berg wand, und führte durch einen Mandelhain. Die Mandelschalen knirschten unter Sofías Füßen, es duftete nach Rosmarin und wildem Thymian.

Unterwegs kam sie an dem alten Schweinestall und der Latrine vorbei, in die der Hirte in der Nacht von Jaime und Carmens Hochzeit gefallen war. Sofía erinnerte sich, wie eine ganze Prozession von Nothelfern den Pfad hinuntergelaufen war. Von fern hatten ihre Petroleumlampen wie eine Lichterschlange ausgesehen. In letzter Zeit nahm sie ihre Erinnerungen geradezu sinnlich wahr.

Am Ende des Pfads stand die kleine Kapelle, die sie am Morgen nach der Hochzeit aufgesucht hatte. Durch die Mosaikfenster drang gerade genug Licht, dass sie sich orientieren konnte. Sofía kniete vor dem Altar nieder. Sie faltete die Hände und betete für alle Menschen aus ihrem Leben, die es nötig hatten. Ihre Mutter, die nicht mehr lange zu leben hatte; ihr Bruder, um den sie fürchtete, wenn Beatriz nicht mehr wäre; Sebastián, den sie weiterhin im Herzen trug, auch wenn sie nicht mehr so oft an ihn dachte; und schließlich sie selbst. Die Erlösung ihrer eigenen Seele hatte sie der Liste vor Kurzem hinzugefügt.

Es war noch nicht lange her, dass Sofía die Kraft des Gebetes wiederentdeckt hatte. Davor hatte es viele Jahre gegeben, in denen sie ihre Gebete nur routiniert heruntergeleiert hatte. Doch nun hatte sie den Glauben ihrer Kindheit wiedergefunden.

Das Ende kam näher. Nur in dem Dorf, wo die Zeit stillstand, konnte es aufhalten.

*

Es hatte mit einem Husten begonnen. Erst ganz schwach, dann hartnäckig und bösartig.

Als Sofía zum ersten Mal Blut erbrach, war sie sicher, dass die Tuberkulose ein weiteres Mitglied der Familie Baez erwischt hatte. Sie fühlte sich elend, verlor den Appetit und befürchtete, die Tuberkulose hätte sich schon im ganzen Körper verbreitet.

Der Arzt fand keinen Golfball in ihrer Lunge, aber er fand etwas anderes in ihrem Magen. Etwas Bösartiges, wie er es ausdrückte. Etwas, das viel schlimmer als Tuberkulose war, und gegen das alle Ärzte der Welt machtlos waren.

An diesem Nachmittag im Juli ging Sofía vom Arzt direkt in die Kathedrale, um für niemand anderen als sich selbst eine Kerze anzuzünden. Sie strich alle anderen von der Liste und setzte sich an erste Stelle.

Sie beschloss, niemandem etwas zu sagen. Beatriz hatte selbst nicht mehr lange zu leben, sie wollte die Familie nicht mit noch einer Sterbenden belasten. Außerdem zog sie es vor, ihr Ende still und heimlich vorzubereiten.

Es gab noch so viel zu tun. Und plötzlich so wenig Zeit.

Im Herbst hatten die Müdigkeit und der Gewichtsverlust begonnen. Sie versuchte, es vor Víctor zu verbergen. Tat, als würde sie normale Portionen essen, und beklagte sich nicht am Nachmittag, wenn die Müdigkeit sie übermannte. Sie begnügte sich mit kurzen Pausen, wenn Víctor nicht in der

Nähe war, und weihte ihn nicht ein, wenn ihr schwarz vor Augen wurde.

Eines Nachts wachte sie im Dunkeln auf und sah Víctor neben dem Bett auf einem Stuhl sitzen.

»Was ist los?«, fragte sie verschlafen.

»Ich weiß genau, dass etwas nicht stimmt.«

»Was meinst du?«

»Du bist die ganze Zeit müde. Du isst sehr wenig und schiebst dein Essen unter die Serviette. Ich *habe* es bemerkt. Neulich hat das Waschbecken nach Blut gerochen, und das war nicht das erste Mal.« Er schwieg einen Augenblick. »Und du hast abgenommen. Viel. Wenn man dreißig Jahre mit derselben Frau zusammenlebt, merkt man so etwas. Sag mir, was los ist.«

»Ich habe Krebs. Und ich werde bald sterben. Aber darüber will ich jetzt nicht reden, und du darfst niemandem etwas sagen, versprichst du mir das?«

Sofía bekam keine Antwort. Víctor rührte sich nicht. Sie fragte sich, ob vielleicht eine einzelne Träne seine Wange herablief, wie damals im Kino, vor einer Ewigkeit, als er ihre Hand ergriffen hatte.

Plötzlich kam dieselbe Hand aus der Dunkelheit und baute eine Brücke zwischen den Zeiten. Sie streichelte ihre Wange. Ganz sanft strichen seine Fingerspitzen über ihre Haut. Mehr musste er nicht sagen.

Sie schlief zum Geräusch seiner Atemzüge ein. Als sie im Morgengrauen aufwachte, war seine Hand weg, aber Victor saß noch immer auf dem Stuhl. Er war eingeschlafen.

*

Sie schafften es durch die Weihnachtszeit, ohne dass die anderen erfuhren, was los war. Je mehr Zeit verging, desto schwerer fiel es Sofía, Laura die Wahrheit zu sagen.

Am ersten Samstag im Februar öffnete keiner die Tür, als Sofía bei Tristán und Beatriz anklopfte, um ihre Mutter zu waschen.

Sie zog den Zweitschlüssel aus der Tasche und schloss auf, ging in die Küche und traf auf nichts als Stille. Sofía ging nach oben. Sie sah sie, bevor sie sie roch. Als Erstes zwei Paar Füße, die Seite an Seite im Bett lagen. Erst als sie eintrat, fiel ihr der Gestank auf. Die Winterkälte und die dicken Steinmauern hatten den Geruch des Todes zurückgehalten.

Sie lagen beide in Beatriz' Bett, Schulter an Schulter, die Hände über der Brust gefaltet. Die Augen waren geschlossen, die Haut wachsartig und gelblich. Beatriz trug ein dunkelrotes Kleid mit Fransen und ein silbernes Diadem auf dem Kopf, der Rosenkranz war um ihre Hände gewickelt. Tristan trug seinen einzigen Anzug, mit einer verwelkten Lilie in der Brusttasche und frisch geputzten Schuhen.

Sofía setzte sich auf die Bettkante und berührte das Gesicht ihrer Mutter. Es war eiskalt. Im fahlen Sonnenlicht, das durch die eisernen Gitter vor dem Fenster schien, erkannte man die lila Flecken unter der Haut.

Als sie auf Tristáns Seite ging, entdeckte sie das leere Pillenglas auf dem Boden. Und dann den Briefumschlag auf der Kommode, der an Robertos Bild gelehnt war. *An Sofía,* stand dort in Tristáns Handschrift.

Er hatte offensichtlich Beatriz gewaschen und angezogen, nachdem sie gestorben war. Danach hatte er sich derselben Prozedur unterzogen, die Pillen geschluckt und sich neben sie gelegt.

Sofía rief den Dorfarzt an, setzte sich an den Küchentisch und las den Brief.

Liebe Sofía. Ich habe beschlossen, mit ebenso wenig Würde zu sterben, wie ich gelebt habe. Wenn man so lange Seite an Seite mit dem Tod gelebt hat, fürchtet man ihn nicht mehr. Der Herrgott hat mir ein armseliges Leben zugeteilt, und ich habe es nicht besonders gut verwaltet. Es ist höchste Zeit, dass ich es beende. Ich wollte nur zuerst Mutter auf die andere Seite helfen. Ich weiß, dass du dein Leben lang Mitleid mit mir hattest wie die meisten anderen, aber in Wirklichkeit müsstest du mich hassen. Ich war es, der damals die Polizei gerufen hat. Ich bin schuld an Vaters und Felix' Tod. Ich dachte, ich hätte richtig gehandelt, aber seitdem musste ich mit den Konsequenzen leben. Ich hätte mich wie ein Mann benehmen und meine Strafe annehmen sollen, aber selbst dazu war ich nicht Manns genug. Verzeih mir. Tristán.

Sofía faltete den Brief zusammen, steckte ihn in den Umschlag und legte ihn tief in ihre Tasche.

Im Grunde überraschte es sie nicht, dass Tristán die Kommunisten verraten hatte. Doch ihre Trauer war damals so groß gewesen, dass sie es nicht über sich gebracht hatte, ihn zu fragen, und als die Jahre vergingen, schwand auch das Bedürfnis. Sie hatte sogar Víctor gezwungen, Tristán in Frieden zu lassen, nur um eine Art Normalität aufrechtzuerhalten.

In den letzten Jahren, wenn sie in dem kleinen, stillen Haus unter sich waren und sich um Beatriz kümmerten, hatte sie manchmal versucht, Tristáns ewig flackernden Blick einzufangen und ihn zur Rede zu stellen, aber es am Ende doch nie getan. War es nach all den Jahren noch von Bedeutung?

Nein, entschied sie. Es machte keinen Unterschied, nicht

hier und jetzt. Vor vielen Jahren, als sie noch ständig von Félix träumte und immer wieder vor sich sah, wie er von dem Fenster verschwand und die Flammen durch die Scheibe schlugen, hätte sie Tristán angespuckt, verflucht und aus dem Haus geworfen. Inzwischen aber war kein Hass mehr in ihr übrig. Es gab so viele andere Dinge, für die sie die ihr verbleibende Zeit nutzen wollte.

Doch als sie dann mit dem Bestatter die Beerdigung plante, mit Víctors und Lauras Hilfe das Haus ausräumte, den Berg hinabfuhr und einen letzten Blick auf die weiße Insel auf dem Plateau warf, drängte sich ihr eine Frage auf.

Beging sie nicht eine größere Sünde, wenn sie Víctor die Wahrheit verschwieg? Würde es ihm etwas bedeuten?

*

Tristáns und Beatriz' Tod führten Sofía vor Augen, dass sie es eilig hatte. Sie war allzu fahrlässig mit der Zeit umgegangen, die ihr noch blieb.

Der Erste, von dem sie sich verabschieden wollte, war Señor Karanka, der Konfektionshändler. Am Freitag nach der Beerdigung ging sie wie immer zur Arbeit, ging den Stapel durch, den er ihr auf den Schreibtisch gelegt hatte, und begann mit der Buchführung, ehe sie Señor Karanka und seinen beiden Angestellten beim Mittagessen mitteilte, dass sie Ende des Monats aufhören wollte.

»Ich möchte in Pension gehen«, antwortete sie, als einer der Angestellten nach dem Grund fragte. Dass dieser Satz jemals über ihre Lippen kommen würde, hätte sie nie gedacht. Sie sprach ihn bewusst langsam aus und genoss jedes Wort.

Der alte Karanka hörte auf zu kauen und verschluckte sich

fast an seinem Eintopf. Seine Augen wurden feucht, er entschuldigte sich und verließ den Tisch.

Sie fand ihn in einer Ecke im Keller, in dem Zimmer, das wie ein Lager aussah, aber mindestens ebenso Señor Karankas persönliche Konfektionssammlung war. Stoffmuster, ungeöffnete Kartons mit neuen Kollektionen, feine Kleider in Plastikhüllen auf Bügeln und vieles mehr lag und stand dort herum. Zwischen der Konfektionsware gab es seidengepolsterte Ankleidestühle, mit Zebrafell bezogene Schemel, Tücher vom Basar in Marrakesch und sogar einen ausgestopften Totenkopfaffen im Matrosenanzug mit einer Zigarre im Mund. Es war ein unglaubliches Sammelsurium aus kostbaren Antiquitäten und wertlosem Plunder aus drei Kontinenten und noch mehr Jahrhunderten, das Salvador Karanka im Lauf seines langen Junggesellenlebens zusammengetragen hatte.

Er versteckte sich in der hinteren Ecke hinter einem Kleiderständer. Dort saß er auf einem alten Stuhl mit zerrissenem Bezug und starrte ins Leere. Sofía setzte sich neben ihn und legte ohne ein Wort ihre Hand auf seine.

»Ich kann es nicht fassen, dass Sie gehen«, sagte er nach einer Weile. Er hatte immer darauf bestanden, dass sie sich weiterhin siezten.

»Ich werde ab und zu vorbeischauen. Ganz werden Sie mich nicht los.« Sie drückte seine Hand, und er lächelte. Seine Augen waren noch immer feucht.

Frau de la Vega und Señor Karanka. Das ungleiche Paar, das allen Widersprüchen zum Trotz zusammengehalten hatte. Hätte ihr an jenem Nachmittag, an dem sie vor Señor Karanka geflüchtet war, nachdem er sie um die Hüfte gefasst und ihr seine Wohnung angeboten hatte, jemand gesagt, dass sie fünfunddreißig Jahre später in einem dunklen Keller seine Hand halten würde, hätte sie ihn für verrückt erklärt.

In den Jahren nach dem Brand hatte sie aus reiner Not wieder bei ihm angefangen. Das Hotel lief nicht besonders gut, und Karanka zeigte sich keineswegs nachtragend, als Sofía in sein Geschäft kam und fragte, ob er noch immer eine Buchhalterin auf Teilzeit brauche.

Seitdem hatte sie jeden Dienstag und jeden Freitag bei ihm gearbeitet, zwanzig Jahre lang. Karanka schalt sie nie, wie er es mit seinen anderen Angestellten tat. Stattdessen weihte er sie in seine Liebe zur Kunst der italienischen Renaissance ein und zeigte ihr seine Antiquitätensammlung. Dabei fanden sie heraus, dass sie etwas gemeinsam hatten. Auch Señor Karanka war in seinen jungen Jahren aus einem Kloster geflüchtet. Señor Karankas verstorbene Mutter hätte ihren Sohn gern als Mönch gesehen, doch er hatte andere Pläne.

Viele Jahre lang hatte Sofía befürchtet, Víctor würde eifersüchtig werden, wenn sie mit Parfümproben, Blumensträußen und mit Seidenbändern verpackten Fertiggerichten von der Arbeit kam. Ein paarmal hatte er die Stirn gerunzelt und sie misstrauisch angesehen, aber sie hatte nur geantwortet, es sei ein Geschenk von Señor Karanka und kein Grund zur Sorge. Seitdem hatte Víctor kein Wort mehr über die Geschenke verloren.

Ihre Tochter hingegen war viel schwerer davon zu überzeugen, dass zwischen ihr und ihrem Arbeitgeber nichts war.

»Ich weiß genau, wie die Männer deiner Generation ticken«, hatte Laura gesagt, als Sofía ihr die Parfümkollektion zeigte und vorschlug, sie auf die Gästezimmer zu verteilen. »Sie glauben, dass alles noch wie zu Francos Zeiten ist und der Patriarch am Tischende sich alles erlauben kann. Nach links fremdgehen, nach rechts beichten. Viele von ihnen haben eine heimliche Zweitwohnung, wo sie irgendein Flittchen halten. Hat er dir das auch angeboten?«

Um die Sticheleien zu beenden, hatte sie Laura schließlich verraten, was sonst niemand wusste: dass der Konfektionshändler Karanka homosexuell war. Ihr war nie recht klar geworden, warum er es immer wieder bei den Frauen versucht hatte. Es war sicher kein Zufall, dass es damals die keusche Sofía Baez mit den schmalen Hüften und der Judennase getroffen hatte. Sie hatte reagiert, wie er gehofft hatte. Sie war ein perfektes Alibi gewesen.

Ja, dachte sie, sie würde den zerstreuten, alten Narren wirklich vermissen. Aber vielleicht könnten sie einander noch nützlich sein.

*

Sofía verschwieg Víctor, dass sie bei Señor Karanka aufgehört hatte. Er schöpfte keinerlei Verdacht, weil sie weiterhin jeden Dienstag und Freitag in Karankas Geschäft ging.

Es war eine Absprache mit Karanka. Sie versprach, ihn weiterhin zu besuchen, wenn er ihr eine der antiken Schreibmaschinen borgte, die er noch immer benutzte, während andere auf Computer umstiegen.

Die Schreibmaschine stand auf einem mehrere Hundert Jahre alten Schreibtisch im Keller, den er bei einer Auktion in Sevilla erstanden hatte. Karanka zufolge stammte er aus einem chilenischen Gut. Jahrelang hatte er nur Staub angesammelt, aber als Sofía den Kopf auf die Tischplatte legte, bildete sie sich ein, das Salz des Pazifiks und chilenische Tonerde zu riechen.

An diesem Tisch, unter einem Kellerfenster, durch das die

Außenwelt ihr Licht schickte, verbrachte Sofía die Vormittage, um die fantastischen Geschichten ihres Mannes zu Papier zu bringen. Es waren so viele Geschichten und so wenig Zeit, aber mit jedem neuen Blatt, dass sie einspannte, fühlte Sofía, dass sie ihrem Ziel ein Stück näher kam.

Es sollte Sofías Erbe an ihre Familie und die Welt werden. Sie wollte Víctor de la Vegas Geschichte niederschreiben. Zwar hatte sie ihm versprochen, sie niemandem weiterzuerzählen, aber das hatte sie auch nicht getan. Noch nicht. Der Einzige, der etwas davon wusste, war Señor Karanka.

Immer wieder erinnerte sie sich selbst daran, dass sie es für Víctor tat. Die Gewissheit, vielleicht die Einzige auf der Welt zu sein, die Víctor de la Vega bis tief in die Seele kannte, war ein großes Privileg. Es war das Band, das sie zusammenhielt, doch nun kam es ihr wie eine Bürde vor. Jedes Mal, wenn Laura ihren geballten Zorn auf ihren Vater richtete und ihn für alles verantwortlich machte, das in ihrem Leben und dem ihrer Eltern schiefgelaufen war, wollte sie ihre Tochter zur Seite nehmen und ihr Víctors Geschichte erzählen. Vielleicht würde Laura dann verstehen, warum Víctor so war.

Aber versprochen war versprochen. Wenn sie jedoch nicht mehr war oder Laura die Mappe zufällig finden würde, sähe die Sache anders aus.

*

Es war fünfunddreißig Jahre her, dass sie und Víctor auf dem Boot am Strand gesessen hatten und er ihr seine Geschichte erzählte. Und es war ein Vierteljahrhundert her, dass die erste Mappe bei dem Brand verloren gegangen war. Trotzdem erinnerte sich Sofía ohne Probleme an jedes Detail der Geschichte.

Der Blick des ausgestopften Totenkopfäffchens inspirierte sie. Der Duft des Schreibtisches nach Meer, Erde und antikem Holz half ihr, die verschwundenen Zeiten der Neuen Welt heraufzubeschwören, genau wie der Geruch des alten Leders und der Stoffe im Keller, die auf den Märkten ferner Kontinente alle möglichen Aromen angenommen hatten.

Der Geschichte von Víctors Kindheit und seiner Jugend in der Pampa und in Buenos Aires unter Perón, fügte sie seine Begegnung mit Che Guevara hinzu. Sie hatte es eilig. Niemand würde ihr Werk vollenden. Víctor wurde langsam vergesslich, das hatte sie in den letzten Jahren bemerkt. Dinge verschwanden, er verlegte häufig Schlüssel. Irgendwann würde er sich auch in seinen Geschichten verirren.

Und mindestens eine fehlte ihr noch.

*

In diesen Monaten überschüttete Víctor sie mit Aufmerksamkeit wie seit Langem nicht mehr.

Alexander und er verwandelten die Abendmahlzeiten zu langen Kabarett-Vorstellungen. Wenn Sofía zu müde war und keine Gäste im Hotel waren, blieben sie oben in ihrer Wohnung. Sie hoben sie auf einen imaginären Königsthron und trugen sie aufs Sofa.

»Die Vorstellung beginnt in einem Augenblick, Madame«, sagte Alexander mit gespieltem französischem Akzent und kniete vor ihr nieder.

Dann defilierten die beiden Hauptdarsteller in die Küche und gaben ihre Nummer als Jean-Claude, der Koch, und Marcel, der Kellner. Sie banden sich Küchenhandtücher um und malten sich dünne französische Bärte auf die Oberlippe. Angeblich hatten sie den Sketch in einem Bistro in Paris gesehen. Mit viel Lärm durchsuchten sie die Küchenschränke nach Lebensmitteln, stritten sich um Rezepte und Zubereitung, spielten klassische Werke mit Kochlöffeln auf Topfdeckeln, und ab und zu steckte einer den Kopf ins Wohnzimmer und rief: »Ihr Essen ist bald fertig, Madame, haben Sie Geduld mit uns.« Manchmal kam einer ins Wohnzimmer, jonglierte mit Tomaten, Eiern oder Auberginen und fragte: »Ist dies eine Frucht oder ein Gemüse, Madame? *Mon Dieu,* wie soll man das zubereiten? Stellen Sie sich vor, mein Kellner bildet sich ein, er könnte besser kochen als *moi*! Sitzen Sie gut, Madame, genießen Sie ihren Drink?«

Sofía spielte mit. Sie schlug vor, die Aubergine roh mit einem Rosmarinzweig zu servieren und beschwerte sich über die fehlenden Eiswürfel in ihrem imaginären Drink.

Eigentlich hätte sie die kostbare Zeit, die ihr noch blieb, lieber für andere Dinge genutzt als für ein Amateurkabarett angetrunkener, schlechter Schauspieler, die noch schlechtere Köche waren, aber bald wollte sie nicht mehr darauf verzichten.

Der Sketch endete immer gleich. Der Koch wurde zum Kellner, der Kellner zum Koch. Alexander kam ins Wohnzimmer und balancierte den Teller auf dem Kopf, während Víctor auf der Geige Saint-Saëns spielte. Sie banden Sofía eine Serviette um, deckten mit feinem Besteck auf und servierten singend ihre Gerichte.

Das Essen schmeckte meist grässlich, aber das war Sofía egal, sie konnte sowieso nicht mehr viel schmecken. Sie nickte anerkennend, während Víctor und Alexander erwartungsvoll neben ihr standen.

*

Als der Sommer kam und es Sofía immer schlechter ging, wurde Víctor vom Kabarettisten zum Krankenpfleger. Sofía hatte ihm eingeschärft, dass Laura noch nichts erfahren sollte. Sie wollte ihrer Tochter nicht zur Last fallen, und Marco und Eddie hatten schon genug gelitten.

»Ich weiß noch, wie ich einmal in meinem Bett in San Luis aufwachte«, erzählte Víctor eines Abends, während er ihr ins Bett half. »Es war ein Morgen wie jeder andere. Der alte Pablo Herrera schnarchte nebenan, und irgendjemand hatte in die Hosen gemacht. Im Ostflügel stank es meistens erbärmlich, erinnerst du dich? Nach Urin, offenen Wunden und Salben. Und Lavendel. Alles roch nach Lavendel: das Bettzeug, die Trachten der Nonnen, sogar der verdammte Rosenkranz, den mir jemand auf den Nachttisch gelegt hatte. Ich wachte also davon auf, dass eine junge, schlanke Pflegerin an meinem Bett stand und meine Verbände wechseln wollte. Sie stand im bleichen Morgenlicht am Fenster, und ich dachte: *Die* ist hübsch. Vor allem war deine Nase genauso groß wie meine. Das hättest du eigentlich als Zeichen nehmen sollen, dass wir füreinander geschaffen waren.« Víctors Augen wurden fast feucht. »Hättest du damals gedacht, dass dein argentinischer Patient eines Tages an deinem Bett sitzen und dich pflegen würde?«

»Ich weiß noch«, sagte Sofía, »wie du mich morgens um ein Croissant gebeten hast. Und du hast von Walen geredet! Von allen Dingen in der Welt hast du bei einem unserer ersten Gespräche über den Walfang in der Biskaya geredet. Ich saß da und fragte mich: Wo kommt der denn her? Rings umher starben die Leute an der Ruhr. Sie waren so arm, dass sie sie sich nicht einmal eine Briefmarke leisten konnten, und dann kommt da einer daher und faselt von Croissants und Walen. So ein Spinner, dachte ich.«

»Du lügst. Du fandest mich unwiderstehlich.«

»Vielleicht. Aber gleichzeitig kamst du mir vor wie gerade vom Mond gefallen. Du wurdest auf deinem Stück Treibholz angeschwemmt, aber ich habe nie erfahren, woher du wirklich kamst.«

Sie betonte den Satz nicht als Frage und hoffte, er würde anbeißen, doch er zeigte keine Reaktion. Sie legte die Hand auf seinen Arm und fragte:

»Woher bist du damals wirklich gekommen?«

»Aus dem Eismeer. Ich war zwei Jahre lang der Talisman der Walfänger. Die Geschichte kennst du.«

»Nur in Bruchstücken«, antwortete sie. »Ich habe nie die ganze Geschichte gehört. Ich weiß noch immer nicht, warum du über Bord gefallen bist, bevor du bei uns angeschwemmt wurdest.«

»Bestimmt bin ich unterbrochen worden. Außerdem dachte ich, du hättest genug von meinen Geschichten.«

Sofía lächelte. »Und deshalb erzählst du sie nun alle deinen Enkeln? Du weißt, dass Marco dir jedes Wort glaubt?«

»Ja. So soll es auch sein. Bist du eifersüchtig?«

»Vielleicht. Aber du hast recht, eine Zeit lang hatte ich die Nase voll von Che Guevara, deinen Reisen und deinen Pottwalen. Aber das heißt nicht, dass ich von *dir* die Nase voll hatte. Deshalb würde ich jetzt gerne den Rest der Geschichte hören. Kannst du das nicht verstehen?«

»Du wirst sie schon noch hören.«

»Es wäre besser, wenn du nicht allzu lange wartest.«

»Bist du sicher, ob es dir wirklich etwas bedeutet, nach all den Jahren?«

Das war Sofía keineswegs. Sie dachte an Tristáns Geheimnis, das ihr nach wie vor Bauchschmerzen bereitete.

Bisher hatte sie es nicht übers Herz gebracht, Víctor die Wahrheit zu sagen. Mehrmals war sie kurz davor gewesen, aber je öfter sie es versuchte, desto eher kam sie zu dem Schluss, dass die Wahrheit ihm heute ebenso wenig wie ihr bedeutete. Nichts konnte die Zeit zurückdrehen, auch nicht die Wahrheit. Was verloren war, war verloren.

Trotzdem machte sie sich die Mühe, die Geschichte ihres Mannes erneut aufzuschreiben. Wieder lagen die Seiten in einer Schublade und erwarteten weitere Instruktionen. Irgendwann *könnte* die Wahrheit etwas bedeuten.

Als sie eines Abends beschloss, ihm alles zu erzählen, war er natürlich nicht zu Hause.

Víctor und Alexander hatten sich mit Sofías Billigung angewöhnt, abends auszugehen. Sie war sowieso so müde, dass sie meistens nach dem Abendessen schlafen ging. Sie wusste, dass sie durch Kneipen zogen, manchmal roch Víctor nach Alkohol, wenn er spät am Abend heimkam und nach ihr sah.

Als sie am nächsten Morgen aufwachte, saß er neben ihr auf einem Stuhl und richtete ihre Decke.

»Es gibt da etwas, was ich dir sagen muss«, murmelte er, ohne zu wissen, dass er ihr damit zuvorkam. »Ich hatte gehofft, deine Mutter würde es dir irgendwann sagen, aber das hat sie offenbar nicht getan.«

Dann erzählte er ihr die Wahrheit über Sebastián. Dass er schon lange, lange tot war. Er war im Jahr nach dem Bürgerkrieg in einem Gefangenenlager gestorben. Ihre Eltern, Jaime und Tristán hatten es immer gewusst, ihr aber nie etwas davon gesagt. Weil sie nicht wollten, dass die kleine Sofía aufhörte, an Wunder zu glauben. Kurz nachdem Víctor aus Paris zurückgekehrt war, hatte Roberto ihn eingeweiht.

Sofía hörte Víctor sagen, dass sie es zu ihrem Besten getan hätten. Irgendwann hatten sie ihr die Wahrheit sagen wollen, aber dann war ihnen die Lüge über den Kopf gewachsen und hatte ein Eigenleben begonnen.

»Schon gut«, sagte sie und schloss die Augen.

Sofía hörte ihn seufzen, aufstehen und hinausgehen. Dann wurde es still, und sie dachte schon, er sei weg.

»Ich fand nur, dass du es wissen solltest«, klang es von der Tür.

An diesem Tag redeten sie nicht mehr viel miteinander. Sie dachte die meiste Zeit an Sebastián. Sofía hatte sich längst damit abgefunden, dass er wahrscheinlich nie die grünen Täler der Pyrenäen erreicht hatte und sie ihn nie wiedersehen würde. Nicht der Verlust schmerzte sie, sondern die Wahrheit darüber.

Mitten in der Nacht erwachte sie, weil ihr Mann wieder auf dem Stuhl an ihrem Bett saß und sich über sie beugte.

»Es tut mir alles sehr leid. Okay? *Alles*«, sagte er. »Es tut mir leid, dass ich dir nicht früher die Wahrheit über Sebastián gesagt habe, und dass du deinen Vater und deinen Sohn verloren hast. Es war meine Schuld, das weiß ich, und ich weiß, dass du es mir all die Jahre vorgeworfen hast. Das ist in Ordnung, ich verstehe dich gut.«

»Das macht keinen Unterschied.«

»Doch. Es ist nicht egal. Ich habe immer versucht, ein guter Mensch zu sein, aber ...« Seine Stimme wurde schwächer. »Aber es ist nicht immer leicht.«

»Ich habe es dir auch nicht immer leicht gemacht.« Sofía schlug die Decke zur Seite. Sie richtete sich auf, kletterte mühsam auf den Schoß ihres Mannes und schlang die Arme fest um seine Schultern. »Lass uns einfach sagen, dass es keinen Unterschied mehr macht, in Ordnung?«, flüsterte sie ihm ins Ohr. Víctor atmete ruhiger. Mit diesen Worten beschloss sie endgültig, Tristáns Geheimnis mit ins Grab zu nehmen.

Sie saßen eng umschlungen im Dunkeln. Sofía fühlte sich vierzig Jahre jünger. Sie küsste ihn auf die Wange, kroch zurück ins Bett und zog die Decke über die Schultern.

»Du schuldest mir noch eine Geschichte«, sagte sie. »Die würde ich jetzt gerne hören.«

»Niemand hat sie je gehört. Zumindest nicht die ganze.«

»Dann erzähl sie mir.«

Er legte sich zu ihr. Sie rutschte an die Wand, damit er sich an sie schmiegen konnte. Genau wie vor vielen Jahren, als er ihr von dem Feigling Victor de la Vega erzählt hatte. Dieses Mal hoffte sie auf ein besseres Ende.

»Eine Geschichte von Walfängern?«, fragte sie leise.

»Ja. Von Pottwalen, Albatrossen und dem Wahnsinn am Ende der Welt. Aber vor allem ist es die Geschichte, wie ich einen Menschen getötet habe.«

Talisman

Der Knall der Harpunenkanone ließ das Schiff erzittern, und der Vorläufer pfiff durch die Polarluft. Die Harpune traf ihr Ziel, und eine Wolke aus zerfetztem Rückenfleisch und dem Rauch der Sprenggranate stieg auf. Der Wal tauchte sofort ab, ich sah, wie sich der mattschwarze Rücken mit der nach hinten gewendeten Finne vor Schmerz krümmte und verschwand.

»Treffer!«, brüllte der Harpunier von seiner Plattform am Steven. »Backbord!«

Das Schiff drehte auf sein Kommando nach backbord. Ein Matrose löste die Winde, damit mehrere Hundert Meter Tau ins Wasser gleiten konnten. Ich klammerte mich an die Reling, um nicht umgeworfen zu werden.

Die Jagd hatte begonnen. Wenn die Widerhaken der Harpune tief genug im Fleisch des Wals steckten, würde er sie nicht mehr abschütteln können. Jetzt gab es nichts anderes zu tun, als dem Tier zu folgen und zu warten, bis es wieder auftauchte. Manche Wale tauchten tief und versuchten, uns mit in die Tiefe zu ziehen, manche kamen schnell wieder hoch, um sich zu orientieren. Ich schielte zum Steuermann hinauf, er war bereit, volle Kraft voraus zu geben, falls der Wal versuchte, uns abzuhängen.

Unter unseren Füßen pumpte die Dampfmaschine. Es war

der einzige Laut, den wir hörten. Alle warteten stumm auf die Instruktionen des Harpuniers. Das Meer war spiegelglatt, die Eisberge in der Ferne hatten das Echo der Harpune längst geschluckt.

Es war, als hätte das Eismeer bereits vergessen, was geschehen war. Als hätte der gewaltsame Angriff auf sein größtes Geschöpf nie stattgefunden.

Wir wussten es besser. Der Kampf hatte gerade erst begonnen.

Ein paar Stunden später war es überstanden. Es war Blut im Blas. Wir hatten unsere Beute müde gemacht.

Ich stand achtern neben einem Messejungen und sah zu, wie sie den Wal ins Boot zogen. Mit einem schmatzenden Geräusch durchbrach er die Wasseroberfläche, die Fluke peitschte das Wasser, dass der Schaum mir ins Gesicht spritzte, aber sein Kampfgeist war erloschen. Aus dem Blasloch stieg eine widerwärtig stinkende Mischung aus Blut und Schleim, die einem den Magen umdrehte.

Er atmete ein letztes Mal aus und drehte uns seinen weißen, gefurchten Bauch zu. Es war ein Finnwal, so viel hatte ich inzwischen gelernt. Finnwale hatten einen weißen Furchenbauch, Blauwale einen marmorierten. Buckelwale erkannte man an ihrer rundlichen Körperform, Pottwale an ihrem riesigen Kopf. Dieser Finnwal war ein Prachtexemplar weit über der Durchschnittsgröße von 55 Fuß.

Sie zogen den Wal mit der Winde dicht an den Rumpf. Der Harpunier und der Steuermann standen mit Pumpe und Ventilspeer bereit. Sie stachen den hohlen Bambusspeer in den Speck und pumpten den Körper voll Luft. Am Vordeck markierten Matrosen den Wal mit kleinen Flaggen, ritzten die

Schiffs- und Geschwadernummer in die Haut und befestigten eine Drahtschlaufe an der Fluke, was der Mannschaft der Schleppboote die Arbeit erleichterte, wenn sie den erlegten Wal zur Trankocherei auf Südgeorgien zogen. Zum Schluss schnitt ein Matrose die Spitzen der Fluke mit einem Flensmesser ab, ein anderer zog den Schlauch der Pumpe aus dem Inneren des Tieres und verschloss das Loch mit einem hölzernen Pfropfen.

Den aufgeblasenen Walkörper überließen wir den Schleppboten. Er lag in unserem Kielwasser und wogte wie ein riesiger Fesselballon auf und ab. Seevögel kreisten über ihm, stürzten herab und rissen Fleischstücke aus dem Kadaver.

Der Harpunier rief nach mir. Sein Atem dampfte in der Kälte.

»Talisman! Geh in den Funkraum und spiel Musik, damit wir den Rest der Herde anlocken.«

Der Kapitän stand auf der Brücke und nickte mir zu. »Tu was er sagt, Talisman.«

*

Talisman. So nannten sie mich. Ein verrückter Norweger hatte mir den Namen bei einer Taufe auf dem offenen Meer gegeben.

Vor einigen Monaten war ich in Montevideo an Bord gegangen. Ich arbeitete im Hafen als *Runner*. Immer wenn ein Frachtschiff anlegte, stand ich an der Mole bereit, um die Seeleute in die Bar meines Arbeitgebers zu locken. Ich war bei Weitem nicht der einzige *Runner*, aber ich war der beste. Trotzdem langweilte mich der Job, und ich suchte nach einem Ausweg.

Im Oktober 1952 kamen die ersten norwegischen Walfangschiffe an. Auf dem Weg nach Süden bunkerten sie in Rio de Janeiro und Montevideo. Eines Abends betrat eine Gruppe Walfänger die Bar, als ich gerade ein paar Stücke auf Eduardos Geige zum Besten gab. Sie hatte mich auf all meinen Reisen als Erinnerungsstück an die alten Tage begleitet. Noten besaß ich keine, ich spielte nur eine Handvoll Stücke auswendig oder improvisierte meine eigenen.

Offenbar gefiel den Norwegern, was sie hörten. Am nächsten Tag kam einer von ihnen, Thorvald, zu mir und bot mir an, mit ihnen nach Südgeorgien zu kommen. Ans Ende der Welt, wie er es nannte. Sie hatten einen Messejungen mit Gelbfieber in Curaçao zurückgelassen, und ich sollte seinen Platz übernehmen. Unter der Bedingung, dass ich meine Geige mitnahm.

»Ob du es glaubst oder nicht, wir sind nämlich kultivierte Menschen und schätzen gute Musik«, sagte Thorvald in seinem langsamen Englisch, das ich gerade so verstand.

Ich wusste nichts über Südgeorgien oder das Südliche Eismeer und noch weniger über den Walfang, aber das spielte keine Rolle. Seit über drei Jahren war ich planlos durch den Kontinent gestreift, ohne ein Ziel. Ich befand mich in einem Vakuum, aus dem ich nicht herauskam. Als ich dann das Angebot bekam, ans Ende der Welt mitzukommen, erschien es mir ein logischer Schlusspunkt. Von dort aus ging es nicht mehr weiter.

Südgeorgien, eine Ansammlung kahler, sturmumtoster Inseln mitten im Eismeer, war wirklich das Ende der Welt. Der nächstgelegene Kontinent war die Antarktis. Südamerika lag eine Woche Seereise entfernt, Kapstadt in Südafrika zwei.

Dover, Cardiff und die anderen europäischen Häfen mindestens drei Wochen. Weiter weg von der Zivilisation konnte man nicht kommen.

Genau dies war der Sinn der Sache. Am Ende der Welt war ich nicht mehr Plattnase. Oder der Feigling. Ich war ein anonymer Saisonarbeiter von vielen, dessen Gabardinemantel mit Südgeorgiens schiefergrauen Klippen verschmolz.

Wenn wir nicht auf dem Meer waren, wohnten wir in Grytviken, der Walfangstation Südgeorgiens. Ich quartierte mich in einer verlassenen Wetterstation ein anstelle der Baracken, in denen die Saisonarbeiter wohnten. Ich war die Einsamkeit gewohnt und ertrug es nicht, zu lange am Stück unter Menschen zu sein.

Grytviken war zu Beginn des Jahrhunderts von Norwegern erbaut worden. Nachdem die Wale im Arktischen Meer fast ausgerottet waren, suchten Norweger, Russen und Deutsche neue Jagdgründe. Grytviken in der Cumberland East Bay wurde zum Zentrum ihres Imperiums. Sie bauten eine Werft, den Flensplan, eine Trankocherei und die Baracken. Und sie bauten eine Holzkirche, deren grüner Turm sich über alle anderen Gebäude der Station erhob. Hinter der Kirche ragten Südgeorgiens kahle Berge steil in die Höhe.

Nach und nach kamen auch andere Nationalitäten an. Geschäftsleute aus Argentinien hatten in die Argentinische Fischereigesellschaft investiert, wie die norwegischen Gründer die Walfanggesellschaft nannten. Von November bis März, den dortigen Sommermonaten, war die Cumberland East Bay voll mit Walfänger- und Schleppboten. Letztere durchkreuzten die Fahrwasser rings um Südgeorgien, sammelten die aufgeblasenen Walkadaver ein, die die Walfänger hinterlassen hatten, und brachten sie auf den Flensplan. Dort wurden täglich verschiedene Walarten zerteilt. Aus Speck, Knochen und Fleisch wurde Walöl gekocht, aus der Leber Vitaminpräparate hergestellt. Die Barten und die Ambra, früher einmal die kostbarsten Teile der Tiere, warfen wir größtenteils ins Meer.

Grytviken roch nach Gedärmen und ranzigem Speck, und es lag selbst im Sterben. Früher war der Kran am Flensplan ständig in Bewegung gewesen, nun stand er oft still. Die Anzahl der erlegten Wale, die mit Kreide auf einer großen Tafel im Büro des Vorstands angeschrieben war, wurde von Jahr zu Jahr kleiner, ebenso die Anzahl der Saisonarbeiter.

Thorvald erzählte mir, wie viele Menschen vom Walfang abhängig seien. Ganze Städte in Norwegen würden zu Geisterstädten werden, wenn eines Tages die großen Mutterschiffe mit den Tanks voller Walöl nicht mehr anlanden würden, Reedereien würden bankrottgehen, Familienväter arbeitslos werden, Frauen ihre Männer verlassen, Männer Selbstmord begehen. Es war der reinste Teufelskreis.

*

Mein Los war es, den Tod hübsch zu verpacken. Jeden Morgen, wenn die Walfänger von Grytviken in Richtung der Eisberge und des Treibeises ausfuhren, erfüllte ein Wirrwarr verschiedenster Klänge die Cumberland East Bay. Die Schiffe sangen füreinander auf dem Weg aus der Bucht. Jazz, klassische Musik, skandinavische Weisen. Jedes Schiff hatte einen Telegrafisten, der im Funkraum Platten auflegte und die Musik über sein Mikrofon in die Lautsprecheranlage schickte.

Der Tonabnehmer unseres Grammofons war kurz nach der Abreise in Montevideo kaputtgegangen und konnte erst repariert werden, wenn das nächste Postschiff an Weihnachten kam. Deshalb stand ich bei der Ausfahrt mit der Geige unterm Kinn im Funkraum. Unser Schiff tanzte zu den Klängen von Bach oder Brahms die Bucht hinaus. Bei der Rückkehr am Abend spielte ich oft Beethoven.

Ich spielte im Besonderen für einen Mann. Den Harpunier. Auf der Reise nach Südgeorgien hatte ich erfahren, dass es Thorvald gewesen war, der mich und meine Geige an Bord haben wollte.

Der Harpunier war eine lebende Legende. Der Norweger stammte aus einer Familie von Walfängern. Angeblich übte er seinen Beruf schon seit dem Ersten Weltkrieg aus. Manche behaupteten, er habe sein Handwerk als Scharfschütze im Dienst der Entente erlernt. Seine Begabung habe ihn reich gemacht, sagten die Norweger. Er habe einen Herrenhof gekauft, mehrere Autos und teure Pelze für seine Frau. Die er dann zwinge, altmodische Korsetts aus Walbarten zu tragen. Im Sommer rühre er keinen Finger, sondern liege den lieben langen Tag unter dem Apfelbaum in seinem Garten und lese Bücher.

Eigentlich unterschied sich der Harpunier nicht von den anderen Walfängern. Er zog seine Fellmütze stets tief über die Ohren, trotzdem ragten dichte, wilde Locken unter dem Leder hervor, rot wie ein Hydrant. Auf dem Eismeer sahen alle gleich aus: zerfurchte Gesichter, von der Polarsonne, dem Wind und Minusgraden gegerbt; anonyme Gesichter, verborgen unter Vollbärten und salzverkrustetem Haar. Das Gleiche galt für die Kleidung: Fellmütze, Halstuch, Wolljacke oder Pelzmantel, Lederhemd und Lederhandschuhe, wenn man bei der Arbeit war, Fellmütze, Gabardinmantel und lange Stiefel, wenn man freihatte. Nur die Haarfarbe und vielleicht slawische Wangenknochen oder asiatische Augen halfen dabei, die Gesichter auseinanderzuhalten.

Trotzdem war der Harpunier nicht wie die anderen. Er war so launisch wie das Meer. Die meiste Zeit stand er auf seiner Plattform und hielt Ausschau nach Walen. Während die anderen Männer von den Fjorden ihrer Kindheit, den Trinkgelagen ihrer Jugend, ihren Frauen, Kindern und den Vorzügen ihrer Heimat erzählten, redete er höchstens über seine Frau. Seine heiß geliebte, junge und hübsche Frau, die sich jedes Frühjahr um die Apfelbäume kümmerte, ehe er nach Hause kam.

Er hatte mir den Namen Talisman gegeben. Weil er fand, dass ich Glück brachte.

*

Thorvald und die anderen erfahrenen Walfänger erzählten sich oft Geschichten aus den alten Tagen. Als man dumme Buckelwale noch bis in die Bucht treiben konnte und die Cumberland East Bay rot von Blut war. Nun gab es immer weniger Wale, und die versteckten sich in der Nähe des Packeises.

Trotzdem gab es noch Tage, an denen wir zwischen Eisschollen und Eisbergen Wale jagten, das Wasser um den Kiel schäumte, der Motor brüllte und die Seevögel in freudiger Erwartung um unser Schiff kreisten.

An anderen Tagen wiederum gingen wir leer aus. Die Winden schwiegen, und der Telegrafist hatte nichts nach Grytviken zu rapportieren. Alle Mann an Bord hatten Teil am Gewinn. Umgekehrt verloren wir für jeden nicht gefangenen Wal ein kleines Vermögen. An solchen Tagen spürte ich das berüchtigte Walfieber wie einen Wind um Mast und Reling streichen und sich an Bord ausbreiten.

An einem jener Nachmittage, an denen wir stundenlang

vergeblich nach Fontänen Ausschau hielten, saß ich an den Mast gelehnt auf Deck und klimperte auf der Geige. Normalerweise spielte ich tagsüber nicht, aber es gab nichts anderes zu tun. Unwillkürlich spielte ich Eduardos Melodie. Ich hatte sie seit Jahren nicht mehr gespielt, aber die Töne kamen wie von selbst zurück und trugen mich weit davon. Ich fühlte das schlammige Wasser des Bachs zwischen den Zehen und roch das alte Eichenholz in Eduardos Arbeitszimmer, sah seine Augen, wenn ich meine schloss. Und ich spielte weiter.

Als ich die Augen öffnete, sah ich den Harpunier auf mich zukommen. Ich dachte, dass er genug von mir hatte und meine Geige ins Meer werfen wollte, doch so weit kam er nicht. Ein lauter Ruf aus dem Ausguck unterbrach ihn.

»Blas voran!«

Ich legte die Geige weg und lief mit dem Schützen an die Reling. Vor uns durchbrach ein Walrücken die Wasseroberfläche. Dann noch einer, und noch einer. Ihr Blas fächerte sich auf wie die Krone einer Palme. Blauwale.

Der Harpunier war schon auf dem Weg zu seiner Plattform.

An diesem Nachmittag fingen wir vier Blauwale. Einen älteren Bullen, eine Kuh und zwei jüngere Bullen. Über hundert Tonnen reines Walöl. Ein Vermögen.

Am Abend suchten wir hinter einem Eisberg Schutz. Es war zu spät, um nach Grytviken zurückzukehren, und der Harpunier wollte auf dem Meer bleiben. Er hatte Blut geleckt. Wir saßen zusammen in der Messe und hörten den Polarwind heulen. Ich saß dem Harpunier gegenüber, der mich mit seinen Blicken durchbohrte. Ich hatte keine Ahnung, was er wohl dachte.

Am nächsten Morgen kam er auf Deck zu mir. »Heute

spielst du, bis ich stopp sage. Unten im Funkraum, mit eingeschalteten Lautsprechern. Verstanden?« Er ging, drehte sich aber noch einmal um. »Dieselbe Melodie wie gestern!«

An diesem Tag wurden es drei Wale. Jedes Mal stand Thorvald mit einem breiten Grinsen in der Tür, und der Telegrafist hatte alle Hände voll zu tun, um Walart, Länge, Bootsnummer und Positionen nach Grytviken zu funken.

Als sie den letzten Wal ans Schiff zogen, ging ich an Deck und schaute zu. Der lange, schlanke Körper eines Finnwals trieb schlaff auf dem Wasser. Die Winde ratterte, und am Steven führte der Harpunier eine Art Siegestanz auf. Er wackelte mit den Hüften, warf seine Mütze in die Luft, küsste seine Hände und kam begeistert auf mich zu, als er mich sah.

Auf dem Weg ergriff er einen Eimer, der bis zum Rand mit Salzwasser gefüllt war. »So etwas habe ich noch nie erlebt!«, rief er auf Englisch mit seinem norwegischen Akzent.

Er tätschelte mir den Kopf. Seine Stirn war sonnenverbrannt, die roten Locken schimmerten im Sonnenschein. »Kraft meines Amtes, das König Neptun mir gegeben hat, taufe ich dich hiermit auf den Namen Talisman!« Im selben Augenblick schüttete er das eiskalte Wasser über mir aus.

Der Kälteschock lähmte mich, ich schnappte nach Luft. Der Harpunier tanzte mittschiffs weiter. Die Holzsohlen seiner Stiefel klapperten über das Deck.

»Du wirst uns noch alle reich machen, Talisman!«

*

Von diesem Tag an wurde ich nur noch Talisman genannt. Auch bei den Flensern und der Verwaltung in Grytviken. Alle waren überzeugt, dass ich Glück brachte.

In meinen Augen war dies eine starke Übertreibung. Ich bezweifle, dass ich zum Fangglück beitrug. Es gab weiterhin Tage, an denen wir wenig oder nichts fingen. Dann knurrte der Harpunier mich an oder schickte leise Flüche in meine Richtung, aber wenn wir am nächsten Tag zwei, drei oder gar fünf Wale fingen, war er wieder von meiner Wirkung überzeugt.

»Im Norwegischen haben wir die Begriffe *flaks* und *uflaks*«, sagte Thorvald, als ich einmal meine Rolle infrage stellte.

»Das bedeutet *Glück* und *Unglück.* Ein Harpunier teilt sein gesamtes Dasein in *flaks* und *uflaks* ein. An manchen Tagen hat man Glück, an andern Unglück. Entweder man holt einen Wal nach dem andern ein oder man sichtet keinen einzigen. So ist es nun mal. Aber was, wenn so ein Harpunier sich ganz fest einbildet, dass er eine Glückssträhne hat? Stell dir vor, was das für sein Selbstvertrauen bedeutet. Und wenn ein Harpunier Selbstvertrauen hat, wirkt sich das auf die gesamte Mannschaft aus. So wird jedes Walfieber im Keim erstickt. Deshalb ist es völlig egal, ob du selbst daran glaubst, dass du Glück bringst. Hauptsache, der Harpunier glaubt es.«

Ich nahm mir Thorvalds Worte zu Herzen. Im Grunde war ich stolz auf meine Rolle als Talisman. Es tat gut, einmal nicht als Unglücksvogel zu gelten.

Ich genoss die Tage auf See. Eisberge trieben in Scharen auf uns zu, die Sonne funkelte in ihren Kristallen. Eisschollen, die größer als unser Schiff waren, glitten vorbei, bevölkert von Pinguinen, Seevögeln oder Robben. Wir passierten Eisstöße, die wie gezackte Bergketten aufragten. Schneesturm und heulender Wind konnte von einem Augenblick zum nächsten in blauen Himmel umschlagen, und umgekehrt.

Das Eismeer machte mich stärker. Bei der Abfahrt in Montevideo waren die Hafenkräne noch am Horizont sichtbar, als ich mich zum ersten Mal erbrach, aber als wir die *Roaring Forties* und die *Howling Fifties* erreichten, war ich abgehärtet – dachte ich. Das Eismeer prügelte mir erneut Demut ein und drehte mir den Magen um.

Der Sommer in Südgeorgien ließ mich Plattnase vergessen. Und vorübergehend auch den Feigling. Es war, als trüge der Polarwind meine äußeren Schichten ab, er formte mich, wie er über Tausende von Jahren Gletscher und Eisberge geformt hatte.

*

Im März endete der Sommer im Südlichen Eismeer. Die Tage wurden kürzer, das Wetter schlechter. Die Walfänger und Schleppboote kamen wie geprügelte Köter mit Eiskappen an den Masten nach Grytviken zurück.

Anfang April verkündete die internationale Kontrollkommission, dass die zugelassene Saisonquote erreicht sei. Grytviken brodelte vor Erwartung, alle machten sich zur Abreise bereit. Wenn die Saison vorbei war, gab es nichts, was die Männer auf der Insel hielt.

Unser Schiff hatte so viele Wale wie kein anderes auf Südgeorgien gefangen. Als Dank für meinen Beitrag bot der Kapitän mir die kostenlose Überfahrt nach Montevideo, Curaçao, Dover oder sogar Sandefjord in Norwegen an, aber ich hatte keinen Grund, Südgeorgien zu verlassen. Ich war noch nicht fertig mit dem Ende der Welt. Stattdessen nutzte ich einen bescheidenen Teil meiner Heuer, um von der Reederei Vorräte zu kaufen, mit denen ich durch den Winter kommen konnte.

Am letzten Abend war der Harpunier gut gelaunt. Bald würde er daheim sein und seine Frau wiedersehen. Das erste Mal seit der Ankunft in Südgeorgien im Oktober durften die Männer Alkohol trinken, und der Harpunier gab eine Runde für die Mannschaft der *María Eva* aus. Er betrank sich so gründlich, dass er am Ende des Abends mit mir Walzer tanzen wollte.

»Wir beiden werden als das erfolgreichste Walfängerduo Südgeorgiens in die Geschichte eingehen«, sang er und drückte mir einen feuchten Kuss auf die Wange.

Am nächsten Morgen bestieg ich den Duce Fell, einen Berg hinter Grytviken. Sämtliche Schiffe lagen in der Bucht und schaukelten auf dem Wasser, die Laternen leuchteten im Morgendunst. Sie warteten auf die Ausfahrt. Die übrig gebliebene Munition wurde abgefeuert, die Knalle der Harpunenkanonen erfüllten die Bucht. Die Harpuniere sagten Lebewohl. Eins nach dem anderen fuhren die Schiffe aus der Cumberland East Bay heraus.

Ich richtete mich in der Wetterstation mit den Dingen ein, die ich gekauft hatte: Wolldecken, Sturmbrille, Burberry-Mäntel, getrocknetes Schafsfleisch, Konserven mit Bohnen, Suppen und Schinken, Pulverkaffee, Brennstoff, Primuskocher, alte Zeitschriften. Und ein Gewehr. Falls die Einsamkeit zu groß würde, wie Thorvald es ausgedrückt hatte.

Viele Wochen vergingen, bis ich verstand, was er gemeint hatte. Der Wind und der Schneefall nahmen zu, ließen ihren Zorn an der Bucht aus und begruben Berge, Klippen und Häuser unter einer dicken Schneedecke. Ganz Südgeorgien war ein Inferno aus elektrischem Lärm; die Luft knisterte und war dicht gespickt mit Schneekristallen, die gegen die Scheiben peitschten. Mitte Mai konnte ich die Station nur noch mit vier Schichten Kleidung verlassen. Speichel, Rotz, Tränen, alles fror zu Eis.

Ganz allein war ich dennoch nicht. Zwischendurch, wenn die Wetterlage es zuließ, empfing das Radio Bruchstücke menschlicher Aktivität, wenn ich lange genug die Kurzwellenskala absuchte. Kommandorufe, Jazz, Gelächter - kleine Inseln der Zivilisation im Rauschen des großen Ozeans. Vielleicht ein südafrikanischer Sender, vielleicht Funksprüche eines Frachtschiffs im Indischen Ozean, vielleicht auch das Signal eines Walfängers, der in einer verlassenen Station am Rossmeer saß und genauso einsam wie ich war.

Ich nutzte den Winter, um die Reise zu vollenden, die ich an jenem Morgen angetreten hatte, als ich mich unter der Trauerweide von Silvina verabschiedete. Ich wollte Víctor Zalazar endgültig zurücklassen. Ich sah nicht mehr aus wie er. Das Eismeer hatte mir ein neues Äußeres verliehen, aber unter dem Walfängerbart und der wettergegerbten Haut steckte seine Vergangenheit noch in mir. Selbst am Ende der Welt konnte ich ihn und seinen Zorn nicht vollständig abschütteln.

Eines Morgens wurde ich vom Flackern des Südlichts über der Bucht geweckt. Ich hatte keine Ahnung, welcher Tag es war, aber der Kalender sagte, es sei August. Fluoreszierende grüne Girlanden schmückten den dunklen Himmel, und ich hätte schwören können, hinter dem Lichtvorhang Elenas und Eduardos Silhouetten zu sehen.

Während sie sich im Südlicht auflösten und ich mich fragte, was wohl aus ihnen geworden war, hörte ich eine Stimme im Wind, die mir etwas zuflüsterte und mich verhöhnte.

»Du bist ein Feigling. Ein Feigling, ein Feigling, ein Feigling.«

Ich erkannte die Stimme wieder. Es war die Stimme, die mich bis ans Ende der Welt geschickt hatte.

Wahnsinn

Der erste Walfänger der Saison fuhr Mitte November 1953 in die Cumberland East Bay ein. Dann folgten viele. Ich begrüßte die ersten mit Gewehrsalven und Notraketen, schließlich war ich sieben Monate allein auf der Insel gewesen.

Wie sich herausstellte, sollte ich in dieser Saison auf einem anderen Schiff fahren. Perón hatte großes Interesse, den Walfang zu einem wesentlichen Bestandteil der nationalen Wirtschaft zu machen und bezahlte der Argentinischen Fischereigesellschaft viel Geld, um argentinische Seeleute in die jahrhundertealte Kunst des Walfangs einzuweihen. Der Harpunier hatte ein unwiderstehliches Angebot bekommen, aber er hatte es nur unter der Bedingung angenommen, dass Thorvald und ich mitkamen. Am ersten Morgen der Saison standen wir deshalb alle drei an Deck eines argentinischen Walfängers namens *María Eva,* der nach der First Lady des Landes benannt war.

Unter den Walfängern und Flensern kursierte das Gerücht, dass eine Frau nach Grytviken gekommen sei. Es stellte sich als wahr heraus. Mit uns an Bord war ein Ehepaar, was auf einem Walfänger mindestens so exotisch wie eine Hibiskusblüte auf Südgeorgien war. Ihre Schuhe waren frisch geputzt, unter dem Wollmantel des Mannes ragte eine Tweedjacke hervor. Er stellte sich als zukünftiger argentinischer Botschafter in Frankreich vor und reiste in Gesellschaft seiner Ehefrau. Sie waren unterwegs nach Paris, wollten aber auf der Reise über den Atlantik Südgeorgien besuchen. Sein Großvater war einer der argentinischen Geschäftsleute, die in die Walfangstation in Grytviken investiert hatten, und es war immer ein großer Wunsch des Botschafters gewesen, einmal den modernen Walfang mitzuerleben.

Ich war sicher, dass die gesamte Mannschaft das Paar mit den gleichen Teilen Misstrauen und Mitleid betrachtete. Das Südliche Eismeer war kein Ort für Frauen oder Botschafter.

*

Die Stimmung auf der *María Eva* war anders, ich spürte es sofort. Wir waren eine bunt zusammengewürfelte Mannschaft aus aller Herren Länder, die nur des Geldes wegen angeheuert hatte. Und damit nicht genug. Man könnte behaupten, dass alles von dem Moment an schieflief, als das Ehepaar Montoya an Bord kam. Dass sie Unglück brachten. Aber es war nicht allein ihre Schuld.

Bereits bei den ersten Touren fiel uns auf, dass etwas mit dem Harpunier nicht stimmte. Er war nicht mehr er selbst. Die meiste Zeit war er bloß eine Silhouette am Steven, und er sprach nur mit uns, wenn er seine Befehle schrie. Einmal schlug er einen Matrosen bewusstlos, weil er die Harpunennummer nicht schnell genug in die Haut eines gefangenen Wales ritzte. Er war launischer als je zuvor.

Als er zum ersten Mal den Hosenlatz öffnete und auf einen harpunierten Wal pisste, dachten wir uns nichts dabei. Als er es zum zweiten Mal tat und dabei einen Urschrei ausstieß, begannen wir uns zu wundern. Beim dritten Mal ging Thorvald zum Kapitän, um ihn zum Eingreifen zu bewegen. Es gab Dinge, die man an Bord eines Walfängers nicht tat. Auf ein Tier zu urinieren, das der Reederei Millionen Kronen einbrachte, war eines davon.

»Der Kapitän kann nichts tun. Er sagt, der Harpunier habe in seinem Vertrag schriftlich festgelegt, dass er auf die Wale pissen darf. Warum, weiß keiner. Das Beste, was wir tun können, ist es zu ignorieren«, berichtete Thorvald am Abend in der Messe.

Ich kann mir vorstellen, dass der Walfang nicht anders ist als jede andere Jagd oder jede Schlacht im Krieg. Dass eine respektvolle Stille eintritt, wenn das Töten überstanden und das Adrenalin verbraucht ist. Auf unserem alten Schiff stellte sich diese Stille stets ein, wenn wir die Leinen gelöst und den aufgeblasenen Wal auf dem Wasser hinterlassen hatten. Nun aber war es weniger der Respekt vor der Kreatur als eine nervöse Angespanntheit, welche die Stille auslöste.

»Glaubst du, er tut es?«, flüsterte ein Messejunge, als wir den ersten Pottwal erlegt hatten.

Sekunden später bekamen wir die Antwort. Der Harpunier stieg von seiner Plattform, den Blick des Steuermanns im Nacken, stieß einen Matrosen zur Seite und lehnte sich an die Reling.

Die Handschuhe hatte er ausgezogen. Er nestelte an seinem Hosenlatz, zog sein riesiges Glied hervor und schickte einen Strahl auf den toten Wal. Gleichzeitig hallte sein Urschrei über das Meer.

»Nimm das, du Hure! Du verdammtes, verlogenes Luder!« Er drehte den Kopf und rollte wild mit den Augen. Unsere Blicke trafen sich.

Es war deutlich, dass er das argentinische Ehepaar verachtete. Besonders den Botschafter. Augustín Montoya wusste einiges über Navigation und Meteorologie, und er kannte die Namen aller Seevögel, die über unseren Köpfen kreisten. Aber er hatte viele feminine Züge. Zum Beispiel war er immer glatt rasiert. Ein solcher Typ passte nicht auf ein Walfangschiff. Schon bei der ersten Tour kotzte er über die Reling.

Anfangs versuchte er noch, sich einzubringen. Führte Gespräche mit dem Kapitän auf der Brücke oder bot den Matrosen seine Hilfe an, wenn sie aus mitgebrachten Fichtenzweigen Bootshaken schnitzten oder Taue spleißten. Das brachte ihm eine fast abgetrennte Fingerkuppe und Gelächter hinter seinem Rücken ein.

Ich hatte genug Zeit in Grytviken verbracht, um zu wissen, dass ein Walfangschiff wie ein großer Muskel war, dem jedes überflüssige Fett abtrainiert wurde. Es gab keinen Mann zu viel an Bord, keine Muskelfaser blieb unbenutzt. Von den Matrosen und dem Koch bis zum Steuermann, dem Kapitän und dem Harpunier. Ich wurde nur akzeptiert, weil ich Glück brachte. Augustín Montoya hingegen war ganz und gar überflüssig.

Sein Titel bewirkte, dass die Mannschaft ihn wenigstens respektvoll behandelte. Mit Ausnahme des Harpuniers, der ihn mehrmals anschnauzte und verhöhnte. Nach einigen Fahrten hielt der Botschafter sich vom Vorderdeck fern. Stattdessen saß er in der Messe und schrieb in seine Notizbücher oder stand auf dem Achterdeck und fotografierte Pinguine und Robben.

Auch die Anwesenheit seiner Frau María schien dem Harpunier zu missfallen. Wie ihr Mann musste sie sich damit abfinden, dass er sie abschätzig ignorierte.

Ich machte einen Bogen um das Ehepaar und redete in der ersten Woche überhaupt nicht mit ihnen. Aber als sie herausfanden, dass ich Argentinier war, bestanden sie darauf, mich am nächsten Tag in ihrer Wohnung in Grytviken zum Mittagessen einzuladen. Der Botschafter hatte mit dem Kapitän abgesprochen, dass ich den Tag freibekam. Widerwillig sagte ich zu.

Als wir am Tag darauf wieder an Bord der *María Eva* gingen, schäumte der Harpunier vor Wut. Er schimpfte, dass sie am Vortag keinen einzigen Wal gefangen hätten, schüttelte mich, fluchte und bedachte uns alle mit Schimpfwörtern. Am Ende stellte er sich vor die Frau des Botschafters, starrte sie wütend an, räusperte sich und spuckte schließlich auf Deck. Der Schleimklumpen landete direkt vor ihren Schuhen.

»*Puta*«, murmelte er und drehte sich um.

Auch mich bestrafte der Harpunier. Er kommandierte mich in den Funkraum, befahl mir zu spielen und gab mir zu verstehen, dass ich es ja nicht wagen sollte, eine Pause zu machen. Wir hatten eine Quote, die erreicht werden sollte.

Die Harpunenkanone knallte zweimal an diesem Tag, aber der Harpunier kam nicht zu mir herein, um sich zu bedanken, wie er es sonst tat. Als ich die Kanone zum dritten Mal hörte, ging ich hinauf an Deck. Kaum war ich draußen, knallte es erneut.

»Vorbei!«, rief der Mann im Ausguck.

Am Steven fummelte der Harpunier mit einer neuen Harpune. War es möglich, dass er zweimal vorbeigeschossen hatte?

Der Wal war offenbar abgetaucht. Keine Fluke, kein Rücken war zu sehen.

»Ich habe zwei Speere in seiner Seite stecken sehen«, rief ein Matrose.

»Ich auch«, bestätigte ein anderer.

»Ist das dein Wal? Harpunier!«, rief Thorvald.

»*Sein* Wal?« Der Botschafter, der neben mir an der Reling stand, war mir zuvorgekommen.

»Ja, sein Wal. Der Moby Dick des Harpuniers, wenn man so will. Man erkennt ihn an den zwei Harpunenspitzen in seiner Seite. Ein Andenken an ihre letzte Begegnung. Der Harpunier versucht seit mehreren Sommern, den Wal zu erwischen. Aber der ist schlau. Ich wette, heute sehen wir ihn nicht mehr.«

»Der ist *long gone*«, sagte ein englischer Matrose.

Ich warf einen Blick in den Steven. Der Harpunier stand aufrecht da, die Hände an der Reling, die Nase in der Luft wie ein Jagdhund.

*

Die Stimmung auf der *María Eva* war für den Rest der Saison angespannt, aber erträglich.

Ich verschanzte mich meist im Funkraum und spielte auf meiner Geige, der Harpunier schoss seine Wale, verfluchte sie, pisste auf sie und war ansonsten schweigsam. Von seinem berüchtigten Wal sahen wir nichts mehr. Der Botschafter fragte öfter nach dem Tier. Offenbar genoss er es, wenn über den Harpunier gelacht wurde.

Er benahm sich verrückt wie eh und je, aber wir hatten uns daran gewöhnt. Mit Ausnahme von María Montoya, die es vorzog, in Grytviken zu bleiben, statt mit uns rauszufahren.

Wenn wir wegen Unwetter oder Reparaturen im Hafen bleiben mussten, leistete ich dem Ehepaar Montoya Gesellschaft. Oft schlenderten wir zwischen Grytvikens weiß gestrichenen Holzhäusern umher und warfen verstohlene Blicke durch die Fenster. In manchen standen dänische oder norwegische Flaggen, in anderen Geranien, die ihre Frauen daheim in Töpfe gepflanzt und mit Krepppapier umwickelt hatten. An den Wänden hingen Familienporträts, Poster mit nackten Frauen oder Langpfeifen, die Tische waren mit karierten Tüchern und geklöppelten Tischläufern gedeckt.

Wir besuchten die Kirche und sahen den Männern beim Fußballspielen auf dem Platz hinter der Kirche zu. Oder wir gingen am Flensplan vorbei, wo die Flenser in blauen Overalls ihre langen Flensmesser von der Fluke bis zum Kopf durch die Walkadaver zogen, damit die Speckschicht mit der Winde abgezogen werden konnte. Sie standen in einem schleimigen Sumpf aus Fett, Blut und Innereien zwischen riesigen, blutigen Fleischstücken und Därmen, die dick wie Abflussrohre waren. María hielt sich die Nase zu; ich hatte mich längst an den Gestank gewöhnt.

Sie hatten im Frühjahr geheiratet, kurz nachdem Perón persönlich Augustín den Posten als Botschafter angeboten hatte. Er war älter, als ich gedacht hatte, fast vierzig. María war viel jünger.

Sie wollten in Grytviken bleiben, bis die Saison zu Ende war und die Schiffe nach Europa zurückfuhren. Sie hatten eine Kabine bis Dakar, von wo sie nach Marseille weiterfahren konnten. Bis zur Abfahrt wollte Augustín das Tierleben der Antarktis studieren, Bilder machen und Vögel zeichnen.

Als sie nach meinem Hintergrund fragten, antwortete ich, ich sei der Sohn eines Apothekers aus Córdoba, der immer davon geträumt hatte, die Welt zu erkunden. Sie glaubten mir, und als sie mich nach meinen Zukunftsplänen fragten, antwortete ich ganz ehrlich, dass ich keine hatte. Dass sie diese Antwort akzeptierten, rechnete ich ihnen hoch an.

*

Es wurde Weihnachten auf Südgeorgien. Skandinavische Weihnachten.

Für eine Weile duftete Grytviken nach Nelken, Apfelsinen und Zimt. Das Postschiff brachte Briefe und Vorräte, die die norwegischen Köche an Heiligabend in ein Festmahl verwandelten: Sülze, Schweinefüße in Gelee, Rotkohl, Krustenschinken und mit Zuckerperlen verziertes Gebäck. Die Frau des Vorstehers hängte geflochtene Papierherzen in die Fenster und lud die Männer der Station zum Glögg ein, während ihre Tochter skandinavische Weihnachtslieder auf dem Klavier spielte.

Ich verbrachte Weihnachten mit Augustín und María. Nach dem Essen entschuldigte sich Augustín. Er sagte, er müsse ein wenig arbeiten, und bat mich, María Gesellschaft zu leisten. Ich nahm sie mit auf die Klippen, wo wir Albatroseier für das Frühstück sammelten. Danach stiegen wir den halben Weg zum Duce Fell hinauf und genossen die Aussicht über Grytviken und die Cumberland East Bay.

Die Wolken hatten sich nach Osten verzogen, und im Westen malte die untergehende Sonne den Abendhimmel apfelsinenrot. Die letzten Strahlen drangen durch die dünnen Wolken und setzten ihre Umrisse in Brand. Der Schnee auf den Gletschern leuchtete hellrot. Ich schwor mir, diesen Anblick nie zu vergessen.

Wir hörten, wie die Walfänger Weihnachtslieder sangen. Die Schiffsbesatzungen wünschten einander Frohe Weihnachten. Thorvald zufolge bildeten die Melodien an Heiligabend eine Kette durch das halbe Eismeer, von Grytviken über Deception Island bis ins Rossmeer.

»Warum sind Sie eigentlich hier? Das ist kein Ort für jemanden wie Sie. Oder für mich«, sagte ich, während wir der Musik aus der Bucht zuhörten.

María verzog das Gesicht. Die großen Rehaugen über der kleinen Nase, das flache Kinn und die Sanftheit ihres runden Gesichtes bildeten einen scharfen Kontrast zu allem Kantigen und Barschen auf Südgeorgien.

»Seit ich Augustín kenne, ist er krankhaft davon besessen, die Erwartungen seines Vaters und Großvaters zu erfüllen«, sagte sie. »Als er klein war, versuchten sie, einen guten Reiter aus ihm zu machen, aber das gelang nicht. Dann gaben sie ihm ein Gewehr und zwangen ihn, Rebhühner zu schießen, aber daraus wurde auch nichts. Augustín wollte die Vögel lieber fotografieren, als sie zu erschießen. Dass er jetzt Botschafter ist, reicht seinem Vater offenbar immer noch nicht, deshalb hat Augustín sich in den Kopf gesetzt, ihm zu zeigen, was für ein toller Walfänger er ist.«

Sie schnaubte. »Er hat schon über vierzig Seiten seines dummen Notizbuches vollgeschrieben und ist noch lange nicht fertig. Aber so kann er dem Herrn Papa wenigstens einen Rapport schicken.« Sie sah mich an. »Und warum sind Sie hier?«

»Weil ich keinen anderen Ort habe, an den ich gehen kann.«

Wir gingen zurück nach Grytviken, aber Augustín war nicht in ihrer Baracke. María bat mich, ihn zu suchen, sie wollte nicht in der Dämmerung draußen herumlaufen. Viele der Männer hatten getrunken. Ich fand Augustín im Gemeinschaftshaus, wo gefeiert wurde. Er lag in seiner Tweedjacke auf einer Bank, fast bewusstlos vom Alkohol. Jemand hatte einen Seehundschädel auf seine Stirn gelegt. Ihm gegenüber saß der Harpunier, vor ihm stand eine leere Flasche Whisky. Die anderen Männer feuerten mich an, als ich Augustín von der Bank zog und ihn aus dem Gemeinschaftshaus schleppte.

Wir schlingerten nach Hause, Schritt für Schritt.

»Ich wollte ihn unter den Tisch trinken«, schniefte Augustín, stützte sich auf meine Schulter und strich mir durch die Haare. »Wir haben eine Wette abgeschlossen. Ich und der Harpunier.« Er senkte die Stimme. »Aber das dürfen Sie nicht María erzählen.«

*

Am 27. März 1954 kam das Telegramm, auf das alle gewartet hatten.

Nach den Berechnungen der Kontrollkommission würde die Fangquote am kommenden Freitag erreicht werden. Alle Reedereien wurden aufgefordert, die Jagd an diesem Tag einzustellen.

Das Telegramm kam zur rechten Zeit. Die Besatzung der *María Eva* war ausgelaugt, sie hatte alles gegeben. Außerdem war der Winter auf dem Weg. Er flüsterte im Wind und brüllte in den Stürmen. Die Männer mussten kochendes Wasser über die Lautsprecher, Seile und Winden schütten, damit sie nicht festfroren.

Es war eine weitere gute Saison gewesen. Die Schlepper hatten mir Danktelegramme geschickt. Mit dem Lohn der vorigen und jetzigen Saison und meinem Bonus würde ich reisen können, wohin ich wollte.

Vielleicht konnte ich auf das Gut meines Großvaters zurückkehren und Eduardo und Elena an den Wochenenden im Gefängnis besuchen, falls sie noch dort waren. Ich könnte die Tage im Büro meines Vaters verbringen, die Füße auf den Schreibtisch legen und darauf warten, dass das Schicksal mich unter seine Fittiche nahm und dafür sorgte, dass ich Poet, Politiker, Revisor, Pharmazeut, Feldarbeiter oder Revolutionär wurde. Vielleicht konnte ich Ernesto Che Guevara dabei helfen, den Kontinent in Flammen zu legen.

Oder ich konnte mit Augustín und María nach Paris fahren. Sie hatten mir von dem Leben erzählt, das sie in Europa erwartete. Eine herrschaftliche Wohnung am Südufer der Seine, die Boulevards der Stadt, Cafés auf der Champs-Élysées, Wochenendausflüge in Londons Nachtleben und die Kurorte der Alpen. Ich bekam immer mehr Lust, ihnen Gesellschaft zu leisten. Ich konnte von Neuem beginnen, meine Geschichte neu schreiben. Ein anderer Mensch werden.

*

Am 31. März jagten wir Blauwale in den Gewässern um Südgeorgien. María hatte beschlossen, uns auf der letzten Tour der Saison zu begleiten.

Am späten Nachmittag fingen wir einen einzigen Wal. Die gleiche Routine: Nachdem das Töten überstanden war, öffnete der Harpunier den Hosenlatz und schickte den Wal mit einem langen Strahl und einer Salve von Flüchen ins Jenseits, bevor wir den Kadaver den Schleppern überließen. Ich hoffte, das letzte Mal anhören zu müssen, wie das Gebrüll des Harpuniers auf dem Eismeer verhallte.

Der Kapitän befahl dem Steuermann, Kurs auf Grytviken zu nehmen. Das Barometer zeigte Tiefdruck an. Es warnte vor Unwetter, und es gab keinen Grund, am letzten Tag noch etwas zu riskieren. Aber der Harpunier wollte noch nicht heim.

»Wir bleiben draußen. Ich schulde dem Botschafter noch einen Wal«, rief er.

»Du schuldest niemandem etwas. Wir fahren heim«, antwortete der Kapitän.

»Der Bericht des Botschafters braucht noch etwas Kolorit, also habe ich ihm versprochen, *den Wal* zu fangen. Wir bleiben bis morgen draußen. Die Besatzung darf meinen Saisonbonus unter sich aufteilen, ich will keinen Öre davon.«

Ich warf Augustín einen Blick zu, ebenso wie der Kapitän. Er stand mit seinem Kamerastativ an der Reling und sah ziemlich verlegen aus.

»Hör auf mit dem Quatsch und lass uns nach Hause fahren«, sagte Thorvald.

»Steuermann, dreh das Schiff«, kommandierte der Kapitän, aber der Harpunier gab nicht nach.

»Die Saison ist vorbei, haben Sie selbst gesagt. Das bedeutet auch, dass Sie auf diesem Schiff nichts mehr zu sagen haben. Was sagt die Besatzung?«

Ich sah mich um. Die Männer schienen nachzudenken, wahrscheinlich versuchten sie sich im Kopfrechnen. Wie viel würde für jeden von ihnen abfallen? Der Kapitän, die Engländer und Thorvald hatten genug Geld, als dass sie Leib und Leben riskieren mussten, aber ich fürchtete, der Harpunier würde die Argentinier auf seine Seite ziehen.

»Das ist wirklich kein Grund, sich so aufzuregen«, warf Augustín ein. »Ich finde, wir sollten heimfahren und ...«

»Halt's Maul«, brüllte der Harpunier. »*Ich* halte meine Versprechen.«

Da standen wir, ein gutes Dutzend Männer, und keiner wagte, den anderen in die Augen zu sehen. Wir zogen die größten Kreaturen der Welt aus den Tiefen des Meeres, aber offenbar waren wir nicht in der Lage, einem einzigen Wahnsinnigen zu widersprechen. Vielleicht waren die Argentinier auch zu beschäftigt, britische Pfund in argentinische Pesos umzurechnen.

Thorvald und ich argumentierten dagegen, aber die Mehrzahl stimmte dem Harpunier zu. Der Kapitän nahm die Meuterei scheinbar gelassen hin. Er zuckte nur mit den Schultern und verzog sich in seine Kajüte.

Der Harpunier befahl, mit voller Kraft nach Süden zu fahren. Die Mannschaft erweckte den Muskel zum Leben, und wir fuhren direkt nach Süden. Über unseren Köpfen verdichteten sich die Wolken und bereiteten sich zum Kampf.

Thorvald kam zu mir. Er fluchte auf Norwegisch, dann sagte er auf Englisch zu mir:

»Scheiß drauf, ich bin dem Drecksack nichts schuldig. Ich habe herausgefunden, warum er durchgedreht ist. Letzte Woche habe ich mit einem von einem anderen Schiff gesprochen, der aus demselben Dorf wie der Harpunier kommt. Er hat mir erzählt, dass seine Frau mit allen Männern des Dorfes herumgehurt hat, während ihr Mann auf dem Eismeer war. Mit einem ist sie dann durchgebrannt, als er letzten Sommer heimkam. Seitdem sei er total am Ende, heißt es.«

Das Unwetter traf uns kurz vor Mitternacht mit einem heftigen Sturm und nassem Schnee, der das Deck in eine Rutschbahn aus Eis und Matsch verwandelte.

Wir suchten hinter einem Eisberg Schutz, alle Mann krochen in der Messe oder in ihren Kajüten zusammen. Ein paar Argentinier spielten um ihren Bonus, der Rest saß schweigend beim Abendessen. Es sah aus, als wollten es alle so schnell wie möglich hinter sich bringen. Augustín musste mehrmals rauslaufen, um sich zu übergeben.

Ich begleitete ihn, weil ich befürchtete, der Sturm würde seinen dürren Körper über Bord blasen oder dass er auf Deck ausrutschte. María war nirgends zu sehen, der Kapitän hatte ihr erlaubt, den Abend in seiner Kajüte zu verbringen.

»Was zum Teufel hat dieser Mann vor?«, hustete Augustín. »Dass wir den Südpol umrunden, um den verdammten Wal zu kriegen, war nicht geplant. Es war doch nur eine Herausforderung. Wir haben um die Wette getrunken, und ich habe ihn aufgefordert, diesen Wal zu fangen, bevor die Saison zu Ende ist. Ich dachte, er hätte das längst vergessen. Der ist tatsächlich verrückt!«

Ich verspürte nicht einen Funken Mitleid für Augustín Montoya.

Früh am nächsten Morgen weckte mich der Harpunier und kommandierte mich in den Funkraum. Es war nicht einmal fünf Uhr. Den Rudergänger und den Steuermann hatte er noch früher geweckt, denn wir befanden uns schon in voller Fahrt Richtung Süden.

Es war eine hoffnungslose Jagd, auf die wir uns begeben hatten. Wir hielten nicht wie gewöhnlich nach allen Arten von Blas Ausschau, sondern sollten einen bestimmten Wal finden, aus dessen Seite zwei Harpunen ragten und der sich ebenso gut bei den Falklandinseln oder im Rossmeer befinden konnte. Der Harpunier war jedoch fest überzeugt, dass er am Rand des Packeises mit uns Versteck spielte.

Wir fuhren so weit nach Süden, wie wir konnten. Die Eisberge wurden immer größer, vor uns lag das Packeis und am Horizont die Eiskämme der Antarktis.

Am Nachmittag traf uns erneut ein Unwetter. Der Wind frischte auf, bis es der Mann im Ausguck nicht mehr aushielt. Schneeschauer fegten über das Schiff, und die Lautsprecher froren zu. Ich packte die Geige ein und wollte gerade den

Funkraum verlassen, als plötzlich María in der Tür stand. Sie schloss die Tür hinter sich und setzte sich auf den Stuhl des Telegrafisten, der sich in die Messe verzogen hatte.

Am Tag zuvor hatte ich sie nicht gesehen. Sie war bleich, ihr Haar war durchnässt und ungekämmt, der Kragen war bis unters Kinn zugezogen. María Montoya schien verletzlicher als je zuvor. Der Schnee prasselte gegen das Bullauge, und das Schiff rollte auf den Wellen. Wir fragten uns, wie lange das noch gut gehen würde.

»Erinnern Sie sich an Heiligabend, als Sie fragten, warum wir nach Südgeorgien gekommen sind? *Meinen* Grund kennen Sie noch nicht«, sagte sie. »Als ich acht Jahre alt war, nahm meine Großmutter mich mit zu einer Weissagerin. Sie las mir aus der Hand und sagte voraus, dass ich mit achtzehn Jahren einen chilenischen Plantagenbesitzer heiraten würde. Dass ich ihm Kinder gebären und für immer auf seinem Gut in Chile leben würde. Seitdem habe ich alles getan, um diesem Schicksal zu entgehen. Kurz vor meinem achtzehnten Geburtstag brannte ich durch, heiratete Augustín, folgte ihm hierher und gehe nun mit ihm nach Paris.«

»Glaubst du, dass man seinem Schicksal entkommen kann?«

»Ich glaube, dass wir unser Dasein mit jeder Handlung selbst formen. Wie unsere Zukunft aussieht und wie man sich an uns erinnern soll. Es klingt vielleicht banal, aber zumindest treffen wir unsere Entscheidungen selbst.«

»Und wir entscheiden selbst, ob wir als Held oder als Schurke in Erinnerung bleiben wollen.« Unsere Blicke trafen sich.

»Ich will noch nicht sterben«, murmelte ich.

Ich bat María, wieder in die Kajüte des Kapitäns zu gehen

und die Tür zu verschließen. Dann schwankte ich in die Messe, um Thorvald und die anderen zu holen. Wir mussten etwas tun, bevor der Sturm uns versenkte. Thorvald lieh sich ein Messer aus der Küche und überredete ein paar Argentinier, uns zu helfen. Zu sechst begaben wir uns zum Steven.

Augustín hatte mitschiffs die Kamera und das Stativ aufgebaut. Schnee bedeckte seinen Mantel, und seine Hände zitterten, während er das Unwetter verewigte. Eiskaltes Meerwasser spülte in regelmäßigen Abständen über ihn, aber es schien ihm nichts auszumachen. Ich fragte mich, ob er vielleicht auch wahnsinnig geworden war.

Wir versuchten, den Harpunier zur Vernunft zu bringen, aber es half nichts. Nicht einmal, als Thorvald das Messer zückte. Er richtete die Harpunenkanone auf uns.

»Wir bleiben hier draußen, bis *la puta* mit einer Bojenflagge in der Fluke neben uns schwimmt!«, schrie er.

Die *María Eva* hob sich über das Meer, um gleich wieder einzutauchen, und mit jeder neuen Welle kamen wir dichter an die Harpunenplattform heran. Wir hielten einander an den Händen, um nicht zu stürzen. Mit Mühe und Not hielt ich die Augen offen, die vom Sturm tränten. Ich sah, wie er mit der Harpune auf uns zielte, und hörte, wie er uns anschrie. Aber er schoss nicht. Als wir wenige Meter von ihm entfernt waren, ließen wir einander los und stürzten uns wie ein Rudel wilder Hunde auf ihn.

»Puta!«, heulte der Harpunier, eher er unter einem Haufen schwarzer Schatten verschwand.

Mörder

Es heißt, dass unterhalb von vierzig Grad Süd kein Gesetz mehr existiert, und unterhalb von 60 Grad Süd kein Gott.

Diese Worte verstand ich erst, als ich nach eineinhalb Jahren auf Südgeorgien mit Augustín und María auf einem Schiffsdeck stand und die Berge der Insel am Horizont verschwanden.

Ich hatte ihr Angebot, mit nach Paris zu kommen, angenommen. Zuerst sollten wir mit dem gesamten Verband der Walfänger bis Dakar fahren, wo wir ein Schiff nach Marseille besteigen würden. Meine Heuer und der Bonus für zwei Sommer als Talisman der Walfänger ergaben eine beträchtliche Summe.

Seit fast vier Jahren war ich nun auf der Flucht, aber noch nie hatte ich mich so frei gefühlt. Nur wenige Tage zuvor hatte ich geglaubt, als Schiffbrüchiger im ewigen Eis zu enden, jetzt rief die Welt wieder nach mir.

Trotzdem war meine Zukunft unsicher. Dass ich nach Paris mitkam, war letztendlich nur eine weitere Flucht, ich hatte keine Ahnung, was ich sonst tun sollte. Ich schätzte María, spürte jedoch eine zunehmende Aversion gegen Augustín. Seine Verlorenheit, seine Konfliktscheue, die stets gestikulierenden, dünnen Finger.

Einer der argentinischen Matrosen hatte mir erzählt, dass sie Augustín aufgefordert hatten, sich in die Kette einzureihen, als wir den Harpunier übermannten. Er hatte den Kopf geschüttelt und auf sein Knie gedeutet; eine alte Verletzung beim Polo tolerierte keine Schlägereien. Dann hatte er sich in die Messe verzogen und kam erst wieder auf Deck, als der Harpunier gefesselt war.

Ein Matrose hatte sich im Stillen gerächt, indem er das Notizbuch des Botschafters ins Meer warf. Augustín verlor kein Wort darüber.

*

In Dakar machte er einen französischen Küstenfrachter ausfindig, der uns nach Marseille mitnehmen konnte.

Wir waren sicher, den Harpunier ein für alle Mal los zu sein. Die Rückfahrt vom Packeis nach Grytviken hatte er in der Krankenkajüte mit einem Wächter vor der Tür verbracht, und in Grytviken hatten wir ihn dem Vorstand übergeben.

In Dakar sahen wir ihn noch einmal kurz am Ankerplatz der Walfänger. Wir hatten gehört, dass er sich in einer Zelle auf einem der Mutterschiffe befand und in Norwegen vor Gericht gestellt werden sollte. Er stand mit gefesselten Händen und zwei Wächtern an Deck, sonnte sich und grinste uns an. Ich war sicher, dass ich ihn nie wiedersehen würde.

Drei Tage später saßen Augustín und ich in der Messe und spielten Karten, als ein Schatten von rechts zu uns glitt und sich neben Augustín setzte. Es war der Harpunier. Er sagte kein Wort, grinste nur breit in seinen Bart, der noch wilder gewachsen war. Er trommelte mit den Fingern auf die Tischplatte.

Augustín zuckte zusammen. Mit zitternder Hand legte er seine Karten ab. Keiner sprach ein Wort.

»Du solltest eingesperrt sein«, stammelte ich schließlich. »Du solltest auf dem Weg nach Norwegen sein, um vor Gericht gestellt zu werden.«

»Männer vergessen schnell, wenn sie den vierzigsten Breitengrad überqueren. Besonders, wenn sie eine große Banknote in den Händen halten.«

»Was wollen Sie?«, fragte Augustín.

Der Harpunier zog eine Grimasse. »Was glauben Sie? Beim Luftschnappen in Dakar habe ich Sie und Ihre hübsche Frau gesehen. Ihre *puta*. Und da fiel mir wieder ein, was Sie mir versprochen hatten.«

Augustín lachte nervös, fast hysterisch.

»Was ich Ihnen versprochen habe? Das war doch nur ein Scherz. Im Übrigen haben Sie Ihren Teil der Absprache auch nicht eingehalten.«

»Es war eine Absprache unter Ehrenmännern. Ich hätte meinen Teil eingehalten, wenn man mich nicht mit Gewalt daran gehindert hätte. Jetzt müssen Sie auch Ihren einhalten.«

»Ich gehe auf der Stelle zum Kapitän.« Augustín stand auf und ließ mich mit dem Harpunier allein.

»Wir hätten es noch zu viel bringen können, du und ich, Talisman. Das weißt du, oder?«

»Du bist doch krank«, sagte ich und folgte Augustín.

Der Kapitän war keine große Hilfe. Er sagte, der Harpunier habe kurz vor der Abfahrt eine Kabine gebucht, und er könne nichts tun.

»Sagen Sie mir, was Sie ihm versprochen haben«, forderte ich Augustín auf, als wir wieder unter uns waren. Im Westen tauchte die Sonne unter den Horizont, im Osten erhoben sich Marokkos Berge aus dem Dunst.

»Meine Frau«, seufzte Augustín und erzählte von seinem Wetttrinken mit dem Harpunier am Weihnachtsabend. Irgendwann waren sie die Wette eingegangen, dass der Harpunier, wenn er den alten Pottwal fing, eine ganze Nacht mit María verbringen dürfe. Sturzbetrunken hatte Augustín eingeschlagen.

»Das war doch nicht ernst gemeint.«

In diesem Moment erblickten wir den Harpunier. Er stand höchstens zwanzig Meter von uns entfernt und beobachtete uns. Augustín gelobte, María alles zu beichten, und begab sich in ihre Kabine. Außerdem versprach er, sie keine Sekunde aus den Augen zu lassen.

In der Nacht schlief ich unruhig. Im frühen Morgengrauen kroch ich aus der Koje, zog mich an und ging sofort zu Augustíns und Marías Kabine. Ich klopfte an, bekam aber keine Antwort. Nach drei weiteren Versuchen ergriff ich die Türklinke und merkte, dass die Tür nicht verschlossen war. Ich öffnete sie und sah Augustín, der in denselben Kleidern wie am vorigen Abend mit strubbeligen Haaren auf dem Doppelbett lag.

Ich rüttelte ihn wach, er sah mich mit müden Augen an.

»Wo ist María?«

Augustín blinzelte und sah sich um. Auf dem Nachttisch standen eine halb volle Flasche Rum und ein leeres Glas. Er brummte etwas Unverständliches.

»Das weiß ich nicht.«

»Verdammt, Augustín! Sie sollten auf sie aufpassen.«

»Ich habe es nicht über mich gebracht, es ihr zu sagen. Ich habe es versucht.«

»Kommen Sie mit«, kommandierte ich, aber ich konnte

nicht warten, bis er sich zusammenriss. Ich rannte an Deck, um María zu suchen.

Ich fand sie mittschiffs an der Reling. Sie trug ein langes, dünnes Nachtkleid aus Seide und schüttelte sich in der Morgenkühle. Ich lief zu ihr und bat sie, sofort mit in die Kabine zu kommen.

»Was ist los?«

»Folgen Sie mir«, sagte ich und zog sie zum Eingang. Wir waren auf halbem Weg, als der Harpunier mit einem Messer in der Hand zur Tür hinausgestürmt kam. María stöhnte, aber sie schrie nicht. Der Harpunier rannte auf uns zu, ich packte María um die Taille und versuchte, sie hinter mich zu schieben, doch gleichzeitig musste ich zur Seite springen, um dem Messer des Harpuniers auszuweichen. Ich sah die Klinge auf Augenhöhe, doch der Stoß ging vorbei. Stattdessen traf mich der Ellbogen des Harpuniers an der Schläfe.

Ich krümmte mich vor Schmerz und ließ María los. Der Harpunier packte sie und lief mit ihr davon. Erst jetzt schrie sie.

»Sie gehört mir, Talisman!«

Ich rannte ihnen hinterher und sprang auf den Rücken des Harpuniers, der María vor sich her stieß. Ich hämmerte auf seine Schultern ein, riss ihn an den Haaren und boxte ihm gegen den Kopf. Er knurrte vor Schmerz und versuchte, mich abzuschütteln.

Wir fielen um. Er landete auf mir, ein plumpes Muskelpaket. Seine Zähne dicht an meiner Nase schnappten nach Haut, sein Bart kratzte über meine Lippen. Ich grub die Fingernägel in seine dicken Wangen, kratzte und zerrte, bis er den Kopf zurückzog. Als Antwort hieb er mir die Faust gegen den Wangenknochen, dass mir der Schädel brummte.

Ich rammte ihm das Knie in den Schritt, und er krümmte sich über mir. Ich befreite mich aus seinem Griff und erblickte einen halben Meter neben uns auf dem Deck das Messer. Ich stemmte mich zur Seite und ergriff es, als er mich erneut von hinten anfiel. Er packte meine Schultern und drückte mich zu Boden. Wieder lag ich unter ihm, aber meine Hand umklammerte noch den Schaft des Messers.

»*Puta*!«, heulte er. Der lange Vokal endete abrupt, seine Muskeln versteiften sich, dann erschlaffte sein Körper. All dies hörte und spürte ich, ehe mir klar wurde, dass ich ihm das Messer bis zum Schaft in den Rücken gestoßen hatte.

Adrenalin schoss durch meine Adern. Ich zog das Messer heraus und stieß wieder und wieder zu, während wir Nasenspitze an Nasenspitze übereinanderlagen. Auf jeden Stoß folgte ein Stöhnen, zwischendrin pulste Blut aus seinem Mund. Schließlich erlosch das Licht in seinen Augen.

Ich hörte María schreien, hörte Rufe, Männerstimmen und Schritte, sonst gab es nichts in meiner Welt außer dem Todesröcheln und den leeren Augen des Harpuniers.

Dann spürte ich starke Hände, die mich wegzogen und Fäuste, die auf mich einschlugen.

Alles wurde schwarz.

*

Ich erwachte in einer fremden Kabine. Dort lag ich über 24 Stunden. Ein Matrose brachte mir Essen und einen Nachttopf, sonst war ich alleine.

Ich hörte das Todesröcheln des Harpuniers im Dunkeln, er kicherte und flüsterte: »Talisman, Talisman, du verdienst einen neuen Namen. Darf ich dich umtaufen? Wie möchtest du heißen? Wie wäre es mit Mörder? Mörder, Mörder, Mörder! Nichts anderes bist du.«

Trotz allem fühlte ich eine seltsame Erleichterung. Es dauerte eine Weile, bis ich den Grund dafür herausfand. Der Zorn hatte meinen Körper verlassen. Der Zorn, der in mir geschlummert hatte, seit ich mich erinnern konnte, und der mir ans Ende der Welt gefolgt war, war verschwunden.

Eines Nachts wachte ich davon auf, dass die Tür geöffnet wurde. Es war stockdunkel, nur ein schmaler Streifen Mondlicht fiel durchs Bullauge. Ich erkannte Augustíns sanfte Stimme.

»Kommen Sie.«

Er sah mich nicht an, als ich neben ihm stand. Er verschloss nur die Tür hinter uns und schlich davon. Ich folgte ihm an Deck. Kein Mensch war zu sehen, wahrscheinlich war es mitten in der Nacht.

Bevor wir an Deck traten, warf Augustín einen verstohlenen Blick zur Kommandobrücke. Er ergriff meinen Ärmel und zog mich vor bis zum Steven, wo wir an der Reling standen. Wir schwiegen längere Zeit. Ich atmete die frische Luft ein und lauschte der schäumenden Bugwelle unter uns. Der Himmel war über und über mit Sternen behängt.

»Der Kapitän will Sie in Marseille der Polizei übergeben. Er hat bereits per Telegramm Bericht erstattet.« Augustín sprach sachlich und ruhig, als würde er vor Gericht Zeugnis ablegen.

»Ich gehe davon aus, dass Sie mich *nicht* verteidigt haben?«

»Warum sollte ich das? Sie sind ein gemeiner Mörder, das kann ich nicht verteidigen.«

»Dann bin ich ein gemeiner Mörder, der die Frau eines anderen Mannes beschützt hat, weil dieser nicht Manns genug war, sie selbst zu beschützen.«

Augustín atmete tief ein. »Das ändert nichts daran, was Sie getan haben.«

»Wie geht es María?«

»Es geht ihr gut. Das Monster hat ihr nichts getan.«

»Glück für Sie. Darf ich mit ihr sprechen?«

»Das ist keine gute Idee, denke ich. Sie möchte Sie nicht sehen.«

Augustín sprach mit der Nacht, er sah mir zu keinem Zeitpunkt in die Augen.

»Wieso haben Sie mich überhaupt aus der Kabine geholt?«

»Um Ihnen eine Wahl zu geben. Keiner weiß, dass wir hier stehen. Ich habe die Schlüssel aus der Kabine des Kapitäns gestohlen.«

»Welche Wahl?«

»María hat mir erzählt, dass ihr darüber gesprochen habt, ob man entweder als Held oder als Schurke stirbt. Genau diese Wahl will ich Ihnen geben.«

»Ausgerechnet *Sie*? Von allen Menschen der Welt.«

»Sie können entweder als Schurke unter der Guillotine in Marseille sterben«, fuhr er unbeeindruckt fort, »oder als Held hier auf dem offenen Meer. Als Mann, der eine Frau vor dem schlimmsten Schicksal bewahrt hat, aber nicht mit der Tat, die er begangen hat, weiterleben konnte.«

»Und sich deshalb ins Meer gestürzt hat«, murmelte ich.

»Es ist dasselbe Ende. Nur zwei völlig unterschiedliche Geschichten.«

»Und wer wird die Geschichte von Augustín Montoya erzählen? Der einen anderen Mann sterben ließ, damit seine Frau nicht ständig daran erinnert wird, was für ein Feigling er ist. Wer wird die erzählen, Augustín?«

»Also? Was wählst du?«, fragte er, wieder ohne mich anzusehen. »Wenn du dich für Letzteres entscheidest, hast du zumindest eine Chance. Gestern sind wir durch die Straße von Gibraltar gefahren, die spanische Küste ist nicht weit. Vielleicht kannst du dich an Land retten und ein neues Leben beginnen. Der Kapitän hat mir das Geld anvertraut, das du aus Südgeorgien mitgebracht hast. Ich könnte es unter der Besatzung verteilen. Niemand muss erfahren, was geschehen ist.«

Ich starrte in das schwarze Wasser, das nur durch kleine Kräuselwellen sichtbar war. Es war nicht angsteinflößend, eher verlockend. Vielleicht würde es mich liebevoll umarmen, sich schützend um mich schließen und alles andere fernhalten. Ich würde das Röcheln des Harpuniers und das Blut, das aus seinem Mund pulste, vergessen. Ich würde Marisol de la Cruz' braune Augen und ihre feuchte Höhle vergessen, den Geruch von nassem Gras im Sommer, Elena, die mir in einem seltenen Augenblick die Wange streichelte, und den ängstlichen Blick meines Vaters, als er mich in seiner Gefängniszelle empfing.

Ich stieg über die Reling. Meine Hände umklammerten das Metall, meine Muskeln zitterten. Ich spürte den Wind im Gesicht und hörte den Harpunier hinter mir im Dunkeln flüstern.

»Du bist ein Feigling«, flüsterte ich zurück, aber ich meinte weder den Harpunier noch mich selbst. »Augustín Montoya«, sagte ich, diesmal lauter. »Du bist ein Feigling! Feigling! Feig ...«

Mehr konnte ich nicht sagen, weil mir eine Hand in den Rücken stieß. Ich stürzte durch die Luft und landete im Wasser. Die Dunkelheit empfing mich.

Gespenster

An den ersten Tagen nach Sofías Tod saß Victor im Innenhof und starrte im flimmernden Licht der Kacheln in den Pool, auf dessen Oberfläche Käfer und Steinfliegen schwammen. Einmal legte er sich bäuchlings vor den Pool und tippte einen Käfer an, nur um zu sehen, ob er tot war.

Ab und zu legte er den Kopf in den Nacken und schaute zu Sofías Fenster im ersten Stock hinüber. Die Läden und das Fenster waren geöffnet, die Gardinen flatterten lautlos im Wind. Der Bestatter hatte sie längst abgeholt, aber Víctor stellte sich vor, dass sie noch immer dort oben im Licht der Kerzen lag, umgeben von Liliensträußen. Er hatte im Scherz gedroht, einen Strauß Lavendel auf den Nachttisch zu stellen, aber sie hatte geschworen, dass sie ihn auf ewig heimsuchen würde, wenn er das täte.

Die Erinnerungen kamen herangekrochen, in Horden und ohne jede Rücksicht auf ihn. Er spürte die schwere Gewitterluft ihres Hochzeitstags, als wäre es gestern und nicht über dreißig Jahre her. Der Kuss an ihrem Fenster, bevor er die Balance verlor und von der Markise fiel. Die Ausflüge mit der Straßenbahn und Spaziergänge auf den Monte Gibralfaro, wo sie heimlich ihre Zukunft geplant und überlegt hatten, wie sie es ihrer Familie sagen sollten. Alles war wie gestern. Die Hochzeitsreise nach Nerja, wo sie sich geliebt hatten, während die Wellen an die Klippen unter dem Hotel schlugen. Wie gestern.

Er schaute zum Feigenbaum und dachte an Félix. In den Zimmern des Hotels versteckten sich viele Gespenster.

Er war nicht immer allein. Laura oder Alexander leisteten ihm regelmäßig Gesellschaft. Mit Alexander war es leicht; sie erzählten alte Geschichten von Sofía, oder Alexander berichtete, was Marco und Eddie anstellten. Sie hatten in den letzten Wochen im Hotel gewohnt, weil Laura bei ihrer Mutter sein wollte. Gäste waren sowieso keine da.

Mit Laura war es schwieriger. Sie saß meist nur still neben ihm. Einmal ertappte Víctor sie dabei, dass sie ihn grübelnd anstarrte. Sie nahm seine Hand und fragte:

»Du hast Mutter geliebt, nicht wahr?«

»Natürlich habe ich sie geliebt«, murmelte er. Er zog die Hand weg und ging ins Haus. Wie konnte sie es wagen?

Er hatte nie aufgehört, Sofía zu lieben, aber eine Zeit lang hatte er sich gefragt, ob sie ihn noch liebte.

Víctor erinnerte sich nur holzschnittartig an die Zeit nach dem Brand. Sein Gedächtnis zeigte ihm Bilder aus Jaimes und Carmens Wohnung, von dem Gespräch mit Alexander in den Ruinen des Hotels, vom langsamen Wiederaufbau. Vormittage in eisernem Schweigen.

Erst als Sofía eines Abends in sein Schlafzimmer kam, war er aus der Betäubung erwacht. Sie hatten seit der Brandnacht nicht mehr das Bett geteilt. Víctor hatte versucht, sie zu umarmen oder zu küssen – brauchte er etwa keinen Trost? Doch sie hatte sich abgewandt und damit entschuldigt, dass es ihr nicht richtig vorkam.

Vor vielen Jahren hatte sich Roberto ihm anvertraut und

über Beatriz' chronische Traurigkeit geklagt. »Sie hat ihren Glauben als Stütze. Ich habe nichts. Trotzdem komme ich besser mit dem Verlust von Sebastián zurecht als sie. Ist das nicht seltsam?«

Sollte er den Rest seines Lebens mit ihrem steinernen Gesicht leben, hatte Víctor sich an jenem Abend gefragt, als Sofía zu ihm kam, sich ans Fußende des Betts setzte und nüchtern sagte:

»Du bist mein Mann, und ich werde dich immer lieben und ehren. Aber wir beide werden nie wieder das Bett teilen. Ich will keine Kinder mehr. Ich will nie mehr so etwas durchmachen. Ich dachte, das solltest du wissen.«

Dann war sie aufgestanden und hatte das Zimmer verlassen.

Als Víctor, Sofía und Laura zehn Monate später in das wiederaufgebaute *Hotel El Che* zogen, schob Sofía als Erstes die Betten auseinander. Er protestierte vergeblich. Er kroch zu ihr, wenn sie es am wenigsten erwartete, flüsterte ihr süße Worte ins Ohr, fuhr mit den Fingern durch ihre Locken und versuchte, mit der anderen Hand ihre Hüfte zu streicheln, aber er kam nie weit. Jedes Mal schickte sie ihn freundlich, aber bestimmt in sein eigenes Bett zurück.

Er konnte sie nicht verstehen. Er hatte ihr alles gegeben, sogar sich selbst, und trotzdem behandelte sie ihn so. Er hatte ihr die Geschichte von Víctor Zalazar erzählt, von seiner Begegnung mit Che Guevara, aber plötzlich bedeutete das alles nichts mehr.

Trotzdem liebte er, ihre Nähe zu spüren, wenn sie im Hotel herumlief und zur Musik im Radio summte. Der Gedanke, sie eines Tages nicht mehr um sich zu haben, war so unerträglich, dass er sich gar nicht mehr fragte, was das Leben noch bieten könnte.

Eines Morgens wachte er mit dem Gefühl auf, auf der Stelle etwas unternehmen zu müssen, um seine Frau zurückzugewinnen, weil es sonst zu spät wäre. Ein Plan nahm Gestalt an.

Er suchte und fand den Besitzer des alten Kinos, in dem Sofía und er damals den Film über Buenos Aires gesehen hatten. Víctor erinnerte sich noch an den Titel und den brüllenden Metro-Goldwyn-Mayer-Löwen am Anfang. Ebenso der alte Kinobesitzer. Er wusste sogar noch, wo er den Film ausgeliehen hatte, obwohl es fast fünfzehn Jahre her war. Víctor fand den Importeur, er wohnte in einem Reihenhaus mit Meeresblick in Fuengirola und lagerte viele alte Filmrollen auf dem Dachboden. Víctor überredete ihn, ihm seine Sammlung zu zeigen. Anderthalb Stunden schwitzte er auf dem Dachboden und suchte auf Knien, bis er tief in einem Archivschrank fand, was er suchte. Er nahm die Spule und bot dem Importeur unzählige Übernachtungen im fantastischen *Hotel El Che* an, wenn er den Film ausleihen dürfe. Danach klapperte er fast alle Kinos Málagas ab, bis er eines fand, dessen Betreiber bereit war, den Film zu zeigen. Es kostete ihn fast einen Monatsumsatz, den gesamten Saal zu mieten, aber in diesem Fall zählte das Geld nicht.

Dann bat er Sofía, den kommenden Donnerstagabend frei zu halten. Víctor brauchte den ganzen Tag, um sich fertig zu machen. Er putzte seine Schuhe, ging zum Barbier und durchsuchte alle Regale einer Parfümerie nach dem After Shave, das er damals benutzt hatte. Sogar einen gebrauchten Anzug kaufte er, weil seine anderen Jacken nicht gut genug waren.

Sie spazierten Arm in Arm zum Kino. Es war bald Ostern, die Apfelsinenbäume dufteten. Er machte ihr Komplimente für ihr Kleid, sie lächelte, er fühlte sich glücklich. Im Kino setzten sie sich in die Mitte, und sie fragte, was sie sehen würden, doch er verriet es nicht. Die Dunkelheit umschloss sie, diesmal saß kein Tristán hinter ihnen, sie waren für sich. Als der Löwe brüllte, nahm er ihre Hand, als der Eiffelturm in Schwarz-Weiß auf der Leinwand erschien, drückte sie seine und zog die Hand nicht zurück, während sie London, Hanoi und Buenos Aires besuchten. Auch nicht, als sie nach Hause spazierten.

Sie hatten das Hotel für sich. Es gab keine Gäste, Laura war bei Jaime und Carmen. Víctor öffnete eine Flasche Wein. Eine ordentliche, nicht von der billigen Sorte, die sie sonst tranken. Sie setzten sich aufs Sofa, jeder auf seine Seite. Jedes Mal, wenn sie den Kopf zurücklegte, um einen Schluck zu trinken, warf er ihr verstohlene Blicke zu. Er sah, wie die Haut an ihrem Hals sich straffte, sah die Form ihrer Brüste unter dem dünnen Stoff der Bluse. In seinem Kopf drehte sich alles.

Wie gern wäre er näher an sie herangerückt, aber er tat es nicht. Zwischen ihnen lag nur ein Sofakissen, doch es kam ihm wie ein Weltmeer vor. Mehr als ein unbeholfenes Gespräch kam nicht zustande, und jedes Mal, wenn sie einander in die Augen sahen, senkte einer sofort wieder den Blick. Nach dem zweiten Glas Wein sagte Sofía:

»Das war wirklich ein schöner Abend.« Er hatte keine Ahnung, ob sie es ehrlich meinte. »Ich möchte jetzt schlafen gehen.«

Er zögerte einen Augenblick zu lange, konnte sich nicht entscheiden, ob er mit ihr gehen sollte.

Sie bückte sich und küsste ihn auf die Wange: »Gute Nacht.«

Sie musste seine Enttäuschung bemerkt haben. Sofía blieb kurz stehen, berührte seine Wange.

»Ich brauche noch etwas Zeit.«

»Du hast schon mehrere Jahre gehabt.«

Sie ging ins Schlafzimmer und schloss die Tür hinter sich.

Er gab ihr die Zeit. Damals dachte er noch, sie hätten alle Zeit der Welt. Er hatte selbst lange gebraucht, um seinen Zorn zu überwinden, aber inzwischen hatte er sogar Tristán vergeben.

Víctor wusste nicht, wie viele verächtliche Blicke er Tristán geschickt hatte, als sie in den Wochen nach dem Brand um den Tisch gesessen und versucht hatten, wieder in den Alltag zurückzufinden. Er hatte ihn angeschielt und den Drang unterdrückt, ihm ins Gesicht zu spucken und ihn anzuschreien. Eines Abends jedoch hatte er sich nicht mehr zurückhalten können und hatte ihn vor Sofías, Beatriz' und Lauras Augen einen Verräter, Lügner und Verlierer genannt. Erst als Sofía beide Hände auf seine Schultern gelegt und er den erschrockenen Blick seiner Tochter bemerkt hatte, hatte er sich beruhigt.

Doch den Verdacht gegen Tristán war er nie losgeworden. Der niedergeschlagene Blick, der gebückte Gang und schließlich der Umzug in die Berge waren Anzeichen der Schuld für ihn. Niemand hatte je beweisen können, dass Tristán die Polizei gerufen hatte, aber Víctor war sicher, dass er es gewesen war.

Über die Jahre verschwand der Zorn. Er hatte Tristán vergeben. Aber das hatte er ihm nie gesagt, so tief wollte er nicht sinken.

Alles war jetzt egal. Der Zorn auf Tristán, Lauras Vorwürfe. Denn hatten Sofía und er einander etwa nicht wiedergefunden? War sie etwa nicht wenige Tage nach dem Kinoabend mitten in der Nacht in sein Bett gekommen und hatte ihm ins Ohr geflüstert, er dürfe tun, was er wolle, solange er sich rechtzeitig zurückzog? Und war er in der folgenden Nacht nicht zu ihr gekommen, ohne dass sie protestierte? Hatten sie seitdem nicht Tausende von Nächten das Bett miteinander geteilt, und hatte er ihr nicht den letzten Rest von sich selbst gegeben? Alles, was er bisher zurückgehalten hatte.

Er hatte ihr von Südgeorgien erzählt, von dem Harpunier, von Augustín und María. Und schließlich noch von Paris. Von Alexanders Rolle als armer Zigeunerjunge auf der Jagd nach einer Belohnung. Er hatte ein Treffen mit Augustín in einem Hotel in Montmartre arrangiert unter dem Vorwand, dass er ihn warnen wollte. Víctor sei in der Stadt und wolle aus Rache Augustíns Frau verführen, behauptete er. Er betäubte Augustín mit Phencyclidin, zog ihn aus und legte ihn aufs Bett. Dann zog er sich ebenfalls aus, legte sich zu ihm und küsste ihn an allen erdenklichen Körperteilen, während ein angeheuerter Fotograf das Ganze auf Bildern festhielt. Am nächsten Tag erhielt Augustín Abzüge der Bilder mit der Drohung, sie zu veröffentlichen, sofern er Víctor nicht bezahlte, was ihm rechtmäßig zustand.

Damals hatte Víctor Skrupel gehabt, einen anderen Menschen zu erpressen, noch dazu einen, den er einmal seinen Freund genannt hatte, doch nun, viele Jahre später, kam es ihm nicht mehr verkehrt vor. Schließlich war es *sein* Geld. Das Plattnase eine Familie und ein neues Leben ermöglichte. Gemeinsam mit der Frau, die er liebte und mit der er alles geteilt hatte. Fast.

Es waren nur noch wenige Geheimnisse übrig, und die waren jetzt auch egal.

*

In der Nacht nach der Beerdigung konnte Víctor nicht schlafen. Er wanderte durch die Korridore oder saß auf seinem Stuhl im Hof und lauschte den Gespenstern. Nach dem Geräusch von Mokassins auf dem Teppichboden. Sofía. Oder dem Trippeln von Kinderfüßen, die wie ein Trommelwirbel durch die Gänge fegten. Félix.

Schon möglich, dass das *Hotel El Che* ein Ort voller Geister geworden war, aber in Víctors Augen war es immer noch schön. Laura hatte ständig etwas zu mäkeln und wurde nicht müde, auf die Mängel hinzuweisen, aber wenn er sich umschaute, sah er keinen Verfall. Er sah ein Hotel mit Charakter und Würde. Mit Erinnerungen und Gespenstern. Er sah ein Heim. Nicht ohne kleine Makel, aber ein Heim. Er verstand nicht, warum seine Tochter dies nicht sehen konnte.

Als der Himmel langsam wieder aufklarte, ging Víctor eines Morgens in aller Frühe ins Kinderzimmer und weckte Marco.

»Komm mit«, flüsterte er, und wartete in der Tür, während Marco sich anzog. Eddie schlief tief und fest in seinem Bett.

Am Abend zuvor hatte Laura Marco eine halbe Schlaftablette gegeben. Der Junge hatte nicht einschlafen können, weil Alexander versucht hatte, ihm aus der Hand zu lesen. Er hatte jedoch nichts erkennen können, was Marco als sicheres Zeichen deutete, dass er bald sterben müsse.

Victor führte seinen Enkel über den Hof hinaus auf die Straße. Das schmiedeeiserne Tor quietschte wie ein Lastwagen. Victor wollte gerade den Schlüsselbund einstecken, dann besann er sich und gab ihn Marco.

»Pass gut darauf auf.« Die Ermahnung war eher an ihn selbst gerichtet, da er in letzter Zeit öfter Schlüssel verlegt hatte.

Sie spazierten durch die noch schlafende Stadt hinunter an den Strand. Die Läden waren noch geschlossen, niemand war auf der Straße. Selbst die Regale der Bäcker waren noch leer, und die roten Plastikstühle der Bars standen verwaist auf der Straße. Die Tauben gurrten noch nicht. An einer Ecke nickten sie einem verschlafenen Portier zu, der mit seinem Morgenkaffee in der Tür stand. Vor einem Kiosk befreite der Verkäufer die Zeitungsstapel von ihrem Kreuz aus Schnüren.

Über dem Meer ging gerade die Sonne auf. Víctor nahm Marco an die Hand, und sie überquerten die Küstenstraße.

»Hier ist es, glaube ich«, sagte er, als sie ein Stück weiter südlich waren. Es stimmte nicht ganz, aber dichter kamen sie an den Ort nicht heran. Die Strände waren nicht mehr dieselben, man konnte nicht mehr überall herumspazieren. Der Abschnitt vor ihm gehörte zu einem Restaurant, dessen Besitzer einen Zaun und Schilder aufgestellt hatte. Sie setzten sich auf eine Bank unter einer Palme und schauten über das Meer. Im Nordosten nahmen die großen Hafenkräne langsam Farben an, während die Sonne höher stieg.

»Marco, du weißt doch, dass man die Zukunft nicht aus der Hand eines Menschen lesen kann, oder?«

»Vielleicht.«

»Nein, das kann man nicht. Hör auf einen Mann, der den Tod mehrmals überlistet hat. In meinen Handlinien steht bestimmt, dass ich schon vor vielen Jahren hätte sterben müssen.« Er hielt seine Hände hoch und spreizte die Finger. »Und trotzdem sitze ich nun hier neben dir.«

»Aber Alexander hat schon vielen die Zukunft vorhergesagt.«

»Ja, ja. Aber das heißt nicht, dass er sie auch wirklich kennt.«

»Warum tut er es dann?«

»Ja, warum? Vielleicht, weil er ein kluger Mann ist und weiß, dass viele Menschen glauben, glücklicher zu sein, wenn sie ihr Schicksal kennen. Weil sie dann ihr Leben danach einrichten können. Aber hör zu Marco: Wir sind alle Herren über unser eigenes Schicksal. Es wird nicht von den Sternen, Handlinien oder Kaffeesatz vorausbestimmt, sondern von uns selbst. Wenn ich morgen überfahren werde – was nicht der Fall sein wird –, ist das kein Schicksal, sondern ein blödes Unglück.«

Er legte den Arm um Marcos Schulter. Hinter ihnen rumpelte der Rollladen eines Zeitungskiosks, der gerade öffnete. Ein Mann führte seinen Pudel aus. Die Stadt wachte langsam auf.

»Ich kannte einmal eine Frau, der prophezeit wurde, dass sie den Rest ihres Lebens auf einem Gut am Pazifik verbringen würde, weit weg von allem. Als ich sie später wiedertraf, hatte sie die gesamte Zwischenzeit darauf verwendet, vor diesem Schicksal zu fliehen. Das hatte sie nur noch weiter von allem weggeführt, was sie liebte. Wenn wir ein Leben lang versuchen, vor unserem Schicksal wegzulaufen, verschwenden wir dieses Leben nur. In Wirklichkeit schreiben wir unser Schicksal selbst, wir haben die volle Kontrolle.« Er sah Marco in die Augen. »Du musst mir versprechen, dein Leben nicht so zu verschwenden!«

Der Junge nickte zaghaft. Er sah aus, als hätte er verstanden, was Víctor meinte. Oder es war ihm egal. Marcos Gemütszustand war wie immer unmöglich zu erkennen.

»Habe ich dir schon einmal erzählt, wie deine Großmutter und ich uns kennengelernt haben? Genau hier, an diesem Strand, wurde ich vor über einem halben Jahrhundert auf einer Planke aus Zedernholz angeschwemmt. Du kennst die Geschichte, wie ich über Bord gefallen bin, nicht wahr? Gut.

Ich war so entkräftet, dass man mich in ein Nonnenkloster brachte, wo deine Großmutter mich pflegte. Und ich kam schnell wieder auf die Beine. Deine Großmutter nannte mich ein Wunder aus Fleisch und Blut.«

Er grinste breit. »Wunder sind, was wir daraus machen. Deine Großmutter war in diesem Punkt etwas empfindlich. Sie war von der alten Schule, von denen, die überall Wunder und Heilige am Werk sehen. Ich habe nie an so etwas geglaubt. Weder an Wunder noch an Schicksal, Vorsehung oder Wahrsagerei. Auch nicht an den da oben, auch wenn ich das deiner Großmutter zuliebe nicht laut gesagt habe. Aber die Geschichte von meinem Wunder habe ich selbst erschaffen. Wenn du ein Geheimnis für dich behalten kannst, erzähle ich dir, wie.«

Marco nickte.

»Das bleibt unter uns, versprochen? Du darfst es niemandem weitererzählen. Also: Nachdem ich über Bord gefallen war, dachte ich, ich müsste sterben. Aber das Wetter, die Wassertemperatur und die Meeresströmung waren auf meiner Seite, ich wurde ziemlich schnell an Land gespült, in einer kleinen, unbewohnten Bucht etwas weiter südlich. Damals waren die Strände noch nicht mit Bungalows, Hotels und Molen zugepflastert wie heute, es gab nur Klippen und ein paar Fischerhütten. Niemand kam mir zu Hilfe, als ich dort in der Brandung lag, ich sah überhaupt keine Menschen. Nur Möwen. Und ich dachte: Das ist wahrlich kein spektakulärer Auftritt. Ein Wunder ist nichts wert ohne seinen Mythos. Außerdem war ich damals eine andere Person, es waren viele Dinge geschehen in meinem Leben. Ich musste ein neuer Mensch werden. Kannst du das verstehen? Klingt vielleicht ziemlich unsinnig für einen Achtjährigen?«

Marco sah ihn mit ausdruckslosen Augen an.

»Na ja. Auf jeden Fall habe ich mich in einer Höhle in den Klippen versteckt. Bei Flut stieg das Wasser bis in die Höhle, aber es gab einen Absatz, auf den ich flüchten konnte. Ich zog meine Kleider aus und hängte sie an einem Stock in die Sonne. Dann fand ich einen Platz, wo ich versteckt in der Sonne liegen konnte, bis ich einen ordentlichen Sonnenbrand hatte. Ich wollte wie ein echter Schiffbrüchiger aussehen, der wochenlang auf dem Meer getrieben ist. Einen langen Bart hatte ich ja schon von meiner Zeit als Walfänger, und mein Gesicht war ganz blau von einer Schlägerei. Ich musste nur noch meine Arme und Hände mit einem scharfkantigen Stein etwas aufschürfen. Am zweiten Tag wurde ein Stück Treibholz an den Strand gespült – meine Zedernholzplanke. Ich blieb drei Nächte in der Höhle, glaube ich. Am vierten Tag warf ich früh am Morgen meine Planke von der Klippe und schwamm hinterher. Ich paddelte nach draußen, der Sonne entgegen. Zum Glück waren keine Boote unterwegs. Dann folgte ich der Küstenlinie nach Norden. Ich hatte ein Brett gefunden, das ich als Paddel benutzte. Als die ersten Häuser von Málaga in Sicht kamen, warf ich das Paddel weg und ließ mich auf die Häuser und die grünen Hügel zutreiben. Ich hatte auf mehr Zuschauer gehofft, aber es waren nur ein paar Fischer unterwegs, die mich bestimmt noch nicht gesehen hatten. Auch am Strand war wenig los, aber jetzt gab es kein Zurück mehr. Ich legte mich auf das nasse Holz, umklammerte die Planke mit beiden Armen und ließ nicht los, bis die Wellen mich durch die Brandung an den Strand spülten. Dort wurde ich von ein paar Fischern gerettet, die mich auf dem Heimweg entdeckt hatten.«

»Und was geschah dann?«, fragte Marco.

»Dann traf ich deine Großmutter, und wir lebten glücklich bis ans Ende unserer Tage. Offenbar war ich das Wunder, das sie brauchte, aber mit Schicksal hat das nichts zu tun. Wenn das Schicksal seinen Willen bekommen hätte – aber wir wollen ihm keine Eigenschaften zusprechen, die es nicht besitzt –, wäre ich etliche Kilometer südlich an Land gegangen und hätte nie deine Großmutter getroffen.« Er räusperte sich. »Wir entscheiden selbst, wie wir die Geschichte unseres Lebens gestalten. Glaub nie, dass andere das tun. Die Arbeit musst du schon selbst erledigen. Manchmal ist das ziemlich viel verlangt, ich weiß. Wie geht es deinem Bauch jetzt?«

Marco legte eine Hand auf den Bauch. Er sah nachdenklich aus, aber dann lächelte er und sagte: »Der ist ein bisschen leer.«

»Meiner auch. So ist das im Leben. Lass mich dir einen Rat geben, den ich selbst einmal bekommen habe: Wenn alles zu viel wird, nimm die Fantasie zu Hilfe. Schließ die Augen und träum dich weg.« Er legte die Hand auf Marcos Kopf. »Aber vergiss nicht, irgendwann wieder in die Wirklichkeit zurückzukehren. Versprochen?«

Auf dem Heimweg kaufte Víctor frisch gebackene *Napolitanas.* Am Hotel klopfte er die Taschen nach seinem Schlüsselbund ab. Er wollte sich schon verfluchen, als er bemerkte, dass Marco ihn mit leeren Augen und dem Schlüsselbund in der Hand ansah. Warum sagte der Junge nicht einfach etwas?

»Danke«, murmelte Víctor.

Er wurde langsam alt. Jedenfalls fühlte er sich so, als er mit seinem weltfremden, ängstlichen Enkel an der einen und der Tüte aus der Bäckerei in der anderen Hand in der Morgensonne vor seinem Hotel stand. Früher hatte der Duft des

Backwerks ihn an seine Kindheit erinnert, jetzt erinnerte er ihn an Sofía.

Es war erstaunlich, wie viel er überlebt hatte: den Wahnsinn am Ende der Welt, einen Sturz ins pechschwarze Wasser, einen Hotelbrand, den Verlust seines Sohnes und seiner Frau.

Erst jetzt spürte er, dass seine Kraft langsam nachließ.

Málaga, 2003

Nur alte Männer fürchten die Welt

Marco schloss die Augen. Wenn er sich weit weg träumte, landete er meistens am selben Ort. In einem feuchten Labyrinth aus jungen Akazien, am Fuß eines polynesischen Nebelwaldes.

Er ging zwischen den Ranken hindurch, die Hände ausgebreitet, um die dicken Blätter zu berühren. Ab und zu bückte er sich und begutachtete die Orchideen, die sich um die Stämme der Akazien wanden. Unter seinen Füßen knackten die zerkleinerten Kokosnussschalen, die die Feuchtigkeit im Boden halten sollten. Je tiefer er in das Labyrinth kam, desto mehr Orchideen blühten vor seinen Augen auf. Aus den grünen Knospen wurden hellgelbe Blüten, die ihn willkommen hießen.

Marco wusste nie, in welche Richtung er ging, aber er endete immer am selben Ort: auf einer Lichtung, wo ein Mann mit Baumwollhemd und Panamahut vor den Orchideen hockte und eine Blüte nach der anderen sanft zwischen die Finger nahm. Mit einem Bambusstöckchen schabte er vorsichtig die Pollen vom Staubblatt und betupfte die Narbe damit.

Von Weitem sah er nicht aus wie der Vater, an den Marco sich erinnerte, aber als er näher herankam und der Mann sich umdrehte, war es ganz klar Esteban. Nur zwanzig Jahre älter. Mit weniger Haaren auf dem Kopf und einem langen

Bart, einem echten Walfängerbart. Und einem ebenmäßigen Gesicht, das das Alter an den richtigen Stellen aufgefüllt hatte. Er schaute auf, hob den Hut zum Gruß und lächelte.

Weiter kam Marco nicht. Das Geräusch einer Hand, die aufs Autodach trommelte, riss ihn aus seinem Tagtraum. Er öffnete die Augen, die Türen wurden aufgerissen, drei Gestalten warfen sich auf den Rücksitz. Sein Großvater sprang auf den Beifahrersitz und knallte die Tür zu.

»Fahr! Fahr! Fahr!«, rief er.

Marco drehte den Zündschlüssel um, legte den Rückwärtsgang ein und gab Gas. Die Reifen drehten durch, er legte den ersten Gang ein und fuhr quer über den Parkplatz auf den Schotterweg. Obwohl nur das spärliche Mondlicht den Weg beleuchtete, ließ er die Lichter aus. Er kannte ihn, weil er mehrmals bei Tageslicht geprobt hatte.

Sein Großvater warf nervöse Blicke zum Strand hinab.

»Was ist da los?«, fragte Marco, als sie sicher durch die erste Kurve gekommen waren. Der Weg stieg steil an.

»Haben sie uns gesehen?«, fragte Alexander auf dem Rücksitz, völlig außer Atem. Im Rückspiegel sah Marco, dass auch er nervös zum Strand zurückschaute.

»Hallo? Was ist passiert?«

»Die Küstenwacht«, antwortete sein Großvater. »Sie patrouillieren da draußen, vielleicht haben sie das Boot gesehen. Wir mussten uns beeilen.«

Marco nahm eine weitere Kurve im zweiten Gang, fühlte die Hinterräder wegrutschen und lenkte dagegen. Er gab mehr Gas und legte den dritten Gang ein, obwohl der Motor protestierte. Gleich würden sie die Hauptstraße erreichen, wo sie so ruhig wie möglich fahren mussten. Er orientierte sich an den Bäumen und Büschen am Wegesrand.

Zwischendrin wagte er es, in den Rückspiegel zu schauen. Er erkannte ein dunkles, schmales Gesicht und ein Paar weiße Augen. Ihr Passagier schien so weit okay zu sein. Seine Zähne leuchteten weiß wie Phosphor. Er war außer Atem, aber er sagte etwas auf Französisch.

»Was sagt er?«, fragte Marco. Alexander murmelte etwas auf Französisch. Ebenso Samuel, der in der Mitte saß und so groß war, dass seine Schirmmütze an die Decke stieß. Marco musste sich auf den Weg konzentrieren, um durch die Kurven zu kommen.

»Er sagt, dass da draußen noch viele Menschen im Wasser sind.«

»Was?«

»Es waren viel zu viele Menschen in dem Boot. Die Marokkaner haben sie gezwungen, über Bord zu springen, als sie die Küstenwache sahen. Aber sie waren noch zu weit draußen, er glaubt, dass viele es nicht geschafft haben.«

Marco trat auf die Bremse und hielt den Wagen an.

»Wir müssen zurückfahren!« Er spürte seinen eigenen Herzschlag, der Adrenalin in seinen Kreislauf pumpte. »Wir können sie doch nicht da liegen lassen.«

Er drehte sich um und sah seine Mitfahrer an.

»Es bleibt uns nichts anderes übrig«, sagte Alexander.

»Nein, verdammt. Das ist nicht euer Ernst?«

»Was willst du tun? Ein paar in den Kofferraum stecken und noch ein paar auf dem Dach festbinden?«

Samuel lehnte sich vor und hob den Zeigefinger.

»Jetzt du musst fahren«, sagte er in seinem afrikanischen Spanisch.

Der Motor brummte im Leerlauf, wie Marcos Gehirn. Er sah seinen Großvater an. Víctor drehte den Kopf zur Seite und legte die Hand auf Marcos, der weiter die Handbremse umklammerte. Er schüttelte den Kopf.

Marco schaute zurück. Der Strand war nicht mehr zu sehen. Weiter draußen rauschten die Wellen in der Straße von Gibraltar, die Schaumkronen schimmerten im Mondlicht. Wer weiß, wie viele Menschen versuchten, sich über Wasser zu halten, vielleicht hatten es einige schon an Land geschafft. Wie auch immer, die Küstenwache war ihnen auf der Spur, gleich würden noch mehr Patrouillenboote aufkreuzen. Die Anderen hatten recht, sie konnten nichts mehr tun.

»Scheiße.« Marco löste die Handbremse und fuhr weiter. Das Auto legte sich in die Kurven. Sie kamen an ein paar Häusern vorbei; Palmen und Kakteen hingen über den Weg. Keiner sagte ein Wort. Nach wenigen Minuten mündete der Weg in die Hauptstraße von Tarifa nach Algeciras und Gibraltar.

»Denk an die Lichter«, mahnte Alexander.

Marco blendete auf und fuhr auf die Hauptstraße. Sein Großvater kurbelte das Fenster herunter. Die Nacht sang ihr stilles Lied, während sie nach Nordosten fuhren. Es war kaum Verkehr, sie hatten sie Straße für sich.

Marco musterte den Neuankömmling im Rückspiegel. Der Afrikaner lehnte den Kopf an die Nackenstütze, seine Stirn glänzte. Ab und zu hustete er. Samuel hatte ihn in eine Decke gewickelt und rubbelte ihn warm. Soweit Marco wusste, war er sein Cousin.

»Wie heißt er?«

»Henri«, sagte Samuel. Seine großen, weichen Lippen betonten stets alle Kanten und Flächen der Wörter.

»Willkommen in Europa«, sagte Alexander.

»Merci«, sagte Henri und hustete.

Alexander klopfte Marco auf die Schulter.

»Gut gemacht. Wie immer.«

»Du wirst einmal ein großer Häuptling werden«, fügte Samuel hinzu. »Genau wie dein Großvater.«

Der Verkehr nahm zu, sie näherten sich Algeciras. Die Hafenkräne leuchteten wie Gasflammen im Dunkeln. Auf der anderen Seite der Bucht lag der Felsen von Gibraltar im Mondschein, an seinem Fuß funkelten die Lichter der Kolonie.

Eine bunte Gesellschaft, dachte Marco. Auf dem Rücksitz ein Zigeuner im Jeanshemd, ein illegaler, zwei Meter großer Senegalese im Trainingsanzug, mit einer Kopie der *New York Yankees*-Mütze auf dem Kopf, und sein ebenso illegaler Landsmann, den sie gerade aus der Brandung der Straße von Gibraltar gezogen hatten. Auf dem Vordersitz ein halb dementer argentinischer Hotelbesitzer, der vor Urzeiten auf demselben Seeweg nach Spanien gekommen war, und ein zwanzigjähriger Fahrer, der Schriftsteller werden wollte und das Potenzial zum Häuptling hatte. Alle fünf in einen Toyota Corolla Baujahr 1985 gequetscht, der um halb vier morgens am Rand des reichsten Kontinents der Welt entlangfuhr.

Am Himmel sah Marco die Umrisse dünner Wattewolken, als sie das Hotel erreichten. Er parkte auf der Straße, und sie halfen Henri durch das schmiedeeiserne Tor. Ein Schild verkündete, dass das *Hotel El Che* geschlossen sei. Das war nur die halbe Wahrheit.

Alexander und Samuel setzten Henri in einen der Korbstühle im Hof. Er war noch immer in die Decke gewickelt. Samuel ging ins Foyer, rief etwas auf Französisch und klopfte mit einem Queue auf die Bartheke. Sein Ruf erweckte das

Hotel El Che zum Leben. Türen gingen auf, Schritte klapperten auf der Treppe. Ein leises Murmeln ging durch die Räume. Einer nach dem anderen traten sie in den Hof. Die festen Gespenster des Hotels. Barfuß, in T-Shirts, Unterhemden und Boxershorts. Patrice, Pape, Youssou mit dem Klumpfuß, und schließlich der verschlafene Malick, der immer zuletzt kam.

Sie gaben Samuel und Alexander High Fives, begrüßten den neuen Gast und entblößten ihre schneeweißen Zahnreihen im Morgengrauen. Marco fühlte sich immer etwas als Außenseiter. Sein Großvater saß neben Henri, nahm aber nicht an den Glückwünschen teil. Marco ging zu ihm. Man wusste nie genau, wann er der Welt wieder entschwand.

»Bist du okay?«

Víctor sah ihn an. »Ich bin nur müde.«

»Soll ich dir ins Bett helfen?«

»Danke, ich komme schon zurecht.«

Marco sagte Gute Nacht und ging nach oben. Es war die dritte Tour dieser Art gewesen, aber auch die härteste. Die Panik war größer geworden. Er nahm die Feuertreppe in den zweiten Stock und öffnete die Tür. Er konnte sich noch an die Zeit erinnern, als die Tür immer abgeschlossen war, doch das lag lange zurück. Im *Hotel El Che* gab es keinen Grund mehr, Türen abzuschließen. Außerdem zog er es vor, wenn sie offen waren, weil man so einen Fluchtweg hatte.

Er stellte sich vor die Tür des Zimmers, das seinem gegenüber lag. Es war das alte Schlafzimmer seiner Mutter und seines Vaters. Er legte das Ohr an die Tür, hörte aber nichts. Sicher schlief sie, wie alle normalen Menschen dienstagmorgens um fünf. Nur gewisse Mitglieder der Familie de la Vega schlugen sich die Nächte um die Ohren, um Bootsflüchtlinge an der Küste aufzusammeln.

Marco ging in sein Zimmer und legte sich aufs Bett, als ihm einfiel, dass er sich noch ausziehen sollte. Außerdem hatte er vergessen, am Fenster nachzusehen. Er stand auf, zog sich aus und öffnete das Fenster, das zur Gasse hinter dem Haus zeigte. Er steckte den Kopf hinaus und sah nach. Die vier Matratzen lagen sauber übereinander gestapelt in der Gasse. Schimmelig, schmutzig, feucht. Sicher.

Alles war, wie es sein sollte.

Bevor er einschlief, schweiften seine Gedanken zurück in den polynesischen Nebelwald, zu Esteban auf der Lichtung. Weiter kam er nie. Der Traum endete meistens damit, dass Esteban im Wald verschwand, ehe Marco etwas sagen konnte. So war es, seit er klein war. Er hatte es nie geschafft, eine Fortsetzung zu träumen, die ihm gefiel. Manchmal folgte er seinem Vater in den Wald und verirrte sich im Dunkeln.

Als Marco aufwachte, war es hell. Von irgendwoher dröhnte ein Bass. Er fragte sich, ob er wirklich wach war oder noch träumte. Neben ihm bewegte sich etwas. Es war warm und atmete schwer. Die Decke wurde angehoben, jemand schlüpfte zu ihm und zog ihm die Unterhose vom Leib. Eine Locke kitzelte ihn an der Hüfte, warmer Atem streifte sein Bein, und zarte Finger fuhren in seine Schambehaarung.

Feuchte Lippen umschlossen seine Erektion und saugten ihn ein. Er streckte sich und spürte, wie das Wohlbefinden bis in die Fingerspitzen zog, die weiche Haut fanden und sich in sie gruben. Die Lippen ließen ihn wieder los, die Haare kitzelten seine Brust und kündigten an, dass sie auf dem Weg nach oben war.

»Ich konnte nicht mehr auf dich verzichten«, flüsterte eine Engelsstimme dicht an seinem Ohr.

Bárbara. Sie war sein Engel, ohne Zweifel. Wieder rutschte sie nach unten und stürzte sich mit einer Begierde auf ihn, die ihn direkt in den Himmel schickte.

*

Am späten Vormittag, als er zum zweiten Mal aufwachte, war Bárbara weg. Er wusste nicht mehr, ob sie ihn zum Abschied auf die Wange geküsst hatte, oder ob dies an einem anderen Morgen geschehen war. Er sah auf die Uhr, bald musste er zur Arbeit.

Auf dem Boden lagen Chipstüten und Plastikbecher, der Pool war mit Laub, Insekten und Bonbonpapier gefüllt. Ein Morgenschauer hatte das Holz der Möbel dunkel gefärbt. Niemand war zu sehen, auch nicht sein Großvater, der sonst immer früh aufstand.

Da erblickte er den gelben Umschlag, der aus dem Briefkasten ragte. Er war in der üblichen Handschrift an ihn adressiert. Der Poststempel war von irgendeiner philippinischen Insel. Am liebsten hätte Marco den Brief sofort aufgerissen, aber er beherrschte sich. Es gehörte zum Ritual, sich einen ganzen Tag lang darauf zu freuen.

Er nahm den Bus zur Taxizentrale und fuhr den Rest des Tages kreuz und quer durch die Stadt, um Kunden aufzulesen. Der Wetterbericht versprach Frühjahrsregen in Málaga, ein guter Zeitpunkt, um Fahrgäste zu kapern.

Der Job als Taxifahrer war langweilig, aber Marco mochte ihn. Er gab ihm die Illusion, immer auf Reisen zu sein. Um sein Gehirn beschäftigt zu halten, hatte er ein Spiel erfunden, das er »Errate deinen Passagier« nannte.

Insgeheim musterte er die Kunden von Kopf bis Fuß: Gesicht, Kleidung, Schuhe, Schmuck, Frisur, Körperbau, eventuelle Gebrechen und Körpersprache. Daraus versuchte er, auf Tätigkeit und Charakter zu schließen. Vielleicht ein krebskranker Banker, ein Anwalt mit Schuppenflechte, ein Schwindler mit Spielschulden, ein pensionierter Fabrikchef und Ex-Falangist, ein junger IT-Unternehmer mit zu viel Koffein im Blut oder ein Mann, der seine Ehefrau misshandelte und Teppiche an Hausfrauen in den Vorstädten verkaufte.

Marco liebte die Details. Das hatte ihm sein Großvater beigebracht.

»Die Details sind entscheidend. Ohne die Fähigkeit, Details zu beobachten, kommst du nicht weit mit deinen Geschichten«, hatte er gepredigt, als er dem fünfzehnjährigen Marco bei einem Spaziergang im Paseo del Parque einen Blitzkurs im Geschichtenerzählen gab. »Eine Blume ist nicht einfach eine Blume. Es kann eine Oleanderblüte, eine Rose oder eine Tulpe sein, vielleicht auch eine Kaktusblüte. Eine Nebenfigur ist nicht einfach nur klein oder groß. Sie kann krummnackig, glatzköpfig, monströs, x-beinig und vieles mehr sein. Und sie hat Farben, ist rothaarig wie ein Brüllaffe oder hat Augen so grün wie ein Olivenhain. Details sind wichtig für die Glaubwürdigkeit, denk daran. Man soll glauben, was du sagst.«

Die Ausbeute des Tages bestand unter anderem in einem mittelalten Mann in Anzug und Schlips, mit einer teuren Brille und nassem Haar, das ihm in die Stirn fiel. Ein Geschäftsmann auf dem Weg zu einem Meeting in Madrid oder Barcelona, vielleicht Valencia. Seine Tasche fasste höchstens Kleidung für eine Übernachtung, vielleicht würde er auch noch mit dem Nachtflug zurückkommen. Anzug und Schuhe waren Vizedirektorenklasse, nicht mehr. Er trug keinen Ehering, was Marco wunderte, denn sein Wohlstandsbauch zeugte von hausgemachtem Kuchen und der Bequemlichkeit mittelalter Ehepaare. Der Mann war eigentlich zu schlecht in Form für einen Junggesellen. Andererseits schrieb er die ganze Zeit SMS und schaute für einen fünfzehn Jahre verheirateten Ehemann viel zu sehnsüchtig auf sein Telefon. Als sie zwischen der Avenida Principal und der Avenida de Blas Infante an der Ampel standen, dämmerte es Marco, denn der Passagier steckte die Hand in die Tasche, und Marco sah im Rückspiegel, wie er sich hurtig einen Ring an den Finger steckte.

Ein untreuer Ehemann, der auf dem Weg zum Flughafen schnell noch auf einen Quickie bei seiner Liebhaberin vorbeischaute. Vermutlich ein unerfahrener untreuer Ehemann, der sich einbildete, weniger Probleme zu bekommen, wenn er die Wahrheit verschwieg, anstatt von Anfang an mit offenen Karten zu spielen.

Nachdem er den untreuen Ehemann abgesetzt hatte, wartete Marco am Flughafen. Gegen Mittag hatte er eine SMS von seiner Mutter bekommen, die am Nachmittag aus London ankam. Ob er sie vielleicht abholen könne?

Laura beschwerte sich oft genug darüber, dass ihr ältester Sohn das Studium aufgegeben hatte und seine Jugend in einem Taxi verschwendete, aber es gab auch Situationen, in denen ein Privattaxi gelegen kam.

Ihre SMS war ziemlich ungelegen gekommen. Er musste zugeben, dass sich in letzter Zeit etwas zu viele Geheimnisse angehäuft hatten. Sein unbezahlter Nebenjob als Chauffeur in Víctor de la Vegas Flüchtlingsabholservice. Bárbara. Das Hotel. All das wollte er seiner Mutter irgendwann sagen, aber nicht heute. Heute hatte er keine Lust. Er fand einen Parkplatz, von dem er die Flugzeuge aus den Wolken fallen oder darin verschwinden sah. Er stellte sich vor, in eines davon zu steigen, obwohl er wusste, dass dies nie geschehen würde. Marco war erst einmal im Leben geflogen und war sich ziemlich sicher, dass er es nie wieder tun würde. Er begnügte sich mit der Vorstellung, dass er seine Tasche verstaute, sich im Sitz zurücklehnte und weit weg flog. Auf die Philippinen, eine verlassene Insel im Südlichen Eismeer oder vielleicht nach Polynesien.

Manchmal stellte er sich vor, dass sein Vater in einem der landenden Flugzeuge saß und mit Baumwollhemd und Panamahut aus dem Terminal trat. Die Illusion, dass er nach fünfzehn Jahren freiwillig zu ihnen zurückkehrte, war für Marco wesentlich wahrscheinlicher als die Möglichkeit, dass er und Eddie ihn in irgendeinem polynesischen Dschungel aufstöberten.

Aber Esteban trat nie aus dem Terminal, auch heute nicht. Stattdessen kam Laura an, in einem langen Kleid und dünner Strickweste. Sie zog einen Koffer hinter sich her und schirmte die Augen mit der anderen Hand ab, um nach Marco Ausschau zu halten. Er fuhr vor, sie stieg ein und küsste ihn auf die Wange.

»Das befreit dich leider nicht vom Taxameter«, sagte Marco und schaltete ihn ein. Er gab Gas und fuhr auf die Autobahn.

»Schön, dich zu sehen.« Laura lächelte breit. Sie war immer gut gelaunt, wenn sie von einer ihrer Reisen zurückkam.

»Wie war's in London?«

»Schön. Trocken. Sonnenschein. Du weißt schon.«

Er wusste es. »Und das Konzert?«

»Ist gelaufen, wie es sollte.«

Ein Platzregen löste den Beton und die Markierungen vor ihnen auf. Laura saß auf dem Beifahrersitz und wühlte in ihrer Tasche, bis sie einen kleinen Spiegel fand. Sie hielt ihn vors Gesicht und checkte ihr Make-up und ihre Frisur.

Marco stellte sich vor, dass sie ein fremder Fahrgast war. Er sah eine Frau in den Vierzigern, der ihr Alter nicht anzusehen war. Eine Frau, deren Stil eindeutig der oberen Mittelkasse entsprach, die aber mit teurem Schmuck andeutete, dass sie durchaus bereit war, Geschenke von einem wohlhabenden Mann oder Liebhaber anzunehmen.

Das auffälligste Kennzeichen der Frau war die Hornhaut an den Fingerkuppen der linken Hand, eine Folge vieler Jahre Nahkontakt mit den Saiten eines Instruments. Sie mochte eine Cellistin oder Geigerin sein, die von einem Konzert im Ausland zurückkam. Aber wo war ihr Instrument?

Marco fragte seine Fahrgäste so gut wie nie, was sie wirklich taten. Wahrscheinlich würden die Antworten seine Vermutungen zunichtemachen.

Östlich des Zentrums bog Marco in die steilen Seitenstraßen von Limonar ein. Sie waren fast bei Laura. Marco hielt vor dem pfirsichfarbenen Reihenhaus, in dem sie wohnte.

»Hast du in letzter Zeit etwas von Eddie gehört?«, fragte sie.

»Ja, ich habe gerade einen Brief von ihm bekommen. Ich habe ihn bloß noch nicht gelesen. Er liegt im Handschuhfach.«

Ihre Augen leuchteten auf. »Darf ich ihn lesen?«

»Lass ihn mich zuerst lesen, Mutter, ja?«

Sie seufzte und nahm ihre Tasche auf den Schoß.

»Hör zu, Marco, ich freue mich, dass ihr euch schreibt, aber es ist schlechter Stil, seine Mutter zu vergessen. Das darfst du ihm ruhig sagen, falls du vor mir mit ihm redest. Ich habe seit Ewigkeiten nichts von ihm gehört.« Sie küsste ihn auf die Wange. Seine Mutter hatte recht. Im Grunde war es albern, dass Eddie und er einander Briefe schrieben, anstatt zu mailen. Aber es war eine Art Ritual zwischen ihnen. Sie hatten es nie ausgesprochen, wussten aber beide, dass das Ritual einer Kindheit entstammte, in der sie jeden Heiligabend mit dem letzten Brief ihres Vaters in der Hand auf dem Balkon standen, in den Sternenhimmel guckten und ihm Frohe Weihnachten wünschten.

Die Briefe eines Vaters auf der Flucht mit Briefmarken vom anderen Ende der Welt gehörten zu ihren Kindheitserinnerungen wie der Geschmack von Kaugummi oder der Mittagsschlaf auf dem Sofa.

Da war es nur natürlich, die Tradition wieder aufzunehmen, als Eddie in die Welt zog.

*

Am Abend fuhren Marco und Bárbara nach Tarifa hinunter. Er hatte am Computer gesessen, sich aber nicht aufs Schreiben konzentrieren können. Schließlich waren sie ins Foyer gegangen und hatten die Schlüssel des Toyota geholt, die immer hinter der Bar lagen.

Patrice und ein paar der anderen Afrikaner hatten im Speisesaal gesessen und Karten gespielt. Über die Stereoanlage lief lateinamerikanischer *Reaggaeton*.

»Wie geht's dem Neuen«, hatte Marco gefragt.

»Gut. Er ist *fuerte*«, antwortete Patrice. »Er ist ein kleiner Bauerntrampel, aber wir werden ihn schon anständig erziehen.«

Wer weiß, ob die anderen auch so viel Glück hatten und *fuerte* waren, dachte Marco und spähte über die Bucht, wo sie am

Abend zuvor Henri geholt hatten. Der Strand war steinig, aus dem Wasser ragten Felsen. Die Wellen hatten Schaumkronen, das Meer war unruhiger als am Abend zuvor.

Wenn Alexander und Víctor gewusst hätten, dass noch mehr Bootsflüchtlinge mit ihm unterwegs waren, hätten sie vielleicht etwas tun können. Ein größeres Auto oder mehrere Fahrten, irgendetwas. Aber Samuel hatte nur eine SMS von seinem Cousin erhalten, in der stand, dass er in der Nacht zum Dienstag mit einem Boot aus Tanger kommen würde.

Bárbara stand bis zu den Knien im Wasser und suchte ebenfalls.

»Ich kann nichts sehen«, rief sie.

Sie waren die einzigen Menschen an dem Strand, den sie auf und ab liefen, aber alles, was sie fanden, war eine Rettungsweste und ein Schlauchbootpaddel. Marco hatte befürchtet, die ganze Bucht wäre mit Leichen übersät. Er hatte den ganzen Tag Nachrichten gehört, aber nichts wurde erwähnt. Es konnte mehrere Tage dauern, bis sie an Land gespült wurden, vielleicht an einem ganz anderen Ort. Die guten Schwimmer und andere Glückliche hatten sich vielleicht ans Ufer gerettet und einander zur Hauptstraße hinaufgeholfen. Von dort konnten sie weiter nach Norden ziehen.

Manche von ihnen würden es bis in die großen Gärtnereien in Alméria schaffen, andere würden Straßenverkäufer in Marbella oder Málaga werden wie Henri. In wenigen Tagen würde auch er in den Gassen zwischen der Kathedrale und der Fußgängerzone stehen und Badetiere, Taschenlampen, chinesische Schrottelektronik sowie schwarz kopierte CDs und DVDs verkaufen. Alles auf einer dicken Wolldecke, damit er rasch einpacken konnte, wenn die Polizei nahte. Die anderen würden ihn einarbeiten und ihm eine Decke verehren, er würde ein paar Brocken Spanisch lernen, sich Geld borgen, um etwas einzukaufen, etwas Kleingeld erbetteln und seinen festen Platz finden.

Marco und Bárbara setzten sich ins Auto. Es stand auf demselben Parkplatz wie in der Nacht zuvor. Sie ließen die Scheiben herunter, stellten das Radio an, lehnten sich zurück und schauten auf die Berge Marokkos, die in der Abendsonne glühten.

»Willst du nicht mal deinen Brief lesen?« Bárbara deutete auf das Handschuhfach.

»Doch, doch.«

»Keine Angst, ich lass dich in Ruhe«, sagte sie und öffnete die Tür. Sie setzte sich auf die Kühlerhaube und rauchte eine Zigarette.

Marco öffnete das Handschuhfach und zog den Brief aus dem Umschlag. Mit der gleichen rituellen Vorgehensweise wie immer las er eine Zeile nach der anderen, so hatte er mehr davon.

Der Brief war auf den 21. März datiert. Eddie beschrieb die Welt aus der Perspektive eines Rucksacktouristen. Pizza Hawaii, serviert von halb nackten Bedienungen zu den Klängen von ABBA Gold, Coca Cola-Sonnenschirme, Pepsi-Markisen und Heineken-Reklamen, Straßenverkäufer mit Brotfrüchten, frischen Kokosnüssen mit Strohhalm, auf heißen Steinen gegrilltes Zuckerrohr, Babyschildkröten, die dem sicheren Tod in Plastiktüten entgegen schwammen, sonnenverbrannte Briten, australische Surfer mit Sonnenbrillen und dumme Blondinen aus dem amerikanischen Mittelwesten. Die Sicht eines Achtzehnjährigen, der den halben Tag in einer Hängematte am Strand verbrachte und über eine Kultur lästerte, der er selbst angehörte.

Noch immer keine Spur von Vater, aber ich habe auch noch nicht intensiv gesucht. Ich könnte deine Unterstützung gebrauchen. Hättest du nicht Lust, nach Manila zu kommen und mir zu helfen? Oder fährst du immer noch in deinem Taxi durch die Stadt und versteckst dich vor der Welt?

Nur alte Männer fürchten die Welt, vergiss das nicht.

Viele Grüße
Eddie

Es war Eddies dritter Brief, seit er vor zwei Monaten - kurz nach seinem achtzehnten Geburtstag - bekannt gegeben hatte, dass er die Welt sehen wolle. Und dass sie nicht spekulieren sollten, wann er zurückkäme. Laura hatte es als erblich bedingtes Fernweh abgetan und immer wieder gesagt, Eddie würde schon heimkommen, sobald sein Konto überzogen sei, aber Marco wusste es besser.

Als Teenager waren er und Eddie den Pakt eingegangen, um die Welt zu reisen und ihren Vater zu finden, sobald sie erwachsen waren. Sie waren betrunken, ihre Köpfe waren voll mit Cola-Rum und vagen Erinnerungen an ihren Vater. Sie hatten darauf angestoßen und sich die Hände gereicht, aber als die Zeit gekommen war, hatte Marco einen Rückzieher gemacht. Weil er Angst vor der Welt hatte.

Das war schon immer so gewesen. Jedenfalls seit *tío* Alexander ihm die Zukunft aus seiner Hand lesen wollte, aber nichts hatte sehen können.

Er erinnerte sich deutlich. Alexander, der mit aufgeknöpftem Hemd in der Bar saß, einen Drink in der Hand. Er hatte Marco gefragt, ob er seine Großmutter vermisse, was Marco bejaht hatte. Marco hatte oft zugesehen, wie Alexander den Hotelgästen aus der Hand las, und nun wollte er wissen, ob er den Hundewelpen, den er sich wünschte, bekommen würde. Alexander hatte sich zuerst geweigert, doch dann gab er nach. Es kitzelte, als er mit dem Zeigefinger Marcos Linien entlangfuhr. Dann schaute er verwirrt drein, und sein Finger wurde langsamer. An einer Stelle hielt er an und kam nicht weiter. Marcos Hand zitterte vor Spannung.

Seit diesem Augenblick saß die Angst in Marcos Bauch. Eddie, Laura, sein Großvater und Alexander konnten noch so oft sagen, dass es nichts als eine Neurose war und ihm mit der Logik der Wissenschaft kommen, aber es half nichts. Die Angst vor einem frühen Tod saß tief in ihm, und kein rationelles Argument der Welt konnte sie ihm nehmen.

Zuerst dachte er, er hätte AIDS wie Freddie Mercury. Als er jedoch herausfand, wie der HIV-Virus übertragen wurde, sah er ein, dass nicht diese Krankheit ihm den Garaus machen würde. Sein neuer Favorit war ein Hirntumor, später dann Hodenkrebs. Jeden ersten Sonntag im Monat tastete er nach dem Morgenbad seine Hoden gewissenhaft nach Knoten ab. Jedes Mal, wenn ihm etwas wehtat, rührte sich die Angst im Magen und flüsterte ihm Krankheiten wie ALS oder Chorea Huntington ein; das kleinste Bläschen im Mund war ein Vorbote von Mundhöhlenkrebs.

Als 1995 im Kongo das Ebolafieber ausbrach, war er überzeugt, dass das Virus den kürzesten Weg nach Europa über die Straße von Gibraltar nehmen und ihn innerhalb von zwei Wochen finden würde.

Marco erkannte wohl, dass seine Ängste völlig irrational waren und gegen den gesunden Menschenverstand sprachen. Er hatte keine Angst, die Straße zu überqueren, einen Ziegelstein auf den Kopf zu bekommen oder im Bad auszurutschen. Krankheiten, Feuer und Höhenangst hingegen standen weit oben auf der langen Liste der Dinge, die er fürchtete. Nach reichlicher Überlegung war er zu dem Schluss gekommen, dass seine Angst angeboren und genetisch verankert war. Die Episode mit Alexander an jenem Morgen hatte seine Todesangst nur verstärkt.

Am 11. September 2001 bekam seine Angst ein neues Gesicht. Als Marco die Flugzeuge ins World Trade Center fliegen sah, stellte sich augenblicklich das vertraute Gefühl ein. Aber es war eine neue Form der Angst, die ihn konstant an den Himmel blicken ließ. Später fand er heraus, dass er nicht der Einzige war. Er las von erwachsenen Menschen, die sich tagelang in ihren Hotelzimmern eingeschlossen hatten, und von Familien, die ihre Ferienflüge nach Florida, Gran Canaria oder Ägypten stornierten. Eine Schwedin, die 19 Jahre lang in den USA gelebt hatte, war eine Woche später nach Stockholm zurückgekehrt und hatte geschworen, nie wieder einen Fuß auf amerikanischen Boden zu setzen.

Im Internet las er von globalen Verschwörungen, von den Drahtziehern im Nahen Osten und dem baldigen Zusammenbruch der westlichen Welt. All dies zeigte ihm, dass er nicht allein war. Es gab viele, die mit demselben Gefühl im Bauch herumliefen und fürchteten, die Welt könne im nächsten Augenblick in Flammen stehen. Einmal chattete er mit einem Amerikaner namens Dennis, der sich in einer Hütte auf irgendeinem Berg im Wyoming verschanzt hatte, mit vierzig Kilo Konserven, zehn Kisten Oreo, Brennstoff für ein Jahr, Antibiotika, Erste Hilfe-Kasten, Zündsteinen, fünf Kanistern Benzin, Kompass, einer Winchester, Draht und Dosen für ein selbstgebautes Alarmsystem, einem Kurzwellenradio und seinem Collie Clint. So wollte er sich gegen den muslimischen Terror in der Welt verteidigen. Oder gegen Chinesen oder die vielen anderen Plagen, die den amerikanischen Kontinent früher oder später heimsuchen würden.

Wie Dennis auf einem Berg sitzen und gleichzeitig online sein konnte, fand Marco nie heraus, aber er fühlte sich mit ihm in Angst verbunden. Er überlegte, es ihm gleichzutun. Das Haus seiner Großmutter und seines Großonkels in den Bergen, an das er sich aus seiner Kindheit erinnerte, wäre ein perfekter Ort, um sich vor der Welt zu verstecken, die ihn mehr und mehr verunsicherte und ängstigte. Öffentliche Plätze mit vielen Menschen, U-Bahnzüge, Hochhäuser, Tunnel und Flugzeuge wurden zu den Objekten seiner Angst hinzugefügt. Das Erste, was Marco in einem Einkaufszentrum oder einer Busstation suchte, waren die Notausgänge. In Gedanken hörte er seinen Vater sagen, dass man sich immer Fluchtwege offenhalten sollte.

Im Hotel fühlte er sich einigermaßen sicher. Zwar war es vor vielen Jahren abgebrannt, doch das minimierte rein rechnerisch die Wahrscheinlichkeit, dass es noch einmal geschehen würde. Außerdem hatte es dazu beigetragen, dass die Türen dort nie verschlossen waren.

Die größte Herausforderung waren die nicht vorhandenen Fluchtwege aus seinem Zimmer. Die Feuertreppe befand sich zwei Türen weiter. Deshalb hatte er mithilfe der Fallbeschleunigung und der Fallhöhe genau ausgerechnet, wie weich er landen musste, um einen Sprung aus dem Fenster zu überleben. Er hatte drei alte Matratzen aus den Hotelzimmern geholt und sie unter seinem Fenster aufgestapelt. Zur Sicherheit hatte er noch eine vierte dazugelegt, falls er sich verrechnet hatte. Auf dem Matratzenstapel lag ein handgeschriebener Zettel, auf dem er die Passanten bat, die Matratzen nicht zu stehlen oder darauf zu urinieren.

Mehr als alles andere fürchtete Marco das Fliegen.

Die Amateurvideos aus Manhattan hatten eine panische Flugangst in ihm wachgerufen, obwohl er als Kind immer davon geträumt hatte, über den Wolken zu schweben. Nach 9/11 fand er sich damit ab, diesen Traum niemals zu erfüllen. Im folgenden Frühjahr jedoch hatten er und Eddie eine Tour nach Barcelona arrangiert, und Eddie hatte ihn irgendwie davon überzeugt, dass ein kurzer Flug viel besser als zwölf Stunden im Bus waren.

Sobald Marco sich am Fenster niedergelassen und bekreuzigt hatte, die Beschleunigungskraft ihn in den Sitz presste und Málaga unter ihm verschwand, bereute er die Entscheidung zutiefst.

Bei jedem Blick aus dem Fenster rechnete er damit, dass die Schnauze eines anderen Flugzeugs wenige Meter von ihnen aus den Wolken brach und sie rammte. Oder dass die Triebwerke in Flammen aufgingen. Der Ton, der die Passagiere zum Anschnallen aufforderte, war in seinen Ohren eine Warnung vor fallendem Kabinendruck. Ein Rasseln unter ihm bedeutete eine gelockerte Schraube im Rumpf. Außerdem saß wenige Reihen vor ihm ein arabisch aussehender Mann mit verschwitzter Stirn und flackerndem Blick. Als sie zur Landung ansetzten und das Fahrgestell ausgefahren wurde, war er sicher, dass es brechen würde.

Es hielt, aber im selben Augenblick, als die Räder mit einem dumpfen Ton auf der Landebahn aufsetzten, stand für ihn fest, dass er nie wieder ein Flugzeug betreten würde. Auf dem Heimweg ließ er Eddie allein fliegen und kaufte sich eine Busfahrkarte. Er überstand die zwölf Stunden ohne Probleme, sogar auf einem kaputten Sitz. Marco las John Irvings *Gottes Werk und Teufels Beitrag*, das er als Paperback in einem Kiosk gekauft hatte, aß drei Schokoriegel und eine Rolle Kekse, trank drei Dosen Cherry Coke und war einfach nur froh, überlebt zu haben.

Als der Bus Málaga erreichte, hatten die Terroristen in der Zwischenzeit eine Diskothek in Bali in die Luft gesprengt und 202 Menschen getötet. In der Station sah Marco Bilder von dem Anschlag und fügte sofort Diskotheken zu seiner Ausschlussliste hinzu. Er sah endgültig ein, dass er sich Eddie nie auf der Weltreise anschließen konnte. Sein kleiner Bruder musste allein zurechtkommen.

Völlig unbekümmert war Eddie alleine aufgebrochen und zog von einer vollgekackten, dollarkorrumpierten, authentizitätsverschreckten und Bob-Dylan-klangtapezierten ostasiatischen Hippieinsel zur nächsten, im Kielwasser Tausender identitätsverwirrter Lemminge, die den Eintritt ins Erwachsenenleben mit einem Einzelfahrschein ins Paradies aufschieben wollten.

Marco hingegen war in der Stadt seiner Kindheit gestrandet und hielt sich mit einem Cocktail aus Bárbara, den nächtlichen Rettungsaktionen an der Küste und der Hoffnung, bald mit seinem großen Roman über Víctor de la Vega fertig zu werden, am Leben.

Die Geschichten seines Großvaters hatten ihn gepackt und ließen ihn nicht mehr los. Seit jenem Morgen, an dem sie auf einer Bank am Strand gesessen hatten und Víctor ihm von Wundern und der Kunst, seinem Schicksal zu entkommen, erzählt hatte. Daraus war ein wöchentliches Ritual geworden.

Jeden Donnerstag nach Schulschluss kaufte Víctor ihm ein Eis, und sie spazierten zur selben Bank, wo sein Großvater ihm ein weiteres Kapitel aus seinem fantastischen Leben erzählte.

Über die Jahre waren die Geschichten ein Teil von ihm geworden. Sie bildeten ein Gegengewicht zu seiner Angst und sorgten für die Balance in seinem Gemüt, indem sie ihn in ferne Gefilde schickten, weit weg von AIDS, Hodenkrebs und anderen imaginären Bedrohungen.

An einem Freitagabend, als er noch zur Uni ging, hatte er nach chinesischem Fast Food und etwas zu viel Bier am Schreibtisch gesessen und begonnen, die Geschichten seines Großvaters in den Computer zu tippen. Er hatte die ganze Nacht und den größten Teil des nächsten Tages dort gesessen, und als er am Samstagnachmittag durch das Dokument scrollte, waren die Räubergeschichten seines Vaters zu fünfunddreißig dicht beschriebenen Seiten geworden. Und es gab Stoff für viele mehr. Seit dieser Nacht nahm der Roman einen immer größeren Teil von Marcos Leben ein. Im Guten wie im Schlechten. Er hatte ihn sein Studium gekostet, vielleicht sogar eine Freundin, aber gleichzeitig gab er ihm das Gefühl, nicht umsonst auf der Welt zu sein.

Der Roman war ein Grund mehr für seinen Umzug ins Hotel. Marco wollte näher an seinen Großvater heran, er wollte mit der Geschichte fertig werden, bevor es zu spät war. Vor dem endgültigen Kollaps. Es gab noch jede Menge Details und Nebenstränge, die er ausarbeiten musste, und so wenig Zeit.

Er saß noch immer im Auto und starrte aus der Windschutzscheibe. Draußen stand Bárbara und versuchte, seine Aufmerksamkeit auf sich zu lenken. Sie lehnte sich über die Motorhaube und gewährte ihm einen tiefen Einblick in ihre

Bluse. Ihr Haar flatterte im Wind, sie sah ihn verärgert an. Er musste schon wieder geträumt haben.

»Hallo, ich bin auch noch da«, rief sie durch das offene Seitenfenster. »Du stehst *so* kurz davor, heute Abend leer auszugehen.«

Marco lächelte und winkte sie herein. Sein Blick schweifte über das Meer. Ein Coaster glitt gemächlich durch die Straße von Gibraltar. Vielleicht stand sein Vater auf genau diesem Schiff in der Kombüse und schälte Kartoffeln, vielleicht versteckte er sich aber auch auf einem Atoll in einem anderen Weltmeer in einem Labyrinth aus Akazien und Vanilleorchideen. Vielleicht versteckte er sich wie sein Sohn vor der Welt, in einem Haus aus Muschelschalen auf der anderen Seite der Erdkugel. Und irgendwo zwischen den Philippinen und Polynesien, zwischen Jugend und Erwachsenenleben, lief Marcos kleiner Bruder umher und suchte nach ihrem Vater, während Marco im Kreis schwamm wie eine Babyschildkröte in einer Plastiktüte, wenn er nicht gerade illegalen afrikanischen Bootsflüchtlingen über die Straße von Gibraltar half – gemeinsam mit seinem Großvater, der offenbar beschlossen hatte, sein Karma-Konto in den letzten Jahren zu erhöhen.

Wie sollte das alles enden?

Der erste Revolutionär des 21. Jahrhunderts

Laura verschwendete Unmengen an Zeit mit dem Grübeln über die Frage, ob sie eine schlechte Mutter war.

Wie oft hatte sie vergeblich versucht, in den Gesichtern ihrer Söhne zu lesen, was in ihnen vorging. Sie hatte nach Sprüngen in der Oberfläche gesucht, und tatsächlich hatten sich mit der Zeit einige offenbart. Ihr ältester Sohn war noch ein Kind, als er anfing, den Tod zu fürchten, und jetzt hatte er sein Studium für ein Dasein als Taxifahrer und angehender Schriftsteller aufgegeben. Und ihr Jüngster, gerade erst achtzehn, war nach Südostasien verschwunden mit der einzigen Begründung, dass er die Welt kennenlernen wollte.

Als Alexander an einem Vormittag im Mai anrief und ihr die Nachricht überbrachte, dass ihr Vater angeschossen worden war und im Krankenhaus lag, warf sie sich vor, auch eine schlechte Tochter gewesen zu sein. Erst recht, als Alexander hinzufügte, dass die Polizei Anzeige gegen ihren Vater erstattet habe und gern ein paar Worte mit ihr wechseln wolle.

*

Laura war seit Längerem bewusst, dass der Verfall, der in den Mauern des *Hotel El Che* steckte, nun auch ihren Vater erfasst hatte.

Kurz vor Weihnachten 2001, als die Medien von Unruhen und Ausnahmezustand in Argentinien berichteten, wurde er auf der Straße aufgegriffen, weil er versucht hatte, sich Zugang zu einer geschlossenen Bank zu verschaffen. Er wollte sein Konto leeren, ehe der Staatsbankrott eintrat. Die Familie war sich einig, dass Víctors Senilität nicht mehr schönzureden und ein Fakt war.

Es hatte mit Kleinigkeiten begonnen. Schlüssel, die verschwanden und an den unmöglichsten Orten wieder auftauchten, vertauschte Jahreszahlen, Vergesslichkeit.

Nach und nach verloren sich seine Geschichten in Sackgassen. Er begann, wieder von Che Guevara zu reden – ein Name, der im *Hotel El Che* seit fast vier Jahrzehnten nur auf dem Hotelschild existiert hatte. Er fabulierte von Pablo Neruda, den er 1951 in Montevideo getroffen hatte, und von Jorge Luis Borges mit den blinden Augen und dem Stock, der angeblich Mitte der Neunziger im Hotel logiert hatte.

Dass Borges damals schon tot war, interessierte ihn nicht. Wenn ihm jemand widersprach, wurde er zornig und verzog sich. Als die Polizei ihn vor der Bank auflas, wo er mit dem Stock gegen ein Fenster schlug, brach er einem Polizisten mit einem Stockschlag fast die Nase. Damals kam er noch ohne eine Anzeige davon.

Alexander zufolge zog er sich immer mehr in seine eigene Welt zurück. Er schlief lange am Morgen, blieb nachmittags für sich und war schweigsamer als früher. Gäste hatte das Hotel schon seit etlichen Jahren nicht mehr, aber Víctor weigerte sich, das Namensschild abzunehmen. Alexander hatte mehrmals potenzielle Gäste mit dem Hinweis wegschicken müssen, dass das *Hotel El Che* nicht mehr existierte.

Laura war deshalb darauf vorbereitet, dass Víctor irgendwann nicht mehr allein zurechtkommen würde, aber dass er sich in Schießereien verwickeln und eine Anzeige einhandeln würde, damit hatte sie nicht gerechnet.

Auf dem Weg ins Krankenhaus nahm sie sich fest vor, die Fassung zu bewahren und weder zu besorgt noch zu wütend zu werden. Im Lauf des Vormittags musste sie jedoch feststellen, dass beides unmöglich war.

Erstens kamen ihr die Tränen, als sie in das Krankenzimmer trat. Alexander hatte gesagt, es sei nur eine Ladung Schrot im Allerwertesten und kein Grund zur Sorge, aber es war unnatürlich, ihren sonst so stolzen Vater im Krankenhaushemd daliegen zu sehen.

Zweitens brodelte der Zorn unter der Oberfläche, als ihr Vater auf die Frage, was geschehen sei, antwortete, er habe bloß seine Bürgerpflicht getan. Es beruhigte sie auch nicht, als der Arzt kam und bestätigte, dass die Schusswunde kein Grund zur Sorge sei, und trocken hinzufügte, dass es eine leichte Panik ausgelöst hätte, als fünf Afrikaner um fünf Uhr morgens einen blutenden alten Mann einlieferten.

Laura konnte sich nur schwer beherrschen. Sie redete sich ein, dass es sicher für alles eine logische Erklärung gab, aber als sie kurz darauf Alexander und Marco erblickte, die mit einer Cola in der Hand völlig entspannt über den Korridor schlenderten, kochte sie über.

»Was zum Teufel ist hier los?«, rief sie in einem Tonfall, der das Lächeln aus den Gesichtern der beiden verjagte.

Als sie danach im Besucherzimmer saßen und Alexander

eine haarsträubende Geschichte erzählte, die ihre schlimmsten Erwartungen übertraf, platzte sie endgültig. Marco starrte betreten auf den Boden und trank seine Cola.

Laut Alexander – der ausdrücklich betonte, dass er nicht persönlich beteiligt war – hatte der Besitzer einer Großgärtnerei aus Motril auf Víctor geschossen. Er hatte ihn auf frischer Tat beim Einbruch in die Baracken der Saisonarbeiter erwischt. Alexander räumte ein, es sei nicht das erste Mal gewesen, dass ihr Vater eine solche Nummer abzog, und ja, ein kleines bisschen hing es auch mit den Afrikanern zusammen, die ihn eingeliefert hatten.

Víctor habe vor einigen Monaten begonnen, Abendtouren entlang der Küste zu machen. Eines Abends sei er mit einem halb toten Afrikaner im Schlepptau in sein Zimmer gekommen. Der Afrikaner hatte völlig erschöpft an einem einsamen Strand bei Tarifa gelegen und Víctor angefleht, nicht die Polizei zu rufen, und Víctor hatte keinen anderen Ausweg gesehen, als ihn mit ins Hotel zu nehmen.

Samuel war der Erste gewesen; ein Junge, den sie Henri nannten, der Letzte. Ihn hatten sie vor ein paar Wochen abgeholt. Sie kamen alle aus dem Senegal, soviel Alexander wusste, und waren alle Verwandte oder Freunde von Samuel, die versucht hatten, über die Straße von Gibraltar nach Europa zu gelangen. Per SMS wurde Samuel über die Ankunftszeiten und ungefähren Koordinaten informiert. Die Boote der Schlepper fuhren so dicht wie möglich an die Küste heran und ließen die Afrikaner das letzte Stück an Land schwimmen. Samuel, Víctor und Alexander hatten die Flüchtlinge mit einer Taschenlampe und trockenen Kleidern am Strand in Empfang genommen.

»Ich gehe davon aus, dass er von ihren Geschichten hingerissen war«, sagte Alexander. »Auf jeden Fall hat er ihnen angeboten, dass sie ein Zimmer im Hotel bekommen und kostenlos dort wohnen können.«

»Und du hattest nichts dagegen?«

»Ich war schon etwas skeptisch, als dein Vater den mehr tot als lebendigen Afrikaner anschleppte, aber dann dachte ich: ›Was soll's‹. Der Arme lag einen ganzen Tag im Bett, bis er wieder zu Kräften kam. Wir haben ihn mit Cola und Popcorn aufgepäppelt, um sein System wieder anzukurbeln. Schließlich hat dein Vater auch mich damals gerettet, warum sollte ausgerechnet ich dieses Privileg anderen verweigern? Außerdem tut ein bisschen Gesellschaft in meinem Alter gut, und sie sprechen Französisch.«

»Aber seht ihr denn nicht, dass das verkehrt ist?«

»Verkehrt? Wir geben heimatlosen Flüchtlingen ein Dach über dem Kopf.«

»Und macht sie zu Mitschuldigen bei Einbrüchen.«

»Na gut. *Das* war die Idee deines Vaters ...« Alexander lächelte verlegen. »Die vier hier verkaufen Piraten-CDs, Kuscheltiere und billige Halstücher in der Altstadt, aber sie kennen andere, die weiter östlich in den großen Gärtnereien gearbeitet haben. Dort wohnen sie wie Sklaven, sagen sie. Sie dürfen die Gärtnereien nie verlassen, und vieles mehr. Du kannst dir denken, wie das den Gerechtigkeitssinn deines Vaters verletzt.«

Laura sah ihn fragend an.

»Du kennst deinen Vater, Laura. Wenn er sich einmal etwas in den Kopf setzt, kann man nichts tun. Wenn er ein Hotel bauen will, tut er das. Wenn er afrikanische Sklavenarbeiter befreien will, die für drei Euro die Stunde schuften und in alten Bauwagen ohne Toilette und fließend Wasser leben, tut er das auch. Dass der Gärtner eine Schrotflinte an der Wand hängen hatte, gehörte nicht zum Plan.«

»Verdammte Sch …« Laura kochte endgültig über. Sie marschierte schnurstracks in das Zimmer ihres Vaters, Alexander und Marco folgten ihr auf den Fersen.

»Habt ihr das Hotel zu einem Flüchtlingslager gemacht, oder was? Was zum Teufel habt ihr euch dabei gedacht? Seid ihr von allen guten Geistern verlassen?«, rief sie, noch ehe die Tür hinter ihr zufiel.

Ihr Vater schwieg ein paar Sekunden. Vielleicht versuchte er, trotz Krankenhaushemd etwas patriarchalische Autorität wiederzuerlangen.

»Diese armen Menschen brauchen meine Hilfe. Wir rauben ihnen ihre Zukunftschancen, stehlen ihren Lebensunterhalt, sie versuchen, nach Europa zu kommen, ihre kleinen Fischerboote kentern, sie ertrinken in der Brandung. Irgendjemand muss ihnen doch helfen.«

»Durch Sabotage und Einbruch auf Privatgrundstücke anderer Menschen?«

»Wir brechen nur bei denen ein, die unsere afrikanischen Brüder wie Sklaven behandeln. Sie lassen sie zwölf Stunden am Tag für drei Euro pro Stunde schuften, speisen sie mit Weißbrot und altem Obst ab, stecken sie in Bauwagen und pissen auf sie. Das sind gewissenlose, imperialistische Schweinehunde, und wir essen täglich ihr Obst und Gemüse und bilden uns ein, die Kirschen wären nicht von armen Heimatlosen gepflückt, die wie vor vierhundert Jahren behandelt werden.«

Laura war insgeheim beeindruckt, dass das Gehirn ihres Vaters noch imstande war, so lange Sätze korrekt zu bauen.

»Also wirklich, Vater, das ist doch vollkommen irrsinnig.« Verpufft war der Vorsatz, Fassung zu bewahren. »Glaubst du, du bist Che Guevara oder so? Du landest im Gefängnis, ist dir das klar?«

»Er hat *mich* angeschossen! Ich lecke wie ein undichtes Wasserbett.« Er drehte sich mühsam um, streckte den Hintern in die Höhe und zeigte auf den Verband, der ein Punktmuster aus getrockneten Blutflecken aufwies.

»Genug!«

Er legte sich wieder auf das Corpus Delicti.

Laura sah Alexander und Marco resigniert an. Ihr Sohn hatte noch immer kein Wort gesagt, schaute aber auffallend schuldig aus der Wäsche.

»Warum hast du mir von alldem nichts erzählt, Alexander?«

»Weil ... Ich dachte, Marco hätte das getan.«

»Marco? Warum hätte er das wissen sollen?«

»Na ja, weil er ...«, murmelte Alexander, bohrte in der Nase und schickte Marco einen entschuldigenden Blick. »Weil er doch auch dort wohnt.«

»*Wie* bitte?«

Alexander lehnte sich zu Marco. »Entschuldigung, Kamerad.«

Marco trank einen großen Schluck Cola.

»Du *wohnst* dort? Im Hotel?«

»Äh, ja ... ein bisschen.«

»Du meinst, du lebst dort?«

»Ich wollte es dir ja sagen.« Er zuckte mit den Schultern. »Ich habe nur auf die richtige Gelegenheit gewartet.«

Laura rollte mit den Augen. »Die hast du ja nun gefunden.« Mehr hatte sie nicht zu sagen. Sie ließ sich auf einen Hocker am Bett ihres Vaters fallen und atmete tief durch. Der Vormittag hatte ihre schlimmsten Vorahnungen übertroffen.

*

»Hättest du nicht wenigstens ein bisschen Mitleid mit ihm zeigen können?«

Marco sah sie an. Zum ersten Mal an diesem Tag sah er nicht wie eine wandelnde Entschuldigung aus.

»Hör doch auf. Der alte Narr kommt schon zurecht. Die Anklage ist viel schlimmer als die Wunde.«

Sie saßen in Marcos Taxi, das sich durch den Nachmittagsverkehr schlängelte. Sie waren nur wenige Blöcke vom Hotel entfernt. Dass ihr Sohn für ihren Vater Partei ergriff, besserte Lauras Laune keineswegs. Sie sah ihn so vorwurfsvoll wie möglich an.

»Ich sage ja nur, dass du dir überlegen könntest, nicht ganz so sauer auf ihn zu sein. Schließlich hat er keinen Meuchelmord begangen.«

»Wenn er aufhört, sich wie ein Teenager zu benehmen, werde ich auch nicht mehr sauer auf ihn sein. Apropos kindisch: Warum hast du mir nicht gesagt, dass du ins Hotel gezogen bist?«

»Weil ich dich nicht unnötig damit belasten wollte, dass dein ältester Sohn, der sein Studium geschmissen hat und stattdessen Taxi fährt, auch noch in Großvaters Asylwohnheim zieht.«

»Jetzt hör aber auf, Marco.«

»Jedenfalls weißt du es jetzt.«

»Wie lange wohnst du schon dort, wenn ich fragen darf?«

»Ein paar Wochen. Die andere Wohnung wurde langsam zu teuer. Und es war ein Loch.«

»Und wie würdest du den Ort nennen, an dem du jetzt wohnst?«

»Besser als nichts. Die Gesellschaft ist nett. Und es ist gut für meine Recherchen.«

»Aha, deine *Recherchen.*« Sie versuchte, nicht herablassend zu klingen. »Und wie läuft es mit deinem Buch? Bist du mit dem auch schon fertig, ohne dass du es mir gesagt hast?«

»Es lief eigentlich gerade ganz gut. Bis der Alte beschlossen hat, sich den Arsch voll Blei pumpen zu lassen.«

»Marco, steckst du da irgendwie mit drin?«

»Nein«, sagte er, ohne sich umzudrehen.

Laura sah ihm in die Augen. So leicht würde er ihr nicht davonkommen. Schließlich erwiderte er ihren Blick.

»Nein!«

Er war wie sein Vater. Leider. Nicht so sehr äußerlich, Marco hatte einen dunkleren Teint als Esteban, er war nicht so mager, und seine Augen lagen tief in den Augenhöhlen, anstatt der Welt entgegenzukommen. Nur die lockigen Haare hatte er von seinem Vater geerbt. Doch mit seiner ausgeprägten Fähigkeit, sich wie eine Schildkröte in seinen Panzer zurückzuziehen, war er Esteban so ähnlich, dass Laura oft um seine Zukunft bangte.

Marco parkte vor dem Hotel. Er stellte den Motor nicht ab und sah nicht so aus, als wolle er aussteigen. Laura hatte die Tür geöffnet und saß auf der Sitzkante, aber sie drehte sich noch einmal zu ihm um.

»Marco, ich wünschte, du würdest mir solche Dinge erzählen. Du kannst mit deinem Leben tun, was du willst, aber halte mich wenigstens auf dem Laufenden. Das ist das Einzige, worum ich dich bitte.«

»Okay.«

»Danke.« Sie stieg aus, ließ Marco fahren und ging durch das schmiedeeiserne Tor. Es war nicht verschlossen, im Schloss steckte ein Stück Pappe, das verhinderte, dass es zufiel. Wie Marco ihr gesagt hatte.

»Großvaters Asylwohnheim«, murmelte sie und betrat den Hof. »So tief ist es also gesunken.«

Es war still wie immer. Das nervenaufreibende Schweigen des *Hotel El Che* hieß sie willkommen. Es war unordentlich und schmutzig, der Wein rankte gierig die Mauern hinauf.

Laura unterdrückte den Impuls, hineinzugehen und die afrikanischen Bewohner einen nach dem anderen rauszuwerfen. Das musste warten. Sie musste sich erst einmal von dem Schock erholen. Sie setzte sich auf einen Stuhl neben dem Pool und schlug die Hände vors Gesicht.

Was hatte sie nicht alles für ihren Vater getan. Sie war nach Hause gezogen, hatte ihr Bedürfnis, von Málaga wegzukommen, unterdrückt, ihm einen Schwiegersohn gegeben, der seine Zeit lieber mit ihm als mit seiner Frau verbrachte, hatte Marco und Eddie in seine Obhut gegeben, weil sie gesehen hatte, wie besonders Marco seinen Großvater vergötterte, allen Befürchtungen zum Trotz, dass er ihnen allen möglichen Unsinn erzählte.

Und das war also der Dank?

Laura wurde das Gefühl nicht los, dass sie einen Teil der Schuld trug. Während sie am Pool saß und die Ameisen im Gänsemarsch über die Bonbonpapiere krabbeln sah, beschloss sie, ihrem Vater zu helfen, statt wütend auf ihn zu sein. Um eventuelle Fehltritte gutzumachen, die sie vielleicht als Tochter begangen hatte.

*

Als Erstes unterzog sie das Hotel einer Generalreinigung.

Die blassgrünen Stockflecken in Zimmer 7, 9, 13 und 15 hatten ihr Territorium längst auf sämtliche Zimmer ausgeweitet. Die Toilettenschüsseln waren gelb verkalkt, in den

Ecken hingen Spinnweben, Tür- und Fensterleisten waren undicht.

Sie reinigte ein Zimmer nach dem anderen, außer den Zimmern der Afrikaner. Sie begnügte sich damit, ihnen böse Blicke zuzuwerfen, wenn sie ihnen auf dem Korridor oder im Erdgeschoss begegnete.

Danach fuhr sie nach Motril und überzeugte den Gärtnereibesitzer davon, dass es besser für alle Beteiligten sei, wenn er die Anzeige zurückzog. Oder hatte er etwa Interesse an einem Gerichtsprozess, bei dem gewisse Missstände ans Licht kommen könnten? War den Afrikanern, die bei fünfunddreißig Grad und mehr in den glühend heißen Treibhäusern arbeiteten, nicht auch besser damit gedient, wenn die Sache weniger Aufsehen erregte?

Víctor de la Vega wurde in den folgenden Tagen eine Art lokale Berühmtheit. Die Lokalzeitungen druckten mehrere Artikel über den ersten Revolutionär des 21. Jahrhunderts, wie ein besonders einfallsreicher Journalist ihn getauft hatte, sogar ein landesweiter Fernsehsender brachte die Nachricht über einen älteren Hotelbesitzer, der in eine Großgärtnerei eingebrochen war, um afrikanische Arbeiter zu befreien. Zum Glück hatte kein Journalist sich die Mühe gemacht zu untersuchen, was hinter den Mauern des *Hotel El Che* vor sich ging.

Knapp eine Woche später wurde Víctor aus dem Krankenhaus entlassen. Laura holte ihn ab und fuhr ihn nach Hause. Sie kamen in ein Hotel, das mit Flaggen und Luftballons geschmückt war. Alexander hatte Drinks gemischt, und die Afrikaner saßen an der Bar und warteten auf sie, als Laura den Rollstuhl durch den Hof schob. Einer nach dem anderen fielen sie vor dem Rollstuhl auf die Knie und küssten Víctors Hand, was Laura übertrieben melodramatisch fand.

»Dein Vater ist unser Lieblingshäuptling«, sagte der breit grinsende Mann, den sie als Samuel kennengelernt hatte. »Er hat uns allen das Leben gerettet. Du solltest stolz auf ihn sein.«

Marco war auch da. Zusammen mit einem Mädchen mit Sommersprossen, großer Sonnenbrille und leichtem Überbiss, die er überraschend als seine Freundin vorstellte. Bárbara hieß sie. Sie trug ein schwarzes Top, einen Minirock und schwarze Leggings, hielt Lauras Sohn an der Hand und hatte das »Willkommen daheim«-Schild in knallroten Versalien geschrieben. Und sie war mit allen Afrikanern per Du, bewegte sich routiniert hinter der Bar und begrüßte Víctor mit einem Wangenkuss.

Laura brauchte einen Drink. Sie ging an die Bar, schnappte sich ein volles Glas und saugte gierig am Strohhalm.

»Entschuldige, dass du Bárbara erst jetzt kennenlernst.« Marco hatte sich von hinten angeschlichen und lächelte das Esteban-Lächeln, das er von seinem Vater geerbt hatte. »Es war einfach zu viel los in letzter Zeit.«

Laura ließ den Strohhalm los und lächelte. »Macht nichts.« Ihre Lippen suchten erneut den Strohhalm. Alexanders Drinks konnten einen Elefanten ausknocken, aber sie hatte sie immer gemocht. »Wie lange seid ihr schon zusammen?«

»Vier Monate.«

Vier Monate? Wo war der Strohhalm?

»Und wo wohnt Bárbara?«

»Tjaaa«, sagte Marco mit einem so lang gezogenen A, dass Laura schon ahnte, was kommen würde und sofort wieder den Strohhalm suchte. »Sie wohnt gewissermaßen hier.«

»Zusammen mit dir?«

»Ja, zusammen mit uns. Sie wohnt hier, aber wir wohnen nicht im selben Zimmer, falls du das meinst. Sie hat ein Zimmer gegenüber von meinem. Es sind die Zimmer, in denen damals ...«, er zögerte einen Augenblick, »... du und Vater und Eddie und ich gewohnt haben.«

Das laute Schlürfen des Strohhalms verriet, dass Lauras Glas leer war.

»Wir nennen es Probezeit«, sagte Marco. »Du weißt schon, um zu testen, ob wir zusammen leben könnten. Jeder hat sein eigenes Zimmer und kann sich frei bewegen. Bárbara hat viele Freunde, die so wohnen, nun probieren wir es auch.«

Lauras Lippen hatten den Strohhalm nicht losgelassen. Wie ein Elefant, der mit dem Rüssel im Wasserloch eingeschlafen ist, dachte sie. Sie ließ die Plastikspitze los und gab Marco das herzlichste Lächeln, das sie zustande brachte.

»Ich freue mich für dich, Marco. Wirklich.«

Genau siebzig Minuten später, nachdem Laura zwei weitere Drinks inhaliert und nur aufgehört hatte, weil ihr peinlich bewusst wurde, wie betrunken sie war; nachdem ihr Vater alle Anwesenden für die hübsche Dekoration gelobt hatte, ohne ein Wort des Dankes an diejenige zu richten, die das ganze Hotel blitzblank gescheuert hatte; nachdem Marco in einem für ihn ungewöhnlichen Redefluss erzählt hatte, dass Bárbara Tierpflegerin im Zoo von Fuengirola war und stundenlang über alle Tiere der Welt reden konnte, und Bárbara dies ausgiebig bewiesen hatte; nachdem Bárbara mindestens zwanzigmal ihr Riesengestell zurechtgerückt hatte und Laura einräumen musste, dass ihre Schwiegertochter in spe ein süßes Lächeln hatte; nachdem die beiden ihr ihre Zimmer gezeigt hatten und Laura feststellte, dass ihr noch immer schwindlig wurde, wenn sie den Raum betrat, der einmal ihr und Estebans Schlafzimmer gewesen war; nachdem sie sich zum dritten Mal entschuldigt und längere Zeit auf der im Übrigen blitzblanken Toilette gesessen und sich gefragt hatte, warum auf einmal alles so merkwürdig war – da endlich hatte Laura den Mut gefasst und war nach Hause gefahren, noch immer verärgert, dass ihr Vater ihr mit keiner Silbe für ihren Einsatz gedankt hatte.

Daheim ließ sie sich in den Korbstuhl auf der Terrasse fallen. Ihr Reihenhaus stand auf einem Hügel, sie hatte Aussicht über ganz Málaga. Die Dunkelheit senkte sich über die Stadt, und Laura beobachtete, wie die Straßenzüge einer nach dem anderen aufleuchteten wie Lichterketten an einem Weihnachtsbaum.

Sie liebte die Aussicht. Deshalb hatte sie damals das Haus gekauft. Es erinnerte sie an die Dachterrasse über Estebans alter Wohnung, wo sie in einem anderen Leben Abend für Abend mit ihm gesessen und den Sonnenuntergang über Barcelona angeschaut hatte.

Laura zog ihr Handy aus der Tasche und tippte eine SMS.

Hatte einen schweren und merkwürdigen Tag. Könnte ein Wochenende mit dir gebrauchen. L

Sie drückte auf ›Senden‹ und legte das Telefon weg.

Die Stimmung im *El Che* hatte sie total überrumpelt. Alles an dem Fest, das »Willkommen daheim«-Schild, die Luftballons, Alexanders starke Drinks, die Musik, der strenge Körpergeruch einiger Afrikaner, alles hatte so verkehrt gewirkt und ihr alle Energie abgesogen. Sie hatte mittendrin gestanden, das Lächeln der anderen gesehen, die Popmusik der Afrikaner gehört und gedacht, dass sie sich für sie freuen sollte, und sich nicht freuen können.

Laura ging an den Kühlschrank, schenkte sich ein Glas billigen Wein ein und ließ sich wieder in den Korbstuhl fallen.

Das Haus war teuer gewesen. Eigentlich zu teuer. Laura hatte sich den Kredit nur leisten können, weil sie überraschend zur Direktorin der Musikschule ernannt worden war. Ihr früherer Chef war wegen Veruntreuung von EU-Mitteln gefeuert worden. Zum Glück blieb ihr trotzdem noch Zeit für die Musik.

Auf dem Kacheltisch summte das Telefon.

Stets zu deiner Verfügung. Melde mich, wenn ich wieder in Madrid bin. E

Diesmal hatte er rasch geantwortet. Manchmal dauerte es Tage, bis Elias eine SMS beantwortete. Laura hatte sich daran gewöhnt, aber am Anfang hatte es sie wahnsinnig gemacht, dass er, Elias Zambrosa, der berühmte, international bekannte Gitarrist, der es auf das Cover der *People* geschafft hatte, nicht einmal zwanzig Sekunden in seinem zweifelsohne dichten Programm erübrigen konnte, um auf eine SMS zu antworten.

Sie ging seinen Konzertkalender im Kopf durch. Er musste irgendwo auf den Britischen Inseln sein, vielleicht Dublin oder Edinburgh. Als sie ihn zuletzt gesehen hatte, hatte er noch unter der Decke gelegen und geschnarcht, während sie im Halbdunkel des Hotelzimmers eilig ihre Sachen zusammensuchte, um ihren Heimflug von Heathrow zu erreichen. Sie hatte das Licht nicht angemacht, weil das Alter Elias nicht milder gestimmt hatte, was das Wecken am frühen

Morgen anging. Mehr als ein verschlafener Abschiedskuss war nicht zu holen, aber damit konnte sie leben. Schließlich hatte sie sonst viel von ihm. Ein verlängertes Wochenende in London, Mayfair Hotel, der Hyde Park im Frühling, ein kostenloser Logenplatz bei einem Konzert der Popsensation Elias Zambrosa, das für eine CD mitgeschnitten wurde. Da konnte sie gut damit leben, dass er noch immer ein Morgenmuffel war.

Laura trank einen großen Schluck Wein. Sie verstand nicht, warum sie sich nicht für Marco und Bárbara freuen konnte. Waren Mütter nicht für so etwas geschaffen?

Das Problem war nicht Bárbara oder ihr nebensächliches Wissen über die Paarungsrituale der Bonobos, auch nicht ihre gelinde gesagt irritierende *Marco-soll-tun-was-er-will-er-ist-ein-großes-Talent-hast-du-nicht-sein-Buch-gelesen*-Billigung von dessen Taxifahrer-Karriere. Und nein, Laura hatte kein Kapitel seines Buches lesen dürfen, aber das war auch nicht das Problem.

Das Problem war, dass sie zusammengezogen waren. Völlig egal, ob sie es Probezeit nannten oder wie auch immer. Es war zu schnell. Sie sollten nicht denselben Fehler wie Laura machen.

Sie hoffte, dass Marco ihre Zweifel nicht bemerkt hatte. Besäße sie doch nur das Überredungstalent ihres Vaters! Als sie damals im Brautkleid mit ihm unter den Mandelbäumen hinter der Kirche gesessen und überlegt hatte, ob sie flüchten sollte, hatte er sie mit seiner scheinbaren Unbekümmertheit angesteckt.

Sie wünschte, dass sie ebenso überzeugend auf Marco wirkte, aber sie bezweifelte es.

Vielleicht, dachte sie und trank noch einen Schluck, konnte sie sich einfach nicht mit ihrer »Probezeit« abfinden. Es klang wie eine kindliche Herangehensweise an etwas sehr Erwachsenes. Entweder wohnte man zusammen oder nicht.

Aber wer war sie, dass sie die Lebensweise ihres Sohnes verurteilte? Hatte Laura nicht selbst entschieden, ihr Leben anders als die meisten zu leben?

*

Elias war, einige Jahre nachdem Esteban verschwunden war, in Lauras Leben zurückgekehrt.

Damals wohnte er noch in Barcelona und war trotz seiner jungen Jahre schon ein anerkannter klassischer Gitarrist. Nicht in der breiten Öffentlichkeit, aber in Musikerkreisen und unter Fachjournalisten war der Name Elias Zambrosa ein Begriff.

Als Elias in Málaga ein Konzert mit dem Sinfonieorchester der Stadt gab, suchte sie ihn hinterher auf und stellte fest, dass er ihr nicht nachtrug, dass sie ihn vor zehn Jahren verlassen hatte. In den folgenden Jahren trafen sie sich bei verschiedenen Anlässen, hatten aber sonst selten Kontakt. Laura hörte, dass er mit einer Geigerin des Madrider Sinfonieorchesters zusammen war, was ihr einen Stich versetzte, denn schließlich hätte sie vielleicht auch dort spielen können.

Erst in den Neunzigern, nachdem er der klassischen Musik zugunsten von akustischem Weltschmerz-Pop den Rücken gekehrt hatte und dadurch berühmt und wahrscheinlich auch ziemlich wohlhabend wurde, nahm er den Kontakt wieder auf. Völlig überraschend rief er Laura an und lud sie nach Berlin ein, wo er derzeit wohnte. Marco und Eddie waren inzwischen groß genug, um ein paar Tage auf sich selbst aufzupassen, also flog sie für ein Wochenende nach Berlin, und alles war wie früher, und trotzdem anders. Sie waren beide nicht mehr jung. Die Jahre hatten ihre Spuren hinterlassen, aber plötzlich hatten sie alle Zeit der Welt. Es gab keine Eile mehr. Seitdem hatte Laura viele Wochenenden in Berlin verbracht, Kunstgalerien besucht, Wurst und Sauerkraut gegessen, lange Spaziergänge entlang der Hochbahn oder im Grunewald gemacht oder einfach nur in Elias' Wohnung im früheren Ostberlin gefaulenzt, wo die Farbe von den Fensterrahmen blätterte und der Duschkopf stets drohte, sich von der Wand zu lösen. Dort hatten sie viele ihrer Geburtstage gefeiert, die Jahrtausendwende erlebt und im Fernsehen gesehen, wie die Flugzeuge das World Trade Center rammten.

Oft nahm Elias sie auf Tourneen und Promotiontouren mit. Er hatte ein breit gefächertes Publikum. Teenager und Romantiker, die sich geistig über Boy Groups und J. Lo erhaben fühlten, waren ganz wild auf Elias Zambrosas akustische Melancholie. Laura begleitete ihn nie als seine Partnerin auf den Tourneen, sie war ein Teil der Clique, mit der er sich umgab, was ihr völlig ausreichte.

Einen Tag vor ihrem Tod hatte Sofía ihr anvertraut, sie habe immer gehofft, dass Laura einmal eine berühmte Musikerin werden und all das erleben würde, was ihr verwehrt geblieben war. Als Laura in einer Loge der Carnegie Hall saß und Elias zuhörte, fragte sie sich, ob ihre Mutter damit auch zufrieden gewesen wäre.

Laura war jedenfalls zufrieden, auch wenn sie nicht selbst mit der Alten Schachtel zwischen den Beinen auf der Bühne saß. Aber sie hätte es gekonnt, redete sie sich ein. Es war nicht Talentmangel, der Laura de la Vegas Karriere verhindert hatte.

Als Preis für die Wochenenden und Touren mit Elias musste sie akzeptieren, dass er nicht ihr gehörte. Es gab ohne Zweifel andere Frauen, die in den langen Zwischenzeiten ihren Platz einnahmen.

Im Hinterhof von Elias' Wohnung in Berlin stand eine alte Kastanie. Laura war im Spätsommer dort gewesen, als die grünen Schalen noch an den Ästen hingen. Als sie das nächste Mal an Elias' Fenster stand, war kein Blatt mehr an dem Baum, und beim darauffolgenden Besuch blühte er rosa.

Ihr Verhältnis zu Elias war wie eine Serie abgebrochener Jahreszeiten. Es gab keine natürliche Kontinuität, kein »Laura und Elias«, aber das galt ebenso für seine anderen Freundinnen. Laura war damit zufrieden, sie war lange genug Mutter gewesen, musste nicht noch einmal Ehefrau sein.

Aber, dachte sie, während sie auf der Terrasse saß und ihr Glas leerte, nur weil sie selbst versucht hatte, ihr Leben alternativ zu gestalten, mussten ihre Kinder nicht gleich dasselbe tun.

Geheimnisse

Laura hätte nie gedacht, dass sich das *Hotel El Che* noch einmal mit Musik, Gelächter und Leben füllen würde. Und sie musste einsehen, dass sie nicht zu der Schicksalsgemeinschaft zwischen einem dementen Argentinier, einem Zigeuner, einem Träumer, einer Tierpflegerin mit Überbiss und sechs Senegalesen gehörte, die das neue *Hotel El Che* beherbergte. Sie fühlte sich überflüssig und gab schon bald ihren Vorsatz auf, öfter im Hotel vorbeizuschauen.

Auf der Jagd nach Normalität reiste sie nach Barcelona, wo sie den größten Teil des Sommers bei einer alten Studienfreundin verbrachte. Laura war nicht mehr oft dort gewesen, seit sie sich damals hochschwanger im Auto von Estebans Onkel hatte wegbringen lassen.

Zu ihrer großen Enttäuschung stellte sie fest, dass sie Barcelona kaum noch wiedererkannte. Es war nicht mehr die Stadt von damals. Wo früher Schotter und Staub gewesen war, gab es gepflegte Rasenflächen und Palmen, wo grüne Parks gewesen waren, Asphalt und Autobahnkreuze. Kreisel leiteten sie in Straßen, die ihr völlig unbekannt waren. Viele alte Wohnkomplexe waren abgerissen, ebenso die Fabriken und die verlassenen Viertel am Hafen. An ihrer Stelle standen Hochhäuser mit blanken Fassaden. Die Huren im chinesischen Viertel waren verschwunden, ersetzt durch Touristen und junge Männer und Frauen, die wie Models aus einem Modemagazin aussahen.

Sie reiste an die Küste im Norden und in die Berge und schickte pflichtschuldig ein paar Postkarten an Marco und ihren Vater. Am Ende sah sie keinen anderen Ausweg, als sich ein viel zu teures Flugticket nach Mailand zu gönnen und ein paar Tage mit Elias in einer Blockhütte bei Lugano zu verbringen, obwohl sie spürte, dass er lieber allein gewesen wäre.

*

Sie war erst wenige Tage wieder in Málaga, als die Polizei sie anrief. Sie hatten einen älteren Mann im Gewahrsam, der behauptete, er sei ihr Vater.

Víctor saß mit hängenden Schultern und ausdruckslosem Blick auf der Station, im selben Anzug, den er bei Sofías Beerdigung getragen hatte. Neben ihm auf dem Boden stand ein Koffer.

»Vater, was ist passiert?«

»Entschuldige, Schatz. Ich wollte dir keine Umstände machen. Ich wollte dich überraschen, aber plötzlich konnte ich mich nicht mehr an deine Adresse erinnern. Oder deine Nummer«, murmelte er mit einem Atem, der nach Zahnpasta schrie, in die Bartstoppeln. Sein Anzug verströmte den Geruch von ungepflegtem, altem Mann.

Laura nahm ihn pflichtschuldig mit nach Hause und schickte ihn ins Bad, während sie Marcos altes Zimmer für ihn herrichtete. Sie wunderte sich über den Koffer, den er bei sich trug, dachte aber nicht weiter darüber nach. Sie hatte vor allem ein schlechtes Gewissen. Sein verwahrloster Zustand hatte sie überrascht, sie machte sich Vorwürfe, dass sie dies nicht früher bemerkt hatte. Ihre Besuche im Hotel waren im Lauf des Sommers immer seltener geworden, weil sie dort nicht gebraucht wurde.

Sie machte Abendessen, bügelte sein Hemd und freute sich, dass er zu ihr gekommen war. Es war lange her, dass er sie besucht hatte. Erst am nächsten Tag, als sie von der Arbeit kam und ihr Vater immer noch da war, fiel ihr ein, dass sie ihn noch nicht gefragt hatte, wann er wieder nach Hause wollte.

»Ich habe nicht vor, wieder zurückzugehen«, sagte er.

Laura hatte ihn in Marcos Zimmer gefunden, als er gerade seine Kleider in den Schrank hängte.

»Wie meinst du das?«

»Es ist vorbei. Ich habe das Hotel Samuel und den anderen überlassen. Sie können es besser gebrauchen als ich.«

»Was ist mit all deinen Sachen?«

»Das sind doch nur Sachen.«

»Und was ist mit Marco? Und Bárbara?«

»Was soll mit denen sein? Sie wohnen weiter dort. Die können schon selbst auf sich aufpassen.«

»Und Alexander?«

»Alexander kommt auch allein zurecht.«

»Aber wo willst du wohnen? Du kannst doch nicht *hier* wohnen?«

Laura ging nach unten, um Marco oder Alexander anzurufen, aber sie erreichte keinen der beiden. Als sie wieder hinaufkam, saß ihr Vater in seinem zerknitterten Hemd und den zu kurzen Hosen auf dem Bett, stützte die Hände auf seinen Stock und starrte Löcher in die Luft. Auf Marcos Schreibtisch standen zwei eingerahmte Schwarz-Weiß-Bilder: eines von Sofía und eines von Che Guevara mit Bart und Barett auf dem Kopf.

Beim Anblick seiner Zahnbürste, die im Badezimmer in einem Becher stand, bekam Laura einen Panikanfall. Offenbar meinte er es ernst. Sie konnte doch nicht mit ihrem alten, dementen Vater zusammenwohnen, das war schlichtweg unmöglich.

Dennoch brachte sie es nicht übers Herz, ihn fortzuschicken. Sie schloss sich im Badezimmer ein, setzte sich auf die Toilette und dachte nach. Sie dachte an eines ihrer letzten Gespräche mit Sofía.

»Mein einziger Wunsch ist, dass du dich ordentlich um deinen Vater kümmerst. Dass du ihn schätzen lernst. Er ist bei Weitem nicht so schlimm, wie du glaubst«, hatte Sofía gesagt.

Diese Worte hielten Laura davon ab, ins Wohnzimmer zu gehen und ihn zu bitten, sich eine andere Bleibe zu suchen. Sie hielten sie davon ab, in den folgenden Monaten Amok zu laufen, als er ihr privates Territorium Schritt für Schritt mit einer Selbstverständlichkeit eroberte, die Laura an die Erzählungen ihrer Mutter erinnerte. Auch in Sofías Heim und Sofías Leben war Víctor de la Vega von einem Tag auf den anderen eingetreten, als wäre es das Natürlichste der Welt.

Er hinterließ gelbe Seen mit weißen Inseln aus Klopapier in der Toilette, plünderte ihren Barschrank, vergaß die Milch auf dem Küchentisch und nahm so viel Platz ein, dass Laura es fast als Vorsehung betrachtete, damals ein so großes Haus gekauft zu haben.

Wieder drehte sich alles um ihren Vater, was Laura nie gewollt hatte, und doch fand sie zu ihrer großen Überraschung heraus, dass es ihr nichts ausmachte. Sie fühlte sich ihm näher als je zuvor.

Deshalb fand sie sich mit der vollgeschissenen Toilette und den gelegentlichen Wutanfällen, die ihn noch immer plagten, ab. Sie tolerierte sogar, dass er von Neuem begann, über Zeppeline zu fabulieren, über Aluminiumlegierungen, Steuerruder und Navigation. Er wollte einen Zeppelin bauen, vertraute er ihr an. Einen wie der, den Onkel Félix vor fast hundert Jahren entworfen hatte. Der Zeppelin sollte ihn zurück nach Argentinien bringen, das Land, über das er immer häufiger sprach, obwohl er so viel davon vergessen hatte.

*

So vergingen ein paar mehr oder weniger verträgliche Monate. Bis Laura eines Tages eine Mail von Eddie bekam. Sie hatte schon seit Wochen nichts von ihm gehört, nur über Marco, und war zuerst enttäuscht, weil die Nachricht so kurz war. Eddie schrieb nur, dass er von dem neuen Status seines Großvaters gehört und in einem Internetcafé nach Víctor de la Vega gegoogelt habe. Und dass er dabei auf einen Artikel gestoßen sei, den sie unbedingt lesen sollten.

La Nacíon, 25. 11. 2003

Das Internet vergisst nichts

Wie das Internet es viel schwerer macht, vor seiner Vergangenheit wegzulaufen, erzählt Paula Murseli Zalazar in der Kolumne der Woche.

Von Paula Murseli Zalazar

Erinnern Sie sich noch an die Zeit ohne Internet? Als man noch nicht seinen Namen in eine Suchmaschine eingeben konnte und schneller aus dem Urlaub zurückkam als seine Postkarten? Als Nachrichten noch aus dem Radio oder

Fernsehen kamen? Und man die Zeitung aufschlug, um eine Kolumne zu lesen?
Es ist weniger als fünfzehn Jahre her, genauer gesagt im November 1990, dass der britische Informatiker Tim Berners-Lee am Schweizer Forschungsinstitut CERN die Idee eines Hypertext-Projekts namens World Wide Web präsentierte – ein Netz aus miteinander verbundenen Hypertext-Dokumenten, die alle Nutzer durch eine gemeinsame Serverarchitektur lesen konnten. Inzwischen ist das Internet für uns ebenso selbstverständlich geworden wie Glühbirne, Radio, Kühlschrank und Computer.
Die meisten würden wohl zustimmen, dass Tim Berners-Lees Erfindung unser Leben leichter gemacht hat. Aber haben Sie je daran gedacht, dass das Internet auch ein Fluch sein kann, zum Beispiel für Menschen, die ihre Vergangenheit vergessen wollen, die ihre Namen *nicht* in Suchmaschinen finden wollen? Bis vor Kurzem wäre mir dieser Gedanke kaum gekommen.
Aber lassen Sie mich an einer anderen Stelle beginnen. Mit der Geschichte meiner Familie. Ich entstamme einer Familie von Großgrundbesitzern aus der Provinz Buenos Aires, in der es nie an Geld gefehlt hat. Mein Urgroßvater, Rubén Zalazar, besaß angeblich so viele Ländereien, dass er ihre Namen nicht mehr auswendig wusste.
Wie in allen Familien spinnen sich viele Geschichten und Mythen durch unsere Ahnenreihe. Sie sind der Kitt, der die Generationen zusammenhält. Eine davon habe ich besonders oft gehört.
1950, während Peróns erster Amtsperiode, wurden die Schwester meiner Großmutter und ihr Mann von der Geheimpolizei verhaftet und des Landesverrats angeklagt. An-

geblich waren sie an der Planung eines Attentats auf einen ranghohen Peronisten beteiligt, aber soviel ich weiß, waren sie unschuldig.
Die beiden wollten ihre Unschuld durch das Tagebuch meiner Großmutter beweisen. Sie baten ihren Sohn – meinen Großonkel –, die Tagebücher zu einem Anwalt zu bringen, aber aus ungeklärten Ursachen brachte er ein falsches Tagebuch. Das richtige wurde nie gefunden, genau wie mein Großonkel, der nach dem Besuch beim Anwalt von der Erdoberfläche verschwand.
Was dem vorausgegangen war, hat meine Generation nie erfahren. Offenbar hat das kollektive Gedächtnis unserer Familie verdrängt, wie so viel Hass zwischen meinem Großonkel und seinen Eltern entstehen konnte.
Die Schwester meiner Großmutter und ihr Mann hatten das Glück, unbeschadet aus der Haft zu kommen, und lebten ein langes Leben. Später spielte er sogar eine nicht unbedeutende Rolle in der Militärdiktatur, aber das ist eine andere Geschichte.
Als er vor einigen Jahren starb, fanden wir in seinem Nachlass einen Brief von meinem Großonkel, den er wahrscheinlich an seinen Vater schrieb, als dieser im Gefängnis saß. Er hatte den Brief über vierzig Jahre versteckt. Es wäre nicht recht, hier persönliche Details zu verraten, aber auf jeden Fall kamen viele Familiengeheimnisse ans Licht. Lügen, totgeschwiegene Ereignisse, bittere Geheimnisse. Mein Großonkel hatte offenbar viel durchmachen müssen. Ehrlich gesagt kann ich seine Reaktion verstehen.
Nun zum eigentlichen Punkt. Niemand hat je wieder etwas von meinem Großonkel Víctor gehört, über fünf Jahrzehnte lang. Wir dachten, er sei tot. Bis ich letzte Woche über einen

Artikel aus Spanien stolperte. Es ging um einen Hotelbesitzer namens Víctor de la Vega, der bei einem Versuch, afrikanische Saisonarbeiter an der Costa del Sol zu befreien, angeschossen wurde.

Seitdem ließ mich der Gedanke nicht mehr los: War dies vielleicht mein Großonkel, der 1950 verschwand?

Es spricht einiges dafür. Dem Artikel zufolge ist er in den Fünfzigerjahren nach Spanien gekommen, also wenige Jahre nach seinem Verschwinden aus Argentinien. Gut möglich, dass er ein paar Jahre ohne Ziel und ohne Namen durch den Kontinent zog, das war damals noch möglich, es war eine andere Zeit.

Dann der Name: Víctor de la Vega. Der Nachname, mit dem er den Brief an seinen Vater unterschrieb. Der Familienname, den sein Vater aufgegeben hatte, als er in die Familie Zalazar einheiratete.

Und schließlich das Aussehen. In dem Artikel war ein Foto, und ich bilde mir ein, dass er dem jungen Zalazar auf den Familienbildern ähnlich sieht. Meine Geschwister und eine Tante bestätigten diesen Verdacht.

Natürlich sind dies nur Vermutungen. Vielleicht handelt es sich um einen ganz anderen Víctor de la Vega, ich weiß es nicht. Deshalb habe ich versucht, mit ihm Kontakt aufzunehmen, aber er wollte nicht mit mir reden. Obwohl ich mich als seine Großnichte vorstellte und nicht als eine weitere anmaßende Journalistin. Das ist ärgerlich, denn ich würde im Namen meiner Familie gerne in Erfahrung bringen, was er in all den Jahren getan hat und wie er in Europa gelandet ist. Wenn er es überhaupt ist.

Deshalb dieser Artikel. Deshalb die Suche im Internet, das im Gegensatz zu uns nichts vergisst. Vielleicht wird mein

Großonkel diese Zeilen im selben World Wide Web lesen, das ihn verraten hat.
An jenem Tag im Jahr 1950, als er seine Eltern im Gefängnis zurückließ, hätte er wohl nie gedacht, dass die Vergangenheit ihn noch einmal einholen würde. Dass wir fünfzig Jahre später in der Lage sein würden, das kollektive Gedächtnis der Welt mit einem Mausklick zu durchforsten.
Aber das lässt sich ändern. Ich komme nicht umhin, mich zu fragen, wie viele Geheimnisse das Internet noch birgt. Wollen wir wirklich, dass sie alle ans Licht kommen? Ist es nicht auch ein Menschenrecht, vor den Gespenstern der Vergangenheit flüchten zu dürfen, egal, was man getan hat?
Denken Sie darüber nach, bevor Sie das nächste Mal aus Spaß Ihren Namen in eine Suchmaschine eingeben.

*

Laura brauchte einige Tage, bis sie die Kolumne verdaut hatte.

Tatsächlich hatte ihr Vater nie besonders viel von seiner Kindheit erzählt. Seine Geschichten kreisten um alles Mögliche, Räubergeschichten aus Südamerika, Walfang im Eismeer, aber nie seine Kindheit, jedenfalls nicht im Detail.

Sie erinnerte sich, dass er einmal erzählt hatte, seine Mutter habe ihn weggegeben. Laura hatte nicht richtig zugehört, es war kurz nach Estebans Flucht gewesen, und sie hatte andere Sorgen gehabt.

Sie wusste nicht, inwiefern sie ihren Vater mit der Sache konfrontieren sollte. Sie hatten gerade erst wieder zueinandergefunden, warum sollte sie die unsichere Waffenruhe brechen, die sie stillschweigend eingegangen waren.

Außerdem war sie sich keineswegs sicher, ob es ihr überhaupt etwas bedeutete, inwiefern ihr Vater die Familie angelogen hatte. Welchen Unterschied machte es für sie, ob er einmal Millionärssohn oder Walfänger gewesen war? Vielleicht war es sogar egal, ob er seine Eltern in einer Gefängniszelle hatte verrotten lassen oder nicht.

Sie kam zu dem Schluss, dass es sehr wohl einen Unterschied machte. Sogar einen großen.

Seine Geheimnisse waren ans Licht gekommen. Egal, wie tief er sie begraben hatte, sie waren ausgegraben und aufgedeckt, wie blanke Knochen. Dasselbe konnte mit Lauras Geheimnissen geschehen. Sie fühlte, dass alles auf ein Ende zuging. An einem Abend war das Gefühl so stark, dass sie an seine Tür klopfte, obwohl sie noch am Morgen geschworen hatte, es zu vergessen.

Laura hatte sich selbst einen gehörigen Streit verordnet. Vielleicht wollte sie nachholen, was sie in ihren jungen Jahren immer unterdrückt hatte. Doch sie hatte zu viel erwartet. Aus dem Riesenkrach wurde eine Antiklimax, eine harmlose Diskussion mit einem Vater, der sich an nichts mehr erinnerte und sich lieber den Konstruktionsskizzen auf seinem Schreibtisch widmen wollte.

Sie stellte ihm einen Haufen Fragen. Über seine Kindheit. Über den Namen Víctor Zalazar. Setzte sich neben ihn und sah ihm in die Augen, versuchte zu lesen, was hinter der gerunzelten Stirn vor sich ging, doch vergeblich. Entweder konnte er sich an nichts erinnern, oder er wollte es nicht.

»Ich verstehe bloß nicht«, sagte Laura, als sie eingesehen hatte, dass es sinnlos war, »warum du uns angelogen hast. Man lügt doch seine Kinder nicht an.«

Im selben Augenblick wurde ihr klar, wie heuchlerisch dies klang.

»Wir lügen doch alle«, sagte er, und Laura war sicher, dass er sie meinte.

Sie gab auf und ging auf die Terrasse, um frische Luft zu schnappen. Doch eine Frage musste sie ihm noch stellen. Sie ging wieder nach oben, klopfte an und öffnete die Tür.

»Vater?«

Er sah von seinen Zeichnungen auf.

»Du hast Marco nichts von den Briefen gesagt, oder?«

Leere Augen starrten sie an.

»Welche Briefe?«

»Ach, nichts«, murmelte sie und ging wieder nach unten.

*

Die Illusion, dass ihre eigenen Knochen unentblößt bleiben könnten, zerplatzte an dem Abend, als Marco anrief und erzählte, Eddie habe sich bei ihm gemeldet. Irgendetwas stimme nicht mit ihm, wie er sich ausdrückte.

Laura hatte – wieder einmal – seit Wochen nichts von Eddie gehört. Der ganze Ärger mit ihrem Vater hatte sie sehr beschäftigt, aber sie musste zugeben, dass sie sich langsam ernsthaft Sorgen um ihren Jüngsten machte. Eine gute Mutter wäre wahrscheinlich längst zur Polizei marschiert und hätte ihren Sohn vermisst gemeldet, dachte sie.

»Mutter, machst du dir Sorgen um ihn?«

»Ja.«

Es folgte ein längeres Schweigen. Zuerst dachte Laura, die Verbindung sei unterbrochen, aber das kam bei Gesprächen mit Marco öfter vor.

»Ich mache mir auch Sorgen.«

»Wieso?«

»Ich habe schon lange keinen Brief mehr von ihm bekommen, und dann kam plötzlich diese seltsame Mail mit nur zwei Zeilen: ›Bin auf die Atolle gereist, um Vater zu finden, habe eine mögliche Spur. Weiß nicht, wann wir uns wiedersehen.‹ Das war alles.«

»Was ist daran so seltsam?«

Marco machte eine weitere Kunstpause.

»Weil ich das doch längst wusste. Es war von Anfang an der Plan gewesen, Vater zu finden. Das hätte er mir nicht schreiben müssen. Er muss irgendetwas herausgefunden haben.« Wieder eine längere Pause. »Ich fand nur, dass du das wissen solltest.«

»Danke.« Laura wusste nicht, was sie sonst sagen sollte.

Marco hingegen hatte ausnahmsweise mehr zu sagen. Er wechselte abrupt das Thema und gab bekannt, dass Bárbara und er ein Kind erwarteten. Bárbara sei im dritten Monat. Und ja, es sei ein kleiner Unfall gewesen, aber sie seien fest entschlossen, das Kind zu bekommen.

Laura verkniff sich die Frage, ob dies auch nur auf Probe sei.

»Wir fanden, das solltest du auch wissen«, sagte er.

Laura verabschiedete sich von ihm, ging auf die Terrasse und sank in den Korbstuhl. Es war Dezember, aber die Abendluft war mild, und unter ihr blinkten Málagas Lichter.

Eigentlich hatte sie schon immer den Verdacht gehabt, dass Eddies plötzliche Reiselust mehr als nur Realitätsflucht war. Ihr achtzehnjähriger Sohn war tatsächlich aufgebrochen, um seinen Vater auf der anderen Seite der Weltkugel in einer polynesischen Vanilleplantage zu suchen. Nun war die einzige Methode, ihn nach Hause zu bekommen, die Wahrheit offenzulegen.

Ihr Gefühl trog sie nicht. Alles lief auf ein Ende zu. Und das alles, weil Laura de la Vega eine schlechte Mutter gewesen war.

Sie ging nach oben und zog einen Zettel mit einer handgeschriebenen Adresse aus der Schublade, von dem sie eigentlich gedacht hatte, dass sie ihn nie wieder brauchen würde.

Hyperexitation

Marco war sicher, dass er schon mehrmals Hyperexitation erlebt hatte, nur auf unterschiedliche Weise, seit Bárbara in sein Leben gekommen war und ihn in den Begriff eingeführt hatte.

Hyperexitation. Ein besonderer Stresszustand, der ein Okapi töten konnte. Das war so verrückt, dass Marco sich sofort verliebte.

Sie hatte sich eines Nachmittags, als die Busse streikten, in sein Taxi gesetzt und ihn gebeten, sie zur Universität zu fahren. Marco hatte sein übliches Spiel gespielt. Ihre große Schultertasche sagte Studentin, die zerknitterten Kleider und schwarzen Leggings sagten Exotenfach. Vielleicht osteuropäische Studien oder Anthropologie. Eine von der Sorte, die mit Kräutertee, Amnesty-Broschüren und alternativen Kulturkalendern in der Mensa saßen.

Aus ihm unerklärlichen Gründen brach er sein Prinzip und fragte sie, was sie dort vorhatte.

Sie wolle zur Gastvorlesung eines anerkannten deutschen Zoologen, antwortete sie. Dieser habe eine Reihe Artikel über das bis dahin mehr oder weniger unerforschte Verhalten des Schneeleoparden im Himalaja veröffentlicht. Sie sei selbst Tierpflegerin, fügte sie hinzu, und der Schneeleopard ihr absolutes Lieblingstier. Ehe Marco sie absetzte, hatte sie ihn nicht nur über die Vortrefflichkeit des Schneeleoparden belehrt, sondern auch über Murmeltiere, die Versicherungsmakler des Tierreichs, über die Paarungsrituale der Bonobos, den Albatros, der mit allen Winden der Weltmeere durch die Luft segelte, über Tüpfelhyänen, die astdicke Antilopenknochen verdauen konnten, gefleckte Schleichkatzen, den Unterschied zwischen dem Fellmuster eines Leoparden und dem eines Jaguars sowie jenen Stresszustand, den man Hyperexitation nannte und der einmal ein Okapi getötet hatte, als im benachbarten Park ein Opernkonzert stattfand.

Marco verliebte sich auf der Stelle in das Mädchen mit der großen Brille und dem Überbiss. Er war sich sicher, dass er jemanden getroffen hatte, der für den Rest der Welt ebenso verloren war wie er selbst.

Er hatte sich vorgenommen, das fantastische Okapi, ein Zwischending zwischen Giraffe, Antilope und Zebra, irgendwie in seinen Roman einzuarbeiten, hatte nonchalant und für ihn vollkommen untypisch den Arm um die Nackenstütze des Beifahrersitzes gelegt und seiner Passagierin gesagt, dass die Tour gratis sei, wenn sie ihm versprach, einen Kaffee mit ihm zu trinken.

Zum ersten Mal hatte er selbst die Hyperexitation erlebt, als Bárbara eine Woche später ihre Zunge auf Entdeckungsreise in seine Mundhöhle schickte. Dies geschah auf dem Konzert einer schrecklichen Coverband in einem engen, nach abgestandenem Bier stinkenden Keller, wo Marco die meiste Zeit mit der Ausschau nach Fluchtwegen verbrachte.

Die folgenden Monate waren in Marcos Erinnerung eine Mischung aus dem Gefühl von Bárbaras Brüsten, die sich an seinen Brustkorb pressten, den Farbnuancen ihrer Schamhaare und dem Zischen des Inhalators, wenn ihr Asthma sie zwang, einen tiefen Zug daraus zu nehmen; den Tigerskulpturen, Holzelefanten und anderem Tand, der in ihrer Wohnung stand; dem Duft ihrer Achselhöhlen und dem säuerlichen Joghurt mit Trauben, den sie zum Frühstück aß. Den Begriff »Zeit« definierte er über die Stunden, die vergingen, bis er sie wiedersah oder bis er sich erlauben konnte, ihr eine SMS zu schicken.

Den Sog der Hyperexitation spürte er auch im Magen, als sie ihn bat, ihr das Kostbarste zu zeigen, was er besaß. Dann wollte sie ihm auch ihr kostbarstes Stück zeigen. Es war eine Silberkette mit einem Amethyst, die sie von ihrer Großmutter geerbt hatte. Marco ging zum Regal und zog den Ordner heraus, auf dessen Rücken *Briefe von Vater* stand. Er hatte ihn von Laura bekommen, als er ausgezogen war. Bárbara saß im Schneidersitz auf seinem Bett, ihr kastanienbraunes Haar floss über die nackten Schultern. Sie durfte den Ordner durchblättern, während er erzählte, wie Esteban vor fünfzehn Jahren aus ihrem Leben ausgecheckt hatte.

Danach umarmte sie ihn lange, ohne ein Wort zu sagen. Es war so still, dass Marco sein eigenes Herz schlagen hörte. Wild und ungehemmt. Dasselbe Gefühl hatte er, als sie kurze Zeit später vorschlug, ins *Hotel El Che* zu ziehen. Nicht in ein Zimmer, sondern jeder in sein eigenes, aber gegenüber. Auf Probe, wie sie es nannte.

*

Als Bárbara ihm eröffnete, dass sie schwanger war, bezweifelte er jedoch, je zuvor echte Hyperexitation erlebt zu haben. Der Herzschlag und der Sog im Magen, den er nun fühlte, waren wesentlich heftiger als bei den anderen Malen. Eher panisch als lebensbejahend. Als würde sein Herz mit jedem Schlag eine Portion Sauerstoff aus der Luft saugen und ihm den Atem nehmen.

Ob das die echte Hyperexitation war? Dass es Bárbara ähnlich ging, half ein wenig.

Sie hatte ihm die Neuigkeit überbracht, als er gerade den letzten Rest fettperlende Tomatensoße mit einem Stück Brot vom Teller gewischt hatte. Am Anfang hatten sie ihre Mahlzeiten meist zusammen mit Víctor und Alexander im Speisesaal zu sich genommen, aber seit die Afrikaner dazugekommen waren, aßen sie häufiger auf ihren Zimmern, während einer der kleinen Fernseher lief, die Víctor in den Achtzigerjahren in allen Zimmern aufgehängt hatte – nicht mit einer Wandhalterung, wie es jeder normale Mensch getan hätte, sondern mit zwei Schnüren, die an Haken in der Decke hingen.

Bárbara hatte zunächst sehr gefasst gewirkt, doch später lief sie nervös zwischen Schreibtisch und Fenster hin und her. Wie einer ihrer Schneeleoparden in einem zu kleinen Käfig.

»Meine Mutter bringt mich um«, sagte sie und drückte eine weitere Zigarette in dem Aschenbecher aus, der immer auf der Fensterbank stand. »Sie wird mir den Hals herumdrehen.«

Durch das offene Fenster drangen die Geräusche des Abends: Hupen, das Stimmengewirr der Straße, Busse, die auf der Hauptstraße anhielten und wieder anfuhren. Er versuchte, die richtigen Worte zu finden, gab sich aber geschlagen.

»Und, was meinst du?«, hörte er sie fragen.

»Was?«

»Wie denkst du darüber?«

»Ich weiß es nicht.«

»Du musst doch irgendwas denken, verdammt.« Zum ersten Mal, seit er sie kannte, klang Bárbara ungeduldig. »Ich brauche ein bisschen frische Luft.«

Sie gingen in den Hof, setzten sich an den Rand des Pools und steckten die Füße ins Wasser. Es war schmutzig wie immer, aber nicht besonders kalt, obwohl es Winter war. In einem der Zimmer lief laut Ricky Martin. Alle Afrikaner hatten einen Ghettoblaster, woher auch immer.

Sie saßen dort, bis die Dämmerung zu Dunkelheit und das Wasser vor ihnen zu einem dunklen Teppich geworden war. Barbara rauchte vier Zigaretten und sah Marco verliebt von der Seite an, während sie verschiedene Szenarien besprachen.

Nicht dass sie die freie Wahl gehabt hätten. Marco wagte es, die Möglichkeit einer Abtreibung zu erwähnen, obwohl er nicht wusste, wo sie dies hätten tun können. Vielleicht hätten sie nach Portugal oder Frankreich reisen können. Bárbara sah ihn eher resigniert als wütend an.

»Wenn wir das täten, würde meine Mutter mich nicht nur einfach umbringen. Sie würde mich in den Keller sperren und den Schlüssel ins Meer werfen, glaub mir.«

Marco hätte alles dafür gegeben, dass sein Vater in dieser Situation neben ihm gesessen und die Füße ins Wasser gesteckt hätte. Dann hätte er von seiner eigenen Erfahrung als junger Vater erzählen können. Aber von dieser Seite war nichts zu erwarten, weder gute Ratschläge noch Schulterklopfen.

Schließlich ging Bárbara das einzig mögliche Szenario durch: Was würde geschehen, wenn sie auf ihre Ängste und Vorurteile pfiffen und das Kind einfach bekamen? Wenn sie es allen so schnell wie möglich erzählten, damit es keinen Weg zurück gab. Wenn sie jetzt schon einen Kinderwagen, eine Wiege und alles andere kaufen würden.

»Je schneller wir uns an den Gedanken gewöhnen, desto

eher freuen wir uns darauf.« In Marcos Ohren klang dies, als wäre die Entscheidung gefallen. Er musste zugeben, dass es nicht dumm klang.

»Wir haben doch schon ausprobiert zusammenzuleben, ist das etwa nicht gut gegangen? Dieses Mal überspringen wir die Probezeit und stürzen uns direkt hinein. Ganz im Ernst.«

Barbara legte sich auf die Fliesen und starrte in den Nachthimmel.

Ja, warum nicht?, dachte Marco und legte sich neben sie.

*

Marcos Herzklopfen gab sich in den darauffolgenden Monaten, aber den Sog im Magen wurde er nicht los. Irgendetwas stimmte nicht.

Obwohl die Welt Marco Angst machte, lockte sie ihn auch. Mit wohlbekannten Stimmen aus allen Ecken, die seinen Nachtschlaf störten, seine Tagträume und die Augenblicke mit Bárbara. Estebans Stimme, die durch Abwesenheit glänzte, als er ihren Rat gebraucht hätte, war plötzlich überall, ebenso Eddies und sogar Víctors. Alle drei flüsterten eindringlich auf ihn ein, fragten ihn, ob es wirklich eine gute Idee sei, Vater zu werden. Ob Bárbara wirklich die Frau war, mit der er den Rest seines Lebens verbringen wollte? Ob er sicher sei, dass er nicht doch noch Eisberge kalben und Buenos Aires' Jacarandabäume blühen sehen oder die Hörner der Fähren auf dem Bosporus hören wollte? Ob er zufrieden mit dem war, was er bisher in seinem Leben erreicht hatte, weil es »von nun an nur noch abwärts geht«, wie eine besonders spöttische Variante von Estebans Stimme ihm morgens im Bad einflüsterte.

Mehrmals war Marco kurz davor, in das nächste Flugzeug zu steigen, das Málaga verließ. Er war, wie ihm plötzlich klar wurde, das einzige männliche Mitglied der Familie de la Vega, das keine Kaimane in den Sümpfen von Paraguay gejagt und nie den Sternenhimmel über den Hochebenen der Anden gesehen hatte. Nie hatte er mit einem weltberühmten Revoluzzer auf einem peruanischen Flussdampfer Mate getrunken, in der Brandung von Ipanema gebadet, das Meeresleuchten in der Andamanensee gesehen oder vier Wochen auf einem Stück Treibholz überlebt. Auch hatte er nie jemandem aus der Hand gelesen oder sich auf einem rumänischen Heuboden vor dem Vernichtungszug der Nazis versteckt.

Er war nicht einmal Manns genug, um seinen verschwundenen Vater zu suchen. Diese Aufgabe hatte er seinem kleinen Bruder überlassen, dem wahren Helden, der nun selbst irgendwo zwischen Manila und Papeete verschwunden war.

Marco hatte ein paar zaghafte, vergebliche Versuche gestartet, Esteban zu finden. Seine allererste Online-Suche nach dem Namen seines Vaters hatte nichts ergeben. Später hatte er es bei der Meldebehörde versucht, in den Reedereien von Algeciras nachgeforscht und seine Mutter ausgefragt, aber auch sie wusste nichts.

Insgeheim hoffte Marco, dass sein Bruder die Suche aufgeben und heimkommen würde, damit sie ihr Leben weiterleben konnten, aber Eddie war nicht zu erreichen. Ein Ansagedienst informierte ihn auf Französisch und in einer anderen Sprache, die er nicht kannte, dass die Nummer nicht erreichbar sei.

Alles, was er in letzter Zeit von Eddie bekommen hatte, war eine sehr kurze Mail, in der er schrieb, er sei auf eine Frau aus Papeete gestoßen, die vor zehn Jahren mit einem Esteban gearbeitet hatte, auf den die Beschreibung ihres Vaters passen könnte. Vielleicht.

»Wag es bloß nicht abzuhauen«, hatte Bárbara eines Tages mit einem Lächeln auf den Lippen gesagt, als hätte sie seine Gedanken gelesen. Seitdem hatte sie den Satz immer wiederholt, wenn Marco seinen fernen Blick aufsetzte. *Wag es bloß nicht abzuhauen.* Das war gleichzeitig Witz und Versprechen, ein unsichtbares Band, das sie zwischen sich gesponnen hatten.

Es war hart, sich um den eigenen, nahe bevorstehenden Tod, brennende Flugzeuge, die Dunkelmänner des Nahen Ostens, seine zukünftige Rolle als Vater und nun auch noch um seinen kleinen Bruder zu sorgen. Das ist einfach zu viel, dachte Marco und spürte eine Woge von Selbstmitleid.

Zu viel für einen zwanzigjährigen Träumer ohne Vater.

*

Außer der Vaterrolle und seinem verschwundenen Bruder hatte Marco noch andere, unmittelbare Sorgen.

Sein Roman, zum Beispiel. Seit er erfahren hatte, dass Bárbara schwanger war, hatte er kein Wort mehr daran geschrieben. Er war mitten auf einer Seite stecken geblieben, die Worte flossen nicht mehr, wie sehr er sich auch anstrengte.

Schuld daran war jedoch nicht nur die Schwangerschaft. In Wirklichkeit hatte Marco de la Vegas erste Schreibblockade an dem Tag begonnen, als er die Kolumne gelesen hatte, auf die Eddie hingewiesen hatte. Seitdem bezweifelte er, dass sein Roman über Víctor de la Vega je fertig werden würde.

Die bisherigen Kapitel spielten in der argentinischen Pampa, im peruanischen Dschungel, im Südlichen Eismeer und im Hafenviertel von Málaga, aber Marco war sich nicht sicher, ob er eine Biografie oder die größte Räubergeschichte aller Zeiten schrieb.

Die Wahrheit war eine Fata Morgana, wie es die Hauptfigur des Buches einmal ausdrückte, man sah immer nur, was man sehen wollte. Früher war dies kein Problem für Marco gewesen, aber nun war alles anders.

Allem voran fehlte ihm ein Anfang. Den hatte er seinem Großvater nie entlocken können. Er kannte eine Menge Details und Anekdoten: eine Eukalyptusallee, deren Blätter im Wind raschelten, Aasgeier, die Fleischstücke aus einem toten Kalb rissen, Morgenbäder im Río de la Plata und üppige Bauwerke in Buenos Aires, aber nie die ganze Geschichte.

Nun hatte eine unbekannte argentinische Großnichte die Geschichte eines jungen Mannes aufgedeckt, der in eine der reichsten Familien Argentinien hineingeboren worden war und trotzdem seiner Familie den Rücken kehrte.

Vierzig Jahre später hatte Esteban dasselbe getan. Und seit einiger Zeit spürte Marco immer wieder unsichtbare Hände, die ihn auf denselben Pfad stoßen wollten.

Er dachte an die Worte, die sein Großvater zu ihm gesagt hatte, kurz nachdem Samuel ins Hotel gekommen war. Marco und Víctor waren zum Friedhof gegangen, um nach Sofías und Félix' Gräbern zu sehen. Während Víctor einen Strauß rosa Begonien an Sofías Grabstein und eine neue Kerze in die Laterne stellte, hatte er gemurmelt, dass es im Leben jedes Menschen Situationen gab, in denen man sich entscheiden musste, ob man als Held oder als Feigling in Erinnerung bleiben wollte.

Er hatte es als verwirrte Äußerung seines Großvaters abgetan. Auch noch, als er eine Woche später zum ersten Mal ohne

Licht und mit zwei Afrikanern auf dem Rücksitz von der Küste wegfuhr.

Trotzdem wollte er seinen Roman unbedingt vollenden. Nicht nur für sich selbst, auch für seinen Großvater. Vielleicht wäre die Geschichte wenigstens hilfreich für die Verteidigung, falls Víctor sich irgendwann vor Gericht dafür verantworten musste, dass er mit seinem Zigeunerfreund und seinem Enkel illegale Flüchtlinge auflas und in seinem Hotel beherbergte. Vielleicht würde der Richter ihn dann besser verstehen.

Marco beschloss, seinem Großvater eine letzte Chance zu geben. Er wollte ihn von den Zeppelinzeichnungen und dem verschlossenen Zimmer loseisen und mit ihm zur Burgruine auf den Monte Gibralfaro fahren. Dort, unter den Zypressen, hatten Víctor und Sofía heimlich ihre Zukunft geplant, als sie jung und frisch verliebt waren. Dort wollte Marco versuchen, das Gedächtnis seines Großvaters wiederzuerwecken.

Wenige Nachmittage später fuhr er im Toyota zum Haus seiner Mutter. Laura war auf der Arbeit, aber er hatte noch einen Schlüssel. Er fand seinen Großvater in seinem Zimmer und bugsierte ihn ins Auto.

Marco war überrascht, dass seine Mutter und ihr Vater sich nicht längst an die Gurgel gegangen waren. Als Laura ihm erzählte, dass Víctor bei ihr eingezogen war, musste er unwillkürlich an Bárbaras Anekdote über eine Löwenherde im Zoo denken, in der die Weibchen sich gegen den neuen Alphalöwen, einen Neuzugang, zusammengerottet hatten. Als er einen Augenblick lang unaufmerksam war, schlichen sie sich an und bissen ihm die Kehle durch. Seitdem hatte Marco darauf gewartet, dass seine Mutter dasselbe mit ihrem Vater tun würde.

Bei der Burgruine parkte Marco das Auto und führte seinen Großvater zu einem Zypressenhain, von dem sie die Stadt und das Meer überblicken konnten. Direkt unter ihnen lag die Stierkampfarena.

»Erinnerst du dich an diesen Ort?«, fragte Marco nach einer Weile.

»Ja. Hier haben wir die Briefe geschrieben.«

»Du und Großmutter?«

»Ich und Laura«, sagte er und schüttelte den Kopf. Marco dachte, er würde die Namen verwechseln.

»Wann war das?«

»Das weiß ich nicht mehr.«

Marco schüttelte den Kopf über seine eigene Dummheit. Jemanden, der vergaß, sein Frühstück fertig zu essen, nach Jahreszahlen zu fragen, war bestimmt keine kluge Strategie. Er nahm sich vor zu fragen, als wäre Víctor ein kleines Kind.

»Ich glaube, von hier kann man sehen, wo du auf deiner Zedernholzplanke angeschwemmt wurdest«, sagte Marco und zeigte nach Süden hinter das grüne Rechteck des Paseo del Parque, das Kreuzfahrtschiff, das am Kai lag, die Kräne des Industriehafens und die Vororte, wo grüne Hügel direkt ins Meer abfielen. »Irgendwo dort unten muss es sein, hinter der Landzunge.«

Die Augen seines Großvaters folgten Marcos Finger.

»Woher kam dein Schiff?«

»Von Süden. Aus dem Eismeer. Ich war Walfänger. Ich fing Wale mit dem Harpunier.«

»Wer war der Harpunier?«

»Ein Verrückter. Er hat auf sie gepisst. Er hat auf alle gepisst.«

»Warum bist du Walfänger geworden?« Marco schrieb sich

den Namen *Harpunier* hinter die Ohren, nach ihm musste er ein anderes Mal fragen.

»Ich brachte ihnen Glück. Sagten sie.«

»Wer?«

»Alle anderen. Die Walfänger.«

»Aber warum hattest du Argentinien verlassen?«

Víctor sah ihn an. »Weil ich Unglück brachte. Erinnerst du dich nicht? Ich war ein Unglücksvogel. Ich ...«, sagte er und hielt inne.

»Was?«

Er schüttelte den Kopf und brummte in den Bart: »Egal. Ich kann mich nicht erinnern.«

»Warum bist du nie nach Argentinien zurückgekehrt?«

»Das werde ich tun. Bald. Bald gehe ich zurück, ja.« Sein Blick wurde fern.

»Ich werde dir dabei helfen. Aber warum bist du nicht schon früher dorthin zurückgekehrt?«

»Du und deine vielen Fragen!«, knurrte Víctor und stand auf. »Lass mich in Ruhe. Lasst mich doch alle in Ruhe.« Er versuchte, sich von Marco loszureißen, der ihn festhielt und sanft auf die Bank drückte.

»Jetzt sitzen wir einfach nur hier und genießen die Aussicht. Ich lasse dich in Ruhe.«

Er gab ihm ein paar Minuten, dann versuchte er es erneut.

»Was waren das für Briefe, die du und Großmutter geschrieben habt?« Víctor stützte das Kinn auf die Hände, die sich um den Stockknauf schlossen. Er drehte den Kopf und sah Marco fragend an.

»Du hast gesagt, dass du und Großmutter hier oben gesessen und Briefe geschrieben habt. An wen habt ihr geschrieben? Heim nach Argentinien?«

Víctor stützte das Kinn wieder auf den Handrücken. Die Frage schien ihn nicht sonderlich zu interessieren.

»Nicht deine Großmutter«, sagte er schließlich. »Laura.«

»Laura? Aber welche Briefe?«

»Na die Briefe von ihm da. Esteban. Hier haben wir sie geschrieben.«

»Von Esteban? Meinem Vater?«

Víctor sah ihn an, als müsse er sich vergewissern, wer da neben ihm saß.

»Esteban, ja. Seine Briefe haben wir geschrieben. Wir haben es den Kindern nie gesagt.«

Marco fuhr ihn nach Hause, innerlich aufgewühlt. Was sein Großvater gesagt hatte, ergab keinen Sinn. Oder doch?

Er kannte die Briefe seines Vaters auswendig, und eine Sache hatte ihn schon länger gewundert. Erst als er wieder im Hotel war, den Ordner aus dem Regal gezogen und alle Briefe noch einmal gelesen hatte, insbesondere Nummer sechs und sieben, wusste er, was sein Großvater meinte.

Kurz darauf spürte er, wie die Hyperexitation sich seines Körpers bemächtigte. Diesmal war es die echte Variante, die ein Okapi töten konnte.

Málaga, 2004

Lügen

Laura sah ihren ältesten Sohn aus dem Haus stürzen und hörte ihn Schwüre ausstoßen, dass er nie wieder einen Fuß über ihre Schwelle setzen würde. Er hatte allen Grund dazu, das musste sie zugeben.

Nur eine wirklich schlechte Mutter gestand ihrem Sohn, dass sein verschwundener Vater sich nicht auf einer polynesischen Vanilleplantage versteckte, wie sie ihm vorgegaukelt hatte, und setzte noch obendrauf, dass er ein Trunkenbold war, und im Übrigen gerade aus dem Gefängnis entlassen.

Aber was sollte sie tun? Marco war mit den Briefen eines Toten zu ihr gekommen. Er hatte einen Beweis nach dem anderen vorgelegt: die sparsamen Zeilen im sechsten Brief, die in den folgenden Briefen plötzlich zu ausführlichen Reportagen anschwollen. Die mysteriöse Verwandlung der Handschrift. Víctor, der sich auf dem Monte Gibralfaro offenbar verplappert hatte.

Laura blieb keine Wahl, als sich in allen Anklagepunkten schuldig zu bekennen. Dass sie seit Längerem einen Zettel mit Estebans aktueller Adresse in der Tasche trug, weil sie Marco die Wahrheit hatte sagen wollen, gab ihr keine mildernden Umstände.

»Ja«, hörte sie sich sagen. »Ja, ich und Großvater haben die letzten Briefe geschrieben. Esteban hörte auf zu schreiben, deshalb taten wir es für ihn. Und ja, es war schrecklich von uns. Es sollten nur ein oder zwei Briefe werden, um die Sache zu Ende zu bringen und um des lieben Friedens willen. Ich wollte einen Brief schreiben, in dem Esteban erklärt, warum er uns verlassen hat, aber ich konnte keinen richtigen Schluss finden. Ihr habt euch jedes Mal so gefreut, wenn ein Brief kam, erinnerst du dich? Ihr habt ihn euch laut vorgelesen und wart glücklich. Da war es leichter, die Lüge aufrechtzuhalten.«

»Und du fandest das nicht verkehrt?«

»So vieles war verkehrt. Es war genauso verkehrt, dass Esteban uns verlassen hat und nichts mehr mit uns zu tun haben wollte. Wir wollten euch nur den Vater geben, den ihr brauchtet. Ein romantisches Glanzbild und nicht den Schuft, der er war. Es war die Idee deines Großvaters.«

»Jetzt schieben wir also die Schuld auf ihn wie immer? Und du bist unschuldig?«

»Natürlich nicht.« Sie klang mehr beleidigt als entschuldigend. »Es war meine Entscheidung. Deinen Großvater trifft keine Schuld.«

Laura hatte eingesehen, wie wichtig es war, eine ordentliche Verteidigung zu führen.

»Aber du sollst verstehen, warum ich es getan habe. Er war ein schlechter Vater, Marco. Kannst du dich nicht erinnern? Er war nie da, wenn wir ihn brauchten, hat euch nie viel Aufmerksamkeit geschenkt.«

»Das passt nicht zusammen.«

»Doch, so war es.«

»In meiner Erinnerung war er immer da.«

»So erinnerst du dich, aber so war es nicht. Esteban hatte seine guten Seiten, aber es ist eine Tatsache, dass er ein schlechter Vater war. Nenn mich ruhig eine schlechte Mutter, weil ich so über den Vater meiner Kinder rede, aber es ist die nackte Wahrheit. Eure Erinnerung ist eine andere, weil ihr euch an den Vater erinnert, den ich euch durch die Briefe gegeben habe.«

Marco legte das Ringbuch zur Seite und rieb sich die Augen. Sie saßen lange schweigend am Esstisch. Eigentlich wollte sie die Gelegenheit ergreifen, um ihm den Zettel mit Estebans Adresse zu geben, damit er Eddie sagen konnte, er könne nach Hause kommen. Stattdessen fuhr sie fort.

»Und er hat getrunken.« Laura war selbst überrascht, dass sie dies sagte, aber nun war es draußen.

»Hör auf, Mutter.«

»Er *hat getrunken.*«

Marco hob abwehrend die Hände. »Das ist mir egal. Wo ist er jetzt?«

Die Antwort auf diese Frage hatte Laura lange überlegt. Sie hatte mit sich selbst Rat geführt, ob es in Ordnung wäre, erneut zu lügen, wenn man auf der Anklagebank saß, solange es einem guten Zweck diente, doch dann hatte sie sich für die Wahrheit entschieden.

»Er ist gerade aus dem Gefängnis entlassen worden.« Ihr war auf der Stelle klar, dass sie etwas ganz anderes hätte sagen sollen.

Marco rollte mit den Augen, stand auf und verließ das Haus. Seitdem hatte sie nichts mehr von ihm gehört.

*

Der Mythos von Esteban, dem großen Abenteurer, war eines Morgens vor über zwanzig Jahren entstanden. Laura und Víctor waren zwischen den Zypressen des Monte Gibralfaro umherspaziert und hatten zugesehen, wie die Sonne den Morgennebel über dem Meer auflöste.

Das war gut anderthalb Jahre, nachdem Laura von der Arbeit heimgekommen war und festgestellt hatte, dass Esteban verschwunden war. Er hatte nichts als einen Brief auf dem Kopfkissen hinterlassen, wie in einem schlechten Film.

Laura war das letzte Jahr wie in einer Wäschetrommel durch alle Gefühlsregister gewirbelt worden. Zorn, Ohnmacht, Schuldgefühl, Sehnsucht, Trauer. Am Ende jedoch war sie mit einem Gefühl der Erleichterung aus der Trommel herausgekrochen. Sie war froh, dass ihr vierzig bis fünfzig weitere Jahre im selben Trott erspart geblieben waren.

Dann brach der ohnehin seltene Briefwechsel mit Esteban komplett ab, und sie machte sich Sorgen um Marco und Eddie, die jeden Tag abwechselnd den Briefkasten leerten in der Hoffnung, von ihrem Vater zu hören. Laura konnte die Enttäuschung in ihren Gesichtern nicht ertragen.

Sie hatte versucht, über Estebans Onkel und Tante in Barcelona mit ihm Kontakt aufzunehmen, aber auch sie hatten nichts mehr von ihm gehört. Als alle Versuche, ihn zu finden, fehlschlugen, brach sie weinend im Wohnzimmer ihrer Eltern zusammen.

Am nächsten Morgen, noch vor Sonnenaufgang, klopfte ihr Vater an die Tür und lud sie zu einem Morgenspaziergang ein. Sie fuhren auf den Monte Gibralfaro.

»Lass mich eine Geschichte erzählen«, murmelte er. »Als ich ungefähr zwanzig war, habe ich die Tagebücher meiner Mutter gelesen. So fand ich heraus, dass meine Mutter mich nach der Geburt weggegeben hatte. Zwar hat sie mich später zurückgenommen, aber da war der Schaden schon geschehen.«

»Das hast du mir nie erzählt.«

»Nein. Ich nahm wohl an, dass es egal war. Deine Mutter weiß es.«

»Bist du deshalb damals weggelaufen?«

»Ich weiß es nicht. Vielleicht wäre ich sowieso abgehauen. Aber das ist nicht der Punkt.«

»Was ist der Punkt, Vater?«

»Wenn ich die Zeit zurückdrehen könnte, würde ich mir wünschen, nie diese Tagebücher gelesen zu haben. Sie haben mir etwas weggenommen. Das Gleiche gilt für Marco und Eddie. Sie brauchen keinen Feigling als Vater, der sie verlassen hat und ihnen nie schreibt. Vaterlose Jungen brauchen keine Wahrheit, sie brauchen einen Mythos. Den Mythos eines Vaters.« Er schluckte und atmete tief ein. »Ich finde, den sollten wir ihnen geben.«

An den Rest des Gesprächs erinnerte sich Laura weniger gut, vielleicht weil ihr Unterbewusstsein ihren Anteil an dem Plan, den sie an jenem Morgen ausheckten, verdrängte. Auf jeden Fall hatte ihr Vater vorgeschlagen, die Briefe von Esteban wieder aufzunehmen. Sie sollte sie schreiben, wie sie fand, dass sie sein sollten, *den Jungen zuliebe.* Laura hatte anfangs protestiert und das Ganze eine schlechte Idee genannt.

Nachdem Eddie wieder einmal vergeblich den Briefkasten geöffnet hatte, setzte sie sich dann doch mit Stift und Papier an den Tisch, als die Kinder schliefen. Sie wollte ihnen noch mehr Enttäuschungen ersparen. Ihr Vater leistete ihr Gesellschaft, und gemeinsam schufen sie den Mythos von Esteban. Nicht von Esteban, dem großen Schuft, sondern Esteban, dem großen Abenteurer.

Eigentlich sollten es nur ein paar Briefe werden, um Marco und Eddie die Hoffnung zu geben, dass ihr Vater irgendwann zurückkehren würde, und den Eindruck zu vermeiden, dass er die Familie schamlos im Stich gelassen hatte. Aber es wurden immer mehr. Zu viele.

Das gemeinsame Verfassen von drei bis vier Briefen pro Jahr wurde zu einer Vater-Tochter-Aktivität, wie Laura sie immer vermisst hatte. Sie dachten sich Geschichten aus, verglichen ihre Handschriften und feilten am Text. Sie hatten sich darauf geeinigt, Sofía nichts zu sagen, es sollte ihr Geheimnis bleiben.

Kurz vor ihrem Tod hatte Sofía ihr von Sebastián erzählt, der nicht aus dem Bürgerkrieg zurückgekehrt war. Und von der Lebenslüge, die der Rest der Familie vor Sofía aufrechterhalten hatte.

»Ich glaube, in Wirklichkeit bin ich froh, dass sie gelogen haben. Ich würde sie gern dafür hassen, aber ich kann es nicht. All die Jahre haben sie mir Hoffnung gegeben, obwohl ihre eigene längst erloschen war. Sie gaben mir den Glauben an Wunder«, hatte sie gesagt.

Laura hatte innerlich gehofft, dass ihre Kinder ihr ebenfalls vergeben würden, wenn sie ihre Lüge je entdeckten.

*

In den fünfzehn Jahren hatte Laura Esteban zweimal gesehen. Beim ersten Mal war er wieder abgehauen, beim zweiten Mal konnte er nicht.

Das erste Mal war wenige Monate nach Sofías Tod. Mitten in der Arbeitszeit hatte Esteban sie völlig unerwartet angerufen. Er sei in der Nähe, in Algeciras, auf der anderen Seite der Bucht von Gibraltar. Ob sie sich nicht in einer Stunde treffen könnten?

Zu diesem Zeitpunkt hatte sie seit über einem Jahr nichts von ihm gehört und ihn seit zwei Jahren nicht gesehen. Am liebsten hätte sie den Hörer aufgeknallt und hatte doch Ja gesagt. Sie trug ein rasches Make-up auf, bürstete sich die Haare und lächelte probeweise in den Spiegel.

Sie trafen sich in einer Raststätte zwischen San Rogue und Estepona mit Aussicht auf Kakteen, Hochspannungsleitungen und Autos, die auf der A7 vorbeidröhnten. Esteban wartete an einem abgeschirmten Tisch auf sie. Wie er dorthin gekommen war, fand sie nicht heraus.

Laura hatte sich oft gefragt, wie Esteban aussehen würde, wenn sie ihn je wiedertraf. Nun konnte sie feststellen, dass ihre Erwartungen in etwa der Realität entsprachen.

Sein Siebzigerjahrebart war weg, das dichte Haar war glatt zurückgekämmt. Er trug zerschlissene Jeans, ein weißes T-Shirt mit dem Logo von Depeche Mode und eine schwarze Lederjacke. Er sah aus wie ein beliebiger Gast, aber das war er nicht. Er war Lauras davongelaufener Ehemann, und sie hatte keine Ahnung, was sie ihm sagen sollte.

Vor ihm standen ein halb leeres Glas Bier und ein Teller mit Pommes-frites-Resten. Er schien schon eine Weile dort zu sein. Als er sie erblickte, nahm er das Streichholz, auf dem er kaute, aus dem Mund und glättete seine Jacke, aber er stand nicht auf.

Laura setzte sich ihm gegenüber. »Hallo«, sagte sie.

»Hallo.«

Sein Tonfall verriet nichts, weder Freude noch Angst oder Nervosität. Am ehesten Letzteres, denn sein Blick schweifte ständig umher, und seine Hände spielten mit dem Glas. Er sah aus wie jemand, der etwas sagen will, es aber nicht übers Herz bringt.

Auf dem Weg hatte Laura beschlossen, ihn nur das Nötigste sagen zu lassen, was immer er wollte. Fünf Minuten, nicht mehr. Trotzdem saß sie lange dort und betrachtete Esteban, der mit seinem Glas spielte, sich übers Kinn strich und mit einer Plastikgabel in einem Ketchuprest rührte.

»Du musst schon anfangen, Esteban«, sagte Laura schließlich und versuchte, so selbstsicher wie möglich zu klingen.

»Ja, also«, begann er. »Ich war in Algeciras, und äh ... da dachte ich, dass ich dich anrufen sollte.«

»Wirklich?«

»Mm.«

Erst jetzt fiel Laura auf, wie glatt rasiert er war. Sein Hals und seine Wangen, die früher ein wildes Gebüsch waren, waren glatt wie ein Babypopo. Er musste sich frisch rasiert haben, und gründlich.

»Wie geht es den Jungen?«

»Gut.«

»Hast du ihnen etwas gesagt?«

»Nein. Sollte ich das?«

Er spielte wieder mit seinem Glas. »Ich weiß nicht.« Dann leerte er das Glas, stellte es auf den Tisch, ließ es aber nicht los. »Scheiß drauf«, murmelte er und sah ihr zum ersten Mal in die Augen. »Laura, verdammt, ich hatte einfach Lust, dich anzurufen. Das tut man doch so, oder?«

Laura lächelte gequält und klopfte mit den Fingerspitzen auf das rote Laminat der Tischplatte. »Seit wann tust du, was man von dir erwartet, Esteban?«

»Wenn man seine Kinder vermisst ... Ich könnte mir vorstellen, sie zu sehen.«

»Du könntest es dir *vorstellen*?«

»Hör auf. Glaubst du, das ist leicht für mich?«

»Nein, das glaube ich nicht. Keiner von uns hat es leicht gehabt, besonders die Jungen nicht.« Das Selbstmitleid in Estebans Stimme weckte ihre Kampflust.

Er antwortete nicht, fischte stattdessen die letzten durchweichten Pommes vom Teller und steckte sie in den Mund.

An der Tankstelle gaben die Autos Gas. Ein fetter Mann stand vor ihrem Fenster, stopfte sich Chips in den Mund und blätterte in einer Zeitung.

»Wo warst du eigentlich, Esteban? Bist du zwei Jahre zur See gefahren?«

Er wischte sich den Mund ab. »Unter anderem. Aber das ist schon eine Weile her.«

»Und was hast du danach gemacht?« Laura sah es vor sich, wie der naive, gutgläubige Esteban mit seinen deutschen Hippiefreunden im VW-Bus palettenweise Hasch von Nordafrika nach Europa schmuggelte. Vielleicht erklärte dies das gepflegte Gesicht, vielleicht wollte er wie ein Durchschnittstourist auf der Fähre zwischen Algeciras und Tanger aussehen. Wie viele Dreißigjährige liefen schon in einem Depeche Mode T-Shirt herum, wenn es nicht Teil einer Verkleidung war?

»Alles Mögliche. Spielt das eine Rolle? Ich würde gern meine Jungen sehen, das ist das Wichtigste.«

»Jetzt hast du also plötzlich entschieden, dass du sie wiedersehen willst? Oder überlegst du noch?«

»Natürlich will ich sie sehen.« Zum ersten Mal klang Esteban beleidigt. »Aber das ist wohl nicht so einfach, oder? Ich meine, ich war so lange weg, und ... äh ... Du weißt schon.«

Esteban hatte recht. So einfach war das nicht. Auch nicht für sie. Wie sollte sie Marco und Eddie erklären, dass ihr Vater doch keine Vanilleorchideen am Ende der Welt bestäubte, sondern hundert Kilometer entfernt in einer Raststätte saß und Pommes aß.

»Wenn du glaubst, dass ich dich jetzt einfach mitnehme, irrst du dich«, sagte Laura und beschloss, ihm trotzdem etwas entgegenzukommen. Sie streckte den Arm über den Tisch und drückte seinen Unterarm. »Ich brauche Zeit, Esteban, und die Jungen auch. Und ich brauche eine Garantie, dass du nicht gleich wieder abhaust. Es ist mir wirklich egal, ob du eine neue Frau und eine neue Familie gefunden hast, wegen mir brauchst du dir keine Umstände zu machen, aber wenn du wieder in das Leben der Jungen eintrittst, dann bleibst du verdammt noch mal dort. Sie sollen nicht noch einmal erleben, dass ihr Vater abhaut!«

Esteban zeigte keine Reaktion. Er bohrte den Blick in das rote Laminat, Laura ließ ihre Hand auf seinem Unterarm. Sie erzählte von Marco, der viel besser lesen konnte als alle anderen in seiner Klasse, und Eddie, der das Temperament seines Großvaters geerbt hatte und einen unverhofft anschrie, um im nächsten Augenblick wieder ganz ruhig zu sein. Von den Briefen sagte Laura nichts, das musste warten. Außerdem berichtete sie von Sofías Tod.

»Sie freuen sich alle, dich wiederzusehen, Esteban«, sagte sie, bereute es aber im selben Moment. Bei dem Wort *alle* zuckten seine Augenbrauen.

»Hassen die Jungen mich?«

»Nein. Nur ich.«

Er ignorierte ihr Lächeln. »Ich weiß nicht, was ich ihnen sagen soll.« Er griff nach seinem Glas, als hätte er vergessen, dass es leer war. »Es ist so viel geschehen.«

»Da finden wir schon eine Lösung. Wenn du es willst. Willst du es, Esteban?«

Er nickte. »Ja, verdammt. Natürlich will ich das.« Er klopfte auf seine Jackentasche und sagte: »Warte einen Augenblick. Ich muss auf die Toilette.«

Er ging durch die Schwingtür und ließ Laura allein. Sie wusste nicht, ob sie überhaupt wollte, dass er mit ihr zurückkam, und was sie den Jungen sagen sollte. Vielleicht würde ihrem Vater eine gute Lüge einfallen, die sie unbeschadet von der anderen Lüge befreien könnte. Vielleicht sollte sie sich auch schnell ins Auto setzen und heimfahren, ehe er von der Toilette zurückkam, und hoffen, dass er sich nie wieder meldete.

Nach einer Weile wurde ihr warm. Die Sonne war zwischen den Wolken hervorgebrochen und brannte auf das große Fenster. Sie beschloss, draußen auf Esteban zu warten.

Später nannte sie es weibliche Intuition, aber in dem Augenblick wusste sie nicht, warum sie ein paar Schritte von der Cafeteria wegtrat, sodass sie um die Ecke schauen konnte, wo die Toiletten waren. Eigentlich betrachtete sie die Hochspannungsmasten, die neben der Autobahn aus der Erde ragten und bis zum Horizont verliefen, als sie im Augenwinkel eine Gestalt in einer Lederjacke erblickte, die mühsam aus dem Toilettenfenster auf den Asphalt kletterte. Sie drehte den Kopf und sah, dass es Esteban war, der mit langen Schritten von der Raststätte weglief. Erst als er im Gebüsch hinter dem Rastplatz verschwunden war, dachte sie, dass sie ihm eigentlich hinterherlaufen und Vernunft einprügeln sollte. In Wirklichkeit jedoch war sie erleichtert.

*

Das nächste Mal, als Laura Esteban sah, saß er in einem Gefängnis bei Madrid. Ein Jahrzehnt war vergangen, seit er auf dem Rastplatz davongelaufen war, und Laura fragte sich, ob er die ganze Zeit auf der Flucht gewesen war.

Es war 2002, ein Jahr zuvor. Inzwischen war Esteban zu einem so unbedeutenden Teil ihres Daseins reduziert, dass sie nur mit den Schultern zucken konnte, als sie hörte, dass er im Gefängnis saß. Es war keine Überraschung, Laura hatte immer gedacht, dass Esteban an der Welt scheitern würde, und nicht umgekehrt.

Trotzdem hatte sie gelesen, wofür er saß. Sechs Monate ohne Bewährung wegen Eigentumsschwindel. Etwas mit Ferienhausgrundstücken in Alicante, die er ohne Baugenehmigung teuer verkauft hatte. Etwas mit einem falschen Anwalt und einer Firma, die zwangsaufgelöst wurde. Die Käufer hatten Millionen als Depositum eingezahlt und die Firma angeklagt, als sich herausstellte, dass sie keinen Stein auf den andern setzen durften.

Kurz vor dem Ende seiner Haftzeit schrieb er Laura, dass er sie gerne sehen wollte. Ihr erster Gedanke war abzulehnen, trotzdem nahm sie eine Woche später den Zug nach Madrid. Unter den gegebenen Umständen konnte er wenigstens nicht vor ihr weglaufen.

Die Höflichkeitsphrasen kamen ebenso ungeschickt wie zehn Jahre zuvor in der Raststätte. Zwei kurze *Hallo* und Augen, die nervös umherblickten. Laura hatte erwartet, dass sie durch eine gepanzerte Scheibe mit Esteban reden würde, wie im Film, aber sie hatten einen Tisch in einem großen Raum mit vielen Besuchern zugewiesen bekommen.

Sein Bart war gewachsen, aber immer noch kürzer als früher. Dafür war sein Haar nun kurz, fast rasiert. Er sah immer noch jung aus, aber die Jahre waren nicht spurlos an ihm vorübergegangen. Sein Gesicht war fülliger und der Bart teilweise grau.

Er erzählte ihr, dass er wieder geheiratet und zwei Kinder habe. Sie waren drei und fünf Jahre alt, ein Junge und ein Mädchen.

»Und diesmal bin ich ein besserer Vater – falls das etwas bedeutet«, sagte Esteban. Er musste das sarkastische Lächeln auf Lauras Lippen bemerkt haben, denn er fügte rasch hinzu: »Ja, ich weiß, das ist nicht sehr überzeugend, wenn ich hier sitze. Aber ich *bin* ein guter Vater, jedenfalls meistens.«

»Marco und Eddie glauben, dass du in Polynesien Vanille züchtest«, rutschte es Laura heraus, als hätte die Lüge all die Jahre hinter ihren Lippen darauf gewartet, ans Licht zu kommen.

»Vater und ich haben deine Briefe übernommen, als du aufgehört hast zu schreiben.« Laura lächelte schief. »Du würdest kaum glauben, wo ich dich in all den Jahren hingeschickt habe. Singapur. Philippinen. Fidschi. Am Ende bist du in Polynesien gelandet.«

»Ich muss schon sagen ... Wenigstens hast du mich nicht irgendwo ertrinken lassen.«

»Die Versuchung war groß.«

»Das ist bestimmt besser, als wenn sie wüssten, dass ich im Gefängnis sitze. Ich habe schon zwei Kinder, die sich für ihren Vater schämen.«

»Ich glaube nicht, dass Kinder sich für ihre Eltern schämen. Ich glaube, sie haben nur Angst, wie sie zu enden.«

»Nicht alle Eltern sitzen wegen Eigentumsschwindel im Knast.«

»Nein, das stimmt.« Laura beugte sich vor und sah ihm in

die Augen. Diesmal wich er ihr nicht aus. »Aber verdammt, Esteban, *warum* hast du das getan?«

Er zuckte mit den Schultern. »Weil es leicht war. Weil ich Geld brauchte.«

»Nein, nicht das. Warum bist du damals abgehauen?«

»Aus demselben Grund. Weil es einfacher war, als zu bleiben.«

»Es war leichter abzuhauen, als zu bleiben und zu kämpfen, meinst du?«

»Ja, ungefähr.«

»Ach so. Dann herzlichen Dank.«

Esteban schnaubte. »Du hast es mir ja auch nicht gerade einfach gemacht.«

»Wie meinst du das?«

»Mit dir zu leben, war auch kein Zuckerschlecken. Jedenfalls nicht am Ende. Du warst immer sauer, hast immer auf mir rumgehackt. Manchmal habe ich die Küchentür abgeschlossen, damit ich deine Vorwürfe nicht mehr hören musste.«

»Das stimmt nicht!« Laura spürte, dass sie wütend wurde. »Du warst derjenige, mit dem man nicht leben konnte. Entweder hast du mit deinen deutschen Schmugglerfreunden auf irgendeinem Berg gesessen oder mit meinem Vater und einem Kasten Bier im Hof.«

»Na und? Du hast dich derweil in der Bar mit Alexander betrunken.« Estebans Lächeln machte sie noch wütender.

»Findest du nicht, dass ich das auch mal verdient hatte? Nur manchmal? Ich musste mich um dich und die kleinen Jungen kümmern, und du warst der Schwierigste von dreien. Ich habe dich wie ein rohes Ei behandelt, Esteban, ich habe alles versucht. Erinnerst du dich gar nicht?«

Er hielt abwehrend die Hände in die Höhe. »Ich sage ja

nicht, dass es nicht dein gutes Recht war, mich so zu behandeln. Ich sage nur, wie es *mir* vorkam. Du hattest dich verändert, Laura. Das rechtfertigt nicht, was ich getan habe. Ich könnte mich tausendmal entschuldigen, aber ich kann dir keine bessere Antwort geben. Ich hielt den Druck nicht mehr aus. Wenn du mich fragst, ob ich es bereue, weiß ich nicht, was ich antworten soll. Auf jeden Fall habe ich bereut, *wie* ich es getan habe, aber alles andere ...«

Esteban schwieg kurz. »Ich weiß es nicht. Vielleicht war es für alle das Beste. Du hast recht getan, mich nach Polynesien zu schicken. Dafür mache ich dir keine Vorwürfe.«

»Meinst du, es ist Zeit, dich wieder nach Hause zu schicken?«

»Nein. Jedenfalls noch nicht.«

»Hast du es jemals dorthin geschafft?«

»Nach Polynesien? Nein, ich kam nie weiter als bis zur Ostküste Afrikas. Leider. Aber vielleicht eines schönen Tages. Wenn ich von diesem schönen Ort Ausgang bekomme.«

Sie saßen eine Weile schweigend da. Laura wollte gerade aufstehen und gehen, als Esteban sich räusperte.

»War das Víctors Idee mit den Briefen?«

Laura nickte.

»Das wundert mich nicht. Wie geht es ihm?«

»Ach, wo soll ich anfangen?« Ihr Vater war das Letzte, worüber Laura mit Esteban reden wollte. »Er und Alexander wohnen noch immer im Hotel, aber ich weiß nicht, wie lange das noch gut geht. Mein Vater ist nicht mehr derselbe. Er wird dement.«

»Das tut mir leid. Ich habe deinen Vater sehr gemocht, Laura, das weißt du.«

»Tja.«

»Wirklich. Eine Zeit lang hat er mir richtig viel bedeutet. Das darfst du ihm gern sagen. Ich habe es ihm leider nie selbst gesagt.« Esteban bekam wieder den fernen Blick, den Laura zu gut kannte. Normalerweise bedeutete dies, dass man mehr Münzen in den Automaten einwerfen musste. »Er hat mir damals sehr geholfen. Es ist schwer zu erklären, aber er hat mir meine Erinnerungen wiedergegeben, verstehst du? Er half mir herauszufinden, woher ich komme und wer ich bin. Bis dahin war ich nur ein elternloser Fünfzehnjähriger gewesen, der aus einem Bunker unter einer Garage geklettert war und auf die andere Seite des Atlantiks geschickt wurde.«

Esteban befeuchtete seine Lippen.

»Es bedeutet jetzt nichts mehr, und du hast bestimmt keine Lust, es zu hören, aber er hat mir wirklich das Leben gerettet. Um ein Haar hätte er mich sogar überzeugt, bei euch zu bleiben, so sehr habe ich seine Meinung respektiert. Wenn ich ihn nicht getroffen hätte, wäre es mir viel schlimmer ergangen, ob du es glaubst oder nicht.« Esteban machte eine Pause.

»Und trotzdem ...«, fügte er hinzu.

»Was?«

»Egal, du willst das sowieso nicht hören.«

»Wenn wir schon dabei sind. Du hast alle meine Geheimnisse erfahren.«

»Weißt du, warum ich hier sitze? Dafür muss ich dir meine Rolle bei dem Geschäft erklären. Ich war nicht der Kopf des Ganzen, deshalb bin ich mit sechs Monaten davongekommen. Meine Rolle war die des Verkäufers, der die Kunden zum Anbeißen bringt.«

Laura dachte an damals, als sie Esteban kennenlernte. Damals hätte sie ihm nie zugetraut, dass er andere Menschen zu irgendetwas überreden konnte.

»Ich weiß, was du denkst. Verkaufen? Ich? Aber rate mal, wer mir dabei geholfen hat: Dein Vater.«

Laura starrte ihn verständnislos an.

»Nicht direkt, natürlich. Aber ich habe von seiner einzigartigen Fähigkeit gelernt.« Esteban lächelte und schüttelte den Kopf. »Dein Vater und seine Räubergeschichten. Hast du je herausgefunden, ob sie wahr sind? Egal, ich jedenfalls habe sie geschluckt. Wenn er erzählte, war ich hin und weg. Ein paarmal hat er mir erklärt, wie man es macht. Denk an die Details, denk an die Chronologie, sei überzeugend, auch wenn du keine Ahnung von dem hast, was du erzählst. Wenn du schon lügst, tu es sorgfältig. Du musst deine Lüge vorbereiten, sie von allen möglichen Standpunkten durchdenken. Wenn die Leute dich sympathisch finden, kannst du ihnen alles einreden, sagte er. Er behauptete, ich könne diese kleinen Tricks für alles Mögliche einsetzen: um dir zu schmeicheln, um mir einen Kredit bei der Bank zu besorgen, alles. Damals habe ich nicht groß darüber nachgedacht, aber als ich in Alicante herumlief und Grundstücke an Lehrer, Fabrikbesitzer und pensionierte Polizisten verkaufen sollte, kam es mir wieder in den Sinn. Alle seine kleinen Tricks. Ich ging zu den Grundstücken und übte, was ich sagen sollte, prägte mir die Umgebung ein und so weiter. Ich kaufte einen teuren Anzug und übte das perfekte Zahnpastalächeln. Kurz: Ich lernte zu lügen, dass sich die Balken bogen. Ohne mit der Wimper zu zucken. Es ist so leicht, Laura, du glaubst es nicht. Die ganze Küste ist ein einziger Bauplatz. Wohin du zwischen Alicante und Valencia auch schaust, siehst du entweder Betonfundamente oder fertige Wohnkomplexe mit Terrassen, Zwergpalmen und Terrakottafliesen. Und keiner ahnt, wem was gehört. Du zeigst den Kunden den Bauplatz, erzählst ihnen, dass es der letzte im

Umkreis von zwanzig Kilometern ist, zeigst ihnen die Kräne, Baustellen und Bauwagen und lässt die Umgebung deine Worte bestätigen. das war mein *Million Dollar View.*«

»Ja, Schwindler gibt es genug«, sagte Laura.

»Absolut. Aber das ist nicht die Schuld deines Vaters. Was ich getan habe, ist allein auf meinem Mist gewachsen, meine Verantwortung. Wir können doch nicht immer die Schuld auf die Generation vor uns schieben, oder?«

Laura verließ das Gefängnis mit dem Gefühl, dass sie nicht nur eine schlechte Mutter und eine schlechte Tochter, sondern auch eine schlechte Ehefrau gewesen war.

Ist das heute noch wichtig?

Mehrere Wochen vergingen, ehe Laura versuchte, mit Marco Kontakt aufzunehmen, vergeblich. Wochen, in denen er weder auf Anrufe noch auf SMS reagierte. Doch eines Abends klopfte Bárbara mit der großen Brille und dem Überbiss an ihre Tür.

»Marco will nicht mit dir reden, aber ich will es.«

Laura bat sie einzutreten und erzählte die ganze Geschichte. Dabei dachte sie öfter, dass dies ein genauso schlechtes Licht auf sie warf, wie sie befürchtet hatte. Bárbara hatte es sich auf dem Sofa bequem gemacht und hörte ihr aufmerksam zu.

»Ja, das ist eine schlimme Geschichte«, sagte Bárbara. »Und wenn ich das sagen darf, schneidest du nicht besonders gut dabei ab.«

Laura konnte sich ein Lächeln nicht verkneifen. »Nein, da hast du wohl recht.«

»Hast du versucht, Esteban zu erreichen?«

»Mehrmals. Seit ich gehört habe, dass Eddie glaubte, ihn gefunden zu haben.« Laura fühlte sich wie eine Angeklagte, die ihr Plädoyer selbst hielt. »Er wohnt in Madrid, ich habe ihn angerufen. Aber er will nichts mit uns zu tun haben. Er traut sich nicht. Wahrscheinlich weiß seine neue Frau nichts von uns, und er hat Angst, sie zu verlieren. Das kann man ihm kaum vorwerfen.«

»Nein. Aber jetzt sollst du wissen, was mein Problem ist«, sagte Bárbara und richtete sich auf. »Mein Problem, *Schwiegermutter*, ist, dass Marco davon überzeugt ist, er würde ein genauso schlechter Vater wie Esteban werden. Und das passt im Moment äußerst schlecht«, sagte sie und zeigte auf ihren Bauch. »Es wäre *verdammt* gut, wenn wir ihn gemeinsam zur Vernunft bringen könnten.«

Laura mochte ihre Schwiegertochter mit einem Mal viel mehr.

»Ganz deiner Meinung. Aber das ist ziemlich schwierig, wenn Marco nicht mit mir reden will. Deshalb wäre es *verdammt* gut, wenn du ihn dazu brächtest.«

»Gib mir Estebans Telefonnummer und Adresse. Dann kann Marco ihn aufsuchen, wenn er will, oder es bleiben lassen. Und wenn er weiß, wo er ihn findet, kann er auch Eddie auffordern, die Suche einzustellen. Ich würde meinen Schwager gern kennenlernen.«

Laura holte ihre Handtasche und zog den Zettel heraus. Bárbara nahm ihn mit einem breiten Lächeln und schob ihre Brille höher auf die Nase. »Schön. Vielleicht können wir dann bald alle mit unserem Leben weitermachen, bevor es sich zur reinsten *Soap* entwickelt.«

»Und was ist meine Rolle?«

Bárbara schnipste mit den Fingern. »Du kannst Marco den Anfang seiner Geschichte geben.«

»Aber wie soll ich das anstellen? Nicht einmal ich kenne die ganze Geschichte.«

»Rede mit Alexander. Er sagt, dass er dir helfen kann.«

*

Zwei Tage später schob Laura das schmiedeeiserne Tor auf, und was sie vorfand, erinnerte sie an das *Hotel El Che* ihrer Jugend.

Die ohrenbetäubende Stille. Das fehlende Leben. Die deutlichen Anzeichen des Verfalls im *El Che*. Leere Sodadosen lagen im Hof herum, in der Küche und im Speisesaal stand schmutziges Geschirr mit vertrockneten Essensresten. Auf dem Büfett stand eine Stereoanlage.

»Hallo?«, rief Laura, aber niemand antwortete.

Sie ging zu Marcos und Bárbaras Flügel im zweiten Stock. Sie waren nicht zu Hause, aber an der Trennwand hing ein Zettel.

Marco und Bárbara sind gerade nicht in ihren Gemächern anzutreffen. Sie dürfen gerne durch unser Schloss spazieren, vielleicht weilen wir in einem anderen Zimmer. Wenn Sie uns nicht finden, fragen Sie jederzeit einen unserer schwarzen Dienstleute. Der Butler hört auf den Namen Samuel. Ansonsten wappnen Sie sich mit Geduld. M & B

Laura ging zurück in den ersten Stock. In einer Deckenlampe leuchtete eine einsame Glühbirne, am Ende des Gangs erstarb das Licht. In diesem Teil des Hotels hatte ihr Vater die Beleuchtung vernachlässigt, dort wohnte nur Alexander.

Die Gänge kamen ihr enger vor als früher. Weniger einladend als damals, wenn sie auf ihrem Spielzeugmotorrad über den Teppichboden gerast war, oft mit Félix auf den Fersen. Damals war dies ihr Palast gewesen, mit breiten Korridoren und tausend Lampen.

Alexanders Tür am Ende des Gangs war verschlossen. Sie klopfte, aber nichts geschah. Auf halbem Weg zurück hörte sie, wie eine Tür vorsichtig hinter ihr geöffnet wurde. Ein schwarzer Kopf mit Schirmmütze schaute heraus. Es war nicht Samuel, sondern einer der anderen.

»Ich suche Alexander«, sagte Laura.

»Er ist nicht hier.«

»Wann kommt er wieder?«

»Wer weiß? Er kommt und geht, verschwindet viele Tage und kommt irgendwann wieder.« Die weißen Augen durchleuchteten sie. »Du bist die Tochter des Häuptlings, nicht wahr?«

Laura nickte, und der Mann grinste breit.

»Die anderen sagen, er hat eine sehr hübsche Tochter.« Er spitzte die Lippen. »Sie haben recht. Du kannst gerne hier auf ihn warten. *Mi casa es tu casa.*« Er schloss die Tür wieder.

Auf dem Weg zur Treppe kam Laura an Zimmer 9 vorbei. Sie stellte sich vor die verschlossene Tür, legte ein Ohr an das Holz und lauschte. In ihrer Erinnerung hörte sie die schönen, spröden Töne, das Wechselspiel zwischen Dur- und Moll-Akkorden, die Musik der Vergangenheit ihres Vaters. Laura blieb stehen, bis die Melodie verklang und die Stille des Hotels unerträglich wurde.

Aus alter Gewohnheit begann sie aufzuräumen, um die Zeit und die Stille zu füllen. Sie sammelte die verkrusteten Teller ein, trug sie in die Küche und spülte sie ab. Sie wischte die Spuren von Fettfingern und Glasränder von den Tischen und Schnapsflecken und Erdnusskrümel von der Bartheke. Draußen wurde es langsam dunkel.

Danach legte sie sich auf den Diwan im Foyer, um auf Alexander zu warten. Sie dachte an Marco. Und an Eddie. Sie hatte Marco gebeten, seinem Bruder nichts von den Briefen zu erzählen, weil sie es ihm selbst sagen wollte. Sein Handy war jedoch immer noch ausgeschaltet, und er antwortete nicht auf ihre Mails.

Sie musste beide nach Hause holen. Auf die eine oder andere Weise.

Laura erwachte beim Anblick zweier Pupillen, die sie im Halbdunkel betrachteten. Rund um die freundlichen Augen erkannte sie ein wohlbekanntes, rundes Gesicht, höchstens zwanzig Zentimeter von ihrem entfernt.

»Hallo, Laura. Was verschafft uns die Ehre?«, fragte eine ruhige Stimme, die schwach nach Alkohol roch und vor Jahrzehnten in den Gesängen ihrer Heimat das hohe D erreicht hatte.

Laura richtete sich auf, ihr Nacken war verspannt. Sie sah auf die Uhr, es war fast sieben Uhr abends. Sie hatte mehrere Stunden geschlafen.

»Ich habe lange auf dich gewartet. Deine Mitbewohner wussten nicht, wann du heimkommst.«

»Das gehört zu den Privilegien des Alters. Auch wenn man weiß, dass das Ende naht, jagt man der Zeit nicht mehr hinterher«, sagte Alexander. »Tut mir leid, dass du warten musstest, aber ich entschuldige mich nicht dafür. Was führt dich hierher?«

Er sah aus, als befürchte er schlechte Neuigkeiten.

»Jemand hat mir gesagt, du könntest mir helfen. Mit der Geschichte meines Vaters.«

»Aha, eine Höflichkeitsvisite hätte mich auch gewundert. Leider kann ich dir nicht helfen, Laura.« Er schaute auf, nickte und lächelte. »Aber zum Glück kenne ich jemanden, der es kann. Komm mit.«

Alexanders Zimmer lag im Dunkeln. Erst als er ein paar Kerzen anzündete, sah Laura, dass sich absolut nichts verändert hatte. Das Bett mit der gestreiften Matratze, die antike Weltkarte an der Wand, das Silbertablett mit den Kerzen, der Fernseher auf dem Bierkasten und der Sessel mit dem löchrigen Bezug. Alles war wie damals, als sie zum ersten Mal dort war. An der hinteren Wand standen die Gläser mit Dutzenden toter Augenpaare, die sie anstarrten.

»Du hast dich nie besonders für die Geschichten deines Vaters interessiert«, sagte Alexander.

»Kann sein. Aber jetzt tue ich es. Sie bedeuten etwas. Auf jeden Fall für Marco.«

»In dem Fall habe ich etwas für dich.« Er ging zu dem Regal mit den Gläsern und zog eine Ledermappe aus dem Dunkeln hervor. »Ich habe sie viele Jahre dort aufbewahrt. Es war ein passender Ort.«

»Was ist das?«

»Das Erbe deiner Mutter. So nannte sie es. Sie gab mir die Mappe wenige Tage vor ihrem Tod und sagte, ich solle sie aufbewahren, bis die Zeit reif sei. Wenn es so weit ist, sollte ich sie dir geben.«

»Warum all diese Geheimniskrämerei? Warum ...?«

»Lies es erst einmal, Laura, dann kannst du deine Fragen stellen.«

Auf dem Weg zurück zum Diwan blieb Laura wieder vor der Nummer 9 stehen. Und diesmal öffnete sie die Tür. Es roch modrig, trotzdem zog es sie hinein.

In der Deckenlampe war keine Glühbirne, aber sie fand eine schirmlose Tischlampe am Fenster. Sie steckte den Kontakt in die Buchse, und die Birne gab gerade genug Licht zum Lesen ab. Laura setzte sich aufs Bett und sah sich um. Sie konnte sich nicht erinnern, wann sie zuletzt in Zimmer 9 gewesen war. Zuerst ignorierte sie das Gefühl, aber nach einer Weile konnte sie sich nicht mehr beherrschen und warf einen Blick unter das Bett. Natürlich lagen keine erschrockenen Kommunisten dort. Für alle Fälle öffnete sie auch den Kleiderschrank, aus dem kein Félix heraussprang.

Sie legte sich aufs Bett. Die Federn quietschten wie gewohnt, das einzige Geräusch. Die Matratze roch schimmelig. Sie öffnete die Mappe, zog vorsichtig die Seiten heraus. Es waren viele. Alle waren mit der Maschine geschrieben, bis auf die erste. Auf ihr erkannte sie die Handschrift ihrer Mutter.

Liebe Laura
Du liest diese Zeilen, weil Alexander sein Versprechen gehalten hat. Und weil ich meines nicht gehalten habe. Vielleicht ist dein Vater schon tot, vielleicht hat Alexander entschieden, dass die Zeit reif ist. Wie auch immer, ich hoffe, dass diese Seiten dir helfen werden, deinen Vater besser zu verstehen.
Du warst immer sehr hart zu ihm, aber ich mache dir keine Vorwürfe. Allerdings kannte ich ihn besser. Wahrscheinlich besser als jeder andere. Mir hat er seine gesamte Geschichte erzählt, und ich habe ihm versprochen, sie niemandem weiterzuerzählen. Die Geschichte und die Erinnerungen gehören ihm, das habe ich vierzig Jahre lang respektiert. Ich werde sie mit ins Grab nehmen. Nun, da ich nicht mehr bin, teile ich sie trotzdem mit dir, weil ich hoffe, dass es dich und deinen Vater vielleicht miteinander versöhnt. Dann wiegt die gute Tat die Sünde auf – nach dieser Devise haben Víctor und ich immer gehandelt.
Dies ist die Geschichte deines Vaters aus seiner Sicht, wie er sie mir erzählt hat und ich sie aufgeschrieben habe. Sieh über die

umständliche Sprache und die trockenen Beschreibungen hinweg, aber die Zeit war, gelinde gesagt, nicht auf meiner Seite.
Sei geduldig, denn es ist eine lange Geschichte, aber sie ist sehr spannend.

In Liebe
Sofía

*

Laura blieb auf dem Bett liegen, als sie fertig war. Sie machte die Lampe aus und schloss die Augen. Die Mappe lag auf ihrer Brust. Sie war schwer, aber Laura mochte das Gefühl.

Erinnerungen krochen wie kleine Tiere aus den dunklen Winkeln hervor und über ihren Körper. Sie hinterließen Spuren, Geräusche, Duftmarken. Der Klang der tiefen Saiten auf der Geige ihres Vaters, die Angst vor den Monstern, die sie als Kind hinter den Wasserleitungen im Keller vermutete, der Geschmack reifer Kaktusfeigen, die sie auf dem Pfad hinter dem Schweinestall im Bergdorf gepflückt hatte, das sandige Gefühl im Mund, wenn ein Sandsturm aus der Sahara Málaga in blutroten Regen hüllte, der Geruch von Bratöl in der Küche, das Gefühl der eiskalten Fliesen, wenn man im Winter barfuß aufstand, Sex mit Esteban auf dem Boden von Zimmer 6, weil das Bett so laut quietschte, dass man es im ganzen Hotel hörte.

Auch Erinnerungen, die nicht Lauras waren, schälten sich aus dem Dunkel und verwoben sich mit ihren eigenen. Buenos Aires an einem Frühlingstag, wenn die Blütenblätter der Jacarandabäume wie violetter Schnee auf den Gehwegen liegen. Das Echo der tausend Frösche, die nach einem Regenschauer in den Straßengräben der Pampa quaken. Ein Kinderweinen, als ein kleiner Junge gegen eine Schüssel mit heißem Waschwasser tritt. Ihr Vater als junger Mann, der am Flussufer steht und den Kopf vor Scham hängen lässt, weil er Che Guevara den Rücken gekehrt hat. Ihr Vater, der sich am Ende der Welt über sein Kurzwellenradio beugt, in einer Dunkelheit, die ihn beinahe verschluckt. Der Mörder, der Nase an Nase mit dem Menschen liegt, den er gerade erdolcht hat.

Laura sah ihre Mutter in einer dunklen Kapelle vor der Jungfrau Maria knien und für das Seelenheil ihres Mannes beten, oder in einem ebenso dunklen Keller vor einer Schreibmaschine, während ihre Hauptfigur zur Melodie des Talismans durch die Nacht läuft.

Bis plötzlich von rechts ein Zeppelin ins Bild schwebte, mit allen Geistern an Bord. Er wurde langsamer, damit ihr Vater Anlauf nehmen und mit einem großen Satz an Bord springen konnte. Er erreichte die Reling und klammerte sich daran fest. Der Zeppelin flog auf die aufgehende Sonne zu, die Silhouette ihres Vaters zeichnete sich wie ein Scherenschnitt ab. Er hing einige Sekunden in der Luft, bis eine Gestalt in dem Zeppelin, vielleicht Che Guevara, vielleicht Eduardo, ihn an den Händen packte und an Bord zog. Die zwei Silhouetten verschmolzen zu einer, als die brennende Sonne den Zeppelin verschluckte. Wie das Feuer Roberto und Félix in einer anderen Erinnerung verschluckt hatte, von der sie nicht mehr wusste, ob es ihre eigene war.

Die Melodie des Talismans verklang, aber Laura blieb noch lange liegen und lauschte den Gespenstern des *Hotel El Che*.

*

Als sie in den Hof kam, bereiteten die Afrikaner ein Fest vor. Sie hatten die Stereoanlage nach draußen getragen, und ein Tisch war mit Essen gedeckt: Schalen mit Mais und Dosenchampignons, Pfannen mit gebratenem Reis, gegrillte Paprika und in Bouillon gekochte Kichererbsen.

Alexander stand mit halb vollen Schnapsflaschen hinter der Bar und mixte Drinks, die er mit Schirmchen und Palmwedeln verzierte. Er winkte Laura zu sich.

»Einen Drink, Mademoiselle?«, fragte er und reichte ihr eine seiner schaurig bunten Mischungen. Sie setzten sich und warteten, bis die Afrikaner das Essen fertig angerichtet hatten.

»Danke für den Einblick.«

»Keine Ursache. War es interessant?«

»Ja.« Laura suchte nach den richtigen Worten. »*Erhellend.* Und vieles mehr.« Sie sah Alexander an.

»Kennst du den Inhalt?«

»Ich habe so eine Ahnung.«

»Warum hast du es mir nicht schon früher gegeben?«

Alexander rührte in seinem Drink. »Weil ich fand, dass es erst heute etwas bewirken kann.«

»Marco schreibt schon so lange an seinem Buch. Du hättest ihm eine Menge Zeit ersparen können. Es steht ja alles da drin.«

»Ja, aber ich wollte, dass er die Geschichten von Víctor persönlich hört. Sofía hat zu mir gesagt, als sie mir die Mappe gab, dass sie nur für Notfälle ist. Sie hoffte, dass Víctor eines Tages selbst seine ganze Geschichte erzählen würde. Dann hätten diese Seiten immer noch die Wahrheit bezeugen können. Für den Fall, dass seine Versionen allzu sehr voneinander abweichen.«

»Trotzdem. Du hättest es mir eher sagen können.«

Sie setzten sich an den Tisch und aßen von schmutzigen Tellern. Aus den Lautsprechern schallte schreckliche Musik.

»Wie schafft ihr es, euch hier über Wasser zu halten?«, fragte Laura.

»Indem wir nach der Einwanderungsbehörde Ausschau halten und möglichst wenig Aufsehen erregen«, sagte Alexander. »Das gilt vor allem für meine afrikanischen Freunde, ich bin den Behörden egal. Ansonsten sparen wir an Luxus wie Licht und Heizung. Den Großteil unseres Geldes werfen wir jeden Monat in einen Topf, aus dem wir Lebensmittel und andere notwendige Dinge bezahlen, und hoffen, dass jeder so wenig wie möglich für sich selbst behält. Der reinste Sozialismus, wie du siehst. Das sozialistische Experiment, mit dem dein Vater vor vielen Jahren geprahlt hat. Che Guevara sitzt sicher da oben auf seiner Wolke und freut sich über uns.«

Zwei Drinks später lag Laura neben Alexander im Liegestuhl und schaute in den Nachthimmel, während die Afrikaner weiter obskure CDs auflegten oder Lieder aus ihrer Heimat sangen und dazu klatschten.

»Hat er *dir* jemals seine ganze Geschichte erzählt?«, fragte sie.

»Nein, das war nur deiner Mutter vergönnt. Ich habe Bruchstücke gehört, aber niemals alles.« Alexander versuchte, sein Glas auf dem Bauch zu balancieren, was ihm ziemlich schwer fiel.

»Ich habe meinen Vater nie richtig verstanden.«

»Was du nicht sagst.«

»Ich glaube, jetzt verstehe ich ihn besser, aber ich begreife nicht, warum er außer meiner Mutter niemandem erzählt hat, was damals geschehen ist. Wieso hat er das sein Leben lang für sich behalten?«

Alexander leerte sein Glas. »Ist das wirklich heute noch wichtig? Ändert es etwas an deinem Leben, dass er ein paar Geheimnisse hatte? Er ist wahrlich nicht der Erste in der Geschichte der Menschheit, der seinen Nächsten etwas verschwiegen hat.«

Er zog eine Grimasse. »Lass mich ein anderes Familiengeheimnis verraten. Es war dein Onkel Tristán, der damals an dem Brand schuld war. Er hat die Kommunisten bei der Geheimpolizei angezeigt, er war schuld, dass Roberto und Félix starben. Deine Mutter hat es erst in seinem Abschiedsbrief erfahren, nach seinem Tod. Sie hat es nie deinem Vater verraten, nur mir. Weißt du, was sie sagte?« Er drehte den Kopf und sah Laura in die Augen. »Sie sagte, dass sie ihm vergeben habe. Sie hätte ihn verfluchen und es deinem Vater sagen können, aber was hätte das gebracht? Nach so vielen Jahren? Also, wenn deine Mutter ihrem Bruder *das* verzeihen konnte, kannst du wohl erst recht deinem Vater verzeihen, dass er in seinem Leben ein paar Fehler gemacht hat.«

Ja, das kann ich, dachte Laura. Wie sollte sie sonst ihre Söhne dazu bringen, *ihr* zu verzeihen?

»Ich brauche was zu trinken.« Alexander stand auf, ging zu dem Tisch mit den Schnapsflaschen und dem Sodawasser, klemmte zwei Flaschen unter den Arm und füllte die Gläser der Afrikaner auf.

Samuel prostete ihm zu.

»Danke, Alexander. Was würden wir ohne dich tun? Können wir dich wirklich nicht überreden, uns nicht zu verlassen?«

Alexander ließ sich wieder in den Liegestuhl fallen. Laura sah ihn verwirrt an.

»Verlassen? Was meint er damit?«

Alexander sah sie verlegen an.

»Genau das, was er sagt. Ich werde bald abreisen.«

»Aber wo willst du hin?«

»An den Ort, an den Víctor nie zurückkehren konnte. Den Anfang. Ich habe das Bedürfnis, die Ufer des Dnjestr wiederzusehen. Ich will mich dort unter die Pappeln setzen und sehen, ob ich mich an irgendetwas erinnere. Näher komme ich nicht heran. Bald reise ich ab. Ich nehme den Zug nach Barcelona, und dann sehen wir weiter. Es ist an der Zeit, etwas mehr von der Welt zu erkunden. Das Hotel überlasse ich Samuel und den anderen. Es ist der Wunsch deines Vaters, dass es an sie übergeht.«

Er stellte seinen Drink zur Seite. »Ich hätte es euch schon noch gesagt. Ich dachte nur, dass du im Moment genug Sorgen hast.«

Laura konnte sich das *Hotel El Che* ohne Alexander absolut nicht vorstellen. Oder ihr Leben ohne ihn. Er war einfach immer da gewesen. Ob sie ihn vermissen würde, konnte sie nicht sagen.

»Warum erst jetzt?«, fragte Laura nach einer Weile. »Warum bist du nicht schon längst abgereist?«

»Weil mir das Leben hier gefallen hat. Weil deine Eltern mich brauchten. Ich fühlte, dass ich eine Funktion hier hatte, verstehst du?«

»Vielleicht. Oder nein, ich glaube nicht.«

»Es ist, wie dein Vater einmal sagte: Waisen haben das gleiche Recht auf ihren Platz in der Welt wie alle anderen. Mein Platz war hier, um diese Familie zusammenzuhalten.«

»Du hast meinem Sohn die Zukunft gelesen, als er acht Jahre alt war.« Laura konnte es sich nicht verkneifen. »Seitdem hat er Angst vor seinem eigenen Schatten. Nennst du das die Familie zusammenhalten?«

»Erinnerst du dich, als das Hotel brannte?«, fuhr Alexander unbeirrt fort. »Ich war am nächsten Morgen früh in der Ruine. Die Feuerwehrleute waren noch beim Nachlöschen und Aufräumen. Sie ließen mich zwischen den Mauerresten herumlaufen, genau hier, wo wir jetzt sitzen. Ich hatte keinen konkreten Plan, lief einfach herum und las Sachen auf. Schmuck, Uhren und anderes. Plötzlich kam ein Bote mit einem Brief für deinen Vater. Er war ›An den Feigling Víctor de la Vega‹ adressiert. Ich nahm den Brief an mich und tat etwas, das ich nicht hätte tun dürfen. Ich habe ihn geöffnet. Es waren nur zwei Zeilen, ich kann sie noch auswendig: *Feiglinge bekommen, was sie verdienen. Ich bin sicher, El Caudillo hätte das gleiche Urteil gefällt. E.*«

Alexander sah Laura an.

»Ich wusste nicht genau, was es bedeuten sollte, aber ich ahnte es. Kurz danach kam dein Vater.«

»Hast du ihm den Brief gegeben?«

»Das wollte ich zuerst. Aber dann verbrannte ich ihn. Ich sah keinen Grund, ihm noch mehr Schuld aufzuladen. Es ging ihm auch so schon miserabel genug. Ich hatte Angst, dass er davonrennen würde, wenn er den Brief sähe. Deshalb habe ich meinen besten Freund angelogen. Dreißig Jahre lang. Sag also nicht, ich hätte nicht mein Bestes getan, um diese Familie zusammenzuhalten.«

»Wie hast du unsere dysfunktionale Familie so lange ertragen? Habe ich dir nicht einmal gesagt, dass die Familie ein weitaus überschätzter Rohstoff ist?«

»Schon. Aber da warst du sturzbetrunken.«

Sie hingen ihren Gedanken nach und hörten den Afrikanern zu, die ein weiteres Lied aus ihrer Heimat improvisierten.

Als Laura merkte, dass ihr die Augen zufielen, sagte sie: »Ich muss gehen, ich muss mit meinem Sohn reden.«

Alexander drückte ihre Hand. »Das ist eine gute Idee. Aber er ist nach Madrid gefahren, hat Bárbara gesagt. Du kannst dir wohl denken, warum.«

Sie umarmten einander, Laura wünschte ihm viel Glück und alles Gute. Er lächelte. Kurz vor dem Tor drehte Laura sich noch einmal um.

»Schick uns eine Karte, ja?«, rief sie Alexander zu, der sich zu den Afrikanern gesetzt hatte. Er hob sein Glas als Antwort. Dann drehte er sich um und stimmte betrunken in den Gesang der Afrikaner ein.

Alexander im Mondlicht, in seinem Hawaiihemd und mit einem Drink in der Hand afrikanische Lieder grölend, während sechs Schwarze ihm zujubelten, war das Letzte, was Laura im Hotel ihrer Kindheit sah, ehe sie das Stück Pappe an seinen Platz steckte und das Tor anlehnte.

Doch, sie würde ihn vermissen.

Fluchtwege

Marco wachte früh auf. Mit Kopfschmerzen und dunkelblauem Licht, das durchs Fenster fiel.

Er hatte von Esteban geträumt. Wieder einmal. Marco hatte sich in einem Labyrinth aus grünen Akazien befunden, mit Kokosnussschalen, die unter seinen Füßen knirschten. Ohne von der Stelle zu kommen.

Er setzte sich auf, streckte den Nacken und schaute aus dem Fenster. Das Nachbargebäude war noch eine graue Silhouette in der Morgendämmerung. Es war auffällig still, im Gegensatz zum Vorabend, an dem ihn der Lärm Madrids wach gehalten und fast wahnsinnig gemacht hatte. Es war kurz nach fünf, er hatte nur wenige Stunden geschlafen.

Er stapfte ins Badezimmer und duschte. Es war eines der minimalistischen Hotelzimmer, in denen die Dusche keine Abtrennung hatte und man den Vorhang um sich ziehen musste, um nicht alles nass zu machen. Marco war spät am Abend mit dem Zug angekommen und hatte nichts von der Stadt gesehen bis auf den Kiosk neben dem Bahnhof Atocha, wo er ein Sandwich und drei Bier gekauft hatte, um besser schlafen zu können.

Víctor und Eddie sprachen wie üblich in Gedanken mit ihm, während er duschte. War das wirklich so eine gute Idee, seinem Vater einen Besuch abzustatten? Wäre er nicht besser beraten, den Zug zum Flughafen zu nehmen und in den nächsten Flieger nach Manila zu steigen?

Marco war sich keineswegs sicher. Aber jetzt war er hier und wollte es durchziehen.

Es war Bárbaras Idee gewesen. Als sie ihm den Zettel mit der Adresse gegeben hatte, hatte er zuerst den Kopf geschüttelt. Nein, er hatte keine Lust, die neue Familie seines Vaters kennenzulernen. Nein, er war nicht neugierig, wie er aussah. Nein, es machte keinen Unterschied, ob sie sich künftig Weihnachtskarten schickten oder nicht. Nein, es war ihm egal, ob Esteban ihn vielleicht sehen wollte, obwohl er Laura das Gegenteil gesagt hatte.

Esteban hatte sie nicht verlassen, weil er die Welt kennenlernen wollte. Er hatte sich nicht in einer Hütte an einem polynesischen Strand versteckt. Er hatte in einem langweiligen Vorort von Madrid gewohnt, war ein Betrüger, hatte im Gefängnis gesessen, und nicht ein einziges Mal war es ihm eingefallen, nach Málaga zu kommen und seinen Söhnen Hallo zu sagen.

Die jahrelang aufgestaute Sehnsucht nach seinem Vater war verpufft, seit seine Mutter den Mythos Esteban dekonstruiert hatte. Dennoch war ein Rest Neugier geblieben, und Bárbara hatte es geschafft, sie zu wecken.

»Wenn du ihn findest, kannst du wenigstens Eddie sagen, dass er nicht länger suchen muss«, hatte Bárbara gesagt. »Vielleicht kann Esteban dir klarmachen, dass du nicht automatisch ein schlechter Vater bist, weil er so war.«

Sie hatte ihn zum Zug gebracht.

»Wag es bloß nicht abzuhauen«, hatte sie gesagt und ihn zum Abschied geküsst.

Marco zog sich an. Am östlichen Horizont konnte er das Tageslicht ahnen, wenn er den Kopf weit genug aus dem Fester streckte. Danach checkte er sein Handy, das zum Aufladen auf dem Nachttisch lag.

Eine Nachricht von Laura.

Ich glaube, ich habe den Anfang deiner Geschichte. Vielleicht kann er auch als neuer Anfang für uns dienen. Rufst du mich an? Mutter

Die Nachricht war am Abend zuvor angekommen, aber Marco hatte den Ton abgestellt. Er verstand nicht, was sie meinte, und ehrlich gesagt war es ihm im Moment auch egal. Er hatte keine Lust, mit Laura zu reden. Nicht jetzt.

Marco spazierte durch menschenleere Straßen zum Bahnhof Atocha. Es war Donnerstagmorgen, nur Pförtner und Frühaufsteher waren schon auf. Ein Jogger lief vorbei und zog einen Pudel an der Leine hinter sich her.

Er kaufte sich ein kleines Frühstück und einen Kaffee am selben Kiosk, in dem er am Abend zuvor das Sandwich geholt hatte. Das Croissant war genauso ungenießbar wie das Sandwich und wollte nicht die Speiseröhre hinunter. Marco warf über die Hälfte weg und suchte den Lokalzug, den er brauchte. Wenn die Adresse auf dem Zettel stimmte, wohnte sein Vater in einer Trabantenstadt nordöstlich des Zentrums.

Der Zug rollte an, und Marco stieg ein. Er stellte sich in den Mittelgang. Dicht an den Türen und dem Nothalteknopf. An der vorletzten Station stieg er aus und spazierte mit den Händen in den Hosentaschen durch die Trabantenstadt. Er trug nur ein T-Shirt und einen dünnen Baumwollpulli, hatte nicht mit der madrilenischen Märzkälte gerechnet.

Er ging an weißen, pfirsichfarbenen und grauen Wohnkomplexen vorbei. Bis auf die Farben sahen sie alle gleich aus. Dazwischen kleine, schotterbelegte Plätze, Müllcontainer und Straßenschilder, die Autofahrer aufforderten, wegen spielender Kinder langsam zu fahren. Entlang der Straßen und Wege standen junge, frisch gepflanzte Bäume, als hätten die Stadtplaner plötzlich eingesehen, dass man die Sinne der Menschen, die in der hässlichen Trabantenstadt wohnten, mit etwas Grün stimulieren musste.

Es kam ihm alles so falsch vor. Hier sollte der Traum nicht enden. An einem solchen Ort wollte Marco seinen Vater nicht finden.

Er versuchte sich vorzustellen, wie Esteban wohl aussah. Ob er einen Bauch und Speckrollen an den Hüften hatte? Hatte er eine Glatze und vielleicht einen Vollbart? Lief er mit Tätowierungen aus dem Gefängnis auf dem Oberarm herum?

Marco dachte sich verschiedene Varianten aus, als er den Straßennamen erblickte. In diesem Moment sah er ein, dass es völlig gleichgültig war, ob er sich die Begegnung mit seinem Vater in seinen Tagträumen oder im echten Leben vorstellte – er würde es niemals durchziehen können. Er überquerte die Straße und ging näher an die Nummer 11 heran. Aber bis an die Tür traute er sich nicht.

Er wusste jetzt, wo Esteban wohnte, war das nicht genug? Was würde es bringen, an der Tür seines Vaters zu klingeln und sich selbst auf einen Kaffee einzuladen?

Während er noch zögerte, redete er sich ein, dass er genau das tun wollte. Er machte ein paar Schritte auf den Eingang zu, als ein Mann herauskam. Er konnte ihn nicht deutlich sehen, aber allein die Vorstellung, dass es Esteban sein könnte, löste seinen Fluchtinstinkt aus.

Ohne sich einmal umzudrehen, lief er zum S-Bahnhof zurück. Erst dort traute er sich, langsamer zu gehen. Inzwischen war der Rest der Welt aufgewacht, eine langer Strom anonymer Pendlergesichter schob sich in den Bahnhof. Er reihte sich in ihre Kolonnen ein und verschwand in der Menge, die sich über die Bahnsteige verteilte.

Zum Teufel, dachte Marco, als er im Zug stand. Zum Teufel mit Esteban Velásquez oder wie immer er sich inzwischen nannte. Zum Teufel mit seinen Gefängnistätowierungen und all den Entschuldigungen, die er ihm garantiert servieren würde. Bárbara hatte recht. Er war nicht sein Vater.

Marco spürte das wohlbekannte Herzklopfen der Hyperexitation und einen leichten Sog im Magen. Aber je weiter er sich von dem pfirsichfarbenen Haus Nummer 11 entfernte, desto ruhiger wurde er. Er hielt sich an der Lederschlaufe fest, lehnte sich an die Trennwand und genoss ausnahmsweise das Gefühl, dicht von Menschen umgeben zu sein. Sie beschützten ihn, anonymisierten ihn, die vielen Gesichter ließen ihn Estebans Gesicht vergessen. Der Schlafmangel holte ihn ein, und das Schaukeln des Zuges ließ ihn im Stehen einnicken. Er schloss die Augen.

Plötzlich hörte Marco einen lauten Knall, spürte ein Brausen in den Ohren und registrierte, dass alles auf dem Kopf stand. Danach wurde es schwarz.

*

Als Marco das nächste Mal an diesem Morgen die Augen öffnete, sah er dichten schwarzen Rauch und hörte Menschen schreien.

Das Echo des Knalls hallte noch in seinen Ohren, er war nur

wenige Sekunden ohnmächtig gewesen. Er lag am Boden des Zuges, das Gesicht gegen etwas Warmes, Klebriges gepresst. Sein Bein schmerzte. Alles war voll Rauch, und überall lagen Menschenkörper übereinander. Wenn er nach oben schaute, sah er in ein rußgeschwärztes Mädchengesicht mit geschlossenen Augen. Er konnte sich kaum rühren, sein Kopf schmerzte bei der kleinsten Bewegung.

Schließlich drehte er den Kopf weit genug, um seine Beine zu sehen. Sie waren noch da, aber über ihnen lagen zwei oder drei Körper, deren Gewicht ihn am Boden hielt. Marco tastete sein Gesicht ab, streckte den Arm. Er war blutverschmiert, aber er wusste nicht, ob es sein eigenes war.

Dicker schwarzer Rauch und leichterer grauer Rauch hüllten den Wagen ein. Er hörte laute Schreie und Menschen, die weinten und wimmerten. Manche Stimmen waren ganz dicht bei ihm, als flüsterten sie ihm ins Ohr, andere klangen weit weg.

Er versuchte, sich zu orientieren. Das Mädchen neben ihm war tot, er selbst wurde an eine Tür gedrückt. Wahrscheinlich war er mit dem Hinterkopf gegen das untere Metallteil der Tür geschlagen. Er ignorierte den Schmerz und versuchte, den Kopf zu drehen, um den Rest des Wagens zu überblicken. Die Fenster waren zersplittert, die Scherben waren über die am Boden liegenden Körper verteilt.

Es verging etwas Zeit, bis Marco feststellte, dass die meisten Körper sich nicht mehr bewegten. Kein Wimmern, Schreien oder Gebet kam über ihre Lippen. Die Geräusche, die er hörte, kamen von weiter weg. Eine gefühlte Ewigkeit lag er regungslos im Gestank und Blut und lauschte seinem eigenen, stoßweisen Atmen. Viele Körper lagen in absurden, unnatürlichen Stellungen um ihn herum, etlichen fehlten Arme, Beine oder

Hände, abgerissene Gliedmaßen lagen zwischen Glasscherben und verbrannten Gesichtern.

Der Rauch brannte an den Schleimhäuten, Marco rieb sich die Augen und verschmierte Blut in seinem Gesicht. Als er es mit dem Pullover wegwischte, erblickte er den Nothammer. Er hing direkt über ihm. Er hatte sich beim Einsteigen instinktiv wie immer einen Platz so nahe wie möglich am Ausgang gesucht. Nicht dass er den Hammer jetzt gebraucht hätte, da sämtliche Scheiben zersplittert waren, aber er brachte ihn erst auf die Idee, durch ein Fenster auszusteigen.

Er drehte den Kopf und untersuchte die Tür. Das Metall, gegen das er geschleudert wurde, war intakt, aber die Scheibe darüber war weggesprengt.

Marco atmete tief durch und sammelte seine Kräfte. Sein Kopf pochte vor Schmerz. Dann zog er seine Beine Stück für Stück unter der Last der toten Körper hervor. Es war fürchterlich, wie die leblosen Körper nachgaben und zusammensanken, als er die Beine langsam an sich zog. Als er frei war, ging er auf die Knie, sodass er den Nothammer erreichte. Die Anstrengung erschöpfte ihn, und er sank wieder zusammen. Er sammelte erneut alle Kräfte, richtete sich halb auf und schlug die restlichen Glassplitter aus der Türfassung. Irgendwo in der Nähe hörte er ein Kind weinen, aber dann verstummte die Stimme. Marco stieß die letzten Scherben mit dem Ellbogen aus der Fassung und schob sich in das Loch, bis er überkippte und auf den Beton des Bahnsteigs fiel.

Dort lag er eine Weile unter dem leichenblassen Frühjahrshimmel und atmete so viel frische Luft wie möglich ein. Er versuchte, sich einen Überblick zu verschaffen, welche seiner Körperteile funktionstüchtig waren, schüttelte Beine und Arme und streckte den Rücken. Bis auf die höllischen Kopfschmerzen und die tauben Füße, die unter dem Gewicht der toten Körper begraben gewesen waren, war er in Ordnung.

Er hob den Kopf, um sich zu orientieren. Wenige Meter weiter klaffte ein großes Loch in der Zugwand. Zersprengte Metallteile standen wie abgerissene Glieder nach außen, Plastiksitze quollen wie Eingeweide aus dem Loch oder lagen verstreut zwischen blutigen Körperteilen auf dem Bahnsteig.

Das musste ein Terroranschlag sein, jemand hatte eine oder mehrere Bomben in dem Zug gezündet. Marco hatte viele Albträume von brennenden Flugzeugen gehabt, die auf die Erde stürzten, aber nie von Zügen. Und nun lag er auf dem kalten Beton eines Bahnsteigs vor einem zerbombten Zug.

Er hatte Glück gehabt. Das große Loch, das die Bombe gerissen hatte, war nur wenige Meter entfernt. Er hatte nur überlebt, weil zwischen ihm und der Bombe viele andere Menschen gewesen waren, die jetzt in einer blutigen, ineinander verschlungenen Masse im Zug lagen.

Marco schaute sich um. Weiter hinten sah er andere Passagiere aus dem Zug kriechen, springen oder rennen, er sah, wie Kinder durch Türen und Fenster gehoben wurden, hörte wie durch Watte Sirenen, Schreie und Schluchzen Er schaute wieder in den Himmel und dachte an Bárbara, an ihr Kind, an Laura und Eddie. Blut lief ihm in den Mund, es schmeckte metallisch. Er dachte an Alexander und spürte dessen Finger an dem verhängnisvollen Knick seiner Lebenslinie zögern. Er hatte den Tod überlistet, aber war es schon vorbei? Vielleicht gab es noch mehr Bomben, und er hatte nur die erste Runde überlebt?

Er rollte sich auf den Bauch und robbte vorwärts. Sein Fluchtinstinkt trieb ihn fort. Der vertraute Angstknoten im Magen und unsichtbare Hände schoben ihn an.

Da hörte er wieder das Kinderweinen drinnen im Wagen. Waren noch andere am Leben? Da war es wieder, ein leises Wimmern und Schluchzen, leises Husten und Hilferufe.

»Im Leben jedes Menschen gibt es Situationen, in denen man entscheiden muss, ob man als Held oder als Feigling weiterleben will«, predigte die Stimme seines Großvaters.

Marco ignorierte den Angstknoten. Er drehte sich um, kroch zur Tür zurück und ignorierte den stechenden Schmerz, als seine Rippen gegen Metall stießen. Er zog sich an der leeren Fensterkante hoch und kletterte in den Wagen zurück.

Sein Kopf war jetzt klarer, er sah alle Details, auch wenn er sich gewünscht hätte, weniger zu sehen. Blut und Schleim am Boden, Kleiderfetzen, Körper, über die er steigen musste, um näher an das Kinderweinen zu kommen, das deutlich unter einem Haufen Leichen hervorkam. Verrußte Gesichter, verkohlte Haut, klaffende Wunden, all dies sah Marco auf den zwei Metern, die er durch den Wagen kroch. In einer Tasche klingelte ein Handy.

Erst da fiel ihm der Gestank auf. Verbranntes Fleisch, verkohltes Plastik, ein anderer Geruch, den er nicht identifizieren konnte und der ihn an ein Physiklabor erinnerte. Chemisch, künstlich. Der Gestank übermannte ihn, es roch wie tausend Schmeißfliegen, die auf einmal in einem Toaster verbrannt waren. Marco spürte, wie es ihm hochkam, er konnte es nicht halten. Er drehte den Kopf und erbrach sich.

Der Knoten im Magen schnürte sich fest zu und wollte ihn nach draußen ziehen. Doch gleichzeitig meldete sich die Stimme seines Großvaters wieder zu Wort.

»Es gibt Situationen, in denen du die Wahl hast, entweder das Richtige zu tun oder fortzulaufen. Du selbst entscheidest, ob du als Held oder als Feigling in Erinnerung bleibst.«

Marco kroch weiter. Er sah ihre Hand, bevor er ihr Gesicht sah. Die Finger ragten zwischen den Resten einer Schulter und einem Hinterkopf hervor, vier bleiche, zuckende Mehlwürmer, jede Bewegung so lebensbejahend wie ein Atemstoß aus Gottes Mund. Marco stützte sich auf den Haufen von Leichen, ignorierte das Blut und den Gestank und schob die leblosen Körper beiseite. Als er die ersten zwei aus dem Weg geräumt hatte, sah er den Rest ihres Arms, nach dem dritten erblickte er die blonden Locken und das Gesicht. Sie lag im Dunkeln, totenbleich und rein, als wäre sie erst nach der Explosion unter den Haufen geraten, und sah ihn mit Tränen in den Augen an. Ein kleines Mädchen, nicht älter als fünf Jahre.

Marco griff ins Dunkel und schob seinen Arm unter ihren Oberkörper. Mit dem anderen Arm machte er Platz, damit er sie ganz vorsichtig herausziehen konnte. »Alles wird gut«, flüsterte er, aber er hatte Angst, dass sie auseinanderbrach, sobald er sie freibekam. Als sie fast draußen war, nahm er sie in beide Arme und stützte ihren Kopf. Dann kroch er rückwärts durch das Chaos aus Rauch, Ruß und Toten, stieg wieder durch das Loch in der Tür und atmete tief ein.

Die Sirenen waren jetzt näher. Marco hörte Kommandorufe und kontrollierte Stimmen zwischen den Schreien der Verletzten. Er setzte sich auf und hielt das Mädchen fest im Arm, als Männer in Uniform auf sie zukamen. Sie bückten sich, packten ihn an den Schultern, riefen Worte, die sein Gehirn nicht verstand, und nahmen das Mädchen aus seinen Armen.

*

An die Stunden danach konnte Marco sich kaum erinnern. Die Männer halfen ihm und dem Mädchen weg vom Zug, und ein Krankenwagen brachte sie in eine Sporthalle in der Nähe von Atocha, die als Feldlazarett diente.

Dort verbrachte Marco die nächsten Stunden in einer Ecke sitzend, die Beine angezogen und das Kinn auf die Knie gestützt, um möglichst wenig Platz einzunehmen. Ein Feldbett lehnte er ab, es gab andere, die es nötiger hatten. Das kleine Mädchen bekam eine Liege neben ihm, wahrscheinlich dachten die Helfer, sie gehörten zusammen.

Marco saß stumm in der Ecke und wischte sich das Blut mit einem Lappen aus dem Gesicht. Wie lange er dort gesessen hatte, wusste er nicht. Es stank noch immer nach verbrannten Fliegen, und der metallische Geschmack im Mund verschwand nicht. Krankenpfleger, Ärzte, Polizisten und Freiwillige eilten in einem unendlichen Strom an ihm vorbei, ab und zu blieb einer stehen, legte ihm die Hand auf die Schulter und fragte, ob er okay sei. Er nickte, und die Helfer eilten sofort weiter. Ein Freiwilliger kam vorbei, um seinen Namen zu notieren, und er hörte Vorbeigehende von Terroristen reden. In vier Zügen waren Bomben explodiert, es gab viele Tote. Marco versuchte, Augen und Ohren vor dem Chaos ringsum zu verschließen und in seine Tagträume zu flüchten, aber er kam nie weit. Sobald er die Augen schloss, sah er Züge, zusammengeknüllt wie die Lamellen der billigen Fächer, mit denen Alexander seine Drinks verzierte, Kraterlöcher, Rauch, blutige Beinstümpfe und verkohlte Haut.

Irgendwann fiel ihm ein, dass er sein Handy auf lautlos gestellt hatte. Er zog es aus der Tasche und sah zwölf unbeantwortete Anrufe, sieben von Bárbara, fünf von seiner Mutter. Sie hatten noch mehr SMS geschickt, zuerst beherrscht, dann panische, hektische Aufforderungen, dass er sich melden sollte.

Gerade als er aufstehen wollte, um einen ruhigen Ort zu finden, vom dem er Bárbara anrufen konnte, tauchte eine junge Frau in Begleitung eines Freiwilligen auf. Es war die Mutter des kleinen Mädchens. Sie brach weinend am Feldbett zusammen und nahm das Mädchen in die Arme. Marco setzte sich wieder und wartete, bis sie sich etwas beruhigt hatte. Sie redete mit dem Helfer, der auf Marco zeigte.

Die Frau kam mit dem Kind im Arm auf ihn zu, drückte ihm die Hand und dankte ihm, dass er ihre Tochter gerettet hatte. Es sei ein Wunder, wiederholte die Frau, dass sie am Leben war.

»Wunder sind, was wir daraus machen«, murmelte er.

Als sie gegangen waren, fand er einen abseits gelegenen Windfang, wo er halbwegs ungestört telefonieren konnte. Während er das Telefon ans Ohr drückte, sah er sein Spiegelbild im Fenster des Windfangs. Er hatte blutige Kratzer auf der Stirn und eine Wunde am Kinn. Sein Gesicht sah aus, als hätte er es in einen Eimer mit Schlacke gesteckt.

So sieht jemand aus, der den Tod überlistet hat, dachte er.

Bárbara war aufgeregt und überhäufte ihn zunächst mit Fragen und Kommentaren, aber dann wurde sie seltsam ruhig, und schließlich hörte Marco sie leise weinen. Nachdem er ihr zum fünften Mal versichert hatte, dass es ihm bis auf die Kopfschmerzen gut ging, ließ sie ihn das Gespräch beenden.

»Bitte, sag Laura, dass ich okay bin und dass ich sie später anrufe.«

Er ging wieder in die Halle. Ein Helfer hatte gesagt, er dürfe die Halle auf keinen Fall verlassen, ohne dass ein Arzt oder

Pfleger ihn untersucht habe. Außerdem müsse die Polizei seine Personalien aufnehmen, bevor er ging.

Marcos Platz auf dem Boden war inzwischen besetzt, jemand hatte ein Feldbett dorthin gestellt. Er setzte sich auf den ersten freien Platz, den er fand. Ringsum herrschte Chaos, Krankenpfleger eilten auf den Gängen hin und her, Überlebende humpelten nach Hause. Er vertrieb sich die Zeit mit dem Lesen seiner Nachrichten. Am Ende gelangte er zu einer Nachricht, die er völlig vergessen hatte: die gestrige Nachricht seiner Mutter.

Marco steckte das Telefon in die Tasche und sah sich um. Sein Blick wanderte von einem Verwundeten zum nächsten, und er ertappte sich bei einer morbiden Variante von »Errate deinen Passagier«.

Auf einer Liege weiter rechts saß eine asiatisch aussehende Frau, deren glattes Haar im Nacken zu einem Knoten hochgesteckt war. Ihr Gesicht war runzlig wie die Rinde einer alten Kiefer, sie trug eine blaue Hose. Neben ihr saß ein älterer Mann, der ihre Hand hielt. Sicher die erste Generation einer chinesischen Einwandererfamilie, vielleicht Besitzer eines Lebensmittelladens, die das Geschäft an ihre Kinder weitergegeben hatte. Vielleicht arbeiteten sie noch dort, und die Frau war auf dem Weg von irgendeiner kümmerlichen Wohnung in der Vorstadt dorthin gewesen. Ihre Kinder waren nicht bei ihnen, weil Chinesen nicht einfach ihre Läden schlossen, Terroranschlag oder nicht.

Etwas näher bei Marco lag ein junger Mann auf einem Feldbett. Er trug ein Jeanshemd, seine Jacke lag unter dem Bett, neben einer offenen Tasche, aus der ein paar Bücher gefallen waren. Auf einem Schemel neben dem Feldbett lag eine zerbrochene Brille. Der Mann war dunkelhäutig, die Haare schwarz. Sein Gesicht war blutverschmiert, er war allein. Vielleicht ein Student, der auf dem Weg zur Universität gewesen war. Womöglich ein Südamerikaner mit einem Stipendium in Spanien, dessen Eltern daheim in Quito oder Mexiko noch ahnungslos in ihren Betten lagen und erst in den Morgennachrichten von den Anschlägen in Madrid erfahren würden.

Weiter hinten saß ein junges Paar. Sie trösteten einander, es war schwer zu sagen, wen von beiden es getroffen hatte, man sah keine Verletzungen. Vielleicht hatten sie dieselben schrecklichen Dinge gesehen wie Marco. Verkohlte Leichen und abgerissene Körperteile. An ihrer Schläfe klebte etwas Blut, aber wer wusste, ob es ihr eigenes war. Bald würden sie wie Marco die Halle verlassen, Hand in Hand und froh, dass sie einander hatten und unbeschadet waren. Das Leben lag vor ihnen.

Marco ließ den Blick weiterschweifen. Er sah einen Afrikaner, vielleicht auch ein Jamaikaner oder Haitianer mit Dreadlocks, ein junges, weinendes Mädchen und eine Menge anonyme Vorstadtgesichter, allesamt unter Schock, weil ihre tägliche Fahrt im Pendelzug in einem Feldlazarett geendet war. Sein Blick fiel auf einen mittelalten Mann in weißem Pullover und Jeansjacke. Er hatte ein Pflaster auf der Stirn und eine dicke Beule an der Schläfe und hielt ein kleines Mädchen im Arm, sicher seine Tochter. Neben ihm stand eine Frau mit Tränen in den Augen, die einen Jungen an der Hand hielt. Es waren zweifelsohne Freudentränen. Marco hörte nicht, was sie sagten, aber sie sahen glücklich aus. Es war die Art rührseliges, sentimentales Glück, das nach einem Unglück eintrifft. Das Glück, am Leben zu sein.

Der Mann flüsterte dem Mädchen etwas ins Ohr, lehnte sich zurück und sah ihm tief in die Augen. Marco hätte wohl kaum länger hingeschaut, wenn es ihm nicht vorgekommen wäre, als hätte er das Gesicht schon einmal gesehen. In einer anderen, ähnlichen Version. Er hatte es in seinen Träumen gesehen, mit einem Panamahut auf dem Kopf.

Es war Estebans Nase, sein Mund und seine sanften Augen, nur von den fünfzehn dazwischenliegenden Jahren geformt. Es war sein Haar, obwohl die Schläfen inzwischen grau waren und die Stirn höher. Es war sein Gesicht, seine Mund- und Kinnpartie.

Seit er sechs Jahre alt war, hatte Marco ein Meer von Zeit damit verbracht, sich vorzustellen, wie sein Vater wohl aussah, und nun war er aus Marcos imaginärem Fotoalbum gestiegen, saß wenige Meter von ihm entfernt und umarmte seine neue Familie in einem Feldlazarett in Madrid.

Es war der Mann, den Marco vor dem Haus Nummer elf gesehen hatte, er musste in einem der angegriffenen Züge gesessen haben, vielleicht sogar im selben wie Marco.

Marco sah sich die wenigen Meter zu seinem weggelaufenen Vater gehen, ihn mit einem »Hallo, Vater« überraschen – obwohl es unnötig war, weil Esteban ihn ebenfalls wiedererkennen – und ihm um den Hals fallen würde. Oder er würde auf den fremden Mann mit dem Bauchansatz zugehen und nichts sagen, ehe er ihm drei Ohrfeigen verpasst hatte. »Eine von mir, eine von Eddie und eine von Mutter«, würde er rufen und sich ohne ein weiteres Wort umdrehen.

Doch mehr als alles andere sah er das kleine, dunkelhaarige Mädchen, das plötzlich den Kopf drehte und Marco in die Augen sah. Es war nur ein Sekundenbruchteil, aber genug, um ihre Freude zu begreifen, ihre reine, unverfälschte Freude darüber, dass sie ihren Vater wiederhatte. Er sah seinen eigenen Blick in ihren Augen und fühlte seine eigene Erleichterung, dass Esteban nicht zu den Schwerverletzten oder Toten gehörte, über die er vor wenigen Stunden gekrochen war. Und er spürte einen Stich der Eifersucht, als sein Vater noch einmal das Mädchen umarmte und auf die Stirn küsste.

Marco stand rasch auf, drehte das Gesicht weg, damit Esteban ihn nicht sah, und bahnte sich einen Weg zwischen Feldbetten, Menschenschlangen und uniformierten Gestalten. Ein Helfer versuchte, ihn aufzuhalten, als er den Ausgang erreichte. Er packte ihn an der Schulter und fragte, ob er seinen Namen notieren dürfe und ob er schon mit der Polizei gesprochen habe. Marco antwortete, er habe schon mit ihnen geredet und lief hinaus, durch das Gewimmel von Angehörigen, Journalisten, Fernsehteams und Sensationslustigen. Ein Journalist versuchte, ihn zu stoppen und einen Kommentar von ihm zu erhalten, aber Marco zuckte nur mit den Schultern und lief weiter.

Die Stadt kochte vor Panik und war gleichzeitig in Trauer versunken. Überall standen Polizisten, viele Straßen waren mit roten Bändern abgesperrt, auf den Gehwegen und in den Geschäften waren kaum Menschen. Die wenigen, die Marco sah, weinten, redeten aufgeregt durcheinander oder schwiegen und hielten Rosen in den Händen.

Er ging schneller, spürte das Adrenalin in seinen Adern. Er hatte den Tod überlistet und das Todesurteil aus Alexanders Weissagung ausgehebelt. Dieser irrationale Gedanke ließ ihn lächeln und trieb ihn an, als er durch die leeren Straßen lief. Ein Gefühl der Freiheit hob ihn empor.

Er wollte zum Bahnhof Atocha und den nächsten Zug nach Hause nehmen, aber alles war abgesperrt. Der ganze Zugverkehr sei eingestellt, sagte ein Polizist. Marco ging zu dem Kiosk, wo er Abendessen und Frühstück geholt hatte.

Dort saß derselbe Verkäufer. Marco nahm zwei Bier aus dem Kühlschrank, ging zur Theke und zog eine Banknote aus der Geldbörse, aber der Verkäufer schüttelte nur den Kopf.

»Ich spendiere«, sagte er und sah aus wie ein Junge, der an einem einzigen Morgen erwachsen geworden war.

Marco ging ins Hotel, bat um seinen Zimmerschlüssel und ging nach oben, ohne einen Gedanken daran zu verschwenden, was der Rezeptionist wohl von dem Gast dachte, der mit klirrenden Flaschen in einer Tüte und blutverkrustetem Gesicht auf sein Zimmer ging.

Oben fiel ihm ein, dass er etwas vergessen hatte. Er ging wieder nach unten und fragte den bleichen Rezeptionisten, ob er einen der Computer im Foyer benutzen dürfe. Dort loggte er sich in sein Mailkonto ein, scrollte zu Eddies letzter Mail und klickte auf »Antworten«. Marco dachte kurz nach und schrieb zwei Zeilen.

Ich habe Vater gefunden. Der wirkliche Esteban entspricht nicht dem Mythos, aber das ist jetzt auch egal. Du kannst nach Hause kommen. Wir vermissen dich.

Zurück im Zimmer warf sich Marco auf das ungemachte Bett. Er öffnete das erste Bier und trank es in einem Zug fast aus. Bis auf den sauren Morgenkaffee und eine halbe Flasche Wasser hatte er den ganzen Tag nichts getrunken. Das Bier lief wohltuend durch sein System.

Er stellte die Flasche auf den Nachttisch, drehte sich auf den Bauch und wählte die Nummer seiner Mutter. Es klingelte nur einmal, bevor sie abnahm.

»Marco?«, schrie sie in den Hörer.

»Ja, ich bin's.«

Es wurde ganz still. Er hörte einen tiefen Seufzer, sonst sagte sie nichts. Keine der üblichen hektischen Einleitungen ihrer Telefongespräche. Dann war eine Weile nur ein leises Rauschen.

»Bist du okay?«, fragte sie schließlich.

»Mm«, antwortete er und trank einen Schluck Bier. »Mir geht es gut.«

Sie fragte ihn, was geschehen sei. In welchem Zug er gewesen und wie er herausgekommen sei. Wo er bis jetzt gewesen sei. Marco antwortete so gut er konnte.

Nach einer Weile gingen Laura offenbar die Fragen aus. Es wurde still in der Leitung.

»Marco, ich muss mit dir reden. Du darfst mich nicht weiter so ausschließen.«

»Schon in Ordnung«, sagte Marco und rollte wieder auf den Rücken.

»Nein, wirklich, ich meine es ernst. Es tut mir unendlich leid, und ich wünschte, ich könnte es ungeschehen machen, aber das ist nicht möglich.«

»Mutter, es ist mir egal.«

»Aber es kann dir nicht egal sein.«

»War es mir auch nicht, aber jetzt ist es mir egal. Es bedeutet mir nichts mehr.«

»Bist du sicher?«

Er trank einen Schluck Bier. Das war nicht leicht, auf dem Rücken liegend, mit einem Handy am Ohr.

»Ich glaube schon. Sonst sage ich es.«

Wieder wurde es still. Wahrscheinlich hatte seine Mutter eine so einfache Versöhnung nicht erwartet. Marco dachte an Esteban. Sein Gesicht hatte sich verändert, es war die Version, die er in der Sporthalle gesehen hatte. Doch die Umgebung war die gleiche. Ein warmes, feuchtes Labyrinth aus Akazien und Kokospalmen. Esteban saß in einem dünnen Baumwollhemd da, ein Bambusstöckchen in der Hand, und bestäubte seine Vanilleorchideen. Zwischendrin sah er auf und lächelte Marco an. Er hob die Hand zum Gruß, winkte ihm zu und verschwand im Dschungel.

Marco wollte sich lieber so an ihn erinnern.

»Erzähl ihn mir«, sagte er schließlich, den Mund voll Bier. »Den Anfang. Ich möchte ihn gern hören.«

Er schloss die Augen, während Laura Sofías Aufzeichnungen nacherzählte. Die Stimme seiner Mutter führte Marco weit weg. Unter einen Johannisbrotbaum irgendwo in der Pampa, wo sein Großvater zu den Schreien seiner Mutter gezeugt wurde. In eine armselige Arbeiterhütte mit Zinkdach, wo dieselben Schreie ihn auf die Welt begleiteten. In einen Wintergarten mit Mandarinenbäumen und Jasminbüschen in Buenos Aires, wo er seine ersten Jahre verbrachte, und auf eine einsame Insel in einem Flussdelta, wo er sein altes Leben hinter sich ließ.

Marco folgte seinem Großvater tiefer in das Delta, in die vielen Nebenflüsse, unter dichtem Blattwerk hindurch, das sich über ihnen schloss. Dann schlief er ein.

Der Anfang

Viele Stunden später wachte Marco auf. Er brauchte eine Weile, bis ihm klar wurde, dass er in einem Hotelzimmer in Madrid lag. Das Telefon lag neben seinem Ohr, die Bierflasche war ihm aus der Hand gefallen. Es musste Abend sein, draußen dämmerte es schon.

Der Anfang seines Romans war ihm im Schlaf gekommen. Er nahm einen Notizblock und setzte sich an den kleinen Schreibtisch vorm Fenster. Dort wartete er, bis die Geschichte, die ihm sein Gehirn im Schlaf diktiert hatte, sich in konkrete Worte verwandelte.

Eines nach dem anderen kamen sie zu ihm und tropften hinab auf das Papier. Als der Anfang, nach dem er so lange gesucht hatte.

Víctor de la Vega, mein Großvater, kam an einem Frühlingstag 1954 auf dem Seeweg nach Málaga. Er wurde auf einer Planke aus Zedernholz angeschwemmt.
Er sagte, er käme vom Ende der Welt, aber in Wirklichkeit kam er von überall und nirgendwo. Er war heimatlos. Elternlos. Seinen ersten Mundvoll Leben hatte er im heißen Staub der Pampa geschnappt, geboren von einer Mutter, die ihn nicht haben wollte. Víctor de la Vega war von Anfang an unerwünscht. Das sollte ihn für den Rest seines Lebens verfolgen.

Kommentar des Autors und Danksagung

Soviel ich weiß, hat es weder in der Calle Tomás Heredia noch in einer anderen Straße in Málaga je ein *Hotel El Che* gegeben. Wie bei sämtlichen Figuren dieses Romans - mit Ausnahme eines gewissen argentinischen Revolutionärs - handelt es sich um ein Produkt meiner freien Fantasie.

Doch wie so viele andere Romane wäre diese Geschichte nicht dieselbe, wenn sie ihr Blut nicht mit der Wirklichkeit vermischt hätte. Im Folgenden möchte ich die wichtigsten Quellen nennen:

Für die Beschreibung der damaligen Verhältnisse in Spanien, insbesondere Andalusien, habe ich auf das Reisebuch *Syd for Pyrenæerne – fyre år i Spanien* (»Südlich der Pyrenäen - vier Jahre in Spanien«) des deutsch-dänischen Dichters Willy-August Linnemann von 1953 zurückgegriffen. Weitere wichtige Inspirationsquellen waren Laurie Lees *A Rose for Winter: Travels in Andalusia* (1955), Synne Rifbjergs *Sol og skygge – Tretten kapitler om Spanien* (»Sonnen und Schatten - Dreizehn Kapitel über Spanien«, 1992) und Klaus Rifbjergs *Mojácar* (2004). Das Gleiche gilt für eine Reihe von Büchern über die neuere Geschichte Spaniens, die man in jeder Bibliothek findet.

Was die Schilderung Argentiniens in der Mitte des 20. Jahrhunderts angeht, hatte ich das Glück, dass die massive dänische Auswanderung nach Argentinien um das Jahr 1900 viele Reiseschilderungen auf Dänisch hervorgebracht hat. Hier möchte ich unter anderem Vilhelm Brothorsts *Argentinia før og nu* (»Argentinien früher und heute«), Tage Nissens *Åbne horisonter – rejseskildringer fra Argentinia* (»Offene Horizonte – Reiseschilderungen aus Argentinien«), Mads Fuglsangs *Fra Argentinia til Storstrømsbroen* (»Von Argentinien bis zur Storstrømsbrücke«), Leif Borthens *Rejse i Peróns rige* (»Reise in Peróns Reich«) und Lars Bækhøjs *Danske i Argentinia* (»Dänen in Argentinien«) hervorheben.

Ernesto Che Guevara befand sich seinen eigenen Aufzeichnungen zufolge Ende Mai 1952 auf dem Fluss Ucayali. Sein frühes Reisetagebuch *The Motorcycle Diaries: Tagebuch einer Motorradreise* war wichtig, um den Rahmen für eine Begegnung zweier Fremder zu schaffen, die so *hätte* stattfinden können.

Für die Beschreibung des Walfängerlebens in und um Südgeorgien stehe ich tief in Hakon Mielches Schuld, dessen *Hval i sigte* (»Wal in Sicht«) von 1951 das Leben als Walfänger im Südlichen Eismeer schonungslos und detailliert beschreibt. In kleinerem Umfang habe ich mich an Aage Krarup Nielsens *En hvalfangerferd gennem troperne til Sydishavet* (»Eine Walfangfahrt von den Tropen zum Südlichen Eismeer«, 1921) angelehnt.

Jegliche Fehler, ob groß oder klein, sind allein mir zuzuschreiben.

Ein besonderer Dank gilt meinen Redakteuren bei Gyldendal, Janne Breinholt Bak und Stinne Lender, die während der Entstehung des Buches stets das richtige Maß an Unterstützung, literarischer Erfahrung und konstruktiver Kritik einbrachten. Ihnen gebührt ein großer Teil der Ehre dafür, dass ich dieses auf Papier unmögliche Projekt je vollendet habe.

Ganz herzlich danke ich Thorkild, Charlie und Jimmie aus dem Kethelz-Clan für ihre vielen Räubergeschichten aus Südamerika. Ich habe mir erlaubt, einigen davon in diesem Roman neues Leben einzuhauchen, wenn auch in allen möglichen Verkleidungen.

Und natürlich ein Danke an meine Familie, die zum Glück wesentlich ärmer an Dramen und ungelösten Konflikten ist als die Familie meiner Protagonisten.